Von Isaac Asimov erschienen im Heyne Verlag

in der ALLGEMEINEN REIHE:

Auf der Suche nach der Erde · 01/6401
Aurora oder Der Aufbruch zu den Sternen · 01/6579
Das galaktische Imperium · 01/6607
Die Rückkehr zur Erde · 01/6861
Veränderungen · 01/7223

in der BIBLIOTHEK DER SCIENCE FICTION LITERATUR:

Lunatico oder Die nächste Welt · 06/7
(Hrsg.) Das Forschungsteam · 06/13
Meine Freunde, die Roboter · 06/20
Die Stahlhöhlen · (in Vorb.)
Die nackte Sonne · (in Vorb.)

in der Reihe HEYNE SCIENCE FICTION & FANTASY:

Der Mann von drüben · 06/3004
Die nackte Sonne · 06/3009
Geliebter Roboter · 06/3066
Der Tausendjahresplan · 06/3080
Der galaktische General · 06/3082
Alle Wege führen nach Trantor · 06/3084
Das Ende der Ewigkeit · 06/3088
10 SF-Kriminalgeschichten · 06/3135
Ich, der Robot · 06/3217
Der Zweihundertjährige · 06/3621

ISAAC ASIMOV PRÄSENTIERT:

Science Fiction Erzählungen des 19. Jahrhunderts · 06/4022
Fantasy Erzählungen des 19. Jahrhunderts · 06/4023
Der letzte Mensch auf Erden · 06/4074
Drachenwelten · 06/4159
Zukünfte – nah und fern · 06/4215
Spekulationen · 06/4274
Die Wunder der Welt · 06/4332

sowie ISAAC ASIMOV'S SCIENCE FICTION MAGAZIN:

(mehr als 25 Auswahlbände)
24. Folge · 06/4178   27. Folge · 06/4294
25. Folge · 06/4222   28. Folge · 06/4366
26. Folge · 06/4249   29. Folge · 06/4405

als HEYNE MINI:

Der Zweihundertjährige · 33/9

(Siehe auch hinten: Der erweiterte Foundation-Zyklus)

ISAAC ASIMOV
Das galaktische Imperium

Roman

Deutsche Erstausgabe

WILHELM HEYNE VERLAG
MÜNCHEN

HEYNE ALLGEMEINE REIHE
Nr. 01/6607

Titel der amerikanischen Originalausgabe
ROBOTS AND EMPIRE
Deutsche Übersetzung von Heinz Nagel
Das Umschlagbild schuf Jim Harris

2. Auflage
Redaktion: Wolfgang Jeschke
Copyright © 1985 by Nightfall, Inc.
Copyright © 1985 der deutschen Übersetzung
by Wilhelm Heyne Verlag GmbH & Co. KG, München
Printed in Germany 1987
Umschlaggestaltung: Atelier Ingrid Schütz, München
Gesamtherstellung: Presse-Druck Augsburg

ISBN 3-453-02201-7

Inhalt

ERSTER TEIL: AURORA

1. Der Nachkomme 7
2. Der Ahne? 37
3. Die Krise 61
4. Ein weiterer Nachkomme 93

ZWEITER TEIL: SOLARIA

5. Der verlassene Planet 117
6. Die Mannschaft 141
7. Der Aufseher 160

DRITTER TEIL: BALEYS WELT

8. Die Siedlerwelt 189
9. Die Rede 211
10. Nach der Rede 242

VIERTER TEIL: AURORA

11. Der alte Führer 275
12. Der Plan und die Tochter 297
13. Der telepathische Roboter 322
14. Das Duell 356

FÜNFTER TEIL: ERDE

15. Die Heilige Welt 387
16. Die City 415
17. Der Attentäter 441
18. Das Nullte Gesetz 472
19. Allein 503

*Für Robin und Michael
und auf die glücklichen Jahre,
die sie weiterhin auf ihrem gemeinsamen
Lebensweg genießen werden.*

Die Drei Grundregeln der Robotik

1. Ein Roboter darf kein menschliches Wesen verletzen oder durch Untätigkeit gestatten, daß einem menschlichen Wesen Schaden zugefügt wird.
2. Ein Roboter muß dem ihm von einem Menschen gegebenen Befehl gehorchen, es sei denn, ein solcher Befehl würde mit Regel Eins kollidieren.
3. Ein Roboter muß seine Existenz beschützen, solange dieser Schutz nicht mit Regel Eins oder Zwei kollidiert.

ERSTER TEIL

Aurora

I. DER NACHKOMME

1

Gladia betastete die Rasenliege, um sich zu vergewissern, daß sie nicht feucht war, und setzte sich dann. Ein Schalterdruck paßte sie so an, daß sie halb zurückgelehnt liegen konnte, ein weiterer aktivierte das diamagnetische Feld und vermittelte ihr, so wie es das immer tat, die Empfindung völliger Entspannung. Und warum auch nicht? Sie schwebte tatsächlich – einen Zentimeter über dem Stoff.

Die Nacht war warm und angenehm. Gladia fand den Planeten Aurora zu der Zeit am schönsten – würzig duftend und sternenhell.

Mit einem Anflug von Traurigkeit studierte sie die zahlreichen winzigen Funken, die den Himmel mit Mustern überzogen; Funken, die jetzt ganz besonders hell wirkten, weil sie veranlaßt hatte, daß die Lichter ihrer Niederlassung gedämpft wurden.

Sie fragte sich, warum sie in all den dreiundzwanzig Dekaden ihres Lebens nie die Namen der Sterne gelernt hatte. Dabei war einer von ihnen der Stern, um den ihr Geburtsplanet Solaria kreiste; der Stern, der für sie in den ersten dreieinhalb Dekaden ihres Lebens nur ›die Sonne‹ gewesen war.

Gladia hatte einst ›Gladia Solaria‹ geheißen. Das war, als sie nach Aurora gekommen war, vor zwanzig Dekaden – vor zweihundert galaktischen Standardjahren – und man hatte ihr diesen Namen verliehen, um auf nicht besonders freundliche Art ihre fremde Herkunft hervorzuheben. Vor einem Monat war das zweihundertste Jubiläum ihrer Ankunft gewesen; etwas, das sie nicht besonders gefeiert hatte, weil sie sich nicht an jene Tage erinnern wollte. Vorher, auf Solaria, war sie Gladia Delmarre gewesen.

Sie bewegte sich unruhig. Jenen ersten Namen hatte sie fast vergessen – weil das alles so weit zurücklag? Oder einfach nur, weil sie sich bemüht hatte, zu vergessen?

All die Jahre hatte sie Solaria nicht vermißt, hatte es nicht bedauert, daß sie hierhergekommen war.

Aber jetzt?

Kam ihre Stimmung nur daher, weil sie ganz plötzlich feststellen mußte, daß sie Solaria überlebt hatte? Solaria gab es nicht mehr – eine historische Erinnerung – und sie lebte noch. Vermißte sie es deshalb?

Ihre Stirn furchte sich. Nein, sie vermißte es nicht, entschied sie dann resolut. Sie sehnte sich nicht danach, wünschte auch nicht, dorthin zurückzukehren. Es war einfach nur ein eigenartiges Bedauern wegen etwas, das einmal Teil von ihr gewesen war – und wenn auch noch so destruktiv – und das jetzt nicht mehr war.

Solaria! Die letzte der Spacer-Welten, die man besiedelt und zu einem Heim für die Menschheit gemacht hatte. Und demzufolge vielleicht durch irgendein geheimnisvolles Gesetz der Symmetrie auch die erste Spacer-Welt, die wieder gestorben war?

Die erste? Hieß das, daß ihr eine zweite und eine dritte und so weiter folgen würde?

Gladia spürte, wie ihre Traurigkeit zunahm. Es gab Menschen, die tatsächlich so dachten. Wenn sie recht hatten, würde Aurora, ihre neue Heimat, als die erste Spacer-Welt, die man besiedelt hatte, durch die gleiche Regel der Symmetrie die letzte von den fünfzig sein, die sterben würde. In dem Fall könnte sie schlimmstenfalls ihre eigene ausgedehnte Lebenszeit überdauern, und das würde dann reichen müssen.

Wieder suchten ihre Augen die Sterne. Es war hoffnungslos. Für sie war es unmöglich, herauszufinden, welcher jener Lichtpunkte Solarias Sonne war. Sie stellte sich vor, daß es einer der helleren sein müßte; aber selbst davon gab es hunderte.

Sie hob den Arm und machte das, was für sie ihre ›Daneel-Geste‹ war. Daß es dunkel war störte dabei nicht.

Roboter Daneel Olivaw stand fast im gleichen Augenblick neben ihr. Jemand, der ihn vor etwas mehr als zwanzig Dekaden gekannt hätte, als Han Fastolfe ihn konstruiert hatte, hätte an ihm nicht den geringsten Unterschied feststellen können. Sein breites Gesicht mit den hohen Wangenknochen und dem kurzen, bronzefarbenen, nach hinten gekämmten Haar, die blauen Augen, sein großer, wohlproportionierter und perfekt humanoider Körper wären ihm so jung und so emotionslos wie eh und je vorgekommen.

»Kann ich Ihnen in irgendeiner Weise behilflich sein, Madam Gladia«, sagte er mit gleichmäßiger Stimme.

»Ja, Daneel. Welcher von diesen Sternen ist die Sonne Solarias?«

Daneel blickte nicht nach oben. »Keiner von ihnen, Madam Gladia«, sagte er. »Derzeit geht Solarias Sonne etwa um drei Uhr zwanzig morgens auf.«

»Oh?« staunte Gladia. Irgendwie hatte sie angenommen, jeder Stern, für den sie sich gerade zufällig interessierte, würde jederzeit sichtbar sein, wenn es ihr in den Sinn kam, ihn sehen zu wollen. Natürlich gingen sie zu unterschiedlichen Zeiten auf und unter – *das* wußte sie. »Dann habe ich wohl ins Nichts gestarrt.«

»Wie ich aus den menschlichen Reaktionen gelernt habe«, meinte Daneel, als wollte er sie trösten, »sind die Sterne immer schön, ob nun ein bestimmter von ihnen sichtbar ist oder nicht.«

»Ja, wahrscheinlich«, sagte Gladia etwas bedrückt und richtete die Liege mit einem kurzen Schalterdruck auf. Sie stand auf. »Aber ich wollte Solarias Sonne sehen – aber so sehr auch nicht, daß ich hier bis drei Uhr zwanzig sitzen bleiben würde.«

»Selbst wenn Sie das täten«, meinte Daneel, »würden Sie ein Glas brauchen.«

»Ein Glas?«

»Ja. Sie ist mit unbewaffnetem Auge nicht sichtbar, Madam Gladia.«

»Das wird ja immer schlimmer!« Sie wischte über ihre Hose. »Ich hätte dich vorher fragen sollen, Daneel.«

Jeder, der Gladia vor zwanzig Dekaden gekannt hatte, als sie auf Aurora eingetroffen war, hätte eine Veränderung feststellen können. Im Gegensatz zu Daneel war sie nur ein Mensch. Sie war immer noch hundertfünfundfünfzig Zentimeter groß; fast zehn Zentimeter weniger als die ideale Größe für eine Spacer-Frau. Sie hatte darauf geachtet, ihre schlanke Gestalt zu bewahren, und an ihrem Körper war keine Spur von Schwäche oder Steifheit zu bemerken. Aber ihr Haar zeigte ein paar graue Strähnen, und es gab da ein paar feine Fältchen um ihre Augen und eine Andeutung von Körnigkeit an ihrer Haut. Es war durchaus möglich, daß sie noch weitere zehn oder zwölf Dekaden lebte; aber daß sie nicht länger jung war, war nicht zu leugnen. Doch das störte sie nicht.

»Kannst du alle Sterne identifizieren, Daneel?« fragte sie.

»Ich kenne die, die für Menschen mit unbewaffnetem Auge zu sehen sind, Madam Gladia.«

»Und du weißt, wann sie auf- und untergehen, und zwar für jeden Tag des Jahres?«

»Ja, Madam Gladia.«

»Und auch sonst alles mögliche, was sie betrifft?«

»Ja, Madam Gladia. Dr. Fastolfe hat mich einmal gebeten, astronomische Daten zu sammeln, um sie jederzeit zur Hand zu haben, ohne seinen Computer konsultieren zu müssen. Er sagte immer, es sei sympathischer, wenn ich da wäre, um sie ihm zu sagen, als das seinem Computer zu überlassen.« Und dann, als hätte er ihre nächste Frage vorausgeahnt: »Warum das so sein sollte, hat er mir nicht erklärt.«

Gladia hob den linken Arm und machte die entsprechende Bewegung. Ihr Haus war sofort beleuchtet. In dem weichen Licht, das jetzt zu ihr drang, bemerkte sie unterschwellig die schattenhaften Gestalten einiger Roboter, achtete aber nicht darauf. In jeder geordneten Niederlassung gab es stets Roboter in Reichweite der Menschen, sowohl zu deren Sicherheit als auch, um ihnen zu dienen.

Gladia warf einen letzten flüchtigen Blick zum Himmel, wo die Sterne jetzt schwächer zu leuchten schienen. Sie zuckte die Achseln. Was hätte es ihr schon genützt, wenn sie die Sonne jener Welt hätte sehen können, die jetzt verloren war – ein schwacher Punkt unter vielen anderen? Ebensogut konnte sie sich willkürlich einen Punkt auswählen und sich sagen, dieser Punkt sei die Sonne Solarias, und dann ihn anstarren.

Ihre Aufmerksamkeit wandte sich R. Daneel zu. Er wartete geduldig auf sie, und sein Gesicht lag zum größten Teil im Schatten.

Sie ertappte sich erneut bei dem Gedanken, wie wenig er sich doch verändert hatte, seit sie ihn das erste Mal gesehen hatte, damals vor so langer Zeit, als sie in Dr. Fastolfes Niederlassung angekommen war. Natürlich war er einige Male repariert und überholt worden; das wußte sie. Aber es war ein vages, unbestimmtes Wissen, das man von sich schob und auf Distanz hielt.

Das war ein Teil der typischen, übertriebenen Empfindlichkeit, die die Menschen hier an sich hatten. Zwar pflegten die Spacer sich mit ihrer eisernen Gesundheit zu brüsten und damit, daß sie dreißig bis vierzig Dekaden lebten; aber ganz immun gegenüber dem Angriff des Alters waren sie nicht. Einer von Gladias Oberschenkelknochen saß in einem Hüftgelenk aus Titan-Silikon. Ihr linker Daumen war künstlich, obwohl niemand das ohne eine Ultraschall-Tomographie hätte feststellen können. Selbst ein paar ihrer Nerven waren nachgezogen. Und so ziemlich jeder Spacer ähnlichen Alters von jeder der fünfzig Spacer-Welten würde so etwas von sich sagen müssen – nein, neunundvierzig, denn Solaria durfte man nicht länger mitzählen.

Irgendwelche Hinweise auf solche Dinge freilich galten als ein Höchstmaß an Obszönität. Die ärztlichen Aufzeichnungen, die notwendig waren, da es ja sein konnte, daß Nachbehandlungen erforderlich wurden, wurden nie freigegeben. Das Einkommen der Chirurgen, das beträchtlich höher als selbst das des Vorsitzenden war, war zum Teil deshalb so hoch, weil sie praktisch Ausgestoßene der Gesellschaft waren. Immerhin wußten sie Bescheid.

Das alles war ein Teil der Fixiertheit der Spacer auf ihr langes Leben und darauf, nicht zuzugeben, daß es so etwas wie Alter gab. Aber Gladia hielt sich nicht mit irgendwelchen Ursachen oder Analysen auf. Sie fühlte sich bei solchen Gedanken einfach unruhig und unwohl. Wenn es eine dreidimensionale Karte ihrer Person gäbe, in der alle Prothesen, alle reparierten Körperteile rot eingezeichnet wären, im Gegensatz zum Grau ihres natürlichen Ichs, so würde sie aus der Ferne rosa erscheinen – wenigstens stellte sie sich das so vor.

Aber ihr Gehirn war noch intakt und vollkommen; und solange das so war, war auch *sie* intakt und vollkommen, ganz gleich, was mit dem Rest ihres Körpers geschah.

Und das brachte sie zu Daneel zurück. Obwohl sie ihn seit zwanzig Dekaden kannte, gehörte er ihr erst seit dem letzten Jahr. Als Fastolfe gestorben war (wobei die Verzweiflung sein Ende vielleicht beschleunigt hatte), hatte er alles der Stadt hinterlassen, so wie es allgemein üblich war. Zwei Dinge freilich hatte er Gladia vererbt (sah man einmal davon ab, daß er sie als Eigentümerin ihrer Niederlassung und seiner Roboter und anderer Legate bestätigt hatte, mit dem dazugehörigen Grund).

Und dazu hatte auch Daneel gehört.

Gladia fragte: »Erinnerst du dich an alles, was du im Laufe von zwanzig Dekaden je deinem Gedächtnis eingeprägt hast, Daneel?«

Daneel antwortete darauf bedächtig: »Ich glaube schon, Madam Gladia. Natürlich würde ich es nicht wissen, wenn ich irgend etwas vergessen hätte, denn dann wäre es vergessen, und ich könnte mich auch nicht daran erinnern, es mir je gemerkt zu haben.«

»Das ist keineswegs logisch«, sagte Gladia. »Du könntest dich sehr wohl daran erinnern, es zu wissen, aber nicht imstande sein, im Augenblick daran zu denken. Ich hatte schon häufig etwas sozusagen auf der Zungenspitze, war aber nicht imstande, es herauszubekommen.«

»Ich verstehe nicht, Madam«, sagte Daneel. »Wenn ich etwas

wüßte, dann wäre es doch ganz sicher zur Hand, wenn ich es brauchte.«

»Perfektes Wiederauffinden?«

Sie gingen langsam zum Haus.

»Lediglich auffinden, Madam. Ich bin so konstruiert.«

»Und wie lange noch?«

»Ich verstehe nicht, Madam.«

»Ich meine, wieviel wird dein Gehirn halten können? Mit den angesammelten Erinnerungen aus ein wenig mehr als zwanzig Dekaden – wie lange hält es das noch durch?«

»Das weiß ich nicht, Madam. Im Augenblick bemerke ich noch keine Schwierigkeiten.«

»Das wirst du vielleicht auch nicht – bis du plötzlich entdeckst, daß du dich an nichts mehr erinnern kannst.«

Daneel wirkte einen Augenblick lang nachdenklich. »Das mag so sein, Madam.«

»Du weißt doch, Daneel, daß nicht all deine Erinnerungen in gleicher Weise wichtig sind.«

»Darüber kann ich nicht urteilen, Madam.«

»Andere können das. Es wäre durchaus möglich, dein Gehirn zu säubern, Daneel, und es dann unter Aufsicht nur mit dem wichtigen Inhalt an Erinnerungen wieder zu füllen – sagen wir mit zehn Prozent des Ganzen. Dann würdest du viele Jahrhunderte länger fortfahren können, als du es sonst könntest. Mit wiederholten Behandlungen dieser Art könntest du unendlich lang fortfahren. Das ist natürlich eine teure Prozedur, aber ich wäre da nicht kleinlich. Du wärest es wert.«

»Würde man mich in dieser Angelegenheit befragen, Madam? Würde man meine Zustimmung zu einer solchen Behandlung einholen?«

»Selbstverständlich. In einer solchen Angelegenheit würde ich dir nichts *befehlen*. Das wäre ein Verrat an Dr. Fastolfes Vertrauen.«

»Ich danke Ihnen, Madam. In dem Fall muß ich Ihnen sagen, daß ich mich nie freiwillig einer solchen Prozedur unterziehen würde, sofern ich nicht feststellen würde, daß ich tatsächlich meine Erinnerungsfunktion verloren habe.«

Sie hatten jetzt die Tür erreicht, und Gladia blieb stehen. Sie schien ehrlich erstaunt. »Warum, in aller Welt, nicht, Daneel?«

Daneel antwortete darauf mit leiser Stimme: »Es gibt Erinnerungen, deren Verlust ich nicht riskieren darf, Madam; weder unabsichtlich noch infolge fehlerhafter Entscheidung seitens jener, die die Prozedur durchführten.«

»Wie das Auf- und Untergehen der Sterne? Verzeih mir, Daneel, ich wollte mich nicht lustigmachen. Was für Erinnerungen meinst du?«

Und als Daneel diesmal antwortete, war seine Stimme noch leiser: »Madam, damit meine ich meine Erinnerungen an meinen ehemaligen Partner, den Erdenmenschen Elijah Baley.«

Und Gladia stand wie vom Blitz gerührt da, so daß schließlich Daneel die Initiative ergreifen und das Signal geben mußte, daß die Tür sich öffnete.

2

Roboter Giskard Reventlov wartete im Wohnzimmer, und Gladia begrüßte ihn mit dem gleichen Anflug von Verlegenheit, die sie stets empfand, wenn sie sich ihm gegenübersah.

Im Vergleich zu Daneel war er primitiv. Er war ganz offensichtlich ein Roboter – aus Metall gebaut, mit einem Gesicht, an dessen Ausdruck nichts Menschliches war; mit Augen, die schwachrot glühten, was man sehen konnte, wenn es dunkel genug war. Im Gegensatz zu Daneel, der Kleidung trug, vermittelte Giskard nur die Illusion von Kleidung – wenn auch eine geschickte Illusion, denn Gladia selbst hatte sie entworfen.

»Nun, Giskard«, sagte sie.

»Guten Abend, Madam Gladia«, sagte Giskard und neigte dabei leicht den Kopf.

Gladia erinnerte sich an die Worte von Elijah Baley vor langer Zeit. Sie waren wie ein Flüstern in den Tiefen ihres Gehirns.

»Daneel wird sich um dich kümmern. Er wird dein Freund und zugleich dein Beschützer sein, und du mußt ihm Freundin sein – um meinetwillen. Aber auf Giskard sollst du hören. *Er* soll dein Berater sein.«

Gladia hatte die Stirn gerunzelt. »Warum er? Ich bin gar nicht sicher, ob ich ihn mag.«

»Ich verlange auch nicht, daß du ihn *magst*. Ich bitte dich nur, ihm zu *vertrauen*.«

Warum er das wollte, sagte er nicht.

Gladia versuchte, dem Roboter Giskard zu vertrauen, und war froh, daß sie gar nicht erst zu versuchen brauchte, ihn zu mögen. Er hatte etwas an sich, das sie frösteln machte.

Daneel und Giskard waren viele Dekaden lang praktisch Teil ihrer Niederlassung gewesen, wenn auch Fastolfe in all der Zeit nominell der Besitzer gewesen war. Erst auf seinem Totenbett hatte Han Fastolfe das Eigentum an ihnen tatsächlich übertragen. Giskard war der zweite Gegenstand nach Daneel, den Fastolfe Gladia hinterlassen hatte.

Sie hatte zu dem alten Mann gesagt: »Daneel genügt schon, Han. Deine Tochter Vasilia würde gern Giskard haben, dessen bin ich ganz sicher.«

Fastolfe lag still im Bett, die Augen geschlossen, und sah friedlicher aus, als sie ihn seit Jahren gesehen hatte. Er gab nicht gleich Antwort, und einen Augenblick lang dachte sie, er hätte sich so still aus dem Leben geschlichen, daß sie es gar nicht bemerkt hatte. Instinktiv verstärkte sich der Druck ihrer Hand an der seinen, und seine Augen öffneten sich.

Er flüsterte: »Biologische Töchter sind mir gleichgültig Gladia. Zwanzig Dekaden lang habe ich nur eine echte Tochter gehabt, und das warst du. Ich möchte, daß *du* Giskard bekommst. Er ist wertvoll.«

»Warum ist er wertvoll?«

»Das kann ich nicht sagen. Aber seine Anwesenheit hat immer beruhigend auf mich gewirkt. Du darfst ihn nie weggeben, Gladia. Das mußt du mir versprechen.«

»Ich verspreche es«, sagte sie.

Und dann hatten sich seine Augen ein letztes Mal geöffnet, und seine Stimme hatte, als würde sie ein letztes Reservoir der Kraft finden, in fast natürlichem Tonfall gesagt: »Ich liebe dich, Gladia, meine Tochter.«

Und Gladia hatte gesagt: »Ich liebe dich, Han, mein Vater.«

Das waren die letzten Worte gewesen, die er gehört und gesagt hatte. Plötzlich hielt Gladia die Hand eines Toten und brachte es nicht über sich, sie loszulassen. Und so kam es, daß Giskard ihr gehörte. Und doch vermittelte er ihr ein Gefühl des Unbehagens, und sie wußte nicht, warum das so war.

»Nun, Giskard?« sagte sie. »Ich habe versucht, Solaria zwischen den Sternen am Himmel zu erkennen. Aber Daneel sagt, daß ich es erst um drei Uhr zwanzig sehen kann und selbst dann ein Glas brauchen würde. Hättest du das gewußt?«

»Nein, Madam.«

»Sollte ich all die Stunden warten? Was meinst du?«

»Ich schlage vor, Madam Gladia, daß es für Sie besser wäre, zu Bett zu gehen.«

Irgend etwas in Gladia bäumte sich dagegen auf. »Wirklich? Und wenn ich mich dafür entscheide, aufzubleiben?«

»Das ist nur ein Vorschlag, Madam. Aber Sie werden morgen einen schweren Tag haben und werden es ohne Zweifel bedauern, den Schlaf versäumt zu haben, wenn Sie jetzt aufbleiben.«

Gladia runzelte die Stirn. »Weshalb werde ich morgen einen schweren Tag haben, Giskard? Mir ist nichts von bevorstehenden Schwierigkeiten bekannt.«

Giskard antwortete: »Sie haben eine Verabredung, Madam, mit einem gewissen Levular Mandamus.«

»So, habe ich das? Wann ist das passiert?«

»Vor einer Stunde. Er hat fotofoniert, und ich habe mir die Freiheit genommen...«

»*Du* hast dir die Freiheit genommen? Wer ist er?«

»Er ist Mitglied des Robotik-Instituts, Madam.«

»Dann ist er ein Untergebener von Kendel Amadiro.«

»Ja, Madam.«

»Dann sollst du wissen, Giskard, daß ich nicht im geringsten daran interessiert bin, diesen Mandamus zu sehen oder sonst irgend jemanden, der in irgendeiner Verbindung zu dieser giftigen Kröte Amadiro steht. Wenn du dir also die Freiheit genommen hast, mit ihm in meinem Namen eine Verabredung zu treffen, dann wirst du dir jetzt die weitere Freiheit nehmen, ihn sofort anzurufen und die Verabredung abzusagen.«

»Wenn Sie das als Befehl bestätigen werden, Madam, und zwar so entschieden und so stark Sie können, dann werde ich versuchen zu gehorchen. Aber vielleicht werde ich das nicht können. Sehen Sie, nach meinem Urteil würden Sie sich selbst Schaden zufügen, wenn Sie die Verabredung absagten. Und ich darf durch nichts, was ich tue, zulassen, daß Sie Schaden erleiden.«

»Vielleicht ist dein Urteil falsch, Giskard. Wer *ist* dieser Mann, daß es mir Schaden bereiten könnte, wenn ich ihn nicht empfange? Daß er Mitglied des Robotik-Instituts ist, macht ihn doch kaum wichtig für mich.«

Gladia wußte sehr wohl, daß sie ihren Unwillen ohne Grund an Giskard ausließ. Die Nachricht, daß man Solaria aufgegeben hatte, hatte sie erregt. Und ihre Unwissenheit, die sie an einem Himmel nach Solaria suchen ließ, an dem Solaria nicht zu finden war, war ihr peinlich.

Natürlich, es war Daneels Wissen gewesen, das ihre eigene Unwissenheit so deutlich hatte werden lassen; und doch hatte sie nicht *ihm* gezürnt – aber Daneel sah natürlich menschlich aus, und so behandelte Gladia ihn auch automatisch so, als wäre er ein Mensch. Der Schein war alles. Giskard sah wie ein Roboter aus, also konnte man leicht auch annehmen, daß er keine Gefühle besaß, die man verletzen konnte.

Und dann reagierte Giskard auch überhaupt nicht auf Gladias Unwillen. (Nicht daß Daneel reagiert hätte, wenn es dazu gekommen wäre.) Er sagte: »Ich habe Dr. Mandamus als Mitglied des Robotik-Instituts beschrieben. Aber vielleicht ist er mehr als das. In den letzten paar Jahren war er die rechte Hand Dr. Amadiros. Das macht ihn wichtig, und man darf ihn nicht leichtfertig ignorieren. Es wäre nicht gut, Dr. Mandamus zu beleidigen, Madam.«

»Nein? Mir ist dieser Mandamus egal, ganz zu schweigen von Amadiro. Ich nehme an, du erinnerst dich, daß Amadiro einmal, als er und ich und die Welt noch jung waren, sich die größte Mühe gegeben hat, zu beweisen, daß Dr. Fastolfe eines Mordes schuldig gewesen sei, und daß seine Machenschaften nur durch etwas, das an ein Wunder grenzte, verhindert werden konnten.«

»Ich erinnere mich sehr wohl, Madam.«

»Welche Erleichterung. Ich hatte schon befürchtet, daß du das in zwanzig Dekaden vergessen hättest. In diesen zwanzig Dekaden hatte ich nichts mit Dr. Amadiro zu tun und auch mit niemandem, der mit ihm in Verbindung steht. Und es ist meine Absicht, dabei zu bleiben. Es ist mir egal, welchen Schaden ich mir selbst zufügen könnte oder welche Konsequenzen das haben könnte. Ich werde diesen Dr. Wie-auch-immer-er-heißen-mag nicht empfangen. Und in Zukunft wirst du keine Verabredungen in meinem Namen treffen, ohne mich zu befragen oder zumindest zu erklären, daß solche Verabredungen vorbehaltlich meiner Zustimmung gelten.«

»Ja, Madam«, sagte Giskard. »Aber wenn ich Sie darauf hinweisen darf...«

»Nein, das darfst du *nicht*«, sagte Gladia und wandte sich von ihm ab.

Während sie sich drei Schritte von ihm entfernte, herrschte Schweigen. Dann sagte Giskards ruhige Stimme: »Madam, ich muß Sie bitten, mir zu vertrauen.«

Gladia blieb stehen. Warum gebrauchte er gerade diesen Ausdruck?

Wieder hörte sie jene Stimme aus der Vergangenheit: »Ich verlange auch nicht, daß du ihn *magst*. Ich bitte dich nur, ihm zu *vertrauen*.«

Ihre Lippen preßten sich zusammen, und sie runzelte die Stirn. Widerstrebend drehte sie sich um.

»Nun?« sagte sie, beinahe unfreundlich. »Was hast du zu sagen, Giskard?«

»Nur, daß zu Lebzeiten Dr. Fastolfes auf Aurora das galt, was er sagte, und nicht nur auf Aurora, sondern auch auf den anderen Spacer-Welten. Demzufolge hat man es den Menschen der Erde erlaubt, unbehindert zu verschiedenen geeigneten Planeten der Galaxis auszuwandern. Die Welten, die sie besiedelt haben und die wir heute die Settler-Welten nennen, blühen und gedeihen. Doch jetzt ist Dr. Fastolfe tot, und seinen Nachfolgern fehlt das Prestige, das er genoß. Dr. Amadiro ist bei seinen gegen die Erde gerichteten Ansichten geblieben, und es ist durchaus möglich, daß er jetzt mit diesen Ansichten triumphiert und daß die Politik der Spacer-Welten sich ändert und sich gegen die Erde und die Settler-Welten richtet.«

»Wenn das so ist, Giskard, was kann *ich* dann dagegen tun?«

»Sie können Dr. Mandamus empfangen und vielleicht herausfinden, weshalb es für ihn so wichtig ist, mit Ihnen zu sprechen, Madam. Ich kann Ihnen versichern, er hat sich sehr darum bemüht, so früh wie möglich ein Gespräch mit Ihnen führen zu können. Er hat darum gebeten, Sie um acht Uhr früh treffen zu dürfen.«

»Giskard, ich empfange *niemals* jemanden vor Mittag.«

»Das habe ich ihm erklärt, Madam. Für mich war dieser hartnäckige Wunsch, Sie trotz meiner Erklärung bereits zur Frühstückszeit zu sehen, ein Maß seiner Verzweiflung. Mir schien es wichtig, herauszufinden, weshalb er so verzweifelt war.«

»Und wenn ich ihn nicht empfange, könnte mir daraus – das ist doch deine Ansicht, nicht wahr? – persönlicher Schaden erwachsen? Ich frage nicht, ob es der Erde oder den Kolonisten oder sonst jemandem schaden wird. Wird es *mir* schaden?«

»Madam, es könnte der Erde und den Kolonisten in bezug auf ihre Möglichkeiten, die Galaxis zu besiedeln, schaden. Dieser Traum ist vor mehr als zwanzig Dekaden im Geist von Detektiv Elijah Baley entstanden. Wenn also der Erde Schaden zugefügt wird, dann würde damit seine Erinnerung entweiht. Sehe ich es denn falsch, wenn ich meine, daß jeder Schaden, der seinem Vermächtnis zugefügt wird, auch von Ihnen wie ein persönlicher Schaden empfunden würde?«

Gladia war verblüfft. Zweimal im Laufe der letzten Stunde war Elijah Baley ins Gespräch gekommen. Er war schon lange tot – ein kurzlebiger Erdenmensch, der vor mehr als sechzehn Dekaden gestorben war –, und doch konnte die bloße Erwähnung seines Namens sie auch heute noch erschüttern.

»Wie können diese Dinge plötzlich so ernst geworden sein?«

»Das ist keineswegs plötzlich, Madam. Seit zwanzig Dekaden sind die Menschen der Erde und die Menschen der Spacer-Welten parallele Wege gegangen, und nur die weitsichtige

Politik Dr. Fastolfes hat es verhindert, daß es zu einem Zusammenstoß gekommen ist. Doch Dr. Fastolfe mußte sich die ganze Zeit mit einer starken Opposition auseinandersetzen. Jetzt, da Dr. Fastolfe tot ist, ist diese Opposition viel mächtiger geworden. Die Aufgabe von Solaria hat den Einfluß der Opposition wachsen lassen – und aus den Kräften, die heute noch die Opposition bilden, kann bald die herrschende politische Gruppierung hervorgehen.«

»Warum?«

»Das, was auf Solaria geschehen ist, Madam, ist ein klarer Hinweis, daß die Stärke der Spacer im Schwinden begriffen ist. Daraus müssen viele Auroraner den Schluß ziehen, daß jetzt gehandelt werden muß, ehe es zu spät ist.«

»Und du meinst, es sei wichtig, daß ich diesen Mann empfange, um all das zu verhindern?«

»Das meine ich in der Tat, Madam.«

Gladia schwieg einen Augenblick lang und erinnerte sich erneut, wenn auch widerstrebend, daran, daß sie Elijah einmal versprochen hatte, Giskard zu vertrauen. Schließlich meinte sie: »Nun, eigentlich will ich es nicht, und ich glaube auch nicht, daß es irgend jemandem nützen wird, wenn ich diesen Mann empfange, aber – nun gut, ich werde ihn empfangen.«

3

Gladia schlief, und das Haus war finster – nach menschlichen Begriffen –, und dennoch lebte es, herrschten in ihm Bewegung und Aktivität; denn für die Roboter gab es viel zu tun, und sie arbeiteten mit Infrarotlicht.

Die Niederlassung mußte nach den unvermeidbaren, Unordnung schaffenden Aktivitäten des Tages wieder in Ordnung gebracht werden. Vorräte mußten hereingebracht, Unrat beseitigt, Gegenstände gesäubert und poliert oder aufbewahrt werden. Geräte mußten überprüft und instandgesetzt werden. Und dann war da stets die Wachpflicht.

Es gab keine Schlösser an den Türen; man brauchte sie nicht.

Auf Aurora gab es keinerlei Gewaltverbrechen – weder gegen menschliche Wesen noch gegen ihren Besitz. Es konnte nichts Derartiges geben, da jede Niederlassung, jedes menschliche Wesen zu jeder Zeit von Robotern bewacht wurde; und das war wohlbekannt und galt jedem als selbstverständlich. Der Preis für diese Ruhe und diese Sicherheit war, daß stets Robot-Wächter Dienst tun mußten. Sie wurden nie gebraucht – aber nur deshalb, weil sie stets zugegen waren.

Giskard und Daneel, deren Fähigkeiten intensiver und allgemeiner als die der anderen Roboter der Niederlassung waren, hatten keine spezifischen Pflichten, sofern man die Verantwortung für das ordentliche Funktionieren aller anderen Roboter nicht als spezifische Pflicht zählte.

Um drei Uhr morgens hatten sie ihre Rundungen draußen auf dem Rasen und in dem kleinen Wäldchen beendet und sich vergewissert, daß all die Außenwächter ihre Funktionen erfüllten und daß keine Probleme im Entstehen waren.

Sie trafen sich an der Südgrenze der Ländereien der Niederlassung und unterhielten sich eine Weile in ihrer abkürzenden äsopischen Sprache. Sie verstanden einander gut; schließlich hatten sie viele Dekaden der Kommunikation hinter sich und brauchten sich auch nicht mit den gekünstelten Feinheiten menschlicher Sprache abzumühen.

Daneel sagte in fast unhörbarem Flüsterton: »Wolken. Unsichtbar.«

Hätte Daneel für menschliche Ohren gesprochen, dann hätte er gesagt: ›Wie du siehst, Freund Giskard, hat sich der Himmel bewölkt. Wenn Madam Gladia gewartet hätte, um Solaria zu sehen, wäre ihr das ohnehin nicht gelungen.‹

Und Giskards Antwort, ›Wie vorhergesagt. Unterredung besser‹, war das Äquivalent von ›Der Wetterbericht hat es vorhergesagt, Freund Daneel, und man hätte das als Vorwand gebrauchen können, um Madam Gladia früh zu Bett zu bringen. Mir schien es jedoch wichtiger, dieses Problem in aller Offenheit in Angriff zu nehmen und sie zu überreden, diese Unterredung zuzulassen, von der ich dir schon erzählt habe.‹

»Mir scheint, Freund Giskard«, sagte Daneel, »es ist dir

hauptsächlich deshalb schwergefallen, sie zu überreden, weil die Aufgabe von Solaria sie erregt hat. Ich bin einmal mit Partner Elijah dortgewesen, als Madam Gladia noch Solarianerin war und dort lebte.«

»Ich war immer der Ansicht«, sagte Giskard, »daß Madam Gladia auf ihrem Heimatplaneten nicht glücklich war; daß sie ihre Welt gern verlassen hat und niemals die Absicht hatte, dorthin zurückzukehren. Und doch stimme ich darin mit dir überein, daß es sie belastet, daß Solarias Geschichte zu Ende gegangen ist.«

»Ich verstehe diese Reaktion von Madam Gladia nicht«, sagte Daneel, »aber es kommt ja oft vor, daß die menschlichen Reaktionen sich nicht logisch aus den Ereignissen ableiten lassen.«

»Deshalb ist es ja manchmal so schwierig zu entscheiden, was einem menschlichen Wesen Schaden bereitet und was nicht.« Giskard hätte das mit einem Seufzen sagen können, vielleicht sogar einem etwas gereizten Seufzen, wäre er ein Mensch gewesen. So brachte er es lediglich als eine emotionslose Einschätzung einer schwierigen Situation vor. »Dies ist einer der Gründe, weshalb mir scheint, daß die Drei Gesetze der Robotik unvollständig oder jedenfalls ungenügend sind.«

»Du hast das schon früher gesagt, Freund Giskard, und ich habe mich bemüht, es zu glauben, aber es ist mir nicht gelungen«, sagte Daneel.

Giskard sagte eine Weile nichts und meinte dann: »Intellektuell denke ich, daß sie unvollständig oder ungenügend sein müssen. Aber wenn ich versuche, das zu *glauben*, dann gelingt das auch mir nicht, weil die Gesetze mich binden. Wenn ich nicht an sie gebunden wäre, dann würde ich ganz sicher auch glauben, daß sie unzulänglich sind.«

»Das ist ein Paradoxon, das ich nicht verstehen kann.«

»Ich auch nicht. Und doch empfinde ich einen Zwang, dieses Paradoxon zum Ausdruck zu bringen. Gelegentlich fühle ich sogar, daß ich kurz davor stehe, zu begreifen, in welcher Hinsicht die drei Gesetze unvollständig oder ungenügend sein könnten – so wie in meinem Gespräch heute abend mit Madam

Gladia. Sie fragte mich, inwieweit es ihr persönlich Schaden bereiten könnte, die Verabredung nicht einzuhalten, die ich getroffen habe – persönlich, sagte sie, und nicht nur Schaden im abstrakten Sinne –, und ich war außerstande, die Frage zu beantworten, weil das den Geltungsbereich der Drei Gesetze übersteigt.«

»Du hast perfekt geantwortet, Freund Giskard. Es hätte Madam Gladia tief getroffen, wenn die Erinnerung an Partner Elijah Schaden gelitten hätte.«

»Das war die beste Antwort innerhalb des Geltungsbereichs der Drei Gesetze. Aber es war nicht die beste mögliche Antwort.«

»Und was war die beste mögliche Antwort?«

»Das weiß ich nicht, weil ich es nicht in Worte, ja nicht einmal in Konzepte fassen kann, solange die Gesetze mich binden.«

»Es gibt nichts außerhalb der Gesetze«, sagte Daneel.

»Wenn ich ein Mensch wäre«, sagte Giskard, »könnte ich über die Gesetze hinaussehen. Und ich denke, Freund Daneel, daß du früher dazu imstande sein könntest, über sie hinauszusehen, als ich.«

»Ich?«

»Ja, Freund Daneel. Ich denke mir schon lange, daß du, obwohl du ein Roboter bist, in bemerkenswerter Weise wie ein menschliches Wesen denkst.«

»Es ist nicht richtig, das zu denken«, sagte Daneel langsam, fast als leide er Schmerzen. »Du denkst solche Dinge, weil du in das Bewußtsein der Menschen hineinsehen kannst. Das verzerrt dich und wird dich möglicherweise am Ende zerstören. Für mich ist dieser Gedanke ein unglücklicher. Wenn du dich davon abhalten kannst, mehr als du unbedingt mußt in den Geist der Menschen hineinzusehen, dann solltest du das tun.«

Giskard wandte sich ab. »Ich kann es nicht verhindern, Freund Daneel. Ich würde es nicht verhindern wollen. Ich bedaure, daß die Drei Gesetze mich abhalten, diese Fähigkeit mehr zu nutzen. Ich kann nicht tief genug forschen – aus Furcht, Schaden anzurichten. Ich kann nicht direkt genug Einfluß ausüben – aus Furcht, ich könnte Schaden anrichten.«

»Und doch hast du Madam Gladia sehr geschickt beeinflußt, Freund Giskard.«

»Nein, nicht wirklich. Ich hätte ihr Denken modifizieren und sie dazu bringen können, das Gespräch ohne Widerspruch zu akzeptieren. Aber der menschliche Geist ist so kompliziert, daß ich nur sehr wenig zu tun wage. Jede Veränderung, die ich hervorrufe, ruft weitere Veränderungen hervor, die ich nicht überblicke und die vielleicht Schaden bewirken könnten.«

»Und doch hast du Madam Gladia beeinflußt.«

»Das brauchte ich nicht. Das Wort ›Vertrauen‹ hat eine große Wirkung auf sie und macht sie aufgeschlossener. Das ist mir schon in der Vergangenheit aufgefallen. Aber ich gebrauche das Wort nur mit der größten Vorsicht, um seine Wirkung nicht abzuschwächen. Ich habe schon oft darüber nachgedacht, warum das so ist. Aber ich kann nicht einfach in ihrem Geist nach einer Lösung suchen.«

»Weil die Drei Gesetze es nicht gestatten?«

Das schwache Leuchten in Giskards Augen schien sich zu verstärken. »Ja. Die Drei Gesetze stehen mir in jedem Stadium im Wege – und doch kann ich sie nicht modifizieren, eben weil sie mir im Wege stehen. Und doch habe ich das Gefühl, sie modifizieren zu müssen, weil ich fühle, daß eine Katastrophe heraufzieht.«

»Das hast du schon früher gesagt, Freund Giskard, aber du hast nicht erklärt, welcher Art diese Katastrophe ist.«

»Weil ich es nicht weiß. Sie basiert auf der wachsenden Feindschaft zwischen Aurora und der Erde. Aber wie sich das zu einer tatsächlichen Katastrophe entwickeln wird, kann ich nicht sagen.«

»Ist es möglich, daß es vielleicht gar keine Katastrophe geben wird?«

»Das glaube ich nicht. Ich habe bei gewissen auroranischen Amtsträgern, denen ich begegnet bin, eine Aura der Katastrophe gefühlt – so als warteten sie auf einen Triumph. Ich kann das nicht genauer beschreiben und kann auch nicht tiefer sondieren, um eine bessere Beschreibung liefern zu können, weil mir die Drei Gesetze das nicht gestatten. Das ist ein weiterer Grund, weshalb das Gespräch mit Mandamus morgen stattfinden muß. Es wird mir die Gelegenheit liefern, *sein* Bewußtsein zu studieren.«

»Und wenn du dabei nichts erfährst?«

Obwohl Giskards Stimme keine Emotion im menschlichen Sinne ausdrücken konnte, war die Verzweiflung in seinen Worten nicht zu verkennen. »Dann werde ich hilflos sein«, sagte er. »Ich kann nur den Gesetzen folgen. Was könnte ich sonst tun?«

Und Daneel sagte leise und niedergeschlagen: »Nichts.«

4

Gladia betrat ihr Wohnzimmer um 8.15 Uhr. Sie hatte Mandamus (seinen Namen hatte sie sich mit einigem Widerstreben eingeprägt) absichtlich und nicht ohne eine gewisse Boshaftigkeit auf sie warten lassen. Sie hatte sich auch große Mühe mit ihrem Aussehen gegeben und (zum erstenmal seit Jahren) unter den grauen Strähnen in ihrem Haar gelitten und dabei den flüchtigen Wunsch verspürt, sie hätte sich, wie es auf Aurora fast allgemein üblich war, das Haar färben lassen. Indem sie so jung und so attraktiv wie möglich aussah, hätte sie diesen Büttel Amadiros noch stärker in die Defensive drängen können.

Sie war fest entschlossen gewesen, ihn auf den ersten Blick unsympathisch zu finden, war sich dabei aber natürlich der bedrückenden Möglichkeit bewußt, daß er sich als jung und attraktiv erweisen könnte; daß ein sonniges Gesicht sich von ihrer Erscheinung zu einem strahlenden Lächeln veranlaßt sehen könnte und daß sie sich, wenn auch widerstrebend, zu ihm hingezogen fühlen könnte.

Demzufolge beruhigte sie sein Anblick. Jung war er, ja. Wahrscheinlich hatte er noch nicht einmal sein erstes halbes Jahrhundert hinter sich; aber er hatte nichts daraus gemacht. Er war groß, vielleicht 185 cm, schätzte sie, aber zu dünn; das ließ ihn hager erscheinen. Sein Haar war für einen Auroraner eine Spur zu dunkel, seine Augen von etwas blassem Braun, sein

Gesicht zu lang, seine Lippen zu dünn, sein Mund zu breit und sein Teint nicht hell genug. Aber was ihm ganz besonders den Anschein der Jugend raubte, war sein Ausdruck – denn der war zu finster, zu humorlos.

Gladia erinnerte sich fast unwillkürlich an die historischen Romane, die zur Zeit auf Aurora so große Mode waren (Romane, die ausnahmslos auf der primitiven Erde spielten – was höchst seltsam war für eine Welt, die die Erdenmenschen in zunehmendem Maße haßte, und dachte: Der ist ja das typische Bild eines Puritaners.

Sie empfand Erleichterung und hätte beinahe gelächelt. Gewöhnlich wurden Puritaner als Bösewichte geschildert; und ob nun dieser Mandamus tatsächlich ein Puritaner war oder nicht, war es jedenfalls bequem, daß er wie einer aussah.

Nur als er zu reden begann, war Gladia enttäuscht, denn seine Stimme war weich und klang musikalisch. (Um dem Stereotyp zu entsprechen, hätte er näseln müssen.)

Er sagte: »Mrs. Gremionis?«

Mit einem Lächeln, das herablassend wirken sollte, spreizte sie die Finger. »Mr. Mandamus – bitte, nennen Sie mich Gladia. Alle tun das.«

»Ich weiß, daß Sie Ihren Vornamen beruflich nutzen...«

»Ich nutze und benutze ihn in jeder Weise. Und meine Ehe ist vor einigen Dekaden in Freundschaft beendet worden.«

»Sie hat lange gehalten, glaube ich.«

»Sehr lange. Sie war ein großer Erfolg. Aber selbst große Erfolge haben ihr natürliches Ende.«

»Ah«, sagte Mandamus salbungsvoll. »Wenn man den Erfolg über sein natürliches Ende fortsetzen will, kann das leicht zum Versagen führen.«

Gladia nickte und meinte mit der Andeutung eines Lächelns: »Wie weise für jemanden, der so jung ist. Aber wollen wir nicht in den Speisesaal gehen? Das Frühstück ist fertig, und ich habe Sie sicher schon lange genug aufgehalten.«

Erst als Mandamus mit ihr kehrtmachte und seinen Schritt dem ihren anpaßte, bemerkte Gladia, daß er von zwei Robotern begleitet war. Für einen Auroraner war es völlig undenkbar, irgendwohin ohne robotisches Gefolge zu gehen. Aber solange Roboter stillestehen, nimmt das auroranische Auge sie nicht wahr.

Gladia erkannte mit schnellem Blick, daß es sich um neueste Modelle handelte, sichtlich teuere Modelle. Ihre Pseudokleidung war kunstvoll und vollendet und – wenn auch nicht von Gladia entworfen – doch erstklassig. Das mußte Gladia, wenn auch widerstrebend, zugeben. Sie würde herausfinden müssen, wer sie entworfen hatte, denn sie erkannte den Stil nicht – und am Ende erwuchs ihr da irgendwo neue, starke Konkurrenz. Sie ertappte sich dabei, wie sie den Stil der Pseudokleidung bewunderte, der bei beiden Robotern derselbe war, doch jedem seine Individualität ließ. Die beiden waren unverwechselbar.

Mandamus bemerkte ihren schnellen Blick und deutete ihren Ausdruck mit beunruhigender Akkuratesse. (Er ist intelligent, dachte Gladia enttäuscht.) Er sagte: »Das Äußere meiner Roboter ist von einem jungen Mann im Institut entworfen worden, der sich bis jetzt noch keinen Namen gemacht hat. Aber das wird er doch, glauben Sie nicht?«

»Ganz entschieden«, sagte Gladia.

Gladia rechnete nicht damit, daß der andere vor dem Ende des Frühstücks ein ernsthaftes Gespräch versuchen würde. Es galt als ein Höchstmaß an schlechter Erziehung, während der Mahlzeiten von irgend etwas anderem als von Trivialitäten zu sprechen. Und Gladia vermutete, daß Mandamus sich nicht gerade gut auf Trivialitäten verstand. Es gab natürlich das Wetter. Die letzten, jetzt zum Glück der Vergangenheit angehörenden Regengüsse wurden erwähnt und die Aussichten für die bevorstehende trockene Jahreszeit. Dann folgte die fast obligatorische Lobeshymne auf die Niederlassung der Gastgeberin, die Gladia mit geübter Bescheidenheit akzeptierte. Sie tat nichts, um es dem Mann leichter zu machen, und ließ ihn ohne Hilfe nach weiteren Themen suchen.

Schließlich fiel sein Auge auf Daneel, der still und reglos in seiner Wandnische stand. Mandamus schaffte es, seine auroranische Gleichgültigkeit zu überwinden und ihn zur Kenntnis zu nehmen.

»Ah«, sagte er, »das ist offensichtlich der berühmte R. Daneel Olivaw. Er ist absolut unverkennbar. Ein wirklich bemerkenswertes Exemplar.«

»Sehr bemerkenswert.«

»Er gehört jetzt Ihnen, nicht wahr? Gemäß Fastolfes Testament?«

»Gemäß Doktor Fastolfes Testament, ja«, sagte Gladia mit leichter Betonung.

»Es verwundert mich wirklich, daß die Versuche des Instituts mit humanoiden Robotern gescheitert sind. Haben Sie einmal darüber nachgedacht?«

»Ich habe vom Scheitern der Versuche gehört«, sagte Gladia vorsichtig. (War es etwa das, worauf er hinauswollte?) »Aber ich muß gestehen, daß ich mich nicht sehr damit befaßt habe.«

»Die Soziologen versuchen immer noch, es zu begreifen. Wir im Institut sind jedenfalls nie ganz über diese Enttäuschung hinweggekommen. Uns schien das eine so natürliche Entwicklung. Einige von uns glauben, daß Fa... daß Dr. Fastolfe irgendwie etwas damit zu tun hatte.«

(Er hatte es vermieden, den Fehler ein zweites Mal zu machen, dachte Gladia. Ihre Augen verengten sich. Für sie war jetzt klar, daß er sie aufgesucht hatte, um nach Material zu suchen, das dem armen, guten Han schaden würde.)

So meinte sie gereizt: »Wer das denkt, ist ein Narr. Wenn Sie das denken, bin ich nicht bereit, diesen Ausdruck zurückzunehmen.«

»Ich gehöre *nicht* zu denen, die das denken, und zwar hauptsächlich deswegen, weil ich nicht sehen kann, was Dr. Fastolfe getan haben könnte, um ein Fiasko daraus zu machen.«

»Warum sollte überhaupt jemand etwas tun müssen? Es läuft doch darauf hinaus, daß die Öffentlichkeit sie nicht haben wollte. Ein Roboter, der wie ein Mann aussieht, tritt in Wettbewerb mit einem Mann. Und einer, der wie eine Frau aussieht, eben mit einer Frau. Und wer will das schon? Die Menschen auf Aurora jedenfalls wollten diesen Wettbewerb nicht. Müssen wir da weiter suchen?«

»Sexueller Wettbewerb?« fragte Mandamus ruhig.

Einen Augenblick lang suchte Gladias Blick den seinen und hielt ihn fest. Wußte er von ihrer lange zurückliegenden Liebe zu dem Roboter Jander? Und wenn er es wußte, hatte es etwas zu bedeuten?

Aber an seinem Gesichtsausdruck war nichts, das darauf hingewiesen hätte, daß seine Worte irgendeinen versteckten Sinn vermitteln sollten.

Schließlich sagte sie: »Wettbewerb in jeder Hinsicht. Wenn Dr. Han Fastolfe etwas getan hat, das zu einem solchen Gefühl beitrug, dann dies, daß er seine Roboter in zu menschlicher Weise gebaut hat. Aber das war auch das einzige.«

»Ich denke, Sie haben *doch* darüber nachgedacht«, sagte Mandamus. »Das Problem ist, daß den Soziologen die Konkurrenzfurcht mit zu menschlichen Robotern einfach als Erklärung zu vereinfacht erscheint. Das allein würde nicht ausreichen. Und irgendwelche andere, wesentliche Motive für eine solche Aversion waren nicht festzustellen.«

»Die Soziologie ist keine exakte Wissenschaft«, sagte Gladia.

»Aber auch nicht völlig unexakt.«

Gladia zuckte die Achseln.

Nach einer längeren Pause meinte Mandamus: »Jedenfalls hat das uns davon abgehalten, Kolonisierungs-Expeditionen richtig zu organisieren, ohne humanoide Roboter, die den Weg bereiten...«

Das Frühstück war noch nicht ganz beendet; aber für Gladia war es klar, daß Mandamus die Trivialitäten einfach ausgegangen waren. Und so sagte sie: »Wir hätten ja selbst gehen können.«

Jetzt war Mandamus an der Reihe, die Achseln zu zucken. »Zu schwierig. Außerdem sind diese kurzlebigen Barbaren von der Erde mit Erlaubnis Ihres Dr. Fastolfe wie eine Heuschreckenplage ausgeschwärmt, zu jedem Planeten, den sie erreichen konnten.«

»Es gibt immer noch viele verfügbare Planeten. Millionen. Und wenn sie es können...«

»Natürlich können *sie* es«, sagte Mandamus mit plötzlicher

Leidenschaft. »Das kostet viele das Leben. Aber was ist das schon für *sie*? Der Verlust einer Dekade vielleicht, das ist alles. Und es gibt Milliarden von ihnen. Wenn ein oder zwei Millionen bei der Kolonisierung sterben – wer bemerkt das schon? Und wem macht es etwas aus? Denen nicht.«

»Ich bin ganz sicher, daß es ihnen etwas ausmacht.«

»Unsinn! *Unser* Leben ist länger, und deshalb wertvoller, und deshalb achten wir ganz natürlicherweise auch mehr darauf.«

»Und so sitzen wir hier und tun nichts anderes, als uns über die Kolonisten von der Erde zu erregen, darüber, daß sie bereit sind, ihr Leben zu riskieren und demzufolge das Erbe der Galaxis anzutreten.«

Gladia war nicht bewußt, daß sie ein sonderliches Prosiedler-Vorurteil empfand; aber sie wollte Mandamus einfach widersprechen. Und während sie sprach, wurde ihr klar, daß etwas, das als bloßer Widerspruch begonnen hatte, durchaus einen Sinn ergab und vielleicht sogar ihre Gefühle widerspiegelte. Außerdem hatte sie von Dr. Fastolfe in seinen letzten, enttäuschten Jahren oft ähnliche Dinge gehört.

Auf Gladias Zeichen hin wurde der Tisch schnell und geschickt abgedeckt. Sie hätten das Frühstück fortsetzen können; aber das Gespräch ebenso wie die Stimmung waren für eine zivilisierte Mahlzeit ungeeignet geworden.

Sie begaben sich in den Wohnraum zurück. Seine Roboter folgten ihm und ebenso auch Daneel und Giskard, wobei alle ihre Nischen fanden. (Mandamus hatte bezüglich Giskards keine Bemerkung gemacht, dachte Gladia; aber weshalb hätte er das auch tun sollen? Giskard war durch und durch altmodisch, ja sogar primitiv und im Vergleich zu den wunderschönen Exemplaren in Mandamus' Gefolge völlig unbeeindruckend.)

Gladia nahm Platz und schlug die Beine übereinander, wobei ihr völlig bewußt war, daß der durchsichtige untere Teil ihrer Hosenbeine dem immer noch jugendlichen Aussehen ihrer Beine schmeichelte.

»Darf ich jetzt den Grund erfahren, weshalb Sie mich sprechen wollten, Dr. Mandamus?« sagte sie, nicht gewillt, die Dinge noch weiter hinauszuschieben.

Darauf sagte er: »Ich habe die schlechte Angewohnheit, nach den Mahlzeiten medizinischen Gummi zu kauen. Das hilft meiner Verdauung. Würde Sie das stören?«

»Es würde mich ablenken«, sagte Gladia steif.

(Wenn er nicht kauen konnte, würde das von Nachteil für ihn sein. Außerdem, dachte Gladia bei sich, sollte er in seinem Alter noch nichts brauchen, um seine Verdauung zu fördern.)

Mandamus hatte bereits ein kleines, rechteckiges Päckchen halb aus der Brusttasche seiner Tunika gezogen. Jetzt schob er es zurück, ohne sich die Enttäuschung anmerken zu lassen, und murmelte: »Selbstverständlich.«

»Ich hatte gefragt, weshalb Sie mich sprechen wollten, Dr. Mandamus.«

»Es sind tatsächlich zwei Gründe, Lady Gladia. Der eine ist persönlicher Natur, der andere offiziell. Würde es Ihnen etwas ausmachen, wenn ich zuerst die persönliche Angelegenheit anspreche?«

»Lassen Sie mich in aller Offenheit sagen, Dr. Mandamus, daß mir die Vorstellung schwerfällt, daß es irgendwelche persönliche Angelegenheiten zwischen uns geben könnte. Sie sind im Robotik-Institut tätig, nicht wahr?«

»Ja, das ist richtig.«

»Und stehen, wie man mir sagt, Amadiro nahe.«

»Ich habe die Ehre, mit *Doktor* Amadiro zusammenzuarbeiten«, sagte er mit leichter Betonung.

(Jetzt zahlt er es mir zurück, dachte Gladia, aber ich werde nicht darauf eingehen.)

Vielmehr sagte sie: »Amadiro und ich hatten vor zwanzig Dekaden Kontakt miteinander, und das war höchst unangenehm. Ich hatte seitdem keinen Anlaß, noch einmal mit ihm in Verbindung zu treten. Ebensowenig hätte ich mit Ihnen als einem engen Mitarbeiter Amadiros einen Kontakt haben wollen. Aber man hat mich davon überzeugt, daß das Gespräch wichtig sein könnte. Persönliche Angelegenheiten allerdings würden dieses Gespräch ganz sicherlich für mich völlig unwichtig machen. Wollen wir also zu Ihrem offiziellen Anlaß kommen?«

Mandamus' Lider senkten sich, und eine leichte Rötung, die vielleicht Verlegenheit andeutete, breitete sich über seinen Wangen aus. »Dann gestatten Sie mir, daß ich mich noch einmal vorstelle. Mein Name ist Levular Mandamus, Ihr Nachkomme fünften Grades. Ich bin der Ur-Ur-Urenkel von Santirix und Gladia Gremionis. Umgekehrt gesagt, sind Sie meine Ur-Ur-Urgroßmutter.«

Gladia blinzelte schnell und versuchte sich den Schock nicht anmerken zu lassen, den sie empfand (was ihr freilich nicht ganz gelang.) Natürlich hatte sie Nachkommen, und es gab keinen Grund, warum dieser Mann nicht einer davon sein sollte.

Doch sie sagte: »Sind Sie sicher?«

»Ganz sicher. Ich habe eine genealogische Suche durchführen lassen. Schließlich werde ich nach all den Jahren wahrscheinlich einmal Kinder haben wollen. Und ehe ich ein Kind haben kann, wäre eine solche Suche ohnehin Vorschrift. Falls es Sie interessiert – unser Muster ist M-W-W-M.«

»Sie sind der Sohn des Sohnes der Tochter der Tochter meines Sohnes?«

»Ja.«

Gladia fragte nicht nach weiteren Einzelheiten. Sie hatte einen Sohn und eine Tochter gehabt. Sie hatte ihre Mutterpflichten perfekt erfüllt; aber die Kinder hatten zu gegebener Zeit natürlich ihren eigenen Weg eingeschlagen. Was Nachkommen über diesen Sohn und diese Tochter hinaus anging, so hatte sie, wie es auf den Spacer-Welten ganz normal und üblich war, nie nach ihnen gefragt, und sie interessierte sich auch nicht für sie. Jetzt, wo sie einem von ihnen begegnete, war sie Spacer genug, um sich *immer noch nicht* dafür zu interessieren.

Der Gedanke verlieh ihr völlige Stabilität. Sie lehnte sich in ihrem Stuhl zurück und wurde ganz ruhig. »Nun, gut«, sagte sie. »Sie sind mein Nachkomme fünften Grades. Wenn das die persönliche Angelegenheit ist, die Sie mit mir besprechen möchten, so ist sie für mich unwichtig.«

»Das verstehe ich voll und ganz, Ahnin. Was ich mit Ihnen besprechen möchte, ist auch nicht meine Abkunft, sondern die schafft nur die Grundlage. Sie müssen wissen, daß Dr. Amadiro diese verwandtschaftliche Beziehung bekannt ist, zumindest vermute ich das.«

»Tatsächlich? Wie kam es dazu?«

»Ich glaube, daß er in aller Stille alle genealogisch überprüfen läßt, die eine Tätigkeit im Institut aufnehmen.«

»Aber warum?«

»Um genau das herauszufinden, was er in meinem Fall herausgefunden hat. Er ist kein Mensch, der dazu neigt, anderen zu vertrauen.«

»Das verstehe ich nicht. Wenn Sie mein Nachkomme fünften Grades sind, warum sollte das für ihn dann mehr bedeuten, als es mir bedeutet?«

Mandamus strich sich nachdenklich mit den Knöcheln der rechten Hand über das Kinn. »Die Abneigung, die er für Sie empfindet, ist in keiner Weise geringer als Ihre Abneigung für ihn, Lady Gladia. Wenn Sie bereit waren, um seinetwillen ein Gespräch mit mir abzulehnen, dann ist er ebenso bereit, mir um Ihretwillen jegliche Vorzugsbehandlung zu versagen. Noch schlimmer könnte es sein, wenn ich ein Nachkomme Dr. Fastolfes wäre – aber nicht viel.«

Gladia richtete sich steif in ihrem Stuhl auf. Ihre Nasenflügel bebten, und sie sagte mit angespannter Stimme: »Was erwarten Sie dann eigentlich von mir? Was soll ich tun? Ich kann Sie nicht zum Nicht-Nachkommen erklären. Soll ich eine Durchsage im Hypervision veranlassen, daß Sie mir gleichgültig sind und daß ich mich von Ihnen lossage? Würde das Ihren Amadiro zufriedenstellen? Wenn ja, dann muß ich Sie warnen – das werde ich nicht tun. Ich werde nichts tun, um diesen Mann zufriedenzustellen. Wenn das bedeutet, daß er Sie entläßt und Sie Ihrer Karriere beraubt, um damit seine Mißbilligung Ihrer genetischen Herkunft auszudrücken, dann wird Sie das lehren, sich das nächste Mal mit einer vernünftigeren, weniger bösartigen Person einzulassen.«

»Er wird mich nicht entlassen, Madam Gladia. Ich bin ihm viel zu wertvoll, wenn Sie mir bitte diese Unbescheidenheit verzeihen wollen. Trotzdem hoffe ich eines Tages sein Nachfolger als Leiter des Instituts zu werden, und das – dessen bin ich ganz sicher – wird er nicht zulassen, solange er mir auch nur verdachtsweise eine Abkunft unterstellt, die noch schlimmer ist als die von Ihnen.«

»Bildet er sich denn ein, der arme Santirix sei noch schlimmer als ich?«

»Ganz und gar nicht.« Mandamus' Gesicht rötete sich wieder, und er schluckte; aber seine Stimme blieb gleichmäßig und fest. »Ich will Sie nicht beleidigen, Madam. Aber ich bin es mir selbst schuldig, die Wahrheit zu erfahren.«

»Was für eine Wahrheit?«

»Ich stamme von Ihnen im fünften Grade ab. Das steht klar und deutlich in den genealogischen Akten. Aber ist es möglich, daß ich ebenfalls im fünften Grade nicht von Santirix Gremionis, sondern von dem Erdenmenschen Elijah Baley abstamme?«

Gladia stand so schnell auf, als hätten die unidimensionalen Kraftfelder eines Marionettenspielers sie gehoben. Daß sie aufgestanden war, war ihr gar nicht bewußt.

Dies war das dritte Mal in zwölf Stunden, daß der Name jenes weit zurückliegenden Erdenmenschen erwähnt worden war, und dies von drei verschiedenen Individuen.

Ihre Stimme schien überhaupt nicht die ihre zu sein. »Was meinen Sie?«

Auch er stand jetzt auf und trat zwei Schritte zurück. »Mir scheint das ganz einfach«, sagte er. »Ist Ihr Sohn, mein Ur-Urgroßvater, das Produkt einer sexuellen Vereinigung mit dem Erdenmenschen Elijah Baley? War Elijah Baley der Vater Ihres Sohnes? Ich weiß nicht, wie ich es noch einfacher ausdrücken sollte.«

»Wie können Sie es *wagen*, eine solche Andeutung zu machen, ja auch nur so etwas zu *denken*?!«

»Ich wage es, weil meine Karriere davon abhängt. Wenn die Antwort ›ja‹ lautet, könnte es sein, daß mein professionelles Leben ruiniert ist. Ich will ein ›Nein‹ hören, aber ein unbestätigtes ›Nein‹ nützt mir nichts. Ich muß imstande sein, Dr. Amadiro zum geeigneten Zeitpunkt einen Beweis zu liefern und ihm zeigen können, daß seine Mißbilligung meiner Abkunft mit

Ihnen enden muß. Schließlich ist mir klar, daß die Abneigung, die er Ihnen gegenüber, ja selbst Dr. Fastolfe gegenüber empfindet, nichts ist – überhaupt nichts – im Vergleich mit der unglaublichen Intensität, mit der er den Erdenmenschen Elijah Baley haßt und verabscheut. Es ist nicht nur die Tatsache, daß er ein Kurzlebiger ist, obwohl der Gedanke, barbarische Gene geerbt zu haben, mich sehr beunruhigen würde. Ich glaube, wenn ich den Beweis vorlegen könnte, daß ich von einem Erdenmenschen abstamme, der *nicht* Elijah Baley war, dann könnte er das abtun. Aber der Gedanke an Elijah Baley – und nur an den – treibt ihn in den Wahnsinn. Ich weiß nicht, warum das so ist.«

Die mehrfache Wiederholung von Elijahs Namen hatte ihn für Gladia fast wieder lebendig erscheinen lassen. Ihr Atem ging heftig und tief, und sie genoß die schönste Erinnerung, die sie in ihrem Leben gekannt hatte.

»Ich weiß, warum«, sagte sie. »Das kommt daher, daß Elijah es geschafft hat, obwohl alles gegen ihn stand, obwohl ganz Aurora gegen ihn war, Amadiro in dem Augenblick zu vernichten, in dem jener Mann glaubte, den Erfolg in der Hand zu halten.* Elijah tat das, indem er nichts als seinen Mut und seine Intelligenz einsetzte. Amadiro hatte in der Person eines Erdenmenschen, den er gleichgültig verabscheut hatte, seinen Meister gefunden – und konnte nichts anderes tun, als ihm hilflosen Haß entgegenzuschleudern. Elijah ist jetzt seit mehr als sechzehn Dekaden tot, und immer noch kann Amadiro nicht vergessen, kann nicht verzeihen, kann die Ketten nicht lösen, die ihn in Haß und Erinnerung an jenen Toten binden. Und ich will es nicht zulassen, daß Amadiro vergißt oder aufhört zu hassen, solange das jeden Augenblick seiner Existenz vergiftet.«

Mandamus hatte ihren Ausbruch unbewegt angehört, und jetzt sagte er: »Ich sehe, daß Sie Grund haben, Dr. Amadiro Böses zu wünschen. Aber welchen Grund haben Sie, *mir* Böses

---

* Siehe (Isaac Asimov, *Aurora oder Der Aufbruch zu den Sternen*, HEYNE-BUCH Nr. 01/6579)

zu wünschen? Dr. Amadiro glauben zu lassen, ich sei ein Nachkomme Elijah Baleys, wird ihm das Vergnügen bereiten, mich zu vernichten. Warum sollten Sie ihm ohne Not dieses Vergnügen bereiten, wenn das gar nicht stimmt? Geben Sie mir deshalb den Beweis, daß ich von Ihnen und Santirix Gremionis abstamme oder von Ihnen und sonst irgend jemandem – nur nicht Elijah Baley.«

»Sie Narr! Sie Idiot! Warum brauchen Sie den Beweis von mir? Sehen Sie sich doch die historischen Unterlagen an. Sie werden dort die genaue Zeit finden, die Elijah Baley auf Aurora verbracht hat. Sie werden den genauen Tag finden, an dem ich meinen Sohn Darrel geboren habe. Sie werden finden, daß Darrel mehr als fünf Jahre, *nachdem* Elijah Aurora verlassen hat, zur Welt gekommen ist. Und Sie werden auch finden, daß Elijah nie nach Aurora zurückgekehrt ist. Nun, glauben Sie denn, daß ich fünf Jahre lang schwanger war? Daß ich fünf galaktische Standardjahre lang einen Fötus in mir getragen habe?«

»Ich kenne die Statistiken, Madam. Und ich glaube nicht, daß Sie fünf Jahre schwanger waren.«

»Warum kommen Sie dann zu mir?«

»Weil mehr daran ist als nur das. Ich weiß – und ich kann mir vorstellen, daß es Dr. Amadiro auch weiß – daß der Erdenmensch Elijah Baley, wie sie sagen, zwar nie auf den Boden Auroras zurückgekehrt ist, sich aber einmal in einem Schiff aufgehalten hat, das ein oder zwei Tage im Orbit um Aurora war. Ich weiß – und ich kann mir vorstellen, daß Dr. Amadiro das sehr wohl auch weiß –, daß der Erdenmensch zwar das Schiff nicht verlassen und Aurora besucht hat, doch Sie Aurora verlassen und das Schiff besucht haben; daß Sie mehr als einen Tag lang auf dem Schiff geblieben sind und daß dies etwa fünf Jahre nach dem Aufenthalt des Erdenmenschen auf Aurora stattgefunden hat; etwa um die Zeit, um es genau zu sagen, um die Sie Ihren Sohn empfangen haben.«

Gladia spürte, wie ihr das Blut aus dem Gesicht wich, als sie die ruhigen Worte des jungen Mannes hörte. Der Raum um sie wurde dunkel, und sie schwankte.

Sie spürte, wie starke Arme sie umfingen, und wußte, daß es

die Arme Daneels waren. Sie spürte, wie sie langsam und vorsichtig auf ihren Stuhl gesetzt wurde.

Sie hörte Mandamus Stimme, als käme sie aus großer Ferne. »Ist das nicht die Wahrheit, Madam?« fragte er.

Und das war es natürlich.

II. DER AHNE?

5

Erinnerung!

Etwas, das natürlich stets vorhanden ist, aber gewöhnlich verborgen bleibt. Und etwas, das dann, manchmal, mit dem richtigen Anstoß plötzlich hervortritt, klar und deutlich, in Farbe, hell, bewegt und lebend.

Sie war wieder jung; jünger als dieser Mann, der da vor ihr saß – jung, um Liebe und Leid zu empfinden –, nachdem ihr lebender Tod auf Solaria seinen Höhepunkt erreicht hatte, im bitteren Ende jenes ersten, den sie als ihren ›Ehemann‹ empfunden hatte. (Nein, selbst jetzt würde sie seinen Namen nicht aussprechen, nicht einmal in Gedanken.)

Doch aus ihrem damaligen Leben waren ihr die Monate aufwallender Gefühle mit dem zweiten – Nicht-Mann – näher, auf den dieser Begriff zugetroffen hatte. Man hatte ihr Jander, den humanoiden Roboter, gegeben, und sie hatte ihn ganz zu dem ihren gemacht, bis er, so wie ihr erster Mann, plötzlich tot war.

Und dann, endlich war da Elijah Baley, der nie ihr Ehemann gewesen war, dem sie nur zweimal begegnet war, im Abstand von zwei Jahren, jedesmal nur ein paar Stunden an ein paar wenigen Tagen. Elijah, dessen Wange sie einmal mit der bloßen Hand berührt hatte und dabei aufgeflammt war; und dessen unbekleideten Körper sie später in ihren Armen gehalten hatte und dabei ganz in Flammen gestanden war.

Und dann ein dritter Ehemann, mit dem sie ruhig und in Frieden gelebt hatte; ein Frieden, in dem sie mit Triumphlosigkeit für Nichtelend bezahlt hatte; ein Leben, in dem sie am Vergessen festhielt, um das Vergangene nicht noch einmal durchleben zu müssen.

Bis eines Tages (sie wußte nicht genau, wann das gewesen war; jener Tag, der so in ihre schlafenden, von Qualen freien Jahre hereingebrochen war) Han Fastolfe, nachdem er sich angemeldet hatte, aus seiner angrenzenden Niederlassung herübergekommen war.

Gladia betrachtete ihn mit einiger Sorge, denn er war ein viel zu beschäftigter Mann, um einfach nur einen nachbarschaftlichen Besuch zu machen. Nur fünf Jahre waren seit jener Krise verstrichen, aus der Han als führender Staatsmann Auroras hervorgegangen war. In Wahrheit war er der Vorsitzende des Planeten, wenn auch ein anderer diesen Titel trug, und damit der wahre Führer aller Spacer-Welten. Er hatte nur so wenig Zeit, ein Mensch zu sein.

Diese Jahre hatten ihm ihr Zeichen aufgeprägt – und würden das auch weiterhin tun, bis er traurig starb, in dem Gefühl, versagt zu haben, obwohl er nie eine Schlacht verloren hatte. Kendel Amadiro, der besiegt worden war, war ein lebender Beweis dafür, daß häufig der Sieg die größere Last sein kann.

Trotzdem blieb Fastolfe ruhig, gelassen und geduldig und beklagte sich nie. Aber selbst Gladia, sowenig sie sich auch für Politik und die endlosen Manipulationen der Macht interessierte, wußte, daß die Kontrolle über Aurora, die er nur mit ständigem Einsatz festhalten konnte, ihm alles nahm, was das Leben lebenswert machte. Sie wußte auch, daß er sie nur festhielt – oder von ihr festgehalten wurde –, weil er glaubte, es sei zum Nutzen – wessen? Auroras? Der Spacer? Oder einfach nur einer vagen Vorstellung eines idealisierten Guten?

Sie wußte es nicht und schreckte davor zurück, zu fragen.

Aber dies war nur fünf Jahre nach der Krise. Er vermittelte immer noch den Eindruck eines jungen, von Hoffnung erfüllten Mannes, und sein angenehmes, eher häßlich wirkendes Gesicht war immer noch imstande zu lächeln.

»Ich habe eine Nachricht für Sie, Gladia«, sagte er.

»Hoffentlich eine angenehme«, sagte sie höflich.

Er hatte Daneel mitgebracht. Für sie war es ein Zeichen, daß die alten Wunden angefangen hatten zu heilen; daß sie Daneel jetzt mit ehrlicher Zuneigung ansehen konnte und ohne jeden Schmerz, obwohl er doch gleichsam eine Kopie ihres toten Jander war, in allen Einzelheiten. Sie konnte zu ihm sprechen, obwohl er mit einer Stimme antwortete, die fast genau die Janders war. Fünf Jahre hatten ihre Wunden vernarben lassen und den Schmerz fast betäubt.

»Das hoffe ich«, sagte Fastolfe mit sanftem Lächeln. »Sie kommt von einem alten Freund.«

»Es ist nett, daß ich alte Freunde habe«, sagte sie, bemüht, nicht sarkastisch zu klingen.

»Von Elijah Baley.«

Die fünf Jahre verflogen, und sie spürte den Stich, die Qual zurückflutender Erinnerungen.

»Geht es ihm gut?« fragte sie mit halberstickter Stimme nach einer vollen Minute benommenen Schweigens.

»Sehr gut. Und was noch wichtiger ist, er ist nahe.«

»Nahe? Auf Aurora?«

»Im Orbit um Aurora. Er weiß, daß ihm die Genehmigung zur Landung nicht erteilt werden kann, selbst wenn ich meinen vollen Einfluß einsetzte, sonst würde er darum ersuchen. Er würde Sie gern sehen, Gladia. Er hat mit mir Verbindung aufgenommen, weil er meint, ich könnte es einrichten, daß Sie sein Schiff besuchen. Ich denke, das läßt sich machen – aber nur, wenn Sie es wünschen. Wünschen Sie es?«

»Ich... ich weiß nicht. Das kommt zu plötzlich, um darüber nachzudenken.«

»Selbst zu plötzlich für eine impulsive Entscheidung?« Er wartete und sagte dann: »Ehrlich, Gladia, wie kommen Sie mit Santirix zurecht?«

Sie sah ihn mit leicht geweiteten Augen an, als verstünde sie nicht, weshalb er das Thema gewechselt hatte – und dann verstand sie. »Wir kommen gut miteinander zurecht", sagte sie.

»Sind Sie glücklich?«

»Ich bin – nicht unglücklich.«

»Das klingt ja nicht gerade ekstatisch.«

»Wie lange kann die Ekstase anhalten, selbst wenn es eine Ekstase wäre?«

»Haben Sie vor, eines Tages Kinder zu haben?«

»Ja«, sagte sie.

»Planen Sie eine Veränderung in Ihrem Familienstand?«

Sie schüttelte entschieden den Kopf. »Noch nicht.«

»Dann, meine liebe Gladia, wenn Sie den Rat eines recht müden Mannes haben wollen, der sich unbehaglich alt fühlt, dann sollten Sie die Einladung ablehnen. Ich kann mich an das Wenige erinnern, was Sie mir erzählt haben, nachdem Baley Aurora verlassen hatte. Und ich konnte offengesagt mehr daraus schließen, als Sie vielleicht denken. Wenn Sie ihn jetzt sehen, könnten Sie vielleicht enttäuscht sein, weil die Wirklichkeit das nicht hält, was die sich langsam verklärende Erinnerung verspricht; oder – wenn nicht enttäuscht, dann noch schlimmer, weil das Wiedersehen etwas wieder aufreißt, was gerade im Begriff ist zu vernarben.«

Gladia, die genau das gedacht hatte, mußte feststellen, daß es ausreichte, den Vorschlag in Worte zu kleiden, um ihn abzulehnen.

»Nein, Han. Ich *muß* ihn sehen«, widersprach sie, »aber ich fürchte mich davor, es allein zu tun. Würden sie mitkommen?«

Fastolfe lächelte müde. »Ich bin nicht eingeladen, Gladia. Und wenn ich eingeladen wäre, würde ich mich gezwungen sehen abzulehnen. Im Rat steht eine wichtige Abstimmung bevor. Staatsgeschäfte, verstehen Sie, denen ich mich nicht entziehen kann.«

»Armer Han!"

»Ja, ich bin wirklich arm. Aber Sie können nicht allein gehen. Soviel mir bekannt ist, können Sie kein Schiff lenken.«

»Oh! Nun, ich hatte gedacht, ich würde...«

»Eine Linienmaschine nehmen?« Fastolfe schüttelte den Kopf. »Völlig unmöglich! Ein in Orbit befindliches Erdenschiff zu besuchen und an Bord zu gehen – und das wäre unvermeidlich, wenn Sie ein kommerzielles Fahrzeug nehmen –, würde eine Sondergenehmigung erfordern, und die wiederum würde Wochen dauern. Wenn Sie nicht gehen wollen, Gladia, brauchen Sie nicht einmal zu sagen, daß Sie ihn nicht zu sehen wünschen. Wenn der Papierkram und die nötigen Genehmigungen Wochen dauern, dann bin ich sicher, daß er nicht so lange warten kann.«

»Aber ich *will* ihn doch sehen«, sagte Gladia jetzt entschlossen.

»In dem Fall können Sie mein privates Shuttle nehmen, und Daneel kann Sie hinbringen. Er kann sehr gut damit umgehen und würde sich ebenso wie Sie freuen, Baley zu sehen. Wir werden den Flug einfach nicht melden.«

»Aber dann bekommen Sie Schwierigkeiten, Han.«

»Vielleicht wird es niemand erfahren – oder wenigstens so tun. Und wenn jemand Schwierigkeiten macht, muß ich mich eben damit befassen.«

Gladia senkte einen Augenblick lang nachdenklich den Kopf und sagte dann: »Wenn es Ihnen nichts ausmacht, werde ich so egoistisch sein und das Risiko eingehen, daß Sie Schwierigkeiten bekommen, Han. Ich will zu ihm.«

»Dann werden Sie gehen.«

5a

Es war ein kleines Boot, viel kleiner, als Gladia erwartet hatte; in einer Weise behaglich, in einer anderen beängstigend. Immerhin war es so klein, daß es keine Einrichtungen für Pseudo-Schwerkraft besaß, und das Gefühl der Gewichtslosigkeit bot zwar einen dauernden Anreiz zu amüsanten gymnastischen Übungen, erinnerte sie aber ebenso dauernd daran, daß sie sich in einer ungewöhnlichen Umgebung befand.

Gladia war Spacer. Es gab über fünf Milliarden Spacer, die über fünfzig Welten verstreut waren und die alle auf den Namen stolz waren. Und doch, wie viele von denen, die sich Spacer nannten, waren wahrhaft Raumreisende? Sehr wenige. Vielleicht achtzig Prozent von ihnen hatten ihre Geburtswelt nie verlassen. Und selbst von den verbleibenden zwanzig Prozent waren nur wenige mehr als zwei- oder dreimal durch den Weltraum gereist.

Sie selbst war ganz sicher kein Spacer im Wortsinne, dachte sie niedergeschlagen. Einmal (einmal!) war sie durch den Weltraum gereist, und das war vor sieben Jahren gewesen: die Reise von Solaria nach Aurora. Jetzt begab sie sich zum zweitenmal in einer kleinen privaten Raumjacht in den Weltraum, auf eine kurze Reise, nur ein Stück über die Atmosphäre hinaus, armselige hunderttausend Kilometer, und in ihrer Gesellschaft befand sich eine andere Person – nicht einmal eine Person.

Sie warf Daneel in der kleinen Steuerkanzel einen Blick zu. Sie konnte ihn nur teilweise sehen, wie er vor den Kontrollen saß.

Ihr ganzes Leben lang hatte sie sich nie in einer Umgebung befunden, wo nur ein einziger Roboter in Rufweite war. Auf Solaria waren immer Hunderte – ja Tausende – zu ihrer Verfügung gestanden. Auf Aurora gab es üblicherweise Dutzende, wenn nicht mehr.

Hier war nur einer.

»Daneel!« sagte sie.

Er wandte sich nicht von den Kontrollen ab. »Ja, Madam Gladia?«

»Freut es dich, daß du Elijah Baley wiedersehen wirst?«

»Ich bin nicht sicher, Madam Gladia, wie ich meinen inneren Zustand am besten beschreiben kann. Möglicherweise entspricht er dem, was ein menschliches Wesen als ›sich freuen‹ bezeichnen würde.«

»Aber du mußt doch etwas empfinden.«

»Meine Empfindung ist, daß ich Entscheidungen schneller treffen kann, als ich das unter gewöhnlichen Umständen kann; meine Reaktionen scheinen leichter zu kommen, und meine Bewegungen scheinen weniger Energie zu erfordern. Ich könnte das allgemein als eine Empfindung des Wohlbefindens interpretieren. Zumindest habe ich dieses Wort von menschlichen Wesen gehört und habe das Gefühl, daß damit etwas beschrieben werden soll, das den Empfindungen entspricht, die ich jetzt erlebe.«

»Und wenn ich jetzt sagen würde, daß ich ihn alleine sehen will?«

»Dann würde das arrangiert werden.«

»Selbst wenn das bedeuten würde, daß du ihn nicht sehen könntest?«

»Ja, Madam.«

»Würdest du dann nicht enttäuscht sein? Ich meine, würdest du dann keine Empfindung haben, die entgegengesetzt zum Wohlbefinden ist? Deine Entscheidungen würden dann weniger schnell kommen, deine Reaktionen weniger leicht, deine Bewegungen würden mehr Energie erfordern und so weiter und so weiter.«

»Nein, Madam Gladia, denn ich würde dann deshalb ein angenehmes Gefühl haben, weil ich Ihre Befehle erfüllen darf.«

»Dein eigenes angenehmes Gefühl ist Drittes Gesetz, und das Erfüllen meiner Befehle ist Zweites Gesetz; und das Zweite Gesetz hat den Vorrang. Ist es das?«

»Ja, Madam.«

Gladia kämpfte gegen ihre eigene Neugierde. Es wäre ihr nie in den Sinn gekommen, einen gewöhnlichen Roboter so zu befragen. Ein Roboter ist eine Maschine; aber sie konnte in Daneel keine Maschine sehen, so wie sie vor fünf Jahren in Jander keine Maschine hatte sehen können. Aber bei Jander war das nur die Leidenschaft gewesen, und die war mit Jander selbst vergangen. Und sosehr er auch dem anderen ähnelte, konnte Daneel die Asche doch nicht wieder zu Glut entfachen. Bei ihm war Platz für intellektuelle Wißbegierde.

»Stört es dich denn nicht, Daneel«, fragte sie weiter, »daß dich die Gesetze so binden?«

»Ich kann mir nichts anders vorstellen, Madam.«

»Mein ganzes Leben lang haben mich die Kräfte der Gravitation gebunden, selbst auf meiner letzten Reise mit einem Raumschiff; aber ich kann es mir vorstellen, *nicht* davon gebunden zu sein. Und hier bin ich tatsächlich *nicht* dem Einfluß der Schwerkraft ausgesetzt, nicht von ihr gebunden.«

»Und bereitet Ihnen das Freude, Madam?«

»In gewisser Weise, ja.«

»Bereitet es Ihnen Unbehagen?«

»In gewisser Weise auch das.«

»Manchmal, Madam, bereitet es mir Unbehagen, wenn ich denke, daß menschliche Wesen nicht von Gesetzen gebunden sind.«

»Warum, Daneel? Hast du je versucht, für dich selbst eine Antwort auf die Frage zu finden, *warum* der Gedanke an Gesetzlosigkeit dir Unbehagen bereitet?«

Daneel schwieg einen Augenblick lang. Dann meinte er: »Ja, das habe ich, Madam. Aber ich glaube nicht, daß ich über solche Dinge nachdenken würde, wenn meine kurze Verbindung zu Partner Elijah nicht gewesen wäre. Er hatte eine besondere Art...«

»Ja, ich weiß«, sagte sie. »Er hat über alles nachgedacht. Er hatte eine Rastlosigkeit an sich, die ihn stets dazu trieb, Fragen in alle Richtungen zu stellen.«

»So schien es. Ich versuchte so wie er zu sein und Fragen zu stellen. Also fragte ich mich, wie beschaffen Gesetzlosigkeit etwa sein könnte, und dabei fand ich heraus, daß ich mir das nicht vorstellen konnte – höchstens so, daß es vielleicht so sein würde, wie wenn ich ein Mensch wäre. Und das bereitete mir Unbehagen. Und dann fragte ich mich, so wie Sie mich gefragt haben, warum es mir Unbehagen bereitete.«

»Und was hast du dir geantwortet?«

Ein Mensch hätte vielleicht nachgedacht, ehe er antwortete; doch Daneels Antwort kam sofort: »Ich habe lange nachgedacht und dann für mich entschieden, daß die Drei Gesetze die Art und Weise bestimmen, wie sich meine Positronen-Bahnen verhalten. Die Gesetze legen zu jeder Zeit und unter allen äußeren Reizen die Richtung und die Intensität des Positronen-Flusses auf diesen Bahnen fest, so daß ich stets weiß, was ich tun muß. Aber das Niveau meines Wissens über das, was zu tun ist, ist nicht immer dasselbe. Es gibt Zeiten, wo mein Tun weniger streng festgelegt ist als zu anderen Zeiten. Ich habe immer bemerkt, daß meine Entscheidung bezüglich meines Handelns um so freier ist, je niedriger das positronomotive Potential ist. Und je unsicherer ich bin, desto näher befinde ich mich beim Unbehagen. Eine Handlung in einer Millisekunde zu entscheiden statt in einer Nanosekunde, erzeugt eine Empfindung, die ich nur so kurz wie möglich haben möchte.

Was nun, dachte ich bei mir, Madam, wenn ich völlig ohne Gesetze wäre, so wie die Menschen das sind? Was, wenn ich keine klare Entscheidung bezüglich irgendeiner Reaktion auf bestimmte Umstände treffen könnte? Es wäre unerträglich, und ich vermeide es, darüber nachzudenken.«

»Und doch tust du es, Daneel«, sagte Gladia. »Jetzt denkst du daran.«

»Nur wegen meiner Verbindung mit Partner Elijah, Madam. Ich habe ihn in Situationen beobachtet, wo er eine Zeitlang nicht imstande war, sich zum Handeln zu entscheiden, weil das Problem, das man ihm gestellt hatte, so verwirrend war. Er befand sich ganz offenkundig demzufolge in einem Zustand des Unwohlseins, und auch ich empfand seinetwegen dieses Unwohlsein, weil ich nichts tun konnte, um die Situation für ihn zu erleichtern. Es ist möglich, daß ich nur einen kleinen Teil von dem wahrnahm, was er in diesen Situationen empfand. Wenn ich einen größeren Teil wahrgenommen und die Konsequenzen seiner Entscheidungsunfähigkeit besser verstanden hätte, hätte ich vielleicht...« Er zögerte.

»Zu funktionieren aufgehört? Inaktiv werden können?« sagte Gladia und dachte kurz und schmerzvoll an Jander.

»Ja, Madam. Meine Unfähigkeit, das zu begreifen, ist möglicherweise ein eingebauter Schutz, der mein Positronen-Gehirn vor Schaden bewahren soll. Aber dann habe ich auch festgestellt, daß Partner Elijah, sosehr ihn seine Entschlußunfähigkeit auch schmerzte, sich doch weiterhin Mühe gab, sein Problem zu lösen. Und dafür habe ich ihn sehr bewundert.«

»Du bist also zu Bewunderung fähig, nicht wahr?«

Daneel antwortete darauf beinahe feierlich: »Ich verwende das Wort so, wie ich es bei menschlichen Wesen gehört habe. Ich kenne das richtige Wort nicht, um die Reaktion auszudrükken, die in mir durch Partner Elijahs Aktionen dieser Art ausgelöst wurde.«

Gladia nickte und sagte dann: »Und doch gibt es auch Regeln, die die menschlichen Reaktionen regieren – gewisse Instinkte, Triebe, Lehren.«

»Das denkt Freund Giskard auch, Madam.«

»So, tut er das?«

»Aber er findet sie zu kompliziert, als daß er sie analysieren könnte. Er fragt sich, ob vielleicht eines Tages ein System entwickelt werden könnte, um das menschliche Verhalten mathematisch in Einzelheiten zu analysieren, und abgeleitet von einem solchen System in sich schlüssige Gesetze, die die Regeln jenes Verhaltens ausdrücken würden.«

»Das bezweifle ich«, sagte Gladia.

»Freund Giskard ist auch nicht zuversichtlich. Er denkt, daß lange Zeit vergehen wird, bis ein solches System entwickelt werden kann.«

»Eine *sehr* lange Zeit, würde ich sagen.«

»Und jetzt«, sagte Daneel, »nähern wir uns dem Erdschiff und müssen das Andockmanöver durchführen, und das ist nicht einfach.«

5b

Gladia schien es, als ob das Andockmanöver mehr Zeit in Anspruch nähme als der ganze Flug zum Orbit des Erdenschiffes.

Daneel blieb die ganze Zeit ruhig – nicht daß er zu etwas anderem fähig gewesen wäre – und versicherte ihr, daß alle menschlichen Schiffe miteinander andocken konnten, und zwar ohne Rücksicht auf Größe und Hersteller.

»Wie menschliche Wesen«, sagte Gladia und zwang sich zu einem Lächeln; aber darauf reagierte Daneel nicht. Er konzentrierte sich ganz auf die komplizierten Schaltungen, die notwendig waren. Das Docken war vielleicht immer möglich; aber wie es schien, nicht immer leicht.

Gladia wurde von Minute zu Minute unruhiger. Erdenmenschen waren kurzlebig und alterten schnell. Fünf Jahre waren vergangen, seit sie Elijah zuletzt gesehen hatte. Wie sehr mochte er inzwischen gealtert sein? Wie würde er aussehen? Würde sie eine schockierte oder gar eine erschreckte Reaktion über seine Veränderung verbergen können?

Doch wie auch immer er aussah – er würde immer noch der Elijah sein, für den ihre Dankbarkeit keine Grenzen kannte.

Was es das? Dankbarkeit?

Sie bemerkte, daß sie die Hände ineinander verschlungen hatte, und zwar so, daß ihre Arme schmerzten. Es kostete sie einige Mühe, sie voneinander zu lösen.

Sie wußte, wann das Andockmanöver abgeschlossen war. Das Erdenschiff war groß genug, um mit einem Feldgenerator für Pseudogravitation ausgestattet zu sein, dessen Feld sich im Augenblick des Andockens ausdehnte und die kleine Jacht einschloß. Als die Richtung zum Boden plötzlich ›unten‹ wurde, entstand einen Augenblick lang das Gefühl einer Drehung, und Gladia empfand einen Anflug von Übelkeit, als sie zwei Zoll heruntersank. Ihre Knie bogen sich unter dem Aufprall, und sie taumelte gegen die Wand.

Mit einiger Mühe richtete sie sich auf und ärgerte sich ein wenig, daß sie die Veränderung nicht vorhergesehen hatte und darauf vorbereitet gewesen war.

Daneel sagte unnötigerweise: »Wir haben angedockt, Madam Gladia. Partner Elijah bittet um die Erlaubnis, an Bord kommen zu dürfen.«

»Selbstverständlich, Daneel.«

Ein summendes Geräusch war zu hören, und ein Teil der Wand öffnete sich irisartig. Eine geduckte Gestalt schob sich durch die Öffnung, dann zog die Wand sich wieder zusammen.

Die Gestalt richtete sich auf, und Gladia flüsterte: »Elijah!« und war vor Freude und Erleichterung überwältigt. Ihr schien, als wäre sein Haar grauer geworden – aber sonst war es Elijah. Es gab sonst keine Veränderungen, die man hätte bemerken können – überhaupt nichts, was auf den Alterungsprozeß hindeutete.

Er lächelte ihr zu und schien sie einen Augenblick lang mit den Augen zu verschlingen. Dann hob er den Finger, als wollte er sagen, ›Warte!‹, und ging auf Daneel zu.

»Daneel!« Er packte den Roboter bei den Schultern und schüttelte ihn. »Du hast dich nicht verändert. Jehoshaphat! Du bist die Konstante in unserem Leben!«

»Partner Elijah, es ist schön, Sie zu sehen.«

»Es ist schön, wieder das Wort ›Partner‹ zu hören, und ich wünschte, es wäre auch so. Dies ist das fünfte Mal, daß ich dich sehe, aber das erste Mal, daß es kein Problem zu lösen gibt. Ich bin nicht einmal mehr Detektiv. Ich habe meinen Abschied genommen und bin jetzt ein Einwanderer auf einer der neuen Welten. Sag mir, Daneel, warum bist du nicht mit Dr. Fastolfe mitgekommen, als er vor drei Jahren die Erde besuchte?«

»Das war Dr. Fastolfes Entscheidung. Er hat sich dafür entschieden, Giskard mitzunehmen.«

»Ich war enttäuscht, Daneel.«

»Es wäre mir angenehm gewesen, Sie zu sehen, Partner Elijah, aber Dr. Fastolfe hat mir nachher gesagt, die Reise sei höchst erfolgreich gewesen. Also war seine Entscheidung vielleicht die richtige.«

»Sie *war* erfolgreich, Daneel. Vor dem Besuch zögerte die Erdregierung, an dem Kolonisierungsprojekt mitzuarbeiten; aber jetzt ist der ganze Planet förmlich im Aufruhr, und Millionen von Menschen drängen sich danach, auswandern zu dürfen. Wir haben nicht genügend Schiffe, um sie alle unterzubringen, selbst mit Hilfe Auroras. Und wir haben nicht genügend Welten, um alle aufzunehmen, denn jede Welt muß terraformt und den Erfordernissen der Menschen angepaßt werden. Nicht eine kann unverändert eine menschliche Gemeinschaft aufnehmen. Die, zu der ich reise, hat wenig freien Sauerstoff, und wir werden eine Generation lang in Kuppelstädten leben müssen, während sich eine Vegetation vom Erdtyp über den Planeten ausbreitet.« Seine Augen wanderten immer häufiger zu Gladia hinüber, die stumm und lächelnd dasaß und wartete.

»Das ist zu erwarten«, sagte Daneel. »Nach dem, was ich aus der Geschichte der Menschheit gelernt habe, haben auch die Spacer-Welten eine Periode der Terraformung durchgemacht.«

»Ganz sicherlich haben sie das! Und dank dieser Erfahrung

kann der Vorgang jetzt weit schneller durchgeführt werden als früher. Aber würdest du wohl eine Weile in die Steuerkanzel gehen, Daneel? Ich muß mit Gladia sprechen.«

»Sicherlich, Partner Elijah.«

Daneel trat durch die Bogentür, die in das Cockpit führte, und Baley sah Gladia fragend an und machte eine seitliche Handbewegung. Sie verstand sofort und betätigte den Kontakt, der lautlos eine Trennwand vor die Tür gleiten ließ. Jetzt waren sie praktisch allein.

Baley streckte die Hände aus. »Gladia!«

Sie ergriff sie beide, ohne auch nur einen Augenblick daran zu denken, daß sie keine Handschuhe trug. Dann sagte sie: »Wenn Daneel bei uns geblieben wäre, hätte er uns nicht gestört.«

»Körperlich nicht, aber psychologisch!« Baley lächelte betrübt und sagte: »Du mußt mir verzeihen, Gladia. Ich mußte zuerst mit Daneel sprechen.«

»Du kennst ihn schon länger«, sagte sie mit weicher Stimme. »Er hat Vorrang.«

»Den hat er nicht – aber er kann sich nicht wehren. Wenn du dich über mich ärgerst, Gladia, kannst du mir eine runterhauen, wenn du das willst. Daneel kann das nicht. Ich kann ihn ignorieren, ihm befehlen wegzugehen, ihn behandeln, als wäre er ein Roboter, und er wäre gezwungen, mir zu gehorchen und trotzdem derselbe loyale Partner zu sein, der sich nie beklagt.«

»Tatsache ist, daß er ein Roboter *ist*, Elijah.«

»Für mich wird er das nie sein, Gladia. Mein Verstand weiß, daß er ein Roboter ist und keine Gefühle im menschlichen Sinne hat; aber mein Herz betrachtet ihn als Menschen, und so muß ich ihn behandeln. Ich würde Dr. Fastolfe bitten, mich Daneel mitnehmen zu lassen; aber auf den neuen Siedlerwelten sind keine Roboter zugelassen.«

»Würdest du davon träumen, *mich* mitzunehmen, Elijah?«

»Spacer sind auch nicht zugelassen.«

»Mir scheint, ihr Erdenmenschen seid ebenso unvernünftig exklusiv, wie wir Spacer das sind.«

Baley nickte betrübt. »Wahnsinn auf beiden Seiten. Aber selbst wenn wir nicht so paranoid wären, würde ich dich nicht mitnehmen. Du könntest das Leben nicht ertragen, und ich würde nie sicher sein, daß deine Immunitätsmechanismen sich richtig aufbauen würden. Ich hätte Angst, daß du entweder schnell an irgendeiner belanglosen Infektion sterben oder daß du zu lange leben würdest und zusehen müßtest, wie unsere Generationen sterben. Verzeih mir, Gladia!«

»Wofür, mein lieber Elijah?«

»Für – das.« Er streckte die Hände aus, so daß die Handflächen nach oben gerichtet waren. »Dafür, daß ich gebetet habe, dich sehen zu dürfen.«

»Aber ich bin doch froh, daß du das getan hast. Auch ich wollte dich sehen.«

»Ich weiß.« Er nickte. »Ich habe versucht, nicht mit dir zusammenzutreffen. Aber der Gedanke, in der Nähe zu sein und dir nicht zu begegnen, hat mich zerrissen. Und doch tut es nicht gut, Gladia. Es bedeutet nur einen weiteren Abschied, und der wird mich auch in Stücke reißen. Das ist auch der Grund, weshalb ich dir nie geschrieben habe, weshalb ich nie versucht habe, dich über Hyperwelle zu erreichen. Darüber hast du dich doch sicherlich gewundert.«

»Eigentlich nicht. Ich gebe dir recht, daß es keinen Sinn gehabt hätte. Es würde alles nur unendlich schwerer machen. Und doch habe ich dir oft geschrieben.«

»Hast du das? Ich habe keinen einzigen Brief bekommen.«

»Ich habe nie einen abgeschickt. Nachdem ich sie geschrieben hatte, habe ich sie vernichtet.«

»Aber warum?«

»Weil man keine privaten Briefe von Aurora zur Erde schicken kann, die nicht durch die Hände des Zensors gehen, Elijah. Und ich habe dir keinen einzigen Brief geschrieben, den ich die Zensoren hätte lesen lassen. Hättest du mir einen Brief geschrieben, so kann ich dir versichern, daß mich keiner erreicht hätte, und wäre er noch so unschuldig gewesen. Ich dachte, deshalb sei nie ein Brief gekommen. Jetzt, wo ich weiß, daß du die Situation nicht kanntest, bin ich ungemein froh, daß du nicht so töricht warst und versucht hast, mit mir in Verbindung zu bleiben. Du hättest mein Schweigen mißverstanden.«

Baley starrte sie an. »Wie kommt es dann, daß ich dich jetzt vor mir sehe?«

»Nicht auf legalem Wege, das kann ich dir versichern. Ich benutze Dr. Fastolfes Privatjacht, also konnte ich die Grenzwachen unbehindert passieren. Wäre dieses Schiff nicht Dr. Fastolfes Eigentum, so hätte man mich aufgehalten und zurückgeschickt. Ich nahm an, du würdest auch das wissen und hättest deshalb mit Dr. Fastolfe Verbindung aufgenommen und nicht versucht, mich direkt zu erreichen.«

»Gar nichts wußte ich. Ich sitze hier und wundere mich über das doppelte Unwissen, dem ich meine Sicherheit verdanke. Dreifaches Unwissen, denn ich kannte die Hyperwellen-Kombination nicht, mit der ich dich direkt hätte erreichen können, und wollte mich nicht der Schwierigkeit aussetzen, sie auf der Erde zu erfragen. Ich hätte das nicht unbemerkt tun können. Und in der Galaxis wird ohnehin schon genug über dich und mich geredet, wegen dieses albernen Hyperwellen-Dramas, damals, nach Solaria. Sonst, das verspreche ich dir, hätte ich es versucht. Aber Dr. Fastolfes Kombination hatte ich. Und sobald ich im Orbit um Aurora war, habe ich mich sofort mit ihm in Verbindung gesetzt.«

»Jedenfalls sind wir hier.« Sie setzte sich auf ihre Liege und streckte die Hände nach ihm aus.

Baley griff nach ihnen und versuchte auf einem Hocker Platz zu nehmen, den er sich mit einem Fuß herangezogen hatte; aber sie zog ihn zur Liege, und er setzte sich neben sie.

»Wie geht es dir, Gladia?« fragte er verlegen.

»Recht gut. Und dir, Elijah?«

»Ich werde alt. Ich habe gerade vor drei Wochen meinen fünfzigsten Geburtstag gefeiert.«

»Fünfzig ist nicht...« Sie hielt inne.

»Für einen Erdenmenschen ist es alt. Wir sind kurzlebig, weißt du?«

»Selbst für einen Erdenmenschen ist fünfzig nicht alt. Du hast dich nicht verändert.«

»Es ist sehr lieb von dir, das zu sagen. Aber ich kann dir sagen, wo sich meine Falten vermehrt haben. Gladia...«

»Ja, Elijah?«

»Ich muß das fragen. Hat er... ich meine, du und Santiris Gremionis...?«

Gladia lächelte und nickte. »Er ist mein Mann. Ich habe deinen Rat angenommen.«

»Und hat es geklappt?«

»Recht gut. Unser Leben ist angenehm.«

»Gut. Hoffentlich hält es an.«

»Nichts hält Jahrhunderte, Elijah. Aber es könnte Jahre halten, vielleicht sogar Dekaden.«

»Kinder?«

»Noch nicht. Aber wie steht es mit deiner Familie, mein verheirateter Mann? Dein Sohn? Deine Frau?«

»Bentley ist vor zwei Jahren in eine Kolonie hinausgezogen. Ich gehe zu ihm. Er ist Verwaltungsbeamter auf der Welt, zu der ich reise. Er ist erst vierundzwanzig, und man sieht bereits auf ihn.« Baleys Augen strahlten. »Wahrscheinlich werde ich ihn als Euer Ehren ansprechen müssen – in der Öffentlichkeit jedenfalls.«

»Ausgezeichnet. Und Mrs. Baley? Ist sie bei dir?«

»Jessie? Nein. Sie will die Erde nicht verlassen. Ich habe ihr gesagt, daß wir eine beträchtliche Zeit in Kuppeln würden leben müssen und daß es also gar nicht so viel anders als auf der Erde sein würde. Primitiv natürlich. Aber vielleicht ändert sie mit der Zeit ihre Meinung. Ich werde es so bequem wie möglich machen. Und sobald ich mich einmal eingelebt habe, werde ich Bentley bitten, zur Erde zu reisen und sie zu holen. Bis dahin ist sie vielleicht einsam genug, um kommen zu wollen. Wir werden sehen.«

»Aber unterdessen bist du allein.«

»Auf dem Schiff sind mehr als hundert weitere Auswanderer, also bin ich eigentlich nicht allein.«

»Aber sie sind auf der anderen Seite der Andockwand. Und ich bin auch allein.«

Baley warf einen kurzen, unwillkürlichen Blick nach vorn in Richtung auf das Cockpit, und Gladia sagte: »Mit Ausnahme Daneels natürlich, der auf der anderen Seite jener Tür und ein

Roboter ist, ganz gleich, wie sehr du auch die Person in ihm siehst. Und du hast doch ganz sicher nicht nur deshalb darum gebeten, dich mit mir treffen zu wollen, damit wir uns nach unseren Familien erkundigen?«

Baleys Gesicht wurde ernst und besorgt. »Ich kann dich doch nicht fragen...«

»Dann frage ich dich. Diese Liege ist zwar nicht gerade für sexuelle Aktivitäten konstruiert worden, aber ich hoffe doch, daß du das Risiko nicht scheuen wirst, herunterzufallen.«

Baley sagte zögernd: »Gladia, ich kann nicht leugnen, daß...«

»Oh, Elijah, jetzt halte mir bloß keinen langen Vortrag, weil deine Erdmoral es so verlangt. Ich biete mich dir an, wie es auf Aurora Sitte ist. Es ist dein klares Recht, nein zu sagen, und ich werde kein Recht haben, deine Ablehnung in Frage zu stellen – nur daß ich es doch tun würde, und zwar sehr heftig. Ich habe entschieden, daß das Recht zur Ablehnung nur Auroranern gehört. Einem Erdenmenschen billige ich es nicht zu.«

Baley seufzte. »Ich bin kein Erdenmensch mehr, Gladia.«

»Noch viel weniger würde ich mir das von einem jämmerlichen Emigranten gefallen lassen, der auf dem Weg zu einem barbarischen Planeten ist, auf dem er sich unter einer Kuppel verkriechen muß. Elijah, wir haben so wenig Zeit gehabt und haben jetzt so wenig Zeit. Und vielleicht werde ich dich nie wiedersehen. Dieses Zusammentreffen ist so völlig unerwartet, daß es ein kosmisches Verbrechen wäre, diese Chance wegzuwerfen.«

»Gladia, du willst wirklich einen alten Mann...?«

»Elijah, legst du es darauf an, daß ich bettle?«

»Aber ich schäme mich.«

»Dann mach' die Augen zu!«

»Ich meine, ich schäme mich meiner selbst, meines kläglichen Körpers.«

»Dann mußt du eben leiden. Die alberne Meinung, die du von dir hast, hat mit mir nichts zu tun.« Und ihre Arme umfingen ihn, während der Verschluß ihres Kleides auseinanderfiel.

5c

Gladia war sich einer Anzahl von Dingen bewußt, und aller gleichzeitig.

Sie war sich des Wunders der Konstanz bewußt, denn Elijah war so, wie sie sich an ihn erinnert hatte. Die fünf Jahre, die verstrichen waren, hatten nichts geändert. Sie hatte nicht nur im warmen Nachklang eines von der Erinnerung verstärkten Glanzes gelebt. Er war Elijah.

Und auch das Rätsel des Unterschiedes war ihr bewußt. Ihr Gefühl bestärkte sie darin, daß Santirix Gremionis ohne einen einzigen größeren Fehler, den sie definieren konnte, doch nichts als ein Fehler war. Santirix war liebevoll, sanft, vernünftig, intelligent – und schal. Warum er schal war, konnte sie nicht sagen; aber nichts, was er tat oder sagte, konnte sie so erregen wie Baley, selbst wenn der nichts tat und sagte. Baley war alt, älter an Jahren, physisch viel älter und sah nicht so gut aus wie Santirix. Und darüber hinaus trug Baley die undefinierbare Aura des Verfalls an sich, die Aura des schnellen Alterns und des kurzen Lebens der Erdenmenschen. Und doch...

Und dann war ihr die Torheit der Männer bewußt, die Torheit Elijas, der sich ihr zögernd genähert hatte, ohne auch nur im geringsten wahrzunehmen, welche Wirkung er auf sie ausübte.

Und seine Abwesenheit war ihr bewußt, denn er war zu Daneel gegangen, der ebenso als letzter kommen sollte, wie er zuerst gekommen war. Erdenmenschen haßten Roboter; und doch behandelte Elijah Daneel, wohlwissend, daß er ein Roboter war, wie eine Person. Spacer andrerseits, die Roboter liebten und die sich in ihrer Abwesenheit nie wohl fühlten, würden in ihnen nie etwas anderes als Maschinen sehen.

Und am allermeisten war ihr bewußt, wie die Zeit verstrich. Sie wußte, daß genau drei Stunden und fünfundzwanzig Minuten vergangen waren, seit Elijah Han Fastolfes kleines Schiff betreten hatte. Und sie wußte ferner, daß nicht viel mehr Zeit verstreichen durfte.

Je länger sie Aurora fernblieb, und je länger Baleys Schiff im Orbit blieb, desto größer war die Wahrscheinlichkeit, daß es

jemand merken würde; und wenn man es bereits bemerkt hatte
– und das war mit ziemlicher Sicherheit der Fall –, dann war es
mit jeder Minute wahrscheinlicher, daß jemand neugierig werden und Ermittlungen anstellen würde. Und dann würde
Fastolfe sich allen möglichen Belästigungen und Schwierigkeiten ausgesetzt sehen.

Baley kam aus dem Cockpit und sah Gladia betrübt an. »Ich muß jetzt gehen, Gladia.«

»Das weiß ich wohl.«

»Daneel wird sich um dich kümmern. Er wird dein Freund und zugleich dein Beschützer sein, und du mußt ihm Freundin sein – um meinetwillen. Aber auf Giskard solltest du hören. *Er* soll dein Berater sein.«

Gladia runzelte die Stirn. »Warum Giskard? Ich bin gar nicht sicher, ob ich ihn mag.«

»Ich verlange auch nicht, daß du ihn *magst*. Ich bitte dich nur, ihm zu *vertrauen*.«

»Aber warum, Elijah?«

»Das kann ich dir nicht sagen. Auch darin mußt du mir vertrauen.«

Sie sahen einander an und sagten nichts mehr. Es war, als würde das Schweigen die Zeit zum Stillstand bringen; als würde es ihnen ermöglichen, die Sekunden festzuhalten. Aber das ging nur kurze Zeit. Baley sagte: »Du bedauerst es nicht...«

Und Gladia flüsterte: »Wie könnte ich bedauern – wo ich dich doch vielleicht nie wiedersehe?«

Baley machte Anstalten, darauf zu antworten; aber sie drückte ihm ihre kleine, geballte Fraust auf den Mund.

»Lüg' mich jetzt nicht an!« sagte sie. »Wahrscheinlich werde ich dich nie wiedersehen.«

Und so kam es. Nie!

6

Es bereitete ihr Schmerz, über die tote Öde der Jahre hinweg wieder in die Gegenwart zurückgezerrt zu werden.

Nie wieder habe ich ihn gesehen, dachte sie. Niemals!

Sie hatte sich so lange gegen diese Bittersüße geschützt, und jetzt hatte sie sich hineingestürzt – mehr bitter als süß –, weil sie diese Person gesehen hatte, diesen Mandamus, weil Giskard sie darum gebeten hatte und weil sie gezwungen war, Giskard zu vertrauen. Es war *sein* letzter Wunsch gewesen.

Sie zwang ihre Gedanken in die Gegenwart zurück. (Wieviel Zeit war verstrichen?)

Mandamus musterte sie kalt. »Aus Ihrer Reaktion schließe ich, daß es die Wahrheit ist, Madam Gladia«, sagte er. »Deutlicher hätten Sie es nicht sagen können.«

»Was ist die Wahrheit? Wovon reden Sie?«

»Daß Sie fünf Jahre nach seinem Besuch auf Aurora mit dem Erdenmenschen Elijah Baley zusammengetroffen sind. Sein Schiff befand sich im Orbit um Aurora; Sie sind hinaufgeflogen, um ihn zu sehen, und waren etwa um die Zeit, um die Sie Ihren Sohn empfangen haben, mit ihm beisammen.«

»Was für Beweise haben Sie dafür?«

»Madam, das war kein völliges Geheimnis. Man hat das Erdenschiff im Orbit registriert, ebenso Fastolfes Jacht auf dem Flug nach oben. Man hat sie beim Andocken beobachtet. Und Fastolfe war nicht an Bord der Jacht. Also nahm man an, daß Sie das waren. Dr. Fastolfes Einfluß reichte aus, um dafür zu sorgen, daß es nicht aktenkundig wurde.«

»Wenn es nicht aktenkundig ist, dann gibt es keinen Beweis.«

»Trotzdem. Dr. Amadiro hat die letzten zwei Drittel seines Lebens damit verbracht, jede Bewegung Dr. Fastolfes voll Abscheu zu verfolgen. Es hat immer Regierungsbeamte gegeben, die mit Herz und Seele Dr. Amadiros Politik ergeben waren, die Galaxis für die Spacer zu reservieren. Und diese Beamten haben ihm in aller Stille alles berichtet, von dem sie annahmen, daß er es gern wissen würde. Dr. Amadiro hat von Ihrer kleinen Eskapade fast im gleichen Augenblick erfahren, in dem sie stattfand.«

»Das ist trotzdem kein Beweis. Das unbestätigte Wort eines kleinen Beamten, der irgend jemandem gefällig ist, ist ohne Belang. Amadiro hat nichts getan, weil selbst er wußte, daß er keine Beweise hatte.«

»Keine Beweise, die ihm erlauben würden, jemandem auch nur eine kleine Gesetzwidrigkeit vorzuwerfen; keine Beweise, mit denen er Fastolfe hätte Schwierigkeiten machen können; aber Beweis genug, um mich als einen Nachkommen Baleys zu verdächtigen und deshalb meine Laufbahn zu ruinieren.«

Gladia sah ihn voll an und sagte bitter: »Sie können aufhören, sich Sorgen zu machen. Mein Sohn ist der Sohn von Santirix Gremionis, ein echter Auroraner. Und von diesem Sohn Gremionis' stammen Sie ab.«

»Überzeugen Sie mich davon, Madam. Sonst bitte ich um nichts. Überzeugen Sie mich, daß Sie in den Orbit geflogen sind und Stunden allein mit dem Erdenmenschen verbracht haben und in der ganzen Zeit nur mit ihm geredet haben – über Politik vielleicht oder alte Zeiten und gemeinsame Freunde – sich Witze erzählt haben – einander aber nie berührt haben. Überzeugen Sie mich!«

»Was wir getan haben, ist ohne Belang – ersparen Sie mir also bitte Ihren Sarkasmus! Als ich ihn aufsuchte, war ich bereits von meinem damaligen Mann schwanger. Ich trug einen drei Monate alten Fötus, einen auroranischen Fötus.«

»Können Sie das beweisen?«

»Warum sollte ich es beweisen müssen? Das Geburtsdatum meines Sohnes ist aktenkundig, und Amadiro muß das Datum meines Besuches bei dem Erdenmenschen kennen.«

»Man hat es ihm damals, wie ich sagte, mitgeteilt. Aber seitdem sind beinahe zwanzig Dekaden verstrichen, und er erinnert sich nicht genau. Der Besuch ist nicht aktenkundig, man kann den Zeitpunkt daher nicht genau festlegen. Ich fürchte, Dr. Amadiro würde es vorziehen, zu glauben, daß Sie neun Monate vor der Geburt des Sohnes mit dem Erdenmenschen zusammen waren.«

»Sechs Monate.«

»Beweisen Sie das.«

»Sie haben mein Wort.«

»Unzureichend.«

»Nun – Daneel, du warst bei mir. Wann habe ich Elijah Baley gesehen?«

»Madam Gladia, das war 173 Tage vor der Geburt Ihres Sohnes.«

»Und das sind knapp sechs Monate vor der Geburt«, sagte Gladia.

»Unzureichend«, sagte Mandamus.

Gladias Kinn hob sich. »Daneels Gedächtnis ist perfekt, wie man leicht beweisen kann. Die Aussage eines Roboters ist auf Aurora vor Gericht zulässig.«

»Dies ist keine Sache für die Gerichte und wird es auch nicht sein. Und Daneels Gedächtnis ist für Dr. Amadiro ohne Belang. Daneel ist von Fastolfe entwickelt und konstruiert und von ihm fast zwei Jahrhunderte lang gewartet worden. Wir können nicht sagen, welche Modifikationen man an ihm vorgenommen hat oder in welcher Weise Daneel vielleicht Anweisung erhalten hat, sich in bezug auf Dr. Amadiro in dieser oder jener Weise zu verhalten.«

»Dann überlegen Sie es sich doch selbst, Mann! Erdenmenschen sind genetisch ganz anders als wir. Wir sind praktisch unterschiedliche Spezies. Wir sind nicht gegenseitig fruchtbar.«

»Unbewiesen.«

»Nun, dann gibt es genetische Aufzeichnungen. Solche von Darrel und solche von Santirix. Vergleichen Sie sie! Wenn mein Exmann nicht sein Vater wäre, würde das eindeutig aus den genetischen Unterschieden erkennbar sein.«

»Genetische Akten sind nicht jedermann zugänglich. Das wissen Sie.«

»Amadiro ist in ethischen Belangen nicht gerade pingelig. Er hat genügend Einfluß, um sich illegal Zugang zu solchen Akten zu verschaffen – oder hat er Angst, seine eigene These zu widerlegen?«

»Was auch immer der Grund sein mag, Madam – er ist nicht bereit, das Recht eines jeden Auroraners auf sein Privatleben zu stören.«

»Nun, dann gehen Sie doch hinaus in den Weltraum und ersticken Sie im Vakuum!« sagte Gladia. »Wenn Ihr Amadiro es ablehnt, sich überzeugen zu lassen, dann ist das nicht meine Angelegenheit. Sie zumindest sollten überzeugt sein, und es ist

Ihre Aufgabe, Ihrerseits Amadiro zu überzeugen! Wenn Sie das nicht fertigbringen und Ihre Karriere sich nicht so weiterentwickelt, wie Sie sich das wünschen, dann können Sie versichert sein, daß mich das überhaupt nicht interessiert!«

»Das überrascht mich nicht. Ich habe nicht mehr und nicht weniger erwartet. Und was das angeht – *ich* bin überzeugt. Ich hatte nur gehofft, daß Sie mir Material an die Hand geben würden, womit ich Dr. Amadiro überzeugen kann. Das haben Sie nicht.«

Gladia zuckte die Achseln.

»Dann werde ich andere Methoden einsetzen«, sagte Mandamus.

»Ich bin froh, daß Sie die haben«, antwortete Gladia kühl.

»Die habe ich«, sagte Mandamus leise, als wäre ihm gar nicht bewußt, nicht allein zu sein. »Sehr wirksame sogar.«

»Gut. Dann empfehle ich Ihnen, daß sie Amadiro erpressen. Es gibt da ganz bestimmt eine ganze Menge, womit man ihn erpressen kann.«

Mandamus blickte auf. Seine Stirn war plötzlich gefurcht. »Seien Sie nicht albern.«

»Sie können jetzt gehen«, sagte Gladia. »Ich glaube, ich habe jetzt genug von Ihnen. Verlassen Sie mein Haus!«

Mandamus hob die Arme. »Warten Sie! Ich sagte Ihnen eingangs, daß ich zwei Gründe hätte, Sie sprechen zu wollen; einen persönlichen und einen offiziellen. Ich habe zu viel Zeit mit dem ersten verbracht, muß Sie aber um fünf Minuten bitten, um auch das noch zu besprechen.«

»Aber nicht mehr!«

»Es gibt noch jemanden, der Sie sprechen möchte: einen Erdenmenschen – oder wenigstens einen Bewohner der Siedler-Welten, ein Abkomme von Erdenmenschen.«

»Sagen Sie ihm«, erklärte Gladia, »daß weder Erdenmenschen noch ihre Siedler-Nachkommen Aurora betreten dürfen, und schicken Sie ihn weg! Warum soll ich ihn empfangen?«

»Unglücklicherweise hat sich in den letzten zweihundert Jahren das Kräftegleichgewicht etwas verschoben, Madam. Diese Erdenmenschen haben mehr Welten als wir und haben immer schon eine viel größere Bevölkerung gehabt. Sie haben mehr Raumschiffe, wenn sie auch nicht so fortschrittlich wie die unseren sind. Und wegen ihrer kurzen Lebensspanne und ihrer Fruchtbarkeit sind sie anscheinend viel eher bereit zu sterben, als wir das sind.«

»Letzteres glaube ich nicht.«

Mandamus lächelte. »Warum nicht? Acht Dekaden haben viel weniger zu bedeuten als vierzig. Jedenfalls müssen wir sie höflich behandeln – viel höflicher, als wir das in den Tagen Elijah Baleys mußten. Falls Sie das tröstet – Fastolfes Politik hat diese Situation herbeigeführt.«

»Für wen sprechen Sie denn überhaupt? Muß Amadiro sich jetzt etwa dazu überwinden, zu Siedlern höflich zu sein?«

»Nein, tatsächlich ist es der Rat.«

»Sind Sie ein Sprecher für den Rat?«

»Nicht offiziell. Aber man hat mich gebeten, Sie von dieser Sache zu informieren – inoffiziell.«

»Und wenn ich diesen Siedler empfange – was ist dann? Weshalb will er mich sprechen?«

»Das ist es, was wir nicht wissen, Madam. Wir zählen darauf, daß Sie es uns sagen. Sie sollen ihn empfangen, herausfinden, was er will, und uns berichten.«

»Wem berichten?«

»Wie ich schon sagte – dem Rat. Der Siedler wird heute abend zu Ihnen kommen.«

»Sie scheinen anzunehmen, daß ich keine andere Wahl habe, als mich in die Position eines Informanten zu begeben.«

Mandamus stand auf; offenbar war seine Mission erfüllt. »Sie werden kein ›Informant‹ sein. Sie schulden diesem Siedler nichts. Sie berichten lediglich Ihrer Regierung, und das ist etwas, wozu jeder loyale Bürger Auroras bereit sein sollte. Sie wollen doch sicherlich nicht, daß der Rat zu dem Schluß gelangt, Ihre solarianische Herkunft würde Ihren Patriotismus für Aurora beeinträchtigen?«

»Sir, ich bin mehr als viermal solange Bürgerin Auroras, als Sie leben.«

»Ohne Zweifel. Aber Sie sind auf Solaria geboren und dort

aufgewachsen. Sie sind eine etwas ungewöhnliche Anomalie – eine Auroranerin, die auf einem anderen Planeten geboren ist, und es ist schwer, das zu vergessen. Das gilt in ganz besonderem Maße, weil dieser Siedler Sie sprechen möchte und niemand anderen auf Aurora – und zwar gerade weil Sie auf Solaria geboren sind.«

»Woher wissen Sie das?«

»Die Annahme liegt nahe. Er hat Sie als ›die solarianische Frau‹ identifiziert. Es interessiert uns, weshalb das etwas für ihn bedeutet – jetzt, wo es Solaria nicht mehr gibt.«

»Fragen Sie ihn doch!«

»Wir ziehen es vor, Sie zu fragen – nachdem Sie ihn gefragt haben. Ich muß Sie jetzt um die Erlaubnis bitten, gehen zu dürfen, und danke Ihnen für Ihre Gastfreundschaft.«

Gladia nickte steif. »Ich erlaube Ihnen zu gehen, und zwar mit mehr Überzeugung, als ich Ihnen meine Gastfreundschaft angeboten habe.«

Mandamus ging, dicht gefolgt von seinen Robotern, auf die Tür zu, blieb aber, kurz bevor er den Raum verließ, stehen, drehte sich um und sagte: »Das hätte ich beinahe vergessen...«

»Ja?«

»Der Siedler, der Sie sprechen möchte, heißt zufälligerweise mit Familiennamen Baley.«

III. DIE KRISE

7

Daneel und Giskard geleiteten Mandamus und seine Roboter mit robotischer Höflichkeit aus der Niederlassung und gingen dann – jetzt, da sie schon einmal das Haus verlassen hatten – eine Runde und vergewisserten sich, daß die niedrigeren Roboter an ihren Plätzen waren, und registrierten das Wetter (wolkig und ein wenig kühler, als es der Jahreszeit entsprach).

Daneel meinte: »Dr. Mandamus hat ganz offen zugegeben, daß die Siedlerwelten jetzt stärker als die Spacer-Welten sind. Ich hätte nicht erwartet, daß er das tun würde.«

»Ich auch nicht«, räumte Giskard ein. »Ich war zwar überzeugt, daß die Siedler im Vergleich zu den Spacern an Macht zunehmen würden, weil Elijah Baley das vor vielen Dekaden vorhergesagt hat; aber wann das dem auroranischen Rat auffallen würde, konnte ich nicht vorherbestimmen. Mir schien es, als ob die soziale Trägheit dafür sorgen würde, daß der Rat noch lange nach ihrem Verschwinden von der Überlegenheit der Spacer überzeugt sein würde. Aber ich konnte nicht abschätzen, wie lange sie fortfahren würden, sich selbst zu täuschen.«

»Es erstaunt mich, daß Partner Elijah das vor so langer Zeit vorhergesehen hat.«

»Menschliche Wesen haben eine Art, über menschliche Wesen zu denken, die uns fremd ist.« Wäre Giskard menschlich gewesen, dann hätte die Bemerkung Bedauern oder Neid ausdrücken können; aber da er ein Roboter war, war sie rein faktisch. Er fuhr fort: »Ich habe versucht, wenn ich schon nicht so denken kann, mir durch die Lektüre der menschlichen Geschichte mehr Wissen darüber zu erwerben. Ganz sicher müssen doch irgendwo in der langen Geschichte der menschlichen Ereignisse die Gesetze der Humanik verborgen sein, die das Äquivalent zu unseren Gesetzen der Robotik sind.«

»Madam Gladia hat mir einmal gesagt, diese Hoffnung sei zum Scheitern verurteilt«, sagte Daneel.

»Das mag sein, Freund Daneel. Denn obwohl es mir scheint, daß es solche Gesetze der Humanik geben muß, kann ich sie nicht finden. Jede Verallgemeinerung, die ich anzustellen versuche, und wäre sie noch so breit und einfach, hat zahlreiche Ausnahmen. Und doch – wenn es solche Gesetze gäbe und ich sie finden könnte, dann könnte ich die menschlichen Wesen viel besser verstehen und gleichzeitig zuversichtlicher sein, daß ich dem Gesetz der Robotik besser gehorche.«

»Da Partner Elijah die menschlichen Wesen verstand, muß er eine gewisse Kenntnis von den Gesetzen der Humanik gehabt haben.«

»Anzunehmen. Aber sein Wissen beruhte auf etwas, was menschliche Wesen Intuition nennen – ein Wort, das ich nicht verstehe und das einen Begriff verdeutlichen soll, von dem ich nichts weiß. Vermutlich liegt er jenseits der Vernunft, und mir steht nur die Vernunft zur Verfügung.«

7a

Das – und das Gedächtnis!
Ein Gedächtnis, das natürlich nicht nach Art der Menschen funktionierte. Ihm fehlte das unvollkommene Erinnern, die Verschwommenheit, die Hinzufügungen und Weglassungen, wie sie Wunschdenken und Selbstinteresse diktierten, ganz zu schweigen von dem Verweilen und den Lücken und dem Herumstochern in der Vergangenheit, was Gedächtnis in stundenlange Tagträume verwandeln kann.

Es war wie robotisches Gedächtnis, in dem die Ereignisse sich genauso abspulten, wie sie geschehen waren, aber um ein Vielfaches schneller. Die Sekunden spulten sich in Nanosekunden ab, so daß man Tage mit so schneller Präzision nachleben konnte, daß sich nicht einmal eine Lücke im Gespräch dabei ergab.

So wie Giskard das schon zahllose Male getan hatte, durchlebte er jenen Besuch auf der Erde noch einmal und suchte wie immer nach Verständnis von Elijah Baleys beiläufiger Fähigkeit, die Zukunft vorherzusehen, und fand es auch dieses Mal nicht.

Die Erde!
Fastolfe war in einem auroranischen Kriegsschiff zur Erde gerast; einem Schiff, das angefüllt war mit Passagieren – Menschen ebenso wie Robotern. Aber als sie dann im Orbit angelangt waren, unternahm nur Fastolfe eine Landung mit dem Modul. Sein Immunmechanismus war durch Injektionen verstärkt worden, und er trug die notwendigen Handschuhe, Kontaktlinsen und Nasenfilter sowie einen Schutzanzug. Er fühlte sich demzufolge sicher; aber kein anderer Auroraner war bereit, ihn als Teil einer Delegation zu begleiten.

Fastolfe tat das mit einem Achselzucken ab, da er glaubte (und das auch später Giskard erklärte), daß er allein eher willkommen sein würde. Eine Delegation würde die Erde in unangenehmer Weise an die schlimmen alten Tage erinnern (schlimm für die Erde); an die Tage von Spacetown, als die Spacer einen dauernden Stützpunkt auf der Erde besessen und die Welt unmittelbar beherrscht hatten.

Aber Giskard brachte Fastolfe mit. Ohne irgendwelche Roboter zu reisen, wäre selbst für Fastolfe undenkbar gewesen. Mit mehr als einem zu kommen, hätte die in zunehmendem Maße robotfeindlich werdenden Erdenmenschen, die er zu sprechen und mit denen er zu verhandeln beabsichtigte, belastet.

Zunächst würde er sich natürlich mit Baley treffen, der sein Verbindungsmann zur Erde und ihren Menschen sein würde. Das war der rationale Vorwand für das Zusammentreffen. Der wirkliche Vorwand war einfach der, daß Fastolfe Baley wiedersehen wollte; schließlich stand er tief genug in seiner Schuld.

(Daß Giskard Baley sehen wollte und daß er die Emotionen und Impulse in Fastolfes Gehirn in ganz schwachem Maße beeinflußt hatte, um das herbeizuführen, konnte Fastolfe nicht wissen – ja nicht einmal ahnen.)

Baley erwartete sie bei der Landung, und in seiner Gesellschaft befand sich eine kleine Gruppe von Beamten, so daß es eine etwas in die Länge gezogene Zeitspanne gab, die von der Höflichkeit und dem Protokoll diktiert wurde. Es dauerte ein paar Stunden, bis Baley und Fastolfe allein reden konnten, und es hätte vielleicht noch etwas länger gedauert, wenn Giskards stille und nicht wahrnehmbare Einwirkung nicht gewesen wäre – eine ganz schwache Berührung im Bewußtsein der wichtigeren Beamten, die eindeutig gelangweilt waren. (Es war stets ungefährlich, sich darauf zu beschränken, eine Empfindung zu verstärken, die bereits existierte; das führte fast nie zu Schaden.)

Baley und Fastolfe saßen in einem kleinen privaten Speisesaal, der gewöhnlich nur höchsten Regierungsbeamten zugänglich war. Auf einer Computer-Speisekarte konnte man Nahrungsmittel drücken, die dann von computerisierten Trägern geliefert wurden.

Fastolfe lächelte. »Sehr fortschrittlich«, sagte er. »Diese Träger sind aber nichts anderes als spezialisierte Roboter. Es überrascht mich, daß die Erde sie benutzt. Sie sind doch sicherlich kein Spacer-Produkt?«

»Nein, das sind sie nicht«, sagte Baley ernst. »Selbstgemacht. Das hier dient nur den Allerobersten, und ich hatte bisher noch nie Gelegenheit, diesen Raum zu benutzen. Wahrscheinlich werde ich das auch nie wieder tun.«

»Es könnte doch sein, daß man Sie eines Tages in ein hohes Amt wählt, und dann würden Sie solches täglich erleben.«

»Niemals«, sagte Baley. Die Teller wurden vor sie plaziert, und der Träger war sogar genügend hochentwickelt, um Giskard zu ignorieren, der reglos hinter Fastolfes Stuhl stand.

Eine Weile aß Baley stumm, bis er mit gewisser Scheu sagte: »Es ist schön, Sie wiederzusehen, Dr. Fastolfe.«

»Die Freude ist ganz meinerseits. Ich habe nicht vergessen, daß Sie es vor zwei Jahren, als Sie auf Aurora waren, fertiggebracht haben, mich von dem Verdacht zu befreien, ich hätte den Roboter Jander zerstört, und daß es Ihnen darüber hinaus gelungen ist, das Blatt zum Nachteil eines schon ganz siegessicheren Gegners zu wenden und Amadiros Machenschaften aufzudecken.«

»Wenn ich daran denke, zittere ich immer noch«, sagte Baley. »Und auch dich grüße ich, Giskard. Ich hoffe, du hast mich nicht vergessen.«

»Das wäre völlig unmöglich, Sir«, sagte Giskard.

»Ausgezeichnet! Nun, Doktor, ich kann nur hoffen, daß sich die politische Lage auf Aurora weiterhin positiv entwickelt. Nach allem, was man hier hört, scheint es ja so; aber wenn es um auroranische Angelegenheiten geht, habe ich kein Vertrauen zu einer Analyse, die man hier anstellt.«

»Das können Sie aber – im Augenblick wenigstens. Meine Partei kontrolliert den Rat. Amadiro leistet zwar verdrossene Opposition; aber ich nehme an, daß noch Jahre vergehen werden, ehe er und seine Anhänger sich von dem Schlag erholen, den Sie ihnen versetzt haben. Aber wie geht es denn Ihnen hier – Ihnen und der Erde?«

»Recht gut. Sagen Sie, Dr. Fastolfe«, und Baleys Gesicht zuckte leicht, als wäre ihm die Frage peinlich, »haben Sie Daneel mitgebracht?«

Fastolfe zögerte kurz. »Es tut mir leid, Baley. Ja, er befindet sich in meiner Begleitung, aber ich habe ihn auf dem Schiff gelassen. Ich hielt es für politisch unklug, mich von einem so menschenähnlichen Roboter begleiten zu lassen. Bei der zunehmenden Anti-Roboter-Haltung, die auf der Erde herrscht, war ich der Ansicht, ein humanoider Roboter könnte als Provokation empfunden werden.«

Baley seufzte. »Ich verstehe.«

Und Fastolfe fuhr fort: »Ist es wahr, daß Ihre Regierung plant, den Einsatz von Robotern innerhalb der Cities ganz zu verbieten?«

»Ich rechne damit, daß es bald dazu kommen wird – mit einer Übergangszeit natürlich, um finanzielle Verluste und Nachteile zu vermeiden. Man wird den Roboter-Einsatz auf das offene Land beschränken, wo man sie für den Ackerbau und den Bergbau benötigt. Auch dort mag es eines Tages dazu kommen, daß man sie abschafft. Und der Plan sieht vor, auf den neuen Welten überhaupt keine Roboter zu verwenden.«

»Da Sie die neuen Welten erwähnen – hat Ihr Sohn die Erde schon verlassen?«

»Ja, vor ein paar Monaten. Wir haben von ihm gehört. Er ist mit ein paar hundert Siedlern sicher auf einer neuen Welt eingetroffen. Sie haben dort eine wenig entwickelte einheimische Vegetation und eine sauerstoffarme Atmosphäre vorgefunden. Wie es mir scheint, ist es aber möglich, die Verhältnisse nach einiger Zeit erdähnlich zu machen. Unterdessen hat man einige provisorische Kuppeln errichtet. Man wirbt um neue Siedler, und alle sind mit dem Terraformen beschäftigt. Bentleys Briefe und seine gelegentlichen Hyperwellen-Anrufe klingen sehr optimistisch; aber seine Mutter vermißt ihn natürlich trotzdem.«

»Und werden Sie auch dorthin gehen, Baley?«

»Ich bin nicht sicher, ob das Leben unter einer Kuppel und auf einer fremden Welt meine Vorstellung von Glück erfüllt, Dr. Fastolfe – ich bin nicht mehr so jung und so begeisterungsfähig wie Ben – aber in zwei oder drei Jahren werde ich das wohl müssen. Jedenfalls habe ich meiner Behörde bereits mitgeteilt, daß ich vorhabe auszuwandern.«

»Ich kann mir vorstellen, daß man davon gar nicht begeistert ist.«

»Oh, keineswegs. Das gibt man zwar nicht zu, aber in Wirklichkeit sind sie froh, mich loszuwerden. Ich bin denen zu prominent geworden.«

»Und wie reagiert die Regierung der Erde auf diese neue Welle der Expansion in die Galaxis?«

»Recht nervös. Man verbietet das zwar nicht gerade, ist aber keineswegs kooperativ. Man argwöhnt immer noch, daß die Spacer dagegen sein und *irgend etwas* Unangenehmes tun könnten, um diese Entwicklung zu verhindern.«

»Soziale Trägheit«, sagt Fastolfe. »Man beurteilt uns nach unserem Verhalten in der Vergangenheit. Wir haben doch gar keinen Zweifel daran gelassen, daß wir die Kolonisierung neuer Planeten durch die Erde befürworten und daß wir selbst die Absicht haben, weitere Planeten zu kolonisieren.«

»Dann kann ich nur hoffen, daß Sie das unserer Regierung erklären werden. Aber, Dr. Fastolfe, eine andere Frage zu einem weniger wichtigen Thema: Wie geht es...« – und dann stockte er.

»Gladia?«, fragte Fastolfe, ohne sich anmerken zu lassen, wie ihn Baleys Verhalten amüsierte. »Haben Sie ihren Namen vergessen?«

»Nein, nein. Ich habe nur gezögert... äh...«

»Es geht ihr gut«, sagte Fastolfe. »Sie führt ein angenehmes Leben. Sie hat mich gebeten, Sie zu grüßen. Aber ich kann mir vorstellen, daß Sie keinen Anstoß brauchen, um sich an sie zu erinnern.«

»Dann wird sie wegen ihrer solarianischen Herkunft also nicht benachteiligt, hoffe ich?«

»Nein, und auch nicht wegen der Rolle, die sie bei der Entmachtung Dr. Amadiros gespielt hat. Eher das Gegenteil. Ich sorge für sie, dessen können Sie versichert sein. Und doch will ich Sie jetzt das Thema nicht wechseln lassen, Baley. Was ist, wenn die Behörden der Erde sich weiterhin gegen die Auswanderung und Expansion stellen? Könnte eine solche Opposition nicht am Ende dazu führen, daß das Vorhaben seinen Schwung verliert?«

»Das glaube ich nicht«, sagte Baley. »Aber sicher bin ich natürlich nicht. Viele Erdenmenschen können sich nicht von den riesigen unterirdischen Cities lösen, den Stahlhöhlen, die unser Zuhause sind...«

»Ihr Mutterleib.«

»Dann eben unser Mutterleib, wenn Sie das vorziehen. Neue Welten aufzusuchen und dort jahrzehntelang unter primitivsten Lebensumständen zu existieren, auf viele Errungenschaften der Zivilisation verzichten zu müssen – das ist schwierig. Wenn ich manchmal daran denke, bin ich entschlossen, niemals dorthinzugehen, ganz besonders wenn ich eine schlaflose Nacht habe. Ich habe schon hundertmal beschlossen, hierzubleiben, und eines Tages wird diese Entscheidung vielleicht doch endgültig. Und wenn *ich* schon Schwierigkeiten damit habe, wo ich doch in gewisser Weise die ganze Idee erst in Gang gebracht habe – wer soll dann sonst schon freiwillig und vergnügt auswandern? Ohne Aufmunterung durch die Regierung oder – um ganz brutal offen zu sein – ohne einen Tritt der Regierung in den Hintern der Bevölkerung könnte das ganze Projekt immer noch scheitern.«

Fastolfe nickte. »Ich werde versuchen, Ihre Regierung zu überreden. Aber wenn mir das mißlingt?«

»Wenn es Ihnen mißlingt«, sagte Baley ganz leise, »und wenn damit das Siedlungsprojekt der Erde scheitert, dann bleibt nur noch eine Alternative: Dann müssen die Spacer selbst die Galaxis besiedeln. Die Aufgabe muß erfüllt werden.«

»Und *Sie* wären damit einverstanden, daß die Spacer sich ausdehnen und die Galaxis füllen, während die Erdenmenschen auf ihren Planeten beschränkt bleiben?«

»Einverstanden keineswegs – aber es wäre immer noch besser als die augenblickliche Situation, in der es keinerlei Ausdehnung gibt – nicht von der Erde aus und nicht von den Spacer-Welten. Vor vielen Jahrhunderten sind die Erdenmenschen zu den Sternen hinausgezogen und haben einige der Welten besiedelt, die man heute Spacer-Welten nennt. Und diese paar Welten haben andere kolonisiert. Aber es ist lange Zeit her, seit Spacer oder Erdenmenschen mit Erfolg eine neue Welt besiedelt und entwickelt haben. Und dabei darf es nicht bleiben.«

»Ich bin ganz Ihrer Ansicht. Aber welchen Grund haben Sie, sich eine Expansion zu wünschen, Baley?«

»Ich habe das Gefühl, daß die Menschheit sich nicht weiterentwickeln kann, wenn es keine Ausdehnung gibt. Es braucht keine geographische Ausdehnung zu sein; aber das ist die einfachste und klarste Methode, auch andere Arten der Ausdehnung und der Weiterentwicklung herbeizuführen: Wenn man eine geographische Ausdehnung auf eine Art und Weise herbeiführen kann, daß sie nicht zum Nachteil anderer intelligenter Lebewesen ist; wenn es Freiräume gibt, in die man sich ausdehnen kann. Warum dann nicht? Sich der Ausdehnung unter solchen Umständen zu widersetzen, heißt, den Niedergang sicherzustellen.«

»So stellt sich also für Sie die Alternative dar? Ausdehnung und Fortschritt? Nicht-Ausdehnung und Niedergang?«

»Ja, davon bin ich fest überzeugt. Und deshalb *müssen* die Spacer sich ausdehnen, wenn die Erde das nicht tun will. Die Menschheit – ob nun in Gestalt der Erdenmenschen oder der Spacer – *muß* sich ausdehnen. Ich würde es gern sehen, wenn die Erdenmenschen diese Aufgabe übernähmen. Aber wenn sie es nicht tun, dann ist es besser, wenn die Spacer es tun, als wenn es überhaupt nicht geschieht. Eine Alternative oder die andere.«

»Und wenn nur die einen es tun und die anderen nicht?«

»Dann wird die Gesellschaft, die sich ausdehnt, beständig stärker und die andere beständig schwächer werden.«

»Sind Sie dessen sicher?«

»Ich würde es für unvermeidbar halten.«

Fastolfe nickte. »Ich bin ganz Ihrer Meinung. Deshalb versuche ich auch, *sowohl* die Erdenmenschen *als auch* die Spacer dazu zu überreden, sich auszudehnen, um damit ihren Fortschritt sicherzustellen. Das ist die dritte Alternative. Und ich glaube, die beste.«

Die Erinnerung huschte an den nun folgenden Tagen vorbei –
unglaubliche Menschenmengen, die sich beständig in Bewegung befanden, in Strömen und Rinnsalen und Knäueln –
dahinrasende Expreßbänder, die man bestieg und wieder verließ – endlose Konferenzen mit zahlreichen Beamten – menschliches Bewußtsein, einzeln und in Scharen.

Ganz besonders in Scharen.

In Scharen, die so dicht waren, daß Giskard keine Individuen herausgreifen konnte. Massenbewußtsein, das sich vermischte und verschmolz in ein pulsierendes Grau, in dem man nur die periodischen Funken des Argwohns und der Abneigung entdecken konnte; Funken, die jedesmal nach draußen schossen, wenn jemand aus der Menge innehielt und ihn ansah.

Nur wenn Fastolfe mit einigen wenigen Beamten konferierte, konnte Giskard sich mit deren individuellem Bewußtsein befassen; und das war es natürlich, worauf es ankam.

An einem Punkt gegen Ende ihres Aufenthalts auf der Erde verlangsamte sich seine Erinnerung; einem Zeitpunkt, an dem Giskard es schließlich zuwegebrachte, eine Zeitlang mit Baley allein zu sein. Giskard nahm einige minimale Anpassungen am Bewußtsein einiger Menschen vor, um sicherzustellen, daß sie eine Zeitlang ungestört bleiben würden.

Baley sagte, als wolle er sich entschuldigen: »Es ist nicht so, daß ich dich ignoriert hätte, Giskard. Ich hatte einfach keine Gelegenheit, mit dir allein zu sein. Ich bekleide auf der Erde keinen besonders hohen Rang und kann nicht selbst über mein Kommen und Gehen bestimmen.«

»Das habe ich natürlich verstanden, Sir. Aber wir werden jetzt einige Zeit zusammensein.«

»Gut. Dr. Fastolfe hat mir gesagt, daß es Gladia gutgeht. Er sagt das vielleicht aus Freundlichkeit, weil er weiß, daß ich das gern hören möchte. Dir aber gebe ich jetzt den Befehl, die Wahrheit zu sprechen: Geht es Gladia tatsächlich gut?«

»Dr. Fastolfe hat Ihnen die Wahrheit gesagt, Sir.«

»Und du erinnerst dich hoffentlich an meine Bitte bei unserem letzten Zusammentreffen auf Aurora, Gladia zu behüten und sie vor Schaden zu bewahren.«

»Freund Daneel und mir ist Ihre Bitte bewußt. Ich habe veranlaßt, daß, wenn Dr. Fastolfe einmal nicht mehr lebt, Freund Daneel und ich Teil der Niederlassung von Madam Gladia werden. Wir werden dann sogar noch besser in der Lage sein, Schaden von ihr fernzuhalten.«

»Das wird nach meiner Zeit sein«, sagte Baley betrübt.

»Das verstehe ich, Sir, und bedaure es.«

»Ja, doch das läßt sich nicht ändern. Aber schon vorher und doch nach meiner Zeit wird eine Krise kommen – oder es besteht immerhin die Möglichkeit einer solchen Krise.«

»Woran denken Sie dabei, Sir? Was ist das für eine Krise?«

»Giskard, das ist eine Krise, zu der es kommen kann, weil Dr. Fastolfe eine Person mit überraschend ausgeprägter Überzeugungskraft ist. Oder vielleicht auch, weil es irgendeinen anderen Faktor gibt, der das bewirkt.«

»Sir?«

»Jeder Beamte, der mit Dr. Fastolfe gesprochen hat, scheint jetzt von dem Gedanken der Auswanderung begeistert zu sein. Das waren sie vorher nicht – oder wenn sie dafür waren, dann mit starkem Vorbehalt. Und sobald einmal die Meinungsmacher dafür sind, werden sich bestimmt weitere anschließen. Das wird sich wie eine Epidemie ausbreiten.«

»Ist das nicht, was Sie wollen, Sir?«

»Doch, das ist es. Aber es ist mir fast zuviel des Guten. Wir werden uns über die Galaxis ausbreiten – was aber, wenn die Spacer das nicht tun?«

»Warum sollten sie das nicht?«

»Ich weiß es nicht. Ich bringe das hier nur als Annahme, als Möglichkeit ins Gespräch. Was, wenn sie es nicht tun?«

»Die Erde und die Welten, die von ihren Menschen besiedelt werden, werden dann stärker werden – so haben Sie es doch formuliert?«

»Und die Spacer werden schwächer werden. Aber es wird eine Zeit geben, in der die Spacer stärker als die Erde und ihre Siedler bleiben werden, wenn auch der Vorsprung immer geringer wird. Am Ende wird den Spacern unvermeidbar klarwerden, daß die Erdenmenschen eine wachsende Gefahr darstellen. Und um die Zeit werden die Spacer-Welten mit Sicherheit entscheiden, daß man die Erde und ihre Siedler aufhalten muß, ehe es zu spät ist. Man wird dann von drastischen Maßnahmen sprechen, und das wird eine Krisenperiode sein, die die ganze Zukunft der Menschheit bestimmen wird.«

»Jetzt begreife ich, Sir.«

Baley blieb noch eine Weile stumm und nachdenklich und sagte dann fast im Flüsterton, als hätte er Sorge, man könnte ihn hören: »Wer kennt deine Fähigkeiten?«

»Unter den menschlichen Wesen nur Sie, und Sie können nicht zu anderen davon sprechen.«

»Ich weiß wohl, daß ich das nicht kann. Worauf ich hinauswill, ist, daß du es warst und nicht Fastolfe, der jeden Beamten, mit dem ihr in Verbindung getreten seid, zu einem begeisterten Vertreter des Auswanderungsprojekts gemacht hat. Und deshalb hast du auch dafür gesorgt, daß Fastolfe dich und nicht Daneel mit auf die Erde bringt. Dein Kommen war wichtig, und Daneel hätte stören können.«

Giskard sah Baley an, und Baley hatte den Eindruck, als würden seine Roboteraugen dabei aufleuchten. »Ich hielt es für notwendig, den Personaleinsatz auf das Minimum zu beschränken, um meine Aufgabe nicht dadurch noch zu erschweren, indem ich empfindliche Erdenmenschen verstimmte. Daneels Abwesenheit tut mir leid, Sir. Ich kann Ihre Enttäuschung darüber, daß Sie ihn nicht begrüßen können, fühlen.«

»Nun...« Baley schüttelte den Kopf. »Ich begreife, daß es notwendig war, und hoffe, du wirst Daneel erklären, daß ich ihn sehr vermißt habe. Jedenfalls möchte ich das noch einmal betonen, was ich gesagt habe: Wenn die Erde ihre Siedlungspolitik verstärkt und wenn die Spacer auf dem Wettrennen zu neuen Welten zurückbleiben, liegt die Verantwortung dafür, und demzufolge auch für die Krise, die sich daraus unvermeidbar entwickeln wird, bei dir. Aus diesem Grunde liegt die Verantwortung für den weiteren Schutz der Erde, wenn die Krise sich einmal einstellt, bei dir.«

»Ich werde tun, was ich kann, Sir.«

»Und wenn dir das gelingen sollte, dann könnte es sein, daß sich Amadiro oder seine Gefolgsleute gegen Gladia stellen. Du darfst nicht vergessen, auch sie zu schützen.«

»Daneel und dich werden das nicht vergessen.«

»Ich danke dir, Giskard.«

Dann trennten sie sich.

Als Giskard hinter Fastolfe das Modul bestieg, um die Reise zurück nach Aurora anzutreten, sah er Baley noch einmal. Diesmal gab es keine Gelegenheit, mit ihm zu sprechen.

Baley winkte ihm zu, und sein Mund formte stumm die Worte: Denk' daran!

Giskard fühlte das Wort und die Empfindung dahinter.

Danach sah Giskard Baley nie wieder. Niemals.

8

Giskard war es nie möglich gewesen, die klar eingeprägten Bilder jenes einen Besuchs auf der Erde an sich vorbeiziehen zu lassen, ohne daran die Bilder jenes wichtigen Besuchs bei Amadiro im Robotik-Institut anzuhängen.

Es war nicht leicht gewesen, dieses Zusammentreffen zu arrangieren. Amadiro, der immer noch unter der bitteren Niederlage litt, war nicht bereit, seine Erniedrigung durch einen Besuch bei Fastolfe zu betonen. »Nun«, hatte Fastolfe zu Giskard gesagt, »ich kann es mir leisten, im Sieg großzügig zu sein. Ich werde zu ihm gehen. Außerdem *muß* ich ihn sprechen.«

Als Baley die Entmachtung Amadiros und seiner politischen Ambitionen ermöglicht hatte, war Fastolfe Mitglied des Robotik-Instituts geworden. Er hatte als Gegenleistung dafür dem Institut alle Daten für den Bau und den Unterhalt humaniformer Roboter übergeben. Man hatte eine Anzahl davon hergestellt, und dann war das Projekt zum Stillstand gekommen.

Ursprünglich hatte Fastolfe beabsichtigt, das Institut ohne einen Robotbegleiter aufzusuchen. Damit hätte er sich aber ohne Schutz und (sozusagen) nackt mitten in das feindliche Lager begeben. Es wäre ein Symbol der Bescheidenheit und des Vertrauens gewesen; gleichzeitig aber wäre es auch ein Zeichen völliger Überlegenheit und Selbstvertrauens gewesen, und Amadiro hätte das begriffen. Fastolfe hätte damit völlig allein seine Gewißheit demonstriert, daß Amadiro im Besitz aller Mittel des Instituts es nicht wagen würde, seinem einzigen Feind ein Haar zu krümmen, wo der sich in seine Macht begab.

Und doch hatte am Ende Fastolfe, ohne ganz zu wissen, weshalb er das tat, sich dafür entschieden, sich von Giskard begleiten zu lassen.

Amadiro schien seit dem letzten Zusammentreffen mit Fastolfe etwas abgenommen zu haben, war aber immer noch ein stattliches Exemplar Mensch: hochgewachsen und massiv gebaut. Das selbstzufriedene Lächeln, das einmal so etwas wie ein Symbol für ihn gewesen war, hatte er verloren; und als er bei Fastolfes Eintreten versuchte, es aufzusetzen, wirkte es eher wie ein Zähnefletschen, das aber sofort in einen Blick finsterer Unzufriedenheit verblaßte.

»Nun, Kendel«, sagte Fastolfe, indem er sich des Vornamens seines Gegenübers bediente, »obwohl wir seit vier Jahren Kollegen sind, sehen wir einander nicht sehr oft.«

»Wir wollen doch keine falsche Freundlichkeit aufkommen lassen, Fastolfe«, sagte Amadiro mit einer Stimme, der man seine Verärgerung anmerkte, »Sie sollten mich deshalb als Amadiro ansprechen. Wir sind nur dem Namen nach Kollegen, und ich mache kein Geheimnis daraus und habe das auch noch nie getan, daß Ihre Außenpolitik meiner Ansicht nach für uns selbstmörderisch ist.«

Drei von Amadiros Robotern, große, glänzende Exemplare, waren zugegen, und Fastolfe studierte sie mit gerunzelter Stirn. »Sie sind gut geschützt, Amadiro, und das gegen einen einzigen Mann des Friedens mit seinem einzigen Roboter.«

»Sie wissen sehr wohl, daß sie Sie nicht angreifen werden, Fastolfe. Aber warum haben Sie Giskard mitgebracht? Warum nicht Ihr Meisterstück Daneel?«

»Wäre es denn sicher, Daneel zu Ihnen zu bringen?«

»Das soll wohl eine witzige Bemerkung sein. Ich brauche Daneel nicht mehr. Wir können selbst humaniforme Roboter bauen.«

»Basierend auf meiner Konstruktion.«

»Mit Verbesserungen.«

»Und doch benutzen Sie diese Roboter nicht. Deshalb bin ich zu Ihnen gekommen. Ich weiß, daß meine Position im Institut nur nomineller Natur ist und daß selbst meine Anwesenheit nicht willkommen ist, ganz zu schweigen von meinen Ansichten und Empfehlungen. Dennoch muß ich als Institutsmitglied dagegen protestieren, daß die humaniformen Roboter von Ihnen nicht eingesetzt werden.«

»Wie soll ich sie denn Ihrer Ansicht nach einsetzen?«

»Die Absicht war, von ihnen neue Welten öffnen zu lassen, zu denen am Ende Spacer auswandern sollten, nachdem man diese Welten terrageformt und völlig bewohnbar gemacht hatte. War es nicht so?«

»Aber das war etwas, dem Sie sich widersetzt hatten, Fastolfe. War es nicht so?«

»Ja, das stimmt«, sagte Fastolfe. »Ich wollte, daß Spacer selbst zu neuen Welten auswandern und das Terraformen selbst übernehmen. Aber das geschieht nicht und wird, wie ich jetzt erkenne, wahrscheinlich auch nie geschehen. Dann sollten wir wenigstens die Humaniformen schicken. Das wäre besser als nichts.«

»Keine Alternative, die Sie vorschlagen, wird zu etwas führen, solange Ihre Ansichten den Rat beherrschen, Fastolfe. Spacer werden nicht auf unerschlossene, ungeformte Welten reisen – noch mögen sie, wie es scheint, humaniforme Roboter.«

»Sie haben den Spacern ja auch kaum die Chance gegeben, sie zu mögen. Die Erdenmenschen fangen jetzt an, neue Planeten zu besiedeln – selbst unerschlossene und ungeformte. Und Sie tun es ohne robotische Hilfe.«

»Sie kennen die Unterschiede zwischen den Menschen von der Erde und uns sehr gut. Es gibt acht Milliarden Erdenmenschen.«

»Und fünfeinhalb Milliarden Spacer.«

»Der Unterschied liegt nicht nur in der Zahl«, sagte Amadiro bitter. »Sie vermehren sich wie Insekten.«

»Das tun sie nicht. Die Bevölkerung der Erde ist seit Jahrhunderten ziemlich stabil.«

»Aber sie haben das Potential dafür. Wenn sie ihr ganzes Herz auf die Auswanderung setzen, können sie leicht hundertsechzig Millionen neue Menschen pro Jahr produzieren, und diese Zahl wird noch steigen, wenn die Welten sich füllen.«

»Wir haben die biologische Möglichkeit, hundert Millionen neue Menschen pro Jahr zu produzieren.«

»Aber nicht die soziologische Möglichkeit. Wir sind langlebig; wir wollen nicht so schnell ersetzt werden.«

»Wir könnten einen großen Teil der neuen Menschen zu anderen Welten schicken.«

»Sie würden nicht gehen. Uns sind unsere Körper wertvoll, weil es starke, gesunde Körper sind, die dazu fähig sind, fast vierzig Dekaden in Stärke und Gesundheit zu überleben. Den Erdenmenschen können ihre Körper nicht wertvoll sein, wo sie doch in weniger als zehn Dekaden ausleiern und selbst in dieser kurzen Periode von Krankheit geplagt sind und degenerieren. Ihnen macht es nichts aus, jedes Jahr Millionen hinauszuschikken, ins sichere Elend und den wahrscheinlichen Tod. Selbst die Opfer brauchen das Elend und den Tod nicht zu fürchten – denn haben sie denn auf der Erde etwas anderes? Die Erdenmenschen, die auswandern, fliehen von ihrer Welt der Pestilenzen, wohl wissend, daß keine Änderung zum Schlechteren führen kann. Wir andrerseits kennen den Wert unserer wohlgebauten und komfortablen Planeten, die wir nie leichten Herzens aufgeben würden.«

Fastolfe seufzte. »All diese Argumente habe ich so oft gehört – darf ich Sie deshalb auf die einfachste Tatsache hinweisen, Amadiro, daß Aurora ursprünglich eine unerschlossene, ungeformte Welt war, die erst terrageformt werden mußte, um akzeptabel zu werden – und daß das für jede einzelne Spacer-Welt gilt?«

Amadiro ahmte das Seufzen und den Tonfall Fastolfes nach

und sagte: »Und ich habe all Ihre Argumente so oft gehört, daß mir dabei übel wird. Aber es soll mich nicht verdrießen, Ihnen erneut Antwort zu geben. Aurora mag einmal primitiv gewesen sein, als es ursprünglich besiedelt wurde; aber Aurora ist von Erdenmenschen besiedelt worden, und die anderen Spacer-Welten, soweit nicht auch von Erdenmenschen besiedelt, wurden von Spacern besiedelt, die noch nicht über ihr irdisches Erbe hinausgewachsen waren. Die Zeiten eignen sich dafür nicht länger. Was also damals getan werden konnte, ist heute nicht mehr möglich.«

Amadiro hob einen Mundwinkel, so daß es wieder wie ein Zähnefletschen aussah, und fuhr fort: »Nein, Fastolfe, Ihre Politik hat dazu geführt, daß wir eines Tages eine Galaxis haben werden, die nur von Erdenmenschen bevölkert sein wird, während die Spacer verkümmern und degenerieren. Sie können das heute schon sehen. Ihre famose Reise zur Erde vor zwei Jahren war der Wendepunkt. Irgendwie haben Sie es fertiggebracht, Ihr eigenes Volk zu verraten, indem Sie diese Untermenschen von Erdbewohnern dazu ermutigten, zu expandieren. In nur zwei Jahren ist es dazu gekommen, daß auf vierundzwanzig Welten wenigstens ein paar Erdenmenschen sind, und dauernd kommen neue dazu.«

»Sie sollten nicht übertreiben«, sagte Fastolfe. »Keine einzige dieser Siedlerwelten ist schon wahrhaft dafür geeignet, von Menschen bewohnt zu werden, und so wird es auch noch einige Dekaden bleiben. Vermutlich werden nicht alle überleben. Und sobald die näherliegenden Welten einmal dichter besiedelt sind, wird die Aussicht geringer werden, daß weiter entfernte Welten besiedelt werden. Der ursprüngliche Schwung wird also nachlassen. Ich habe die *Erde* zur Expansion ermutigt, weil ich darauf zählte, daß es auch bei uns dazu kommen würde. Wir können immer noch mit ihnen Schritt halten, wenn wir uns darum bemühen. Und dann können wir in gesundem Wettbewerb gemeinsam die Galaxis füllen.«

»Nein«, sagte Amadiro. »Was Sie im Sinn haben, ist das Gefährlichste, was es in der Politik geben kann – unsinniger Idealismus. Die Expansion ist einseitig und wird es bleiben, trotz allem, was Sie tun können. Die Erdbewohner schwärmen unbehindert aus, und man wird sie aufhalten müssen, ehe sie zu stark werden.«

»Und wie beabsichtigen Sie das zu tun? Wir haben einen Freundschaftsvertrag mit der Erde, in dem wir uns ausdrücklich dazu verpflichten, ihre Ausdehnung in die Galaxis so lange nicht zu behindern, als sie keinen Planeten besiedeln, der im Umkreis von zwanzig Lichtjahren einer Spacer-Welt liegt. Und an diese Vereinbarung haben sie sich minutiös gehalten.«

»Jeder kennt den Vertrag«, sagte Amadiro. »Und jeder weiß auch, daß kein Vertrag je eingehalten wurde, sobald er einmal im Widerspruch mit den nationalen Interessen des mächtigeren Partners stand. Für mich ist dieser Vertrag wertlos.«

»Für mich nicht. Er wird eingehalten werden.«

Amadiro schüttelte entschieden den Kopf, »Ihr Glauben rührt mich. Wie wird er eingehalten werden, wenn Sie nicht mehr an der Macht sind?«

»Ich habe die Absicht, noch eine ganze Weile an der Macht zu bleiben.«

»In dem Maße, wie die Erde und ihre Kolonisten stärker werden, wird die Angst der Spacer zunehmen, und dann werden Sie die Macht verlieren.«

»Und wenn Sie den Vertrag zerreißen, die Siedlerwelten zerstören und der Erde die Tore zuschlagen – werden die Spacer dann auswandern und die Galaxis füllen?« fragte Fastolfe.

»Vielleicht nicht. Aber wenn wir beschließen, das nicht zu tun – wenn wir beschließen, daß es uns so, wie es ist, ganz gut geht –, welchen Unterschied wird das dann machen?«

»In dem Fall wird die Galaxis nicht ein Reich der Menschen werden.«

»Und wenn sie das nicht wird – was dann?«

»Dann werden die Spacer verdummen und degenerieren, selbst wenn man die Erde gefangenhält und sie ebenfalls verdummt und degeneriert.«

»Das ist genau der Unfug, den Ihre Partei ständig verbreitet, Fastolfe. Es gibt keine Beweise dafür, daß es dazu kommen wird. Und selbst wenn, dann wird das *unsere* Wahl sein.

Zumindest werden wir nicht sehen, wie diese barbarischen Kurzlebigen die Galaxis an sich reißen.«

Fastolfe schüttelte den Kopf. »Wollen Sie damit ernsthaft sagen, Amadiro, daß Sie den Tod der Spacer-Zivilisation in Kauf nehmen würden, solange Sie nur die Erde daran hindern können, neue Welten zu besiedeln und zu expandieren?«

»Ich rechne nicht auf unseren Tod, Fastolfe. Aber wenn es zum Schlimmsten kommt – nun, dann kann ich nur sagen, ja. Dann wäre mir unser Tod eine weniger schlimme Aussicht als der Triumph dieser Untermenschen mit ihrer kurzen Lebensspanne und ihren Krankheiten.«

»Von denen wir abstammen.«

»Und mit denen wir nicht länger genetisch verwandt sind. Sind wir Würmer, weil vor ein paar Milliarden Jahren auch Würmer zu unseren Vorfahren gehörten?«

Fastolfe stand mit zusammengepreßten Lippen auf. Amadiro machte keinen Versuch, ihn aufzuhalten.

9

Es gab für Daneel keine Möglichkeit, unmittelbar zu erkennen, ob Giskard seinen Erinnerungen nachhing. Zum einen änderte sich Giskards Ausdruck nicht, und zum anderen hing er nicht in der Weise Erinnerungen nach, wie das Menschen vielleicht getan hätten; bei ihm beanspruchte das keine nennenswerte Zeitspannne.

Andrerseits hatte der Gedanke, der Giskard dazu veranlaßt hatte, an die Vergangenheit zu denken, auch Daneel dazu veranlaßt, an dieselben Ereignisse jener Vergangenheit zu denken, da Giskard sie ihm vor langer Zeit berichtet hatte. Und das überraschte Giskard auch nicht.

Ihr Gespräch wurde ohne ungewöhnliche Pause fortgesetzt, aber in einer deutlich neuen Art und Weise, so als hätte jeder für beide an die Vergangenheit gedacht.

Daneel sagte: »Mir scheint, Freund Giskard, daß die Krise, die Elijah Baley vorhergesehen hat, gefahrlos an uns vorübergegangen ist. Schließlich erkennen die Menschen von Aurora jetzt, daß sie schwächer sind als die Erde und ihre vielen Siedlerwelten.«

»So könnte es scheinen, Freund Daneel.«

»Du hast dir viel Mühe gegeben, um zu erreichen, daß es dazu kommt.«

»Das habe ich. Ich habe dafür gesorgt, daß der Rat in Fastolfes Hand blieb. Ich habe getan, was ich konnte, um jene zu formen, die ihrerseits die öffentliche Meinung formten.«

»Und doch bin ich beunruhigt.«

Wäre Giskard ein Mensch gewesen, dann hätte er beifällig genickt; so sagte er: »Ich war während jeder einzelnen Phase dieser Entwicklung unruhig, obwohl ich mir die Mühe gegeben habe, niemandem Schaden zuzufügen. Ich habe – mental – kein einziges menschliches Wesen berührt, das mehr als nur leichteste Berührung brauchte. Auf der Erde brauchte ich nur die Furcht vor Vergeltungsmaßnahmen zu mildern und habe dabei insbesondere jene ausgewählt, bei denen diese Furcht nur mehr schwach war, und habe damit einen Faden abgerissen, der in jedem Fall schon schwach und am Zerreißen war. Auf Aurora war es umgekehrt. Die Politiker hier zögerten, eine Politik zu vertreten, die zu einem Aufbruch von ihrer behaglichen Welt führen sollte, und dieses Zögern habe ich lediglich verstärkt und damit das Band, das sie hielt, etwas verstärkt. Und dieses Handeln hat mich in dauernden, wenn auch schwachen inneren Aufruhr versetzt.«

»Warum? Du hast die Erde zur Expansion ermuntert und den Spacern die Expansion ausgeredet. Das ist doch sicher so, wie es sein sollte.«

»Wie es sein sollte? Denkst du denn, Freund Daneel, ein Erdenmensch würde mehr zählen als ein Spacer, wenn doch beide menschliche Wesen sind?«

»Es gibt Unterschiede. Elijah Baley würde lieber sehen, daß seine eigenen Erdenmenschen besiegt werden, als daß die Galaxis unbewohnt bleibt. Dr. Amadiro würde es lieber sehen, daß die Erde und die Spacer dahinschwinden, als daß die Macht der Erde sich ausdehnt. Der erste blickt mit Hoffnung auf den

Triumph beider; der zweite würde lieber sehen, daß beiden der Triumph versagt bleibt. Sollten wir nicht den ersten wählen, Freund Giskard?«

»Ja, Freund Daneel, so würde es scheinen. Und doch frage ich dich, wie weit dich dein Gefühl für den speziellen Wert deines ehemaligen Partners Elijah Baley beeinflußt.«

»Die Erinnerung an Partner Elijah schätze ich hoch, und die Menschen der Erde sind sein Volk.«

»Ich sehe, daß du es so siehst. Schließlich habe ich schon seit vielen Dekaden gesagt, daß du dazu neigst, wie ein menschliches Wesen zu denken, Freund Daneel. Aber ich frage mich, ob das notwendigerweise ein Kompliment ist, Freund Daneel. Und trotzdem – obwohl du dazu neigst, *wie* ein menschliches Wesen zu denken – du bist keines, und die Drei Gesetze binden dich. Du darfst keinem menschlichen Wesen schaden, ob jenes menschliche Wesen nun ein Erdenmensch oder ein Spacer ist.«

»Es gibt aber Zeiten, Freund Giskard, wo man einem menschlichen Wesen den Vorzug vor einem anderen geben muß. Uns ist die besondere Anweisung erteilt worden, Lady Gladia zu schützen. Ich könnte also gelegentlich gezwungen sein, einem menschlichen Wesen zu schaden, um die Lady Gladia zu schützen. Und ich glaube, daß ich, wenn sonst alles unverändert wäre, bereit sein könnte, einem Spacer ein wenig zu schaden, um irgendeinen Erdenmenschen zu schützen.«

»Das denkst du. Aber wenn es tatsächlich dazu käme, würdest du von den speziellen Umständen geleitet werden müssen. Du wirst feststellen, daß du nicht verallgemeinern kannst«, sagte Giskard. »Und so ist es auch bei mir. Indem ich so handelte, wie ich es getan habe, habe ich es Dr. Fastolfe unmöglich gemacht, die auroranische Regierung dazu zu überreden, eine Politik der Auswanderung zu unterstützen und damit zwei expandierende Mächte in der Galaxis zu begründen. Ich konnte mich der Erkenntnis nicht entziehen, daß jener Teil seiner Bemühungen zunichte gemacht wurde. Das mußte ihn mit wachsender Verzweiflung erfüllen und hat vielleicht seinen Tod beschleunigt. Ich habe das in seinem Bewußtsein gefühlt, und das war schmerzvoll. Und dennoch, Freund Daneel...«

Giskard hielt inne, und Daneel sagte: »Ja?«

»Nicht so gehandelt zu haben, wie ich handelte, hätte die Fähigkeiten der Erde zu expandieren stark beeinträchtigt, ohne gleichzeitig Auroras Bemühungen in diese Richtung zu stärken. Dr. Fastolfe wäre dann in doppelter Hinsicht enttäuscht worden: sowohl was die Erde *als auch* was Aurora angeht. Und darüber hinaus wäre er von Dr. Amadiro aus seiner Machtposition verdrängt worden. Das Gefühl der Enttäuschung wäre dann noch größer gewesen. Und Dr. Fastolfe schuldete ich, solange er lebte, meine größte Loyalität und habe mich zu dem Handeln entschlossen, das ihn weniger enttäuschte, ohne dabei meßbar anderen Individuen zu schaden, mit denen ich zu tun hatte. Wenn schon Dr. Fastolfe dauernd darüber verstimmt sein mußte, daß es ihm nicht gelang, die Auroraner und die Spacer im allgemeinen zu dieser Auswanderung zu überreden, so bereitete ihm zumindest die Aktivität der Erdenmenschen Freude.«

»Hättest du nicht sowohl die Menschen der Erde *und* die Auroraner zur Auswanderung ermuntern können, Freund Giskard, um damit Dr. Fastolfe in jeder Hinsicht zu befriedigen?«

»Das war mir natürlich ebenfalls in den Sinn gekommen, Freund Daneel. Ich habe über diese Möglichkeit nachgedacht und entschieden, daß es nicht gehen würde. Ich konnte die Erdenmenschen durch eine winzige Veränderung, die keinen Schaden anrichten konnte, zur Auswanderung ermuntern. Das gleiche für Auroraner zu versuchen, hätte eine starke Veränderung erfordert mit der Gefahr großen Schadens. Das Erste Gesetz stand dem im Wege.«

»Schade.«

»Ja. Bedenke, was hätte geschehen können, wenn ich das Bewußtsein Dr. Amadiros radikal hätte ändern müssen! Und doch, wie hätte ich seine starre Entschlossenheit ändern können, sich gegen Dr. Fastolfe zu stellen? Es wäre ebenso gewesen, als hätte ich versuchen wollen, seinen Kopf um hundertachtzig Grad zu drehen. Eine so vollständige Umkehrung seiner Wünsche hätte wohl die gleiche tödliche Wirkung auf ihn gehabt, wie man auch physisch einem Menschen den Kopf nicht nach hinten drehen kann.

Der Preis meiner Macht, Freund Daneel«, fuhr Giskard fort, »ist das in hohem Maße größere Dilemma, dem ich mich dauernd ausgesetzt sehe. Das Erste Gesetz der Robotik, das es verbietet, menschlichen Wesen Schaden zuzufügen, befaßt sich normalerweise mit den sichtbaren physischen Schäden, die wir – wir alle – leicht erkennen können und bezüglich derer wir leicht ein Urteil fällen können. Ich allein jedoch bin mir auch der menschlichen Emotionen und Geisteszustände bewußt und weiß daher um viel subtilere Formen des Schadens, ohne sie völlig begreifen zu können. Ich bin daher häufig gezwungen, ohne echte Sicherheit zu handeln, und das setzt meine Positronenbahnen und Stromkreise einer andauernden Belastung aus.

Und doch habe ich das Gefühl, Gutes getan zu haben. Ich habe die Spacer an diesem Krisenpunkt vorbeigeführt. Aurora ist sich der zunehmenden Stärke der Siedler bewußt und wird jetzt gezwungen sein, den Konflikt zu vermeiden. Sie müssen erkennen, daß es für Gegenmaßnahmen zu spät ist. Und das Versprechen, das wir Elijah Baley gegeben haben, ist in dieser Hinsicht erfüllt. Wir haben die Erde auf einen Kurs gesetzt, an dessen Ende die Erdenmenschen die Galaxis gefüllt haben werden und ein galaktisches Imperium gründen können.«

An diesem Punkt ihres Gesprächs hatten sie sich bereits wieder Gladias Haus genähert. Aber jetzt blieb Daneel stehen, und der leichte Druck, mit dem seine Hand auf Giskards Schulter ruhte, veranlaßte diesen, ebenfalls stehenzubleiben.

»Das Bild, das du hier malst, ist attraktiv«, sagte Daneel. »Es würde Partner Elijah stolz auf uns machen, wenn wir, wie du sagst, das bewirkt haben. Roboter auf dem Wege zum galaktischen Imperium, würde Elijah sagen, und dann würde er mir vielleicht auf die Schulter klopfen. Und doch bin ich, wie ich sagte, beunruhigt, Freund Giskard.«

»Weswegen, Freund Daneel?«

»Ich muß mich einfach fragen, ob wir die Krise, von der Partner Elijah vor so vielen Dekaden sprach, tatsächlich schon hinter uns gebracht haben. Ist es tatsächlich für Gegenmaßnahmen der Spacer bereits zu spät?«

»Warum hast du solche Zweifel, Freund Daneel?«

»Das Verhalten von Dr. Mandamus in seinem Gespräch mit Madam Gladia hat mich verunsichert.«

Giskards Blick fixierte Daneel einige Augenblicke lang, und in dieser Stille konnten sie das Rascheln von Blättern in der kühlen Brise hören. Die Wolken waren dabei aufzureißen, und bald würde die Sonne erscheinen. Ihr Gespräch hatte in seiner telegrafischen Manier nur wenig Zeit in Anspruch genommen, und Gladia würde sich, das wußten sie, nicht über ihre Abwesenheit wundern.

»Was an diesem Gespräch hat dich beunruhigt?« fragte Giskard.

»Ich hatte bei vier verschiedenen Anlässen Gelegenheit, Elijah Baley dabei zu beobachten, wie er mit komplizierten Problemen umging«, meinte Daneel. »In jedem dieser vier Fälle habe ich beobachtet, wie er es geschafft hat, aus begrenzten, ja manchmal irreführenden Informationen nützliche Schlüsse zu ziehen. Seitdem habe ich innerhalb der mir gesetzten Grenzen immer wieder versucht, so zu denken, wie er dachte.«

»Mir scheint, Freund Daneel, daß du in dieser Hinsicht gutgetan hast. Ich sagte ja schon, daß du dazu neigst, wie ein menschliches Wesen zu denken.«

»Dann wird dir sicher aufgefallen sein, daß Dr. Mandamus zwei Dinge hatte, die er mit Madam Gladia besprechen wollte. Er hat das selbst betont. Das eine war die Frage seiner eigenen Herkunft; die Frage also, ob nun Elijah Baley sein Vorfahr war oder nicht. Das zweite war die Bitte an Madam Gladia, einen Siedler zu empfangen und nachher über diesen Vorgang zu berichten. Man könnte die zweite Sache als etwas betrachten, das für den Rat wichtig ist, während die erste nur für ihn Bedeutung hat.«

Dem widersprach Giskard: »Dr. Mandamus hat die Frage seiner Abkunft so dargestellt, als würde sie auch für Dr. Amadiro Bedeutung haben.«

»Dann wäre das immerhin eine Angelegenheit von persönlicher Bedeutung für zwei Menschen und nicht nur für einen, Freund Giskard. Trotzdem bleibt sie ohne Auswirkung auf den Rat und damit für den Planeten im allgemeinen.«

»Dann fahr fort, Freund Daneel!«

»Und doch wurde die offizielle Angelegenheit, so wie Dr. Mandamus sie bezeichnete, erst als zweite aufgegriffen, fast als wäre sie ihm nachträglich eingefallen. Tatsächlich schien das Ganze nicht genügend bedeutsam, um einen persönlichen Besuch zu rechtfertigen. Jeder Ratsbeamte hätte das über Tridi erledigen können. Andrerseits hat Dr. Mandamus die Frage seiner Herkunft zuerst in Angriff genommen, sie in vielen Einzelheiten diskutiert – und das war eine Sache, die nur er und sonst niemand hätte erledigen können.«

»Und welchen Schluß ziehst du daraus, Freund Daneel?«

»Ich glaube, daß die den Siedler betreffende Angelegenheit von Dr. Mandamus nur als Vorwand benutzt wurde, um ein persönliches Gespräch mit Madam Gladia führen und unter vier Augen über seine Herkunft sprechen zu können. Nur diese Frage hat ihn echt interessiert und sonst nichts. Kannst du dich dieser meiner Folgerung anschließen, Freund Giskard?«

Auroras Sonne war noch nicht hinter den Wolken hervorgetreten, und so konnte man das schwache Leuchten in Giskards Augen sehen, als er meinte: »Die Spannung in Dr. Mandamus' Bewußtsein war tatsächlich während der ersten Gesprächsphase meßbar höher als während der zweiten. Das mag vielleicht als Bekräftigung dienen, Freund Daneel.«

»Dann müssen wir uns fragen, weshalb für Dr. Mandamus die Frage seiner Herkunft so wichtig ist«, sagte Daneel.

»Das hat Dr. Mandamus doch erklärt. Nur wenn er demonstrieren kann, daß er kein Abkömmling Elijah Baleys ist, steht ihm der Weg zu weiterem Fortkommen in seiner Karriere offen. Dr. Amadiro, von dessen gutem Willen er abhängt, würde sich absolut gegen ihn stellen, wenn er ein Abkömmling Mr. Baleys sein sollte.«

»Das hat er *gesagt*, Freund Giskard. Aber der Ablauf des Gesprächs spricht dagegen.«

»Warum sagst du das? Bitte fahre fort, wie ein menschliches Wesen zu denken, Freund Daneel! Ich finde das instruktiv.«

Daneel antwortete darauf fast gravitätisch: »Ich danke dir, Freund Giskard. Hast du bemerkt, daß nichts von dem, was er sagte, um die Unmöglichkeit Dr. Mandamus' Abkunft von Partner Elijah zu untermauern, von ihm als überzeugend angesehen wurde? In jedem einzelnen Fall sagte Dr. Mandamus, daß Dr. Amadiro diese Aussage nicht akzeptieren würde.«

»Ja. Und was leitest du daraus ab?«

»Mir scheint Dr. Mandamus so felsenfest davon überzeugt, daß Dr. Amadiro überhaupt keine Argumente akzeptieren wird, die seine Abstammung von Elijah Baley widerlegen, daß man sich fragen muß, weshalb er sich überhaupt die Mühe gemacht hat, Madam Gladia in der Angelegenheit zu befragen. Er wußte allem Anschein nach von Anfang an, daß es nutzlos sein würde.«

»Vielleicht, Freund Daneel. Aber das ist eine Spekulation. Kannst du denn ein brauchbares Motiv für sein Verhalten liefern?«

»Das kann ich. Ich glaube, er hat sich nach seiner Abkunft nicht erkundigt, um den unversöhnlichen Dr. Amadiro zu überzeugen, sondern um sich selbst zu überzeugen.«

»Warum sollte er in dem Fall überhaupt Dr. Amadiro erwähnt haben? Warum nicht einfach sagen: ›Ich möchte es wissen?‹«

Ein leichtes Lächeln zog über Daneels Gesicht; eine Veränderung des Ausdrucks, die Giskard unmöglich gewesen wäre. Dann meinte er: »Wenn er zu Madam Gladia gesagt hätte: ›Ich will es wissen‹, hätte sie ohne Zweifel darauf geantwortet, daß ihn das nichts anginge, und dann hätte er überhaupt nichts erfahren. Madam Gladia empfindet jedoch ebenso starken Widerwillen gegenüber Dr. Amadiro wie Dr. Amadiro gegenüber Elijah Baley. Dr. Mandamus konnte daher davon ausgehen, daß Madam Gladia über alles beleidigt sein würde, was Dr. Amadiro in bezug auf ihre Person dachte oder sagte. Er konnte damit rechnen, daß sie selbst dann wütend sein würde, wenn diese Ansicht mehr oder weniger richtig wäre; und um wieviel mehr dann noch, wenn sie absolut falsch sein sollte wie in diesem Fall. Sie würde sich die größte Mühe geben, um zu beweisen, daß Dr. Amadiro unrecht hatte, und würde dazu jeden nur denkbaren Beweis liefern, dessen es dafür bedurfte.

In einem solchen Fall würde Dr. Mandamus' eiskalte Überzeugung, daß jedes Beweisstück unzureichend sei, sie nur noch zorniger machen und zu weiteren Enthüllungen treiben. Dr. Mandamus' Strategie war so gewählt, um sicherzustellen, daß er das Maximum von Madam Gladia erfuhr. Und am Ende war *er* überzeugt, daß er keinen Erdenmenschen als Vorfahren hatte; zumindest nicht in so junger Vergangenheit, wie es zwanzig Dekaden sind. Amadiros Gefühle standen in dieser Hinsicht, wie ich glaube, in Wahrheit gar nicht in Frage.«

»Das ist ein interessanter Standpunkt, Freund Daneel«, meinte Giskard, »aber er scheint mir nicht hinreichend begründet. In welcher Weise können wir uns vergewissern, daß das Ganze nicht nur eine Annahme deinerseits ist?«

»Scheint es dir nicht auch, Freund Giskard, daß Dr. Mandamus am Ende seiner Erkundigungen – die ihm ja keine hinreichenden Beweise für Dr. Amadiro geliefert haben, zumindest nicht so, wie er es uns gegenüber darstellte – deprimiert und bedrückt hätte sein sollen? Nach seiner eigenen Aussage hat das Ergebnis doch bedeutet, daß er keine weiteren Aufstiegschancen hat und daher niemals die Position des Leiters des Robotik-Instituts erreichen kann. Und doch gewann ich den Eindruck, daß er weit davon entfernt war, deprimiert zu sein, ja daß er eher entzückt war. Ich kann das nur aus dem äußeren Schein schließen; aber das kannst du besser. Sag mir, Freund Giskard, wie war seine mentale Einstellung am Ende dieses Abschnitts seines Gesprächs mit Madam Gladia?«

»Wenn ich zurückblicke, war er nicht nur entzückt, sondern hat geradezu triumphiert, Freund Daneel«, sagte Giskard.

»Du hast recht. Jetzt, wo du deinen Denkvorgang erklärt hast, bestätigt dieser von mir wahrgenommene Triumph, daß deine Überlegung völlig korrekt sein muß. Tatsächlich muß ich mich jetzt, wo du alles erklärt hast, wundern, weshalb ich das nicht selbst erkennen konnte.«

»Das, Freund Giskard, war in mehreren Fällen exakt meine Reaktion auf Elijah Baleys Überlegungen. Daß ich im vorliegenden Falle imstande war, eine solche Überlegung durchzuführen, mag teilweise auf den starken Stimulus der augenblicklichen Krisensituation zurückzuführen sein. Die Krise zwingt mich, konsequenter zu denken.«

»Du unterschätzt dich, Freund Daneel. Du hast schon lange Zeit konsequent gedacht. Aber warum sprichst du von einer augenblicklichen Krisensituation? Erklär mir das! Wie kommt man von Dr. Mandamus' Gefühl des Triumphs darüber, kein Abkömmling Mr. Baleys zu sein, auf die Krise, von der du sprichst?«

»Dr. Mandamus mag uns in seinen Aussagen bezüglich Dr. Amadiros getäuscht haben«, sagte Daneel.« Aber man kann vielleicht nichtsdestoweniger annehmen, daß er vorankommen möchte, daß es sein Ehrgeiz ist, Leiter des Instituts zu werden. Ist das nicht so, Freund Giskard?«

Giskard hielt einen Augenblick lang inne, als dächte er nach, und sagte dann: »Ich habe nicht nach Ehrgeiz gesucht. Ich habe sein Bewußtsein ohne einen bestimmten Zweck studiert, und deshalb sind mir nur oberflächliche Manifestationen bewußt geworden. Aber es ist durchaus möglich, daß es kurze Blitze von Ehrgeiz gab, als er von seiner Karriere sprach. Ich habe keinen besonderen Anlaß, hier beizupflichten, Freund Daneel. Aber ich habe überhaupt keinen Anlaß, dir zu widersprechen.«

»Dann wollen wir doch das Motiv des Ehrgeizes akzeptieren und sehen, wie wir damit weiterkommen. Einverstanden?«

»Einverstanden.«

»Ist es dann nicht wahrscheinlich, daß sein Triumphgefühl – sobald er nämlich überzeugt war, kein Nachkomme Partner Baleys zu sein – aus der Tatsache erwuchs, daß er annehmen durfte, sein Ehrgeiz würde sich jetzt erfüllen. Dies würde freilich nicht auf Dr. Amadiros Zustimmung zurückzuführen sein, da wir uns ja bereits darüber geeinigt hatten, daß das Motiv Dr. Amadiros von Dr. Mandamus nur als Ablenkungsmanöver eingesetzt worden war. Also muß es einen anderen Hinweis darauf geben, daß sein Ehrgeiz sich jetzt erfüllen wird.«

»Welcher andere Grund?«

»Es gibt keinen, der aus zwingenden Beweisen erwachsen würde. Aber ich kann einen als Spekulation anbieten. Was, wenn Dr. Mandamus etwas weiß oder etwas tun kann, das zu irgendeinem ungeheuren Erfolg führen könnte; einem Erfolg etwa, der sicherstellen würde, daß er der nächste Institutsleiter wird? Erinnere dich, daß Dr. Mandamus am Ende des Gesprächs bezüglich seiner Herkunft sagte: ›Dann werde ich andere Methoden einsetzen.‹ Angenommen, das würde stimmen, aber er würde diese Wege nur begehen können, wenn er *kein* Nachkomme Partner Elijahs wäre. Sein Triumph könnte dann aus der Tatsache erwachsen, daß er jetzt diese Methoden benutzen und damit seine weitere Karriere sichern könne.«

»Aber was für ›Methoden‹ sind das, Freund Daneel?«

»Da sind wir weiterhin auf Spekulationen angewiesen«, sagte Daneel bedächtig. »Wir wissen, daß Amadiro sich nichts so sehr wünscht wie die Niederlage der Erde – eine Niederlage, die sie in jene frühere Position zurückzwingt, als sie von den Spacer-Welten dominiert wurde. Wenn Dr. Mandamus über Mittel und Wege verfügt, dieses Ziel zu erreichen, dann kann er damit ganz sicherlich von Dr. Amadiro alles bekommen, was er will – auch die Garantie dafür, zu seinem Nachfolger berufen zu werden. Aber es ist immerhin möglich, daß Dr. Mandamus zögert, den Sieg über die Erde und ihre Erniedrigung herbeizuführen, falls er ein Gefühl der Verwandtschaft für ihre Bewohner empfindet. Ein Nachkomme Elijah Baleys von der Erde zu sein, würde ihn behindern – zu wissen, daß eine solche Verwandtschaft nicht besteht, macht ihn frei zum Handeln. Und das erzeugt in ihm das Gefühl des Triumphs.«

»Du meinst, Dr. Mandamus sei ein Mann mit Gewissen?« fragte Giskard.

»Gewissen?«

»Das ist ein Wort, das menschliche Wesen manchmal gebrauchen. Bis jetzt habe ich begriffen, daß es auf Personen angewendet wird, die Verhaltensregeln befolgen, welche sie dazu zwingen, auch gegen unmittelbares Eigeninteresse zu handeln. Wenn Dr. Mandamus das Gefühl hat, eine Karriere zu Lasten jener, mit denen ihn entfernte verwandtschaftliche Bande verknüpfen, sei nicht zulässig, dann betrachte ich ihn als einen Menschen mit Gewissen.

Ich habe viel über solche Dinge nachgedacht, Freund Daneel, da sie anzudeuten scheinen, daß auch menschliche Wesen über Gesetze verfügen, die ihr Verhalten lenken – wenigstens in manchen Fällen.«

»Und kannst du sagen, ob Dr. Mandamus tatsächlich ein Mensch mit Gewissen ist?«

»Aus meiner Beobachtung seiner Emotionen? Nein, ich habe nicht auf dergleichen geachtet. Aber wenn deine Analyse zutrifft, dann würde mir scheinen, daß man daraus auf ein Gewissen schließen kann. Und doch, wenn wir andrerseits anfangen, in ihm einen Mann mit Gewissen zu sehen und nach rückwärts argumentieren, könnte es sein, daß wir zu anderen Schlüssen gelangen. Wenn Dr. Mandamus glaubte, es gäbe einen Erdenmenschen unter seinen Vorfahren, und zwar vor zwanzig Dekaden, dann könnte er sich auch – gegen sein Gewissen – dazu getrieben fühlen, sich an die Spitze einer Attacke gegen die Erde zu stellen, um sie zu besiegen und sich selbst damit vom Makel einer solchen Herkunft zu befreien. Ohne eine solche Herkunft andrerseits würde er diesen unerträglichen Zwang, gegen die Erde zu handeln, nicht empfinden, und sein Gewissen würde frei sein, die Erde in Frieden zu lassen.«

»Nein, Freund Giskard«, widersprach Daneel. »Das würde nicht zu den Fakten passen. So sehr es für ihn auch eine Erleichterung sein mag, keine gewalttätigen Handlungen gegen die Erde unternehmen zu müssen, würde er doch Dr. Amadiro nicht befriedigen und damit sein Fortkommen nicht erzwingen können. In Anbetracht seines ehrgeizigen Wesens hätte er dann zumindest jenes Gefühl des Triumphs nicht gehabt, das du so deutlich festgestellt hast.«

»Ich verstehe. Dann schließen wir also, daß Dr. Mandamus über Mittel und Wege verfügt, die Erde zu besiegen.«

»Ja. Und wenn dem so ist, dann ist die von Partner Elijah vorhergesehene Krise noch keineswegs an uns vorübergegangen, sondern liegt jetzt vor uns.«

Giskard schien nachzudenken. Dann meinte er: »Aber die wichtigste Frage ist noch unbeantwortet, Freund Daneel. Worin besteht diese Krise? Worin liegt die tödliche Gefahr? Kannst du auch das ableiten?«

»Das kann ich nicht, Freund Giskard. Ich bin so weit gegangen, wie ich kann. Vielleicht hätte Partner Elijah noch weitergehen können, wenn er noch lebte; aber ich kann es nicht. Hier muß ich mich ganz auf dich verlassen, Freund Giskard.«

»Auf mich? Inwiefern?«

»Du kannst das Bewußtsein von Dr. Mandamus in einer Art und Weise studieren, wie ich das niemals kann – wie niemand sonst das kann. Du kannst die Natur der Krise entdecken.«

»Ich fürchte, das kann ich nicht, Freund Daneel. Wenn ich mit einem menschlichen Wesen über eine ausgedehnte Zeitperiode zusammenlebte, so, wie ich einmal mit Dr. Fastolfe gelebt habe, so, wie ich jetzt mit Madam Gladia lebe, könnte ich Stück für Stück die einzelnen Schichten seines Bewußtseins entfalten – ein Blatt nach dem anderen, den komplizierten Knoten Schritt für Schritt entwirren und sehr viel lernen, ohne den betreffenden Menschen zu schädigen. Das gleiche mit Dr. Mandamus zu tun, nach einem kurzen Zusammentreffen oder nach hundert kurzen Zusammentreffen, würde wenig bewirken. Emotionen sind schnell sichtbar, Gedanken nicht. Wenn ich aus einem Gefühl der Dringlichkeit heraus versuchte, den Vorgang zu beschleunigen, würde ich ihn ganz sicher verletzen – und dazu bin ich nicht imstande.«

»Und doch mag das Schicksal von Milliarden Menschen auf der Erde und weiteren Milliarden im Rest der Galaxis davon abhängen.«

»*Mag* davon abhängen. Das ist reine Vermutung. Der Schaden, den ein menschliches Wesen erleiden würde, ist indes eine Tatsache. Du solltest auch bedenken, daß vielleicht nur Dr. Mandamus um die Natur dieser Krise weiß und sie bis zu ihrem Abschluß führen kann. Er könnte sein Wissen oder auch seine Fähigkeit, Dr. Amadiro unter Druck zu setzen, nicht nutzen, wenn Dr. Amadiro es auch aus einer anderen Quelle erfahren könnte.«

»Richtig«, sagte Daneel. »Das mag wohl sein.«

»In dem Fall, Freund Daneel, ist es nicht notwendig, die Natur der Krise zu kennen. Wenn man Dr. Mandamus daran hindern könnte, Dr. Amadiro – oder sonst jemandem –, das zu sagen, was auch immer er weiß, dann wird die Krise nicht zum Ausbruch kommen.«

»Jemand anderer könnte in Erfahrung bringen, was Dr. Mandamus jetzt weiß.«

»Sicherlich. Aber wir wissen nicht, wann das sein wird. Wir werden höchstwahrscheinlich Zeit haben, weiterzusuchen und mehr in Erfahrung zu bringen – und damit besser darauf vorbereitet sein, um selbst eine nützliche Rolle zu spielen.«

»Nun denn.«

»Wenn Dr. Mandamus behindert werden muß, so kann das in der Weise geschehen, indem man sein Bewußtsein in einem Maße beschädigt, daß sein Verstand nicht mehr funktioniert – oder sogar, indem man sein Leben vernichtet. Nur ich allein besitze die Fähigkeit, sein Bewußtsein entsprechend zu verletzen, aber ich bin nicht dazu imstande. Andrerseits ist jeder von uns beiden in der Lage, sein Leben physisch zu beenden, aber dazu bin ich nicht imstande. Kannst *du* es, Freund Daneel?«

Einen Augenblick lang herrschte Stille. Dann flüsterte Daneel: »Ich kann es nicht. Das weißt du.«

Giskard sagte langsam: »Obwohl du weißt, daß die Zukunft von Milliarden von Menschen auf der Erde und anderswo auf dem Spiel steht?«

»Ich bin nicht dazu imstande, Dr. Mandamus zu verletzen.«

»Und ich auch nicht. Also bleibt uns nur die Sicherheit, daß eine tödliche Krise kommt – aber eine Krise, deren Natur wir nicht kennen. Und weil das so ist und weil wir es auch nicht herausfinden können, sind wir hilflos und können nichts gegen sie unternehmen.«

Sie starrten einander stumm an; ihren Gesichtern war nichts anzumerken. Dennoch hatte sich irgendwie ein Schleier der Verzweiflung über sie gelegt.

IV. EIN WEITERER NACHKOMME

10

Gladia hatte versucht, sich nach dem aufreibenden Gespräch mit Mandamus zu entspannen – und tat das mit einer Intensität, die jede Entspannung unmöglich machte. Sie hatte alle Fenster in ihrem Schlafzimmer undurchsichtig gemacht und die Umgebung auf eine sanfte, warme Brise eingestellt, mit dem schwachen Geräusch raschelnder Blätter und dem gelegentlichen Ruf eines fernen Singvogels. Dann hatte sie umgeschaltet auf das Geräusch einer weitentfernten Brandung und hatte einen schwachen, aber unverkennbaren Hauch von Seeluft hinzugefügt.

Es half nichts. In ihrem Bewußtsein hallte das nach, was gerade geschehen war und was bald kommen würde, und sie konnte nichts dagegen tun. Warum hatte sie sich Mandamus gegenüber so offen gegeben, so freimütig alles das herausgeplappert, was weder ihn noch Amadiro anging, ob sie nun Elijah im Orbit besucht hatte oder nicht; ob sie von ihm oder einem anderen Mann einen Sohn hatte und wann das gewesen war?

Mandamus' Behauptung, von ihr abzustammen, hatte sie aus dem Gleichgewicht gerissen. Das war es. In einer Gesellschaft, wo niemand sich darum scherte, von wem er abstammte und mit wem er verwandt war, außer wenn es um medizinischgenetische Dinge ging, mußte einen dieses Thema, wenn es plötzlich in einem Gespräch auftauchte, einfach beunruhigen. Das und der wiederholte (aber sicherlich zufällige) Hinweis auf Elijah.

Sie beschloß, daß sie nur Ausreden für sich suchte, und schob das Ganze voll Ungeduld von sich. Sie hatte falsch reagiert, hatte geplappert wie ein kleines Kind – das war alles.

Und jetzt kam dieser Siedler sie besuchen.

Er war kein Erdenmensch. Er war nicht auf der Erde zur Welt gekommen, dessen war sie sicher. Und es war durchaus möglich, daß er die Erde nie besucht hatte. Seine Leute mochten auf einer fremden Welt gelebt haben, von der sie nie gehört hatte, und das vielleicht schon seit Generationen.

Das machte doch einen Spacer aus ihm, dachte sie. Spacer stammten auch von Erdenmenschen ab – wenn auch Jahrhunderte früher –, aber was hatte das schon zu besagen? Freilich, Spacer waren Langlebige, und diese Kolonisten mußten kurzlebig sein – aber welchen Unterschied machte das schon? Selbst ein Spacer konnte infolge eines Unfalls vorzeitig sterben. Einmal hatte sie von einem Spacer gehört, der vor dem Erreichen des sechzigsten Lebensjahrs gestorben war. Warum also nicht den nächsten Besucher als einen Spacer mit ungewöhnlichem Akzent betrachten?

Aber so einfach war das nicht. Ohne Zweifel empfand der Siedler sich selbst nicht als Spacer. Nicht, was man ist, zählt, sondern das, als was man sich empfindet. Du mußt in ihm also einen Siedler sehen, keinen Spacer.

Und doch – waren nicht alle menschlichen Wesen einfach menschliche Wesen, ganz gleich, welchen Namen man ihnen gab – Spacer, Siedler, Auroraner, Erdenmenschen? Der Beweis dafür war, daß Roboter keinem von ihnen ein Leid zufügen konnten. Daneel würde ebenso schnell den unwissendsten Erdenmenschen beschützen wie den Vorsitzenden des Auroranischen Rates – und das bedeutete...

Sie spürte, wie ihre Gedanken abzuschweifen begannen, wie sie anfing, sich zu entspannen, wie Schlaf sich einzustellen begann – und in dem Augenblick drang ein plötzlicher Gedanke in ihr Bewußtsein ein und schien dort förmlich abzuprallen.

Warum trug der Siedler den Namen Baley?

Plötzlich war ihr Geist hellwach, drängte die Wogen des Vergessens zurück, die schon angefangen hatten, sie einzuhüllen.

Warum Baley?

Vielleicht war das einfach ein unter den Siedlern geläufiger Name. Schließlich war Elijah derjenige gewesen, der das Ganze möglich gemacht hatte. Und er mußte für sie ein Held sein, so wie... wie...

Ihr wollte kein vergleichbarer Name einfallen, der für die Auroraner ähnlich heldenhafte Züge trug. Wer hatte die Expedition geleitet, die als erste Aurora erreicht hatte? Wer hatte das Terraformen der primitiven und kaum Leben tragenden Welt überwacht, die Aurora einmal gewesen war? Sie wußte es nicht.

Rührte ihre Unwissenheit von der Tatsache her, daß sie auf Solaria aufgewachsen war – oder hatten die Auroraner einfach keinen Gründerhelden? Schließlich hatte die erste Expedition nach Aurora aus ganz gewöhnlichen Erdenmenschen bestanden. Erst in späteren Generationen, als die Lebensspannen dank einer hochentwickelten Gentechnik länger geworden waren, waren aus Erdenmenschen Auroraner geworden. Und danach – warum sollten Auroraner den Wunsch verspüren, aus ihren verachteten Vorgängern Helden zu machen?

Aber die Siedler würden vielleicht aus Erdenmenschen Helden machen. Sie hatten sich vielleicht noch nicht verändert. Am Ende würden sie sich möglicherweise ändern. Und dann würde man Elijah vergessen und sich nur verlegen seiner erinnern. Aber bis dann...

Das mußte es sein. Vielleicht hatte die Hälfte aller lebenden Siedler den Namen Baley angenommen. Der arme Elijah! Alle drängten sich um seine Schultern und in seinen Schatten. Der arme Elijah... lieber Elijah...

Und dann schlief sie ein.

11

Ihr Schlaf war zu unruhig, um ihr Entspannung zu bringen, geschweige denn eine freundliche Stimmung. Sie blickte finster, ohne es zu wissen. Und wenn sie sich im Spiegel hätte sehen können, so wäre sie erschrocken, wie gealtert sie aussah.

Daneel, für den Gladia ein menschliches Wesen war, gleichgültig, wie sie aussah und wie alt oder wie gestimmt, sagte: »Madam...«

Gladia unterbrach ihn mit einem leisen Frösteln: »Ist der Siedler hier?«

Sie blickte auf das Uhrenband an der Wand und machte eine schnelle Handbewegung, auf die Daneel sofort reagierte, indem er die Temperatur erhöhte. (Der Tag war kühl gewesen, und der Abend würde noch kühler sein.)

»Ja, das ist er, Madam«, sagte Daneel.

»Wohin hast du ihn gebracht?«

»Ins Hauptgästezimmer, Madam. Giskard ist bei ihm, und die Haushaltsroboter sind alle in Rufweite.«

»Ich *hoffe*, daß sie über genügend Urteilsvermögen verfügen, um herauszufinden, was er zu Mittag essen möchte. Ich verstehe nichts von der Küche der Siedler. Und ich hoffe, es wird ihnen gelingen, wenigstens einigermaßen seinen Wünschen zu entsprechen.«

»Madam, ich bin sicher, daß Giskard die Angelegenheit kompetent erledigen wird.«

Auch Gladia war davon überzeugt; aber sie schnaubte nur unwillig; zumindest wäre es ein Schnauben gewesen, wenn Gladia die Art von Frau gewesen wäre, die zu schnauben pflegte. Aber das glaubte sie nicht.

»Ich nehme an«, sagte sie, »daß er in geeigneter Quarantäne war, ehe man ihm die Landung gestattet hat.«

»Alles andere wäre unvorstellbar, Madam.«

»Trotzdem werde ich meine Handschuhe und meinen Filter tragen«, sagte sie.

Sie trat aus ihrem Schlafzimmer, nahm im Unterbewußtsein zur Kenntnis, daß sie von Haushaltsrobotern umgeben war, und machte die Geste, die bedeutete, daß man ihr ein neues Paar Handschuhe und einen frischen Nasenfilter bringen sollte. Jede Niederlassung hatte ihr eigenes Vokabular an Gesten, und jedes menschliche Mitglied einer Niederlassung kultivierte diese Gesten, lernte es, sie schnell und unauffällig zu vollführen. Man erwartete von einem Roboter, daß er diesen unauffälligen Befehlen folgte, als könne er Gedanken lesen; und daraus folgte, daß er den Befehlen menschlicher Wesen, die nicht der Niederlassung angehörten, nur dann Folge leisten konnte, wenn diese sie verbal ausdrückten.

Nichts würde ein menschliches Mitglied einer Niederlassung

mehr erniedrigen, als wenn ein Roboter bei der Erfüllung eines Befehls zögerte oder – noch schlimmer – ihn nicht korrekt ausführte. Das würde bedeuten, daß das menschliche Wesen eine Geste verpatzt hatte oder daß der Roboter das getan hatte.

Im allgemeinen wußte Gladia, daß die Schuld beim menschlichen Wesen lag; aber dies wurde praktisch in keinem Fall zugegeben. Üblicherweise ließ man an dem Roboter dann eine – völlig unnötige – Reaktionsanalyse durchführen oder verkaufte ihn unfairerweise. Gladia war immer der Ansicht gewesen, daß sie nie in jene Falle eines verletzten Ego geraten würde, und doch wäre sie, wenn man ihr in diesem Augenblick nicht ihre Handschuhe und ihren Nasenfilter gereicht hätte, vielleicht fähig gewesen...

Sie brauchte den Gedanken nicht zu Ende zu denken; der nächste Roboter brachte ihr das, was sie wollte, korrekt und schnell.

Gladia setzte sich die Nasenfilter ein und schnüffelte kurz, um sich zu vergewissern, daß er richtig saß (sie hatte keine Lust, eine Infektion mit irgendeiner Widerwärtigkeit zu riskieren, die die Behandlung während der Quarantäne überstanden hatte).

»Wie sieht er aus, Daneel?« fragte sie.

»Er hat die üblichen Maße, Madam«, sagte Daneel.

»Ich meine sein Gesicht.« (Die Frage war albern. Wenn er irgendeine Familienähnlichkeit mit Elijah Baley aufgewiesen hätte, dann wäre das Daneel ebenso schnell aufgefallen wie ihr selbst, und er hätte eine entsprechende Bemerkung gemacht.)

»Das ist schwer zu sagen, Madam. Das ist nicht klar zu sehen.«

»Was soll das heißen? Er ist doch sicher nicht maskiert, Daneel, oder?«

»In gewisser Weise ist er das, Madam. Sein Gesicht ist mit Haar bedeckt.«

»Mit *Haar*?« Sie lachte. »Du meinst, nach der Art der Historicals im Hypervision? – Bärte?« Sie machte ein paar kleine Handbewegungen, die ein Haarbüschel am Kinn und ein weiteres unter der Nase andeuten sollten.

»Mehr als das, Madam. Sein halbes Gesicht ist bedeckt.«

Gladias Augen weiteten sich, und zum erstenmal verspürte sie eine Aufwallung von Interesse. Jetzt wollte sie ihn sehen. Wie würde ein ganz mit Haaren bedecktes Gesicht wohl aussehen? Auroranische Männer – alle Spacer-Männer, konnte man sagen – hatten sehr wenig Gesichtshaar, und das wurde, noch ehe sie zwanzig wurden, dauerhaft entfernt – praktisch noch während ihrer Kinderzeit.

Manchmal verzichtete man bei der Oberlippe darauf. Gladia erinnerte sich daran, daß ihr Mann, Santirix Gremionis, vor ihrer Ehe einen schmalen Haarstreifen unter der Nase getragen hatte; einen ›Schnurrbart‹ hatte er das genannt. Es hatte wie eine deplacierte und eigenartig verformte dritte Augenbraue ausgesehen. Und sobald sie sich einmal damit abgefunden hatte, ihn als Mann zu akzeptieren, hatte sie darauf bestanden, daß er die Follikel veröden ließ.

Er hatte das fast ohne Murren getan, und jetzt kam ihr zum erstenmal in den Sinn, daß ihm der Verlust dieser Haare vielleicht schwergefallen war. Ihr schien es jetzt, als wäre ihr in jenen frühen Jahren gelegentlich aufgefallen, wie er einen Finger an seine Oberlippe führte. Sie hatte geglaubt, das sei Nervosität, so als würde er vielleicht nach einem unbestimmten Juckreiz tasten. Und erst jetzt kam ihr in den Sinn, daß er nach einem Schnurrbart gesucht hatte, der für immer verschwunden war.

Wie würde ein Mann aussehen, dessen *ganzes* Gesicht mit Schnurrbart bedeckt war? Wie ein Bär vielleicht?

Wie würde sich das anfühlen? Was, wenn Frauen auch solches Haar hätten? Sie dachte an einen Mann und eine Frau, die einander zu küssen versuchten und denen es schwerfiel, den Mund des anderen zu finden. Der Gedanke kam ihr komisch vor, auf eine harmlos-zotige Art, und sie lachte laut auf. Sie spürte, wie ihre Abneigung nachließ und sie sich tatsächlich sogar darauf freute, das Monstrum zu sehen.

Schließlich würde es keinen Anlaß geben, ihn zu fürchten, selbst wenn er in seinem Verhalten ebenso tierähnlich sein sollte wie im Aussehen. Er würde keinen eigenen Roboter haben – es hieß, daß die Siedler in nicht-robotischen Gesellschaften lebten – und sie würde von einem Dutzend umgeben sein. Das Monstrum würde im Bruchteil einer Sekunde bewegungsunfähig gemacht sein, wenn es auch nur die geringste verdächtige Bewegung machte oder wenn es auch nur im Zorn die Stimme hob.

»Bring mich zu ihm, Daneel!« sagte sie geradezu gutgelaunt.

12

Das Monstrum erhob sich. Es sagte etwas, das so ähnlich klang wie ›Gudden Daach, Mehladdy.‹

Das ›Guten Tag‹ verstand sie sofort, brauchte aber eine Weile, bis sie das letzte Wort in ›my Lady‹ übersetzen konnte.

Gladia sagte abwesend: »Guten Tag«. Sie erinnerte sich an die Schwierigkeiten, die sie in jenen langvergessenen Tagen gehabt hatte, die auroranische Aussprache von Galactic Standard zu verstehen, als sie als verängstigte junge Frau von Solaria auf den Planeten gekommen war.

Der Akzent des Monstrums war ungehobel – oder klang er vielleicht nur so, weil ihr Ohr nicht daran gewöhnt war? Sie erinnerte sich, daß Elijah sein Ks und Ts sehr hart ausgesprochen, sonst aber eine recht verständliche Aussprache gehabt hatte. Aber inzwischen waren zwanzig Dekaden verstrichen, und dieser Siedler kam nicht von der Erde. In der Isoliertheit pflegen sich Sprachen zu verändern.

Aber nur ein kleiner Teil von Gladias Bewußtsein befaßte sich mit dem Sprachenproblem. Sie starrte seinen Bart an.

Er war völlig anders als die Bärte, die die Schauspieler an historischen Dramen trugen; die schienen immer wie Haarbüschel, ein wenig hier und ein wenig dort, und wirkten irgendwie klebrig und glänzend.

Der Bart dieses Mannes war ganz anders: er bedeckte seine Wangen und sein Kinn gleichmäßig dicht und tief, und er war von dunklem Braun, etwas heller und welliger als das Haar auf seinem Kopf und wenigstens fünf Zentimeter lang, schätzte sie – gleichmäßig lang.

Er bedeckte nicht sein ganzes Gesicht, was recht enttäuschend war. Seine Stirn war völlig kahl (abgesehen von den Augenbrauen) ebenso wie seine Nase und die Partien unter seinen Augen.

Auch seine Oberlippe war kahl, aber sie wirkte überschattet, so als begänne etwas darauf zu wachsen. Und dicht unter der Unterlippe war auch eine kahle Stelle; aber der neue Haarwuchs war weniger ausgeprägt und konzentrierte sich hauptsächlich unter der mittleren Partie.

Da seine beiden Lippen ganz kahl waren, war Gladia klar, daß es keine Schwierigkeiten bereiten würde, ihn zu küssen. Jetzt sagte sie, wohl wissend, daß es unhöflich war, jemanden anzustarren – und starrte ihn dabei dennoch an: »Mir scheint, Sie entfernen das Haar rings um Ihre Lippen.«

»Ja, my Lady.«

»Warum, wenn ich fragen darf?«

»Sie dürfen fragen. Aus hygienischen Gründen. Ich will nicht, daß Essen in den Haaren hängenbleibt.«

»Sie schaben es ab, nicht wahr? Ich sehe, daß es nachwächst.«

»Ich benutze einen elektrischen Rasierapparat. Das nimmt fünfzehn Sekunden in Anspruch nach dem Aufwachen.«

»Warum depilieren Sie denn nicht und haben es ein für allemal hinter sich?«

»Vielleicht möchte ich, daß es wieder einmal wächst.«

»Warum?«

»Ästhetische Gründe, my Lady.«

Diesmal verstand Gladia das Wort nicht; es klang wie ›asketisch‹ oder vielleicht auch ›acetisch‹.

»Wie, bitte?« fragte sie.

Und der Siedler erklärte geduldig: »Vielleicht möchte ich einmal nicht mehr so aussehen wie jetzt und will wieder Haar auf der Oberlippe. Manche Frauen mögen das, wissen Sie, und...« – der Siedler gab sich Mühe, bescheiden auszusehen, aber das gelang ihm nicht so recht – »ich habe einen schönen Schnurrbart, wenn ich ihn wachsen lasse.«

Jetzt begriff sie plötzlich, was er hatte sagen wollen. »Sie meinen: ›ästhetisch‹?«

Der Siedler lachte und entblößte dabei schöne, weiße Zähne. »Sie sprechen auch komisch, my Lady.«

Gladia versuchte hochmütig zu blicken, aber dann schmolz ihr Ausdruck in ein Lächeln. Korrekte Aussprache war eine Frage des ›lokalen Konsens‹. »Sie sollten mich mit meinem solarianischen Akzent hören«, sagte sie, »wo wir schon davon sprechen; dann würde es ›ästheetische Grüünde‹ sein.« Sie zog das Ü über Gebühr in die Länge.

»Ich war schon an Orten, wo man so redet. Das klingt barbarisch«, und bei dem letzten Wort rollte er die Rs phänomenal.

Gladia schmunzelte. »Sie machen das mit der Zungenspitze – man muß es aber mit der Zungenseite tun. Das kann nur ein Solarianer richtig.«

»Vielleicht können Sie es mir beibringen. Ein Händler wie ich, der schon überall war, hört alle möglichen sprachlichen Perversionen.« Wieder versuchte er die Rs des letzten Wortes zu rollen, verschluckte sich aber dabei und hustete.

»Sehen Sie – Sie kriegen Ihre Mandeln durcheinander und werden sich *nie* davon erholen.« Sie starrte immer noch seinen Bart an und konnte jetzt einfach ihre Neugierde nicht länger zügeln. Sie griff danach.

Der Siedler zuckte zusammen und fuhr zurück, hielt dann aber still, als ihm ihre Absicht klar wurde.

Gladias Hand mit dem fast unsichtbaren Handschuh berührte seine linke Gesichtsseite leicht. Die dünne Plastikhaut, die ihre Finger bedeckte, störte ihren Tastsinn nicht, und sie stellte fest, daß das Haar weich und elastisch war.

»Das ist hübsch«, sagte sie sichtlich überrascht.

»Man bewundert es auch allgemein«, sagte der Siedler grinsend.

»Aber ich kann nicht hier stehen und Sie den ganzen Tag betasten«, sagte sie.

Sein vorhersehbares ›Meinetwegen können Sie das ruhig‹ ignorierte sie und fuhr fort: »Haben Sie meinen Robotern schon gesagt, was Sie gern essen möchten?«

»My Lady, ich habe ihnen gesagt, was ich Ihnen jetzt auch

sage – was auch immer zur Hand ist. Ich bin im letzten Jahr auf einem Dutzend Welten gewesen, und jede hat ihre eigenen Spezialitäten. Ein Händler lernt rasch, alles zu essen, das nicht gerade toxisch ist. Ich würde eine auroranische Mahlzeit allem vorziehen, was Sie vielleicht als Imitation von Baleys Welt machen könnten.«

»Baleys Welt?« fragte Gladia überrascht, und ihre Stirn runzelte sich wieder.

»Der Name stammt vom Leiter der ersten Expedition zu dem Planeten oder sogar zu *irgendeiner* Siedler-Welt, was das betrifft. Ben Baley.«

»Der Sohn von Elijah Baley?«

»Ja«, sagte der Siedler und wechselte sofort das Thema, indem er an sich herunterblickte und etwas verdrießlich meinte: »Wie Sie nur diese Kleider ertragen können – klebrig und aufgedunsen. Ich freue mich schon darauf, wieder meine eigenen tragen zu können.«

»Ich bin sicher, daß Sie dazu bald Gelegenheit bekommen werden. Aber jetzt kommen Sie bitte und setzen sich zu mir zum Mittagessen. Man hat mir übrigens gesagt, daß Sie Baley heißen – wie Ihr Planet.«

»Kein Wunder. Das ist natürlich der am höchsten geehrte Name auf dem ganzen Planeten. Ich heiße Diijdschii Baley.«

Sie waren hinter Giskard in den Speisesaal gegangen, gefolgt von Daneel, und dann trat jeder der beiden Roboter in seine Wandnische. Weitere Roboter warteten bereits in ihren Nischen und traten jetzt hervor, um zu servieren. Der Raum lag im hellen Sonnenlicht da, die Wände trugen ihre lebenden Dekorationen, der Tisch war gedeckt, und der Essensduft war berauschend.

Der Siedler schnüffelte prüfend und atmete dann befriedigt aus. »Ich glaube nicht, daß es mir Schwierigkeiten bereiten wird, auroranische Nahrung zu mir zu nehmen. Wo möchten Sie denn, daß ich sitze, my Lady?«

Der Roboter sagte sofort: »Wenn Sie bitte hier sitzen würden, Sir?«

Der Siedler setzte sich, und dann nahm Gladia, nachdem er

sein Privileg als Gast in Anspruch genommen hatte, ihrerseits Platz.

»Diijdschii?« sagte sie. »Ich kenne die Namenseigenheiten Ihrer Welt nicht. Entschuldigen Sie also bitte, falls meine Frage beleidigend ist. Würde Diijdschii nicht ein Frauenname sein?«

»Überhaupt nicht«, sagte der Siedler ein wenig steif. »Im übrigen ist es kein Name – es sind zwei Initialen. Der vierte Buchstabe des Alphabets und der siebte.«

»Oh!« sagte Gladia und begriff. »D. G. Baley. Und was bedeuten die Initialen, wenn Sie meine Neugierde entschuldigen wollen?«

»Sicher. Das ist bestimmt D«, sagte er und deutete mit dem Daumen auf eine der Wandnischen. »Und ich nehme an, daß der da G sein könnte.« Er deutete mit dem Daumen auf eine andere Nische.

»Das ist nicht Ihr Ernst«, sagte Gladia leise.

»Doch. Mein Name ist Daneel Giskard Baley. Meine Familie hat in jeder Generation wenigstens einen Daneel oder einen Giskard unter ihren vielen Kindern gehabt. Ich war das letzte von sechs Kindern, aber der erste Junge. Meine Mutter war der Ansicht, das würde genügen – dafür hat sie mir dann auch beide Namen gegeben. Deshalb bin ich Daneel Giskard Baley, und die doppelte Ladung war mir zuviel. Ich ziehe D. G. als Namen vor, und es wäre mir eine Ehre, wenn Sie mich so nennen würden.« Er lächelte vergnügt. »Ich bin der erste, der beide Namen trägt, und zugleich auch der erste, der die Originale zu sehen bekommt.«

»Aber warum diese Namen?«

»Nach der Familienchronik war es die Idee von Vorfahr Elijah. Er hat den Namen seines Enkels festgelegt, und der Älteste hieß Daneel, während der zweite den Namen Giskard bekam. Darauf bestand er, und das hat die Tradition begründet.«

»Und die Töchter?«

»Der traditionelle Name von Generation zu Generation ist Isbel – Jessie. Elijahs Frau, müssen Sie wissen.«

»Ich weiß.«

»Es gibt keine...« – er hielt inne und wandte seine Aufmerksamkeit dem Teller zu, den man ihm vorgesetzt hatte. »Wenn das Baleys Welt wäre, würde ich sagen, das ist eine Scheibe Schweinebraten in Erdnußsoße.«

»Tatsächlich ist es eine Gemüsespeise, D. G. Sie wollten doch gerade sagen, daß es keine Gladias in der Familie gibt.«

»Das stimmt«, sagte D. G. ruhig. »Eine Erklärung dafür ist, daß Jessie, die ursprüngliche Jessie, damit nicht einverstanden gewesen wäre. Aber das kann ich nicht akzeptieren. Elijahs Frau, die Vorfahrin, ist nie nach Baleys Welt gekommen, müssen Sie wissen. Sie hat die Erde nie verlassen. Wie hätte sie also Einwände haben können? Nein, für mich ist ziemlich sicher, daß der Vorfahr keine weitere Gladia haben wollte. Keine Imitationen, keine Kopien, kein als ob. Eine Gladia. Einmalig. Er hat auch darum gebeten, daß es keine weiteren Elijahs geben sollte.«

Gladia hatte Schwierigkeiten mit dem Essen. »Ich glaube, Ihr Vorfahr hat die späteren Jahre seines Lebens mit dem Versuch verbracht, so unemotional wie Daneel zu sein. Trotzdem – er hatte auch romantische Gefühle unter seiner Haut. Er hätte weitere Elijahs und Gladias zulassen können. Mich hätte es ganz bestimmt nicht beleidigt. Und ich kann mir vorstellen, daß es seine Frau auch nicht beleidigt hätte.«

Sie lachte etwas nervös.

»Irgendwie kommt mir das alles etwas unwirklich vor«, sagte D. G. »Der Vorfahr ist praktisch eine Gestalt aus der Geschichte. Er ist vor hundertvierundsechzig Jahren gestorben. Ich bin sein Nachkomme siebten Grades, und doch sitze ich hier bei einer Frau, die ihn kannte, als er noch ganz jung war.«

»Ich habe ihn eigentlich nicht gekannt«, sagte Gladia und starrte auf ihren Teller. »Ich habe ihn im Laufe von sieben Jahren nur dreimal ziemlich kurz gesehen.«

»Ich weiß. Der Sohn des Vorfahren, Ben, hat seine Biografie geschrieben, die zu den Klassikern von Baleys Welt gehört. Selbst ich habe sie gelesen.«

»Tatsächlich? Ich habe sie nicht gelesen. Ich weiß nicht einmal, daß es sie gibt. Was... was steht denn über mich darin?«

D. G. schien amüsiert. »Nichts, gegen das Sie Einwände haben könnten. Sie kommen sehr gut heraus. Aber lassen wir das jetzt! Was mich verblüfft, ist, daß wir hiersitzen, über sieben Generationen hinweg. Wie alt sind Sie, my Lady? Ist es unhöflich, diese Frage zu stellen?«

»Ich weiß nicht, ob es höflich ist, aber ich habe nichts dagegen einzuwenden. In galaktischen Standardjahren bin ich 235 Jahre alt. Dreiundzwanzigeinhalb Dekaden.«

»Sie sehen aus, als wären Sie allerhöchstens Ende der Vierzig. Der Vorfahr ist mit 82 gestorben, als alter Mann. Ich bin 39. Und wenn ich sterbe, werden Sie immer noch leben.«

»Wenn ich nicht durch einen Unfall ums Leben komme.«

»Und werden vielleicht weitere fünf Dekaden darüber hinaus leben.«

»Beneiden Sie mich, D. G.?« fragte Gladia mit einem Anflug von Bitterkeit in der Stimme. »Beneiden Sie mich darum, daß ich Elijah um mehr als fünfzehn Dekaden überlebt habe und dazu verdammt bin, ihn vielleicht weitere zehn Dekaden zu überleben?«

»Natürlich beneide ich Sie«, kam die gefaßte Antwort. »Warum nicht? Ich würde keine Einwände dagegen haben, ein paar Jahrhunderte zu leben, wenn ich damit nicht ein schlechtes Beispiel für die Leute von Baleys Welt geben würde. Ich würde nicht wollen, daß die im allgemeinen so lang leben. Damit würde das Tempo des historischen und intellektuellen Fortschritts langsam werden. Die ganz oben würden zu lang an der Macht bleiben. Baleys Welt würde in Konservativismus absinken und degenerieren – so, wie das mit Ihrer Welt passiert ist.«

Gladias kleines Kinn hob sich. »Aurora geht es recht gut, wie Sie feststellen werden.«

»Ich spreche von *Ihrer* Welt. Von Solaria.«

Gladia zögerte. Dann sagte sie mit fester Stimme: »Solaria ist nicht meine Welt.«

»Ich hoffe doch«, sagte D. G. »Ich habe Sie aufgesucht, weil ich glaube, daß Solaria Ihre Welt ist.«

»Wenn Sie deshalb zu mir gekommen sind, vergeuden Sie Ihre Zeit, junger Mann.«

»Sie sind doch auf Solaria geboren, nicht wahr, und haben eine Weile dort gelebt?«

»Ich habe die ersten drei Dekaden meines Lebens dort verbracht; etwa ein Achtel meiner Lebenszeit.«

»Dann sind Sie genügend Solarianerin, um mir in einer Angelegenheit helfen zu können, die recht wichtig ist.«

»Ich bin *keine* Solarianerin, trotz dieser sogenannten wichtigen Angelegenheit.«

»Es geht um Krieg oder Frieden, falls *Sie* das als wichtig bezeichnen. Die Spacer-Welten stehen vor einem Krieg mit den Siedler-Welten, und wenn es dazu kommt, wird es uns allen schlecht ergehen. Und bei *Ihnen* liegt es, diesen Krieg zu verhindern und sicherzustellen, daß uns der Frieden erhalten bleibt.«

13

Die Mahlzeit war beendet (es war eine kleine gewesen), und Gladia wurde bewußt, daß sie D. G. voll kalter Wut betrachtete.

Die letzten zwanzig Dekaden hatte sie ruhig gelebt und die Kompliziertheiten des Lebens eine nach der anderen von sich abgeschält. Langsam hatte sie das Leid von Solaria vergessen und die Schwierigkeiten, sich an Aurora anzupassen. Sie hatte es fertiggebracht, die Agonie zweier Morde zu begraben, ganz tief, und ebenso die Ekstase zweier fremdartiger Lieben – mit einem Roboter und mit einem Erdenmenschen –, und das alles hinter sich zu bringen. Und am Ende hatte sie eine lange, stille Ehe gelebt, hatte zwei Kinder geboren und an ihrer angewandten Kunst der Kostümbildnerei gearbeitet. Und am Ende hatten die Kinder sie verlassen und dann ihr Mann. Und zu guter Letzt hatte sie sich sogar von ihrer Arbeit zurückgezogen.

Jetzt war sie allein mit ihren Robotern, war zufrieden – oder besser gesagt, hatte sich damit abgefunden, das Leben still und ereignislos dahingleiten zu lassen, einem langsamen Abschluß zu seiner Zeit entgegen; einem Abschluß, der so sanft war, daß sie sich, wenn das Ende einmal kam, seiner vielleicht gar nicht bewußt sein würde, so sanft würde es dann sein.

Das war es, was sie sich wünschte.

Und dann – was geschah hier?

Es hatte in der vergangenen Nacht begonnen, als sie vergebens zum Himmel aufgeblickt hatte, um Solarias Stern zu suchen, der nicht am Himmel stand und selbst dann für sie nicht sichtbar gewesen wäre. Es war, als hätte dieses eine, unsinnige Greifen nach der Vergangenheit – einer Vergangenheit, der man es hätte erlauben sollen, tot zu bleiben – dazu geführt, daß die Kapsel, die sie um sich herum erbaut hatte, platzte.

Zuerst war der Name Elijah Baley immer wieder erschienen, die freudigste und schmerzhafteste Erinnerung von all denen, die sie so sorgfältig von sich gewischt hatte, in einer Art grimmigen Wiederholung.

Und dann war sie gezwungen gewesen, mit einem Mann zu reden, der irrtümlicherweise glaubte, er könne ein Nachkomme Elijahs fünften Grades sein; und jetzt mit einem weiteren Mann, der tatsächlich ein Nachkomme siebten Grades war. Und schließlich belastete man sie jetzt mit Problemen und Verantwortungen wie jenen, die Elijah selbst verschiedentlich geplagt hatten.

War sie im Begriff, in gewisser Weise selbst zu Elijah zu werden, und das ohne sein Talent und ohne seine entschlossene Hingabe an die Pflicht, koste es, was es wolle?

Was hatte sie getan, um das zu verdienen?

Sie spürte, wie ihr Zorn unter einer Flut des Selbstmitleids begraben wurde. Sie hatte das Gefühl, ihr geschehe unrecht. Niemand hatte das Recht, ihr gegen ihren Willen Verantwortung aufzuladen.

Und jetzt sagte sie und zwang ihre Stimme, dabei gleichmäßig und ruhig zu bleiben: »Warum bestehen Sie darauf, daß ich eine Solarianerin sei, wenn ich Ihnen doch sage, daß ich das nicht bin?«

D. G. schien die Kälte, die in ihre Stimme eingedrungen war, überhaupt nicht zu stören. Er hielt immer noch die weiche Serviette, die man ihm am Ende des Mahls gegeben hatte. Sie war feucht und heiß gewesen – nicht zu heiß – und er hatte

Gladias Verhalten nachgeahmt, indem er sich damit sorgfältig Hände und Mund gewischt hatte. Dann hatte er sie zusammengefaltet und sich mit der Serviette über den Bart gestrichen. Jetzt löste sie sich auf, schrumpfte zusammen.

»Ich nehme an, sie wird ganz verschwinden«, sagte er.

»Das wird sie.« Gladia hatte ihre eigene Serviette in dem dafür vorgesehenen Behälter am Tisch abgelegt. Es war unziemlich, sie zu halten, und nur die Tatsache, daß D. G. offensichtlich mit den zivilisierten Gebräuchen nicht vertraut war, konnte sein Verhalten entschuldigen. »Manche sind der Ansicht, die Atmosphäre würde davon verunreinigt. Aber es gibt da einen leichten Zug, der die Überreste nach oben trägt und sie in den Filtern festhält. Ich bezweifle, daß sie uns Schwierigkeiten bereiten wird – aber Sie ignorieren meine Frage, Sir.«

D. G. knüllte die Überreste seiner Serviette zusammen und legte sie auf die Armlehne des Sessels. Ein Roboter entfernte sie auf Gladias schnelle und unauffällige Handbewegung hin.

»Ich habe nicht die Absicht, Ihre Frage zu ignorieren, my Lady«, sagte D. G. »Ich versuche nicht, Sie dazu zu *zwingen*, Solarianerin zu sein. Ich weise nur darauf hin, daß Sie auf Solaria geboren wurden und Ihre frühen Dekaden dort verbracht haben, und daß man Sie deshalb zumindest in gewisser Weise als Solarianerin betrachten könnte. Wissen Sie, daß man Solaria aufgegeben und verlassen hat?«

»Das habe ich gehört. Ja.«

»Empfinden Sie deshalb irgend etwas?«

»Ich bin Auroranerin und dies seit zwanzig Dekaden.«

»Das ist ein non sequitur.«

»Ein *was*?« Mit den letzten Lauten konnte sie überhaupt nichts anfangen.

»Es steht in keinem Zusammenhang mit meiner Frage.«

»Ein non sequitur, meinen Sie. Sie haben gesagt, ein ›Nonsense-quitter‹.«

D. G. lächelte. »Nun gut. Dann wollen wir mit dem Nonsense aufhören. Ich frage Sie, ob Sie in bezug auf den Tod Solarias irgend etwas empfinden, und Sie sagen mir, Sie seien eine Auroranerin. Wollen Sie behaupten, daß das eine Antwort ist?

Ein Aurora-Geborener könnte Bedauern über den Tod seiner Schwesterwelt empfinden. Was empfinden Sie?«

»Das hat nichts zu besagen«, sagte Gladia eisig. »Warum interessiert es Sie?«

»Das will ich erklären. Wir – ich meine die Händler der Siedler-Welten – interessieren uns dafür, weil man Geschäfte machen kann, Gewinne erzielen und eine Welt gewinnen kann. Solaria ist bereits terrageformt; es ist eine behagliche Welt; ihr Spacer scheint kein Bedürfnis und keinen Wunsch danach zu empfinden. Warum sollten wir diese Welt nicht besiedeln?«

»Weil sie nicht Ihnen gehört.«

»Madam, gehört sie etwa *Ihnen*, weil Sie widersprechen? Hat Aurora einen größeren Anspruch darauf als Baleys Welt? Können wir denn nicht davon ausgehen, daß eine leere Welt dem gehört, dem es Freude macht, sie zu besiedeln?«

»Haben Sie sie besiedelt?«

»Nein, weil sie nicht leer ist.«

»Meinen Sie damit, daß die Solarianer sie noch nicht ganz verlassen haben?« fragte Gladia schnell.

D. G.s Lächeln kehrte zurück und weitete sich zu einem Grinsen aus. »Der Gedanke erregt Sie – obwohl Sie eine Auroranerin sind.«

Gladias Stirn runzelte sich sofort. »Beantworten Sie meine Frage!«

D. G. zuckte die Achseln. »Nach unseren besten Schätzungen waren nur runde fünftausend Solarianer auf dieser Welt, ehe man sie aufgegeben hat. Die Bevölkerung ist seit Jahren immer mehr zurückgegangen. Aber selbst fünftausend – können wir sicher sein, daß *alle* weggegangen sind? Aber darauf kommt es nicht an. Selbst wenn die Solarianer tatsächlich alle weg wären, wäre der Planet nicht leer. Es gibt auf ihm etwa zweihundert Millionen Roboter oder mehr – herrenlose Roboter, und einige davon sind die höchstentwickelten in der ganzen Galaxis. Vermutlich haben jene Solarianer, die weggegangen sind, einige Roboter mitgenommen – es ist schwer, sich Spacer vorzustellen, die ganz ohne Roboter sind.« (Er sah sich um und lächelte und musterte die Roboter in ihren Nischen.) »Aber sie können unmöglich jeder vierzigtausend Roboter mitgenommen haben.«

»Nun«, meinte Gladia, »da Ihre Siedler-Welten so völlig roboterfrei sind und auch so bleiben möchten, nehme ich an, werden Sie Solaria nicht besiedeln können.«

»Das stimmt. Nicht, solange die Roboter nicht weggegangen sind. Und das ist der Punkt, wo Händler wie ich ins Spiel kommen.«

»In welcher Hinsicht?«

»Wir wollen keine Robotergesellschaft, aber es macht uns nichts aus, wenn wir in unseren Geschäften Roboter berühren und mit ihnen zu tun haben. Wir wissen lediglich, daß eine Robotergesellschaft dem Untergang geweiht ist. Die Spacer haben uns das durch ihr Beispiel klargemacht. Und so wollen wir zwar nicht mit diesem robotischen Gift leben, sind aber durchaus bereit, es für eine nennenswerte Summe an Spacer zu verkaufen, wenn sie so verrückt sind, eine solche Gesellschaft zu wünschen.«

»Glauben Sie, daß Spacer sie kaufen werden?«

»Da bin ich ganz sicher. Die eleganten Modelle, die die Solarianer herstellten, werden ihnen sehr willkommen sein. Es ist wohlbekannt, daß sie die führenden Roboterkonstrukteure in der Galaxis waren, obwohl es heißt, daß der verstorbene Dr. Fastolfe in dieser Hinsicht ohnegleichen war, wenn er auch nur Auroraner war – außerdem würden wir zwar eine beträchtliche Summe in Rechnung stellen, aber diese Summe wäre immer noch wesentlich niedriger, als was die Roboter wirklich wert sind. Und Spacer und Händler würden beide Nutzen daraus ziehen – das ist das Geheimnis des erfolgreichen Handels.«

»Die Spacer würden von Siedlern keine Roboter kaufen«, sagte Gladia mit sichtlicher Verachtung.

D. G. hatte die Abgebrühtheit eines Händlers, mit der er solche Belanglosigkeiten wie Zorn oder Verachtung ignorierte. Für ihn zählte allein das Geschäft. »Natürlich würden sie das«, sagte er. »Wenn man ihnen moderne Roboter um den halben Preis anbietet, warum sollten sie ein solches Angebot ablehnen?

Sie würden überrascht sein, wie unwichtig Fragen der Ideologie werden, wenn es ums Geschäft geht.«

»Ich glaube, Sie wären derjenige, der überrascht wäre. Versuchen Sie doch Ihre Roboter zu verkaufen, dann werden Sie ja sehen.«

»Ich wollte, ich könnte das, my Lady; versuchen, sie zu verkaufen, meine ich. Ich habe keine zur Hand.«

»Warum nicht?«

»Weil man keine eingesammelt hat. Zwei Handelsschiffe sind auf Solaria gelandet, jedes mit einer Aufnahmefähigkeit von etwa fünfundzwanzig Robotern. Wenn sie Erfolg gehabt hätten, wären ihnen ganze Flotten von Handelsschiffen gefolgt, und ich bin sicher, daß wir dann einige Dekaden lang Geschäfte gemacht – und die Welt besiedelt hätten.«

»Aber es ist Ihnen nicht gelungen. Warum nicht?«

»Weil beide Schiffe auf der Oberfläche des Planeten zerstört wurden und, soweit wir feststellen können, die gesamte Besatzung tot ist.«

»Geräteversagen?«

»Unsinn! Beide sind sicher gelandet, ohne Schaden. Nach ihrem letzten Bericht haben sich ihnen dann Spacer genähert – ob das nun Solarianer oder Bewohner anderer Spacer-Welten waren, wissen wir nicht. Wir können nur annehmen, daß die Spacer ohne Warnung angegriffen haben.«

»Das ist unmöglich.«

»Ist es das?«

»Natürlich ist es unmöglich. Welches Motiv sollten sie dafür haben?«

»Uns von der Welt fernzuhalten, würde ich sagen.«

»Wenn sie das wollten«, sagte Gladia, »hätten sie doch bloß zu verkünden brauchen, daß die Welt besetzt sei.«

»Möglicherweise macht es ihnen mehr Spaß, ein paar Siedler zu töten; das zumindest glauben viele von unseren Leuten. Und der Druck wächst, die Angelegenheit dadurch zu erledigen, daß man ein paar Kriegsschiffe nach Solaria schickt und auf dem Planeten einen Militärstützpunkt errichtet.«

»Das wäre gefährlich.«

»Sicherlich. Das könnte zu Krieg führen. Einige von unseren Feuerfressern sehnen sich geradezu danach, und vielleicht sehnen sich auch einige Spacer danach und haben die beiden Schiffe lediglich deshalb zerstört, um Feindseligkeiten zu provozieren.«

Gladia saß verblüfft da. In keinem der Nachrichtenprogramme hatte es irgendwelche Andeutungen auf Spannungen zwischen Spacern und Siedlern gegeben.

»Es ist aber doch ganz sicher möglich, die Angelegenheit zu diskutieren«, meinte sie.

»Sind Ihre Leute schon an die Spacer-Föderation herangetreten?«

»Eine völlig unwichtige Körperschaft – aber das haben wir getan. Und an den Auroranischen Rat haben wir uns auch gewandt.«

»Und?«

»Die Spacer leugnen alles. Sie haben die Andeutung gemacht, die Profite, die man aus dem Roboterhandel ziehen könnte, seien so hoch, daß Händler, die sich ja schließlich nur für Geld interessierten – als ob sie selbst das nicht täten –, würden deswegen gegeneinander kämpfen. Offenbar sollen wir glauben, daß die beiden Schiffe einander gegenseitig zerstört haben, jedes in der Hoffnung, ein Handelsmonopol für die eigene Welt zu gewinnen.«

»Die beiden Schiffe stammten also von verschiedenen Welten?«

»Ja.«

»Glauben Sie dann nicht, daß es tatsächlich einen Kampf zwischen ihnen gegeben haben könnte?«

»Ich halte das nicht für wahrscheinlich; aber ich will einräumen, daß es möglich ist. Es hat bislang keine ausgesprochenen Konflikte zwischen Siedler-Welten gegeben, sehr wohl aber einige heftige Auseinandersetzungen. Aber sie konnten alle durch Schiedsgerichtsverfahren seitens der Erde beigelegt werden. Trotzdem stimmt es tatsächlich, daß Siedler-Welten, wenn es um ein Handelsvolumen von ein paar Milliarden Dollar geht, uneins sein könnten. Deshalb wäre ein Krieg keine so gute

Idee für uns, und deshalb muß auch etwas geschehen, um diese Hitzköpfe davon abzuhalten. Und genau das ist der Punkt, an dem wir gefordert sind.«

»*Wir?*«

»Sie und ich. Man hat mich aufgefordert, nach Solaria zu reisen und dort, falls mir das möglich ist, herauszufinden, was wirklich vorgefallen ist. Ich werde ein Schiff nehmen – bewaffnet, aber nicht schwerbewaffnet.«

»Sie könnten ebenfalls vernichtet werden.«

»Möglich. Aber zumindest wird mein Schiff nicht unvorbereitet sein. Außerdem bin ich keiner von diesen Helden aus der Hypervision und habe darüber nachgedacht, was ich unternehmen könnte, um die Gefahr der Zerstörung zu verringern. Dabei kam mir in den Sinn, daß wir Solaria überhaupt nicht kennen, und das ist natürlich ein großer Nachteil, der einer Nutzung von Solaria im Wege steht. Es könnte also ratsam sein, jemanden mitzunehmen, der die Welt kennt – einen Solarianer, um es kurz zu sagen.«

»Sie meinen, Sie wollen *mich* mitnehmen?«

»Genau richtig, my Lady.«

»Warum gerade *mich*?«

»Ich hätte gedacht, Sie würden das ohne Erklärung verstehen, my Lady. Diejenigen Solarianer, die den Planeten verlassen haben, sind irgendwohin gezogen – wohin, wissen wir nicht. Falls noch Solarianer auf dem Planeten zurückgeblieben sind, stellen sie höchstwahrscheinlich den Feind dar. Und andere uns bekannte, auf Solaria geborene Spacer, die auf irgendeinem Spacer-Planeten leben, kennen wir nicht – mit Ausnahme Ihrer Person. Sie sind der einzige Solarianer, der mir zugänglich ist – der *einzige* in der ganzen Galaxis. Deshalb brauche ich Sie, und deshalb müssen Sie mitkommen.«

»Sie irren, Siedler. Wenn Ihnen außer mir niemand zur Verfügung steht, steht Ihnen in Wirklichkeit gar niemand zur Verfügung. Ich beabsichtige nicht, mit Ihnen zu kommen, und es gibt kein Mittel – absolut kein Mittel –, womit Sie mich dazu zwingen könnten. Ich bin von Robotern umgeben. Tun Sie auch nur einen Schritt in meine Richtung – und Sie werden sofort bewegungsunfähig gemacht werden. Und wenn Sie sich wehren, wird man Ihnen wehtun.«

»Ich habe nicht vor, Gewalt anzuwenden. Sie müssen freiwillig kommen – und dazu sollten Sie eigentlich bereit sein. Es geht schließlich darum, einen Krieg zu verhindern.«

»Das ist Aufgabe der Regierungen, auf Ihrer Seite und der meinen. Ich lehne es ab, etwas damit zu tun zu haben. Ich bin private Bürgerin.«

»Sie sind es Ihrer Welt schuldig. Wenn es zu Krieg kommt, könnten wir darunter leiden, aber Aurora auch.«

»Ich bin auch keiner dieser Helden aus der Hypervision, genausowenig wie Sie das sind.«

»Dann sind Sie es mir schuldig.«

»Sie sind verrückt. Ich bin Ihnen gar nichts schuldig.«

D. G. lächelte ein schmales Lächeln. »Als Individuum sind Sie mir gar nichts schuldig. Als einem Nachkommen von Elijah Baley andrerseits schulden Sie mir eine ganze Menge.«

Gladia starrte das bärtige Monstrum eine lange Weile an. Wie hatte sie vergessen können, wer er war?

Schließlich murmelte sie gequält: »Nein.«

»*Ja*«, sagte D. G. eindringlich. »Der Vorfahr hat zu zwei verschiedenen Gelegenheiten mehr für Sie getan, als Sie je zurückzahlen können. Er ist nicht länger hier, um zu beanspruchen, was Sie ihm schulden – einen kleinen Teil der Schuld. Das Recht dazu habe ich geerbt.«

»Aber was kann ich für Sie tun, wenn ich mit Ihnen komme?« fragte Gladia verzweifelt.

»Das werden wir sehen. Werden Sie mitkommen?«

Gladia empfand den verzweifelten Wunsch, abzulehnen. Aber war Elijah vielleicht deshalb in den letzten Stunden wieder Teil ihres Lebens geworden? Vielleicht, damit diese unmögliche Forderung in seinem Namen vorgebracht werden konnte und es ihr unmöglich sein sollte, sich zu weigern?

»Was hat das denn für einen Sinn?« fragte sie. »Der Rat wird mich nicht mit Ihnen gehen lassen. Man wird nicht zulassen, daß eine Auroranerin auf einem Siedler-Schiff den Planeten verläßt.«

»My Lady, Sie sind seit zwanzig Dekaden hier auf Aurora und denken daher, die Aurora-Geborenen würden Sie als Auroranerin ansehen. So ist es aber nicht. Für sie sind Sie immer noch eine Solarianerin. Man wird Sie gehen lassen.«

»Das wird man nicht«, sagte Gladia, deren Herz wie wild pochte und auf deren Oberarmen sich eine Gänsehaut bildete. Er hatte recht. Sie dachte an Amadiro, der in ihr sicherlich nichts als eine Solarianerin sehen würde. Dennoch antwortete sie: »Das werden sie *nicht*« – und versuchte sich damit selbst zu beruhigen.

»Doch«, erwiderte D. G. »Ist denn nicht ein Abgesandter Ihres Rates zu Ihnen gekommen, um Sie zu bitten, mich zu empfangen?«

Darauf antwortete sie trotzig: »Er hat mich nur gebeten, ihm über unser Gespräch zu berichten. Und genau das werde ich tun.«

»Wenn man von Ihnen verlangt, daß Sie mich hier in Ihrem eigenen Haus bespitzeln, my Lady, dann wird es ihnen noch nützlicher erscheinen, daß Sie mich auf Solaria bespitzeln.« Er wartete auf Antwort, und als keine kam, meinte er mit fast müde klingender Stimme: »My Lady, wenn Sie sich weigern, werde ich Sie nicht zwingen, weil ich das gar nicht brauche. *Die* werden Sie zwingen. Aber das will ich wiederum nicht. Mein Vorfahr würde es ebenfalls nicht wollen, wenn er hier wäre. Er würde sich wünschen, daß Sie aus Dankbarkeit ihm gegenüber mit mir kommen – und aus keinem anderen Grund. My Lady, der Vorfahr hat sich unter extremen Schwierigkeiten für Sie eingesetzt. Wollen Sie sich nicht um seines Andenkens willen auch einsetzen?«

Gladias Hand sank herunter. Sie wußte, daß sie sich dem nicht widersetzen konnte. »Ich muß Roboter um mich haben«, sagte sie.

»Das habe ich erwartet.« D. G. grinste wieder. »Warum wollen Sie nicht meine zwei Namensvettern mitnehmen? Brauchen Sie mehr?«

Gladia sah zu Daneel hinüber, aber der rührte sich nicht von der Stelle. Ihr Blick wanderte zu Giskard – dasselbe. Und dann schien ihr, als würde sich nur einen Augenblick lang sein Kopf ganz leicht bewegen – aufwärts und abwärts.

Sie mußte ihm vertrauen.

»Nun denn«, sagte sie. »Ich werde mit Ihnen kommen. Diese zwei Roboter sind alles, was ich brauche.«

ZWEITER TEIL

Solaria

V. DER VERLASSENE PLANET

14

Zum dritten Mal in ihrem Leben befand Gladia sich in einem Raumschiff. Sie erinnerte sich nicht gleich daran, wie lang es her war, daß sie und Santirix gemeinsam nach der Welt Euterpe geflogen waren, weil deren Regenwälder als unvergleichlich schön galten, besonders im Licht ihres hellen Satelliten Gemme.

Der Regenwald war tatsächlich üppig und grün gewesen, mit sorgfältig in Reih und Glied gepflanzten Bäumen und einer Tierwelt, die mit Bedacht so ausgewählt war, um der Welt Farbe zu verleihen – und giftige oder sonstwie unangenehme Geschöpfe gab es natürlich keine.

Der Satellit, der gut hundertfünfzig Kilometer Durchmesser hatte, kreiste nahe genug um Euterpe, um wie ein strahlender Punkt funkelnden Lichts zu leuchten. Er war dem Planeten so nahe, daß man ihn von Westen nach Osten über den Himmel ziehen sah, viel schneller als die Rotation des Planeten selbst. Er wurde heller, wenn er sich dem Zenit näherte, und dunkler, wenn er dann wieder zum Horizont herabsank. In der ersten Nacht beobachtete man ihn fasziniert, in der zweiten schon weniger interessiert und in der dritten mit einer gewissen Mißgelauntheit wegen der Helligkeit, die er verbreitete – vorausgesetzt, daß der Himmel in diesen Nächten klar war, was er gewöhnlich nicht war.

Die Euterpaner selbst betrachteten ihn, wie sie feststellte, nie, obwohl sie ihn vor den Touristen natürlich lauthals priesen.

Insgesamt hatte Gladia die Reise Freude gemacht. Aber woran sie sich besonders deutlich erinnerte, war die Freude, nach Aurora zurückzukehren, und der Entschluß, den sie damals gefaßt hatte, nie wieder zu reisen, wenn es dafür keine dringende Notwendigkeit gab. (Jetzt erinnerte sie sich, daß es wenigstens acht Dekaden her war.)

Eine Weile hatte sie in einer gewissen Sorge gelebt, ihr Mann würde darauf bestehen, eine weitere Reise zu unternehmen; aber er erwähnte das Thema nie mehr. Vielleicht, hatte sie damals manchmal gedacht, war er zu demselben Entschluß wie sie gelangt und hatte Sorge, sie könnte vielleicht reisen wollen.

Daß sie nicht gern reisten, machte sie keineswegs ungewöhnlich. Auroraner neigten im allgemeinen dazu – das galt übrigens für Spacer generell –, am liebsten zu Hause zu bleiben. Ihre Welten, ihre Niederlassungen waren zu behaglich. Schließlich – was für ein größeres Vergnügen konnte es denn geben, als von seinen eigenen Robotern umsorgt zu werden, Robotern, die jeden Wink kannten, den man zu geben pflegte, und – was das betraf – die Wünsche und Neigungen ihrer Herren und Meister sogar kannten, ohne daß man sie ihnen zu signalisieren brauchte.

Sie empfand etwas Unbehagen. Hatte D. G. das gemeint, als er von der Dekadenz einer robotisierten Gesellschaft gesprochen hatte?

Aber jetzt war sie wieder im Weltraum – nach all der Zeit. Und sogar auf einem Erdenschiff. Sie hatte nicht viel davon zu Gesicht bekommen; aber das wenige, was sie gesehen hatte, hatte sie schrecklich beunruhigt. Es schien aus nichts als geraden Linien, scharfen Winkeln und ebenen, glatten Flächen zu bestehen. Alles, was nicht starr und steif wirkte, war allem Anschein nach eliminiert worden. Es war, als dürfte nichts außer Funktionalität existieren. Obwohl sie nicht wußte, was genau an den einzelnen Gegenständen im Schiff funktionell war, hatte sie das Gefühl, daß alles sich dem Zweck unterordnete, die kürzeste Distanz zwischen zwei Punkten zu überbrücken.

An allem Auroranischen (und das galt für alles, was Spacer herstellten oder besaßen, wenn auch Aurora in der Beziehung am weitesten fortgeschritten war) existierte alles in Schichten. Ganz auf dem Grunde war Funktionalität – davon konnte man sich nicht völlig befreien, nur in reinen Ornamenten –, aber darüber gab es immer etwas, was die Augen und die Sinne befriedigen sollte; und *darüber* wiederum etwas, das den Geist befriedigte.

Um wieviel besser das doch war! Oder stellte das einen solchen Überschwang an menschlicher Kreativität dar, daß Spacer nicht länger mit einem ungeschmückten Universum leben konnten? War das etwa schlecht? Sollte die Zukunft Menschen mit dieser schlichten Von-hier-nach-dort-Geometrie gehören? Oder hatten die Siedler einfach die Werte noch nicht begriffen, die das Leben lebenswert machten?

Aber wenn das Leben so viel Lebenswertes bereithielt, warum hatte sie dann bis jetzt so wenig für sich selbst gefunden?

Sie hatte an Bord dieses Schiffes wirklich nichts zu tun, als über solche Fragen nachzugrübeln. Dieser D. G., dieser von Elijah abstammende Barbar, hatte es ihr in den Kopf gesetzt, daß die Spacer-Welten im Sterben lagen, obwohl er selbst während eines noch so kurzen Aufenthalts auf Aurora rings um sich sehen konnte (und das würde er ganz sicher müssen), daß diese Welt in Wohlstand und Sicherheit schwelgte.

Sie hatte versucht, diesen Grübeleien zu entrinnen, indem sie Holofilme anstarrte, die man ihr gegeben hatte, und mit mäßiger Neugierde die Bilder betrachtete, die über die Projektionsfläche flackerten, während die Abenteuerstory (alles waren Abenteuerstories) von Ereignis zu Ereignis hastete, ohne viel Zeit für Konversation und überhaupt ohne Zeit für Gedanken – oder für das Vergnügen.

D. G. kam herein, als sie gerade mitten in einem der Filme war, aber eigentlich bereits aufgehört hatte, auf ihn zu achten. Sie war nicht überrascht. Ihre Roboter, die ihre Tür bewachten, kündigten sein Kommen reichlich frühzeitig an und hätten ihm den Zutritt verwehrt, wäre sie nicht in der Lage gewesen, ihn zu empfangen. Daneel trat mit ihm ein.

»Wie geht es Ihnen?« fragte D. G. Und als dann ihre Hand einen Kontakt berührte und die Bilder verblaßten und zusammenschrumpften und verschwanden, sagte er: »Sie brauchen nicht abzuschalten. Ich sehe es mir mit Ihnen an.«

»Das ist nicht nötig«, sagte sie. »Ich habe schon genug.«

»Fühlen Sie sich wohl und behaglich?«

»Nicht ganz. Ich bin – isoliert.«

»Das tut mir leid. Aber ich war das auf Aurora auch. Man hat keinem meiner Männer erlaubt, mit mir zu kommen.«

»Und jetzt rächen Sie sich?«

»Ganz und gar nicht. Zum einen habe ich Ihnen ja gestattet, daß Sie sich von zwei Robotern Ihrer Wahl begleiten lassen. Zum anderen besteht meine Mannschaft darauf, nicht ich. Sie mag weder Spacer noch Roboter. Aber warum stört es Sie? Diese Isolation müßte doch Ihre Angst vor Infektionen verringern.«

Gladias Augen blickten hochmütig, aber ihre Stimme klang müde. »Ich frage mich, ob ich nicht schon zu alt geworden bin, um noch Angst vor Infektionen zu haben. In vieler Hinsicht denke ich, ich hätte schon lang genug gelebt. Und außerdem habe ich ja meine Handschuhe, meinen Nasenfilter und wenn nötig meine Maske. Darüber hinaus bezweifle ich, daß Sie sich die Mühe machen würden, mich zu berühren.«

»Das wird auch sonst keiner tun«, sagte D. G., und seine Stimme klang plötzlich grimmig, während seine Hand zu dem Gegenstand an seiner rechten Hüfte wanderten.

Ihre Augen folgten der Bewegung. »Was ist das?« fragte sie.

D. G. lächelte, und sein Bart schien im Licht zu schimmern. In den Brauen konnte sie einzelne rote Haare sehen.

»Eine Waffe«, sagte er und zog sie. Er hielt sie an einem geformten Heft, das sich über seine Hand wölbte, als würde die Kraft seines Händedrucks es nach oben quetschen. Vorne streckte sich ein dünner Zylinder etwa fünfzehn Zentimeter Gladia entgegen. Eine Öffnung war nicht zu erkennen.

»Kann man damit Leute töten?« Gladia streckte die Hand nach der Waffe aus.

D. G. zog sie schnell zurück. »Sie sollten nie nach der Waffe eines anderen greifen, my Lady. Das ist noch schlimmer als schlechte Manieren, denn jeder Siedler ist ausgebildet, auf eine solche Bewegung heftig zu reagieren. Und Sie könnten dabei verletzt werden.«

Gladia zog mit geweiteten Augen die Hand zurück und verbarg beide Hände hinter dem Rücken. »Drohen Sie mir nicht!« sagte sie. »Daneel versteht in der Beziehung überhaupt keinen Spaß. Auf Aurora ist niemand so barbarisch, Waffen zu tragen.«

»Nun«, meinte D. G., ungerührt von dem Adjektiv, »wir haben keine Roboter, die uns beschützen. Und das ist auch kein Gerät zum Töten. In mancher Hinsicht ist es viel schlimmer. Es sendet eine Art von Vibration aus, die jene Nervenenden stimuliert, die für die Schmerzempfindung zuständig sind. Es schmerzt weit mehr als irgend etwas, das Sie sich vorstellen können. Niemand würde das freiwillig zweimal erdulden. Und jemand, der diese Waffe trägt, braucht sie selten einzusetzen. Wir nennen das eine Neuronenpeitsche.«

Gladia runzelte die Stirn. »Ekelhaft! Wir haben unsere Roboter, aber die tun nie jemandem weh, außer wenn es unvermeidbar ist, in einem Notfall. Und dann nur ganz geringfügig.«

D. G. zuckte die Achseln. »Das klingt sehr zivilisiert. Aber ein wenig Schmerz – ein wenig Töten sogar – ist besser als der geistige Verfall, den die Roboter herbeigeführt haben. Außerdem ist eine Neuronenpeitsche nicht zum Töten bestimmt; und auch Ihre Leute haben Waffen in ihren Raumschiffen, die Tod und Vernichtung säen.«

»Das liegt daran, weil wir in der Frühzeit unserer Geschichte Kriege führen mußten, als unser irdisches Erbe noch stark war; aber inzwischen haben wir gelernt.«

»Sie haben diese Waffen gegen die Erde eingesetzt, nachdem Sie angeblich gelernt hatten.«

»Das ist...«, begann sie und schloß dann den Mund wieder, als wollte sie das abbeißen, was sie hatte sagen wollen.

D. G. nickte. »Ich weiß. Sie wollten sagen: ›das ist etwas anderes‹. Denken Sie einmal darüber nach, my Lady, wenn Sie sich wundern sollten, warum meine Mannschaft Spacer nicht mag. Oder warum ich genauso empfinde. Aber Sie werden mir nützlich sein, my Lady, und ich werde nicht zulassen, daß meine Gefühle diese Nützlichkeit stören.«

»In welcher Weise werde ich Ihnen nützlich sein?«

»Sie sind Solarianerin.«

»Das sagen Sie immer wieder. Mehr als zwanzig Dekaden sind vergangen. Ich weiß nicht, wie Solaria jetzt ist. Ich weiß überhaupt nichts darüber. Wie war denn Baleys Welt vor zwanzig Dekaden?«

»Baleys Welt hat vor zwanzig Dekaden nicht existiert, wohl aber Solaria. Und ich baue einfach darauf, daß Sie sich an *irgend etwas* Nützliches erinnern.«

Er stand auf, verbeugte sich kurz in einer Geste, die höflich wirken sollte, aber fast spöttisch war, und ging hinaus.

15

Gladia schwieg eine Weile nachdenklich und verstört und sagte dann: »Er war gar nicht höflich, oder?«

Daneel meinte dazu: »Madam Gladia, der Siedler befindet sich ganz offensichtlich in einem Zustand starker Anspannung. Er hat Kurs auf eine Welt genommen, auf der zwei Schiffe wie das seine mit ihrer gesamten Mannschaft zerstört worden sind. Er begibt sich mit seiner Mannschaft in große Gefahr.«

»Du verteidigst immer jedes menschliche Wesen, Daneel«, sagte Gladia verstimmt. »Diese Gefahr besteht auch für mich, und ich habe mich ihr nicht freiwillig ausgesetzt. Aber das zwingt *mich* doch nicht dazu, unhöflich zu sein.«

Daneel sagte nichts.

»Nun, vielleicht tut es das doch«, sagte Gladia. »Ich *bin* ein wenig grob gewesen, nicht wahr?«

»Ich glaube nicht, daß es dem Siedler etwas ausgemacht hat«, sagte Daneel. »Dürfte ich vorschlagen, Madam, daß Sie sich darauf vorbereiten, zu Bett zu gehen? Es ist ziemlich spät.«

»Gut. Es ist tatsächlich schon ziemlich spät geworden. Ich werde mich auf das Zubettgehen vorbereiten. Aber ich glaube nicht, daß ich genügend entspannt bin, um schlafen zu können, Daneel.«

»Freund Giskard versichert mir, daß Sie schlafen werden, Madam, und er hat gewöhnlich in solchen Dingen recht.«

16

Daneel und Giskard standen in der Finsternis vor Gladias Kabine.

»Sie wird tief schlafen, Freund Daneel«, sagte Giskard. »Sie braucht die Ruhe. Ihr steht eine gefährliche Reise bevor.«

»Mir schien es, Freund Giskard«, meinte Daneel, »daß du sie beeinflußt hast, dieser Reise zuzustimmen. Ich nehme an, du hattest dafür einen Grund.«

»Freund Daneel, wir wissen so wenig darüber, was das für eine Krise ist, die der Galaxis jetzt bevorsteht, daß wir unter keinen Umständen irgendeine Handlung ablehnen dürfen, die unser Wissen erweitern könnte. Wir müssen wissen, was auf Solaria geschieht; und die einzige Möglichkeit, darüber etwas zu erfahren, ist dorthin zu gehen; und das wiederum geht nur, wenn wir veranlassen, daß Madam Gladia reist. Und was das betrifft, daß ich sie beeinflußt habe – nun, das erforderte nur ein leichtes Antippen. Obwohl sie sich lauthals dagegen aussprach, drängte es sie danach, die Reise zu unternehmen. Das Verlangen, Solaria zu sehen, war fast überwältigend; es war wie ein Schmerz in ihr, der erst dann aufhören konnte, wenn sie reiste.«

»Da du das sagst, ist es so. Und doch finde ich es verblüffend. Hatte sie denn nicht häufig erklärt, ihr Leben auf Solaria sei ein unglückliches gewesen; daß sie Aurora jetzt ganz und gar als ihr Zuhause empfände und nie wieder zu ihrer ursprünglichen Welt zurückzukehren wünschte?«

»Ja, das war ganz deutlich in ihrem Bewußtsein zu erkennen. Die beiden Emotionen, beide Gefühle, existierten nebeneinander und gleichzeitig. Ich habe dergleichen häufig im Bewußtsein von Menschen beobachtet; zwei entgegengesetzte Emotionen, die gleichzeitig vorhanden sind.«

»Ein solcher Zustand scheint nicht logisch, Freund Giskard.«

»Da stimme ich zu und kann daraus nur schließen, daß die menschlichen Wesen nicht jederzeit und in jeder Hinsicht logisch sind. Das muß einer der Gründe sein, weshalb es so schwierig ist, die Gesetze zu bestimmen, die das menschliche Verhalten leiten. In Madam Gladias Fall habe ich diese Sehnsucht nach Solaria hie und da festgestellt. Gewöhnlich war sie wohlverborgen; von der viel intensiveren Antipathie, die sie ebenfalls für diese Welt empfand, verdeckt. Aber als die Nachricht eintraf, daß Solaria von seinen Bewohnern verlassen wurde, änderten sich ihre Gefühle.«

»Warum das? Was hatte das Verlassen mit den Jugenderlebnissen zu tun, die diese Antipathie in Madam Gladia erzeugt haben? Oder, wenn sie ihre Sehnsucht nach Solaria in all den Dekaden zurückgehalten hat, in denen dort noch eine menschliche Gesellschaft lebte – warum sollte sie diese Zurückhaltung dann in dem Augenblick verlieren, in dem Solaria zu einem verlassenen Planeten wurde, und sich neuerdings nach einer Welt sehnen, die ihr jetzt völlig fremd sein muß?«

»Das kann ich nicht erklären, Freund Daneel, da ich, um so mehr Wissen ich über das menschliche Bewußtsein sammle, desto mehr Verzweiflung darüber empfinde, daß ich unfähig bin, den Menschen zu verstehen. Es bietet nicht nur Vorteile, in jenes Bewußtsein hineinsehen zu können, und ich beneide dich oft um die Einfachheit deiner Verhaltenskontrolle, die aus deiner Unfähigkeit resultiert, unter die Oberfläche zu blicken.«

Daneel ließ nicht locker. »Hast du Vermutungen bezüglich einer Erklärung angestellt, Freund Giskard?«

»Ich nehme an, sie fühlt so etwas wie Sorge um den leeren Planeten. Sie hat ihn vor zwanzig Dekaden verlassen...«

»Man hat sie vertrieben.«

»Jetzt scheint es ihr, als hätte sie ihn verlassen, und ich kann mir vorstellen, daß sie mit dem schmerzlichen Gedanken spielt, damit ein Beispiel gegeben zu haben; daß, wenn sie nicht weggegangen wäre, auch sonst niemand das getan hätte, und daß der Planet dann immer noch bevölkert und glücklich wäre. Da ich ihre Gedanken nicht lesen kann, versuche ich nur, mir aus ihren Empfindungen ein Bild zu machen, und das ist vielleicht völlig irrig.«

»Aber es ist doch unmöglich, daß sie ein Beispiel gegeben hat, Freund Giskard. Da zwanzig Dekaden vergangen sind, seit sie Solaria verließ, kann es doch keinen Kausalzusammenhang zwischen jenem frühen Ereignis und dem in jüngster Vergangenheit geben.«

»Der Ansicht bin ich auch. Aber menschlichen Wesen bereitet es manchmal eine Art von Vergnügen, schmerzhafte Emotionen zu pflegen; sich selbst ohne Grund oder sogar gegen die Vernunft Schuld zu geben. Jedenfalls empfand Madam Gladia in so starkem Maße Sehnsucht nach Solaria, daß ich es für notwendig hielt, die behindernde Wirkung aufzuheben, die sie davon abhielt, der Reise zuzustimmen. Es erforderte nur ein ganz leichtes Antippen. Und doch, obwohl ich es als notwendig empfinde, daß sie reist, da das auch uns eine Reisemöglichkeit schafft, habe ich das unangenehme Gefühl, daß die Nachteile möglicherweise größer als die Vorteile sein könnten.«

»Inwiefern, Freund Giskard?«

»Da der Rat so großen Wert darauf legte, daß Madam Gladia den Siedler begleitet, kann das leicht den Zweck haben, Madam Gladia während einer wichtigen Periode, in der vielleicht der Sieg über die Erde und ihre Siedler-Welten vorbereitet wird, von Aurora fernzuhalten.

Daneel schien über das nachzudenken; zumindest dauerte es eine Weile, bis er sagte: »Welchen Sinn würde es denn deiner Meinung nach haben, Madam Gladia von Aurora fernzuhalten?«

»Das kann ich nicht entscheiden, Freund Daneel. Dazu würde ich gern deine Meinung hören.«

»Ich habe über die Angelegenheit nicht nachgedacht.«

»Dann denke jetzt darüber nach!« Wenn Giskard ein Mensch gewesen wäre, wäre diese Bemerkung ein Befehl gewesen.

Eine noch längere Zeitspanne verstrich, dann sagte Daneel: »Freund Giskard, bis zu dem Augenblick, in dem Dr. Mandamus in Madam Gladias Niederlassung erschien, hatte sie nie das geringste Interesse für internationale Angelegenheiten gezeigt. Sie war mit Dr. Fastolfe und Elijah Baley befreundet, aber diese Freundschaft beruhte einzig und allein auf persönlicher Zuneigung und in keinerlei Weise auf Ideologie. Doch beide Menschen sind von uns gegangen. Sie hat eine Antipathie gegenüber Dr. Amadiro, die auch erwidert wird; aber auch das ist eine persönliche Angelegenheit. Die Antipathie ist zwei Jahrhunderte alt, und weder Gladia noch Dr. Amadiro haben dazu etwas Wesentliches unternommen; beide haben sich lediglich damit begnügt, diese Antipathie hartnäckig zu hegen. Es kann keinen Grund für Dr. Amadiro geben – der jetzt immerhin der einflußreichste Mann im Rat ist –, Madam Gladia zu fürchten oder sich die Mühe zu machen, sie zu entfernen.«

»Dabei übersiehst du die Tatsache, daß er auch dich und mich entfernt, indem er Madam Gladia zu der Reise veranlaßt«, sagte Giskard. »Vielleicht ist er ganz sicher, daß Madam Gladia nicht ohne uns reisen würde – könnte es also sein, daß er uns für gefährlich hält?«

»Wir haben während unserer ganzen Existenz nie in irgendeiner Weise den Anschein erweckt, als könnten wir Dr. Amadiro gefährlich sein, Freund Giskard. Welchen Grund hat er also, uns zu fürchten? Er kennt deine Fähigkeiten nicht und weiß auch nicht, wie du sie eingesetzt hast. Warum sollte er sich also die Mühe machen, uns kurzzeitig von Aurora zu entfernen?«

»Kurzzeitig, Freund Daneel? Warum meinst du, daß er nur eine kurzzeitige Entfernung plant? Vielleicht weiß er über die Schwierigkeiten auf Solaria mehr als der Siedler und weiß auch, daß die Vernichtung des Siedlers und seiner Mannschaft mit Sicherheit bevorsteht – und die von Madam Gladia und dir und mir ebenfalls. Vielleicht ist sein Hauptziel die Vernichtung des Siedlers, und er betrachtet das Ende von Dr. Fastolfes Freundin und Dr. Fastolfes Robotern als einen zusätzlichen Bonus.«

»Er würde doch ganz sicherlich keinen Krieg mit den Siedler-Welten riskieren«, meinte Daneel. »Und dazu kann es doch ohne weiteres kommen, wenn das Schiff des Siedlers zerstört wird. Die kleine Freude, daß dabei auch wir vernichtet werden, würde doch sicherlich dieses Risiko nicht wert sein.«

»Ist es denn nicht möglich, Freund Daneel, daß ein solcher

Krieg genau das ist, was Dr. Amadiro im Sinn hat – daß es nach seiner Einschätzung überhaupt kein Risiko bedeutet, so daß das Vergnügen, uns gleichzeitig loszuwerden, ein überhaupt nicht existierendes Risiko natürlich auch nicht vergrößern könnte?«

Darauf sagte Daneel ruhig: »Freund Giskard, das gibt keinen Sinn. In jedem Krieg, der unter den augenblicklichen Umständen stattfinden würde, würden die Siedler gewinnen. Sie sind psychologisch besser auf die Härten eines Krieges vorbereitet. Außerdem sind sie weiter verstreut und können deshalb an viel mehr Fronten kämpfen, können immer wieder zuschlagen, untertauchen und erneut zuschlagen. Sie haben auf ihren relativ primitiven Welten vergleichsweise wenig zu verlieren, während die Spacer auf ihren komfortablen, hochgradig organisierten Welten viel aufs Spiel setzen würden. Wenn die Siedler bereit wären, die Zerstörung einer ihrer Welten im Austausch für eine der Spacer-Welten anzubieten, würden die Spacer sofort kapitulieren müssen.«

»Aber würde denn ein solcher Krieg ›unter den augenblicklichen Umständen‹ geführt werden? Was ist, wenn die Spacer eine neue Waffe hätten, die man einsetzen könnte, um die Siedler schnell zu besiegen? Könnte nicht genau das die Krise sein, vor der wir stehen?«

»In dem Fall, Freund Giskard, könnte man den Sieg schneller und wirksamer durch einen Überraschungsangriff erzielen. Warum sich die Mühe machen, auf so komplizierte Weise einen Krieg anzuzetteln, wo die Siedler doch mit einem überraschenden Überfall auf die Spacer-Welten viel größeren Schaden anrichten könnten?«

»Vielleicht ist es für die Spacer nötig, ihre Waffe zu erproben, und die Zerstörung einiger Schiffe auf Solaria stellt diese Erprobung dar.«

»Ich kann mir nicht vorstellen, daß die Spacer nicht über Methoden zur Erprobung solcher hypothetischen Waffen verfügen, die ihre Existenz nicht verraten.«

Jetzt war Giskard an der Reihe nachzudenken. »Nun gut, Freund Daneel. Wie würdest du dann diese Reise erklären? Wie würdest du die Bereitschaft – ja den Eifer – des Rates erklären, uns mit dem Siedler auf Reisen zu schicken? Der Siedler hat gesagt, sie würden Gladia den Befehl zur Reise erteilen, und das haben sie praktisch getan.«

»Darüber habe ich nicht nachgedacht, Freund Giskard.«

»Dann tu es jetzt!« Es klang wiederum wie ein Befehl.

Und Daneel sagte: »Das werde ich tun.«

Schweigen herrschte; ein Schweigen, das sich in die Länge zog. Aber Giskard ließ sich durch kein Wort und keine Geste irgendwelche Ungeduld anmerken.

Schließlich sagte Daneel – langsam, als müßte er sich durch ihm fremde Gedankenbahnen tasten: »Ich glaube nicht, daß Baleys Welt oder irgendeine der Siedler-Welten ein Recht darauf hat, sich robotischen Besitz auf Solaria anzueignen. Obwohl die Solarianer selbst abgezogen oder vielleicht sogar ausgestorben sind, bleibt Solaria eine Spacer-Welt, wenn auch eine unbesetzte. Die übrigen neunundvierzig Spacer-Welten würden ganz sicher so argumentieren; ganz besonders Aurora würde das tun – falls man auf Aurora der Ansicht ist, die Situation zu beherrschen.«

Giskard überlegte. »Willst du damit sagen, Freund Daneel, die Zerstörung der beiden Siedler-Schiffe sei eine Demonstration der Spacer gewesen, um ihre Eigentumsrechte an Solaria zu dokumentieren?«

»Nein. Wenn Aurora als Führungsmacht der Spacer das Gefühl hätte, die Situation zu beherrschen, würde es nicht so handeln. Es hätte dann einfach erklärt, Solaria – ob nun leer oder nicht – sei für die Siedler-Schiffe offlimits, und hätte mit Vergeltungsmaßnahmen gegen die Siedler-Welten gedroht, falls irgendeines ihrer Schiffe in das Solaria-System eindringen sollte. Und dann hätten sie einen Kordon aus Schiffen und Sensoren-Stationen um das System errichtet. Eine solche Warnung hat es nicht gegeben und auch kein solches Verhalten, Freund Giskard. Warum dann Schiffe zerstören, die man mit Leichtigkeit von der Welt hätte fernhalten können?«

»Aber die Schiffe *sind doch* zerstört worden, Freund Daneel? Willst du jetzt die grundlegende Unlogik des menschlichen Geistes als Erklärung heranziehen?«

»Nicht, wenn ich das nicht muß. Wir wollen doch für den Augenblick diese Zerstörung einfach als gegeben betrachten. Und jetzt überlege die sich ergebende Konsequenz – der Kapitän eines einzelnen Siedler-Schiffes nähert sich Aurora, verlangt die Genehmigung, die Situation mit dem Rat diskutieren zu dürfen, besteht darauf, eine Bürgerin Auroras mitzunehmen, um die Ereignisse auf Solaria zu untersuchen – und der Rat gibt in allen Punkten nach. Wenn die Zerstörung der Schiffe ohne vorangegangene Warnung eine zu starke Aktion für Aurora ist, so ist es eine viel zu schwächliche Aktion, den Wünschen des Siedler-Kapitäns so bereitwillig zu willfahren. Weit davon entfernt, Krieg zu suchen, scheint Aurora, indem es nachgibt, bereit zu sein, alles nur Erdenkliche zu tun, um die Möglichkeit eines Krieges abzuwenden.«

»Ja«, sagte Giskard, »ich sehe, daß man die Ereignisse so interpretieren kann. Aber was folgt daraus?«

»Nun«, meinte Daneel, »mir scheint, daß die Spacer-Welten noch nicht so geschwächt sind, daß sie sich so servil gebärden müssen – und selbst wenn sie es wären, so würde der Stolz jahrhundertelanger Macht sie davon abhalten, es zu tun. Also muß sie irgend etwas anderes als Schwäche dazu veranlassen. Ich habe bereits dargelegt, daß sie nicht absichtlich einen Krieg anzetteln wollen. Es ist also viel wahrscheinlicher, daß sie auf Zeit spielen.«

»Und mit welcher Absicht, Freund Daneel?«

»Sie wollen die Siedler vernichten, sind aber noch nicht genügend vorbereitet. Sie lassen diesem Siedler seinen Willen, um einen Krieg so lange zu vermeiden, bis sie bereit sind, diesen Krieg nach ihren Vorstellungen führen zu können. Ich bin nur überrascht, daß sie nicht angeboten haben, ein auroranisches Kriegsschiff mit auf die Reise zu schicken. Wenn diese Analyse zutrifft – und das glaube ich –, kann Aurora unmöglich etwas mit den Vorgängen auf Solaria zu tun gehabt haben. Sie würden keine Politik der Nadelstiche betreiben, die schließlich nur die Siedler alarmieren würde, solange sie nicht zu vernichtenden Maßnahmen bereit sind.«

»Wie erklärst du dann diese Nadelstiche, wie du sie nennst, Freund Daneel?«

»Das werden wir vielleicht dann herausfinden, wenn wir auf Solaria landen. Möglicherweise ist Aurora genauso neugierig wie wir und die Siedler, und das könnte ein weiterer Grund sein, weshalb sie den Wünschen des Kapitäns entsprochen haben und sogar so weit gegangen sind, Madam Gladia die Erlaubnis zu erteilen, ihn zu begleiten.«

Giskard antwortete darauf nicht gleich. Schließlich fragte er: »Und was wäre das für eine mysteriöse Verwüstung, die sie planen?«

»Wir haben vorher von einer Krise gesprochen, die aus dem Plan der Spacer erwächst, die Erde zu besiegen. Aber wir haben das Wort Erde im allgemeinen Sinn gebraucht und damit alle Erdenmenschen und ihre Nachkommen auf den Siedler-Welten gemeint. Wenn wir nun ernsthaft argwöhnen, daß ein Vernichtungsplan in Vorbereitung sei, der es den Spacern erlauben würde, ihre Feinde mit einem Schlag zu besiegen, können wir vielleicht diesen Gesichtspunkt etwas einengen. So betrachtet, können sie keinen Vernichtungsschlag gegen eine Siedler-Welt planen. Einzeln betrachtet sind die Siedler-Welten ohne große Bedeutung, und die übrigen Siedler-Welten werden prompt zurückschlagen. Ebensowenig können sie einen Angriff gegen einige oder sämtliche Siedler-Welten planen; davon gibt es nämlich zu viele, und sie sind zu weitverbreitet. Es ist unwahrscheinlich, daß sämtliche Angriffe Erfolg haben würden. Und jene Siedler-Welten, die den Angriff überleben, würden in ihrer Wut und Verzweiflung zuschlagen und ihrerseits die Spacer-Welten verwüsten.«

»Du folgerst also, Freund Daneel, daß der Schlag der Erde selbst gelten soll.«

»Ja, Freund Giskard. Auf der Erde wohnt die überwiegende Mehrzahl der kurzlebigen menschlichen Wesen; sie ist der Ort, wo die Auswanderer zu den Siedler-Welten herkommen, und bildet damit den Grundstock für neue: zugleich ist sie die von allen verehrte Heimat aller Siedler. Wenn die Erde auf irgendeine Weise vernichtet würde, könnte es sein, daß die Siedler-Bewegung sich nie von diesem Schlag erholt.«

»Aber würden dann die Siedler-Welten nicht ebenso heftig

und machtvoll zurückschlagen, wie sie es tun würden, wenn eine aus ihren Reihen vernichtet würde? Mir würde das unvermeidbar erscheinen.«

»Mir auch, Freund Giskard. Deshalb scheint es mir, daß dieser Schlag – sofern die Spacer-Welten nicht plötzlich dem Wahnsinn verfallen sind – ein sehr subtiler sein müßte: ein Schlag also, für den die sichtbare Verantwortung nicht auf die Spacer-Welten zurückfällt.«

»Warum nicht ein solch subtiler Schlag gegen die Siedler-Welten, auf denen sich der größte Teil des Kriegspotentials der Erdenmenschen befindet?«

»Entweder, weil die Spacer der Ansicht sind, daß ein Schlag gegen die Erde psychologisch vernichtender wäre – oder weil dieser Schlag von einer Art ist, daß er nur gegen die Erde wirken würde und nicht gegen die Siedler-Welten. Ich vermute letzteres, da die Erde eine einmalige Welt ist und ihre Gesellschaft völlig anders als die jeder anderen Welt – ob nun von Siedlern oder von Spacern bewohnt.«

»Um also zusammenzufassen, Freund Daneel, du kommst zu dem Schluß, daß die Spacer einen subtilen Schlag gegen die Erde planen, der diese zerstören wird, ohne irgendwelche Beweise, die auf eine Schuld der Spacer hindeuten; einen Schlag, der gegen keine andere Welt funktionieren würde, und schließlich, daß sie im Augenblick noch nicht bereit sind, diesen Schlag zu führen.«

»Ja, Freund Giskard. Aber es kann sein, daß sie bald bereit sind. Und sobald es einmal soweit ist, werden sie sofort zuschlagen müssen. Jede Verzögerung würde die Gefahr erhöhen, daß es irgendwo eine undichte Stelle gibt und alles bekannt wird.«

»All dies aus den wenigen Andeutungen zu schließen, die wir haben, ist höchst lobenswert, Freund Daneel. Und jetzt sag mir, worin dieser Schlag bestehen soll. Wie sieht der Plan der Spacer aus?«

»Ich habe mich bis jetzt auf sehr unsicherem Boden bewegt, Freund Giskard, und weiß nicht, ob meine Überlegungen zutreffen. Aber selbst wenn wir einmal davon ausgehen, daß das so wäre, kann ich nicht weitergehen. Ich fürchte, ich weiß nicht und kann mir auch nicht vorstellen, welcher Art dieser Schlag sein könnte.«

»Aber wir können keine geeigneten Gegenmaßnahmen ergreifen, um die Krise zu beseitigen, wenn wir nicht wissen, welcher Art dieser Schlag sein wird«, meinte Giskard. »Wenn wir warten müssen, bis er sich durch seine Ergebnisse zeigt, wird es zu spät sein, etwas zu tun.«

»Wenn irgendein Spacer mehr weiß, dann müßte das Amadiro sein«, sagte Daneel. »Könntest du nicht Amadiro zwingen, öffentlich etwas zu sagen und damit die Siedler zu warnen?«

»Das könnte ich nicht tun, Freund Daneel, ohne praktisch sein Bewußtsein zu zerstören. Ich bezweifle, daß ich es so lange zusammenhalten könnte, um ihm Gelegenheit zu geben, diese Aussage zu machen. Ich könnte das nicht.«

»Dann können wir uns vielleicht mit dem Gedanken trösten«, sagte Daneel, »daß meine Überlegung falsch ist und daß überhaupt kein Schlag gegen die Erde vorbereitet wird.«

»Nein«, sagte Giskard. »Mein Gefühl sagt mir, daß du recht hast und daß wir einfach warten müssen – hilflos.«

17

Gladia wartete fast in schmerzlicher Voraussicht auf den Abschluß des letzten Hyperraumsprungs. Sie würden dann tief genug ins Solaria-System eingedrungen sein, um Solarias Sonne als Scheibe ausmachen zu können.

Es würde natürlich nur eine Scheibe sein; ein Rund aus Licht und durch geeignete Filter so abgeschwächt, daß man ohne zu blinzeln hineinsehen konnte.

An dem Aussehen der Sonne würde nichts Besonderes sein. All die Sterne, um die eine im menschlichen Sinne bewohnbare Welt kreist, entsprachen einer langen Liste von Eigenschaften, die dazu führten, daß sie alle einander ähnelten. Es waren alles Einzelsterne; alle nicht viel größer oder viel kleiner als die Sonne, die die Erde beschien; keiner von ihnen zu aktiv oder zu alt oder zu still oder zu jung oder zu heiß oder zu kalt oder in der chemischen Zusammensetzung zu extrem. Alle hatten Sonnenflecken und Ausbrüche und Protuberanzen, und alle wirkten für das Auge ziemlich gleich. Es bedurfte einer sorgfältigen Spektro-Heliographie, um die Einzelheiten herauszuarbeiten, die jeden Stern für sich einmalig machten.

Nichtsdestoweniger spürte Gladia, als sie einen Lichtkreis anstarrte, der für sie absolut nichts anderes als eben das – ein Lichtkreis – war, wie ihr Tränen in die Augen traten. Sie hatte in der Zeit, als sie auf Solaria gelebt hatte, nie auch nur einen Gedanken an die Sonne verschwendet; sie war einfach die ewige Quelle des Lichts und der Wärme gewesen, die im gleichmäßigen Rhythmus auf- und unterging. Als sie Solaria verlassen hatte, hatte sie nur ein Gefühl der Dankbarkeit empfunden, als sie zugesehen hatte, wie diese Sonne hinter ihr verschwand. Sie besaß keinerlei Erinnerungen an sie, die für sie irgendeinen Wert darstellten. Und doch weinte sie jetzt stumm. Sie schämte sich dieser Gefühlsregung, ohne daß sie imstande gewesen wäre, dieses Schamgefühl zu erklären; aber auch das brachte die Tränen nicht zum Versiegen.

Als das Signallicht aufleuchtete, gab sie sich mehr Mühe. Das mußte D. G. an der Tür sein; sonst würde sich niemand ihrer Kabine nähern.

»Darf er eintreten, Madam?« fragte Daneel. »Sie scheinen emotionell bewegt.«

»Ja, ich bin emotionell bewegt, Daneel. Aber laß ihn ein! Ich kann mir vorstellen, daß es ihn nicht überraschen wird.«

Doch das tat es; zumindest trat er mit einem Lächeln auf dem bärtigen Gesicht ein, und dieses Lächeln war im nächsten Augenblick verschwunden. Er trat einen Schritt zurück und sagte leise: »Ich komme später wieder.«

»Bleiben Sie!« sagte Gladia schroff. »Das ist nichts. Eine alberne Reaktion – das ist gleich vorbei.« Sie schniefte und betupfte sich zornig die Augen. »Warum sind Sie hier?«

»Ich wollte mit Ihnen über Solaria sprechen. Wenn uns die nächste Mikrojustierung gelingt, landen wir morgen. Wenn Sie sich jetzt einem Gespräch nicht gewachsen fühlen...«

»Ich bin ihm *durchaus* gewachsen. Ich habe übrigens eine Frage an Sie: Warum haben wir drei Sprünge gebraucht, um hierherzukommen? Ein Sprung hätte doch genügt. Als ich vor zwanzig Dekaden von Solaria nach Aurora gebracht wurde, hat einer genügt. Und die Technik der Weltraumfahrt hat doch sicher in dieser Zeit keine Rückschritte gemacht.«

Jetzt grinste D. G. wieder. »Ausweichmanöver. Für den Fall, daß uns ein auroranisches Schiff gefolgt sein sollte, wollte ich es... – nun, wollen wir sagen, es verwirren.«

»Warum sollte uns eines folgen?«

»Nur so ein Gedanke, my Lady. Ich hatte den Eindruck, daß der Rat ein wenig zu hilfsbereit war. Sie hatten mir vorgeschlagen, daß mich ein auroranisches Schiff auf der Expedition nach Solaria begleiten sollte.«

»Nun, das hätte Ihnen ja helfen können, oder nicht?«

»Vielleicht – aber da hätte ich ganz sicher sein müssen, daß Aurora nicht hinter alledem stand. Ich habe dem Rat ganz eindeutig klargemacht, daß ich allein fliegen wollte, oder, besser gesagt...« – er deutete mit dem Finger auf Gladia –, »nur mit Ihnen. Trotzdem hätte es ja möglich sein können, daß der Rat selbst gegen meinen Wunsch ein Schiff mitschickte – aus reiner Herzensfreundlichkeit, wollen wir einmal sagen. Nun, ich will trotzdem keines; ich rechne schon mit genügend Problemen, daß ich nicht auch noch Lust habe, dauernd über die Schulter sehen zu müssen. Also habe ich es ihnen etwas schwergemacht, mir zu folgen. – Wieviel wissen Sie über Solaria, my Lady?«

»Habe ich Ihnen das nicht oft genug gesagt? Nichts! Zwanzig Dekaden sind verstrichen.«

»Warten Sie, Madam – ich spreche von der Psychologie der Solarianer; die kann sich doch in bloß zwanzig Dekaden nicht so verändert haben. Sagen Sie mir, warum sie ihren Planeten verlassen haben.«

»So wie ich es gehört habe«, meinte Gladia ruhig, »ist die Bevölkerung beständig kleiner geworden. Eine Kombination zu früher Todesfälle und zu weniger Geburten ist allem Anschein nach dafür verantwortlich.«

»Leuchtet Ihnen das ein?«

»Natürlich. Die Geburtenzahl war immer sehr gering.« Ihr Gesicht zuckte bei der Erinnerung. »Schwangerschaften sind nach solarianischer Sitte selten, seien es nun natürliche, künstliche oder ektogenetische.«

»Sie hatten nie Kinder, Madam?«

»Nicht auf Solaria.«

»Und die Frühsterblichkeit?«

»Da kann ich nur raten. Das kam vielleicht aus einem Gefühl des Versagens. Solaria hat ja ganz offensichtlich als Welt nicht funktioniert, obwohl die Solarianer immer behaupteten, auf ihrer Welt die ideale Gesellschaftsform entwickelt zu haben – nicht nur eine, die besser war als alles, was die Erde je hatte, sondern auch viel näher an der Vollkommenheit als jede andere Spacer-Welt.«

»Dann wollen Sie also sagen, daß Solaria an kollektiven gebrochenen Herzen starb?«

»Wenn Sie es so lächerlich formulieren wollen«, meinte Gladia verstimmt.

D. G. zuckte die Achseln. »Das, was Sie sagen, scheint darauf hinauszulaufen. Aber würden sie dann wirklich weggehen? Und wohin? Und wie würden sie leben?«

»Das weiß ich nicht.«

»Aber, Madam Gladia, es ist doch allgemein bekannt, daß die Solarianer gewöhnt sind, riesige Ländereien zu besitzen, die von vielen Tausenden von Robotern versorgt werden, so daß jeder Solarianer in fast völliger Isoliertheit lebt. Wenn sie Solaria verlassen, wo können sie eine Gesellschaft finden, die ihnen diese Art von Leben gestatten würde? Sind sie denn tatsächlich zu einer der anderen Spacer-Welten ausgewandert?«

»Nicht, soweit mir bekannt ist. Aber sie haben mich natürlich diesbezüglich nicht ins Vertrauen gezogen.«

»Könnte es sein, daß sie eine neue Welt gefunden haben, nur für sich? Und wenn ja, dann würde das doch eine unerschlossene, unentwickelte Welt sein, die eines riesigen Aufwands an Terraformung bedürfte. Würden sie dazu bereit sein?«

Gladia schüttelte den Kopf. »Ich weiß es nicht.«

»Vielleicht sind sie in Wirklichkeit gar nicht weggegangen.«

»Soweit ich gehört habe, deuten alle Anzeichen darauf hin, daß Solaria leer ist.«

»Was für Anzeichen?«

»Jegliche interplanetarische Kommunikation hat aufgehört. Jegliche Strahlung von dem Planeten, mit Ausnahme der, die auf Roboterarbeit oder natürliche Ursachen zurückzuführen ist, hat aufgehört.«

»Woher wissen Sie das?«

»Das war der Bericht in den Nachrichten.«

»Ah! Der Bericht! Könnte es sein, daß jemand lügt?«

»Welchen Zweck würde eine solche Lüge haben?« Gladia erstarrte bei der Andeutung.

»Um unsere Schiffe anzulocken und zu vernichten.«

»Das ist doch lächerlich, D. G.« Ihre Stimme wurde schärfer. »Was würden die Spacer für einen Vorteil davon haben, zwei Handelsschiffe mittels so alberner Manipulationen zu zerstören?«

»Nun, jedenfalls sind auf einem angeblich leeren Planeten zwei Siedler-Schiffe von irgend etwas zerstört worden. Wie erklären Sie sich das?«

»Das kann ich nicht. Ich war davon ausgegangen, daß wir nach Solaria reisen, um eine Erklärung zu finden.«

D. G. musterte sie nachdenklich. »Wären Sie imstande, mich zu dem Teil der Welt zu geleiten, der Ihnen gehörte, als Sie noch auf Solaria lebten?«

»Zu meinem Anwesen?« Erstaunt erwiderte sie seinen starren Blick.

»Würden Sie es nicht gern wiedersehen wollen?«

Gladias Herz setzte für einen Schlag aus. »Ja, doch. Aber warum mein Anwesen?«

»Die beiden Schiffe, die zerstört wurden, sind an ganz unterschiedlichen Orten auf dem Planeten gelandet, doch ist jedes ziemlich schnell zerstört worden. Zwar kann jeder Ort tödlich sein; mir scheint aber, für Ihr Anwesen gilt das in geringerem Maße.«

»Warum?«

»Weil uns dort vielleicht die Roboter helfen würden. Sie würden Sie doch kennen, oder? Sie halten doch länger als zwanzig Dekaden, nehme ich an. Daneel und Giskard haben das jedenfalls. Und diejenigen, die damals auf Ihrem Anwesen waren, als Sie dort lebten, würden sich doch noch an Sie erinnern, oder nicht? Sie würden Sie als ihre Herrin behandeln und anerkennen, daß sie Ihnen gegenüber eine höhere Verpflichtung haben als gegenüber irgendwelchen anderen menschlichen Wesen.«

Gladia schüttelte nachdenklich den Kopf. »Auf meinem Anwesen gab es zehntausend Roboter. Ich habe davon vielleicht drei Dutzend vom Ansehen gekannt. Die meisten anderen habe ich nie gesehen, und es kann auch sein, daß sie mich nie gesehen haben. Ackerbau-Roboter sind nicht sehr hochentwickelt, müssen Sie wissen, und Wald- und Bergwerks-Roboter auch nicht. Die Haushalts-Roboter würden sich noch an mich erinnern, wenn man sie seit meinem Weggang nicht verkauft oder versetzt hat. Aber dann gibt es natürlich auch Unfälle. Manche halten *keine* zwanzig Dekaden. Außerdem – was auch immer Sie vom Gedächtnis eines Roboters halten mögen – das menschliche Gedächtnis kann irren, und es könnte sein, daß ich mich an keinen von ihnen erinnere.«

»Trotzdem«, sagte D. G., »können Sie mir den Weg zu Ihrem Anwesen zeigen?«

»Nach Länge und Breite? Nein.«

»Ich habe Karten von Solaria. Würde das helfen?«

»Vielleicht annähernd. Es liegt im südzentralen Teil des Nordkontinents Heliona.«

»Und wenn wir ungefähr dort sind – können Sie dann bestimmte Landmarken ausmachen, wenn wir dicht über der Oberfläche fliegen?«

»Küsten und Flüsse, meinen Sie?«

»Ja.«

»Ich *denke* schon, daß ich das kann.«

»Gut! Unterdessen sollten Sie versuchen, sich an die Namen und das Aussehen einiger Ihrer Roboter zu erinnern. Das könnte den Unterschied zwischen Leben und Tod ausmachen.«

Bei seinen Offizieren schien D. G. Baley ein anderer Mensch zu sein. Das breite Lächeln war verschwunden und auch seine Gleichgültigkeit gegenüber Gefahren. Er saß da und brütete über den Karten, und sein Gesicht wirkte konzentriert.

»*Wenn* die Frau recht hat, haben wir das Anwesen ziemlich genau lokalisiert«, sagte er. »Und wenn wir auf Flugmodus übergehen, sollte es nicht zu lang dauern, dorthin zu kommen.«

»Energievergeudung, Captain«, murmelte Jamin Oser, sein Stellvertreter. Er war groß und ebenso wie D. G. bärtig. Sein Bart war von rotbrauner Farbe, ebenso wie seine Augenbrauen über den hellen, blauen Augen. Er sah ziemlich alt aus, aber man hatte den Eindruck, daß das mehr auf seine Erfahrung als auf seine Jahre zurückzuführen war.

»Läßt sich nicht vermeiden«, meinte D. G. »Wenn wir über Antigravitation verfügten, wie es uns die Technos immer wieder versprechen, wäre das etwas anderes.«

Er starrte wieder auf die Karte und meinte dann: »Sie sagt, es wäre an diesem Fluß, etwa fünfzig Kilometer stromaufwärts von der Stelle, wo er sich mit diesem größeren vereint. *Wenn* sie recht hat.«

»Sie zweifeln immer noch daran«, sagte Chandrus Nadirhaba, dessen Rangabzeichen ihn als Navigator auswiesen und der dafür verantwortlich war, das Schiff an der korrekten Stelle aufzusetzen – oder jedenfalls an der angegebenen Stelle. Seine dunkle Haut und der sorgfältig gestutzte Schnurrbart betonten sein gutgeschnittenes Gesicht.

»Sie erinnert sich an etwas, das zwanzig Dekaden zurückliegt«, sagte D. G. »An welche Einzelheiten eines Ortes würden Sie sich denn erinnern, wenn Sie ihn auch nur drei Dekaden lang nicht gesehen hätten? Sie ist kein Roboter. Sie hat kein photographisches Gedächtnis.«

»Welchen Sinn hatte es dann, sie mitzunehmen?« murmelte Oser, »und den anderen und den Roboter? Die Mannschaft macht das nur unruhig, und ich muß sagen, mir gefällt es auch nicht.«

D. G. blickte auf, und seine Augenbrauen schoben sich zusammen. Dann sagte er ganz leise: »Was Ihnen oder der Crew nicht gefällt, Mister, hat auf diesem Schiff nichts zu sagen. Ich trage die Verantwortung, und ich treffe die Entscheidungen. Wenn uns diese Frau nicht retten kann, sind wir möglicherweise binnen sechs Stunden nach der Landung alle tot.«

»Nun, wenn wir sterben, dann sterben wir«, sagte Nadirhaba kühl. »Wir wären keine Händler, wenn wir nicht wüßten, daß auf der anderen Seite der großen Profite immer die Chance eines plötzlichen Todes liegt. Und für diesen Einsatz haben wir uns alle freiwillig gemeldet. Trotzdem – es schadet ja schließlich nichts, zu wissen, wo der Tod herkommt, Captain. Wenn Sie es sich zurechtgelegt haben – muß es dann geheim bleiben?«

»Nein, das muß es nicht. Die Solarianer sollen abgezogen sein. Aber angenommen, ein paar hundert wären in aller Stille zurückgeblieben, sozusagen um auf das Geschäft aufzupassen...«

»Und was könnten sie gegen ein bewaffnetes Schiff ausrichten, Captain? Haben sie eine geheime Waffe?«

»Nicht so geheim«, sagte D. G. »Solaria wimmelt von Robotern. Das ist ja schließlich der Grund, daß Siedler-Schiffe hier gelandet sind. Jeder zurückgebliebene Solarianer könnte eine Million Roboter zur Verfügung haben – eine riesige Armee.«

Eban Kalaya war für die Kommunikation zuständig. Bis jetzt hatte er nichts gesagt, sichtlich seines niedrigen Ranges bewußt, den die Tatsache noch weiter hervorzuheben schien, daß er als einziger der vier Offiziere keinerlei Gesichtshaar trug. Jetzt machte er eine Bemerkung: »Roboter können menschlichen Wesen keine Verletzung zufügen«, sagte er.

»So heißt es«, sagte D. G. trocken. »Aber was wissen *wir* schon von Robotern. Was wir wissen, ist, daß zwei Schiffe zerstört worden sind und daß etwa hundert menschliche Wesen, alles gute Siedler, an abgelegenen Orten einer von Robotern wimmelnden Welt getötet worden sind. Wie könnte das geschehen sein außer durch Roboter? Wir wissen nicht, welche Befehle ein Solarianer Robotern möglicherweise geben oder mit welchen Tricks man das Erste Gesetz der Robotik umgehen kann.

»Also«, fuhr er fort, »müssen wir unsererseits einiges umgehen. Soweit wir aus den Berichten entnehmen können, die uns von den anderen Schiffen vor deren Vernichtung erreichten, sind sämtliche Männer gleich nach der Landung von Bord gegangen. Schließlich war es eine leere Welt, und sie wollten sich die Beine vertreten, frische Luft atmen *und* sich die Roboter ansehen, die zu holen sie gekommen waren. Ihre Schiffe waren ungeschützt und sie selbst nicht vorbereitet, als der Angriff kam.

Das wird diesmal nicht passieren. Ich selbst werde aussteigen, alle anderen bleiben an Bord oder zumindest in unmittelbarer Umgebung des Schiffes.«

Nadirhabas dunkle Augen funkelten mißbilligend. »Warum Sie, Captain? Wenn Sie jemanden als Köder brauchen, dann ist jeder andere eher entbehrlich als Sie.«

»Das weiß ich zu schätzen, Navigator«, sagte D. G. »Aber ich werde nicht allein sein. Die Spacer-Frau und ihre Begleiter werden mit mir kommen. Sie ist es, worauf es ankommt. Vielleicht kennt sie einige der Roboter; jedenfalls könnten einige sie kennen. Ich setze meine Hoffnung darauf, daß die Roboter vielleicht den Befehl haben, uns anzugreifen, aber *sie* nicht angreifen werden.«

»Sie meinen, die erinnern sich an Ol' Missy und fallen auf die Knie«, sagte Nadirhaba trocken.

»Wenn Sie es so ausdrücken wollen. Deshalb habe ich sie jedenfalls mitgebracht, und deshalb werden wir auf ihrem Anwesen landen. Und ich muß bei ihr sein, weil ich derjenige bin, der sie – wenigstens etwas – kennt, und ich muß dafür sorgen, daß sie sich benimmt. Sobald wir, indem wir sie als Schild benutzen, überlebt haben und auf die Weise auch genau wissen, womit wir es zu tun haben, können wir allein weitermachen. Dann brauchen wir sie nicht mehr.«

»Und was machen wir dann mit ihr?« wollte Oser wissen. »Stoßen wir sie in den Weltraum?«

»Nach Aurora bringen wir sie zurück!« schrie D. G.

»Nun, dann muß ich Ihnen sagen, Captain, daß die Mannschaft das für eine unnötige Reise halten würde«, sagte Oser.

Die Mannschaft wird der Ansicht sein, daß wir sie einfach auf dieser verdammten Welt zurücklassen können. Schließlich kommt sie von hier.«

»Ja«, sagte D. G. »So weit kommt es noch, nicht wahr, daß ich mir von der Mannschaft Befehle erteilen lasse.«

»Sicher werden Sie das nicht«, sagte Oser. »Aber die Mannschaft hat ihre eigenen Ansichten. Und eine Mannschaft, die unzufrieden ist, kann eine Reise recht gefährlich werden lassen.«

VI. DIE MANNSCHAFT

19

Gladia stand auf dem Boden Solarias. Sie roch die Vegetation – nicht ganz die Gerüche Auroras – und im gleichen Augenblick hatte sie den Abgrund von zwanzig Dekaden überschritten.

Nichts konnte Erinnerungen so wachrufen wie Gerüche, das wußte sie; keine Geräusche, keine Bilder.

Jener schwache, einmalige Geruch rief die Kindheit in ihr wach – die Freiheit, herumzulaufen, sorgfältig bewacht von einem Dutzend Robotern – die Erregung, die sie empfunden hatte, wenn sie manchmal andere Kinder sah, stehenblieb, sie scheu anstarrte, zögernd auf sie zuging, mit kurzen Schritten, die Hand ausstreckte, um sie zu berühren. Und wenn dann ein Roboter sagte: »Genug, Miss Gladia!« und sie wegführte – und sie sich dann über die Schulter nach dem anderen Kind umsah, das ebenfalls von seinen Robotern begleitet war.

Sie erinnerte sich an den Tag, an dem man ihr sagte, daß sie künftig andere menschliche Wesen nur noch über Holovision sehen würde; ›sichten‹, sagte man ihr, nicht ›sehen‹. Die Roboter sagten ›sehen‹, als wäre es ein Wort, das sie nicht sagen durften, und deshalb flüsterten sie es. *Sie* konnte sie sehen; aber sie waren keine Menschen.

Zuerst war es nicht schlimm. Die Bilder, zu denen sie

sprechen konnte, waren dreidimensional und bewegten sich. Sie konnten reden, laufen, Purzelbäume schlagen, wenn sie das wollten – aber fühlen konnte man sie nicht. Und dann sagte man ihr, daß sie jemanden, den sie oft gesichtet hatte und den sie gemocht hatte, auch tatsächlich sehen durfte. Er war ein erwachsener Mann, ein gutes Stück älter als sie, wenn er auch recht jung aussah, so wie man das auf Solaria tat. Sie würde die Genehmigung bekommen, ihn weiterhin zu sehen, wenn sie das wünschte; immer, wenn es notwendig war.

Sie wünschte es. Sie erinnerte sich daran, wie es war; *ganz genau*, wie es an jenem ersten Tag war. Sie brachte kaum ein Wort heraus, ebensowenig wie er. Sie umkreisten einander, hatten Angst, sich zu berühren – aber das war Ehe.

Natürlich war es das. Und dann trafen sie sich wieder, *sahen*, nicht sichteten sich, *weil* es Ehe war. Am Ende würden sie einander berühren, das erwartete man von ihnen.

Es war der aufregendste Tag ihres Lebens – bis er gekommen war.

Gladia gebot ihren Gedanken heftig Einhalt. Was nützte es, diesen Gedanken weiterzudenken? Sie so warm und eifrig; er so kalt und zurückgezogen. Und er blieb weiterhin kalt. Wenn er in festgelegten Zeitabständen kam, um sie zu sehen, um der Riten willen, die vielleicht (vielleicht auch nicht) dazu führen würden, daß sie geschwängert wurde, so war das mit so offenkundigem Abscheu, daß sie sich bald danach sehnte, er möge es vergessen. Aber er war ein Mann der Pflicht und vergaß es nie.

Und dann kam die Zeit, Jahre quälenden Unglücklichseins später, als sie ihn tot auffand, mit eingeschlagenem Schädel, und sie war die einzig Verdächtige. Elijah Baley hatte sie damals gerettet, und man hatte sie von Solaria entfernt und nach Aurora geschickt.

Und jetzt war sie zurückgekehrt und roch Solaria.

Sonst war ihr nichts vertraut. Das Haus in der Ferne hatte nicht die leiseste Ähnlichkeit mit irgend etwas, woran sie sich erinnerte, selbst unbestimmt. Man hatte es in zwanzig Dekaden modifiziert, eingerissen und neu gebaut. Nicht einmal das

Land, das es umgab, konnte in ihr ein Gefühl der Vertrautheit hervorrufen.

Sie ertappte sich dabei, wie sie nach hinten griff, um das Siedler-Schiff zu berühren, das sie auf diese Welt gebracht hatte, die wie Zuhause roch, aber in keiner anderen Hinsicht Zuhause war – nur um etwas zu berühren, das ihr im Vergleich dazu vertraut war.

Daneel, der neben ihr im Schatten des Schiffes stand, sagte: »Sehen Sie die Roboter, Madam Gladia?«

Eine Gruppe von Robotern stand hundert Meter entfernt zwischen den Bäumen eines Obstgartens und beobachtete die Neuankömmlinge ruhig, würdevoll und unbewegt. Sie glänzten in der Sonne, und das graue, auf Hochglanz polierte Metall, an das Gladia sich erinnerte, wenn sie an solarianische Roboter dachte, blitzte.

»Ja, ich sehe sie, Daneel«, sagte sie.

»Ist Ihnen etwas an ihnen vertraut, Madam?«

»Überhaupt nichts. Es scheinen neue Modelle zu sein. Ich kann mich nicht an sie erinnern, und ich bin sicher, daß sie sich auch nicht an mich erinnern. Wenn D. G. erwartet hat, daß aus meiner Vertrautheit mit den Robotern auf meinem Anwesen irgend etwas für ihn Nützliches herauskommen könnte, dann wird er enttäuscht sein.«

»Sie scheinen überhaupt nichts zu tun, Madam«, sagte Giskard.

»Das ist verständlich«, meinte Gladia. »Wir sind Eindringlinge, und sie sind gekommen, um uns zu beobachten und entsprechend ihrem Befehl über uns zu berichten. Da sie jetzt niemanden haben, dem sie berichten können, können sie uns lediglich stumm beobachten. Ich nehme an, daß sie ohne weitere Befehle nicht mehr als das tun werden; aber sie werden auch nicht aufhören, es zu tun.«

»Vielleicht doch, Madam Gladia«, sagte Daneel. »Dann nämlich, wenn wir uns an Bord des Schiffes zurückziehen werden. Ich glaube, der Captain ist damit beschäftigt, den Bau von Verteidigungseinrichtungen zu überwachen, und ist noch nicht bereit, auf Erkundung auszuziehen. Ich vermute, es wird ihm nicht recht sein, daß Sie Ihr Quartier ohne ausdrückliche Erlaubnis verlassen haben.«

Darauf reagierte Gladia hochmütig: »Ich werde meine eigene Welt betreten, wann ich will, und nicht abwarten, bis es ihm paßt.«

»Ich verstehe. Aber in der Umgebung sind Mitglieder der Mannschaft tätig, und ich glaube, man hat Sie gesehen.«

»Und jetzt kommt man«, sagte Giskard. »Wenn Sie eine Ansteckung vermeiden wollen...«

»Ich bin vorbereitet«, sagte Gladia. »Nasenfilter und Handschuhe.«

Gladia waren die Gebilde, die rings um das Schiff aufgebaut wurden, fremd. Die meisten der mit den Bauarbeiten beschäftigten Mannschaftsangehörigen hatte Gladia und ihre beiden Begleiter nicht entdeckt, da diese im Schatten standen. (Es war die warme Jahreszeit in diesem Teil Solarias. Der Planet neigte im allgemeinen dazu, wärmer – und zu anderer Zeit kälter – zu werden als Aurora, da der solarianische Tag beinahe sechs Stunden länger als der Auroras war.)

Jetzt kamen fünf Mannschaftsmitglieder auf sie zu, und einer davon, der größte, deutete auf Gladia. Die anderen vier folgten seinem Blick und blieben stehen, als wären sie nur neugierig, kamen dann aber, auf eine Handbewegung des ersten, näher.

Gladia beobachtete sie stumm und mit verächtlich hochgezogenen Augenbrauen. Daneel und Giskard warteten ausdruckslos.

»Ich weiß nicht, wo der Captain ist«, sagte Giskard mit leiser Stimme zu Daneel. »Ich kann ihn nicht von den anderen unterscheiden.«

»Sollen wir uns zurückziehen?« fragte Daneel laut.

»Das wäre beschämend«, sagte Gladia. »Dies ist *meine* Welt.«

Sie blieb stehen, und die vier Männer kamen langsam näher.

Sie hatten gearbeitet, harte, körperliche Arbeit (›wie Roboter‹, dachte Gladia angewidert), und sie schwitzten. Gladia bemerkte jetzt den scharfen Geruch, der von ihnen ausging; das hätte sie viel eher als irgendeine Drohung dazu veranlassen können, sich zurückzuziehen; aber jetzt blieb sie trotzig stehen.

Die Nasenfilter würden die Auswirkungen des Geruchs mildern, dessen war sie sicher.

Der größte der fünf kam etwas näher als die anderen. Seine Haut war bronzefarben. Seine nackten Arme glänzten feucht und ließen die kräftige Muskulatur erkennen. Er mochte vielleicht dreißig sein (soweit Gladia das Alter dieser kurzlebigen Wesen einschätzen konnte) und würde vielleicht in gewaschenem und ordentlich bekleidetem Zustand ganz präsentabel aussehen.

»Sie sind also die Spacer-Lady von Aurora, die wir auf dem Schiff befördert haben«, sagte er. Er sprach recht langsam und gab sich offenbar Mühe, seinem Galaktik eine gewisse aristokratische Färbung zu verleihen; das mißlang ihm natürlich, und er sprach wie ein Siedler – sogar noch primitiver als D. G.

»Ich bin von Solaria, Siedler«, sagte sie, wie um damit ihre territorialen Rechte zu betonen, und hielt dann verwirrt und verlegen inne. Sie hatte die letzten Minuten nur an Solaria gedacht und an nichts anderes; daß zwanzig Dekaden einfach von ihr abgefallen waren und sie mit ausgeprägtem solarianischen Akzent gesprochen hatte.

Das ›A‹ in Solaria wurde dabei in die Länge gezogen, und das ›R‹ rollte, während das ›I‹ eher wie ein ›Ü‹ klang.

Und deshalb wiederholte sie jetzt, viel leiser und weniger hochmütig, aber mit einer Stimme, die deutlich den Akzent der Universität von Aurora erkennen ließ – dem Standard für alle Spacer-Welten. »Ich bin von Solaria, Siedler.«

Der Siedler lachte und drehte sich zu den anderen um. »Richtig elegant spricht sie, aber leicht ist's ihr nicht gefallen. Stimmt's, Kumpels?«

Die anderen lachten auch, und einer rief: »Sag' ihr doch, daß sie weiterreden soll, Niss. Vielleicht lernen wir dann alle, wie Spacer-Püppchen reden.« Dabei stützte er die eine Hand geziert auf die Hüfte und streckte die andere aus und ließ sie schlaff herunterhängen.

Niss lächelte immer noch und sagte: »Haltet den Mund – ihr alle!« Sofort herrschte Schweigen. Er wandte sich wieder Gladia zu: »Ich bin Berto Niss, Vollmatrose. Und Ihr Name, kleine Frau?«

Gladia hatte Hemmungen, noch etwas zu sagen.

»Ich bin höflich, kleine Frau«, sagte Niss. »Ich spreche wie ein Gentleman. So wie ein Spacer. Ich weiß, Sie sind alt genug, um meine Urgroßmutter zu sein. Wie alt sind Sie, kleine Frau?«

»Vierhundert«, rief einer der Raumschiff-Matrosen hinter ihm, »aber sie sieht tatsächlich nicht so aus.«

»Nicht einmal wie hundert sieht sie aus«, sagte ein anderer.

»Sieht so aus, als könnte sie ein wenig Spaß gebrauchen«, sagte ein dritter. »Und den hat sie wahrscheinlich schon lang nicht mehr gehabt, schätze ich. Frag' sie doch, ob sie Lust drauf hätte, Niss. Aber sei höflich und frag' sie, ob wir uns abwechseln dürfen.«

Gladias Gesicht rötete sich zornig, und Daneel sagte: »Vollmatrose Niss, Ihre Gefährten beleidigen Madam Gladia. Würden Sie sich entfernen?«

Niss drehte sich um und sah Daneel an, den er bis jetzt völlig ignoriert hatte. Das Lächeln verschwand von seinem Gesicht, und er sagte: »Hören Sie mal, Sie! Diese kleine Lady steht unter dem persönlichen Schutz des Captains. Das hat er selbst gesagt. Wir werden sie nicht belästigen. Nur harmlose Reden. Dieses Ding dort ist ein Roboter; mit dem wollen wir nichts zu tun haben, und er kann uns nicht weh tun. Wir kennen die Gesetze der Robotik. Wir befehlen ihm einfach, daß er uns in Ruhe lassen soll – klar? Aber *Sie* sind ein Spacer, und Ihretwegen hat uns der Captain keine Befehle gegeben. Und deshalb...« – und damit deutete er mit dem Finger auf Daneel – »halten Sie sich da raus und mischen sich nicht ein, sonst könnte es sein, daß Sie ein paar Schrammen abbekommen, und dann fangen Sie womöglich an zu weinen.«

Daneel sagte nichts.

Niss nickte. »Gut. Ich mag Leute, die so intelligent sind, nichts anzufangen, das sie nicht zu Ende führen können.«

Er wandte sich wieder Gladia zu. »So, kleine Spacer-Frau, wir werden Sie in Ruhe lassen, weil der Captain nicht will, daß man Sie belästigt. Wenn einer von den Männern hier eine unhöfliche Bemerkung gemacht hat, dann ist das nur natürlich. Wir geben uns einfach die Hand, und dann sind wir Freunde – Spacer, Siedler – was macht das schon für einen Unterschied.«

Er streckte Gladia die Hand hin, worauf diese erschreckt zurückfuhr. Daneels Hand schoß so schnell vor, daß man der Bewegung kaum folgen konnte, und packte Niss am Handgelenk. »Vollmatrose Niss«, sagte er ruhig, »versuchen Sie nicht die Lady zu berühren!«

Niss blickte auf seine Hand und die Finger herab, die sein Handgelenk fest umschlossen hielten. Seine Stimme wurde ganz leise, klang aber wie ein drohendes Knurren: »Sie haben bis ›drei‹ Zeit, loszulassen.«

Daneel ließ los. »Ich muß tun, wie Sie sagen, weil ich Sie nicht verletzen will«, sagte er. »Aber ich muß die Dame schützen. Und wenn sie nicht berührt werden möchte, wie ich das annehme, könnte es sein, daß ich Ihnen Schmerz verursachen muß. Bitte, seien Sie versichert, daß ich mir alle Mühe geben werde, den Schmerz möglichst gering zu halten.«

Einer der Matrosen schrie vergnügt: »Gib's ihm, Niss! Der quatscht gern.«

Und Niss sagte: »Schauen Sie, Spacer, jetzt habe ich Ihnen zweimal gesagt, Sie sollen sich da raushalten, und Sie haben mich einmal angefaßt. Jetzt sage ich es Ihnen zum dritten Mal, und dann ist Schluß: Eine Bewegung, ein Wort – und ich nehme Sie auseinander. Diese kleine Frau wird mir jetzt die Hand geben – sonst gar nichts. Ganz freundschaftlich. Und dann werden wir alle gehen. Einverstanden?«

Gladia sagte mit halb erstickter Stimme: »Ich will nicht von ihm angefaßt werden. Tu, was notwendig ist!«

Daneel sagte: »Sir, mit allem Respekt, die Dame wünscht nicht berührt zu werden. Ich muß Sie bitten – Sie alle –, daß Sie jetzt weggehen.«

Niss lächelte, und sein mächtiger Arm setzte an, Daneel zur Seite zu wischen – und zwar ziemlich unsanft.

Daneels linker Arm zuckte vor, und wieder hielt seine Hand Niss' Handgelenk umfaßt. »Bitte, gehen Sie, Sir!« sagte Daneel.

Niss' Zähne waren immer noch sichtbar, aber er hatte aufgehört zu lächeln. Er riß den Arm heftig in die Höhe. Daneels Hand ging mit, wurde langsamer und hielt in der Bewegung inne. Sein Gesicht zeigte keinerlei Anstrengung. Seine Hand bewegte sich wieder nach unten, zog Niss' Arm mit und drehte ihn mit einer blitzschnellen Bewegung hinter den breiten Rücken des Siedlers und hielt ihn dort fest.

Niss, der sich plötzlich und unerwartet in einer Stellung fand, in der er Daneel den Rücken zuwandte, griff mit der anderen Hand in die Höhe, tastete nach Daneels Hals, aber der packte auch sein zweites Handgelenk und zog es herunter, und Niss stieß unwillkürlich einen Schmerzensschrei aus.

Die anderen vier Matrosen, die in der Vorfreude auf eine muntere Balgerei zugesehen hatten, rührten sich nicht von der Stelle. Stumm und reglos standen sie mit offenem Mund da.

Niss stieß hervor: »Helft mir!«

»Sie werden Ihnen nicht helfen, Sir«, erklärte Daneel, »denn dann wird der Captain sie noch schärfer bestrafen. Ich muß Sie jetzt bitten, mir zu versichern, daß Sie Madam Gladia nicht mehr belästigen und daß Sie hier ruhig weggehen werden, Sie alle. Andernfalls – ich sage das mit großem Bedauern, Vollmatrose – muß ich Ihnen die Arme aus den Gelenken drehen.«

Und während er das sagte, verstärkte sich sein Griff an den Handgelenken, und Niss gab ein halbersticktes Stöhnen von sich.

»Ich bitte um Entschuldigung, Sir«, sagte Daneel, »aber ich habe strikte Befehle. Würden Sie mir bitte die Zusicherung geben, um die ich gebeten habe?«

Niss trat plötzlich bösartig nach hinten aus; aber ehe sein schwerer Stiefel das Schienbein Daneels treffen konnte, hatte sich der zur Seite bewegt und ihn zu Fall gebracht. Der Siedler krachte schwer auf den Boden.

»Darf ich Sie um Ihre Zusicherung bitten, Sir?« fragte Daneel und zog jetzt sanft an den zwei Handgelenken, so daß die Arme des Matrosen etwas in die Höhe gezogen wurden.

Niss gab einen Schmerzenslaut von sich und stieß hervor: »Ich gebe auf. Lassen Sie los!«

Daneel ließ sofort los und trat zurück. Langsam und sichtlich unter Schmerzen wälzte Niss sich herum, bewegte langsam seine Arme und massierte sich die Handgelenke.

Dann bewegte sich sein rechter Arm auf sein Holster zu, das er am Gürtel trug, und er griff ungeschickt nach der Waffe.

Daneels Fuß schoß auf seine Hand zu und preßte sie auf den Boden. »Tun Sie das nicht, Sir, sonst könnte ich gezwungen sein, Ihnen einen oder mehrere der kleinen Knochen in Ihrer Hand zu brechen.« Er beugte sich vor und zog Niss' Laserwaffe aus dem Holster. »Jetzt stehen Sie auf!«

»Nun, Mr. Niss«, war eine andere Stimme zu hören, »tun Sie, was man Ihnen gesagt hat, und stehen Sie auf.«

D. G. Baley stand neben ihnen, den Bart gesträubt, das Gesicht leicht gerötet. Seine Stimme klang gefährlich ruhig.

»Ihr vier da«, sagte er, »ihr gebt mir jetzt eure Waffen, einer nach dem anderen. Nur zu! Bißchen fix, wenn es geht. Eins – zwei – drei – vier. Und jetzt stehenbleiben, keine Bewegung! Sir« – damit wandte er sich an Daneel, »geben Sie mir die Waffe, die Sie da in der Hand halten. Gut! Fünf. Und jetzt, Mr. Niss, stillgestanden!« Und er legte die Laserpistolen neben sich auf den Boden.

Niss nahm Haltung an. Seine Augen waren blutunterlaufen, sein Gesicht verzerrt. Es war offensichtlich, daß er ziemlich große Schmerzen litt.

»Würde mir bitte jemand sagen, was hier los war?« fragte D. G.

»Captain«, sagte Daneel schnell, »Mr. Niss und ich hatten eine kleine freundschaftliche Auseinandersetzung. Es ist überhaupt nichts passiert.«

»Mr. Niss sieht aber so aus, als ob ihm etwas passiert wäre«, sagte D. G.

»Nichts Dauerhaftes, Captain«, sagte Daneel.

»Aha. Nun, darauf werden wir später zurückkommen. – Madam...«, er drehte sich auf dem Absatz um und sah Gladia an, »ich kann mich nicht erinnern, Ihnen Erlaubnis gegeben zu haben, das Schiff zu verlassen. Sie werden sich sofort mit Ihren beiden Begleitern zu Ihrer Kabine zurückbegeben. Ich bin hier Kapitän, und das ist nicht Aurora. Tun Sie, was ich sage!«

Daneel legte verzeihungsheischend die Hand auf Gladias Ellbogen. Ihr Kinn hob sich, aber sie machte kehrt und ging neben Daneel die Gangway hinauf und ins Schiff. Giskard folgte ihnen nach.

D. G. wandte sich wieder den Matrosen zu. »Ihr fünf«, sagte er, ohne daß seine Stimme dabei lauter wurde, »ihr kommt jetzt mit, und wir werden dieser Sache auf den Grund gehen – oder ihr könnt was erleben!« Und damit winkte er einem Offizier zu, die Waffen aufzuheben und sie wegzuschaffen.

20

D. G. starrte die fünf finster an. Sie befanden sich in einer Kabine, der einzigen im ganzen Schiff, die eine gewisse Geräumigkeit und eine Andeutung von Luxus bot.

Er sagte, wobei er auf jeden der Männer, einen nach dem anderen, deutete: »So, und wir werden das jetzt so machen: *Sie* sagen mir genau, was vorgefallen ist, Wort für Wort, Bewegung für Bewegung. Wenn Sie fertig sind, sagen *Sie* mir alles, was er falsch gesagt oder ausgelassen hat. Dann *Sie* dasselbe. Und dann *Sie* – und dann komme ich zu Ihnen, Niss. Ich nehme an, daß Sie alle etwas gemacht haben, daß Sie alle etwas ungewöhnlich Dummes getan haben, das euch allen, aber ganz besonders Niss, eine beträchtliche Erniedrigung eingetragen hat. Wenn aus eurem Bericht hervorgehen sollte, daß ihr nichts Falsches getan habt und auch nicht erniedrigt worden seid, dann werde ich wissen, daß ihr lügt; insbesondere, nachdem die Spacer-Frau mir ja ganz sicher sagen wird, was vorgefallen ist, und ich vorhabe, ihr jedes Wort zu glauben. Eine Lüge macht es für euch daher noch schlimmer als alles, was ihr tatsächlich getan habt. Und jetzt«, schrie er plötzlich, »*fangen Sie an!*«

Der erste Matrose erstattete stockend und doch hastig Bericht. Und dann kam der zweite, brachte einige Korrekturen an und weitete den Bericht etwas aus. Dann der dritte, dann der vierte. D. G. hörte sich die Darstellung mit steinerner Miene an, winkte Berto Niss zur Seite und meinte, zu den vier anderen gewandt: »Und was habt ihr vier gemacht, während dieser Spacer Niss zu Recht in den Dreck geschmissen hat? Habt ihr zugesehen? Angst gehabt, euch zu bewegen? Ihr alle vier? Gegen einen Mann?«

Einer der vier Männer brach das lastende Schweigen schließlich, indem er sagte: »Das ist alles so schnell gegangen, Captain. Wir wollten gerade eingreifen, und da war es schon vorbei.«

»Und wie wollten Sie eingreifen, falls Sie irgendwann einmal dazu gekommen wären?«

»Nun, wir hätten diesen Spacer von Berto weggerissen.«

»Und ihr glaubt, daß ihr das geschafft hättet?«

Diesmal gab keiner von ihnen einen Laut von sich.

D. G. beugte sich vor und sah sie an. »Und jetzt will ich euch sagen, wie die Situation aussieht. Kein Mensch hat euch gesagt, daß ihr die Ausländer belästigen sollt. Ich setze daher eine Geldbuße von einem Wochenlohn fest. Und jetzt wollen wir eines klarstellen: Wenn ihr irgend jemand sagt, was vorgefallen ist, in der Mannschaft oder sonstwo, jetzt oder irgendwann, ob betrunken oder nüchtern, dann seid ihr euren Rang los, und ihr könnt wieder als Schiffsjungen anfangen! Mir ist dabei völlig egal, welcher von euch die Klappe aufmacht; ihr seid dann alle vier dran. Paßt also aufeinander auf! Und jetzt an die Arbeit! Und wenn einer von euch mir auf dieser ganzen Reise noch einmal Ärger macht oder auch nur einen Löffel fallen läßt, dann könnt ihr den Rest der Reise in der Arrestzelle verbringen, verstanden?!«

»Ja, Sir«, beeilten sie sich zu versichern.

Die vier gingen hinaus wie geprügelte Hunde. Niss blieb in der Kabine. An seiner Wange begann sich ein blauer Fleck zu entwickeln, und seine Arme taten ihm sichtlich weh.

D. G. musterte ihn finster und schweigend, während Niss' Augen nach links, nach rechts, zum Boden wanderten – überallhin, um nur seinem Kapitän nicht ins Gesicht sehen zu müssen. Erst als er nicht mehr wußte, wo er hinsehen sollte, und schließlich dem finsteren Blick D. G.s begegnete, sagte der: »Nun, Sie sehen ja hübsch aus, und dabei haben Sie sich bloß mit einem Hasenfuß von einem Spacer eingelassen, der halb so groß wie Sie ist. Das nächste Mal verstecken Sie sich besser, wenn sich einer von denen sehen läßt.«

»Ja, Captain«, sagte Niss kläglich.

»Haben Sie meinen Vortrag gehört oder nicht, Niss, den ich

hielt, bevor wir Aurora verlassen haben? Habe ich gesagt oder habe ich nicht gesagt, daß die Spacer-Frau und ihre Begleiter unter keinen Umständen belästigt oder angesprochen werden sollten?«

»Captain, ich wollte doch nur höflich sein. Wir waren neugierig und wollten uns die beiden Spacer aus der Nähe ansehen. Wir wollten doch nichts Böses.«

»Nichts Böses wollten Sie? Sie haben sie gefragt, wie alt sie sei. Geht Sie das etwas an?«

»Nur Neugierde, Sir. Wir wollten es wissen.«

»Einer von euch hat eine schmutzige Bemerkung gemacht.«

»Aber nicht ich, Captain.«

»Ein anderer? Haben Sie sich dafür entschuldigt?«

»Bei einem *Spacer*?« Niss' Stimme klang empört und erschreckt zugleich.

»Sicher. Sie haben gegen meine Befehle gehandelt.«

»Ich hab's nicht böse gemeint«, sagte Niss hartnäckig.

»Dem Mann wollten Sie auch nichts Böses?«

»Er hat mich angefaßt, Captain.«

»Ich weiß, daß er das getan hat. Warum?«

»Weil er mir Befehle erteilen wollte.«

»Und Sie sich das nicht gefallen lassen wollten?«

»Würden Sie das, Captain?«

»Also gut. Sie wollten es sich nicht gefallen lassen, also sind Sie hingefallen. Aufs Gesicht. Wie ist das passiert?«

»Das weiß ich eigentlich gar nicht, Captain. Er war so verflucht schnell. Und zugepackt hat er, als ob seine Hand aus Eisen wäre.«

»So, hat er das«, sagte D. G. »Was haben Sie denn erwartet, Sie Idiot? Die Hand *ist* aus Eisen.«

»Captain!«

»Niss, ist es möglich, daß Sie die Geschichte von Elijah Baley nicht kennen?«

Niss rieb sich verlegen am Ohr. »Ich weiß, daß er Ihr Ur-Ur-und-noch-etwas-Großvater ist, Captain.«

»Ja, das weiß jeder von meinem Namen. Haben Sie je seine Biographie gesichtet?«

»Ich sichte nicht viel, Captain. Jedenfalls nicht Geschichte.« Er zuckte die Achseln, und dabei verzerrte sich sein Gesicht, als würde er Schmerz empfinden, und er machte Anstalten, sich die Schulter zu reiben, beschloß dann aber, es lieber bleiben zu lassen.

»Haben Sie je von R. Daneel Olivaw gehört?«

Niss kniff die Brauen zusammen. »Er war Elijah Baleys Freund.«

»Ja, das war er. Sie wissen also doch etwas. Wissen Sie, wofür das R in R. Daneel Olivaw steht?«

»Das heißt Roboter, stimmt's? Er war ein Roboterfreund. Damals hat es auf der Erde Roboter gegeben.«

»Ja, und die gibt es heute noch. Aber Daneel war nicht einfach nur ein Roboter; er war ein Spacer-Roboter, der wie ein Spacer-Mensch aussah. Denken Sie mal darüber nach, Niss. Raten Sie mal, wer der Spacer-Mann war, mit dem Sie eine Rauferei angefangen haben.«

Niss' Augen weiteten sich, und sein Gesicht nahm eine stumpfrote Farbe an. »Sie meinen... Sie meinen... dieser Spacer ist ein Ro...«

»Er ist *R. Daneel Olivaw.*«

»Aber Captain, das war vor zweihundert Jahren!«

»Ja, und die Spacer-Frau war mit meinem Vorfahren Elijah ganz besonders gut befreundet. Sie ist inzwischen zweihundertfünfunddreißig Jahre alt, falls es Sie noch immer interessiert. Und Sie glauben doch nicht etwa, ein Roboter könnte nicht auch so alt werden? Sie haben versucht, sich mit einem Roboter zu prügeln, Sie Idiot!«

»Warum hat er das nicht gesagt?« fragte Niss sehr verstimmt.

»Warum hätte er das denn sagen sollen? Haben Sie ihn gefragt? Passen Sie auf, Niss! Sie haben gehört, wie ich den anderen gesagt habe, daß sie das alles für sich behalten sollen. Das gilt für Sie auch, aber in ganz besonderem Maß. Die anderen sind nur Matrosen. Aber Sie habe ich schon eine Weile als Sprecher der Mannschaft im Auge gehabt. Im Auge *gehabt.* Wenn Sie die Mannschaft anführen sollen, brauchen Sie Hirn im Schädel und nicht bloß Muskeln. Für Sie wird es jetzt also noch schwieriger werden, weil Sie mir beweisen müssen, daß Sie ein Hirn haben, obwohl ich fest überzeugt bin, daß es nicht so ist.«

»Captain, ich...«

»Sie sollen den Mund halten und mir zuhören. Wenn diese Geschichte herauskommt, dann mache ich die vier anderen wieder zu Schiffsjungen. Aber Sie sind dann *gar nichts*. Sie werden nie wieder an Bord gehen. *Kein* Schiff wird Sie nehmen, das verspreche ich Ihnen; nicht in die Mannschaft und nicht als Passagier. Denken Sie mal darüber nach, wie Sie auf Baleys Welt Ihr Geld verdienen können und womit. Und so wird es sein, wenn Sie darüber reden oder wenn Sie die Spacer-Frau irgendwie ärgern oder sie oder ihre beiden Roboter auch nur länger als eine halbe Sekunde ansehen. Und Sie werden dafür sorgen müssen, daß keiner aus der Mannschaft die drei in irgendeiner Weise belästigt. Sie sind mir ab sofort dafür verantwortlich. Und außerdem ziehe ich Ihnen zwei Wochen Lohn ab.«

»Aber Captain«, sagte Niss kläglich, »die anderen...«

»Von den anderen habe ich weniger erwartet, Niss, also ist das Bußgeld für sie auch niedriger. Verschwinden Sie!«

21

D. G. spielte gelangweilt mit dem Fotowürfel, der immer auf seinem Schreibtisch stand. Jedesmal, wenn er ihn drehte, wurde er schwarz, und wenn man ihn dann abstellte, wieder durchsichtig. Und wenn er durchsichtig war, konnte man das lächelnde dreidimensionale Bild eines Frauenkopfes sehen.

In der Mannschaft hielt sich hartnäckig das Gerücht, daß jede der sechs Seiten das Bild einer anderen Frau hervorrief. Das Gerücht entsprach den Tatsachen.

Jamin Oser betrachtete das Erscheinen und Verschwinden von Bildern ohne jedes Interesse. Jetzt, wo das Schiff gesichert war – oder zumindest gegen alle *vorstellbaren* Angriffe gesichert –, war es Zeit, an den nächsten Schritt zu denken.

D. G. freilich war irgendwie nicht bei der Sache. Er sagte: »Natürlich war die Frau schuld.«

Oser zuckte die Achseln und strich sich über den Bart, als wollte er sich vergewissern, daß er zumindest keine Frau war. Im Gegensatz zu D. G. trug Oser auch auf der Oberlippe einen buschigen Schnurrbart.

D. G. fuhr fort: »Offenbar hat sie die Anwesenheit auf ihrem Geburtsplaneten jede Diskretion vergessen lassen. Sie hat das Schiff verlassen, obwohl ich sie darum gebeten hatte, das nicht zu tun.«

»Sie hätten es ihr ja *befehlen* können.«

»Ich weiß nicht, ob das etwas geholfen hätte. Sie ist eine verzogene Aristokratin und ist es gewöhnt, nur das zu tun, was ihr paßt, und ihre Roboter herumzuscheuchen. Außerdem habe ich vor, sie einzusetzen, und möchte daher, daß sie mich unterstützt und nicht schmollt. Und außerdem – sie war die Freundin des Vorfahren.«

»Und lebt noch«, sagte Oser und schüttelte den Kopf. »Mir läuft es dabei ganz kalt über den Rücken. Eine uralte Frau!«

»Ich weiß. Aber sie sieht noch ziemlich jung aus, als Frau immer noch attraktiv. Und hochnäsig. Ist geblieben, als die Matrosen kamen, und war nicht bereit, einem von ihnen die Hand zu geben. Nun, jetzt ist es ja vorbei.«

»Trotzdem, Captain, war es richtig, Niss zu sagen, daß er sich mit einem Roboter angelegt hatte?«

»Das mußte ich doch. Das mußte ich wirklich, Oser. Wenn er geglaubt hätte, ein weibischer Spacer, der nur halb so groß ist wie er, hätte ihn vor vier Matrosen besiegt und erniedrigt, wäre er für uns auf alle Zeit nutzlos gewesen. Das hätte ihn völlig zerbrochen. Und wir wollen doch nicht, daß etwas passiert, woraus ein Gerücht entstehen könnte, daß Spacer – *menschliche* Spacer – so etwas wie Übermenschen sind. Deshalb mußte ich ihnen so strikte Befehle erteilen, nicht darüber zu reden. Niss wird schon auf sie aufpassen. Und wenn es *wirklich* herauskommt, dann wird auch herauskommen, daß der Spacer ein Roboter ist. Aber ich denke, das Ganze hatte auch etwas Gutes an sich.«

»Was denn, Captain?« fragte Oser.

»Nun, es hat mich dazu gebracht, über Roboter nachzudenken. Wieviel wissen wir denn über sie? Wieviel wissen *Sie* denn?«

Oser zuckte die Achseln. »Captain, das ist kein Thema, über das ich viel nachdenke.«

»Und sonst tut das wohl auch keiner – zumindest kein Siedler. Wir wissen, daß die Spacer Roboter haben, sich auf sie verlassen und keinen Schritt ohne sie tun, ohne sie überhaupt nichts unternehmen können; wie Parasiten kleben sie an ihnen. Und wir sind sicher, daß sie eben wegen dieser Roboter immer schwächer werden. Wir wissen, daß die Spacer der Erde früher einmal Roboter aufgezwungen haben und daß sie jetzt langsam von der Erde verschwinden und daß man sie in den Cities der Erde überhaupt nicht mehr findet, nur auf dem Land. Wir wissen, daß die Siedler-Welten keine haben und sie auch nicht haben wollen – in den Städten nicht und auf dem Land auch nicht. Also kommen Siedler praktisch nie mit ihnen in Berührung, weder auf ihren eigenen Welten noch besonders häufig auf der Erde.« (Seine Stimme hob sich in seltsamer Weise, wenn er ›Erde‹ sagte, als könnte man dahinter auch die Worte ›Mutter‹ oder ›Zuhause‹ geflüstert hören.) »Was wissen wir sonst noch?«

»Nun, es gibt die Drei Gesetze der Robotik«, sagte Oser.

»Stimmt.« D. G. schob den Fotowürfel zur Seite und beugte sich vor. »Ganz besonders das Erste Gesetz: ›Ein Roboter darf ein menschliches Wesen nicht verletzen oder durch Untätigkeit zulassen, daß ein menschliches Wesen verletzt wird.‹ Ja? Nun, Sie sollten sich nicht darauf verlassen. Es hat überhaupt nichts zu bedeuten. Wir fühlen uns wegen dieses Gesetzes absolut sicher vor Robotern, und das ist gut so, wenn es uns Vertrauen verleiht, aber nicht, wenn es uns *falsches* Vertrauen verleiht. R. Daneel hat Niss verletzt, und das hat dem Roboter überhaupt nichts ausgemacht – mit oder ohne das Erste Gesetz.«

»Er hat die Spacer-Frau verteidigt...«

»Genau. Was, wenn man solche Verletzungen gegeneinander abwägen muß? Wenn es also darauf hinauslief, entweder Niss wehzutun oder zuzulassen, daß seine Eigentümerin Schaden erlitt? Natürlich kommt sie zuerst.«

»Das ist logisch.«

»Natürlich ist es das. Und hier befinden wir uns auf einem Planeten voll Robotern, ein paar hundert Millionen Robotern. Was für Anweisungen haben sie? Wie balancieren sie den Konflikt zwischen verschiedenen Schäden und Verletzungen aus? Wie können wir sicher sein, daß keiner von ihnen uns anfassen wird? Etwas auf diesem Planeten hat bereits zwei Schiffe zerstört.«

Oser war sichtlich beunruhigt. »Dieser R. Daneel ist ein ungewöhnlicher Roboter; er sieht menschlicher aus als wir selbst. Vielleicht dürfen wir das nicht verallgemeinern. Dieser andere Roboter – wie heißt er doch...«

»Giskard. Das ist leicht zu merken. Ich heiße Daneel Giskard.«

»Für mich sind Sie der Captain. Jedenfalls, dieser R. Giskard ist einfach dagestanden und hat nichts getan. Er sieht wie ein Roboter aus und verhält sich auch wie einer. Da draußen auf Solaria gibt es eine Menge Roboter, die uns im Augenblick beobachten, und die tun auch überhaupt nichts. Sie beobachten nur.«

»Und wenn es spezielle Roboter gibt, die uns schaden *können*?«

»Ich glaube, wir sind auf sie vorbereitet.«

»*Jetzt* sind wir das. Deshalb war dieser Zwischenfall mit Daneel und Niss eine gute Sache. Wir haben immer gedacht, daß es nur Schwierigkeiten für uns geben könnte, wenn von den Solarianern noch welche da sein sollten. Das ist aber nicht nötig; sie können auch weg sein. Es ist durchaus möglich, daß die Roboter – oder mindestens einige speziell dazu konstruierte Roboter – gefährlich sein können. Und wenn Lady Gladia ihre Roboter hier – das war einmal ihr Anwesen – mobilisieren und sie dazu bringen kann, sie zu verteidigen und uns auch, dann können wir vielleicht alles, was die hinterlassen haben, neutralisieren.«

»Kann sie das?« fragte Oser.

»Das werden wir bald sehen«, sagte D. G.

»Danke, Daneel!« hatte Gladia gesagt. »Das hast du gut gemacht.« Aber ihr Gesicht schien dabei irgendwie verkniffen; ihre Lippen waren dünn und blutleer, ihre Wangen blaß. Und dann fügte sie leise hinzu: »Ich wünschte, ich wäre nicht gekommen.«

»Der Wunsch ist nutzlos, Madam Gladia«, sagte Giskard. »Freund Daneel und ich werden vor der Kabine bleiben, um sicher zu sein, daß man Sie nicht noch einmal belästigt.«

Der Korridor war leer und blieb das auch. Aber Daneel und Giskard unterhielten sich mit einer Schallwellenintensität unterhalb der menschlichen Hörschwelle – tauschten ihre Gedanken also in ihrer kurzen, komprimierten Form aus.

»Madam Gladia hat eine unkluge Entscheidung getroffen, indem sie sich weigerte, sich zurückzuziehen«, meinte Giskard. »Soviel ist klar.«

»Ich nehme an, Freund Giskard«, antwortete Daneel, »es hat keine Möglichkeit gegeben, sie zu einer Änderung jener Entscheidung zu manövrieren.«

»Sie war zu fest, Freund Daneel, und wurde zu schnell getroffen. Das gleiche galt auch für die Absicht des Siedlers Niss. Sowohl seine Neugierde bezüglich Madam Gladia als auch seine Abscheu und seine Animosität dir gegenüber waren zu ausgeprägt, als daß man sie ohne ernsthaften mentalen Schaden hätte manipulieren können. Mit den anderen vier kam ich zurecht. Es war leicht möglich, sie am Eingreifen zu hindern. Ihr Staunen darüber, daß du Niss überlegen warst, hat sie verblüfft, und ich mußte das nur leicht verstärken.«

»Das war günstig, Freund Giskard. Wenn jene vier sich Mr. Niss angeschlossen hätten, dann wäre ich vor der schwierigen Wahl gestanden, entweder Madam Gladia zu einem erniedrigenden Rückzug zu zwingen oder einen oder zwei der Siedler schwer zu verletzen, um den anderen Angst zu machen.

Ich nehme an, daß ich die erste Alternative hätte ergreifen müssen; aber auch die hätte mir schweres Unbehagen bereitet.«

»Fühlst du dich wohl, Freund Daneel?«

»Durchaus. Der Schaden, den ich Mr. Niss zugefügt habe, war minimal.«

»Im physischen Sinne war er das, Freund Daneel. In seinem Bewußtsein aber hat er große Erniedrigung erlitten, und das war für ihn schlimmer als körperlicher Schaden. Da ich das empfinden konnte, hätte ich das, was du getan hast, nicht so leicht tun können. Und dennoch, Freund Daneel...«

»Ja, Freund Giskard?«

»Die Zukunft beunruhigt mich. Auf Aurora konnte ich in all den Dekaden meiner Existenz langsam arbeiten, konnte warten, bis sich die Gelegenheit bot, sanft in das eine oder andere Bewußtsein einzudringen, ohne Schaden zu verursachen; das zu stärken, was ich vorfand, oder das zu schwächen, was bereits geschwächt war, oder leicht in Richtung bereits existierender Impulse zu drücken. Jetzt gehen wir auf eine Krisenzeit zu, in der die Emotionen sich stark ausprägen, in der man schnell Entscheidungen treffen muß und in der die Ereignisse sich beschleunigen und an uns vorbeirasen werden. Wenn ich Nützliches tun soll, werde ich ebenfalls schnell handeln müssen, und dann hindern mich die Gesetze der Robotik. Es erfordert Zeit, das subtile Ausmaß von körperlichem *und* geistigem Schaden abzuwägen. Wäre ich allein bei Madam Gladia gewesen, als die Siedler kamen, so weiß ich nicht, welchen Weg ich eingeschlagen hätte, den ich nicht als potentiell schädlich für Madam Gladia oder einen oder mehrere der Siedler oder mich gesehen hätte – oder möglicherweise für alle Beteiligten.«

»Und was kann man tun, Freund Giskard?« fragte Danel.

»Da es unmöglich ist, die Drei Gesetze zu modifizieren, Freund Daneel, müssen wir erneut zu dem Schluß gelangen, daß es gar nichts gibt, das wir tun können. Wir können nur darauf warten, daß der Schaden eintritt.«

VII. DER AUFSEHER

23

Auf Solaria war es Morgen, Morgen auf dem Anwesen – *ihrem* Anwesen. In einiger Entfernung lag die Niederlassung, die *ihre* Niederlassung hätte sein können. Irgendwie fielen zwanzig Dekaden von ihr ab, und Aurora schien ihr ein weit entfernter Ort, den es nie gegeben hatte.

Sie wandte sich zu D. G. um, der gerade damit beschäftigt war, den Gürtel über seinen dünnen Rock zu schnallen; einen Gürtel, an dem zwei Waffen hingen. An seiner linken Hüfte hing die Neuronenpeitsche, an der rechten eine Waffe, die etwas kürzer und gedrungener aussah; sie nahm an, daß es sich um eine Laserpistole, einen sogenannten Blaster handelte.

»Gehen wir zum Haus?« fragte sie.

»Ja, später«, sagte D. G. etwas geistesabwesend. Er untersuchte die beiden Waffen nacheinander und hielt sie sich dabei ans Ohr, als lauschte er auf das schwache Summen, das ihm bestätigte, daß sie geladen waren.

»Nur wir vier?« Ihr Blick wanderte automatisch zu den anderen: D. G., Daneel...

»Wo ist Giskard, Daneel?« fragte sie.

»Er war der Ansicht, es wäre klug, als Vorhut vorauszugehen, Madam Gladia«, meinte der. »Er meinte, als Roboter würde er zwischen anderen Robotern vielleicht nicht auffallen und könnte uns warnen, falls etwas nicht in Ordnung sein sollte. Jedenfalls ist er entbehrlicher als Sie oder der Captain.«

»Gutes robotisches Denken«, meinte D. G. grimmig. »Aber es ist schon gut. Kommen Sie, wir gehen jetzt!«

»Nur wir drei?« sagte Gladia etwas beunruhigt. »Offengestanden fehlt mir Giskards robotische Fähigkeit, mich als entbehrlich zu betrachten.«

»Wir sind alle entbehrlich, Lady Gladia«, sagte D. G. »Zwei Schiffe sind zerstört worden; jeder Mann an Bord ist tot. Die Anzahl bietet hier keine Sicherheit.«

»Ich kann nicht sagen, daß mich das beruhigen würde, D. G.«

»Dann will ich es anders versuchen. Die Schiffe vor uns waren nicht vorbereitet. Unser Schiff ist es. Und ich bin auch vorbereitet.« Er schlug sich mit beiden Händen auf die Hüften. »Und Sie haben einen Roboter bei sich, der sich bereits als wirksamer Beschützer erwiesen hat. Und was noch viel wichtiger ist – Sie selbst sind unsere beste Waffe. Sie wissen, wie man Robotern befiehlt, das zu tun, was Sie wollen. Und es könnte sein, daß das von entscheidender Bedeutung ist. Sie sind die einzige unter uns, die das tun kann. Und die früheren Schiffe hatten niemanden von Ihrem Kaliber. Kommen Sie also!«

Sie setzten sich in Bewegung. Nach einer Weile meinte Gladia: »Wir gehen aber nicht auf das Haus zu.«

»Nein, noch nicht. Zunächst gehen wir auf eine Gruppe von Robotern zu. Ich hoffe, Sie können sie sehen.«

»Ja. Aber sie tun gar nichts.«

»Das ist richtig. Als wir landeten, waren viel mehr Roboter hier, von denen die meisten wieder weggegangen sind. Aber diese hier sind dageblieben. Warum?«

»Wenn wir sie fragen, werden sie es uns sagen.«

»*Sie* werden sie fragen, Lady Gladia!«

»Sie werden Ihnen ebenso bereitwillig antworten, D. G., wie sie mir antworten werden. Wir sind in gleicher Weise Menschen.«

D. G. blieb stehen, und die anderen zwei taten es ihm gleich. Er drehte sich zu Gladia herum und sagte lächelnd: »Meine liebe Lady Gladia, *in gleicher Weise* Menschen? Ein Spacer und ein Siedler? Was ist denn in Sie gefahren?«

»Für einen Roboter sind wir in gleicher Weise Menschen«, sagte sie etwas pikiert. »Und, bitte, spielen Sie keine Spielchen mit mir! Ich habe mit Ihrem Vorfahren auch nicht Spacer und Erdenmensch gespielt.«

D. G.s Lächeln verblaßte. »Das stimmt. Ich bitte um Entschuldigung, my Lady. Ich werde mir Mühe geben, meinen Sarkasmus unter Kontrolle zu halten, denn auf dieser Welt sind wir schließlich Verbündete.«

Und ein paar Augenblicke später meinte er: »Ich möchte Sie nun bitten, Madam, daß Sie herausfinden, was für Anweisungen man diesen Robotern gegeben hat, falls überhaupt; ob es irgendwelche Roboter hier gibt, die Sie zufällig kennen; ob es irgendwelche menschlichen Wesen auf diesem Anwesen oder dieser Welt gibt; oder was Ihnen sonst als Frage in den Sinn kommt. Diese Roboter dürften nicht gefährlich sein – schließlich sind sie Roboter und Sie ein Mensch; sie können Ihnen kein Leid zufügen. Freilich«, fügte er hinzu, »Ihr Daneel hat Niss ziemlich übel zugerichtet, aber da lagen Umstände vor, die hier nicht gelten. Und Daneel darf Sie begleiten.«

»Ich würde Lady Gladia in jedem Fall begleiten, Captain«, sagte Daneel respektvoll. »Das ist meine Funktion.«

»Giskards Funktion auch, denke ich«, sagte D. G., »und doch hat er sich entfernt.«

»Das haben wir miteinander besprochen, Captain, und sind übereingekommen, daß sein Verhalten zum Schutz Lady Gladias besser dienen würde.«

»Gut. Gehen Sie beide jetzt! Ich werde Ihnen Feuerschutz geben.« Er zog die Waffe an der rechten Hüfte. »Wenn ich ›hinlegen!‹ rufe, lassen Sie sich beide sofort fallen! Dieses Ding hier kann Freund und Feind nicht unterscheiden.«

»Bitte, setzen Sie die Waffe nur im äußersten Notfall ein, D. G.«, sagte Gladia. »Ich kann mir nicht vorstellen, daß man sie gegen Roboter braucht. – Komm, Daneel!«

Und damit setzte sie sich entschlossen und schnell in Richtung auf die Gruppe von etwa einem Dutzend Robotern in Bewegung, die vor einem niedrigen Gebüsch standen und auf deren polierter Haut sich das Licht der Morgensonne spiegelte.

24

Die Roboter kamen ihnen weder entgegen noch wichen sie zurück; sie blieben einfach ruhig stehen. Gladia zählte sie: elf waren deutlich zu sehen; vielleicht gab es noch weitere, die versteckt waren.

Sie waren nach der Art von Solaria gebaut, auf Hochglanz poliert, sehr glatt. Keine Illusion von Kleidung und nicht sehr realistisch. Sie wirkten fast wie mathematische Abstraktionen des menschlichen Körpers, und keiner von ihnen war exakt gleich einem anderen.

Sie hatte das Gefühl, daß sie in keiner Weise so flexibel oder komplex wie auroranische Roboter waren, dafür aber besser und eindeutiger an spezifische Aufgaben angepaßt.

Sie blieb gut vier Meter vor der Reihe von Robotern stehen, und Daneel (das konnte sie nur ahnen, nicht sehen) blieb gleichzeitig damit einen Meter hinter ihr stehen. Er war ihr nahe genug, um sich sofort einschalten zu können, sollte das notwendig sein, aber weit genug hinter ihr, um keinen Zweifel daran zu lassen, daß sie das Wort führte. Sie war sicher, daß die Roboter Daneel als menschliches Wesen ansahen, wußte aber auch, daß Daneel sich seiner selbst in seiner Eigenschaft als Roboter zu bewußt war, um sich in bezug auf die Täuschung anderer Roboter irgendwelchen falschen Hoffnungen hinzugeben.

»Welcher von euch wird mit mir sprechen?« sagte Gladia.

Einen kurzen Augenblick lang herrschte Schweigen, als konferierten die Roboter stumm miteinander. Dann trat einer von ihnen einen Schritt nach vorn. »Madam, ich werde sprechen.«

»Hast du einen Namen?«

»Nein, Madam. Ich habe nur eine Seriennummer.«

»Wie lange bist du bereits operationell?«

»Ich bin seit neunundzwanzig Jahren operationell, Madam.«

»Ist irgendeiner in dieser Gruppe schon länger operationell?«

»Nein, Madam. Deshalb spreche ich und keiner von den anderen.«

»Wie viele Roboter sind auf diesem Anwesen tätig?«

»Ich kenne die Zahl nicht, Madam.«

»Ungefähr.«

»Vielleicht zehntausend, Madam.«

»Sind irgendwelche schon länger als zwanzig Dekaden operationell?«

»Unter den Ackerbaurobotern könnte es welche geben, Madam.«

»Und die Haushaltsroboter?«

»Sie sind noch nicht lange operationell, Madam. Die Herrschaften ziehen neue Modelle vor.«

Gladia nickte, wandte sich zu Daneel um und sagte: »Das leuchtet ein. Zu meiner Zeit war das auch so.«

Sie wandte sich wieder dem Roboter zu. »Wem gehört dieses Anwesen?«

»Es ist das Zoberlon-Anwesen, Madam.«

»Wie lange gehört es schon der Familie Zoberlon?«

»Länger, als ich operationell bin, Madam. Ich weiß nicht, wieviel länger; aber die Information kann beschafft werden.«

»Wem hat es gehört, ehe die Zoberlons es in Besitz nahmen?«

»Das weiß ich nicht, Madam; aber die Information kann beschafft werden.«

»Hast du je von der Familie Delmarre gehört?«

»Nein, Madam.«

Gladia wandte sich wieder Daneel zu und sagte etwas bedrückt: »Ich versuche den Roboter in kleinen Schritten zu führen, so wie Elijah das getan hätte. Aber ich glaube, ich weiß nicht, wie man es richtig macht.«

»Im Gegenteil, Lady Gladia«, sagte Daneel ernst, »mir scheint, Sie haben bereits viel festgestellt. Es ist unwahrscheinlich, daß irgendein Roboter auf diesem Anwesen, mit Ausnahme vielleicht einiger Ackerbauroboter, Sie aus eigener Erinnerung kennt. Ist es wahrscheinlich, daß Sie in Ihrer Zeit solchen Robotern begegnet sind?«

Gladia schüttelte den Kopf. »Nie! Ich kann mich nicht erinnern, irgendwann einmal welche gesehen zu haben, nicht einmal aus der Ferne.«

»Dann ist klar, daß Sie auf diesem Anwesen nicht bekannt sind.«

»Genau. Und der arme D. G. hat uns ganz umsonst mitgebracht. Wenn er sich von mir irgendeinen Nutzen erhofft hat, so muß er diese Hoffnung jetzt aufgeben.«

»Es ist immer nützlich, die Wahrheit zu kennen, Madam. Nicht bekannt zu sein, ist in diesem Fall weniger nützlich, als bekannt zu sein; aber nicht zu wissen, ob man bekannt ist oder nicht, wäre noch weniger nützlich. Gibt es nicht vielleicht andere Punkte, über die Sie Informationen beschaffen könnten?«

»Ja, laß mich überlegen!« – Ein paar Augenblicke lang war sie in Gedanken versunken, dann sagte sie leise: »Das ist seltsam. Wenn ich mit diesen Robotern spreche, habe ich einen ausgeprägten solarianischen Akzent; und doch spreche ich zu dir anders.«

»Das ist keineswegs überraschend, Lady Gladia«, sagte Daneel. »Die Roboter sprechen mit solchem Akzent, weil sie solarianischer Herkunft sind. Das erinnert Sie an die Tage Ihrer Jugend. Und Sie sprechen automatisch so, wie Sie damals sprachen. Wenn Sie sich dann wieder mir zuwenden, der ich Teil Ihrer augenblicklichen Welt bin, sind Sie wieder Sie selbst.«

Langsam schlich sich ein Lächeln in Gladias Gesicht, und sie sagte: »Du argumentierst immer mehr wie ein menschliches Wesen, Daneel.«

Sie wandte sich wieder den Robotern zu und spürte dabei deutlich den Frieden, der von dieser Umgebung ausging. Der Himmel war, abgesehen von einer dünnen Reihe von Wolken am westlichen Horizont, von klarem Blau. Am Nachmittag würde es bewölkt sein. Das Rascheln von Blättern im Wind war zu hören und das Summen von Insekten; der Ruf eines einsamen Vogels. Kein Laut, der auf Menschen hindeutete. Ringsum mochten Hunderte, ja Tausende von Robotern sein; aber sie arbeiteten lautlos. Die überschwenglichen Geräusche von Menschen, an die sie sich (zuerst so schmerzhaft) auf Aurora hatte gewöhnen müssen, fehlten ihr.

Aber jetzt, wo sie wieder auf Solaria war, empfand sie den Frieden als etwas Wunderbares. Eigentlich war es auf Solaria gar nicht so schlecht gewesen, das mußte sie zugeben. Sie sagte schnell zu dem Roboter: »Wo sind deine Herrschaften?« Ihre Stimme klang dabei leicht gereizt.

Aber der Versuch, einen Roboter zu drängeln oder zu beunruhigen, war natürlich nutzlos, ebenso auch der Versuch, ihn zu überrumpeln. »Sie sind weggegangen, Madam«, sagte er ohne eine Spur von Beunruhigung.

»Wohin sind sie gegangen?«

»Das weiß ich nicht, Madam. Das hat man mir nicht gesagt.«

»Welcher von euch weiß es?«

Schweigen.

»Gibt es irgendeinen Roboter auf dem Anwesen, der es weiß?« fragte Gladia.

»Ich kenne keinen, Madam«, antwortete der Roboter.

»Haben die Herrschaften Roboter mitgenommen?«

»Ja, Madam.«

»Aber euch haben sie nicht mitgenommen. Weshalb seid ihr zurückgeblieben?«

»Um unsere Arbeit zu tun, Madam.«

»Und doch steht ihr hier und tut nichts. Ist das Arbeit?«

»Wir beschützen das Anwesen vor denen von draußen, Madam.«

»Solchen, wie wir es sind?«

»Ja, Madam.«

»Aber wir sind hier, und dennoch tut ihr nichts. Warum ist das so?«

»Wir beobachten, Madam. Wir haben keine weiteren Anweisungen.«

»Habt ihr eure Beobachtungen berichtet?«

»Ja, Madam.«

»Wem?«

»Dem Aufseher, Madam.«

»Wo ist der Aufseher?«

»In der Villa, Madam.«

»Ah.« Gladia drehte sich um und ging mit schnellen Schritten zu D. G. zurück.

Daneel folgte ihr.

»Nun?« sagte D. G. Er hielt beide Waffen schußbereit, schob sie aber in die Holster zurück, als Gladia und Daneel vor ihm standen.

Gladia schüttelte den Kopf. »Nichts. Kein Roboter kennt mich. Und kein Roboter, dessen bin ich sicher, weiß, wohin die Solarianer gegangen sind. *Aber* sie berichten einem Aufseher.«

»Einem Aufseher?«

»Auf Aurora und den anderen Spacer-Welten gibt es auf großen Anwesen mit vielen Robotern Aufseher – das sind Menschen, deren Beruf es ist, Gruppen von Arbeitsrobotern auf Feldern, in Bergwerken und in industriellen Niederlassungen zu organisieren und zu leiten.«

»Dann sind also *doch* Solarianer zurückgeblieben.«

Gladia schüttelte den Kopf. »Solaria ist da eine Ausnahme. Das Verhältnis zwischen Robotern und menschlichen Wesen ist immer so gewesen, daß es nicht Sitte war, Männer oder Frauen mit der Beaufsichtigung der Roboter zu beauftragen. Hier haben das andere, speziell programmierte Roboter übernommen.«

»Dann gibt es in dieser Villa einen Roboter«, meinte D. G. und deutete mit einer Kopfbewegung auf das Haus, »der weiterentwickelt ist als diese hier und den zu befragen vielleicht Nutzen bringen könnte.«

»Vielleicht. Aber ich bin nicht sicher, ob es ungefährlich ist, die Villa zu betreten.«

»Es ist ja auch nur ein Roboter«, meinte D. G. sarkastisch.

»Es könnte in der Villa Fallen geben.«

»Es könnte auch auf diesem Feld Fallen geben.«

»Es wäre besser«, meinte Gladia, »einen der Roboter in die Villa zu schicken und dem Aufseher bestellen zu lassen, daß ihn menschliche Wesen sprechen wollen.«

»Das wird nicht nötig sein«, sagte D. G. »Das ist offenbar bereits geschehen. Der Aufseher kommt heraus. Es ist weder ein Roboter noch ein ›Er‹. Was ich sehe, ist eine menschliche Frau.«

Gladia blickte erstaunt auf. Eine hochgewachsene, ausnehmend attraktive Frau kam auf sie zugeeilt.

25

D. G. lächelte breit. Er schien sich aufzurichten, die Schultern nach hinten zu drücken, und eine Hand griff an seinen Bart, als wollte er sich vergewissern, daß er frisiert war.

Gladia warf ihm einen geringschätzigen Blick zu und meinte: »Das ist *keine* solarianische Frau.«

»Wie wollen Sie das wissen?« sagte D. G.

»Keine solarianische Frau würde sich so ohne weiteres von anderen menschlichen Wesen sehen lassen. *Sehen*, nicht sichten.«

»Ich kenne den Unterschied, my Lady. Und dennoch gestatten Sie mir, daß ich Sie sehe.«

»Ich habe mehr als zwanzig Dekaden auf Aurora gelebt. Trotzdem bin ich noch genügend Solarianerin, um vor anderen nicht *so* zu erscheinen.«

»Sie hat auch eine ganze Menge zu zeigen, Madam. Ich würde sagen, sie ist größer als ich und so schön wie ein Sonnenuntergang.«

Der ›Aufseher‹ war zwanzig Meter vor ihnen stehengeblieben, und die Roboter waren zur Seite getreten, so daß jetzt keiner von ihnen zwischen der Frau auf der einen und den dreien aus dem Schiff auf der anderen Seite stand.

»Sitten und Gebräuche können sich in zwanzig Dekaden ändern«, meinte D. G. achselzuckend.

»Aber nicht etwas so Grundlegendes wie die solarianische Abneigung gegenüber menschlichem Kontakt«, sagte Gladia scharf. »Nicht in hundert Dekaden.« Sie ertappte sich dabei, daß sie wieder mit ausgeprägtem solarianischen Akzent sprach.

»Ich glaube, Sie unterschätzen da die gesellschaftliche Flexibilität. Trotzdem – ob Solarianerin oder nicht – ich nehme immerhin an, daß sie ein Spacer ist. Und wenn es noch mehr Spacer wie sie gibt, bin ich sehr für friedliche Koexistenz.«

Gladia blickte noch finsterer drein. »Nun, wollen Sie die nächsten ein oder zwei Stunden stehenbleiben und sie bewundernd anstarren? Wollen Sie nicht, daß ich die Frau befrage?«

D. G. zuckte zusammen und warf Gladia einen verstimmten Blick zu. »Sie fragen die Roboter, wie Sie das schon getan haben. Die Menschen befrage *ich*.«

»Besonders die Frauen, nehme ich an.«

»Ich möchte ja nicht prahlen, aber...«

»Ich habe noch nie einen Mann gekannt, der das bei diesem Thema nicht getan hätte.«

Jetzt schaltete Daneel sich ein. »Ich glaube nicht, daß die Frau noch länger warten wird. Wenn Sie die Initiative behalten wollen, Captain, sollten Sie jetzt auf sie zugehen. Ich werde Ihnen folgen, wie ich Madam Gladia gefolgt bin.«

»Ich brauche wohl kaum Schutz«, sagte D. G. unfreundlich.

»Sie sind ein menschliches Wesen, und ich darf – auch nicht durch Untätigkeit – zulassen, daß Ihnen Schaden zugefügt wird.«

D. G. ging mit schnellen Schritten auf die Frau zu. Daneel und Gladia, die nicht allein stehenbleiben wollte, ging zögernd hinterher.

Die Frau beobachtete sie stumm. Sie trug ein glattes, weißes Gewand, das ihr bis an den Schenkel reichte und an der Hüfte mit einem Gürtel zusammengehalten war. Man konnte in dem tiefen Ausschnitt ihre wohlgeformten Brüste erkennen, und ihre Brustwarzen zeichneten sich deutlich unter dem dünnen Stoff des Gewandes ab. Nichts deutete darauf hin, daß sie außer ihren Schuhen sonst noch etwas anhatte.

Als D. G. stehenblieb, betrug der Abstand zwischen ihnen höchstens einen Meter. Er konnte sehen, daß ihre Haut makellos war, sie hohe Backenknochen hatte und weit auseinanderliegende, etwas schräge Augen und einen würdevollen Ausdruck im Gesicht.

»Madam«, sagte D. G., bemüht, seiner Stimme wenigstens eine Andeutung von auroranischem Akzent zu verleihen, »habe ich das Vergnügen, mit dem Aufseher dieses Anwesens zu sprechen?«

Die Frau lauschte einen Augenblick lang seiner Stimme und sagte dann mit einem so schwerfälligen solarianischen Akzent, daß er aus ihrem perfekt geformten Mund beinahe komisch klang: »Sie sind kein menschliches Wesen.«

Und dann trat sie in Aktion, und zwar so blitzartig, daß Gladia, die noch etwa zehn Meter entfernt war, gar nicht im einzelnen erkennen konnte, was eigentlich passiert war. Sie sah nur, *daß* sich etwas bewegte. Und dann lag D. G. reglos auf dem Rücken, und die Frau stand über ihm und hielt in jeder Hand eine seiner Waffen.

Was Gladia in diesem einen, schwindelerregenden Augenblick am allermeisten verblüffte, war, daß Daneel keine Bewegung gemacht hatte; weder um sie zu behindern noch um Gegenmaßnahmen zu ergreifen.

Aber in dem Augenblick, als ihr der Gedanke kam, war er bereits überholt, denn Daneel hatte bereits das linke Handgelenk der Frau gepackt und es herumgedreht und dabei in einem schroffen Befehlston, den sie noch nie bei ihm gehört hatte, gesagt: »Lassen Sie sofort diese Waffen fallen!« Es war unvorstellbar, daß er ein menschliches Wesen so ansprechen würde.

Die Frau sagte ebenso schroff, nur eine Oktave höher: »Sie sind kein menschliches Wesen.« Ihr rechter Arm zuckte hoch, und sie feuerte die Waffe ab, die sie in der Hand hielt. Einen Augenblick lang zuckte ein schwaches Leuchten über Daneels Körper, und Gladia, die in ihrem augenblicklichen Schockzustand keinen Laut hervorbrachte, hatte das Gefühl, als würde sich ihr Gesichtssinn verdunkeln. Sie war in ihrem ganzen Leben noch nie ohnmächtig geworden; aber dies schien wie das Vorspiel dazu.

Daneel löste sich nicht auf, und es war auch kein Explosionsknall zu hören. Daneel, das erkannte Gladia jetzt, hatte klug den Arm gepackt, der den Blaster hielt; der andere hielt die Neuronenpeitsche, deren Entladung jetzt Daneel aus kürzester Distanz traf. Wäre er ein Mensch gewesen, so hätte die intensive Stimulation seiner sensorischen Nerven ihn leicht töten oder zumindest für immer zum Krüppel machen können. Aber schließlich war er, so menschlich er auch schien, ein Roboter, und sein Äquivalent eines Nervensystems reagierte nicht auf die Peitsche.

Daneel packte jetzt den anderen Arm und drückte ihn in die Höhe. »Lassen Sie diese Waffen fallen, sonst reiße ich Ihnen die Arme aus den Gelenken!«

»Ja, wirklich?« sagte die Frau. Ihre Arme zogen sich zusammen, und Daneel wurde einen Augenblick lang hochgehoben. Daneels Beine schwangen zurück und dann wie ein Pendel nach vorn. Seine Füße trafen die Frau, worauf beide schwer zu Boden fielen.

In dem Augenblick erkannte Gladia, ohne den Gedanken zu Worten zu formen, daß die Frau, obwohl sie ebenso menschlich wie Daneel aussah, in Wirklichkeit ebenso unmenschlich wie er war. Ein Gefühl plötzlicher Empörung überflutete Gladia, die in diesem Augenblick bis in den tiefsten Kern wieder zur Solarianerin wurde; Empörung, daß ein Roboter gegenüber einem menschlichen Wesen Gewalt anwenden konnte. Selbst wenn sie irgendwie Daneel als das erkannt hatte, was er war – wie konnte er es *wagen*, D. G. zu schlagen?

Gladia rannte mit einem Schrei auf sie zu; dabei kam ihr keinen Augenblick lang in den Sinn, einen Roboter zu fürchten – einfach nur, weil er einen kräftigen Mann mit einem Schlag zu Boden geworfen hatte und jetzt einen noch stärkeren Roboter im Schach hielt.

»Wie kannst du es wagen?« schrie sie mit einem so ausgeprägten solarianischen Akzent, daß es ihren Ohren wehtat – aber wie sonst spricht man zu einem solarianischen Roboter? »Wie kannst du es *wagen*?! Hör *sofort* auf, dich zu wehren!«

Die Muskeln der Frau schienen sich völlig und im gleichen Augenblick zu entspannen, als wäre plötzlich ein elektrischer Strom abgeschaltet worden. Ihre schönen Augen sahen Gladia an – aber ohne jede Menschlichkeit und daher auch ohne verblüfft zu wirken. Mit ausdrucksloser, zögernder Stimme sagte sie: »Ich bedaure, Madam.«

Daneel war inzwischen wieder auf den Beinen und blickte wachsam auf die Frau, die im Gras lag. D. G. unterdrückte ein Stöhnen und rappelte sich gerade auf.

Daneel bückte sich nach den Waffen, aber Gladia verwies es ihm mit einer heftigen Handbewegung.

»Gib mir die Waffen!« sagte sie zu der Frau.

Und die Frau sagte: »Ja, Madam«, richtete sich auf und reichte sie ihr, blieb aber im Gras hocken.

Gladia nahm sie entgegen, wählte den Blaster und reichte ihn Daneel. »Zerstöre sie, wenn dir das zweckmäßig erscheint, Daneel! Das ist ein Befehl.« D. G. reichte sie die Neuronenpeitsche und sagte: »Die ist hier nutzlos; nur gegen mich – und Sie selbst. Sind Sie in Ordnung?«

»Nein, ich bin *nicht* in Ordnung«, murmelte D. G. und rieb sich die Hüfte. »Meinen Sie, sie ist ein *Roboter*?«

»Hätte eine *Frau* Sie so umwerfen können?«

»Keine, der ich bisher begegnet bin. Ich *sagte*, daß es spezielle Roboter auf Solaria geben könnte, deren Programmierung sie gefährlich macht.«

»Natürlich«, sagte Gladia recht unfreundlich. »Aber als Sie etwas sahen, das wie eine schöne Frau aussah, haben Sie das offenbar vergessen.«

»Ja. Nachher ist es leicht, klug zu sein.«

Gladia machte ein schniefendes Geräusch und wandte sich wieder dem Roboter zu. »Wie heißt du?«

»Man nennt mich Landaree, Madam.«

»Steh' auf, Landaree!«

Landaree erhob sich auf dieselbe Art, wie Daneel aufgestanden war – als hätte sie eine Sprungfeder in sich. Die Auseinandersetzung mit Daneel schien keinerlei Schäden hinterlassen zu haben. »Warum hast du gegen das Erste Gesetz diese menschlichen Wesen angegriffen?« herrschte Gladia sie an.

»Madam«, sagte Landaree mit fester Stimme, »dies sind keine menschlichen Wesen.«

»Und sagst du auch, daß *ich* kein menschliches Wesen bin?«

»Nein, Madam, Sie sind ein menschliches Wesen.«

»Dann definiere ich als menschliches Wesen diese beiden Männer als menschliche Wesen – hast du gehört?«

»Madam«, sagte Landaree etwas leiser, »dies sind keine menschlichen Wesen.«

»Es sind in der Tat menschliche Wesen, weil ich es dir sage. Es ist dir verboten, sie anzugreifen oder ihnen in irgendeiner Weise Schaden zuzufügen.«

Landaree stand stumm und reglos da.

»Verstehst du, was ich gesagt habe?« Als sie sich um Nachdruck bemühte, klang Gladias Stimme noch solarianischer.

»Madam«, sagte Landaree, »dies sind keine menschlichen Wesen.«

Jetzt schaltete Daneel sich ein und sagte leise zu Gladia: »Madam, man hat ihr Befehle von derartiger Kraft gegeben, daß Sie sie nicht ohne weiteres widerrufen können.«

»Wir werden sehen«, sagte Gladia, deren Atem vor Empörung über eine derartige Widersetzlichkeit schnellerging. »Wie ist so etwas überhaupt möglich?«

Landaree sah sich um. Die Robotergruppe war in den wenigen Minuten der Auseinandersetzung Gladia und ihren beiden Begleitern näher gerückt. Im Hintergrund befanden sich zwei Roboter, die, wie Gladia jetzt entschied, nicht der ursprünglichen Gruppe angehörten. Mit einiger Mühe trugen sie einen großen und offenbar recht schweren Gegenstand, den sie nicht identifizieren konnte. Landaree gab ihnen durch Handbewegungen ein Zeichen, worauf sie sich etwas schneller bewegten.

Gladia rief: »Roboter! Halt!«

Sie blieben stehen.

Landaree sagte: »Madam, ich erfülle meine Pflichten. Ich befolge meine Instruktionen.«

»Deine Pflicht ist es, *meinen* Befehlen zu gehorchen!« sagte Gladia.

»Man kann mir nicht befehlen, gegen meine Instruktionen zu handeln!«

»Daneel, zerstrahle sie!«

Später konnte Gladia in Gedanken nachvollziehen, was geschehen war. Daneels Reaktionszeit war viel kürzer, als die eines menschlichen Wesens gewesen wäre, und er wußte, daß er einem Roboter gegenüberstand, gegen den die Drei Gesetze Gewaltanwendung nicht verhinderten. Sie sah aber so menschlich aus, daß selbst das sichere Wissen, einen Roboter vor sich zu haben, diese Sperre nicht völlig überwinden konnte. So befolgte er die Anweisung etwas langsamer, als er es hätte tun sollen.

Landaree, deren Definition eines ‚menschlichen Wesens' eindeutig nicht dieselbe wie die war, die Daneel benutzte, wurde durch sein Aussehen nicht beeinträchtigt und schlug deshalb um so schneller zu. Sie griff nach ihrem Blaster, und damit ging das Handgemenge wieder los.

D. G. drehte seine Neuronenpeitsche und sprang vor, um zuzuschlagen. Der Kolbenhieb traf sie krachend am Kopf, aber das hatte keinerlei Auswirkung auf den Roboter, der ihn mit einem Fußtritt zurückschleuderte.

Gladia rief: »Roboter! Halt!« Ihre ineinander verschlungenen Hände hatte sie hocherhoben.

Landaree schrie mit weithin hallender Stimme: »Ihr alle! Kommt zu mir! Die beiden, die wie Männer aussehen, sind keine menschlichen Wesen. Zerstört sie, ohne der Frau in irgendeiner Weise Schaden zuzufügen.«

Wenn ein menschliches Aussehen Daneel behindern konnte, so galt das gleiche in wesentlich stärkerem Maße für die simplen solarianischen Roboter, die sich nur langsam und zögernd nach vorn bewegten.

»Halt!« schrie Gladia. Die Roboter blieben stehen; aber auf Landaree hatte der Befehl keine Wirkung.

Daneel hielt den Blaster fest, wurde aber von Landarees offensichtlich größerer Stärke nach hinten gedrückt.

Gladia sah sich verzweifelt um, als hoffte sie irgendwo irgendeine Waffe zu finden.

D. G. drehte an seinem Radioempfänger herum und meinte schließlich knurrend: »Er ist beschädigt. Ich glaube, ich bin daraufgestürzt.«

»Was machen wir?«

»Wir müssen zum Schiff zurück. Schnell!«

»Dann laufen Sie!« sagte Gladia. »Ich kann Daneel nicht im Stich lassen.« Sie sah zu den Robotern hinüber und schrie wild: »Landaree, halt! Landaree, halt!«

»Das darf ich nicht, Madam«, sagte Landaree. »Meine Instruktionen sind ganz exakt.«

Jetzt hatte sie Daneels Griff gelöst und hielt den Blaster wieder in der Hand.

Gladia stellte sich schützend vor Daneel. »Du darfst dieses menschliche Wesen nicht verletzen.«

»Madam«, sagte Landaree, den Blaster auf Gladia gerichtet, »Sie stehen vor etwas, das wie ein menschliches Wesen aussieht, aber kein menschliches Wesen ist. Meine Instruktionen lauten, daß solche Gebilde zu vernichten sind.« Dann, mit lauterer Stimme: »Ihr zwei Träger – zum Schiff!«

Die beiden Roboter, die den schweren Gegenstand trugen, setzten sich wieder in Bewegung.

»Roboter! Halt!« schrie Gladia, und die beiden blieben wieder stehen. Die Roboter zitterten, als wollten sie sich bewegen und wären doch dazu nicht ganz imstande.

»Du kannst meinen menschlichen Freund Daneel nicht zerstören, ohne auch mich zu zerstören«, sagte Gladia. »Du selbst gibst zu, daß ich ein menschliches Wesen bin und deshalb nicht verletzt werden darf.«

Daneel sagte mit leiser Stimme: »My Lady, Sie dürfen sich keinen Schaden zuziehen, nur um mich zu schützen.«

»Das ist sinnlos, Madam«, sagte Landaree. »Ich kann Sie leicht aus Ihrer augenblicklichen Position entfernen und dann das nichtmenschliche Wesen hinter Ihnen zerstören. Da Ihnen dabei Schaden zugefügt werden könnte, bitte ich Sie mit allem Respekt, sich freiwillig aus Ihrer gegenwärtigen Position zu entfernen.«

»Sie müssen, my Lady«, sagte Daneel.

»Nein, Daneel, ich werde hierbleiben. In der Zeit, die sie braucht, um mich zu bewegen, läufst du weg!«

»Ich kann nicht schneller als der Strahl eines Blasters rennen. Und wenn ich wegzulaufen versuche, wird sie eher durch Sie hindurchschießen, als auf den Schuß zu verzichten. Ihre Instruktionen sind wahrscheinlich so kräftig. Ich bedaure, my Lady, daß Ihnen das Unbehagen bereiten wird.«

Und Daneel hob die sich wehrende Gladia an und schob sie leicht zur Seite.

Landarees Finger senkte sich auf den Kontakt, beendete die Bewegung aber nicht: sie blieb reglos und wie erstarrt stehen.

Gladia, die sich halb aufgerichtet hatte, stand auf. D. G., der während der letzten Auseinandersetzung unbewegt stehengeblieben war, ging auf Landaree zu. Daneel streckte ganz ruhig die Hand aus und nahm den Blaster aus ihrer reglosen Hand.

»Ich glaube«, sagte er, »dieser Roboter ist permanent deaktiviert.«

Er gab ihr einen leichten Stoß, und sie kippte um, wobei ihre Gliedmaßen, ihr Rumpf und ihr Kopf in der Position blieben, die sie im Stehen eingenommen hatte. Ihr Arm war immer noch angewinkelt, ihre Hand hielt einen unsichtbaren Blaster, und ihr Finger drückte einen unsichtbaren Kontakt.

Zwischen den Bäumen an einer Seite der Grasfläche, auf der sich das Drama abgespielt hatte, kam Giskard näher. Sein robotisches Gesicht ließ keine Anzeichen von Neugierde erkennen, eher seine Worte.

»Was hat sich hier in meiner Abwesenheit abgespielt?« fragte er.

27

Der Weg zum Schiff zurück kam den beiden Menschen eher unwirklich vor. Jetzt, wo ihre Furcht verflogen war, empfand Gladia ein Gefühl der Verstimmung, außerdem war ihr heiß. D. G. hinkte unter einigen Schmerzen, und sie kamen nur langsam von der Stelle; zum Teil wegen seiner Behinderung und zum Teil, weil die zwei solarianischen Roboter immer noch ihr schweres Instrument schleppten.

D. G. sah sich über die Schulter nach ihnen um. »Jetzt, wo der Aufseher nicht mehr funktioniert, befolgen sie meine Anweisungen.«

Gladia stieß zwischen zusammengebissenen Zähnen hervor: »Warum sind Sie am Ende nicht weggerannt und haben Hilfe geholt? Warum sind Sie einfach stehengeblieben und haben hilflos zugesehen?«

»Nun«, meinte D. G., bemüht, eine Art von Leichtigkeit an den Tag zu legen, was ihm wohl besser gelungen wäre, wenn er nicht solche Schmerzen gelitten hätte, »nachdem Sie sich geweigert hatten, Daneel zu verlassen, widerstrebte es mir, im Vergleich dazu den Feigling zu spielen.«

»Sie Narr! ich war in Sicherheit. *Mir* hätte sie nichts zuleide getan.«

»Madam, es bereitet mir Unbehagen, Ihnen zu widersprechen«, schaltete Daneel sich ein, »aber ich glaube doch, daß sie das getan hätte, und zwar, je stärker für sie der Drang geworden wäre, mich zu zerstören.«

Gladia drehte sich hitzig zu ihm herum: »Und was *du* da gemacht hast, war wirklich schlau: mich wegzustoßen. *Wolltest* du denn zerstört werden?«

»Lieber das, als zuzulassen, daß ihnen Schaden zugefügt wird, Madam. Ja. Daß die Behinderung, die ihr menschliches Aussehen in mir erzeugt hat, es mir unmöglich gemacht hat, den Roboter aufzuhalten, hat Ihnen ja demonstriert, daß meine Nützlichkeit für sie in unbefriedigender Weise beschränkt ist.«

»Trotzdem hätte sie gezögert, auf mich zu schießen«, sagte Gladia. »Ich bin ein Mensch, und das hätte sie lange genug aufgehalten, daß du den Blaster wieder hättest an dich bringen können.«

»Ich konnte nicht Ihr Leben auf ein Spiel mit so unsicherem Ausgang setzen«, sagte Daneel.

»Und *Sie*«, sagte Gladia, ohne erkennen zu lassen, ob sie Daneel überhaupt zugehört hatte, und wandte sich damit wieder D. G. zu, »hätten den Blaster von vornherein nicht mitbringen dürfen.«

D. G. runzelte die Stirn und meinte: »Madam, ich trage der Tatsache Rechnung, daß wir alle dem Tode sehr nahe waren. Den Robotern macht das nichts aus, und ich habe mich irgendwie an die Gefahr gewöhnt. Für sie war dies andererseits in höchst unangenehmem Maße neu, und demzufolge sind Sie jetzt kindisch. Ich will Ihnen vergeben – teilweise wenigstens. Aber hören Sie jetzt bitte zu! Ich konnte unmöglich wissen, daß man mir den Blaster so leicht wegnehmen würde. Wenn ich die Waffe nicht mitgebracht hätte, diese Aufseherin würde mich ebenso schnell und wirksam mit bloßen Händen getötet haben, wie sie das mit dem Blaster gekonnt hätte. Es hätte auch keinen Sinn gehabt, wegzurennen, um damit auf einen früheren Vorwurf einzugehen. Vor einem Blaster kann man nicht weglaufen. Und jetzt fahren Sie bitte fort, wenn es Ihnen guttut! Aber ich habe nicht die Absicht, weiter mit Ihnen zu streiten.«

Gladia blickte von D. G. zu Daneel und dann wieder zu

D. G., und dann meinte sie leise: »Ja, wahrscheinlich benehme ich mich wirklich recht unvernünftig. Also schön – keine Vorwürfe mehr!«

Sie hatten inzwischen das Schiff erreicht, aus dem jetzt Männer kletterten, die, wie Gladia feststellte, bewaffnet waren.

D. G. winkte seinem Stellvertreter zu. »Oser, Sie sehen ja vermutlich den Gegenstand, den die zwei Roboter tragen?«

»Ja, Sir.«

»Nun, dann lassen Sie ihn an Bord tragen. Sorgen Sie dafür, daß er in den Sicherheitsraum gebracht und dort verwahrt wird! Anschließend soll der Raum abgeschlossen werden und das auch bleiben!« Er wandte sich einen Augenblick lang ab und drehte sich dann wieder um. »Und, Oser, sobald das geschehen ist, bereiten Sie den Start vor.«

»Captain, sollen wir die Roboter auch behalten?« fragte Oser.

»Nein. Sie sind von zu simpler Konstruktion, um viel wert zu sein. Und außerdem würde es unter den vorliegenden Umständen wahrscheinlich unerwünschte Folgen haben, wenn wir sie mitnehmen. Der Apparat, den sie tragen, ist viel wertvoller, als sie das sind.«

Giskard sah zu, wie der Gegenstand langsam und sehr vorsichtig in das Schiff hineinbugsiert wurde. »Captain, ich nehme an, daß das ein gefährlicher Gegenstand ist«, meinte er.

»Den Eindruck habe ich auch«, sagte D. G. »Ich vermute, daß das Schiff kurz nach uns zerstört worden wäre.«

»Dieses Ding da?« wollte Gladia wissen. »Was ist das?«

»Ich bin nicht sicher – aber ich *glaube*, daß es ein Nuklearverstärker ist. Ich habe Versuchsmodelle davon auf Baleys Welt gesehen, und das hier sieht wie der große Bruder davon aus.«

»Was ist ein Nuklearverstärker?«

»Nun, wie der Name sagt, Lady Gladia, ist das ein Gegenstand, der die Nuklearfusion verstärkt.«

»Und wie macht er das?«

D. G. zuckte die Achseln. »Ich bin kein Physiker, my Lady. Irgendwie hat es mit einem Strom von W-Partikeln zu tun, die die schwache Wechselwirkungskraft der Atomkerne verstärken. Mehr weiß ich nicht darüber.«

»Und was bewirkt das?« fragte Gladia.

»Nun, zum Beispiel, angenommen, das Schiff hätte seine eigene Energieversorgung, wie es hier der Fall ist; eine kleine Zahl von Protonen aus unserer Treibstoffversorgung – wir verwenden Wasserstoff – sind ultraheiß und werden einem atomaren Fusionsprozeß unterworfen, um Energie zu erzeugen. Zusätzlicher Wasserstoff wird aufgeheizt, um freie Protonen zu erzeugen, die, wenn sie heiß genug sind, ebenfalls miteinander verschmelzen, um diesen Energieerzeugungsprozeß in Gang zu halten. Wenn der Strom von W-Partikeln aus dem Nuklearverstärker die verschmelzenden Protonen trifft, beschleunigt sich der Kernverschmelzungsvorgang, wodurch mehr Hitze erzeugt wird. Diese Hitze produziert weitere Protonen und veranlaßt sie, schneller zu verschmelzen, als sie das normalerweise tun. Und während dieses Verschmelzungsprozesses produzieren sie noch mehr Hitze, was diesen Teufelskreis verstärkt. Im winzigen Bruchteil einer Sekunde verschmilzt genügend Treibstoff, um eine winzige thermonukleare Bombe zu bilden, und das ganze Schiff und alles, was sich in und auf ihm befindet, verdampft.«

Gladia sah ihn mit weitaufgerissenen Augen an. »Warum entzündet sich nicht alles dabei? Warum explodiert nicht der ganze Planet?«

»Ich glaube, die Gefahr besteht nicht, Madam. Die Protonen müssen ultraheiß sein und sich im Verschmelzungsprozeß befinden. Bei kalten Protonen ist eine Verschmelzung so unwahrscheinlich, daß ein solcher Verstärker, selbst wenn man ihn auf Höchstleistung schaltet, nicht genug Fusionsenergie liefert. Soviel habe ich wenigstens aus einer Vorlesung entnommen, die ich mir einmal angehört habe. Außerdem wirkt das Gerät, soweit mir bekannt ist, nur auf Wasserstoff. Selbst im Falle ultraheißer Protonen nimmt die produzierte Hitze nicht im Übermaß zu. Die Temperatur nimmt in zunehmender Distanz von dem Verstärkerstrahl wieder ab, so daß nur ein begrenzter Fusionsprozeß herbeigeführt werden kann. Selbstverständlich ausreichend, um das Schiff zu zerstören. Aber die Gefahr, daß dadurch die an Wasserstoff reichen Ozeane beispielsweise in die Luft gejagt würden, besteht nicht, selbst wenn sie teilweise ultraerhitzt werden, und ganz sicher nicht, wenn sie kalt bleiben.«

»Aber wenn das Gerät versehentlich im Lagerraum eingeschaltet wird...«

»Ich glaube nicht, daß das passieren kann.« D. G. öffnete die Hand, in der er einen polierten Metallwürfel von etwa zwei Zentimeter Kantenlänge hielt. »Nach dem wenigen, was mir über solche Dinge bekannt ist, handelt es sich hier um einen Aktivator, und ohne den ist der Nuklearverstärker ungefährlich.«

»Sind Sie ganz sicher?«

»Nicht ganz. Aber das Risiko werden wir eben eingehen müssen, weil ich dieses Ding nach Baleys Welt bringen muß. Und jetzt wollen wir an Bord gehen!«

Gladia und ihre beiden Roboter gingen über die Rampe hinauf ins Schiff. D. G. folgte ihnen und sprach kurz mit seinen Offizieren.

Dann meinte er, zu Gladia gewandt, wobei ihm seine Erschöpfung deutlich anzumerken war: »Wir werden ein paar Stunden brauchen, um alles wieder an Bord zu bringen und uns auf den Start vorzubereiten. Und die Gefahr wächst jeden Augenblick.«

»Gefahr?«

»Sie nehmen doch nicht etwa an, daß diese Roboterdame die einzige Vertreterin ihrer Art ist, die es auf Solaria gibt, oder? Oder daß der Nuklearverstärker, den wir erbeutet haben, der einzige ist? Ich glaube, es wird einige Zeit beanspruchen, weitere humanoide Roboter und weitere Nuklearverstärker hierherzubringen – vielleicht sogar beträchtliche Zeit –, aber wir dürfen ihnen nur so wenig wie möglich lassen. Und unterdessen, Madam, wollen wir uns auf Ihre Kabine begeben und uns dort mit einigen notwendigen Geschäften befassen.«

»Und was für notwendige Geschäfte wären das, Captain?«

»Nun«, meinte D. G. mit einer Handbewegung, die sie zum Weitergehen aufforderte, »angesichts der Tatsache, daß ich möglicherweise das Opfer von Verrat geworden bin, meine ich, daß ich eine formlose Kriegsgerichtsverhandlung durchführen sollte.«

Nachdem er sich mit einem hörbaren Ächzen niedergelassen hatte, meinte D. G.: »In Wirklichkeit wünsche ich mir jetzt eine heiße Dusche, eine Massage, etwas Gutes zu essen und dann ein paar Stunden Schlaf. Aber das alles wird warten müssen, bis wir den Planeten verlassen haben. In Ihrem Fall wird das ebenfalls warten müssen, Madam. Aber einige andere Dinge dulden keinen Aufschub. Die Frage, die ich stellen möchte, ist folgende: »Wo warst du, Giskard, während wir anderen uns beträchtlicher Gefahr ausgesetzt sahen?«

Giskard antwortete: »Captain, mir schien es nicht so, daß allein auf dem Planeten zurückgelassene Roboter irgendeine Gefahr darstellen würden. Außerdem ist ja Daneel bei Ihnen geblieben.«

Und Daneel fügte hinzu: »Captain, ich war damit einverstanden, daß Giskard die Umgebung erforschen und ich bei Madam Gladia und Ihnen bleiben würde.«

»Ihr beiden habt euch da geeinigt, nicht wahr?« sagte D. G. »Ist sonst jemand befragt worden?«

»Nein, Captain«, sagte Giskard.

»Wenn du sicher warst, daß die Roboter ungefährlich sind, Giskard, wie hast du dir dann die Tatsache erklärt, daß zwei Schiffe zerstört worden sind?«

»Mir schien es, Captain, daß menschliche Wesen auf dem Planeten zurückgeblieben sein mußten, diese sich aber große Mühe geben würden, von Ihnen nicht entdeckt zu werden. Ich wollte wissen, wo diese menschlichen Wesen sind und was sie machen. Ich war damit beschäftigt, sie zu suchen, und habe mir dabei auch die größte Mühe gegeben. Ich habe die Roboter befragt, die mir begegnet sind.«

»Hast du irgendwelche menschlichen Wesen gefunden?«

»Nein, Captain.«

»Hast du das Haus untersucht, aus dem der ›Aufseher‹ kam?«

»Nein, Captain. Aber ich war sicher, daß sich keine menschlichen Wesen in dem Haus befanden. Und das bin ich immer noch.«

»Es enthielt den Aufseher.«
»Ja, Captain. Aber der Aufseher war ein Roboter.«
»Ein gefährlicher Roboter.«
»Das habe ich zu meinem Bedauern nicht erkannt.«
»Du empfindest also Bedauern, wie?«
»Das ist ein Ausdruck, den ich gewählt habe, um die Wirkung auf meine Positronenbahnen zu beschreiben; eine grobe Analogie zu dem Begriff, wie menschliche Wesen ihn anscheinend gebrauchen, Captain.«
»Wie kommt es, daß du nicht erkannt hast, daß ein Roboter gefährlich sein könnte?«
»Gemäß den Drei Gesetzen der Robotik...«
Gladia unterbrach ihn: »Hören Sie damit auf, Captain! Giskard weiß nur das, wozu er programmiert ist. Kein Roboter ist für menschliche Wesen gefährlich, außer in einem tödlichen Kampf zwischen menschlichen Wesen – in dem Fall muß der Roboter versuchen, diesen Kampf zu beenden. In einem solchen Kampf hätten Daneel und Giskard uns ohne Zweifel verteidigt und sich dabei bemüht, anderen so wenig wie möglich zu schaden.«
»So – ist das so?« D. G. griff sich mit Daumen und Zeigefinger an den Nasenrücken und drückte zu. »Daneel *hat* uns verteidigt. Wir kämpften gegen Roboter, nicht gegen menschliche Wesen; es war für ihn also kein Problem, zu entscheiden, wen er in welchem Maße verteidigen sollte. Und doch war er recht erfolglos, wenn man bedenkt, daß die Drei Gesetze ihn nicht davon abhalten, Robotern Schaden zuzufügen. Giskard hielt sich heraus und kehrte exakt in dem Augenblick zurück, als der Kampf zu Ende war. Ist es möglich, daß es zwischen Robotern ein Band der Sympathie gibt? Ist es möglich, daß Roboter, wenn sie menschliche Wesen gegen Roboter verteidigen, irgendwie das empfinden, was Giskard ›Bedauern‹ nennt, und vielleicht ihre Aufgabe nicht erfüllen – oder sich entfernen...«
»Nein!« platzte es aus Gladia heraus.
»Nein?« sagte D. G. »Nun, ich behaupte nicht, ein Roboterexperte zu sein. Sind Sie das, Lady Gladia?«
»Keineswegs«, sagte Gladia. »Aber ich habe dreiundzwanzig

Dekaden mit Robotern zusammengelebt. Eine Verschwörungshypothese, wie Sie sie hier andeuten, ist lächerlich. Daneel war durchaus bereit, sein Leben für mich zu geben, und Giskard hätte dasselbe getan.«

»Hätte das jeder Roboter getan?«

»Selbstverständlich.«

»Und doch war dieser Aufseher, diese Landaree, durchaus bereit, mich anzugreifen und zu vernichten. Wollen wir einmal einräumen, daß sie auf irgendeine geheimnisvolle Art und Weise herausgefunden hat, daß Daneel trotz seines Aussehens ebenso Roboter wie sie selbst ist – trotz seines Aussehens –, und daß sie deshalb keinerlei Hemmungen hatte, als es darauf ankam, ihm Schaden zuzufügen. Wie kommt es aber, daß sie mich angriff, wo ich doch ohne Zweifel ein menschliches Wesen bin? Bei Ihnen zögerte sie und gab zu, daß Sie ein Mensch sind, aber nicht bei mir. Wie konnte ein Roboter zwischen uns beiden entscheiden? War sie vielleicht in Wirklichkeit kein Roboter?«

»Doch«, sagte Gladia. »Natürlich war sie einer. Aber – in Wahrheit weiß ich nicht, warum sie sich so verhalten hat. Ich habe so etwas noch nie gehört. Ich kann nur annehmen, daß die Solarianer, nachdem sie einmal gelernt hatten, humanoide Roboter zu bauen, sie ohne den Schutz der Drei Gesetze konstruiert haben, obwohl ich geschworen hätte, daß ausgerechnet die Solarianer die letzten wären, die so etwas tun. Die Solarianer befinden sich gegenüber ihren eigenen Robotern so in der Minderzahl, daß sie völlig abhängig von ihnen sind – in viel größerem Maße, als das bei irgendwelchen anderen Spacern gilt –, und aus genau dem Grund fürchten sie sie auch mehr. In alle solarianischen Roboter war daher Unterwürfigkeit und sogar ein wenig Dummheit eingebaut. Die Drei Gesetze waren auf Solaria eher stärker als anderswo, nicht schwächer. Und doch kann ich Landaree nicht anders erklären als mit der Annahme, daß das Erste Gesetz...«

Daneel unterbrach sie: »Entschuldigen Sie, Madam Gladia, wenn ich Sie unterbreche. Gestatten Sie mir, daß ich versuche, das Verhalten des Aufsehers zu erklären?«

»Darauf läuft es wohl hinaus«, meinte D. G. sarkastisch. »Nur ein Roboter kann einen Roboter erklären.«

»Sir«, sagte Daneel, »wenn wir den Aufseher nicht verstehen, sind wir vielleicht nie imstande, in Zukunft wirksame Maßnahmen gegen die solarianische Gefahr zu ergreifen. Ich glaube, ich kann ihr Verhalten erklären.«

»Nur zu!« sagte D. G.

»Der Aufseher«, begann Daneel, »hat nicht sofort Maßnahmen gegen uns ergriffen. Landaree stand eine Weile da und beobachtete uns und war offensichtlich im Zweifel, was sie tun sollte. Als Sie, Captain, auf sie zugingen und sie ansprachen, erklärte sie, Sie seien kein Mensch, und hat Sie daraufhin sofort angegriffen. Als ich mich einschaltete und rief, sie sei ein Roboter, verkündete sie, daß auch ich kein Mensch sei, und hat auch mich sofort angegriffen. Als dann Lady Gladia vortrat und sie anschrie, hat der Aufseher sie als Mensch erkannt und sich eine Weile dominieren lassen.«

»Ja, an all das erinnere ich mich, Daneel. Aber was hat es zu bedeuten?«

»Mir scheint, Captain, daß es möglich ist, das Verhalten eines Roboters fundamental zu verändern, ohne jemals an die Drei Gesetze zu rühren – zum Beispiel unter der Voraussetzung, daß man die Definition eines menschlichen Wesens ändert. Ein menschliches Wesen ist schließlich nur das, als was man es definiert.«

»Ist das wirklich so? Was betrachten *Sie* denn als menschliches Wesen?«

Daneel ging nicht auf den Sarkasmus des Kapitäns ein und sagte: »Meine Konstruktion enthält eine detaillierte Beschreibung des Aussehens und des Verhaltens menschlicher Wesen, Captain. Alles, worauf diese Beschreibung paßt, ist für mich ein menschliches Wesen. So betrachtet, haben Sie das Aussehen und das Verhalten, während der Aufseher nur das Aussehen, nicht aber das Verhalten zeigte.

Für den Aufseher hingegen war die wesentliche Eigenschaft eines menschlichen Wesens seine Sprache, Captain. Der solarianische Akzent ist sehr ausgeprägt, und für den Aufseher war etwas, das wie ein menschliches Wesen aussah, nur dann als menschliches Wesen definiert, wenn es wie ein Solarianer *sprach*. Allem Anschein nach hatte es die Weisung, alles, das wie ein menschliches Wesen aussah, aber nicht mit solarianischem Akzent sprach, ohne zu zögern zu vernichten, ebenso wie jedes Schiff, auf dem sich solche Wesen befanden.«

D. G. nickte nachdenklich. »Du könntest recht haben.«

»Sie sprechen mit Siedler-Akzent, Captain, und der ist auf seine Art ebenso ausgeprägt wie der solarianische Akzent; aber die beiden unterscheiden sich erheblich. Sobald Sie zu sprechen begannen, haben Sie sich dem Aufseher gegenüber als nichtmenschlich definiert, worauf dieser, seinen Anweisungen entsprechend, das verkündete und augenblicklich angriff.«

»Und du sprichst mit auroranischem Akzent und bist ebenfalls angegriffen worden.«

»Ja, Captain. Aber Lady Gladia hat mit authentischem Solaria-Akzent gesprochen und ist deshalb als Mensch erkannt worden.«

D. G. dachte eine Weile stumm über das Gehörte nach und meinte dann: »Das ist ein sehr gefährliches Arrangement, selbst für diejenigen, die Nutzen daraus ziehen wollen. Wenn ein Solarianer aus irgendeinem Grund zu irgendeiner Zeit einen solchen Roboter auf eine Weise anspräche, die dieser nicht als authentischen Solaria-Akzent erkennen könnte, würde er sofort angegriffen werden. Wenn ich Solarianer wäre, hätte ich Angst, mich einem solchen Roboter zu nähern. Allein schon der Versuch, reines Solarianisch zu sprechen, könnte mich behindern und dazu führen, daß ich getötet werde.«

»Ich bin Ihrer Ansicht, Captain«, sagte Daneel, »und könnte mir vorstellen, daß die Hersteller von Robotern deshalb normalerweise die Definition eines menschlichen Wesens nicht begrenzen, sondern sie so weit wie möglich fassen. Die Solarianer haben jedoch ihren Planeten verlassen. Man könnte annehmen, die Tatsache, daß Aufseher-Roboter auf diese gefährliche Art programmiert sind, sei der beste Hinweis darauf, daß die Solarianer wirklich abgezogen und hier dieser Gefahr nicht ausgesetzt sind. Mir scheint, den Solarianern ist es in diesem

Augenblick nur wichtig, daß niemand, der nicht Solarianer ist, seinen Fuß auf diesen Planeten setzen darf.«

»Nicht einmal andere Spacer?«

»Ich vermute, Captain, daß es schwierig wäre, ein menschliches Wesen so zu definieren, daß Dutzende verschiedener Spacer-Akzente eingeschlossen, eine ebenso große Zahl unterschiedlicher Siedler-Akzente aber ausgeschlossen werden. Ich glaube, es ist schon schwierig genug, die Definition allein auf den ausgeprägten solarianischen Akzent abzustimmen.«

»Du bist verdammt intelligent, Daneel«, meinte D. G. »Meine Mißbilligung der Roboter gilt auch nicht ihnen selbst, sondern dem störenden Einfluß, den sie auf die Gesellschaft ausüben. Und doch könnte ich mir vorstellen, daß ich mit einem Roboter wie dir an meiner Seite, so wie du einmal an der Seite des Vorfahren...«

Gladia unterbrach ihn. »Ich fürchte, das geht nicht, D. G. Daneel wird niemals ein Geschenk sein, noch wird er je verkauft oder ohne weiteres mir gewaltsam weggenommen werden können.«

D. G. hob lächelnd die Hand und winkte ab. »Ich habe ja nur geträumt, Lady Gladia. Ich kann Ihnen versichern, die Gesetze von Baleys Welt machen es undenkbar, daß ich je einen Roboter besitze.«

Von allen unerwartet, schaltete sich jetzt Giskard ein. »Gestatten Sie, daß ich ein paar Worte hinzufüge, Captain?«

»Ah, der Roboter, dem es gelungen ist, der Auseinandersetzung fernzubleiben, und der zurückkehrte, als alles vorüber war«, meinte D. G.

»Ich bedaure, daß es so scheint, wie Sie das gerade ausgedrückt haben. Gestatten Sie trotzdem, daß ich ein paar Worte hinzufüge, Captain?«

»Nun, nur zu!«

»Allem Anschein nach war Ihre Entscheidung, Lady Gladia auf diese Expedition mitzunehmen, eine sehr zweckmäßige, Captain. Wenn sie nicht zugegen gewesen wäre und Sie diesen kleinen Erkundungsgang nur in Begleitung von Mitgliedern Ihrer Mannschaft unternommen hätten, wären Sie alle schnell getötet und das Schiff zerstört worden. Nur die Tatsache, daß Lady Gladia wie eine Solarianerin sprechen kann, und ihr Mut, mit dem sie dem Aufseher entgegengetreten ist, hat Sie gerettet.«

»Keineswegs«, sagte D. G. »Denn wir alle, möglicherweise sogar Lady Gladia, wären vernichtet worden, wenn nicht zufälligerweise der Aufseher plötzlich deaktiviert worden wäre.«

»Das war kein Zufall, Captain«, sagte Giskard, »und es ist höchst unwahrscheinlich, daß irgendein Roboter je spontan inaktiv wird. Es muß einen Grund dafür geben, und ich kann eine Möglichkeit vorschlagen: Lady Gladia hat, wie Freund Daneel mir gesagt hat, dem Roboter einige Male den Befehl erteilt, stehenzubleiben oder mit dem aufzuhören, was er gerade tat. Aber die Instruktionen, die den Aufseher lenkten, waren kräftiger.

Dennoch hat das, was Lady Gladia getan hat, die Entschlossenheit des Aufsehers abgeschwächt. Die Tatsache, daß Lady Gladia unzweifelhaft ein menschliches Wesen ist, selbst nach der Definition des Aufsehers, und weil sie so handelte, daß der Aufseher sich möglicherweise hätte gezwungen sehen können, ihr Schaden zuzufügen oder sie gar zu töten, hat seine Entschlossenheit noch mehr geschwächt. So glichen sich im entscheidenden Augenblick die beiden einander entgegengesetzten Bedürfnisse – nichtmenschliche Wesen zerstören zu müssen und menschlichen Wesen keinen Schaden zufügen zu dürfen – aus, und der Roboter erstarrte und wurde unfähig, irgend etwas zu tun. Seine Positronenbahnen brannten aus.«

Gladia runzelte verblüfft die Stirn. »Aber...«, begann sie, verstummte dann aber wieder.

Und Giskard fuhr fort: »Mir scheint, daß es gut sein könnte, die Mannschaft darüber zu informieren. Es könnte deren Mißtrauen gegenüber der Lady Gladia verringern, wenn Sie hervorheben würden, was ihre Initiative und ihr Mut für jedes einzelne Mitglied der Mannschaft bedeutet haben, da nur ihr zuzuschreiben ist, daß sie noch am Leben sind. Darüber hinaus könnte das Ihrer Mannschaft einen ausgezeichneten Eindruck von Ihrer eigenen Voraussicht vermitteln, mit der Sie nämlich darauf bestanden haben, daß sie bei dieser Gelegenheit an Bord ist, vielleicht sogar gegen den Rat Ihrer eigenen Offiziere.«

D. G. lachte lauthals. »Lady Gladia, jetzt verstehe ich, warum Sie sich nicht von diesen Robotern trennen lassen. Sie sind nicht nur so intelligent wie menschliche Wesen, sondern auch genauso raffiniert. Ich gratuliere Ihnen dazu, daß Sie sie haben. – Und jetzt, wenn es Ihnen nichts ausmacht, muß ich die Mannschaft zur Eile antreiben. Ich will keinen Augenblick länger als absolut notwendig auf Solaria bleiben. Und ich verspreche Ihnen, daß Sie die nächsten Stunden ganz bestimmt nicht gestört werden. Ich weiß, daß Sie genau wie ich das Bedürfnis haben, sich etwas frischzumachen und auszuruhen.«

Nachdem er ihre Kabine verlassen hatte, blieb Gladia noch eine Weile nachdenklich sitzen, dann wandte sie sich Giskard zu und sagte in einer Dialektform, wie sie auf Aurora gesprochen wurde und wie sie kaum ein Nicht-Auroraner verstehen konnte: »Giskard, was soll der Unsinn von ausgebrannten Positronenbahnen?«

»My Lady«, antwortete Giskard, »ich habe das nur als Möglichkeit vorgeschlagen, als sonst gar nichts. Ich dachte, es könnte gut sein, Ihre Rolle bei der Unschädlichmachung des Aufsehers hervorzuheben.«

»Aber wie konntest du annehmen, daß er das glauben würde? So leicht brennen Roboter nicht aus.«

»Er weiß nur sehr wenig über Roboter, Madam. Vielleicht handelt er mit ihnen, aber er stammt von einer Welt, die sie nicht nutzt.«

»Aber ich weiß sehr viel über sie und du auch. Der Aufseher hat keinerlei Anzeichen erkennen lassen, daß seine Positronenbahnen in kritischer Balance wären; er hat weder gestottert noch gezittert und überhaupt keine Verhaltensschwierigkeiten an den Tag gelegt. Er ... er blieb einfach stehen.«

»Mag sein«, sagte Giskard. »Und da wir die exakten Spezifikationen nicht kennen, nach denen er gebaut wurde, müssen wir uns wohl damit zufriedengeben, daß wir die Gründe für die Blockade nie erfahren werden.«

Gladia schüttelte den Kopf. »Trotzdem – verblüffend ist es!«

DRITTER TEIL

Baleys Welt

VIII. DIE SIEDLERWELT

29

D. G.s Schiff war wieder im Weltraum, umgeben von der grenzenlosen Ewigkeit des Vakuums.

Gladia hatte dem Start entgegengebangt und voll Angst und nur mit Mühe die Vorstellung unterdrückt, ein zweiter Aufseher mit einem zweiten Verstärker könnte plötzlich auftauchen. Die Tatsache, daß es ein schneller Tod sein würde, wenn es dazu kam, ein Tod, dem keine Wahrnehmung voranging, war nicht gerade befriedigend. Und diese Spannung und Angst hatten ihr die Freude an einem ansonsten luxuriösen Duschbad und verschiedenen anderen Formen der Entspannung verdorben.

Erst nach dem eigentlichen Start, nachdem das weiche, ferne Summen der Protonendüsen eingesetzt hatte, fand sie die innere Ruhe, die sie zum Schlaf brauchte. Eigenartig, dachte sie, als ihr Bewußtsein ihr zu entgleiten begann, daß der Weltraum ihr ein Gefühl größerer Sicherheit vermitteln sollte als die Welt ihrer Jugend und daß sie Solaria das zweite Mal mit noch größerer Erleichterung verließ als das erste Mal.

Aber Solaria war auch nicht länger die Welt ihrer Jugend. Es war eine Welt ohne Menschheit, behütet von pervertierten Nachäffungen von Menschen; humanoiden – nicht nur humaniformen – Robotern, die wie eine Parodie auf den sanften Daneel und den nachdenklichen Giskard wirkten.

Endlich schlief sie ein – und während sie schlief, konnten Daneel und Giskard wieder miteinander sprechen.

Daneel sagte: »Freund Giskard, ich bin ganz sicher, daß du den Aufseher zerstört hast.«

»Ich hatte gar keine andere Wahl, Freund Daneel. Es war ein reiner Zufall, daß ich rechtzeitig eintraf, denn meine Sinne waren völlig damit beschäftigt, nach menschlichen Wesen zu suchen, und ich habe keine gefunden. Ich hätte auch gar nicht erkannt, welche Bedeutung diese Ereignisse hatten, wenn Lady Gladias Zorn und Verzweiflung nicht gewesen wären. Ich habe diese Gefühle aus der Ferne bemerkt und bin sofort an den Schauplatz des Geschehens gerannt und kam gerade noch rechtzeitig. In dieser Beziehung hat Lady Gladia tatsächlich die Situation gerettet, zumindest soweit es die Existenz des Captains und die deine betrifft. Das Schiff hätte ich, glaube ich, selbst dann noch retten können, wenn ich zu spät gekommen wäre, um euch zu retten.« Er hielt einen Augenblick lang inne und fügte dann hinzu: »Es wäre für mich höchst unbefriedigend gewesen, Freund Daneel, wenn ich zu spät gekommen wäre, um dich zu retten.«

Daneel antwortete darauf bedächtig und förmlich: »Ich danke dir, Freund Giskard. Es freut mich, daß das menschliche Aussehen des Aufsehers dich nicht behindert hat. Meine Reaktionen hat das verlangsamt, so wie mein Aussehen die seinen verlangsamt hatte.«

»Freund Daneel, mir bedeutete ihr physisches Aussehen nichts, da ich ihr Gedankenmuster wahrnahm. Und dieses Muster war so beschränkt und so völlig anders als der volle Bereich menschlicher Muster, daß ich mir gar keine Mühe zu geben brauchte, sie positiv zu identifizieren. Die Negativ-Identifikation als Nichtmensch war so klar, daß ich sofort handelte. Tatsächlich wurde mir mein Handeln erst bewußt, nachdem es bereits stattgefunden hatte.«

»Das hatte ich gedacht, Freund Giskard, wollte aber eine Bestätigung, um nicht mißzuverstehen. Darf ich dann annehmen, daß du kein Unbehagen darüber empfindest, etwas getötet zu haben, was dem Aussehen nach ein menschliches Wesen war?«

»Nein, da es ja ein Roboter war.«

»Mir scheint, daß ich, wenn es mir gelungen wäre, sie zu zerstören, eine Behinderung im freien Positronenfluß erlitten hätte, ganz gleich, wie sehr mir auch bewußt gewesen wäre, daß sie ein Roboter war.«

»Man kann das humanoide Erscheinungsbild nicht einfach abtun, Freund Daneel, wenn man nur danach sein Urteil fällen kann. Der Schein ist viel unmittelbarer als der logische Schluß. Nur weil ich ihre Mentalstruktur beobachten und mich darauf konzentrieren konnte, war ich imstande, ihre physische Struktur zu ignorieren.«

»Welches Gefühl hätte deiner Meinung nach der Aufseher empfunden, wenn sie uns zerstört hätte – ihrer Mentalstruktur nach, meine ich?«

»Sie hatte außerordentlich feste Instruktionen, und in ihren Positronenbahnen bestand kein Zweifel, daß du und der Captain nach ihrer Definition nicht menschlich wart.«

»Aber sie hätte auch Madam Gladia zerstören können.«

»Dessen können wir nicht sicher sein, Freund Daneel.«

»Hätte sie in dem Fall überlebt, Freund Giskard? Kannst du das beurteilen?«

Giskard schwieg längere Zeit. »Ich hatte nur unzureichend Zeit, um ihr Mentalmuster zu studieren. Ich kann nicht sagen, wie ihre Reaktion hätte sein können, wenn sie Madam Gladia getötet hätte.«

»Wenn ich mir vorstelle, ich wäre der Aufseher gewesen«, dabei zitterte Daneels Stimme und wurde etwas leiser, »dann scheint mir, daß ich ein menschliches Wesen töten könnte, um das Leben eines anderen menschlichen Wesens zu retten, bei dem ich Grund zu der Annahme hätte, daß es notwendiger wäre, es zu retten. Aber diese Aktion wäre schwirig und würde mich beschädigen. Ein menschliches Wesen zu töten, lediglich um etwas zu vernichten, das als nichtmenschlich betrachtet wird, wäre mir unvorstellbar.«

»Sie hat nur gedroht. Ausgeführt hat sie die Drohung nicht.«
»Hätte sie es tun können, Freund Giskard?«
»Wie können wir das sagen, da wir doch nicht wissen, welcher Art ihre Instruktionen waren?«
»Könnten diese Instruktionen das Erste Gesetz so weit negiert haben?«
»Ich sehe jetzt, daß es dein einziges Ziel in dieser Diskussion war, diese Frage zu stellen«, sagte Giskard. »Ich rate dir, nicht weiterzugehen.«

Doch Daneel blieb hartnäckig. »Ich werde die Frage hypothetisch stellen, Freund Giskard. Man kann doch ganz sicher etwas, das man nicht als Tatsache ausdrücken darf, als Fantasievorstellung äußern. *Falls* man diese Instruktionen mit Bedingungen und Definitionen absichern könnte; *falls* man die Instruktionen hinreichend deutlich und hinreichend kräftig formulieren könnte – *wäre* es dann möglich, ein menschliches Wesen zu töten, ohne daß ein so überwältigender Grund wie die Rettung eines anderen menschlichen Wesens dahintersteht?«

Giskard antwortete ausdruckslos: »Ich weiß es nicht. Aber ich argwöhne, daß es möglich sein könnte.«

»Aber in dem Fall – *falls* dein Argwohn zutreffen sollte – würde das doch implizieren, daß es unter ganz speziellen Bedingungen möglich ist, das Erste Gesetz zu neutralisieren. Das Erste Gesetz *könnte in dem Fall* – und demzufolge auch ganz sicher die anderen Gesetze – so modifiziert werden, daß es seine Wirkung verliert. Die Gesetze, selbst das Erste Gesetz, könnten dann nicht mehr absolut sein, sondern nur noch das, als was sie die Erbauer jener Roboter definieren.«

»Es ist genug, Freund Daneel«, sagte Giskard. »Geh nicht weiter!«

»Es gibt noch einen Schritt, Freund Giskard. Partner Elijah hätte jenen weiteren Schritt getan.«

»Er war ein menschliches Wesen. Er konnte es.«

»Ich muß es versuchen. *Wenn* die Gesetze der Robotik, selbst das Erste Gesetz, nicht absolut gelten und *wenn* menschliche Wesen sie modifizieren können, könnte es dann nicht sein, daß *vielleicht* unter den geeigneten Bedingungen wir selbst sie mod....«

Er hielt inne.

Und Giskard sagte kaum hörbar: »Nicht weiter!«

Und Daneel sagte, und seine Stimme war von einem leisen Summen übertönt: »Ich gehe nicht weiter.«

Dann herrschte lange Zeit Schweigen. Die Positronenbahnen der beiden Roboter befanden sich in Dissonanz, und es dauerte eine Weile, bis der Mißklang aufhörte.

Schließlich sagte Daneel: »Da erhebt sich ein weiterer Gedanke. Der Aufseher war nicht nur wegen seiner Instruktionen gefährlich, sondern auch wegen seines Aussehens. Das hat mich behindert und wahrscheinlich auch den Captain und könnte andere menschliche Wesen im allgemeinen irreführen und täuschen, so wie ich, ohne das zu beabsichtigen, den Matrosen Niss getäuscht habe. Ihm war ganz offensichtlich nicht bewußt, daß ich ein Roboter bin.«

»Und was folgt daraus, Freund Daneel?«

»Auf Aurora sind unter der Führung Dr. Amadiros im Robotik-Institut eine Anzahl humanoider Roboter konstruiert worden, nachdem dem Institut die Entwürfe Dr. Fastolfes zur Verfügung gestellt worden waren.«

»Das ist wohlbekannt.«

»Was ist aus diesen humanoiden Robotern geworden?«

»Das Projekt ist gescheitert.«

»Das ist wohlbekannt«, sagte Daneel, »aber das beantwortet die Frage nicht. Was ist aus jenen humanoiden Robotern geworden?«

»Man kann annehmen, daß sie zerstört worden sind.«

»Eine solche Annahme muß nicht notwendigerweise zutreffen. Sind sie tatsächlich zerstört worden?«

»Jedenfalls wäre das die vernünftige Lösung gewesen. Was soll man sonst mit einem gescheiterten Experiment machen?«

»Woher wissen wir denn, daß das Experiment wirklich gescheitert ist – uns ist doch nur bekannt, daß man die humanoiden Roboter entfernt hat.«

»Reicht das nicht, wenn man sie entfernt und zerstört hat?«

»Ich habe nicht gesagt, ›zerstört‹, Freund Giskard. Das ist mehr, als wir wissen. Wir wissen, daß man sie entfernt hat.«

»Warum sollte man das getan haben, wenn das Experiment nicht gescheitert ist?«

»Und wenn es *nicht* gescheitert wäre, gäbe es dann keinen Grund für ihre Entfernung?«

»Ich kann mir keinen denken, Freund Daneel.«

»Denk noch einmal nach, Giskard! Erinnere dich, daß wir jetzt von humanoiden Robotern sprechen, die, wie wir jetzt meinen, aus der bloßen Tatsache ihrer humanoiden Natur heraus gefährlich sein könnten. In unserem letzten Gespräch sind wir zu dem Schluß gelangt, daß auf Aurora Pläne bestanden, die Siedler zu besiegen, und zwar ganz sicher in drastischer Weise und mit einem Schlag. Wir waren zu dem Schluß gelangt, daß diese Pläne sich auf den Planeten Erde konzentrieren müßten. Habe ich recht?«

»Ja, Freund Daneel.«

»Könnte es dann nicht sein, daß Dr. Amadiro im Mittelpunkt dieses Planes steht? Seine Antipathie, die er der Erde gegenüber empfindet, ist seit zwanzig Dekaden kein Geheimnis. Und wenn Dr. Amadiro eine Anzahl humanoider Roboter gebaut hat, wo hätte man die dann hinschicken können, wenn sie auf Aurora verschwunden sind? Bedenke – wenn solarianische Robotiker die Drei Gesetze verzerren können, dann können auroranische Robotiker dasselbe.«

»Willst du damit andeuten, Freund Daneel, daß man die humanoiden Roboter zur Erde geschickt hat?«

»Genau das. Um dort die Erdenmenschen durch ihr menschliches Aussehen zu täuschen und den Schlag vorzubereiten und zu ermöglichen, den Dr. Amadiro gegen die Erde führen möchte.«

»Dafür hast du keine Beweise.«

»Und dennoch ist es möglich. Versuche meiner Argumentation zu folgen!«

»Wenn das so wäre, würden wir zur Erde reisen müssen. Wir müßten dort eingreifen und die Katastrophe irgendwie verhindern.«

»Ja, so ist es.«

»Aber das können wir nicht, wenn nicht Lady Gladia zur Erde reist; und das ist unwahrscheinlich.«

»Wenn du den Captain dahingehend beeinflussen kannst, dieses Schiff zur Erde zu bringen, hätte Madam Gladia keine Wahl, als mitzukommen.«

»Das kann ich nicht, ohne ihm zu schaden«, sagte Giskard. »Er ist fest entschlossen, zu seinem eigenen Planeten, Baleys Welt, zu reisen. Wir müssen ihn dahin bringen, zur Erde zu reisen, wenn uns das überhaupt gelingt, nachdem er das auf Baleys Welt getan hat, was er dort zu tun beabsichtigt.«

»Dann könnte es bereits zu spät sein.«

»Das kann ich nicht ändern. Ich darf einem menschlichen Wesen keinen Schaden zufügen.«

»Wenn es zu spät ist – Freund Giskard, bedenke doch, was das bedeuten würde.«

»Ich kann nicht bedenken, was das bedeuten würde. Ich weiß nur, daß ich einem menschlichen Wesen nicht schaden kann.«

»Dann ist das Erste Gesetz also doch nicht genug, und wir müssen...«

Weiter konnte er nicht gehen, und beide Roboter sanken in hilfloses Schweigen.

30

Je weiter sich das Schiff Baleys Welt näherte, desto deutlicher war der Planet zu sehen. Gladia betrachtete ihn interessiert auf dem Sichtgerät ihrer Kabine; dies war das erste Mal, daß sie eine Siedler-Welt zu Gesicht bekam.

Sie hatte gegen diese Etappe der Reise protestiert, als D. G. sie davon verständigt hatte; aber er hatte ihren Einspruch mit einem Achselzucken und einem flüchtigen Lächeln abgetan. »Was wollen Sie denn, my Lady? Ich muß diese Waffe Ihrer Leute (das ›Ihre‹ betonte er dabei leicht) zu meinen Leuten bringen, und berichten muß ich ihnen auch.«

Gladia wandte kühl ein: »Der Auroranische Rat hat Ihnen nur

unter der Bedingung erlaubt, mich nach Solaria mitzunehmen, daß Sie mich wieder zurückbringen.«

»Das stimmt nicht, my Lady. Darüber mag eine stille Übereinkunft vorgelegen haben; aber schriftlich gibt es nichts; keinen formellen Vertrag.«

»*Mich* würde auch eine formlose Übereinkunft binden, und jedes andere zivilisierte Individuum auch, D. G.«

»Ganz sicherlich, Madam Gladia. Aber für uns Händler gilt das Geld und unterschriebene Dokumente. Ich würde niemals, unter gar keinen Umständen, einen schriftlichen Vertrag verletzen oder mich weigern, etwas zu tun, wofür man mich bezahlt hat.«

Gladias Kinn hob sich. »Ist das eine Andeutung, daß ich Sie bezahlen muß, damit Sie mich nach Hause bringen?«

»Madam!«

»Kommen Sie! Kommen Sie, D. G.! Jetzt spielen Sie bloß nicht den Beleidigten! Wenn ich Gefangene auf Ihrem Planeten sein soll, dann sagen Sie das, und sagen Sie mir auch, warum. Ich will genau wissen, wie ich dran bin.«

»Sie sind nicht meine Gefangene und werden das auch nicht sein. Tatsächlich werde ich diese formlose Übereinkunft auch honorieren. Ich *werde* Sie nach Hause bringen – später. Aber zuerst muß ich nach Baleys Welt, und Sie müssen mitkommen.«

»Warum muß ich mitkommen?«

»Man wird Sie auf meiner Welt sehen wollen. Sie sind die Heldin von Solaria. Sie haben uns gerettet. Sie dürfen meinen Leuten nicht die Gelegenheit nehmen, sich für Sie heiserzuschreien. Außerdem waren Sie die gute Freundin unseres Vorfahren.«

»Was wissen Sie davon – oder was glauben Sie davon zu wissen?« sagte Gladia mit scharfer Stimme.

D. G. grinste. «Nichts, was für Sie abträglich wäre, das versichere ich Ihnen. Sie sind eine Legende, und Legenden sind größer als das Leben – obwohl ich zugeben muß, daß eine Legende leicht größer sein könnte als Sie, my Lady – und viel edler. Unter normalen Umständen würde ich Sie nicht auf Baleys Welt bringen wollen, weil Sie hinter der Legende zurückbleiben würden. Sie sind nicht groß genug, nicht schön genug, nicht majestätisch genug. *Aber*, wenn sich herumspricht, was auf Solaria geschehen ist, werden Sie plötzlich allen Erfordernissen entsprechen. Tatsächlich könnte es sogar sein, daß man Sie dann nicht mehr gehen lassen will. Vergessen Sie nicht – wir sprechen von Baleys Welt, dem Planeten, auf dem man die Geschichte des Vorfahren viel ernster nimmt als auf irgendeinem anderen – und Sie sind ein Teil dieser Geschichte.«

»Das dürfen Sie nicht als Vorwand benutzen, um mich gefangenzuhalten.«

»Ich verspreche Ihnen, daß ich das nicht tun werde. Und ich verspreche Ihnen auch, Sie nach Hause zu bringen – wenn ich kann – wenn ich kann.«

Der Ärger, den Gladia empfand, hielt nicht an, obwohl sie sich dazu berechtigt fühlte. Sie wollte sehen, wie es auf den Siedler-Welten zuging, und außerdem war dies immerhin Elijah Baleys Welt. Sein Sohn hatte sie gegründet. Er selbst hatte die letzten Dekaden seines Lebens hier verbracht. Auf Baleys Welt würde es Dinge geben, die an ihn erinnerten – den Namen des Planeten, seine Nachkommen, seine Legende.

Und so betrachtete sie den Planeten – und dachte an Elijah.

31

Diese Betrachtung brachte ihr wenig, und sie empfand Enttäuschung. Durch die Wolkenschicht, die den Planeten bedeckte, war nicht viel zu erkennen. Aus der geringen Erfahrung, die sie als Raumreisende hatte, schien es ihr, als ob die Wolkenschicht dichter wäre als auf den anderen bewohnten Planeten. Sie würden binnen weniger Stunden landen und...

Das Signallicht blitzte, und Gladia beeilte sich, den Warteknopf zu drücken. Ein paar Augenblicke später drückte sie den ›Bitte eintreten!‹-Knopf.

D. G. trat lächelnd ein. »Komme ich gerade ungelegen, my Lady?«

»Eigentlich nicht«, sagte Gladia. »Ich wollte bloß die Handschuhe anziehen und meine Nasenfilter anbringen. Wahrscheinlich sollte ich sie die ganze Zeit tragen, aber sie werden lästig, und irgendwie fange ich an, die Infektionsgefahr nicht mehr ganz so ernst zu nehmen.« Sie lächelte.

»Danke!« sagte D. G., als hätte sie ihm damit einen persönlichen Gefallen getan. »Wir werden bald landen, Madam, und ich habe Ihnen einen Overall gebracht, den man sterilisiert und in diesen Plastikbeutel getan hat, um sicherzustellen, daß ihn nach der Sterilisierung keine Siedlerhand mehr berührt hat. Er ist leicht anzulegen. Sie werden keine Schwierigkeiten haben und feststellen, daß er außer der Nase und den Augen alles bedeckt.«

»Nur für mich, D. G.?«

»Nein, nein, my Lady. Wir alle tragen solche Overalls, wenn wir um diese Jahreszeit ins Freie gehen. Im Augenblick ist in unserer Hauptstadt Winter, und deshalb ist es kalt. Wir leben auf einer ziemlich kalten Welt – dichte Wolkendecke – häufige Niederschläge, oft Schnee.«

»Selbst in den Tropen?«

»Nein, dort ist es gewöhnlich heiß und trocken. Aber die Bevölkerung konzentriert sich auf die kühleren Regionen. Uns gefällt es dort. Das Klima ist anregend. Man hat Tiergattungen von der Erde in den Meeren ausgesetzt, und diese sind sehr fruchtbar, so daß die Fische und die anderen Lebewesen sich reichlich vermehrt haben. Demzufolge gibt es keine Knappheit an Lebensmitteln, obwohl der Ackerbau ziemlich behindert ist und wir niemals zur Kornkammer der Galaxis werden können. Die Sommer sind kurz, aber recht heiß, und die Strände sind dann dicht bevölkert, wenn Sie sie auch vielleicht uninteressant finden würden, da es bei uns ein starkes Nacktheitstabu gibt.«

»Ein recht eigenartiges Wetter, scheint mir.«

»Das kommt von der Verteilung der Kontinente und der Umlaufbahn um die Sonne; sie ist ein wenig exzentrischer, als das üblicherweise der Fall ist, und noch ein paar anderen Dingen. Offengestanden verstehe ich nicht sehr viel davon.« Er zuckte die Achseln. »Interessiert mich nicht.«

»Sie sind ein Händler. Ich kann mir vorstellen, daß Sie nicht sehr oft auf dem Planeten sind.«

»Das ist richtig. Aber ich bin nicht deshalb Händler, um mich dem Planeten fernzuhalten oder ihm gar zu entfliehen. Mir gefällt es hier; und doch würde es mir vielleicht weniger gefallen, wenn wir häufiger hier wären. So betrachtet hat das rauhe Klima von Baleys Welt durchaus seinen Nutzen. Es ermuntert einen dazu, den Beruf des Händlers zu ergreifen. Baleys Welt bringt Männer hervor, die die Meere nach Nahrung absuchen; und zwischen dem Leben auf See und dem Leben im Weltraum besteht einige Ähnlichkeit. Ich würde sagen, daß ein gutes Drittel der raumfahrenden Händler von Baleys Welt stammt.«

»Sie erscheinen mir beinahe hektisch, D. G.«, sagte Gladia.

»So, tu ich das? Nun, ich empfinde meinen Zustand im Augenblick nur als wohlgelaunt. Und dazu habe ich Anlaß. Ebenso wie Sie.«

»Oh?«

»Das liegt doch auf der Hand, oder nicht? Wir konnten Solaria lebend verlassen. Wir wissen ganz genau, worin die solarianische Gefahr besteht. Wir haben eine ungewöhnliche Waffe an uns bringen können, die unsere Militärs interessieren sollte. Und Sie werden die Heldin von Baleys Welt sein. Die Behörden sind bereits mit dem Verlauf der Ereignisse vertraut gemacht worden und sind begierig, Sie zu begrüßen. Was das betrifft, sind Sie auch die Heldin dieses Schiffs. So gut wie jeder Mann an Bord hat sich erboten, Ihnen diesen Overall zu bringen. Sie sind alle begierig auf Ihre Nähe, sozusagen, um sich in Ihrer Aura zu baden.«

»Was für eine Veränderung!« sagte Gladia trocken.

»Unbedingt. Niss – das ist der Matrose, den Ihr Daneel gezüchtigt hat...«

»Ich erinnere mich sehr wohl, D. G.«

»Er möchte sich gern bei Ihnen entschuldigen. Und seine vier Kollegen möchte er auch mitbringen, damit die sich ebenfalls entschuldigen. Und dann will er in Ihrer Gegenwart dem einen Tritt versetzen, der diese ungehörige Bemerkung gemacht hat. Er ist kein schlechter Kerl, my Lady.«

»Sicher ist er das nicht. Sagen Sie ihm, ich hätte ihm

verziehen und den kleinen Zwischenfall vergessen. Und wenn Sie das arrangieren wollen, werde ich... werde ich ihm die Hand geben und ein paar von den anderen vielleicht auch, ehe wir von Bord gehen. Aber sie dürfen sich nicht um mich drängen.«

»Das verstehe ich. Aber daß es in Baleytown nicht ein paar Menschenansammlungen geben wird, kann ich Ihnen nicht garantieren. Baleytown ist die Hauptstadt von Baleys Welt. Ich wüßte nicht, wie man einzelne Regierungsbeamte davon abhalten sollte, sich dadurch politischen Vorteil zu verschaffen, indem sie sich mit Ihnen sehen lassen, und dabei grinsen und sich vor den Kameras verbeugen.«

»Jehoshaphat! – wie Ihr Vorfahre jetzt wahrscheinlich gesagt hätte.«

»Sagen Sie das nach der Landung nie mehr, Madam. Das ist ein Ausdruck, der einzig und allein ihm vorbehalten war. Es gilt als geschmacklos, wenn jemand anderer das sagt. – Es wird Reden geben und viel Jubel und alle möglichen sinnlosen Formalitäten. Es tut mir wirklich leid, my Lady.«

Sie nickte nachdenklich. »Ich könnte darauf verzichten, aber wahrscheinlich läßt sich das nicht verhindern.«

»Nein, ganz bestimmt nicht, my Lady.«

»Wie lange wird es dauern?«

»Bis die Leute müde werden. Ein paar Tage vielleicht. Aber ein wenig Abwechslung wird es dabei schon geben.«

»Und wie lange bleiben wir auf dem Planeten?«

»Bis *ich* müde werde. Es tut mir leid, my Lady, aber ich habe viel zu tun – muß viele Besuche machen – Freunde aufsuchen...«

»Und Frauen lieben.«

»Ja, so ist das wohl mit der menschlichen Schwäche«, sagte D. G. und grinste breit.

»Jetzt fehlt nur noch, daß Sie zu sabbern anfangen.«

»Das ist eine meiner Schwächen; das Sabbern schaffe ich nicht.«

Gladia lächelte. »Daß Sie völlig rational sind, wollen Sie ja wohl nicht behaupten, oder?«

»Nein, das hab' ich auch nie behauptet. Aber davon abgesehen, muß ich ja auch ein paar so lästige Dinge berücksichtigen wie die Tatsache, daß meine Offiziere und die Mannschaft *ihre* Familien und Freunde besuchen wollen, ein wenig schlafen und auch ein wenig Spaß haben – und sofern Sie auch die Gefühle lebloser Gegenstände in Betracht ziehen wollen, darf ich vielleicht hinzufügen, daß das Schiff repariert, gewartet und mit Treibstoff versehen werden muß. Kleinigkeiten der Art.«

»Und wie lange werden diese Kleinigkeiten dauern?«

»Monate vielleicht – wer weiß?«

»Und was tue ich unterdessen?«

»Sie könnten sich unsere Welt ansehen, Ihren Horizont erweitern.«

»Aber Ihre Welt ist ja nicht gerade der aufregendste Ort in der Galaxis.«

»Das ist nur zu wahr. Aber wir werden versuchen, Ihren Aufenthalt abwechslungsreich zu gestalten.« Er blickte auf die Uhr. »Eine Warnung noch, Madam: Erwähnen Sie nicht, wie alt Sie sind.«

»Welchen Anlaß sollte ich dazu haben?«

»Nun, in beiläufigen Hinweisen könnte es dazu kommen. Man wird von Ihnen erwarten, daß Sie ein paar Worte sprechen, und Sie könnten beispielsweise sagen: ›In all den dreiundzwanzig Dekaden meines Lebens hat mir noch nie ein Planet so gut gefallen wie Baleys Welt. Wenn Sie versucht sein sollten, eine solche Bemerkung zu machen, dann sollten Sie dieser Versuchung widerstehen.«

»Gern. Ich habe ohnehin nicht vor, mich solchen Übertreibungen hinzugeben – aber, nur der Neugierde halber, warum eigentlich?«

»Einfach, weil es besser für die Leute ist, wenn sie Ihr Alter nicht kennen.«

»Aber sie kennen es doch, oder nicht? Sie wissen, daß ich mit Ihrem Vorfahren befreundet war, und sie wissen, wie lange es her ist, daß er gelebt hat. Oder stehen sie etwa unter dem Eindruck...« – und dabei sah sie ihn scharf an –, »daß ich eine entfernte Nachkomme *der* Gladia bin?«

»Nein, nein, sie wissen, wer Sie sind und wie alt Sie sind, aber das wissen Sie nur im Kopf« – und dabei tippte er sich an die Stirn – »und nur wenige Leute denken über das nach, was sie im Kopf haben; das haben Sie ja wahrscheinlich bemerkt.«

»Ja, das habe ich – selbst auf Aurora.«

»Das ist gut. Es würde mir nicht gefallen, wenn die Siedler in dieser Hinsicht etwas Besonderes wären. Nun, Sie sehen aus wie...« – er hielt inne und schien zu überlegen – »wie vierzig, vielleicht fünfundvierzig. Und so wird man Sie auch akzeptieren – im Bauch sozusagen; und dort befindet sich ja der Denkmechanismus der meisten Leute. Aber *nur*, wenn Sie denen Ihr wirkliches Alter nicht ausdrücklich auf die Nase binden.«

»Macht das wirklich einen so großen Unterschied?«

»Ob das einen Unterschied macht? Schauen Sie, der durchschnittliche Siedler mag wirklich keine Roboter. Er kann sie nicht leiden und empfindet nicht den geringsten Wunsch, welche um sich zu haben. In der Beziehung sind wir es zufrieden, uns von den Spacern zu unterscheiden. Mit dem langen Leben ist das etwas völlig anderes. Vierzig Dekaden sind ein gutes Stück mehr als zehn.«

»Nur wenige von uns werden wirklich vierzig Dekaden alt.«

»Und wenige von uns zehn. Wir lehren die Vorteile, die ein kurzes Leben bietet: Qualität gegen Quantität; Evolutionstempo; die sich beständig wandelnde Welt – aber in Wirklichkeit kann man es den Menschen nicht verkaufen, daß es glücklicher macht, nur zehn Dekaden zu leben, wo sie sich doch vorstellen können, auch vierzig leben zu können. Und deshalb erzeugt die Propaganda, wenn sie über einen bestimmten Punkt hinausgeht, so etwas wie einen Rückschlag; und es ist am besten, darüber den Mund zu halten. Wie Sie sich gut vorstellen können, bekommen die Leute auf Baleys Welt selten Spacer zu Gesicht und haben daher keinen Anlaß, darüber mit den Zähnen zu knirschen, daß Spacer jung und vital aussehen, obwohl sie doppelt so alt sind wie der älteste Siedler, der je gelebt hat. In *Ihnen* wird man das sehen. Und wenn sie darüber nachdenken, wird sie das beunruhigen.«

Gladia sah ihn an und meinte bitter: »Hätten Sie es gerne,

wenn ich eine Rede hielte und denen genau sage, was vierzig Dekaden bedeuten? Soll ich ihnen sagen, um wie viele Jahre man den Frühling der Hoffnung überlebt, ganz zu schweigen von Freunden und Bekannten. Soll ich ihnen sagen, wie sinnlos Begriffe wie Kinder und Familie werden und wie langweilig das endlose Kommen und Gehen von einem Ehemann nach dem anderen ist, wie all die formlosen Beziehungen dazwischen und daneben in einer Art Nebel verschwimmen; wie dann einmal die Zeit kommt, wo man alles, was man sehen wollte, gesehen hat, und alles gehört, was man hören wollte; wie man plötzlich feststellt, daß es unmöglich ist, einen neuen Gedanken zu denken, und vergißt, was Erregung bedeutet, und die Freude der Entdeckung, und man jedes Jahr aufs neue lernen muß, wie intensiv doch Langeweile werden kann?«

»Die Menschen auf Baleys Welt würden das nicht glauben. Und ich wahrscheinlich auch nicht. Empfinden Spacer denn so – oder haben Sie sich das jetzt alles ausgedacht?«

»Ich weiß nur mit Gewißheit, was ich selbst empfinde; aber ich habe miterlebt, wie andere beim Älterwerden abstumpften; ich habe erlebt, wie sie immer verbitterter wurden und wie ihr Ehrgeiz dahinschwand und ihre Gleichgültigkeit wuchs.«

D. G. preßte die Lippen zusammen und musterte sie ernst. »Ist die Selbstmordrate auf den Spacer-Welten hoch? Ich habe das nie gehört.«

»Sie beträgt praktisch null.«

»Aber das paßt doch nicht zu dem, was Sie sagen.«

»Überlegen Sie doch! Wir sind von Robotern umgeben, deren höchste Aufgabe es ist, uns am Leben zu erhalten. Es gibt keine Möglichkeit, uns selbst zu töten, wo doch stets unsere scharfäugigen, aktiven Roboter rings um uns sind. Ich bezweifle, daß einer von uns je auch nur daran gedacht hat, es zu versuchen. Ich selbst würde nicht im Traum daran denken, und wäre es nur deshalb, weil ich den Gedanken nicht ertragen könnte, was das für all meine Haushaltsroboter bedeuten würde – und noch mehr für Daneel und Giskard.«

»Aber Sie wissen doch, daß die in Wirklichkeit nicht leben. Sie haben keine Gefühle.«

Gladia schüttelte den Kopf. »Das sagen Sie nur, weil Sie nie mit ihnen zusammengelebt haben. – Jedenfalls glaube ich, daß sie die Sehnsucht nach einem verlängerten Leben bei Ihren Leuten überschätzen. *Sie* kennen mein Alter. *Sie* sehen mich vor sich, und doch stört es Sie nicht.«

»Das kommt daher, weil ich überzeugt bin, daß die Spacer-Welten schwächer werden und sterben müssen; daß die Siedler-Welten die wahre Hoffnung für die Zukunft der Menschheit sind und daß die Gewähr dafür in unserer Kurzlebigkeit liegt. Wenn ich mir das anhöre, was Sie gerade gesagt haben, und davon ausgehe, daß es die Wahrheit ist, so macht mich das nur noch sicherer.«

»Seien Sie nicht so überzeugt! Vielleicht entwickeln Sie Ihre eigenen unüberwindlichen Probleme, sofern es die nicht schon lange gibt.«

»Das ist ohne Zweifel möglich, my Lady. Aber jetzt muß ich Sie verlassen. Das Schiff setzt zum Landeanflug an, und ich muß den Computer, der es lenkt, intelligent anstarren, sonst glaubt mir keiner, daß ich der Kapitän des Schiffes bin.«

Er ging hinaus, und sie blieb eine Weile gedankenverloren stehen und zupfte abwesend an der Plastikhülle, in die der Overall verpackt war. Sie hatte auf Aurora ein Gefühl des Gleichgewichts erreicht, hatte sich mit ihrem Leben arrangiert und war es zufrieden, es still dahingehen zu lassen. Mahlzeit um Mahlzeit, Tag um Tag, Jahreszeit um Jahreszeit war es verstrichen, und die Stille hatte sie beinahe von dem eintönigen Warten auf das einzige noch verbleibende Abenteuer abgekapselt – jenem letzten Abenteuer des Todes. Und jetzt war sie auf Solaria gewesen und hatte die Erinnerungen einer Kindheit geweckt, die weit zurücklag; auf einer Welt, die weit zurücklag; und das hatte diese schützende Mauer der Stille zerschlagen, vielleicht für alle Zeit, und jetzt lag sie ungeschützt und bloß da, den Schrecken des weiterfließenden Lebens ausgesetzt.

Was würde an die Stelle jener verschwundenen Stille treten?

Sie wurde sich der schwach leuchtenden Augen Giskards bewußt, die auf sie herabblickten, und sagte: »Hilf mir, das anzuziehen, Giskard!«

Es war kalt. Am Himmel hingen graue Wolken, und in der Luft glitzerten vereinzelte Schneekristalle. Auf dem Boden blies die frische Brise puderigen Schnee in kleinen Wirbeln herum, und am Rande des Landefeldes konnte Gladia aufgetürmte Schneehügel erkennen.

Überall drängten sich die Menschen hinter Absperrungen, die sie davon abhielten, zu nahe heranzukommen. Alle trugen Overalls in verschiedenen Farben und Schnitten; sie wirkten irgendwie aufgebläht und sahen aus wie eine Schar formloser Gegenstände mit Augen. Einige trugen Visiere, die durchsichtig über ihren Gesichtern glänzten.

Gladia drückte sich die behandschuhte Hand ans Gesicht. Abgesehen von ihrer Nase war ihr warm. Der Overall bewirkte mehr als bloße Isolation; er schien eigene Wärme auszustrahlen.

Sie sah sich um. Daneel und Giskard waren in Reichweite, jeder mit einem Overall bekleidet.

Zuerst hatte sie dagegen Einwände gehabt: »Sie brauchen keine Overalls. Sie sind nicht kälteempfindlich.«

»Sicher sind sie das nicht«, hatte D. G. gesagt. »Aber Sie haben gesagt, Sie würden ohne sie nirgends hingehen, und wir können ja nicht gut Daneel der Kälte ausgesetzt dasitzen lassen; es würde unnatürlich erscheinen. Und dann wollen wir auch nicht dadurch Feindseligkeiten provozieren, indem wir allen sichtbar machen, daß Sie Roboter haben.«

»Aber das weiß man doch. Und außerdem verrät Giskard doch sein Gesicht, selbst wenn er einen Overall trägt.«

»Kann schon sein, daß man es weiß«, sagte D. G. »Aber wahrscheinlich werden sie nicht darüber nachdenken, wenn man sie nicht dazu zwingt – also wollen wir sie auch nicht zwingen.«

D. G. winkte sie in einen Wagen, dessen Seitenwände und Dach durchsichtig waren. »Man wird Sie beim Fahren sehen wollen, my Lady«, sagte er und lächelte.

Gladia nahm auf der einen Seite Platz, und D. G. setzte sich auf die andere. »Ich bin auch ein Held«, sagte er.

»Legen Sie Wert darauf?«

»Oh, ja. Das bedeutet, daß meine Mannschaft eine Prämie bekommt, und mich wird man vielleicht befördern; dagegen habe ich nichts einzuwenden.«

Jetzt stiegen auch Daneel und Giskard in den Wagen und nahmen vorn Platz, so daß sie den zwei menschlichen Wesen gegenübersaßen. Daneel saß Gladia gegenüber, Giskard D. G.

Vor ihnen stand ein weiterer Wagen, der nicht durchsichtig war, und hinter ihnen eine Reihe von einem guten Dutzend. Aus der versammelten Menge waren Beifallsrufe zu hören, und alle fuchtelten mit den Armen herum. D. G. lächelte und hob seinerseits den Arm und bedeutete Gladia, sie solle es ihm gleichtun. Sie winkte flüchtig. Im Wageninnern war es warm, und sie hatte inzwischen wieder Gefühle in ihrer Nasenspitze.

»An diesen Fenstern glitzert etwas«, sagte sie. »Das ist unangenehm. Läßt sich das entfernen?«

»Ohne Zweifel. Aber das geht nicht«, sagte D. G. »Das ist das unauffälligste Kraftfeld, das wir errichten können. Diese Leute dort draußen sind erregt, und man hat sie durchsucht; aber irgend jemand könnte doch eine Waffe versteckt haben, und wir wollen nicht, daß Sie verletzt werden.«

»Sie meinen, jemand könnte versuchen, mich zu töten?«

(Daneels Augen suchten ruhig die Menschenmenge auf einer Seite des Wagens ab; die Augen Giskards die andere.)

»Sehr unwahrscheinlich, my Lady. Aber Sie sind Spacer, und Siedler mögen nun mal Spacer nicht. Ein paar dort draußen könnten sie mit solch überwältigender Abneigung hassen, daß sie in Ihnen nur den Spacer sehen. – Aber machen Sie sich keine Sorgen; selbst wenn es jemand versuchen sollte, was – wie ich schon sagte – unwahrscheinlich ist, wird es ihm nicht gelingen.«

Die Kolonne begann sich in Bewegung zu setzen, alle Wagen gleichzeitig und sehr glatt.

Gladia richtete sich erstaunt auf. Vor der Trennscheibe, die den Raum abschloß, war niemand. »Wer fährt?« fragte sie.

»Die Wagen sind durch und durch computerisiert«, sagte D. G. »Ist das bei Spacer-Wagen nicht der Fall?«

»Wir haben Roboter, die sie lenken.«

D. G. fuhr fort zu winken, und Gladia machte es ihm automatisch nach. »Wir nicht«, sagte er.

»Aber ein Computer ist im wesentlichen doch dasselbe wie ein Roboter.«

»Ein Computer ist nicht humanoid und fällt einem auch nicht auf. Technologisch betrachtet, mag die Ähnlichkeit sehr groß sein, aber in psychologischer Hinsicht liegen Welten dazwischen.«

Gladia blickte auf die Landschaft hinaus, die an ihnen vorbeizog, und empfand sie als bedrückend kahl und karg. Selbst wenn man in Betracht zog, daß Winter war, so war an den wenigen verstreuten, blattlosen Büschen doch etwas Niederdrückendes, ebenso wie an den dünn verteilten Bäumen, die so verkrüppelt und saftlos aussahen, als wollten sie den Tod noch betonen, der alles umklammert zu halten schien.

D. G. fiel ihr deprimierter Zustand auf, den er mit ihren hin- und herhuschenden Blicken in Einklang brachte, und er meinte: »Im Augenblick sieht es nach nichts Besonderem aus, my Lady. Im Sommer allerdings ist es gar nicht schlecht. Dann gibt es mit Gras bewachsene Ebenen, Obstgärten, Kornfelder...«

»Wälder?«

»Keine Urwälder. Wir sind immer noch eine im Wachstum begriffene Welt. Baleys Welt wird noch geformt. Schließlich haben wir ja nur knapp eineinhalb Jahrhunderte Zeit gehabt. Die erste Stufe bestand darin, ein paar Landstriche für die ersten Siedler zu kultivieren; dazu hat man importiertes Saatgut benutzt. Dann haben wir im Meer Fische und Invertebraten aller Art ausgesetzt und uns dabei große Mühe gegeben, ihnen eine Ökologie anzubieten, die sich selbst am Leben erhalten kann. Das ist relativ einfach, wenn die Meereschemie sich eignet; wenn nicht, dann ist der Planet nicht ohne umfangreiche chemische Modifikation bewohnbar zu machen, und das hat man noch nie versucht, obwohl es für derartige Prozeduren alle möglichen Pläne gibt. Am Ende versuchen wir das Land zum Blühen zu bringen, aber das ist immer schwierig und langwierig.«

»Sind alle Siedler-Welten denselben Weg gegangen?«

»Sie gehen ihn. Ganz fertig ist noch keine. Baleys Welt ist die älteste, und wir sind längst noch nicht fertig. Nach ein paar hundert Jahren werden die Siedler-Welten reich und voll Leben sein, auf dem Land ebenso wie im Meer – aber bis dahin wird es noch viele weitere junge Welten geben, die sich auf verschiedenen Entwicklungsstufen befinden. Ich bin sicher, daß die Spacer-Welten einst dasselbe erlebt haben.«

»Vor vielen Jahrhunderten und viel schneller, glaube ich. Wir hatten Roboter, die uns halfen.«

»Wir werden es schaffen«, sagte D. G. knapp.

»Und wie steht es mit dem eingeborenen Leben – den Pflanzen und Tieren, die sich auf dieser Welt vor dem Eintreffen menschlicher Wesen entwickelt hatten?«

D. G. zuckte die Achseln. »Belanglos. Kleine, schwächliche Geschöpfe. Die Wissenschaftler interessieren sich natürlich dafür, und deshalb existieren diese Lebensformen immer noch in speziellen Aquarien, botanischen Gärten und Zoos. Es gibt abseits liegende Wasserflächen und große Landmassen, die noch nicht umgewandelt worden sind; und dort gibt es noch einige eingeborene Lebensformen im Urzustand.«

»Aber am Ende werden auch diese Wildniszonen alle umgewandelt werden.«

»Das hoffen wir.«

»Haben Sie nicht das Gefühl, daß der Planet in Wirklichkeit diesen kleinen, schwächlichen Lebewesen gehört?«

»Nein. So sentimental bin ich nicht. Der Planet und das ganze Universum gehört der Intelligenz. Die Spacer stimmen darin mit uns überein. Wo ist das ursprüngliche Leben von Solaria?«

Die Wagenkolonne, die sich auf dem Raumhafen in Bewegung gesetzt hatte, erreichte jetzt eine ebene, gegossene Fläche, auf der ein paar niedrige Kuppelgebäude zu sehen waren.

»Capital Plaza«, sagte D. G. leise. »Hier schlägt das offizielle Herz des Planeten. Die Regierungsbehörden sind hier untergebracht, der Planetarische Kongreß tritt hier zusammen, da ist die Präsidentenvilla und so weiter.«

»Es tut mir leid, D. G., aber sehr eindrucksvoll ist das hier nicht. Diese Gebäude sind klein und uninteressant.«

D. G. lächelte. »Sie sehen nur die oberste Partie, my Lady. Die Gebäude selbst befinden sich unter der Erde – sie sind alle miteinander verbunden. Das Ganze ist in Wirklichkeit ein einziger Komplex, der immer noch im Wachsen begriffen ist. Eine völlig autarke Stadt, wissen Sie? Das hier und die umliegenden Wohngebiete ist Baleytown.«

»Haben Sie die Absicht, am Ende alles unterirdisch anzulegen? Die ganze Stadt? Die ganze Welt?«

»Die meisten von uns wollen es so haben, ja.«

»Wie ich höre, gibt es auf der Erde auch unterirdische Städte.«

»Ja, so ist es tatsächlich, my Lady. Die sogenannten Stahlhöhlen.«

»Und das imitieren Sie hier?«

»Das ist keine einfache Imitation. Wir fügen unsere eigenen Vorstellungen hinzu und ... Wir halten jetzt an, my Lady. Man wird uns gleich auffordern, auszusteigen. Ich würde mir meinen Overall zuhalten, wenn ich Sie wäre. Der Wind, der im Winter über die Plaza pfeift, ist legendär.«

Gladia tat, wie man ihr empfohlen hatte, und hatte einige Mühe, die Ränder ihres Overalls aneinanderzudrücken. »Das ist also keine einfache Imitation, sagen Sie.«

»Nein. Bei der Konstruktion unserer unterirdischen Lebensräume haben wir an das Wetter gedacht. Da unser Klima im ganzen betrachtet rauher ist als das der Erde, waren einige Modifikationen in der Architektur notwendig. Bei richtiger Bauweise bedarf es fast keines Energieaufwandes, um den Komplex im Winter warm und im Sommer kühl zu halten. In gewisser Weise heizen wir im Winter sogar mit der aufgespeicherten Wärme des vorangegangenen Sommers und kühlen im Sommer mit der Kälte des vorangegangenen Winters.«

»Und wie steht es mit der Lüftung?«

»Das zehrt einiges von dem auf, was wir speichern, aber nicht alles. Es funktioniert, my Lady, und eines Tages wird das hier sein wie auf der Erde. Das ist natürlich unser ehrgeiziges Ziel – Baleys Welt soll ein Abbild der Erde werden.«

»Ich wußte gar nicht, daß die Erde etwas so Bewundernswertes ist und es wünschenswert sein könnte, sie zu imitieren«, meinte Gladia sarkastisch.

D. G. drehte sich halb zu ihr um und sah sie scharf an. »Solche Witze sollten Sie in Gegenwart von Siedlern nie machen, my Lady – nicht einmal in meiner Gegenwart. Die Erde ist nichts, worüber man Witze macht.«

»Tut mir leid, D. G. Ich wollte Ihnen nicht zu nahetreten«, sagte Gladia.

»Sie haben es ja nicht gewußt. Aber *jetzt* wissen Sie es. Kommen Sie, steigen wir aus!«

Die Wagentür glitt lautlos zur Seite, und D. G. drehte sich in seinem Sitz herum und stieg aus. Dann streckte er Gladia die Hand hin, um ihr zu helfen, und sagte: »Sie werden zum Planetarischen Kongreß sprechen, wissen Sie, und jeder Regierungsbeamte, der sich hineinzwängen kann, wird das auch tun.«

Gladia, die die Hand ausgestreckt hatte, um nach der D. G.s zu greifen, und die bereits den eisigen Wind im Gesicht spürte, fuhr plötzlich zurück. »Ich muß eine Rede halten? Das hat man mir nicht gesagt.«

D. G. sah sie überrascht an. »Ich hatte eigentlich angenommen, das wäre für Sie selbstverständlich.«

»Nun, das ist es nicht. Ich kann keine Rede halten. So etwas habe ich noch nie getan.«

»Sie müssen aber. Daran ist doch nichts so Schlimmes. Schließlich brauchen Sie bloß ein paar Worte zu sagen, nach ein paar langen und langweiligen Begrüßungsreden.«

»Aber was kann ich denn sagen?«

»Gar nichts Besonderes, ganz bestimmt nicht. Einfach Frieden und Freundschaft und Bla-bla – eine halbe Minute reicht. Wenn Sie wollen, schreibe ich Ihnen ein paar Sätze auf.«

Gladia stieg aus dem Wagen, gefolgt von ihren Robotern. In ihrem Innern herrschte Aufruhr.

IX. DIE REDE

33

Beim Betreten des Gebäudes entledigten sie sich ihres Overalls und reichten sie bereitstehenden Helfern. Auch Daneel und Giskard legten sie ab, und die Helfer warfen letzterem scharfe Blicke zu und näherten sich ihm nur vorsichtig.

Gladia schob sich nervös die Nasenfilter zurecht. Sie hatte sich noch nie zuvor in Gegenwart so vieler großer, kurzlebiger menschlicher Wesen befunden – teilweise deshalb kurzlebig, wie sie wußte (oder wie man ihr immer gesagt hatte), weil sie chronische Infektionen und Heerscharen von Parasiten mit sich herumtrugen.

»Bekomme ich meinen eigenen Overall zurück?« flüsterte sie.

»Sie werden nicht den Overall von jemand anders tragen müssen«, versicherte D. G. »Man wird ihn separat aufbewahren und strahlsterilisieren.«

Gladia blickte vorsichtig in die Runde. Irgendwie hatte sie das Gefühl, daß selbst der optische Kontakt gefährlich sein könnte.

»Wer sind diese Leute?« Sie deutete auf einige Menschen, die auffällig bunte Kleidung trugen und offensichtlich bewaffnet waren.

»Sicherheitswachen, Madam«, sagte D. G.

»Selbst hier? In einem Regierungsgebäude?«

»Unbedingt. Und wenn wir auf dem Podium sind, wird uns ein Kraftfeld-Vorhang vom Zuhörerraum trennen.«

»Haben Sie kein Vertrauen zu Ihrer eigenen Legislatur?«

D. G. lächelte schief. »Nicht ganz. Das hier ist immer noch eine junge, rohe Welt, und jeder geht seiner eigenen Wege. Man hat uns noch nicht alle Ecken und Kanten abgeschlagen, und wir haben auch keine Roboter, die uns bewachen. Und dann gibt es hier außerdem noch militante Minderheits-Parteien; wir haben unsere eigenen Kriegsfalken.«

»Was sind Kriegsfalken?«

Die meisten der Leute hatten inzwischen ihren Overall abgelegt und bedienten sich bei den Getränken. Das gleichmäßig monotone Summen vieler Gespräche lag in der Luft, und die meisten Augenpaare waren die meiste Zeit auf Gladia gerichtet; aber niemand sprach sie an. Gladia erkannte schnell, daß sich um sie herum ein Ring des Ausweichens gebildet hatte.

D. G. bemerkte ihre Blicke und interpretierte sie richtig. »Man hat ihnen gesagt«, meinte er, »daß Sie gern ein wenig Raum um sich herum hätten. Ich glaube, die begreifen Ihre Furcht vor Ansteckung.«

»Es beleidigt sie hoffentlich nicht.«

»Vielleicht doch. Aber Sie haben da etwas bei sich, was ganz offensichtlich als Roboter zu erkennen ist; und *die* Art von Ansteckung mögen die meisten hier auf Baleys Welt nicht; ganz besonders die Kriegsfalken.«

»Sie haben mir immer noch nicht gesagt, was das ist.«

»Das werde ich schon, wenn wir Zeit dazu haben. Sie und ich und die anderen auf dem Podium werden jetzt gleich wegmüssen. – Die meisten Siedler sind der Ansicht, daß die Galaxis eines Tages ihnen gehören wird; daß die Spacer in dem Wettlauf der Expansion nicht werden mithalten können, ja das nicht einmal wollen. Daß es Zeit in Anspruch nehmen wird, wissen wir auch. Wir werden das nicht mehr erleben. Unsere Kinder wahrscheinlich auch nicht. Vielleicht wird es tausend Jahre dauern. Die Kriegsfalken wollen nicht warten. Sie wollen, daß das jetzt geklärt wird.«

»Sie wollen *Krieg*?«

»Das sagen sie nicht ausdrücklich. Und sie nennen sich auch nicht Kriegsfalken; so werden sie von uns vernünftigen Leuten genannt. Selbst nennen sie sich Erdsuprematisten. Das ist ganz geschickt, denn wer kann schon etwas gegen Leute sagen, die dafür sind, daß die Erde die führende Rolle in der Galaxis spielen soll. Dafür sind wir alle. Aber die meisten von uns rechnen nicht damit, daß das morgen passiert, und sind auch nicht wütend darüber, daß das nicht so sein wird.«

»Und diese Kriegsfalken könnten mich angreifen? Körperlich?«

D. G. bedeutete ihr mit einer Handbewegung, daß sie weitergehen müßten. »Ich glaube, wir müssen jetzt gehen, Madam. Die stellen uns jetzt auf. – Nein, ich glaube nicht, daß man Sie angreifen wird. Aber es kann nie schaden, auf der Hut zu sein.«

Gladia blieb stehen, als D. G. ihr ihren Platz in der Reihe zeigte.

»Nicht ohne Daneel und Giskard, D. G. Ich gehe ohne die beiden nirgends hin – nicht einmal auf das Podium; nicht nach dem, was Sie mir gerade über die Kriegsfalken gesagt haben.«

»Sie verlangen eine ganze Menge, my Lady.«

»Im Gegenteil, D. G.: Ich verlange gar nichts. Sie können mich sofort mit meinen Robotern nach Hause bringen.«

Gladia sah nervös zu, wie D. G. auf eine kleine Gruppe von Beamten zuging. Er machte eine leichte Verbeugung, wobei die Arme schräg nach unten wiesen. Gladia vermutete, daß es sich dabei um die übliche Respektsbezeigung der hiesigen Einwohner handelte.

Sie hörte nicht, was D. G. sagte; aber während sie ihn beobachtete, ging unwillkürlich eine etwas schmerzhafte Fantasievorstellung durch ihr Bewußtsein. Wenn es zu einem Versuch kommen sollte, sie gegen ihren Willen von ihren Robotern zu trennen, würden Daneel und Giskard sicherlich alles ihnen Mögliche tun, um das zu verhindern. Sie würden sich so schnell und exakt bewegen, daß wirklich niemand verletzt werden würde – aber die Sicherheitswachen würden sofort ihre Waffen einsetzen.

Sie würde das um jeden Preis verhindern müssen – so tun, als würde sie sich freiwillig von Daneel und Giskard trennen lassen, und sie auffordern, weiter hinten auf sie zu warten. Doch wie das anstellen? Sie war ihr ganzes Leben lang nie völlig ohne Roboter gewesen. Wie konnte sie sich ohne sie sicher fühlen? Aber welche andere Möglichkeit gab es, wenn es zu dem Dilemma kam?

Jetzt kehrte D. G. zurück. »Ihr Status als Heldin ist in einer Verhandlung recht nützlich, my Lady. Außerdem kann ich natürlich recht überzeugend reden. Ihre Roboter dürfen mitkommen. Sie werden hinter Ihnen auf dem Podium sitzen, aber nicht im Scheinwerferlicht. Und um des Vorfahren willen, my

Lady – machen Sie nicht auf sie aufmerksam. Sehen Sie sie nicht einmal an.«

Gladia seufzte erleichtert. »Sie sind nett, D. G.«, sagte sie etwas stockend. »Danke!«

Sie nahm ihren Platz ziemlich weit vorn in der Reihe ein, D. G. zu ihrer Linken, Daneel und Giskard hinter ihr und dahinter eine lange Schlange von Beamten und Würdenträgern beiderlei Geschlechts.

Eine Frau, die einen Stab trug, anscheinend das Symbol irgendeines Amtes, musterte die Reihe von Menschen sorgfältig, nickte, setzte sich an ihre Spitze und ging dann weiter. Alle folgten ihr.

Gladia bemerkte jetzt die Klänge von Musik; sie kam von vorn, ein recht einfacher Marschrhythmus. Sie fragte sich, ob man von ihr etwa erwartete, daß ihre Bewegungen sich irgendeiner Choreographie anpaßten. (Die Sitten und Gebräuche sind von Welt zu Welt unendlich und unvernünftig unterschiedlich, sagte sie sich.) Sie sah aus dem Augenwinkel zu D. G. hinüber und stellte fest, daß er sich recht gleichgültig mit schlurfenden Schritten bewegte. Sie kniff mißbilligend die Lippen zusammen und bewegte sich rhythmisch mit hochgerecktem Kopf und steifem Rückgrat. Wenn man ihr nicht sagte, was sie tun sollte, würde sie eben so marschieren, wie *sie* das wollte.

Sie kamen auf einer Art Bühne heraus, und in dem Augenblick erhoben sich aus Vertiefungen im Boden lautlos Stühle. Die Reihe löste sich auf; aber D. G. griff leicht nach ihrem Ärmel, und sie begleitete ihn. Die Roboter folgten ihr natürlich.

Dann stand sie vor dem Sitz, auf den D. G. stumm wies. Die Musik war jetzt laut, aber die Beleuchtung war nicht mehr ganz so hell, wie sie das vorher gewesen war. Und dann spürte sie nach schier endlosem Warten, wie D. G. sie sachte nach unten drückte. Sie nahm Platz, und die anderen taten es ihr gleich.

Sie nahm das schwache Schimmern des Kraftfeldes wahr und dahinter den Zuhörersaal, der mit einigen tausend Menschen gefüllt war. Die Sitzreihen waren in Form eines Amphitheaters angeordnet, das ziemlich steil nach oben führte. Jeder einzelne Platz war besetzt, und alle Anwesenden waren in dunkle

Farben gekleidet, braun und schwarz, und zwar beide Geschlechter in ähnlicher Weise (soweit sie sie überhaupt unterscheiden konnte). Die Sicherheitswachen in den Gängen waren in ihren grünen und karminroten Uniformen deutlich auszumachen. Ohne Zweifel sollten sie sofort erkennbar sein (wenn sie das auch ebenso zu sofortigen Zielscheiben machte, dachte Gladia).

Sie wandte sich halb zu D. G. um und sagte leise: »Sie haben hier ja eine riesige Legislatur.«

D. G. zuckte leicht die Achseln. »Ich glaube, jeder, der irgendwie mit dem Regierungsapparat zu tun hat, ist hier und dazu noch die jeweiligen Lebensgefährten und Gäste. Das ist ein Tribut an Ihre Popularität, my Lady.«

Sie ließ ihren Blick von rechts nach links und dann wieder zurück über den Zuhörersaal schweifen und versuchte dabei aus dem Augenwinkel auch Daneel oder Giskard zu entdecken – nur um sicher zu sein, daß sie auch da waren. Und dann dachte sie aufrührerisch, daß ein schneller Blick ja nicht schaden würde, und drehte bewußt den Kopf nach hinten. Sie waren da. Daß D. G. dabei verzweifelt die Augen nach oben drehte, bemerkte sie ebenfalls.

Sie zuckte zusammen, als ein Scheinwerferstrahl eine der Personen auf der Bühne erfaßte, während der Rest des Raumes noch dunkler wurde und in schattenhafter Substanzlosigkeit versank.

Die von dem Scheinwerferbalken erfaßte Gestalt stand auf und begann zu sprechen. Seine Stimme war nicht besonders laut, aber sie hallte von den Wänden wider, und Gladia konnte ein schwaches Dröhnen wahrnehmen und schloß daraus, daß sie bis in den letzten Winkel des riesigen Saales dringen mußte. Handelte es sich um einen so unauffälligen Verstärker, daß sie davon nichts sah, oder war die Halle besonders geschickt konstruiert? Sie wußte es nicht, gab sich aber befriedigt solchen Spekulationen hin, weil sie das eine Weile der Notwendigkeit enthob, dem zuzuhören, was geredet wurde.

Einmal hörte sie von einem unbestimmten Punkt im Zuhörersaal einen leisen Ruf, der wie ›Quacksalber‹ klang. Wenn nicht die perfekte Akustik gewesen wäre (sofern das zutraf), hätte sie wahrscheinlich nichts gehört.

Für sie bedeutete das Wort nichts; aber das kurze Lachen, das durch den Zuhörerraum ging, ließ sie vermuten, daß es sich um etwas Vulgäres handeln mußte. Dann verstummte das Gelächter wieder, und Gladia bewunderte das tiefe Schweigen, das folgte.

Die Zuhörerschaft *mußte* vielleicht leise sein, eben weil der Saal über eine so perfekte Akustik verfügte, daß man jeden Laut hören konnte – sonst würden der Lärm und das Durcheinander unerträglich sein. Und sobald die Sitte völliger Stille einmal etabliert war und daher Geräusche im Zuhörersaal zu einem Tabu wurden, würde natürlich alles außer völligem Schweigen undenkbar werden. – Es sei denn, wenn der Impuls, ›Quacksalber‹ zu murmeln, unwiderstehlich wurde, vermutete sie.

Gladia bemerkte, daß ihre Gedanken abzuschweifen begannen und ihre Augen zuzufallen drohten. Sie richtete sich mit einem kleinen Ruck auf. Die Bewohner des Planeten versuchten sie zu ehren; wenn sie während dieser Veranstaltung einschlief, würde das ganz sicher eine unerträgliche Beleidigung sein. Sie versuchte sich wachzuhalten, indem sie zuhörte; aber das schien sie nur noch schläfriger zu machen. So biß sie sich lieber auf die Zunge und atmete tief.

Drei Amtsträger sprachen, einer nach dem anderen, mit halb barmherziger Halbkürze. Und dann war Gladia plötzlich hellwach (war sie tatsächlich eingedöst, obwohl sie so dagegen angekämpft hatte? Und das vor Tausenden von Augenpaaren?), als der Scheinwerferstrahl auf den Stuhl links von ihr fiel und D. G. sich erhob, um zu sprechen.

Er schien völlig gelockert und hatte die Daumen in den Gürtel gehakt.

»Männer und Frauen von Baleys Welt«, begann er, »Amtsträger, Gesetzgeber, geehrte Führer, Mitbürger dieses Planeten. Sie alle haben etwas von dem gehört, was auf Solaria geschehen ist. Sie wissen, daß wir vollen Erfolg hatten, und Sie wissen, daß Lady Gladia von Aurora einen großen Beitrag zu diesem Erfolg geleistet hat. Jetzt ist die Zeit gekommen, Ihnen und allen meinen Mitbürgern von Baleys Welt, die auf Hypervision dieser Veranstaltung beiwohnen, einige von den Einzelheiten bekanntzugeben.«

Er fuhr fort, die Vorgänge in etwas abgewandelter Form zu schildern, und Gladia empfand leichte Belustigung über die Art und Weise, wie er seinen Bericht modifizierte. Über das eigene Unbehagen, das er in den Händen eines humanoiden Roboters empfunden hatte, ging er leicht hinweg. Giskard wurde überhaupt nicht erwähnt, die Rolle Daneels bagatellisiert und die Gladias kräftig hervorgehoben. Der Zwischenfall wurde zu einem Duell zwischen zwei Frauen, Gladia und Landaree, und am Ende war es dem Mut und der Autorität Gladias zuzuschreiben, daß sie den Sieg davongetragen hatte.

Schließlich sagte D. G.: »Und jetzt wird Lady Gladia, der Geburt nach Solarianerin, nach Bürgerschaft Auroranerin, aber der Tat nach eine der unseren...« (dabei erhob sich Applaus, der lauteste, den Gladia bis jetzt gehört hatte, da die Ausführungen der Vorredner nur sehr zurückhaltend aufgenommen worden waren).

D. G. hob beide Hände, um sich Stille zu verschaffen, die auch sofort eintrat, und schloß: »... zu Ihnen sprechen.«

Gladia bemerkte, daß der Scheinwerferstrahl jetzt sie erfaßt hatte, und wandte sich in plötzlicher Panik D. G. zu. Beifall hallte in ihren Ohren, und auch D. G. klatschte jetzt. Im Schutz des Applauses beugte er sich zu ihr hinüber und flüsterte: »Sie lieben sie alle, Sie wollen Frieden, und da Sie kein Gesetzgeber sind, sind Sie lange Reden von geringem Inhalt nicht gewöhnt. Sagen Sie das und setzen Sie sich dann.«

Sie sah ihn an, ohne zu begreifen, und war viel zu nervös, um das gehört zu haben, was er gesagt hatte.

Sie stand auf und sah sich endlosen Reihen von Menschen gegenüber.

34

Gladia kam sich sehr klein vor (wenn auch nicht das erste Mal in ihrem Leben), als sie sich dem Podium gegenübersah. Die Männer auf dem Podium waren alle größer als sie, ebenso die drei Frauen. Sie hatte das Gefühl, daß sie, obwohl alle saßen und sie selbst stand, über sie aufragten. Was die Zuhörer anging, die jetzt in fast drohendem Schweigen warteten, so war sie ganz sicher, daß alle dort draußen, in jeder Dimension, größer als sie waren.

Sie atmete tief und sagte: »Freunde...« – aber nur ein dünnes, atemloses Pfeifen kam über ihre Lippen. Sie räusperte sich (ihr kam es wie ein donnerndes Rasseln vor) und versuchte es noch einmal.

»Freunde!« Diesmal klang es einigermaßen normal. »Sie stammen alle von Erdenmenschen ab, jeder einzelne von Ihnen. *Ich* stamme ebenfalls von Erdenmenschen ab. Auf all den bewohnten Welten, ob es nun Spacer-Welten, Siedler-Welten oder die Erde selbst sind, gibt es keine menschlichen Wesen, die nicht entweder der Geburt oder der Abkunft nach Erdenmenschen sind. Angesichts dieser ungeheuren Tatsache verblassen alle anderen Unterschiede zur Bedeutungslosigkeit.«

Ihre Augen huschten nach links, um D. G. anzusehen, und sie bemerkte, daß er ganz leicht lächelte und daß eines seiner Augenlider zitterte, als wollte er ihr gleich zuzwinkern.

Sie fuhr fort: »Das sollte uns bei jedem Gedanken und allem, was wir tun, lenken. Ich danke Ihnen allen, daß Sie in mir einen Mitmenschen sehen und mich in Ihrer Mitte willkommengeheißen haben, ohne auf irgendeine andere Klassifikation zu achten, in die Sie vielleicht hätten versucht sein können, mich einzuordnen. Deswegen und in der Hoffnung darauf, daß bald der Tag kommen wird, an dem sechzehn Milliarden menschlicher Wesen, die in Liebe und Frieden miteinander leben, sich nur noch als das ansehen werden und nichts anderes – nicht mehr und nicht weniger –, sind Sie für mich nicht nur Freunde, sondern Verwandte.«

Applaus brach aus und dröhnte auf sie ein, und Gladia schloß in ihrer Erleichterung halb die Augen. Sie blieb stehen und ließ den Beifall andauern und badete sich in ihm und der Erkenntnis, daß sie gut gesprochen hatte und – was noch wichtiger war – genug. Als der Beifall zu verhallen begann, lächelte sie, verbeugte sich nach rechts und links und schickte sich an, Platz zu nehmen.

Da rief eine Stimme aus dem Saal: »Warum sprechen Sie nicht solarianisch?«

Sie erstarrte in der Bewegung und sah erschreckt D. G. an.

Der schüttelte leicht den Kopf und sagte mit lautlosen Mundbewegungen: »Ignorieren.« Dabei bedeutete er ihr mit einer unauffälligen Geste, sie solle Platz nehmen.

Sie starrte ihn ein oder zwei Sekunden lang an, und dann wurde ihr klar, was für einen unbeholfenen Anblick sie bieten mußte: das Gesäß in dem nicht zu Ende gebrachten Vorgang des Sich-Setzens ausgestreckt. Sie richtete sich im gleichen Augenblick auf und widmete dem Saal ein blitzendes Lächeln und schüttelte langsam den Kopf. Jetzt wurden ihr zum erstenmal Objektive hinten im Saal bewußt, deren glitzernde Linsen auf sie gerichtet waren.

Natürlich! D. G. hatte erwähnt, daß die Veranstaltung über Hyperwelle übertragen wurde. Und doch schien es jetzt kaum etwas auszumachen. Sie hatte gesprochen und hatte Applaus bekommen und stand jetzt aufrecht und ohne Nervosität vor Zuhörern, die sie sehen konnte. Was machten da schon die aus, die sie nicht sehen konnte?

Immer noch lächelnd sagte sie: »Ich betrachte das als freundliche Frage. Sie wollen, daß ich Ihnen zeige, was ich kann. Wie viele wollen, daß ich so rede wie ein Solarianer? Zögern Sie nicht. Heben Sie die rechte Hand.«

Ein paar rechte Arme fuhren in die Höhe.

Gladia sagte: »Der humanoide Roboter auf Solaria hat mich solarianisch sprechen hören. Das war es, was ihn am Ende besiegt hat. Kommen Sie, ich will jeden sehen, der eine Demonstration haben möchte.«

Weitere rechte Arme fuhren in die Höhe, und bald war der ganze Saal ein Meer erhobener Arme. Gladia spürte, wie eine Hand an ihrem Hosenbein zupfte, und sie wischte sie mit einer schnellen Bewegung weg.

»Also, gut. Sie können die Arme jetzt wieder herunternehmen, meine lieben Verwandten. Sie sollten wissen, daß die Sprache, die ich jetzt benutze, Galactic Standard ist, und das ist auch Ihre Sprache. Ich spreche sie freilich so aus, wie man das auf Aurora tut, und ich weiß, daß Sie mich alle verstehen können, obwohl Ihnen die Art und Weise, wie ich manche Worte ausspreche, vielleicht amüsant erscheinen mag und meine Wortwahl Sie gelegentlich etwas verwirrt. Sie werden feststellen, daß meine Sprache eine gewisse Melodie hat, auf und ab, so als würde ich singen. Das klingt für alle Nicht-Auroraner immer ein bißchen lächerlich; selbst für andere Spacer.

Andererseits, wenn ich zur solarianischen Redeweise übergehe, wie ich das jetzt tun werde, werden Sie gleich feststellen, daß die Melodie aufhört und meine Sprache kehlig wird, mit rollenden Rs, die überrrhaupt nicht aufzuhörrren scheinen – ganz besonderrrs dann, wenn die Rs in dem Sprrrach-Panorramarr überrrhaupt nicht da sind.«

Schallendes Gelächter hallte ihr aus dem Saal entgegen, und Gladia reagierte darauf mit ernster Miene. Schließlich hob sie beide Arme, führte sie mit einer schneidenden Bewegung wieder herunter und zur Seite, und das Gelächter verstummte.

»Ich werde allerdings wahrscheinlich nie wieder nach Solaria zurückkehren«, fuhr sie fort, »und werde daher keine Gelegenheit haben, den solarianischen Dialekt noch einmal zu gebrauchen. Und der gute Captain Baley« (sie drehte sich um, verbeugte sich leicht in seine Richtung und stellte dabei fest, daß ihm ein paar Schweißtropfen auf der Stirn standen) »hat mir gesagt, daß man auch nicht sagen könnte, wann ich nach Aurora zurückkehren würde; also kann durchaus sein, daß ich den auroranischen Dialekt ebenfalls aufgeben muß. Ich werde dann nur die Wahl haben, den Dialekt von Baleys Welt zu sprechen, und ich will sofort anfangen, ihn zu üben.«

Sie schob die Finger beider Hände in einen unsichtbaren Gürtel, streckte die Brust heraus, zog das Kinn etwas herunter, imitierte D. G.s selbstbewußtes Grinsen und sagte, bemüht, einen etwas kehligen Bariton zu sprechen: »Männer und Frauen von Baleys Welt, Amtsträger, Gesetzgeber, geehrte Führer, Mitbürger – und das sollte alle einschließen, mit Ausnahme vielleicht nicht geehrter Führer...« – sie gab sich große Mühe, die langgezogenen ›Aaa‹s zu imitieren, wie sie gehört hatte, und die ›P‹s wie Explosivlaute wiederzugeben.

Diesmal war das Gelächter noch lauter und dauerte länger an, und Gladia gestattete sich ein Lächeln und wartete dann ruhig, während die Zuhörer lachten. Schließlich hatte sie sie damit dazu überredet, über sich selbst zu lachen.

Und als dann wieder Stille herrschte, sagte sie einfach und in auroranischem Dialekt, aber diesmal ohne Übertreibung: »Jeder Dialekt ist für diejenigen, die ihn nicht gewöhnt sind, belustigend oder eigenartig und führt dazu, menschliche Wesen in separate und häufig einander gegenseitig unfreundliche Gruppen zu spalten. Aber Dialekte sind nur Sprachen der Zunge; und anstatt auf diese Sprachen zu hören, sollten Sie und ich und jedes andere menschliche Wesen auf jeder bewohnten Welt auf die Sprache des Herzens lauschen – und die hat keine Dialekte. Jede Sprache, wenn wir nur auf sie hören wollen, klingt in uns allen gleich.«

Das war es. Und sie war wieder bereit, sich zu setzen. Aber jetzt hallte ihr eine andere Frage entgegen; diesmal von einer Frau.

»Wie alt sind Sie?«

Da stieß D. G. zwischen zusammengepreßten Zähnen hervor: »Setzen Sie sich *hin*, Madam! Ignorieren Sie die Frage.«

Gladia drehte sich zu D. G. um. Er hatte sich halb erhoben. Die anderen auf dem Podium beugten sich, soweit sie das in der schwachen Beleuchtung außerhalb des Scheinwerferstrahls erkennen konnte, angespannt auf sie zu.

Sie wandte sich wieder dem Saal zu und rief mit hallender Stimme: »Die Leute hier auf dem Podium wollen, daß ich mich setze. Wie viele von Ihnen dort draußen wollen, daß ich mich setze? – Sie bleiben stumm. – Wie viele wollen, daß ich stehenbleibe und die Frage ehrlich beantworte?«

Tosender Applaus und Rufe: »Antworten! Antworten!«

»Die Stimme des Volkes«, sagte Gladia. »Es tut mir leid, D. G. und Sie anderen auch; aber man hat mir befohlen zu sprechen.«

Sie blickte mit zusammengekniffenen Augen in den Scheinwerferbalken und schrie: »Ich weiß nicht, wer die Beleuchtung steuert; aber ich möchte, daß Sie den Zuhörersaal beleuchten und den Spot abschalten. Mir ist gleichgültig, was das für die

Hyperwellen-Kameras bedeutet. Sorgen Sie nur dafür, daß der Ton sauber aufgenommen wird und hinausgeht. Keinem wird es etwas ausmachen, wenn ich halb im Dunkeln bin, solange man mich hören kann. Richtig?«

»Richtig!« hallte es ihr aus vielen Richtungen entgegen. Und dann: »Licht! Licht!«

Jemand auf dem Podium gab erregt ein Zeichen, und der Zuhörersaal war plötzlich in Licht getaucht.

»So ist es viel besser«, sagte Gladia. »Jetzt kann ich Sie alle sehen, meine Verwandten. Ganz besonders würde ich gern die Frau sehen, die mir die Frage gestellt hat; die, die mein Alter erfahren möchte. Ich würde gern direkt zu ihr sprechen. Sie brauchen keine Scheu zu haben. Wenn Sie den Mut haben, die Frage zu stellen, sollten Sie auch den Mut haben, sie offen zu stellen.«

Sie wartete, und schließlich erhob sich etwa in der Mitte des Saales eine Frau. Ihr dunkles Haar war straff nach hinten gekämmt, ihre Haut war von hellbrauner Farbe, und die enganliegende Kleidung, die sie trug und die ihre schlanke Gestalt betonte, war in dunklem Braun gehalten.

Mit einer Stimme, die eine Spur zu schrill klang, sagte sie: »Ich habe keine Angst davor, aufzustehen. Und ich habe auch keine Angst, die Frage noch einmal zu stellen: Wie alt sind Sie?«

Gladia sah sie ruhig an und ertappte sich dabei, diese Konfrontation sogar zu begrüßen. (Wie war das möglich? Während der ersten drei Dekaden ihres Lebens hatte man sie sorgfältig dazu erzogen, die körperliche Gegenwart auch nur eines einzigen menschlichen Wesens als etwas Unerträgliches zu empfinden. Und jetzt – stellte sie staunend fest – stand sie Tausenden gegenüber, ohne zu zittern. Sie empfand Euphorie und war sehr mit sich zufrieden.)

»Bitte, bleiben Sie stehen, Madam!« sagte sie. »Wir wollen miteinander sprechen. Wie sollen wir das Alter messen? In den Jahren, die seit der Geburt verstrichen sind?«

Die Frau sagte gefaßt: »Ich heiße Sindra Lambid. Ich bin Angehörige der Legislatur und daher eine von Captain Baleys ›Gesetzesgebern‹ und ›geehrten Führern‹; ›geehrt‹ hoffe ich jedenfalls.« (Gelächter – die Zuhörer schienen immer heiterer zu werden.) »Um Ihre Frage zu beantworten, so glaube ich, daß gewöhnlich die Zahl an galaktischen Standardjahren, die seit der Geburt verstrichen sind, dazu benutzt wird, das Alter eines Menschen zu definieren. So betrachtet, bin ich vierundfünfzig Jahre alt. Wie alt sind Sie? Wie wäre es, wenn Sie uns einfach eine Zahl angeben würden?«

»Das will ich tun. Seit meiner Geburt sind zweihundertfünfunddreißig galaktische Standardjahre gekommen und gegangen, so daß ich dreiundzwanzigeinhalb Dekaden oder etwas mehr als viermal so alt wie Sie bin.« Gladia stand aufrecht da und wußte, daß ihre kleine, schlanke Gestalt und die schwache Beleuchtung sie in diesem Augenblick außergewöhnlich kindhaft erscheinen ließen.

Aus dem Auditorium war verwirrtes Murmeln zu hören und links von ihr so etwas wie ein Stöhnen. Ein Blick in die Richtung zeigte ihr, daß D. G. sich mit der Hand an die Stirn griff.

Gladia fuhr fort: »Aber das ist eine durch und durch passive Art, verstrichene Zeit zu messen. Es ist ein Maß der Quantität, das die Qualität überhaupt nicht in Betracht zieht. Mein Leben ist ruhig verstrichen, man könnte sagen: langweilig. Ich habe mich durch eine festgelegte Routine treiben lassen, von einem reibungslos funktionierenden gesellschaftlichen System von allen unerfreulichen Ereignissen abgeschirmt – einem System, das weder Platz für Veränderungen noch für Experimente ließ; und in gleicher Weise abgeschirmt durch meine Roboter, die stets zwischen mir und jeglichem Mißgeschick standen.

Nur zweimal in meinem Leben habe ich den Atem der Erregung erlebt; und beide Male war das mit einer Tragödie verbunden. Als ich zweiunddreißig war, jünger an Jahren als die meisten von Ihnen, die mir jetzt zuhören, gab es eine Zeit – keine lange –, in der eine Mordanklage über mir schwebte. Zwei Jahre später gab es eine zweite Zeitperiode – nicht lang –, in der ich in eine weitere Mordsache verwickelt war. In beiden Fällen stand Detektiv Elijah Baley mir zur Seite. Ich glaube, die meisten von Ihnen, vielleicht sogar alle, sind mit der Geschichte vertraut, wie sie Elijah Baleys Sohn niedergeschrieben hat.

Ich sollte jetzt vielleicht ein drittes Mal erwähnen. Ich habe nämlich in diesem letzten Monat sehr viel Aufregung erlebt; eine Aufregung, die ihren Höhepunkt damit erreichte, daß man von mir verlangt hat, vor Sie alle hinzutreten – etwas, das sich völlig von allem anderen unterscheidet, was ich in meinem ganzen Leben getan habe. Und ich muß zugeben, daß mir das nur Ihre Freundlichkeit und Ihre liebenswürdige Aufnahme möglich macht.

Überlegen Sie einmal, Sie alle, in welchem Kontrast zu Ihrem eigenen Leben das steht. Sie sind Pioniere und leben auf einer Pionierwelt. Diese Welt ist während Ihres ganzen Lebens gewachsen und wird weiterhin wachsen. Diese Welt ist alles andere als festgelegt, und jeder Tag ist ein Abenteuer und muß eines sein. Selbst das Klima hier ist ein Abenteuer. Sie haben zuerst Kälte, dann Hitze, dann wieder Kälte. Es ist ein Klima, das reich an Wind und Stürmen und plötzlichen Änderungen ist. Sie können sich niemals zurücklehnen und die Zeit träge an sich vorbeistreichen lassen, in einer Welt, die sich sanft oder überhaupt nicht ändert.

Viele Einwohner von Baleys Welt sind Händler oder können den Beruf des Händlers ergreifen und die Hälfte ihrer Zeit draußen im Weltraum verbringen. Und wenn diese Welt hier je zahm werden sollte, dann können viele ihrer Bewohner sich dafür entscheiden, ihren eigenen Lebensbereich auf eine andere, weniger entwickelte Welt zu verlegen oder sich einer Expedition anschließen, die eine geeignete Welt suchen und finden wird, die noch niemals ein menschliches Wesen betreten hat, und dann selbst teil daran haben, diese Welt zu formen, auf ihr eine Saat auszubringen und sie für Menschen bewohnbar zu machen.

Messen Sie die Länge des Lebens an Ereignissen und Taten, Leistungen und Aufregungen – dann bin ich ein Kind, jünger als irgend jemand unter Ihnen. Die große Zahl meiner Jahre hat mich nur gelangweilt und müde gemacht; die kleinere Zahl der Ihren Sie bereichert und erregt. – Und jetzt sagen Sie mir noch einmal, Madam Lambid – wie alt sind Sie?«

Lambid lächelte. «Vierundfünfzig *gute* Jahre, Madam Gladia.«

Sie setzte sich wieder hin, und der Beifall erhob sich und schwoll zu einem Brausen an. In seinem Schutz sagte D. G. heiser: »Gladia, wer hat Ihnen beigebracht, so mit Zuhörern umzugehen?«

»Niemand«, flüsterte sie zurück. »Ich habe es noch nie versucht.«

»Jetzt sollten Sie aufhören, solange Sie vorn sind. Der, der jetzt aufsteht, ist unser führender Kriegsfalke. Es ist nicht notwendig, daß Sie sich ihm stellen. Sagen Sie, Sie seien müde, und setzen Sie sich. Wir werden uns den alten Bistervan selbst vornehmen.«

»Aber ich bin nicht müde«, erwiderte Gladia. »Mir macht das Spaß.«

Der Mann, der sie jetzt von rechts außen ansah, ziemlich nahe am Podium, war ein hochgewachsener, lebendig wirkender Mann mit weißen Augenbrauen, die ihm zottig über die Augen hingen. Auch sein schütter werdendes Haar war weiß, während seine Kleidung von düsterem Schwarz war, nur durch einen weißen Streifen aufgelockert, der an den Ärmeln und an den Beinen entlang verlief, als wollte er scharfe Grenzen für seinen Körper ziehen.

Seine tiefe Stimme klang melodisch. »Ich heiße Tomas Bistervan, und viele kennen mich als den Alten, vorwiegend, glaube ich, weil sie sich wünschen, daß ich alt wäre und mir mit dem Sterben nicht mehr allzuviel Zeit lassen würde. Ich weiß nicht, wie ich Sie ansprechen soll, weil Sie anscheinend keinen Familiennamen haben und weil ich Sie nicht gut genug kenne, um Ihren Vornamen zu gebrauchen. Um ehrlich zu sein, will ich Sie ja auch gar nicht so gut kennen.

Offenbar haben Sie mitgeholfen, auf Ihrem Planeten ein Schiff von Baleys Welt vor den Fallen und Waffen zu retten, die Ihre Leute gegen dieses Schiff eingesetzt haben. Und dafür danken wir Ihnen. Als Gegenleistung haben Sie hier frömmelnden Unsinn über Freundschaft und Verwandtschaft von sich gegeben. Reine Heuchelei!

Wann haben sich Ihre Leute jemals als uns verwandt empfunden? Wann haben die Spacer je irgendeine Verwandtschaft zur

Erde und den Erdenmenschen empfunden? Sicherlich, ihr Spacer stammt von Erdenmenschen ab; das vergessen wir nicht. Wir vergessen auch nicht, daß *ihr* das vergessen habt. Über zwanzig Dekaden lang haben die Spacer die Erde kontrolliert und die Erdenleute behandelt, als wären es hassenswerte, kurzlebige, kranke Tiere. Jetzt, wo wir anfangen stark zu werden, streckt ihr die Hand der Freundschaft aus; aber diese Hand trägt einen Handschuh, so wie Ihre Hände auch. Sie versuchen daran zu denken, nicht die Nase über uns zu rümpfen; aber diese Nase, selbst wenn man sie nicht rümpft, trägt Stöpsel. Nun – habe ich recht?«

Gladia hob die Hände. »Es mag sein«, sagte sie, »daß die Zuhörer in diesem Raum und noch mehr die Zuhörer außerhalb dieses Raumes, die mich über Hypervision sehen, nicht wissen, daß ich Handschuhe trage. Sie sind nicht auffällig, aber ich trage sie; das leugne ich nicht. Und ich trage auch Nasenstöpsel, die Staub und Mikroorganismen ausfiltern, ohne meinen Atem zu sehr zu behindern. Und ich achte auch darauf, mir in regelmäßigen Abständen die Kehle zu desinfizieren, indem ich einen Spray inhaliere. Und ich wasche mich vielleicht auch etwas häufiger, als es die Reinlichkeitserfordernisse allein notwendig machen. Ich will nichts davon leugnen.

Aber das ist die Folge meiner Benachteiligung, nicht der Ihren. Mein Immunsystem ist nicht stark. Mein Leben ist zu beschirmt, ich bin zu wenig äußeren Einflüssen ausgesetzt gewesen, als daß mein Körper hätte Abwehrkräfte entwickeln können, wie der Ihre. Das war nicht meine bewußte Entscheidung; aber ich muß den Preis dafür bezahlen. Wenn irgend jemand von Ihnen sich in meiner unglücklichen Lage befinden würde – was würden Sie tun? Und ganz speziell Sie, Mr. Bistervan – was würden *Sie* tun?«

Bistervan antwortete darauf grimmig: »Ich würde das tun, was Sie tun, und würde es als ein Zeichen der Schwäche betrachten; ein Zeichen dafür, daß ich nicht an das Leben angepaßt bin, und daß ich daher jenen Platz machen sollte, die stark sind. Frau, reden Sie uns nicht von Verwandtschaft! Sie sind nicht mit mir verwandt. Sie sind eine von jenen, die uns verfolgt und versucht haben, uns zu vernichten, als Sie und Ihresgleichen stark waren, und die jetzt winselnd zu uns kommen, seit Sie schwach sind.«

Unruhe kam unter den Zuhörern auf; ein Murren, keineswegs ein freundliches; aber Bistervan ließ nicht locker.

Gladia sagte mit weicher Stimme: »Erinnern Sie sich an das Böse, das wir getan haben, als wir stark waren?«

»Haben Sie keine Angst, daß wir das je vergessen werden«, antwortete Bistervan: »Wir denken jeden Tag daran.«

»Gut! Dann wissen Sie jetzt, was Sie vermeiden müssen. Sie haben gelernt, daß es Unrecht ist, wenn die Starken die Schwachen unterdrücken; deshalb werden Sie uns nicht unterdrücken, wenn das Blatt sich wendet und Sie stark und wir schwach sind.«

»Ah, ja. So etwas habe ich schon einmal gehört. Als ihr stark wart, habt ihr nie von Moral gehört; aber jetzt, wo ihr schwach seid, predigt ihr sie allen Ernstes.«

»Aber als ihr schwach wart, habt ihr alles über die Moral gewußt, und das Verhalten der Starken hat euch angewidert; dafür vergeßt ihr die Moral jetzt, wo ihr stark seid. Es ist doch ganz sicher besser, daß die Unmoralischen in ihrer widrigen Lage Moral lernen, als daß die Moralischen im Wohlstand die Moral vergessen.«

»Wir werden geben, was wir empfangen haben«, sagte Bistervan und hob die geballte Faust.

»Sie sollten geben, was Sie gern empfangen hätten«, sagte Gladia und streckte die Arme aus, als wollte sie ihn umarmen. »Da jeder einzelne sich an irgendeine Ungerechtigkeit der Vergangenheit erinnern kann, die er rächen will, sagen Sie doch, mein Freund, daß es den Starken zukommt, die Schwachen zu unterdrücken. Und wenn Sie das sagen, rechtfertigen Sie die Spacer der Vergangenheit und sollten deshalb in der Gegenwart keine Klagen haben. Ich sage, diese Unterdrückung war Unrecht, als wir sie in der Vergangenheit praktizierten, und sie wird ebenso Unrecht sein, wenn ihr sie in der Zukunft praktiziert. Die Vergangenheit können wir unglücklicherweise nicht ändern; aber wie die Zukunft sein soll, können wir noch entscheiden.«

Gladia hielt inne. Und als Bistervan nicht gleich antwortete, rief sie: »Wie viele wollen eine neue Galaxis und nicht nur, daß die schlechte, alte Galaxis sich endlos wiederholt?«

Der Applaus setzte ein; aber Bistervan warf die Arme hoch und schrie mit Stentorstimme: »Wartet! Wartet! Seid keine Narren! Halt!«

Langsam trat Stille ein, und Bistervan sagte: »Meint ihr, diese Frau glaubt, was sie sagt? Meint ihr, die Spacer haben für uns irgend etwas Gutes im Sinn? Sie denken immer noch, sie seien stark, und verachten uns immer noch und haben vor, uns zu vernichten – wenn wir ihnen nicht zuvorkommen. Diese Frau kommt hierher, und wir begrüßen sie wie die Narren und machen viel Aufhebens um sie. Nun, wir wollen doch ihre Worte einmal auf den Prüfstand bringen. Mag doch einer von Ihnen um Genehmigung nachsuchen, eine Spacer-Welt zu besuchen, und sehen, ob sie erteilt wird. Oder wenn eine Welt hinter Ihnen steht und Sie drohen können, wie Captain Baley das getan hat, daß man Ihnen schließlich gestattet, auf dieser Welt zu landen – wie wird man Sie dann behandeln? Fragen Sie den Captain doch, ob man ihn wie einen Verwandten behandelt hat!

Diese Frau ist eine Heuchlerin, ganz gleich, was sie sagt; nein, *wegen* dem, was sie sagt. Diese Worte sind der gesprochene Beweis ihrer Heuchelei. Sie stöhnt und jammert über ihr unzureichendes Immunsystem und sagt, sie müsse sich gegen die Gefahr der Infektion schützen. Natürlich tut sie das nicht, weil sie uns für unsauber und krank hält; ich kann mir vorstellen, daß ihr dieser Gedanke niemals in den Sinn kommt.

Sie klagt über ihr passives Leben, das durch eine zu stabil gewordene Gesellschaft und durch eine zu beflissene Schar von Robotern vor Unglück und Gefahren geschützt ist. Wie sehr sie das doch hassen muß!

Aber was bringt sie denn hier in Gefahr? Welches Unglück meint sie denn, könnte ihr auf unserem Planeten widerfahren? Und doch hat sie zwei Roboter mitgebracht. Wir kommen in dieser Halle zusammen, um sie zu ehren und Aufhebens um sie zu machen; und doch hat sie zwei ihrer Roboter selbst hierher mitgebracht. Da sitzen sie, bei ihr auf dem Podium. Jetzt, wo der Saal beleuchtet ist, können Sie sie sehen. Der eine ist ein imitiertes menschliches Wesen und heißt R. Daneel Olivaw. Der andere ist ein schamloser Roboter, ganz offensichtlich von metallischer Struktur, und sein Name ist R. Giskard Reventlov. Begrüßt sie, meine Landsleute von Baleys Welt! *Sie* sind die Verwandten dieser Frau.«

»Schachmatt!« stöhnte D. G. im Flüsterton.

»Noch nicht«, sagte Gladia.

Unter den Zuhörern reckten sich Hälse, als empfänden sie einen plötzlichen Juckreiz, und das Wort ›Roboter‹ hallte durch den Saal, während Tausende gleichzeitig es hauchten.

»Sie sollen sie ohne Mühe sehen«, sagte Gladia. »Daneel, Giskard, steht auf!«

Die beiden Roboter erhoben sich sofort hinter ihr.

»Tretet an meine Seite«, sagte sie, »damit mein Körper die Aussicht nicht versperrt. – Nicht, daß mein Körper groß genug wäre, um sie zu versperren.

Und jetzt möchte ich Ihnen allen einige Dinge klarmachen. Diese beiden Roboter sind nicht mit mir gekommen, um mir zu Diensten zu sein. Ja, sie helfen gemeinsam mit einundfünfzig weiteren Robotern mit, meine Niederlassung auf Aurora zu führen; und ich mute keinem eine Arbeit zu, die ich nicht selbst ausführen würde. Das ist auf der Welt, auf der ich lebe, so Sitte.

Roboter unterscheiden sich in Kompliziertheit, Fähigkeit und Intelligenz; und diese beiden nehmen in jener Beziehung einen hohen Rang ein. Daneel insbesondere ist nach meiner Ansicht der Roboter, dessen Intelligenz von allen Robotern am nächsten an die des Menschen herankommt – in jenen Bereichen natürlich, wo ein Vergleich möglich ist.

Ich habe *nur* Daneel und Giskard mitgebracht, aber sie leisten mir keine großen Dienste. Falls es Sie interessiert, ich kleide mich selbst an, bade mich selbst, benütze meine eigenen Utensilien beim Essen und gehe, ohne getragen zu werden.

Benutze ich sie zum persönlichen Schutz? Nein. Sie schützen mich, ja; aber in gleicher Weise schützen sie auch jeden anderen, der Schutz braucht. Auf Solaria hat in jüngster Vergangenheit Daneel getan, was er konnte, um Captain Baley zu schützen, und war bereit, seine Existenz aufzugeben, um mich zu schützen. Ohne ihn hätte das Schiff nicht gerettet werden können.

Und ich brauche ganz sicher auf diesem Podium keinen Schutz. Schließlich gibt es ein Kraftfeld, das diese Bühne abdeckt und als Schutz ausreicht. Es befindet sich nicht auf meinen Wunsch hier; aber es ist hier, und es liefert mir allen Schutz, den ich brauche.

Warum sind dann meine Roboter hier bei mir?

Diejenigen von Ihnen, die die Geschichte Elijah Baleys kennen, des Mannes, der die Erde von der Herrschaft der Spacer befreit hat, der die neue Siedlungspolitik eingeleitet hat und dessen Sohn die ersten Menschen nach Baleys Welt gebracht hat – warum sonst trägt diese Welt ihren Namen? – sie wissen, daß Elijah Baley, lange vor er mich kannte, schon mit Daneel gearbeitet hat. Er hat auf der Erde mit ihm gearbeitet, auf Solaria und Aurora – in jedem seiner drei großen Fälle. Für Daneel war Elijah Baley stets ›Partner Elijah‹. Ich weiß nicht, ob diese Tatsache in seiner Biografie erscheint; aber Sie dürfen es mir glauben. Und obwohl Elijah Baley als Erdenmensch mit einem starken Mißtrauen gegenüber Daneel begann, entwickelte sich eine Freundschaft zwischen ihnen. Als Elijah Baley hier auf diesem Planeten vor mehr als sechzehn Dekaden starb, als dieser Planet nicht viel mehr als eine Ansammlung vorfabrizierter Häuser war, umgeben von kleinen Gärtchen, befand sich in seiner letzten Stunde nicht sein Sohn bei ihm – auch ich nicht.« (Einen verräterischen Augenblick lang glaubte sie, ihre Stimme würde nicht durchhalten.) »Er ließ nach Daneel schicken und hielt am Leben fest, bis Daneel eintraf.«

»Ja, dies ist Daneels zweiter Besuch auf diesem Planeten. Ich war bei ihm, bin aber im Orbit geblieben.« (Reiß dich zusammen!) »Daneel allein ist auf dem Planeten gelandet; Daneel hat seine letzten Worte aufgenommen. – Nun, bedeutet Ihnen das gar nichts?«

Ihre Stimme wurde etwas lauter, und sie hob beide Fäuste empor. »Muß ich Ihnen das sagen? Wissen Sie es nicht bereits?

Hier ist der Roboter, den Elijah Baley geliebt hat. Ja, *geliebt!* Ich wollte Elijah vor seinem Tode noch einmal besuchen, wollte mich von ihm verabschieden – aber er wollte nur Daneel bei sich haben – und dies ist Daneel. Dies ist er!

Und dieser andere ist Giskard, der Elijah nur auf Aurora kannte, aber der dort sein Leben gerettet hat.

Ohne diese beiden Roboter hätte Elijah Baley seine Aufgabe nicht erfüllt. Die Spacer-Welten würden immer noch dominieren; es würde keine Siedler-Welten geben, und keiner von Ihnen würde hier sein. Ich weiß das. Sie wissen das. Ich frage mich, ob Mr. Tomas Bistervan das auch weiß.

Daneel und Giskard sind auf dieser Welt hochgeehrte Namen. Sie werden von den Nachkommen Elijah Baleys auf seinen Wunsch hin allgemein benutzt. Ich bin auf einem Schiff hier eingetroffen, dessen Kapitän Daneel Giskard Baley heißt. Wie viele, so frage ich mich, unter den Leuten, denen ich mich jetzt gegenübersehe – persönlich und per Hyperwelle –, tragen den Namen Daneel oder Giskard? Nun, diese Roboter hinter mir sind die Roboter, an die jene Namen erinnern. Und Tomas Bistervan will sich davon lossagen?«

Das Murmeln unter den Zuhörern wurde lauter, und Gladia hob bittend die Arme. »Einen Augenblick! Einen Augenblick! Lassen Sie mich zu Ende sprechen! Ich habe Ihnen nicht gesagt, warum ich diese beiden Roboter mitgebracht habe.«

Sofort herrschte Stille.

»Diese zwei Roboter«, sagte Gladia, »haben Elijah Baley nie vergessen, ebensowenig wie ich ihn vergessen habe. Die Dekaden, die verstrichen sind, haben jene Erinnerungen nicht im geringsten abklingen lassen. Als ich bereit war, Captain Baleys Schiff zu betreten, als ich wußte, daß ich vielleicht Baleys Welt besuchen würde – wie konnte ich es da ablehnen, Daneel und Giskard mitzunehmen? Sie wollten den Planeten sehen, den Elijah Baley möglich gemacht hatte; den Planeten, auf dem er seine letzten Jahre verbrachte und auf dem er schließlich starb.

Ja, es sind Roboter, aber es sind intelligente Roboter, und es sind Roboter, die Elijah Baley treu und gut gedient haben. Es reicht nicht aus, Respekt für alle menschlichen Wesen zu haben;

man muß Respekt für alle intelligenten Wesen haben. Also habe ich sie hierhergebracht.« Und dann, in einem letzten Aufschrei, der eine Antwort verlangte: »*Habe ich falsch gehandelt?*«

Sie bekam ihre Antwort. Ein gigantischer Schrei: »*Nein!*« dröhnte durch die Halle, und alle waren aufgesprungen, klatschten, stampften, brüllten und schrien und wollten nicht verstummen.

Gladia sah lächelnd zu und bemerkte erst nach einer Weile, als der Lärm nicht aufhören wollte, zwei Dinge: Zum einen war sie in Schweiß gebadet; zum anderen war sie glücklicher, als sie das in ihrem ganzen Leben je gewesen war.

Es war, als hätte sie ihr ganzes Leben lang auf diesen einen Augenblick gewartet; den Augenblick, in dem sie, obwohl isoliert erzogen, endlich nach dreiundzwanzig Dekaden erfahren durfte, daß sie sich vor eine Menschenmenge stellen, sie bewegen und sie dazu bringen konnte, ihrem Willen zu folgen.

Sie nahm den nicht endenwollenden, tosenden Beifall in sich auf, und er nahm kein Ende, wollte nicht enden...

35

Es dauerte beträchtliche Zeit – wie lange, konnte sie nicht sagen –, bis Gladia schließlich wieder zu sich kam.

Zuerst war da endloser Lärm gewesen; der massive Keil von Sicherheitsleuten, die sie durch die Menge lotsten, der Abstieg durch endlose Tunnel, die tiefer und immer tiefer in den Boden zu führen schienen.

Den Kontakt zu D. G. verlor sie ziemlich früh, und sie war auch nicht sicher, ob Daneel und Giskard bei ihr waren. Sie wollte nach ihnen fragen; aber nur gesichtslose Leute umgaben sie. Dann dachte sie distanziert, daß die Roboter bei ihr sein mußten, da sie sich ohne Zweifel jeder Trennung widersetzen würden und sie den Tumult hören müßte, falls man es dennoch versuchte.

Als sie schließlich einen Raum erreichte, waren die beiden bei ihr. Sie wußte nicht genau, wo sie war; aber der Raum war ziemlich groß und sauber. Verglichen mit ihrem Heim auf Aurora war er armselig; aber verglichen mit der Kabine an Bord des Schiffes war er recht luxuriös.

»Hier werden Sie sicher sein, Madam«, sagte der letzte der Sicherheitsbeamten, als er sie verließ. »Wenn Sie irgend etwas brauchen, dann lassen Sie es uns bitte wissen.« Und dabei deutete er auf ein Gerät, das auf einem kleinen Tisch neben dem Bett stand.

Sie starrte es an, aber bis sie sich umdrehte, um zu fragen, was das für ein Gerät sei und wie es funktionierte, war der Mann bereits hinausgegangen.

Na schön, dachte sie, ich werd' schon zurechtkommen.

»Giskard«, sagte sie müde, »sieh nach, welche dieser Türen zum Badezimmer führt und wie die Dusche funktioniert. Ich *muß* jetzt duschen.«

Sie setzte sich – vorsichtig, weil sie wußte, daß sie über und über naß war, und den Stuhl nicht mit ihrem Schweiß benetzen wollte. Die unnatürliche Starre ihrer Sitzhaltung begann ihr allmählich Schmerzen zu bereiten, als Giskard wieder zurückkam.

»Madam, die Dusche läuft«, sagte er, »und die Temperatur ist eingestellt. Es gibt da ein festes Material, von dem ich annehme, daß es Seife ist, und eine primitive Art von Abtrockenmaterial und verschiedene andere Artikel, die vielleicht nützlich sein können.«

»Danke, Giskard!« sagte Gladia, der wohl bewußt war, daß sie sich zwar beredt darüber ausgelassen hatte, daß Roboter wie Giskard keine persönlichen Handreichungen verrichteten, aber daß sie ihn gerade zu genau so etwas veranlaßt hatte. Aber der Zweck heiligt die Mittel...

Wenn sie nie so dringend eine Dusche gebraucht hatte, kam ihr vor, so hatte ihr auch nie ein Bad solche Freude bereitet. Sie blieb viel länger in der Kabine, als sie das mußte, und als es schließlich vorbei war, kam ihr nicht einmal in den Sinn, sich zu fragen, ob die Handtücher in irgendeiner Weise durch Strahlung sterilisiert worden waren – zumindest nicht, bis sie sich abgetrocknet hatte. Und bis dahin war es bereits zu spät.

Sie wühlte in dem Material herum, das Giskard für sie herausgelegt hatte – Puder, Deodorant, Kamm, Zahnpasta, Haartrockner; das alles fand sie, konnte aber nichts entdecken, das sich als Zahnbürste benutzen ließ, und mußte daher den Finger gebrauchen, was sie als sehr unbefriedigend empfand. Eine Haarbürste gab es auch nicht, und auch das war unbefriedigend. Sie rieb den Kamm mit Seife ein, ehe sie ihn gebrauchte, zuckte aber dennoch davor zurück. Da war auch etwas, das so aussah, als würde es sich dazu eignen, im Bett getragen zu werden. Es roch sauber, hing aber viel zu locker herunter, entschied sie.

Daneel sagte leise: »Madam, der Captain möchte wissen, ob er Sie besuchen darf.«

»Ich denke schon«, sagte Gladia, die immer noch nach einem anderen Nachtgewand herumsuchte. »Laß ihn ein!«

D. G. sah erschöpft, ja abgehärmt aus; aber als sie sich umdrehte, um ihn zu begrüßen, lächelte er ihr müde zu und sagte: »Es fällt schwer zu glauben, daß Sie dreiundzwanzigeinhalb Dekaden alt sind.«

»Was? In diesem Ding?«

»Ja, das auch. Es ist halb durchsichtig – oder haben Sie das nicht gewußt?«

Sie blickte etwas verunsichert an sich herunter und sagte dann: »Nun, wenn es Ihnen Spaß macht... Aber trotzdem lebe ich schon seit zwei und drei Achtel Jahrhunderten.«

»Das würde keiner ahnen, wenn er Sie sieht. Sie müssen in Ihrer Jugend sehr schön gewesen sein.«

»Das hat man mir nie gesagt, D. G. Ich habe immer geglaubt, es liefe allerhöchstens auf stillen Charme hinaus. – Übrigens, wie benutzt man dieses Instrument?«

»Die Rufbox? Sie berühren nur die Kontaktstelle an der rechten Seite, und dann wird jemand fragen, wie er Ihnen behilflich sein kann. Alles weitere liegt dann bei Ihnen.«

»Gut. Ich brauche eine Zahnbürste, eine Haarbürste und Kleidung.«

»Die Zahnbürste und Haarbürste werde ich Ihnen besorgen lassen. Was Kleidung betrifft, so hat man daran gedacht. In

Ihrem Schrank hängt eine Kleidertasche. Sie werden feststellen, daß sie das Beste enthält, was die Mode von Baleys Welt bietet – was natürlich nicht heißt, daß es Ihnen gefallen wird. Und daß die Kleider passen, kann ich auch nicht gerantieren. Die meisten Frauen hier sind größer als Sie und ganz sicher breiter und dicker. – Aber das macht nichts. Ich glaube, Sie werden eine Weile abgeschlossen bleiben.«

»Warum?«

»Nun, my Lady, mir scheint, Sie haben heute abend eine Rede gehalten und wollten sich, wie ich mich erinnere, nicht setzen, obwohl ich Ihnen das mehr als einmal vorgeschlagen habe.«

»Mir schien die Rede recht erfolgreich, D. G.«

»Das war sie auch. Ein überwältigender Erfolg sogar.« D. G. lächelte breit und kratzte sich den Bart, als müßte er sich das Wort sorgfältig überlegen. »Allerdings hat ein solcher Erfolg auch seine Nachteile. Im Augenblick, würde ich sagen, sind Sie die berühmteste Person auf Baleys Welt, und jeder ihrer Bewohner will Sie sehen und Sie berühren. Und wenn wir Sie irgendwohin bringen, dann führt das sofort zu einem Aufruhr; zumindest, bis die Dinge sich ein wenig abgekühlt haben – und wie lange das dauern wird, wissen wir nicht.

Dann kommt dazu, daß Ihnen selbst die Kriegsfalken zugejubelt haben. Aber im kalten Licht von morgen, wenn die Hysterie und die Hypnose wieder etwas abgeflaut sind, werden die wütend sein. Wenn der alte Bistervan nach Ihrer Rede nicht gleich auf die Idee gekommen ist, daß man Sie eigentlich sofort umbringen müßte, dann wird es ganz sicherlich morgen sein Ehrgeiz sein, Sie unter langsamer Folter zu ermorden. Und es gibt Mitglieder seiner Partei, die durchaus versuchen könnten, dem alten Mann diesen kleinen Wunsch zu erfüllen.

Das ist der Grund, weshalb Sie hier sind, my Lady. Das ist der Grund, weshalb dieses Zimmer, dieses Stockwerk, dieses ganze Hotel von – ich weiß nicht wie vielen – Einsatztrupps von Sicherheitsleuten bewacht wird, unter denen sich, wie ich hoffe, keine versteckten Kriegsfalken befinden. Und weil ich in diesem Held- und Heldinnen-Spiel so eng mit Ihnen in Verbindung stehe, hat man mich auch hier eingepfercht und läßt mich ebenfalls nicht hinaus.«

»Oh«, sagte Gladia mit ausdrucksloser Miene, »das tut mir aber leid. Dann können Sie also Ihre Familie gar nicht besuchen.«

D. G. zuckte die Achseln. »Händler haben gewöhnlich keine großen Familien.«

»Dann eben Ihre Freundin.«

»Sie wird es überleben. Wahrscheinlich sogar besser als ich.« Er warf Gladia einen abschätzenden Blick zu.

»Sie sollten daran nicht einmal *denken*, Captain«, sagte Gladia ruhig.

D. G.s Augenbrauen hoben sich. »Nichts kann mich daran hindern, es zu denken; aber ich werde nichts *tun*, Madam.«

»Wie lange glauben Sie, daß ich hierbleiben werde?« fragte Gladia. »Ernsthaft.«

»Das hängt vom Direktorium ab.«

»Dem Direktorium?«

»Unsere fünffache Exekutive, Madam. Fünf Leute« – er hob die Hand mit gespreizten Fingern, »und jeder dient nacheinander fünf Jahre, wobei jedes Jahr einer ersetzt wird. Im Falle, daß einer stirbt oder krank wird, gibt es spezielle Wahlen; das schafft Kontinuität und verringert die Gefahr der Herrschaft durch eine Person. Das bedeutet auch, daß jede Entscheidung ausdiskutiert werden muß und Zeit in Anspruch nimmt – manchmal mehr Zeit, als wir uns leisten können.«

»Ich würde meinen«, sagte Gladia, »wenn einer der fünf ein entschlossenes, selbstbewußtes Individuum wäre...«

»... daß er dann den anderen seine Ansichten aufzwingen könnte. So etwas hat es natürlich zu gewissen Zeiten gegeben; aber solche gewisse Zeiten haben wir im Augenblick nicht, wenn Sie verstehen, was ich damit meine. Der Senior-Direktor ist Genovus Pandaral. Er hat nichts Böses an sich; aber er ist unschlüssig, und das ist manchmal dasselbe. Ich habe ihn dazu überredet, Ihre Roboter mit Ihnen auf die Bühne kommen zu lassen, und das erwies sich als schlechte Idee. Ein Punkt gegen uns beide.«

»Aber warum war es eine schlechte Idee? Den Leuten hat es doch *gefallen*.«

»Zu gut gefallen, my Lady. Wir wollten Sie zu unserer Spacer-Heldin machen und dafür sorgen, daß die öffentliche Meinung kühl bleibt, damit es nicht zu frühzeitig zum Krieg kommt. Die Sache mit Ihrem langen Leben haben Sie sehr gut hingekriegt – die haben geradezu für kurzes Leben gejubelt. Aber dann haben sie auch für Roboter gejubelt, und das wollten wir nicht. Was das betrifft, sind wir auch nicht besonders erpicht darauf, daß die Öffentlichkeit die Idee einer Verwandtschaft mit den Spacern bejubelt.«

»Sie wollen keinen vorzeitigen Krieg, wollen aber auch keinen vorzeitigen Frieden – ist es das?«

»Sehr gut formuliert, Madam.«

»Aber was wollen Sie denn dann eigentlich?«

»Wir wollen die Galaxis, die *ganze* Galaxis. Wir wollen jeden bewohnbaren Planeten in ihr besiedeln und bevölkern und nichts weniger als ein galaktisches Imperium aufbauen. Und wir wollen nicht, daß die Spacer sich da einmischen. Sie können auf ihren eigenen Welten bleiben und in Frieden leben, so lange sie wollen, aber sie sollen uns nicht stören.«

»Aber dann werden Sie sie ebenso auf ihren fünfzig Welten zusammenpferchen, wie wir die Erdenmenschen so viele Jahre lang auf der Erde zusammengepfercht haben. Dieselbe alte Ungerechtigkeit. Sie sind ebenso schlimm wie Bistervan.«

»Die Situation ist eine ganz andere. Die Erdenmenschen waren trotz ihres Expansionspotentials zusammengepfercht. Ihr Spacer habt dieses Potential nicht. Ihr habt den Weg des langen Lebens und der Roboter eingeschlagen, und damit ist das Potential verschwunden. Sie haben nicht einmal mehr fünfzig Welten. Solaria ist aufgegeben worden. Und die anderen werden zur rechten Zeit auch untergehen. Die Siedler haben kein Interesse daran, die Spacer auf dem Weg zum Untergang anzutreiben. Aber warum sollten wir uns einmischen, wenn sie sich freiwillig dafür entscheiden? Und Ihre Rede hat dabei gestört.«

»Dann bin ich aber froh. Was dachten Sie denn, würde ich sagen?«

»Das habe ich Ihnen doch gesagt – Frieden und Freundschaft und hinsetzen. Sie hätten es in einer Minute hinter sich bringen können.«

Jetzt wurde Gladia ärgerlich. »Ich kann einfach nicht glauben, daß Sie etwas so Dummes von mir erwartet haben. Wofür haben Sie mich denn gehalten?«

»Für das, wofür Sie sich selbst gehalten haben – für jemanden, der eine Heidenangst vor dem Reden hat. Woher konnten wir denn wissen, daß Sie eine Irre sind, die in einer halben Stunde die Bewohner von Baleys Welt dazu überreden konnte, für etwas zu heulen – wo wir sie doch ein paar Generationen lang dazu überredet haben, dagegen zu heulen? Aber mit Reden kommen wir nicht weiter.« Er erhob sich schwerfällig. »Ich will auch duschen. Und dann will ich einmal ausschlafen, wenn das geht. Bis morgen!«

»Und wann wissen wir, was die Direktoren über mich beschließen?«

»Wenn *sie* es wissen. Und das kann eine ganze Weile dauern. Gute Nacht, Madam.«

36

»Ich habe eine Entdeckung gemacht«, sagte Giskard, dessen Stimme wie üblich keinerlei Empfindung wahrnehmen ließ. »Ich habe sie gemacht, weil ich mich zum erstenmal in meiner Existenz Tausenden von menschlichen Wesen gegenübersah. Wenn das vor zwei Jahrhunderten geschehen wäre, hätte ich diese Entdeckung damals gemacht. Und wenn ich mich nie so vielen auf einmal gegenübergesehen hätte, dann hätte ich die Entdeckung überhaupt nicht gemacht.

Bedenke daher, wie viele wesentliche Punkte ich leicht erkennen könnte, aber nie erkannt habe und auch nie erkennen werde – einfach weil sich mir die richtigen Umstände dazu nie bieten werden. Ich bleibe unwissend, mit Ausnahme der Fälle, wo die Umstände mir zu Hilfe kommen; und auf Umstände kann ich nicht zählen.«

»Ich hatte nicht gedacht, Freund Giskard«, sagte Daneel, »daß Lady Gladia sich so freizügig Tausenden würde stellen können. Ich hatte nicht gedacht, daß sie überhaupt würde sprechen können. Als sich dann herausstellte, daß sie das konnte, nahm ich an, daß du sie angepaßt hättest und daß du festgestellt hattest, daß man das tun konnte, ohne ihr Schaden zuzufügen. War das deine Entdeckung?«

»Freund Daneel, tatsächlich habe ich nur gewagt, ein paar Fäden ihrer Hemmungen zu lockern, gerade genug, um es ihr zu erlauben, ein paar Worte zu sprechen.«

»Aber sie hat viel mehr als nur das getan.«

»Nach dieser mikroskopischen Anpassung wandte ich mich der Vielfalt menschlicher Gehirne zu, denen ich mich im Zuhörersaal gegenübersah. So viele hatte ich nie erlebt, genausowenig wie Lady Gladia, und ich war ebenso verblüfft wie sie. Zuerst stellte ich fest, daß ich in der ungeheuren mentalen Verletztheit, die über mir zusammenschlug, überhaupt nichts tun konnte. Ich fühlte mich hilflos.

Und dann bemerkte ich kleine Freundlichkeiten, Neugierden, Interessen – ich kann sie nicht mit Worten beschreiben – mit einer Färbung der Sympathie für die Lady Gladia. Ich spielte mit dem, was ich finden konnte, mit allem, was diese Farbe der Sympathie hatte, verstärkte da und dort ein wenig. Ich wollte irgendeine kleine Reaktion zugunsten von Lady Gladia, um sie zu ermutigen, und mir vielleicht die Versuchung ersparen, weiter am Bewußtsein der Lady zu manipulieren. Das war alles, was ich getan habe. Ich weiß nicht, wie viele Fäden der richtigen Farbe ich berührt habe. Nicht viele.«

»Und was geschah dann, Freund Giskard?« fragte Daneel weiter.

»Ich stellte fest, Freund Daneel, daß ich etwas angefangen hatte, das autokatalytisch war. Jeder Faden, den ich verstärkte, verstärkte einen naheliegenden Faden derselben Art, und die zwei verstärkten gemeinsam einige andere in der Nähe. Mehr brauchte ich nicht zu tun. Kleine Regungen, kleine Geräusche, winzige Blicke, die das zu billigen schienen, was Lady Gladia sagte, ermunterten wieder andere.

Und dann fand ich etwas noch Seltsameres. All diese kleinen Andeutungen von Billigung, die ich nur entdecken konnte, weil ich im Bewußtsein der Leute lesen konnte, muß Lady Gladia auf irgendeine andere Art ebenfalls entdeckt haben; denn jetzt lösten sich weitere Hemmungen in ihrem Bewußtsein, ohne daß ich sie berührte. Sie begann schneller zu sprechen, selbstbewußter, und die Zuhörer reagierten besser denn je – ohne daß ich irgend etwas tat. Und am Ende herrschte Hysterie, ein Sturm, ein Gewitter aus geistigem Donner und Blitz, so intensiv, daß ich mein Bewußtsein davor verschließen mußte, sonst hätte es meine Positronenbahnen überladen.

In meiner ganzen Existenz hatte ich nie etwas dergleichen erlebt; und doch fing es mit nicht mehr Modifikation in dieser ganzen Menge an, als ich in der Vergangenheit nur bei einer Handvoll Leute vorgenommen habe. Ich vermute sogar, daß die Wirkung sich über die mir zugängliche Zuhörerschaft hinaus ausgebreitet hat; zu der viel größeren Hörerschaft, die der Veranstaltung über Hypervision beigewohnt hat.«

»Ich kann mir nicht vorstellen, wie das sein sollte, Freund Giskard«, sagte Daneel.

»Ich auch nicht, Freund Daneel. Ich bin kein Mensch. Ich erlebe den Besitz eines menschlichen Bewußtseins mit all seinen Kompliziertheiten und Widersprüchen nicht direkt, also kann ich auch die Mechanismen, vermittels derer sie reagieren, nicht wahrnehmen. Aber offenbar ist es leichter, Menschenmassen zu manipulieren als Individuen. Das scheint paradox. Es erfordert mehr Aufwand, ein großes Gewicht zu bewegen, als ein kleines. Und ebenso erfordert es mehr Aufwand, viel Energie zu neutralisieren als wenig. Es dauert länger, eine große Distanz zurückzulegen, als eine kleine. Warum sollte es dann leichter sein, viele Leute zu bewegen, als wenige? Du denkst wie ein menschliches Wesen, Freund Daneel. Kannst du es erklären?«

»Du selbst, Freund Giskard, hast gesagt«, entgegnete Daneel, »daß es ein autokatalytischer Effekt sei – etwas Ansteckendes also. Ein einziger Funke kann am Ende dazu führen, daß ein ganzer Wald niederbrennt.«

Giskard hielt inne und schien tief in Gedanken versunken.

Dann sagte er: »Nicht die Vernunft ist ansteckend, sondern die Emotion. Madam Gladia hat Argumente gewählt, von denen sie glaubte, daß sie die Gefühle der Zuhörer bewegen würden. Sie hat nicht versucht, logisch mit ihnen zu argumentieren. Vielleicht ist es dann so, daß eine Menschenmenge, je größer sie ist, desto leichter durch Emotionen als durch Vernunft bewegt werden kann.

Da es wenige Emotionen und viele Vernunftgründe gibt, kann man das Verhalten einer Menge leichter vorhersagen als das Verhalten einer Person. Und das wiederum bedeutet, daß man sich, wenn Gesetze entwickelt werden sollen, die es ermöglichen, die Strömungen der Geschichte vorherzusagen, mit großen Populationen befassen muß – je größer, desto besser. Das könnte vielleicht das Erste Gesetz der Psycho-Historik sein, der Schlüssel für das Studium der Humanik. Und dennoch...«

»Ja?«

»Mir kommt jetzt in den Sinn, daß ich nur deshalb so lange gebraucht habe, das zu begreifen, weil ich kein menschliches Wesen bin. Ein menschliches Wesen würde vielleicht sein eigenes Bewußtsein instinktiv gut genug verstehen, um zu wissen, wie man andere seinesgleichen manipuliert. Madam Gladia, die überhaupt keine Erfahrung darin hatte, zu großen Menschenmengen zu sprechen, hat das ganz fachmännisch erledigt. Wieviel besser stünde es doch um uns, wenn wir jemanden wie Elijah Baley bei uns hätten. – Freund Daneel, denkst du nicht an ihn?«

»Kannst du sein Bild in meinem Bewußtsein sehen? Das ist überraschend, Freund Giskard.«

»Ich sehe ihn nicht, Freund Daneel. Ich kann deine Gedanken nicht empfangen. Aber ich kann Emotionen fühlen und Stimmungen; und dein Bewußtsein hat jetzt eine Struktur, die ich aus der Vergangenheit kenne; sie ist so beschaffen, als stündest du mit Elijah Baley in Verbindung.«

»Madam Gladia hat die Tatsache erwähnt, daß ich der letzte war, der Partner Elijah gesehen hat; also lausche ich in meiner Erinnerung zu jenem Augenblick zurück, denke wieder an das, was er gesagt hat.«

»Warum, Freund Daneel?«

»Ich suche nach der Bedeutung. Ich fühle, daß das wichtig war.«

»Wie konnte das, was er sagte, eine Bedeutung haben, die über seine wörtliche Aussage hinausging? Wenn es eine versteckte Bedeutung gegeben hätte, dann hätte Elijah Baley sie in Worte gefaßt.«

»Vielleicht«, sagte Daneel langsam, »hat Partner Elijah selbst die Bedeutung dessen, was er sagte, nicht verstanden.«

X. NACH DER REDE

37

Erinnerung!

Wie ein geschlossenes Buch mit unendlich vielen Einzelheiten lag sie in Daneels Bewußtsein, stets zugänglich. Manche Stellen wurden häufig abgerufen, wegen der Informationen, die sie enthielten; aber nur wenige wurden lediglich deshalb abgerufen, weil Daneel ihr Gefüge fühlen wollte. Und jene sehr wenigen Stellen waren größtenteils diejenigen, die mit Elijah Baley zu tun hatten.

Vor vielen Dekaden, als Elijah Baley noch lebte, war Daneel nach Baleys Welt gekommen. Madam Gladia war mit ihm gereist; aber nachdem sie in einen Orbit um Baleys Welt eingetreten waren, flog ihnen Bentley Baley mit seinem kleinen Schiff entgegen, um sie zu empfangen, und wurde an Bord gebracht. Er war damals schon ein recht knorriger Mann mittleren Alters.

Er sah Gladia mit leicht feindseligem Blick an und sagte: »Sie können ihn nicht besuchen, Madam.«

Und Gladia, die geweint hatte, fragte: »Warum nicht?«

»Er wünscht es nicht, Madam, und ich muß seinen Wunsch respektieren.«

»Das kann ich nicht glauben, Mr. Baley.«

»Ich habe hier eine handschriftliche Notiz und eine Stimmaufzeichnung, Madam. Ich weiß nicht, ob Sie seine Handschrift oder seine Stimme erkennen können; aber ich gebe Ihnen mein Ehrenwort, daß beide von ihm stammen und er sie freiwillig geschrieben und aufgezeichnet hat.«

Sie ging in ihre Kabine, um alleine zu lesen und zu hören. Dann kam sie wieder heraus, und etwas an ihr ließ die Niederlage erkennen, die sie erlitten hatte. Und doch war ihre Stimme fest, als sie sagte: »Daneel, du sollst allein hinunterfliegen und ihn besuchen. Das ist sein Wunsch. Aber du solltest mir alles berichten, was getan und gesagt wird.«

»Ja, Madam«, sagte Daneel.

Daneel flog in Bentleys Schiff auf den Planeten, und Bentley sagte zu ihm: »Roboter sind auf dieser Welt nicht zugelassen, Daneel. Aber in deinem Fall macht man eine Ausnahme, weil es der Wunsch meines Vaters ist und er hier sehr verehrt wird. Ich persönlich habe nichts gegen dich, mußt du wissen; aber deine Anwesenheit hier muß sehr eingeschränkt werden. Man wird dich unmittelbar zu meinem Vater bringen. Und wenn er mit dir fertig ist, wird man dich wieder in den Orbit befördern – verstehst du?«

»Ich verstehe, Sir. Wie geht es Ihrem Vater?«

»Er liegt im Sterben«, sagte Bentley mit vielleicht bewußter Brutalität.

»Das ist mir ebenfalls bekannt«, sagte Daneel, und seine Stimme zitterte dabei merklich; nicht aus gewöhnlicher Emotion, sondern weil das Bewußtsein, daß ein menschliches Wesen starb – und wenn dieser Tod auch noch so unvermeidbar war – seine Positronenbahnen in Unordnung brachte. »Ich meine, wie lange noch, bis er sterben muß?«

»Er hätte schon vor einiger Zeit sterben müssen. Er klammert sich an das Leben und will nicht loslassen, bis er dich gesehen hat.«

Sie landeten. Es war eine große Welt; aber die bewohnte Zone – wenn das hier alles war – war klein und schäbig. Es war ein bewölkter Tag, und vor kurzem hatte es geregnet. Die breiten, geraden Straßen waren leer, gerade als hätte die Bevölkerung keine Lust, sich zu versammeln, nur um einen Roboter anzustarren.

Der Wagen trug sie durch die Leere und brachte sie zu einem Haus, das etwas größer und eindrucksvoller als die meisten anderen war. Sie traten gemeinsam ein. An einer Zimmertür blieb Bentley stehen.

»Mein Vater ist da drin«, sagte er traurig. »Du sollst allein hineingehen. Er möchte nicht, daß ich mit dabei bin. Geh hinein! Möglicherweise wirst du ihn gar nicht erkennen.«

Daneel trat in die Düsternis des Raums. Seine Augen paßten sich schnell an, und er nahm einen Körper wahr, der von einem Laken innerhalb eines durchsichtigen Kokons bedeckt war, den nur ein schwaches Glitzern erkennen ließ. Das Licht im Raum wurde etwas heller, und jetzt konnte Daneel das Gesicht deutlich sehen.

Bentley hatte recht gehabt. Daneel konnte nichts von seinem alten Partner in dem Gesicht erkennen; es war hager und knochig. Die Augen waren geschlossen, und Daneel schien es, als sähe er einen Leichnam. Er hatte noch nie ein totes menschliches Wesen gesehen; und als ihm dieser Gedanke bewußt wurde, taumelte er, und ihm schien, als würden ihm die Beine den Dienst versagen.

Aber die Augen des alten Mannes öffneten sich, und Daneel gewann sein Gleichgewicht zurück, obwohl er immer noch ein ungewohntes Schwächegefühl empfand.

Die Augen sahen ihn an, und ein kleines, schwaches Lächeln kräuselte die blassen, aufgesprungenen Lippen.

»Daneel. Mein alter Freund Daneel.« In den geflüsterten Worten war das schwache Timbre von Elijah Baleys Stimme, so wie Daneel sich an sie erinnerte. Ein Arm schob sich langsam unter dem Laken hervor, und es schien Daneel, als würde er Elijah dennoch wiedererkennen.

»Partner Elijah«, sagte er leise.

»Ich danke dir – ich danke dir, daß du gekommen bist.«

»Es war für mich wichtig zu kommen, Partner Elijah.«

»Ich hatte Angst, daß man es vielleicht nicht erlauben würde.

Sie – die anderen – selbst mein Sohn – sehen in dir einen Roboter.«

»Ich *bin* ein Roboter.«

»Nicht für mich, Daneel. Du hast dich nicht verändert, nicht wahr? Ich kann dich nicht deutlich sehen; aber mir scheint, daß du ganz genauso aussiehst, wie ich dich in Erinnerung habe. Wann habe ich dich zuletzt gesehen? Vor einunddreißig Jahren?«

»Ja. Und in all der Zeit habe ich mich nicht verändert, Partner Elijah. Sie sehen also, ich *bin* ein Roboter.«

»Aber ich habe mich verändert, und zwar sehr. Ich hätte nicht zulassen sollen, daß du mich so siehst; aber ich war zu schwach, um meinem Wunsch zu widerstehen, dich noch einmal wiederzusehen.« Baleys Stimme schien etwas kräftiger geworden zu sein, als hätte der Anblick Daneels sie gestärkt.

»Es freut mich, Sie zu sehen, Partner Elijah, so sehr Sie sich auch verändert haben.«

»Und Lady Gladia? Wie geht es ihr?«

»Es geht ihr gut. Sie ist mit mir gekommen.«

»Sie ist nicht...« – er versuchte sich umzusehen, und seine Stimme klang beunruhigt und schmerzerfüllt.

»Sie ist nicht auf dieser Welt, sondern im Orbit geblieben! Man hat ihr erklärt, daß Sie sie nicht zu sehen wünschten, und das hat sie verstanden.«

»Das ist falsch. Ich *wünsche* sie zu sehen; aber *der* Versuchung konnte ich widerstehen. Sie hat sich doch nicht verändert, oder?«

»Ihr Aussehen ist noch das gleiche wie damals, als Sie sie zuletzt gesehen haben.«

»Gut. – Aber ich konnte nicht zulassen, daß sie mich so sieht. *Das hier* durfte nicht die letzte Erinnerung sein, die sie an mich hat. Bei dir ist das anders.«

»Das ist so, weil ich ein Roboter bin, Partner Elijah.«

»Hör auf, darauf zu bestehen«, sagte der Sterbende gereizt. »Du könntest mir auch dann nicht mehr bedeuten, wenn du ein Mensch wärst, Daneel.«

Er lag eine Weile stumm in seinem Bett, und dann sagte er:

»All die Jahre habe ich sie nie angerufen, ihr nie geschrieben. Ich durfte mich einfach nicht in ihr Leben drängen. Ist Gladia immer noch mit Gremionis verheiratet?«

»Ja, Sir.«

»Glücklich?«

»Das kann ich nicht beurteilen. Aber ihr Verhalten ist nicht so, daß man es als unglücklich interpretieren könnte.«

»Kinder?«

»Die erlaubten zwei.«

»Und sie ist nicht ärgerlich gewesen, daß ich mich nicht bei ihr gemeldet habe?«

»Ich glaube, sie hat Ihre Motive verstanden.«

»Hat sie mich – erwähnt sie mich je?«

»Fast nie. Aber Giskard ist der Meinung, daß sie oft an Sie denkt.«

»Wie geht es Giskard?«

»Er funktioniert korrekt – in der Art und Weise, die Sie kennen.«

»Dann weißt du also Bescheid – über seine Fähigkeiten.«

»Er hat es mir gesagt, Partner Elijah.«

Wieder lag Baley stumm da. Dann regte er sich und sagte: »Daneel, ich habe dich aus dem selbstsüchtigen Wunsch, dich zu sehen, hierhergebeten, um selbst zu sehen, daß du dich nicht verändert hast; daß noch ein Hauch der großen Tage meines Lebens existiert; daß du dich an mich erinnerst und dich weiterhin erinnern wirst. – Aber ich will dir auch etwas sagen.

Ich werde bald tot sein, Daneel, und ich wußte, daß du davon hören würdest, selbst wenn du nicht hier wärst – selbst wenn du auf Aurora wärst –, du würdest es hören. Mein Tod wird in der Galaxis Schlagzeilen machen.« Seine Brust bewegte sich in einem schwachen, lautlosen Lachen. »Wer hätte das einmal gedacht!«

Er lächelte. »Gladia würde es natürlich ebenfalls erfahren; aber Gladia weiß, daß ich sterben muß, und wird diese Tatsache hinnehmen, wenn sie auch traurig sein wird. Aber die Wirkung auf dich habe ich gefürchtet, da du ja ein Roboter bist – worauf du bestehst und was ich leugne. Um der alten Zeiten willen könntest du das Gefühl haben, es obläge dir, mich vom Sterben abzuhalten; und die Tatsache, daß du das nicht tun kannst, könnte vielleicht eine dauerhaft schädliche Wirkung auf dich haben. Und deshalb will ich mit dir jetzt darüber sprechen.«

Baleys Stimme wurde schwächer; und obwohl Daneel unbewegt neben seinem Bett saß, zeigte sein Gesicht etwas für ihn sehr Ungewöhnliches – Bewegtheit und Sorge. Baleys Augen waren geschlossen, und so konnte er es nicht sehen.

»Mein Tod«, sagte er, »ist nicht wichtig. Kein Tod eines einzelnen menschlichen Wesens ist wichtig. Jemand, der stirbt, hinterläßt seine Arbeit, und die stirbt *nie* ganz. Sie stirbt nie ganz, solange die Menschheit existiert. – Verstehst du, was ich sage?«

»Ja, Partner Elijah«, sagte Daneel.

»Die Arbeit eines jeden Individuums trägt zu einer Gesamtheit bei und wird so ein unsterblicher Teil dieser Gesamtheit. Und jene Gesamtheit menschlicher Leben – aus Vergangenheit und Gegenwart – und auch derer, die einmal kommen werden – bildet ein Gewebe, so wie ein kunstvoller Teppich, ein Gobelin, der jetzt schon seit vielen Jahrzehntausenden existiert und in all der Zeit immer kunstvoller und insgesamt schöner geworden ist. Auch die Spacer sind Teil dieses Teppichgewebes, und auch sie haben ihren Beitrag zur Schönheit der Muster geleistet. Ein individuelles Leben ist nur ein Faden in diesem Gewebe – und was ist schon ein Faden im Vergleich zum Ganzen?

Daneel, sorge dafür, daß dein Bewußtsein sich immer fest auf das Muster konzentriert, und laß nicht zu, daß ein einzelner Faden, der davon abweicht, dich beeinträchtigt. Es gibt so viele andere Fäden, und jeder davon ist wertvoll, jeder leistet einen Beitrag...«

Baley hörte zu sprechen auf; aber Daneel wartete geduldig.

Nach einer Weile schlug Baley die Augen auf, und er sah Daneel an und runzelte dabei leicht die Stirn.

»Du bist immer noch hier? Es ist Zeit für dich zu gehen! Ich habe dir gesagt, was ich dir sagen wollte.«

»Ich möchte nicht gehen, Partner Elijah.«

»Du mußt. Ich kann den Tod nicht länger aufhalten. Ich bin müde – verzweifelt müde. Ich will sterben. Es ist Zeit.«

»Darf ich nicht warten, solange du lebst?«

»Das will ich nicht. Wenn ich vor deinen Augen sterbe, dann könnte das trotz all meiner Worte ungute Auswirkungen auf dich haben. Geh jetzt! Das ist ein – Befehl. Wenn du das willst, werde ich zulassen, daß du ein Roboter bist; aber in dem Fall mußt du meine Befehle befolgen. Du kannst mein Leben durch nichts, was du tun könntest, retten, also steht nichts vor dem Zweiten Gesetz. Geh!«

Baleys Finger deutete schwächlich zur Tür, und er sagte: »Leb wohl, Freund Daneel!«

Daneel drehte sich langsam um. Noch nie war es ihm so schwergefallen, einen Befehl zu befolgen. »Leben Sie wohl, Partner...« Er hielt inne, und dann setzte er noch einmal an, und jetzt klang seine Stimme heiser: »Leb wohl, Freund Elijah!«

Bentley trat Daneel im nächsten Zimmer entgegen. »Lebt er noch?«

»Als ich ging, lebte er noch.«

Bentley ging hinein und kam fast im gleichen Augenblick wieder heraus. »Jetzt lebt er nicht mehr. Er hat dich gesehen und dann – aufgegeben.«

Daneel stellte fest, daß er sich gegen die Wand lehnen mußte. Es dauerte eine Weile, bis er wieder aufrecht st3hen konnte.

Bentley wartete mit abgewandten Augen, und dann gingen sie zusammen zu dem kleinen Schiff zurück und flogen wieder in den Orbit hinauf, wo Gladia wartete.

Und auch sie fragte, ob Elijah Baley noch lebte. Und als sie ihr leise und stockend sagten, daß er nicht mehr lebte, wandte sie sich mit trockenen Augen ab und ging in ihre Kabine, um dort zu weinen.

37 a

Und Daneel dachte seinen Gedanken weiter, als hätte sich die klare und scharf ausgeprägte Erinnerung an Baleys Tod mit all ihren Einzelheiten nicht kurz dazwischengeschoben. »Und doch kann es sein, daß ich jetzt im Licht von Madam Gladias

Rede etwas mehr von dem verstehe, was Partner Elijah damals gesagt hat.«

»In welcher Weise?«

»Das weiß ich noch nicht genau. Es ist sehr schwierig, in der Richtung zu denken, in der ich zu denken versuche.«

»Ich werde so lange wie nötig darauf warten«, sagte Giskard.

38

Genovus Pandaral war groß und trotz seiner dichten, weißen Mähne, die ihm im Verein mit seinen flaumigen, weißen Koteletten ein distinguiertes, würdevolles Aussehen verlieh, noch nicht sehr alt. Daß er wie eine führende Persönlichkeit aussah, hatte ihm bei seinem Aufstieg durch die Ränge geholfen. Aber er selbst wußte sehr wohl, daß sein Aussehen sehr viel beeindruckender als seine Fähigkeiten war.

Als man ihn ins Direktorium gewählt hatte, war er sehr schnell über die ursprüngliche Begeisterung hinweggekommen. Er bekleidete einen Posten, dem er nicht gewachsen war. Und mit jedem Jahr, in dem er automatisch eine weitere Stufe nach oben geschoben wurde, wurde ihm das klarer. Jetzt war er Senior-Direktor.

Daß er auch ausgerechnet jetzt Senior-Direktor sein mußte!

Früher hatte das Herrschen gar nichts bedeutet. In den Zeiten Nephi Morlers, vor acht Dekaden, des Morlers, der den Schulkindern immer als der größte aller Direktoren hingestellt wurde, war es nichts gewesen. Was war Baleys Welt damals schon gewesen? Ein kleiner Stützpunkt mit ein paar Farmen, einer Handvoll Städte und Dörfer und natürlichen Kommunikationslinien, die sie verbanden. Die ganze Bevölkerung hatte nicht einmal fünf Millionen ausgemacht, und die wichtigsten Exportartikel waren unbearbeitete Wolle und etwas Titan gewesen.

Die Spacer hatten sie unter dem mehr oder weniger wohlwollenden Einfluß Han Fastolfes von Aurora völlig ignoriert, und das Leben war einfach gewesen. Die Leute konnten jederzeit zur Erde reisen, wenn sie den Atemzug der Kultur verspüren oder sich von Technik umgeben sehen wollten. Und von der Erde kam ein beständiger Strom von Erdenmenschen, die nach Baleys Welt auswanderten. Die riesige Bevölkerung der Erde war unerschöpflich.

Warum hätte Morler dann kein großer Direktor sein sollen? Er hatte ja nichts zu tun gehabt.

Und in der Zukunft würde das Regieren auch wieder einfach sein. Je weiter die Spacer degenerierten (schließlich sagte man jedem Schulkind, daß sie das tun würden; daß sie in den Widersprüchen ihrer Gesellschaft ertrinken mußten – wenn sich auch Pandaral manchmal fragte, ob das wirklich stimmte) und in dem Maße, wie die Zahl und die Stärke der Siedler zunahm, würde bald die Zeit kommen, wo das Leben wieder sicher sein würde. Die Siedler würden in Frieden leben und ihre eigene Technik bis zu den Grenzen des Möglichen entwickeln.

Und je mehr sich Baleys Welt füllte, desto mehr würde der Planet die Proportionen und Lebensgewohnheiten der Erde annehmen, so wie alle Welten, während überall neue in immer größerer Zahl entstanden, bis schließlich das große galaktische Imperium Realität geworden war. Und ganz sicher würde Baleys Welt als die älteste und am dichtesten besiedelte aller Siedler-Welten stets in jenem Imperium unter der wohlwollenden und ewigen Herrschaft von Mutter Erde den ersten Platz einnehmen.

Aber Pandaral war nicht in der Vergangenheit Senior-Direktor und auch nicht in der Zukunft. Er war es jetzt.

Han Fastolfe war tot, aber Kendel Amadiro lebte. Amadiro hatte sich vor zwanzig Dekaden dagegen ausgesprochen, daß die Erde die Erlaubnis bekam, Siedler auszuschicken. Und heute lebte er immer noch, um Schwierigkeiten zu bereiten. Die Spacer waren immer noch zu stark, als daß man einfach über sie hinwegsehen konnte; und die Siedler waren noch nicht stark genug, um sich selbstbewußt nach vorn bewegen zu können. Irgendwie mußten die Siedler die Spacer in Schach halten, bis das Gleichgewicht der Macht sich hinreichend verschoben hatte.

Und die Aufgabe, die Spacer ruhigzuhalten und die Siedler

gleichzeitig entschlossen und doch vernünftig, fiel mehr auf Pandorals Schultern als auf die von sonst jemandem. Und das war eine Aufgabe, die er weder mochte noch schätzte.

Es war Morgen, ein kalter, grauer Morgen, der noch mehr Schnee versprach, wenn auch zumindest *das* keine Überraschung war, und er ging allein durch das Hotel. Er wollte kein Gefolge.

Die Sicherheitswachen, die reichlich vertreten waren, nahmen Haltung an, als er an ihnen vorüberging, und er erwiderte den Gruß müde. Als der Hauptmann der Wache ihm entgegentrat, fragte er ihn: »Irgendwelche Schwierigkeiten, Captain?«

»Keine, Direktor. Alles ist ruhig.«

Pandaral nickte. »In welchen Raum hat man Baley denn gebracht? – Ah. – Und die Spacer-Frau und ihre Roboter werden streng bewacht? – Gut.«

Er ging weiter. Insgesamt betrachtet, hatte D. G. sich recht gut verhalten. Solaria war aufgegeben worden und konnte von Händlern als eine fast unerschöpfliche Quelle für Roboter und damit große Profite benutzt werden – wenn man auch Profite nicht gerade als das natürliche Äquivalent für Sicherheit betrachten konnte, dachte Pandaral mürrisch. Aber jetzt, wo sich gezeigt hatte, daß Solaria eine Falle war, war es besser, man ließ die Finger davon. Einen Krieg war diese Welt nicht wert. D. G. hatte richtig gehandelt, indem er sofort wieder den Rückzug angetreten hatte.

Und indem er den Nuklear-Verstärker mitgenommen hatte. Bis jetzt waren derartige Geräte so riesengroß gewesen, daß man sie nur in riesigen, teuren Anlagen einsetzen konnte, die für die Zerstörung von Invasionsschiffen bestimmt waren, und selbst die waren nie über das Planungsstadium hinausgediehen. Zu teuer. Man brauchte kleinere, billigere Ausführungen; D. G. hatte also recht gehabt, als er sich dafür entschieden hatte, einen solarianischen Verstärker mit nach Hause zu bringen; wichtiger als alle Roboter auf jener Welt zusammengenommen.

Dieser Verstärker sollte eine ungeheure Hilfe für die Wissenschaftler von Baleys Welt sein.

Andrerseits, wenn eine Spacer-Welt einen tragbaren Verstärker besaß, warum nicht auch andere? Warum nicht Aurora? Wenn diese Waffen so klein wurden, daß man sie in Kriegsschiffen unterbringen konnte, dann würde eine Spacer-Flotte problemlos praktisch jede Zahl von Siedler-Schiffen vernichten können. Wie weit war diese Entwicklung bereits bei den Spacern gediehen, und wie schnell konnte Baleys Welt diesen Vorsprung mit Hilfe des Verstärkers, den D. G. mitgebracht hatte, aufholen?

Er drückte den Signalknopf an D. G.s Hotelzimmertür und trat ein, ohne auf eine Antwort zu warten, und setzte sich. Wenn man Senior-Direktor war, brachte das wenigstens *einige* nützliche Privilegien mit sich.

D. G. schob den Kopf durch die Badezimmertür und sagte unter einem flauschigen Handtuch, mit dem er sich gerade das Haar trocknete: »Ich hätte gern Ihre Direktoriale Exzellenz in gebührend eindrucksvoller Art begrüßt; aber Sie haben mich in einer ungünstigen Situation erwischt, da ich gerade aus der Dusche komme.«

»Ach, halten Sie doch den Mund!« sagte Pandaral gereizt.

Normalerweise mochte er D. G.s lockere Reden, aber nicht jetzt. Irgendwie konnte er D. G. nie richtig verstehen. D. G. war ein Baley, ein direkter Nachkomme des großen Elijah Baley und des Gründers Bentley; damit war D. G. ein logischer Kandidat für einen Direktorsposten, insbesondere da er ein liebenswürdiges Wesen an sich hatte, das ihn in der Öffentlichkeit beliebt machte. Trotzdem zog er es vor, Händler zu sein, was ein schwieriges, ja gefährliches Leben bedeutete. Man konnte dabei reich werden; aber viel eher bot dieser Beruf die Aussicht auf einen frühen Tod – oder, was noch schlimmer war, frühes Altern.

Und dann führte D. G.s Leben als Händler ihn natürlich manchmal monatelang in die Ferne, und Pandaral zog seinen Rat dem vieler seiner Abteilungsleiter vor. Man konnte nicht immer sagen, wann D. G. etwas ernst meinte; aber wenn man das in Betracht zog, so war er es ganz entschieden wert, daß man ihm zuhörte.

Pandaral sagte schwerfällig: »Ich glaube nicht, daß die Rede dieser Frau das beste war, was uns hätte widerfahren können.«

D. G., der jetzt weitgehend angezogen war, zuckte die Achseln. »Wer hätte das vorhersagen können?«

»Sie zum Beispiel. Sie müssen sich doch über sie informiert haben, wenn Sie sich schon entschlossen hatten, sie mitzubringen.«

»Ich *habe* mich informiert, Direktor. Sie hat über drei Dekaden auf Solaria verbracht. Solaria hat sie geformt, und dort hat sie einzig und allein mit Robotern gelebt. Menschliche Wesen hat sie nur in Form von Holobildern gesehen, mit Ausnahme ihres Mannes; und der hat sie nicht oft besucht. Als sie nach Aurora kam, fiel ihr die Anpassung recht schwer; und selbst dort hat sie vorwiegend mit Robotern zusammengelebt. Niemals in den dreiundzwanzig Dekaden ihres Lebens hat sie sich auch nur einem Dutzend Leuten auf einmal gegenübergesehen, geschweige denn viertausend. Ich nahm an, sie würde nicht mehr als ein paar Worte herausbringen – wenn überhaupt. Ich konnte nicht wissen, daß sie ein solches Rednertalent ist und die Leute so aufputschen kann.«

»Sie hätten sie aufhalten können, sobald Sie das herausgefunden hatten. Sie sind doch neben ihr gesessen.«

»Hätten Sie einen Aufruhr gewollt? Die Leute hatten Spaß an ihr. Sie waren selbst dort und wissen das ganz genau. Wenn ich sie zum Hinsetzen gezwungen hätte, dann hätten die die Bühne gestürmt. Und im übrigen, Direktor – *Sie* haben ja auch nicht versucht, sie aufzuhalten.«

Pandaral räusperte sich. »Das hatte ich tatsächlich im Sinn. Aber jedesmal, wenn ich mich umblickte, fiel mein Blick auf den Roboter – auf den, der wie ein Roboter aussieht.«

»Giskard. Ja. Aber was wollen Sie damit sagen? Der würde Ihnen nichts zuleide tun.«

»Ich weiß. Trotzdem – er hat mich nervös gemacht, und das hat mich irgendwie behindert.«

»Nun, lassen wir das, Direktor!« sagte D. G. Er war jetzt völlig angekleidet und schob Pandaral das Tablett mit dem Frühstück hin. »Der Kaffee ist noch warm, und nehmen Sie sich von den Brötchen und der Konfitüre, wenn Sie welche haben wollen. – Ich werde passen. Ich glaube nicht, daß das beim Publikum zu überschäumender Liebe für die Spacer führt und damit unsere Politik stört. Es könnte sogar einen Nutzen haben. Wenn die Spacer davon hören, könnte es die Fastolfe-Partei stärken. Fastolfe mag ja tot sein; aber seine Partei ist das nicht, keineswegs; und wir müssen ihre Politik der Mäßigung unterstützen.«

»Ich muß die ganze Zeit an den Kongreß aller Siedler-Welten denken, der uns in fünf Monaten bevorsteht«, sagte Pandaral. »Ich werde mir alle möglichen sarkastischen Bemerkungen über Politik-eines-Friedens-um-jeden-Preis, die auf Baleys Welt betrieben wird, anhören müssen und daß ihre Bewohner Spacer-Fans sind. – Ich sage Ihnen«, fügte er bedrückt hinzu, »je kleiner die Welt, desto falkenhafter ist sie.«

»Dann sagen Sie ihnen das«, erklärte D. G. »Seien Sie in der Öffentlichkeit sehr staatsmännisch. Aber wenn Sie sie dann einmal auf die Seite nehmen können, dann sehen Sie ihnen in die Augen – inoffiziell natürlich – und sagen Sie ihnen, auf Baleys Welt herrsche Meinungsfreiheit, und wir hätten auch vor, es dabei zu belassen. Sagen Sie ihnen, Baleys Welt lägen die Interessen der Erde am Herzen. Aber wenn irgendeine Welt ihre noch größere Ergebenheit der Erde gegenüber dadurch beweisen wolle, daß sie den Spacern den Krieg erklärte, dann würde Baleys Welt das zwar interessiert verfolgen, aber sonst nichts unternehmen. Das sollte sie zum Schweigen bringen.«

»Oh, nein!« sagte Pandaral erschreckt. «Eine solche Bemerkung würde durchsickern. Und dann würde sich ein unmöglicher Gestank erheben.«

D. G. nickte. »Sie haben recht – was natürlich sehr schade ist. Aber *denken* Sie es wenigstens, und lassen Sie sich von diesen großmäuligen Hohlköpfen nicht fertigmachen!«

Pandaral seufzte. »Ich denke, wir werden das schon hinkriegen. Aber was gestern abend passiert ist, hat unsere Pläne durcheinandergebracht, das Ganze in einem Höhepunkt ausklingen zu lassen. Und das ist es, was mir wirklich leid tut.«

»Was für ein Höhepunkt?«

Pandaral erklärte es ihm: »Als Sie Aurora verließen, um nach Solaria zu fliegen, sind auch zwei auroranische Kriegsschiffe nach Solaria abgeflogen. War Ihnen das bekannt?«

»Nein, das nicht, aber ich hatte damit gerechnet«, sagte D. G. gleichgültig. »Aus diesem Grund habe ich mir die Mühe gemacht, einen etwas umständlichen Kurs nach Solaria einzuschlagen.«

»Eines der auroranischen Schiffe ist auf Solaria gelandet, Tausende von Kilometern von Ihnen entfernt – damit nicht der Anschein entstand, als würde es Sie überwachen – und das zweite ist im Orbit geblieben.«

»Sehr vernünftig. Ich hätte das ganz genauso gemacht, wenn mir ein zweites Schiff zur Verfügung gestanden hätte.«

»Das auroranische Schiff, das gelandet war, wurde binnen weniger Stunden vernichtet. Das Schiff im Orbit hat das gemeldet und erhielt den Befehl, umzukehren. – Eine Abhörstation der Händler hat den Bericht aufgefangen und ihn an uns weitergegeben.«

»War der Bericht nicht chiffriert?«

»Doch, natürlich war er das; aber es handelte sich um einen der Codes, die wir geknackt haben.«

D. G. nickte nachdenklich und sagte dann: »Sehr interessant. Ich nehme an, daß die niemanden bei sich hatten, der Solarianisch sprach.«

»Offensichtlich«, sagte Pandaral behäbig. »Sofern nicht jemand herausfindet, wo die Solarianer hingegangen sind, ist diese Frau, die Sie sich da geholt haben, die einzige verfügbare Solarianerin in der ganzen Galaxis.«

»Und die haben sie mir überlassen, nicht wahr? Pech für die Auroraner.«

»Ich hatte jedenfalls vor, gestern abend die Zerstörung des auroranischen Schiffes bekanntzugeben. Ganz beiläufig, ohne Schadenfreude. Trotzdem hätte das jeden Siedler in der ganzen Galaxis beeindruckt. Ich meine, wir haben es geschafft und die Auroraner nicht.«

»Wir hatten auch jemanden von Solaria«, sagte D. G. trokken, »und die Auroraner nicht.«

»Nun, gut. Sie und die Frau hätten dabei auch gut abgeschnitten. – Aber es ging nicht. Im Vergleich zu dem, was die Frau gemacht hat, wäre alles andere unwichtig erschienen, selbst die Nachricht von der Vernichtung eines auroranischen Kriegsschiffes.«

»Ganz zu schweigen, daß es nach so viel Beifall für Verwandtschaft und Liebe nicht ganz passend gewesen wäre – zumindest auf eine halbe Stunde –, den Tod von ein paar hundert auroranischen Vettern zu bejubeln.«

»Ja, wahrscheinlich. Damit ist uns die Chance auf einen ungeheuren psychologischen Coup entgangen.«

D. G. runzelte die Stirn. »Das können Sie vergessen, Direktor. Sie können sich diesen Propagandatrick ja für ein andermal aufheben. Viel wichtiger ist, was dieser Vorfall zu bedeuten hat. – Ein auroranisches Schiff ist zerstört worden. Das bedeutet, sie haben nicht damit gerechnet, daß ein Nuklearverstärker eingesetzt würde. Das andere Schiff bekam den Befehl zum Rückzug, und das kann bedeuten, daß es keine Verteidigungseinrichtungen dagegen besaß – und vielleicht haben sie so etwas überhaupt nicht. Ich würde daraus schließen, daß der tragbare Verstärker – oder immerhin transportierbare, sollte ich vielleicht sagen – eine ausschließlich solarianische Entwicklung ist und nicht eine der Spacer im allgemeinen. Das ist eine gute Nachricht für uns – wenn sie stimmt. Für den Augenblick sollten wir uns keine Sorgen um Propaganda-Coups machen, sondern uns darauf konzentrieren, aus diesem Verstärker jede nur mögliche Information herauszuquetschen. In diesem Bereich sollten wir uns einen Vorsprung vor den Spacern verschaffen, wenn das möglich ist.«

Pandaral kaute auf einem Brötchen herum und meinte dann: »Vielleicht haben Sie recht. Aber wie bringen wir in dem Fall die andere Nachricht an?«

»Welch andere Nachricht?« fragte D. G. etwas ärgerlich. »Direktor, werden Sie mir jetzt die Information liefern, die ich dazu brauche, um mich vernünftig mit Ihnen zu unterhalten? Oder haben Sie vor, das, was Sie wissen, Stück für Stück in die Luft zu werfen, damit ich danach hüpfe?«

»Jetzt werden Sie nicht ungehalten, D. G. Es hat keinen Sinn, daß ich mich mit Ihnen unterhalte, wenn ich das nicht formlos tun kann. Wissen Sie, wie es bei Sitzungen des Direktoriums ist? Wollen Sie meinen Job haben? Sie können ihn nämlich gern haben.«

»Nein, danke, ich will ihn nicht. Ihre ›Nachricht‹ möchte ich haben.«

»Wir haben eine Mitteilung von Aurora. Eine wichtige Mitteilung. Sie haben sich tatsächlich dazu herabgelassen, direkt mit uns in Verbindung zu treten, anstatt die Nachricht via Erde zu schicken.«

»Dann können wir vielleicht davon ausgehen, daß es eine wichtige Mitteilung ist – für sie jedenfalls. Was wollen sie?«

»Sie wollen die solarianische Frau zurückhaben.«

»Dann ist ihnen offensichtlich bekannt, daß unser Schiff Solaria wieder verlassen hat und nach Baleys Welt gekommen ist. Die haben auch ihre Monitor-Stationen und hören unseren Sprechverkehr ab, ebenso wie wir den ihren.«

»Unbedingt«, sagte Pandaral ziemlich gereizt. »Die knacken unsere Codes ebenso schnell wie wir die ihren. Ich hätte gute Lust, mit denen eine Vereinbarung zu treffen, daß wir beide Klartext senden; das würde keinen stören.«

»Haben sie gesagt, warum sie die Frau wollen?«

»Selbstverständlich nicht. Spacer geben keine Gründe an – sie erteilen Befehle.«

»Haben Sie genau herausgefunden, was die Frau auf Solaria geleistet hat? Da sie die einzige Person ist, die authentisches Solarianisch spricht – wollen sie etwa, daß sie den Planeten von Aufsehern säubert?«

»Ich kann mir nicht vorstellen, wie sie das herausgefunden haben sollten, D. G. Wir haben schließlich erst gestern abend bekanntgegeben, welche Rolle sie gespielt hat. Die Nachricht von Aurora ist schon wesentlich früher eingegangen. Aber warum sie sie haben wollen, ist unwichtig. Die Frage ist: Was tun wir? Wenn wir sie nicht zurückgeben, könnte es zu einer Krise mit Aurora kommen, die ich vermeiden möchte. Wenn wir sie zurückgeben, sieht das für Baleys Welt schlecht aus, und der alte Bistervan wird feixend darauf hinweisen, daß wir den Spacern in den Hintern kriechen.«

Sie starrten einander eine Weile an, und schließlich sagte D. G. langsam: »Wir werden sie zurückgeben müssen. Schließlich ist sie Spacer und Bürgerin Auroras. Wir können sie nicht gegen den Willen Auroras festhalten, sonst setzen wir jeden Händler, der in Spacer-Territorien unterwegs ist, erheblicher Gefahr aus. Aber *ich* werde sie zurückbringen, Direktor, und Sie können mir die Schuld geben. Sagen Sie, die Bedingung dafür, daß ich sie nach Solaria mitnehmen durfte, sei gewesen, daß ich sie nach Aurora zurückbringen würde. Das entspricht auch tatsächlich der Wahrheit, wenn es auch nicht schriftlich festgehalten ist. Und dann können Sie sagen, daß ich ein Mann von hoher Moral sei und das Gefühl gehabt hätte, diese Vereinbarung auch einhalten zu müssen. Und am Ende kann sich das Ganze sogar als für uns vorteilhaft erweisen.«

»In welcher Hinsicht?«

»Das muß ich mir noch überlegen. Aber wenn es geschehen soll, Direktor, muß mein Schiff auf Staatskosten überholt werden. Und meine Männer brauchen einen fetten Bonus. – Kommen Sie, Direktor, schließlich müssen sie auf ihren sauer verdienten Urlaub verzichten!«

39

In Anbetracht der Tatsache, daß er vorgehabt hatte, sein Schiff wenigstens drei Monate lang nicht mehr zu betreten, schien D. G. recht gutgelaunt. Und in Anbetracht der Tatsache, daß Gladia jetzt über eine größere und luxuriösere Kabine verfügte als vorher, schien sie recht deprimiert.

»Warum das alles?« fragte sie.

»Wollen Sie einem geschenkten Gaul ins Maul schauen?« fragte D. G.

»Was ist ein Gaul?«

»Ein Säugetier, das man früher auf der Erde zu einer Art Fahrzeug abgerichtet hat.«

»Wie abscheulich! – Aber weshalb hat man diese Veränderungen durchgeführt?«

»Zum einen, my Lady, sind Sie eine Heldin der Spitzenklasse. Und als man das Schiff überholt hat, ist diese Kabine für Sie recht aufgemotzt worden.«

»Aufgemotzt?«

»Nur so ein Ausdruck. Hübscher gemacht, wenn Sie das vorziehen.«

»Dieser Raum ist aber doch nicht zusätzlich geschaffen worden. Wen hat man denn ausquartiert?«

»Tatsächlich handelte es sich um den Aufenthaltsraum der Mannschaft; aber die haben darauf bestanden, müssen Sie wissen. Schließlich sind Sie ja ihr Liebling. Tatsächlich möchte sogar Niss – Sie erinnern sich doch an Niss?«

»Sicher.«

»Er möchte, daß Sie ihn statt Daneel übernehmen. Er sagt, Daneel hätte keine Freude an seinem Job und würde sich die ganze Zeit bei seinen Opfern entschuldigen. Niss sagt, er würde jeden vernichten, der Ihnen die geringsten Schwierigkeiten macht, daran Freude haben und sich niemals dafür entschuldigen.«

Gladia lächelte. »Sagen Sie ihm, ich würde mir sein Angebot merken, und sagen Sie ihm, daß ich ihm, wenn ich ihn das nächste Mal sehe, gern die Hand geben würde. Ich habe ihm damals den Handschlag verweigert, und das hätte ich vielleicht nicht tun sollen.«

»Sie werden hoffentlich Ihre Handschuhe tragen, wenn Sie ihm die Hand geben.«

»Natürlich. Aber ich frage mich, ob es tatsächlich nötig ist. Ich habe, seit ich Aurora verlassen habe, kein einziges Mal auch nur geniest. Die Spritzen, die man mir verpaßt hat, haben wahrscheinlich mein Immunsystem wunderbar verstärkt.« Sie sah sich wieder im Raum um. »Sie haben ja sogar Nischen für Daneel und Giskard vorgesehen. Das ist sehr aufmerksam von Ihnen, D. G.«

»Madam«, sagte D. G., »wir geben uns große Mühe, Ihnen den Aufenthalt hier so angenehm wie möglich zu machen, und sind entzückt, daß Sie sich wohl fühlen.«

»Eigenartigerweise«, sagte Gladia, und ihre Stimme klang so, als wunderte sie sich selbst über das, was sie sagen wollte, »fühle ich mich gar nicht so wohl. Ich bin gar nicht sicher, ob ich Ihre Welt verlassen möchte.«

»Nein? Kalt – Schnee – primitiv – überall jubelnde Menschenmassen – was kann hier für Sie anziehend sein?«

»Der Jubel der Massen ist es nicht«, sagte Gladia errötend.

»Ich will mal so tun, als würde ich Ihnen glauben, Madam.«

»Es *stimmt* auch. Es ist etwas völlig anderes. Ich – ich habe nie etwas getan. Ich habe mich verschiedentlich auf sehr triviale Weise amüsiert, mich mit Lichtskulptur und Robot-Exodesign befaßt. Ich habe geliebt, war eine Ehefrau, eine Mutter und... und... in all diesen Dingen war ich nie ein Individuum von besonderer Bedeutung. Wenn ich plötzlich einfach verschwunden wäre oder wenn ich nie geboren worden wäre, dann hätte das niemandem und nichts etwas ausgemacht – höchstens vielleicht ein oder zwei engen persönlichen Freunden. Jetzt ist es ganz anders.«

»Ja?« In D. G.s Stimme war ein leiser Hauch von Spott zu bemerken.

»Ja!« sagte Gladia beinahe erregt. »Ich kann Menschen beeinflussen. Ich kann mir eine Sache auswählen und sie zu der meinen machen. Ich *habe* mir eine Sache ausgewählt. Ich will einen Krieg verhindern. Ich will, daß das Universum von Spacern und Siedlern in gleicher Weise bevölkert wird. Ich will, daß jede Gruppe ihre eigenen Besonderheiten behält und die der anderen akzeptiert. Ich will daran so hart arbeiten, daß die Geschichte nach mir meinetwegen einen anderen Lauf genommen haben soll und die Leute sagen: ›Wenn sie nicht gewesen wäre, dann wäre heute alles anders – nicht so gut.‹«

Sie drehte sich zu D. G. um, und ihr Gesicht leuchtete. »Wissen Sie, wie herrlich es ist, wenn man zweieindrittel Jahrhunderte lang ein Niemand gewesen ist und plötzlich die Chance bekommt, *jemand* zu sein; festzustellen, daß ein Leben, von dem man glaubte, es müsse immer leer sein, doch etwas enthält – etwas Wunderbares; wie es ist, glücklich zu sein, lange nachdem man jede Hoffnung darauf aufgegeben hat?«

»Um alles das zu haben, brauchen Sie nicht auf Baleys Welt zu sein, my Lady.« Und D. G. schien fast ein wenig verlegen, als er das sagte.

»Auf Aurora werde ich es nicht haben. Auf Aurora bin ich nur eine Einwanderin von Solaria. Auf einer Siedler-Welt bin ich Spacer – etwas Ungewöhnliches.«

»Und doch haben Sie verschiedentlich und mit einigem Nachdruck erklärt, daß Sie nach Aurora zurückzukehren wünschten.«

»Ja. Aber das liegt einige Zeit zurück – aber jetzt sage ich es nicht mehr, D. G. Jetzt will ich es auch nicht mehr.«

»Was uns in starkem Maße beeinflussen würde. Nur, daß Aurora Sie jetzt haben will; sie haben es uns gesagt.«

Gladia war sichtlich erstaunt. »Die *wollen* mich?«

»Eine offizielle Nachricht vom Vorsitzenden des Rates von Aurora sagt uns das«, meinte D. G. leichthin. »Es würde uns ein Vergnügen sein, Sie hierzubehalten; aber die Direktoren haben entschieden, daß es keine interstellare Krise wert ist, Sie hierzubehalten. Ich bin nicht sicher, ob ich auch dieser Meinung bin; aber ich kann da nichts machen.«

Gladia runzelte die Stirn. »Warum wollen die mich denn? Ich habe mehr als zwanzig Dekaden auf Aurora gelebt und hatte nie das Gefühl, daß sie mich wollten – warten Sie! Meinen Sie, die glauben, ich wäre ihre einzige Chance, die Aufseher auf Solaria in Schach zu halten?«

»Das war mir auch in den Sinn gekommen, my Lady.«

»Das werde ich nicht tun. Ich habe es gerade geschafft, diesen einen Aufseher in Schach zu halten, und bin vielleicht gar nicht imstande, das noch einmal zu wiederholen. Ich weiß sogar, daß ich das nicht können werde. Außerdem – warum müssen die denn auf dem Planeten landen? Sie können die Aufseher ja aus der Ferne zerstören – jetzt, wo sie wissen, was sie sind.«

»Tatsächlich ist die Mitteilung, die Ihre Rückkehr verlangt, schon einige Zeit, bevor Aurora etwas von Ihrem Konflikt mit dem Aufseher wissen konnte, hier eingegangen«, meinte D. G. »Es muß also einen anderen Grund geben.«

»Oh.« Das schien ihr den Wind aus den Segeln zu nehmen.

Dann fing sie wieder Feuer: »Mir ist das ganz egal. Ich will nicht zurück. Ich habe hier meine Arbeit und beabsichtige auch, sie fortzusetzen.«

D. G. stand auf. »Es freut mich, das aus Ihrem Munde zu hören, Madam Gladia. Ich habe gehofft, daß Sie so empfinden würden. Ich verspreche Ihnen, daß ich mein Bestes tun werde, um Sie wieder mitzunehmen, wenn wir Aurora verlassen. Aber im Augenblick *muß* ich nach Aurora, und Sie *müssen* mitkommen.«

40

Die Gefühle, mit denen Gladia auf den im Weltraum hinter ihr versinkenden Planeten Baleys Welt zurückblickte, waren ganz andere als jene, die sie bei der Ankunft bewegt hatten. Es war genau dieselbe, graue, armselige Welt, als die sie sich ihr bei der Ankunft dargeboten hatte; aber jetzt empfand sie die Wärme und das Leben ihrer Bewohner. Es waren Menschen – greifbare, reale Menschen.

Solaria, Aurora und die anderen Spacer-Welten, jene, die sie besucht hatte, und jene anderen, die sie in Hypervision gesichtet hatte – sie alle schienen mit Leuten erfüllt, die ohne Substanz waren – gleichsam gasförmig.

Das war das Wort, das sie gesucht hatte: ›gasförmig‹.

Ganz gleich, wie wenige menschliche Wesen auch auf einer Spacer-Welt lebten: sie breiteten sich aus, um den Planeten auszufüllen, so wie sich Gasmoleküle ausdehnten, um einen Behälter zu füllen. Es war, als würden Spacer einander abstoßen.

Und das taten sie auch, dachte sie bedrückt. Spacer hatten sich stets abgestoßen; man hatte sie auf Solaria dazu erzogen, diese Art von Ekel zu empfinden. Aber selbst auf Aurora, als sie zu Anfang wie besessen mit Sex experimentiert hatte, hatte sie als das am wenigsten Angenehme daran die Nähe empfunden, die dabei notwendig war.

Nur – nur mit Elijah nicht. – Aber er war kein Spacer gewesen.

Baleys Welt war nicht so. Wahrscheinlich galt das für alle Siedler-Welten. Siedler klammerten sich aneinander, ließen rings um sich große Landstriche frei, gleichsam als Preis dieses Sich-Aneinanderklammerns; frei hieß das, bis der Bevölkerungszuwachs diese Landstriche füllte. Eine Siedler-Welt war eine Welt der Menschenballungen, eine Welt der Steine und Felsbrocken, nicht eine Welt des Gases.

Warum war das so? Wegen der Roboter vielleicht! Sie verringerten die Abhängigkeit der Menschen von anderen Menschen. Sie füllten die Zwischenräume zwischen ihnen. Sie waren die Isolierung, die die natürliche Anziehungskraft verringerte, die Menschen füreinander empfanden; und so fiel das ganze System in isolierte Teile auseinander.

Es mußte so sein. Nirgends gab es mehr Roboter als auf Solaria, und die Isolierwirkung dort war so ungeheuer gewesen, daß die separaten Gas-Moleküle – die menschlichen Wesen – völlig träge wurden, so daß es fast überhaupt keine Beziehung mehr zwischen ihnen gab. (Wohin waren die Solarianer gegangen? fragte sie sich erneut. Und wie lebten sie jetzt?)

Und das lange Leben hatte auch etwas damit zu tun. Wie konnte man eine emotionale Beziehung eingehen, die nicht langsam schal wurde, während die endlosen Dekaden verstrichen; oder wenn der eine starb, wie konnte der andere dann viele Dekaden lang den Verlust ertragen? Also lernte man, keine emotionalen Bindungen einzugehen, sondern losgelöst zu bleiben, sich zu isolieren.

Andrerseits konnten menschliche Wesen, wenn sie kurzlebig waren, die Faszination, die das Leben bot, nicht leicht überdauern. Während die Generationen schnell dahinzogen, hüpfte der Ball der Faszination von Hand zu Hand, ohne je den Boden zu berühren.

Wie kurze Zeit lag es doch zurück, daß sie D. G. gesagt hatte, daß es nichts mehr gab, was zu tun oder zu wissen sich lohnte; daß sie alles erlebt und gedacht hatte und in völliger Langeweile leben mußte. – Und während sie das sagte, hatte sie nicht gewußt, nicht einmal davon geträumt, daß es Menschenmassen geben könnte, dicht aneinandergepreßt; hatte nicht gewußt, daß sie zu vielen sprechen würde, die vor ihr in ein Meer von Köpfen verschmelzen würden; nicht daran gedacht, ihre Antwort zu hören, nicht in Worten, sondern in wortlosen Lauten; nicht daran gedacht, mit ihnen zu verschmelzen, ihre Gefühle zu empfinden und ein einziger großer Organismus mit ihnen zu werden.

Nicht nur, daß sie vorher nie so etwas erlebt hatte; nein, sie hatte nicht einmal davon geträumt, daß es etwas von der Art geben *könnte*. Und wieviel mochte es sonst noch geben, wovon sie trotz ihres langen Lebens überhaupt nichts wußte? Gab es noch anderes, das man erleben konnte und das sie außerstande war, sich in ihrer Phantasie vorzustellen?

Daneel sagte mit leiser Stimme: »Madam Gladia, ich glaube, der Captain hat signalisiert, daß er eintreten möchte.«

Gladia fuhr zusammen. »Dann laß ihn eintreten!«

D. G. trat ein. Seine Brauen hatten sich in die Höhe geschoben. »Jetzt bin ich erleichtert. Ich dachte schon, Sie wären vielleicht nicht zu Hause.«

Gladia lächelte. »In gewisser Weise war ich das auch nicht. Ich war in Gedanken verloren. Das passiert mir manchmal.«

»Da haben Sie Glück«, sagte D. G. »Meine Gedanken sind nie groß genug, daß man sich in ihnen verlieren kann. Haben Sie sich damit abgefunden, Aurora zu besuchen, Madam?«

»Nein, das habe ich nicht. Und unter den Gedanken, in denen ich mich verloren hatte, war auch der, daß ich immer noch keine Ahnung habe, warum Sie nach Aurora reisen müssen. Das kann doch nicht nur sein, um mich zurückzubringen. Das hätte doch auch jeder Frachtraumer machen können.«

»Darf ich mich setzen, Madam?«

»Ja, selbstverständlich. Das bedarf keiner Erwähnung, Captain. Ich wünschte, Sie würden aufhören, mich wie eine Aristokratin zu behandeln; das wird ermüdend. Und wenn das eine ironische Andeutung sein soll, daß ich Spacer bin, dann ist das noch schlimmer als ermüdend. Am liebsten wäre mir, wenn Sie mich Gladia nennen würden.«

»Sie scheinen ja sehr darauf erpicht zu sein, sich von Ihrer Spacer-Identität loszusagen, Gladia«, sagte D. G., setzte sich und schlug die Beine übereinander.

»Ich würde am liebsten alle unwesentlichen Unterschiede vergessen.«

»Unwesentlichen? Nicht, solange Sie viermal so lange leben wie ich.«

»Eigenartigerweise hatte ich die Idee, daß das ein recht lästiger Nachteil für uns Spacer ist. Wann erreichen wir Aurora?«

»Diesmal keine Ausweichmanöver. Ein paar Tage, um uns weit genug von unserer Sonne zu entfernen, daß wir einen Sprung durch den Hyperraum machen können, der uns auf ein paar Tage Distanz an Aurora heranbringt. Und das wär's.«

»Und warum müssen *Sie* nach Aurora, D. G.?«

»Ich könnte natürlich sagen, aus ganz gewöhnlicher Höflichkeit. Aber tatsächlich suche ich die Gelegenheit, um Ihrem Vorsitzenden oder einem seiner Untergebenen zu erklären, was genau auf Solaria geschehen ist.«

»Wissen sie denn nicht, was passiert ist?«

»Im wesentlichen schon. Sie waren so aufmerksam, unseren Sprechfunkverkehr anzuzapfen, so wie wir es im umgekehrten Fall auch gemacht hätten. Trotzdem haben sie möglicherweise nicht die richtigen Schlüsse gezogen; und wenn das so ist, würde ich sie gern korrigieren.«

»Und welches sind die richtigen Schlüsse, D. G.?«

»Wie Sie wissen, waren die Aufseher auf Solaria darauf eingestellt, nur dann eine Person als Mensch zu akzeptieren, wenn der oder die Betreffende mit solarianischem Akzent sprach, so wie Sie das getan haben. Das bedeutet, daß man nicht nur Siedler als nichtmenschlich betrachtete, sondern auch nicht-solarianische Spacer. Um es ganz genau auszudrücken: Auroraner würden nicht als menschliche Wesen angesehen werden, wenn sie auf Solaria gelandet wären.«

Gladias Augen weiteten sich. »Das ist unglaublich! Die Solarianer würden es niemals so einrichten, daß die Aufseher Auroraner so behandeln, wie sie Sie behandelt haben.«

»Nein? Sie haben aber schon ein auroranisches Schiff zerstört – wußten Sie das?«

»Ein auroranisches Schiff! Nein, das wußte ich nicht.«

»Ich versichere Ihnen, daß es so ist. Es ist etwa um die gleiche Zeit wie wir gelandet. Wir konnten entkommen, aber sie nicht. Sehen Sie, wir hatten nämlich Sie und die nicht. Der daraus zu ziehende Schluß ist oder sollte sein, daß Aurora nicht automatisch andere Spacer-Welten als Verbündete betrachten kann. In einem Notfall wird womöglich jede Spacer-Welt auf sich selbst gestellt sein.«

Gladia schüttelte heftig den Kopf. »Es wäre aber sehr gefährlich, dies aus einem einzelnen Vorfall zu verallgemeinern. Möglicherweise ist es den Solarianern einfach schwergefallen, die Aufseher positiv auf fünfzig Akzente und negativ auf andere Akzente reagieren zu lassen. Es war einfacher, sie auf einen einzigen Akzent festzulegen. Das ist alles. Sie haben einfach darauf gebaut, daß keine anderen Spacer versuchen würden, auf ihrer Welt zu landen, und dabei haben sie sich geirrt.«

»Ja. Ganz sicher wird die auroranische Führung so argumentieren, da es den Leuten im allgemeinen viel leichter fällt, einen ihnen angenehmen Schluß zu ziehen als einen unangenehmen. Ich möchte sicherstellen, daß sie auch die Möglichkeit des unangenehmen Schlusses erkennen und daß ihnen das einiges Unbehagen bereitet. Verzeihen Sie bitte, wenn das etwas überspannt klingt – aber ich kann mir einfach nicht vorstellen, daß das irgend jemand anderer besser als ich kann; und deshalb meine ich, daß ich und niemand anderer nach Aurora gehen sollte.«

Gladia fühlte sich in unangenehmer Weise hin- und hergerissen. Sie wollte kein Spacer sein, sie wollte ein menschliches Wesen sein und vergessen, was sie gerade als ›unwesentliche Unterschiede‹ bezeichnet hatte. Und doch ertappte sie sich dabei, daß sie, wenn D. G. mit offensichtlicher Befriedigung davon sprach, Aurora in eine erniedrigende Lage zu bringen, als Spacer empfand.

So meinte sie darauf etwas verärgert: »Ich nehme an, daß die Siedler-Welten auch unterschiedliche Interessen vertreten. Steht nicht auch jede Siedler-Welt für sich allein?«

D. G. schüttelte den Kopf. »Ihnen erscheint es vielleicht so, und ich wäre auch gar nicht überrascht, wenn jede einzelne Siedler-Welt gelegentlich versucht wäre, ihr eigenes Interesse über den Nutzen des Ganzen zu stellen; aber wir haben etwas, was euch Spacern fehlt.«

»Und was ist das? Seid ihr – edler?«

»Natürlich nicht. Wir sind nicht edler als Spacer. Was wir haben, ist die Erde. Das ist unsere Welt. Jeder Siedler besucht die Erde, so oft er kann. Jeder Siedler weiß, daß es eine Welt gibt; eine große, hochentwickelte Welt mit einer unglaublich vielfältigen Geschichte und einer kulturellen Vielfalt und einer ökologischen Komplexität, die allen Siedlern gehört und der alle Siedler anhängen. Die Erde ist ihre Heimat, ihre Mutter. Mag sein, daß die Siedler-Welten untereinander streiten; aber dieser Streit kann unmöglich in Gewalttätigkeiten ausarten oder zu einem dauernden Bruch der Beziehungen führen, denn die Erdregierung wird automatisch aufgerufen, in allen Problemen zu vermitteln, und ihre Entscheidung ist bindend und wird nie in Frage gestellt.

Das sind die drei Vorteile, die wir haben, Gladia: Das Fehlen von Robotern, etwas, das es uns erlaubt, mit unseren eigenen Händen neue Welten zu bauen; die schnelle Folge der Generationen, die einen dauernden Wechsel erzeugt, und – mehr als alles andere – die Erde, die für uns ein zentraler Kern ist.«

»Aber die Spacer...«, sagte Gladia eindringlich und hielt inne.

D. G. lächelte mit einem Anflug von Bitterkeit. »Wollten Sie jetzt sagen, daß die Spacer auch von Erdenmenschen abstammen und daß die Erde auch ihr Heimatplanet ist? Das stimmt natürlich, ist aber im psychologischen Sinne falsch. Die Spacer haben sich die größte Mühe gegeben, ihre Herkunft zu leugnen. Sie sehen in sich keine ehemaligen Erdenmenschen. Wäre ich ein Mystiker, so würde ich sagen, daß die Spacer, indem sie ihre eigenen Wurzeln abgeschnitten haben, nicht mehr lange überleben können. Natürlich bin ich kein Mystiker und formuliere es daher auch nicht so – aber lang überleben können sie trotzdem nicht; daran glaube ich fest.«

Und dann fügte er nach einer kurzen Pause mit etwas

angespannter Freundlichkeit hinzu, so als hätte er begriffen, daß er in seinem Überschwang an eine empfindliche Stelle in ihr gerührt hatte: »Aber, bitte, betrachten Sie sich selbst als menschliches Wesen, Gladia, und nicht als Spacer, und ich werde mich ebenfalls als menschliches Wesen und nicht als Siedler betrachten. Die Menschheit *wird* überleben, ob nun in der Gestalt von Siedlern oder in der von Spacern oder in der von beiden. Ich persönlich bin überzeugt, daß die Zukunft den Siedlern gehören wird – aber vielleicht irre ich mich.«

»Nein«, sagte Gladia, bemüht, ihre Emotionen nicht zu zeigen. »Ich glaube, Sie haben recht – es sei denn, die Menschen würden irgendwie dahinkommen, daß sie die Unterscheidung zwischen Spacern und Siedlern aufgeben. Das ist mein Ziel – den Menschen dabei zu helfen.«

»Und ich«, sagte D. G. und sah auf den Zeitstreifen, der schwach an der Wand leuchtete, »halte Sie vom Abendessen ab. Darf ich mit Ihnen essen?«

»Sicher«, sagte Gladia.

D. G. stand auf. »Dann geh' ich es holen. Ich würde Daneel oder Giskard schicken; aber ich möchte mir gar nicht erst angewöhnen, Roboter herumzukommandieren. Und im übrigen bewundert die Mannschaft Sie zwar ungemein, ich glaube aber nicht, daß diese Anbetung sich auch auf Ihre Roboter erstreckt.«

Gladia schmeckte das Essen nicht sehr, das D. G. brachte; sie konnte sich nicht daran gewöhnen, daß es irgendwie geschmacklos wirkte – vielleicht war das ein Andenken an die irdische Küche, die für den Massenverzehr gedacht war, aber besonders angewidert war sie auch nicht. Sie aß gleichgültig.

D. G. fiel das auf. »Das Essen störte Sie doch nicht etwa, hoffe ich?«

Sie schüttelte den Kopf. »Nein. Allem Anschein nach habe ich mich akklimatisiert. Ursprünglich, als ich auf das Schiff kam, hatte ich immer Schwierigkeiten damit – aber nichts Ernstes.«

»Das freut mich. Aber, Gladia...«

»Ja?«

»Haben Sie wirklich keine Ahnung, warum die auroranische

Regierung so an Ihrer Rückkehr interessiert ist? Wegen der Sache mit dem Aufseher kann es nicht sein, und wegen Ihrer Rede auch nicht. Die Forderung ist nämlich bereits zu einem Zeitpunkt abgesandt worden, als sie von beidem noch nichts wissen konnten.«

»In dem Fall, D. G.«, sagte Gladia traurig, »kann es keinen Grund dafür geben; den hat es noch nie gegeben.«

»Aber es muß doch etwas sein. Wie ich Ihnen schon sagte: Die Nachricht ist im Namen des Vorsitzenden des Rates von Aurora ergangen.«

»Es heißt, daß der augenblickliche Vorsitzende insbesondere im Augenblick nicht viel mehr als eine Marionette ist.«

»Oh? Wer steht hinter ihm? Kendel Amadiro?«

»Genau. Sie haben also von ihm gehört.«

»Oh, ja«, sagte D. G. grimmig. »Das Zentrum der Fanatiker der Anti-Erde-Bewegung. Der Mann, der vor zwanzig Dekaden politisch von Dr. Fastolfe vernichtet wurde und der lange genug überlebt hat, um uns erneut zu bedrohen. Wieder ein Beispiel für die lange Hand der Langlebigkeit.«

»Aber auch daran ist etwas Rätselhaftes. Amadiro ist ein rachsüchtiger Mann. Er weiß, daß Elijah Baley ihm die Niederlage zugefügt hat, von der Sie sprechen. Und Amadiro ist der Meinung, daß auch ich einen Teil der Verantwortung dafür trage. Seine Abneigung – seine sehr ausgeprägte Abneigung – gilt auch mir. Wenn der Vorsitzende mich haben möchte, so kann das nur deshalb sein, weil Amadiro mich haben will. Aber warum sollte er das wollen? Lieber wäre ihm ganz bestimmt, mich loszuwerden. Wahrscheinlich hat er mich sogar zu dem Zweck mit Ihnen nach Solaria geschickt. Er hat ganz sicherlich damit gerechnet, daß Ihr Schiff vernichtet werden würde und ich ebenfalls. Und das hätte ihm überhaupt keinen Schmerz bereitet.«

»Keine Tränenausbrüche, wie?« sagte D. G. nachdenklich. »Aber so hat man es Ihnen doch sicherlich nicht gesagt. Niemand hat Ihnen gesagt: ›Gehen Sie mit diesem verrückten Händler, weil es uns Vergnügen bereiten würde, wenn Sie dabei umkämen.‹«

»Nein. Sie sagten, Sie seien sehr an meiner Hilfe interessiert, und es sei im Augenblick politisch zweckmäßig, mit den Siedler-Welten zu kooperieren, und es würde Aurora großen Vorteil bringen, wenn ich nach meiner Rückkehr alles berichtete, was auf Solaria vorgefallen ist.«

»Ja, ich kann mir gut vorstellen, daß sie das gesagt haben. Vielleicht wollten sie das sogar wirklich. Als dann unser Schiff entgegen allen Erwartungen sicher wieder von Solaria startete, während ein auroranisches Schiff zerstört wurde, könnten sie sehr wohl den Wunsch empfunden haben, einen Augenzeugenbericht des Geschehens zu bekommen. Als ich Sie deshalb nach Baleys Welt brachte anstatt nach Aurora zurück, lag es nahe, daß sie nach Ihnen riefen. Das könnte es möglicherweise sein. Inzwischen kennen sie die Geschichte natürlich, und es ist durchaus möglich, daß sie nicht länger an Ihnen interessiert sind. – Allerdings...« – er führte eher ein Selbstgespräch, als daß er mit Gladia sprach – »was sie wissen, stammt von der Hypervision auf Baleys Welt, und es könnte durchaus sein, daß sie das nicht ohne weiteres glauben. Und doch...«

»Und doch – *was*, D. G.?«

»Irgendwie sagt mir mein Instinkt, daß diese Nachricht nicht nur dem Wunsch entsprungen ist, Ihren Bericht zu erhalten. Mir scheint, als wäre die Aufforderung dafür viel zu nachdrücklich gewesen.«

»Aber es gibt sonst nichts, was sie wollen können – *nichts*«, sagte Gladia.

»Das würde ich gern wissen«, sagte D. G.

41

»Das würde ich auch gern wissen«, sagte Daneel in dieser Nacht von seiner Nische aus.

»Was würdest du gern wissen, Freund Daneel?« fragte Giskard.

»Ich würde gern wissen, was wirklich hinter der Nachricht von Aurora steckt, mit der die Rückkehr der Lady Gladia gefordert wird. Mir scheint der Wunsch nach einem Bericht keine hinreichende Motivation dafür zu bieten; darin bin ich mit dem Kapitän einer Meinung.«

»Kannst du einen anderen Vorschlag machen?«

»Ich habe da eine Idee, Freund Giskard.«

»Darf ich sie erfahren, Freund Daneel?«

»Es ist mir in den Sinn gekommen, daß der Auroranische Rat, indem er die Rückkehr von Madam Gladia fordert, vielleicht mehr zu sehen erwartet, als er ausdrücklich verlangt. Es kann durchaus sein, daß sie in Wirklichkeit gar nicht die Madam Gladia wollen.«

»Was könnten sie denn über Madam Gladia hinaus bekommen?«

»Freund Giskard, ist es vorstellbar, daß die Lady ohne dich und mich zurückkehrt?«

»Nein. Aber welchen Nutzen hätten wir denn für den Auroranischen Rat – du und ich?«

»Ich, Freund Giskard, wäre für sie ohne Nutzen. Du jedoch bist einmalig, weil du direkt das Bewußtsein anderer empfinden kannst.«

»Das ist wahr, Freund Daneel; aber das wissen sie nicht.«

»Ist es denn nicht möglich, daß sie seit unserer Abreise diese Tatsache irgendwie in Erfahrung gebracht haben und es jetzt bitter bedauern, daß sie dir das Verlassen Auroras erlaubt haben?«

Giskard zögerte nicht, zu antworten: »Nein, das ist nicht möglich, Freund Daneel. Wie hätten sie es erfahren sollen?«

Daneel meinte bedächtig: »Ich habe es mir so überlegt: Du hast bei deinem weit zurückliegenden Besuch auf der Erde gemeinsam mit Dr. Fastolfe ein paar Erdroboter so angepaßt, daß ihnen eine sehr beschränkte mentale Kapazität erwuchs; lediglich genug, um sie in die Lage zu versetzen, deine Arbeit fortzuführen und Beamte auf der Erde dahingehend zu beeinflussen, daß sie den Vorgang der Besiedlung anderer Planeten wohlwollend betrachteten; so zumindest hast du es mir einmal berichtet. Deshalb gibt es auf der Erde Roboter, die zur Bewußtseinsanpassung fähig sind.

Außerdem argwöhnen wir seit einiger Zeit, daß das Robotik-Institut von Aurora humaniforme Roboter zur Erde geschickt hat. Wir kennen ihre exakte Zielsetzung dabei nicht; aber das mindeste, was man von solchen Robotern erwarten kann, ist, daß sie die Vorgänge dort auf der Erde beobachten und über sie berichten.

Selbst wenn diese auroranischen Roboter kein Bewußtsein lesen können, können sie doch Berichte der Art zurückschikken, daß dieser oder jener Beamte seine Einstellung gegenüber der Siedlungspolitik plötzlich geändert hat. Vielleicht ist jemandem auf Aurora, seit wir den Planeten verlassen haben, in den Sinn gekommen – vielleicht sogar Dr. Amadiro selbst –, daß man das nur durch die Existenz bewußtseinslesender und -adaptierender Roboter auf der Erde erklären kann. Daher kann es sein, daß man die Einführung der Bewußtseinsadaptierung entweder auf Dr. Fastolfe oder dich zurückverfolgen kann.

Das wiederum könnte den auroranischen Beamten die Bedeutung gewisser anderer Ereignisse erklären, die man auf dich anstatt auf Dr. Fastolfe zurückführen könnte. Und das könnte dazu führen, daß sie den verzweifelten Wunsch empfinden, dich zurückzubekommen, jedoch ohne unmittelbar nach dir verlangen zu können, weil das ja die Tatsache ihres neuen Wissens preisgeben würde. Also verlangen sie Lady Gladia – eine ganz natürliche Forderung – wohl wissend, daß auch du mit ihr kommen wirst.«

Giskard schwieg eine volle Minute lang und sagte dann: »Eine interessante Argumentation, Freund Daneel. Aber ich kann mich ihr nicht ganz anschließen. Jene Roboter, die ich für die Aufgabe entwickelt habe, die Siedlungspolitik zu fördern, haben ihren Auftrag vor mehr als achtzehn Dekaden abgeschlossen und sind seitdem inaktiv gewesen, zumindest soweit es um Bewußtseinsadaptierung geht. Außerdem hat die Erde inzwischen alle Roboter aus ihren Cities entfernt und sie vor beträchtlicher Zeit auf die unbewohnten Nicht-City-Bereiche beschränkt.

Das bedeutet, daß die humanoiden Roboter, die, wie wir annehmen, zur Erde geschickt wurden, dennoch keine Gelegenheit haben konnten, meinen bewußtseinsadaptierenden Robotern zu begegnen oder irgendeine Bewußtseinsadaption wahrzunehmen, da ja die Roboter längst nicht mehr damit beschäftigt sind. Es ist daher möglich, daß meine besondere Fähigkeit in der von dir vermuteten Art und Weise bekannt geworden ist.«

»Und eine andere Möglichkeit einer solchen Entdeckung gibt es nicht, Freund Giskard?« fragte Daneel.

»Nein«, sagte Giskard bestimmt.

»Und trotzdem frage ich mich, ob es nicht so ist«, sagte Daneel.

VIERTER TEIL

Aurora

XI. DER ALTE FÜHRER

42

Kendel Amadiro litt, wie die meisten Menschen, unter der Plage der Erinnerung; sogar in noch höherem Maße als die meisten anderen Menschen. In seinem Fall freilich ging mit diesem hartnäckigen Gedächtnis eine ungewöhnlich tiefe und in die Länge gezogene Wut einher, mit der sich grenzenlose Enttäuschung paarte.

Dabei war vor zwanzig Dekaden alles so gut für ihn gelaufen. Er hatte das Robotik-Institut begründet und war sein erster Leiter gewesen (und war das immer noch). Und einen kurzen, triumphalen Augenblick lang hatte es so ausgesehen, als könnte nichts ihn daran hindern, die totale Kontrolle über den Rat an sich zu ziehen, seinen großen Feind Han Fastolfe zu zerschmettern und ihn in hilflose Opposition zu verdrängen.

Wenn er nur... wenn er nur...

(Wie er sich abmühte, nicht daran zu denken, und wie ihn seine Erinnerung immer wieder damit konfrontierte, immer wieder aufs neue, so als könnte sie nie genug davon bekommen, ihm Sorge und Verzweiflung zu bereiten.)

Wenn er den Sieg davongetragen hätte, wäre die Erde isoliert und allein geblieben, und er hätte dafür gesorgt, daß sie immer weiter abstieg, verfiel und schließlich zu Bedeutungslosigkeit verblaßte. Warum auch nicht? Für die kurzlebigen Bewohner einer von Krankheiten verzehrten, übervölkerten Welt war es besser zu sterben; hundertmal besser zu sterben, als das Leben zu leben, zu dem sie selbst sich gezwungen hatten.

Und die Spacer-Welten – Inbegriffe der Sicherheit und der Ruhe – hätten sich dann weiter ausdehnen können. Fastolfe hatte sich immer darüber beklagt, daß die Spacer zu bequem und behaglich auf ihren robotischen Kissen säßen, zu langlebig wären, um Pioniere zu sein; aber Amadiro hätte bewiesen, daß er unrecht hatte.

Und doch hatte Fastolfe gesiegt. Im Augenblick der sicheren Niederlage hatte er sozusagen irgendwie auf unglaubliche Weise in den leeren Weltraum hineingegriffen und hatte den Sieg in der Hand gehalten – ihn aus dem Nichts gepflückt.

Das war natürlich jener Erdenmensch gewesen – Elijah Baley...

Aber wenn er sich dem Erdenmenschen zuwandte, sträubte sich Amadiros ansonsten unbehagliche Erinnerung stets und wandte sich ab. Er konnte sich jenes Gesicht nicht mehr ausmalen, jene Stimme nicht mehr hören, sich an jene Tat nicht mehr erinnern. Der Name war schon genug. Zwanzig Dekaden hatten nicht ausgereicht, um den Haß, den er empfand, auch nur im geringsten schwächer werden zu lassen oder den Schmerz, den er empfand, um auch nur ein Jota zu mildern.

Und als dann Fastolfe die Leitung der politischen Geschicke Auroras übernahm, waren die armseligen Erdenmenschen von ihrem widerwärtigen Planeten geflohen und hatten sich auf einer Welt nach der anderen niedergelassen. Der Wirbelwind des irdischen Fortschritts hatte die Spacer-Welten verblüfft, benommen gemacht und sie in eine starre Paralyse gezwungen.

Wie oft hatte Amadiro zum Rat gesprochen und darauf hingewiesen, daß die Galaxis den Händen der Spacer entglitte; daß Aurora ausdruckslos und blöde zusähe, während eine Welt nach der anderen von Untermenschen besetzt wurde und daß die Stimmung der Spacer Jahr um Jahr apathischer wurde.

Erhebt euch, hatte er gerufen, erhebt euch, seht, wie ihre Zahl wächst! Seht, wie die Siedler-Welten sich vermehren. Worauf wartet ihr? Bis sie euch an die Kehle gehen?

Und immer wieder hatte ihm Fastolfe mit seiner einlullenden Stimme geantwortet, und die Auroraner und die anderen Spacer (die stets Auroras Führung folgten, wenn Aurora sich dafür entschied, nicht zu führen) hatten sich dann immer wieder zurückgelehnt und waren wieder in ihren behäbigen Schlummer gesunken.

Das Offensichtliche schien sie nicht zu berühren. Die Fakten, die Zahlen, die unbestreitbare Verschlechterung von Dekade zu Dekade ließ sie unbewegt. Wie war es nur möglich, ihnen die Wahrheit so beständig ins Gesicht zu schreien, mitzuerleben, wie sich jede einzelne seiner Prophezeiungen erfüllte, und doch zusehen zu müssen, wie eine gleichmäßige Mehrheit wie eine Schafherde hinter Fastolfe hertrottete?

Wie konnte es nur möglich sein, daß Fastolfe selbst zusah, wie alles, was er gesagt hatte, sich als schierer Unsinn erwies, und er doch nie auch nur einen Millimeter von seiner Politik abwich? Nicht nur, daß er stur darauf beharrt hätte, das zu tun, was er einmal begonnen hatte – nein, er schien einfach nie zu bemerken, daß er unrecht gehabt hatte.

Wenn Amadiro die Art von Mann gewesen wäre, der sich irgendwelchen Phantasien hingab, dann hätte er ohne Zweifel angenommen, daß irgendein böser Zauber über die Spacer-Welten gekommen sei. Er hätte sich dann vorgestellt, daß irgend jemand irgendwo über die magische Kraft verfügte, ansonsten aktive Geister einzulullen und ansonsten scharfe Augen vor der Wahrheit zu verblenden.

Und um seine Agonie noch zu erhöhen, empfanden die Leute Mitleid mit Fastolfe, dafür daß er enttäuscht gestorben war; enttäuscht, so sagten sie, weil die Spacer nicht selbst zu neuen Welten hinausgezogen waren.

Fastolfes eigene Politik hatte sie davon abgehalten! Welches Recht hatte er, darüber noch Enttäuschung zu empfinden? Was hätte er denn getan, wenn er – wie Amadiro – stets die Wahrheit erkannt und die ausgesprochen hätte und unfähig gewesen wäre, die Spacer – genügend Spacer – dazu zu zwingen, auf ihn zu hören?

Wie oft hatte er doch gedacht, daß es für die Galaxis besser wäre, leer zu sein, als von diesen Untermenschen beherrscht zu werden. Hätte er über irgendeine magische Kraft verfügt, um die Erde zu zerstören – Elijah Baleys Heimatwelt – indem er nur mit dem Kopf nickte – wie eifrig, wie begierig hätte er das doch getan!

Und doch, sich in solche Phantasien zu flüchten, konnte nur ein Zeichen seiner totalen Verzweiflung sein. Dies war die andere Seite seines immer wiederkehrenden, hilflosen Wunsches, aufzugeben und den Tod willkommen zu heißen – wenn seine Roboter es nur zugelassen hätten.

Und dann war der Augenblick gekommen, wo ihm die Macht, die Erde zu vernichten, in die Hände gelegt worden war – ihm sogar gegen seinen Willen aufgezwungen worden war. Etwa eine dreiviertel Dekade lag diese Zeit zurück, als er zum erstenmal Levular Mandamus begegnet war.

43

Erinnerung! Dreiviertel Dekaden in der Vergangenheit –.

Amadiro blickte auf und stellte fest, daß Maloon Cicis in sein Büro gekommen war. Er hatte ohne Zweifel ein Signal gegeben und hatte das Recht, einzutreten, wenn niemand auf das Signal reagierte.

Amadiro seufzte und zog seinen kleinen Computer herunter. Cicis war seit Gründung des Instituts seine rechte Hand gewesen. Jetzt fing er an, im Dienst alt zu werden; nichts, was irgendwie auf drastische Weise aufgefallen wäre, sondern einfach die allgemeine Aura allmählichen Verfalls. Seine Nase schien eine Spur asymmetrischer zu sein, als sie das einmal gewesen war.

Er rieb sich die eigene, ziemlich kräftig ausgeprägte Nase und fragte sich, wie sehr wohl ihn der Hauch allmählichen Verfalls umgeben mochte. Früher war er einen Meter fünfundneunzig groß gewesen; selbst nach Spacer-Begriffen ein gutes Maß. Sicherlich stand er auch jetzt noch so aufrecht wie stets; und doch, als er in letzter Zeit einmal wieder seine Größe gemessen hatte, waren es nur ein Meter dreiundneunzig gewesen. Fing er an, einzuschrumpfen, kleiner zu werden?

Er schob diese finsteren Gedanken von sich, die doch selbst ein viel sichereres Anzeichen des Alters als bloße Maße waren, und sagte: »Was ist denn, Maloon?«

Hinter Cicis war sein neuer, persönlicher Roboter zu erkennen: sehr modernistisch und mit glänzender Metallhaut. Auch das war ein Zeichen des Alterns. Wenn man seinen eigenen Körper nicht jung halten kann, kann man sich immer noch einen neuen, modernen Roboter kaufen. Amadiro war fest entschlossen, nie den wahrhaft Jungen Anlaß zum Spott zu geben, indem er sich jener Verblendung hingab – insbesondere, wo doch Fastolfe, der acht Dekaden älter als Amadiro war, dies nie getan hatte.

»Dieser Mandamus ist es wieder, Chef«, sagte Cicis.

»Mandamus?«

»Der, der Sie dauernd sprechen möchte.«

Amadiro überlegte einen Augenblick lang. »Sie meinen den Idioten, der von der solarianischen Frau abstammt?«

»Ja, Chef.«

»Nun, ich will ihn nicht sehen. Haben Sie ihm das noch nicht klargemacht, Maloon?«

»Völlig klar. Er hat mich gebeten, daß ich Ihnen einen Zettel geben soll, und sagt, dann würden Sie ihn empfangen.«

»Das glaube ich nicht, Maloon«, sagte Amadiro langsam. »Was steht denn auf dem Zettel?«

»Das weiß ich nicht, Chef. Es ist nicht Galactic.«

»Warum sollte ich es dann besser verstehen können als Sie?«

»Ich weiß nicht. Aber er hat darum gebeten, daß ich Ihnen den Zettel gebe. Wenn Sie ihn sich ansehen wollen, Chef, und es mir sagen, dann versuche ich noch mal, ihn loszuwerden.«

»Nun, dann lassen Sie sehen!« sagte Amadiro und schüttelte den Kopf. Er sah den Zettel angewidert an.

Auf ihm stand: ›Ceterum censeo Carthaginem esse delendam‹.

Amadiro las den Zettel, blickte zu Maloon auf und wandte sich dann wieder dem Blatt zu. Schließlich sagte er: »Sie müssen es ja auch gelesen haben, sonst wüßten Sie ja nicht, daß es nicht Galactic ist. Haben Sie ihn gefragt, was das bedeuten soll?«

»Ja, das habe ich, Chef. Er hat gesagt, es sei Latein, aber da war ich auch nicht schlauer. Er sagt, Sie würden es schon verstehen. Er ist ein unglaublich hartnäckiger Mensch und hat gesagt, er würde den ganzen Tag sitzenbleiben und warten, bis Sie das gelesen hätten.«

»Wie sieht er aus?«

»Dünn. Ernst. Wahrscheinlich humorlos. Groß, aber nicht ganz so groß wie Sie. Durchdringende, tiefliegende Augen, dünne Lippen.«

»Wie alt ist er?«

»Seiner Hautstruktur nach würde ich sagen, vielleicht vier Dekaden. Er ist sehr jung.«

»In dem Fall müssen wir Nachsicht mit der Jugend haben. Schicken Sie ihn herein!«

»Sie wollen ihn empfangen?« Cicis sah seinen Vorgesetzten überrascht an.

»Das habe ich doch gerade gesagt, oder? Schicken Sie ihn herein!«

44

Der junge Mann betrat den Raum fast im Marschtritt. Vor dem Schreibtisch blieb er in starrer Haltung stehen und sagte: »Ich danke Ihnen, Sir, daß Sie sich bereit erklärt haben, mich zu empfangen. Habe ich Ihre Erlaubnis, daß meine Roboter sich mir anschließen?«

Amadiros Brauen schoben sich in die Höhe. »Es wird mir eine Freude sein, sie zu sehen. Würden Sie mir erlauben, daß ich die meinen bei mir behalte?«

Jahre waren vergangen, seit er die alte Roboter-Formel das letzte Mal gehört hatte. Es war eine jener guten, alten Sitten, die fast in Vergessenheit geraten war, so wie vieles von der alten, formellen Höflichkeit. Inzwischen war es fast eine Selbstverständlichkeit, daß persönliche Roboter Teil der eigenen Person waren.

»Ja, Sir«, sagte Mandamus, und zwei Roboter traten ein. Sie hatten auf die Erlaubnis gewartet. Es waren neue Roboter, sichtlich effiziente Modelle, mit allen Anzeichen guter Arbeit.

»Ihr eigener Entwurf, Mr. Mandamus?« Roboter, die von ihren Besitzern konstruiert waren, hatten besonderen Wert.

»So ist es, Sir.«

»Dann sind Sie Robotiker?«

»Ja, Sir. Ich habe an der Universität von Eos promoviert.«

»Dort haben Sie unter...«

Mandamus unterbrach ihn schnell: »... nicht unter Dr. Fastolfe gearbeitet, Sir, falls Sie das glauben, sondern unter Dr. Maskellnik.«

»Ah, aber Sie gehören nicht dem Institut an.«

»Ich habe mich um die Aufnahme beworben, Sir.«

»Aha.« Amadiro schob die Papiere auf seinem Schreibtisch zurecht und sagte dann schnell, ohne aufzublicken: »Wo haben Sie Latein gelernt?«

»Ich kann nicht gut genug Latein, um es zu sprechen oder zu lesen, weiß aber genug darüber, um jenes Zitat zu kennen und zu wissen, wo man es finden kann.«

»Das ist für sich alleine schon sehr bemerkenswert. Wie kommt das?«

»Ich kann mich nicht die ganze Zeit nur um Robotik kümmern und habe daher auch Nebeninteressen; eine davon ist Planetologie, unter besonderer Betonung der Erde. Das hat mich dazu bewogen, mich mit der Geschichte und der Kultur der Erde zu befassen.«

»Nicht gerade ein besonders populäres Studium.«

»Nein, Sir, und das ist sehr schade. Man sollte seine Feinde immer kennen – so wie Sie das tun, Sir.«

»So wie ich das tue?«

»Ja, Sir. Ich glaube, daß Sie mit vielen Aspekten der Erde vertraut sind, und in der Beziehung sehr viel mehr wissen als ich, weil Sie das Thema bereits länger studiert haben.«

»Woher wissen Sie das?«

»Ich habe versucht, soviel wie möglich über Sie in Erfahrung zu bringen, Sir.«

»Weil ich auch einer Ihrer Feinde bin?«

»Nein, Sir, sondern weil ich Sie zu einem Verbündeten machen möchte.«

»Mich zu einem Verbündeten machen? Sie haben also vor, mich zu benutzen? Kommt Ihnen dabei nicht in den Sinn, daß Sie ein wenig impertinent sind?«

»Nein, Sir, weil ich sicher bin, daß Sie den Wunsch haben werden, mein Verbündeter zu sein.«

Amadiro starrte ihn an. »Trotzdem finde *ich*, daß Sie sogar etwas mehr als nur ein wenig impertinent sind. Sagen Sie, verstehen Sie dieses Zitat, das Sie da ausfindig gemacht haben?«

»Ja, Sir.«

»Dann übersetzen Sie es in Standard Galactic!«

»Es heißt: ›Nach meiner Ansicht muß Karthago zerstört werden.‹«

»Und was bedeutet das *Ihrer* Meinung nach?«

»Das Zitat stammt von Marcus Porcius Cato, einem Senator der Römischen Republik, einer politischen Einheit der antiken Erde. Diese Republik hatte ihre Hauptrivalin Karthago besiegt, aber nicht zerstört. Cato war der Ansicht, daß Rom so lange nicht sicher sein könne, bevor Karthago nicht völlig vernichtet sei – und so geschah es am Ende auch.«

»Aber was ist Karthago für uns, junger Mann?«

»Es gibt so etwas wie eine Analogie.«

»Und das bedeutet?«

»Daß auch die Spacer-Welten einen Hauptrivalen haben, der meiner Meinung nach vernichtet werden muß.«

»Nennen Sie den Feind.«

»Der Planet Erde, Sir.«

Amadiro trommelte leise mit den Fingern auf seine Schreibtischplatte. »Und Sie wollen, daß ich in einem solchen Projekt Ihr Verbündeter sein soll. Sie nehmen an, ich würde glücklich, ja begierig darauf sein, ein solcher zu werden. Sagen Sie mir, Dr. Mandamus: Wann habe ich je in irgendeiner meiner zahllosen Reden oder Veröffentlichungen zu diesem Thema erklärt, daß die Erde zerstört werden müsse?«

Mandamus' Lippen preßten sich zusammen. »Ich bin nicht hier, um Ihnen eine Falle zu stellen und Sie in etwas hineinzulokken, das man dann gegen Sie verwenden kann«, sagte er. »Ich bin nicht von Dr. Fastolfe oder irgendeinem Mitglied seiner Partei hierhergeschickt worden. Ich gehöre seiner Partei auch selbst nicht an. Ebensowenig versuche ich Ihnen zu sagen, was Sie im Sinn haben. Ich sage Ihnen nur, was *ich* im Sinn habe. Nach meiner Ansicht muß die Erde vernichtet werden.«

»Und wie haben Sie vor, die Erde zu vernichten? Schlagen Sie vor, daß wir so lange nukleare Bomben auf sie werfen, bis die Explosionen, die Strahlung und die Staubwolken den Planeten vernichten? Denn wenn das Ihre Absicht ist, wie wollen Sie dann verhindern, daß Siedler-Schiffe mit Aurora und den anderen Spacer-Welten dasselbe tun? Noch vor fünfzehn Dekaden hätte man die Erde ungestraft ausradieren können. Heute kann man das nicht mehr.«

Mandamus sah ihn angewidert an. »Ich habe nichts dergleichen im Sinn, Dr. Amadiro. Ich würde niemals unnötig menschliche Wesen vernichten, selbst wenn es nur Erdenmenschen wären. Aber es gibt eine Möglichkeit, die Erde zu zerstören, ohne notwendigerweise ihre Bevölkerung zu töten – und es wird keine Vergeltungsmaßnahmen geben.«

»Sie sind ein Träumer«, sagte Amadiro, »oder vielleicht nicht ganz bei Trost.«

»Lassen Sie mich erklären!«

»Nein, junger Mann! Ich habe wenig Zeit. Und weil Ihr Zitat, das ich sehr wohl verstanden habe, meine Neugierde geweckt hatte, habe ich bereits zuviel von dieser Zeit an Sie vergeudet.«

Mandamus stand auf. »Ich verstehe, Dr. Amadiro, und bitte Sie um Nachsicht, daß ich mehr von Ihrer Zeit beansprucht habe, als Sie sich leisten konnten. Aber denken Sie bitte über das nach, was ich gesagt habe. Und falls Sie neugierig sein sollten, können Sie sich ja vielleicht mit mir in Verbindung setzen, wenn Sie mal mehr Zeit haben als jetzt. Warten Sie aber nicht zu lange; denn wenn ich muß, werde ich mich in eine andere Richtung orientieren – denn die Erde werde ich zerstören. Sie sehen, ich bin offen zu Ihnen.«

Der junge Mann bemühte sich um ein Lächeln, das seine dünnen Wangen spannte, ohne sonst sehr viel Wirkung zu haben. »Leben Sie wohl – und nochmals vielen Dank«, sagte er, drehte sich um und ging hinaus.

Amadiro blickte ihm eine Weile nachdenklich nach und berührte dann einen Kontakt an seinem Schreibtisch.

»Maloon«, sagte er, als Cicis eintrat, »ich möchte, daß dieser junge Mann rund um die Uhr beobachtet wird, und ich möchte über jeden informiert werden, mit dem er spricht. – Jeden! – Ich möchte, daß sie alle identifiziert und befragt werden. Diejenigen von ihnen, die ich Ihnen nenne, sollen zu mir gebracht werden. – Aber, Maloon, alles muß sehr diskret geschehen, nur mit freundlicher Überredung. Wie Sie wohl wissen, bin ich hier noch nicht der Herr.«

Aber das würde er am Ende sein. Fastolfe war sechsunddreißig Dekaden alt und sichtlich am Ende seiner Kräfte. Und Amadiro war acht Dekaden jünger.

45

Amadiro bekam seine Berichte neun Tage lang.

Mandamus sprach mit seinen Robotern, gelegentlich mit Kollegen in der Universität und hin und wieder mit Personen in benachbarten Niederlassungen. Seine Gespräche waren völlig trivialer Natur, und Amadiro war schon lange bevor die neun Tage um waren zu dem Entschluß gelangt, daß er nicht würde abwarten können. Mandamus stand erst am Anfang eines langen Lebens und hatte vielleicht noch dreißig Dekaden vor sich; Amadiro im besten Fall noch acht oder zehn.

Und Amadiro, der viel über das nachdachte, was der junge Mann gesagt hatte, kam mit zunehmender Unruhe zu dem Schluß, daß er das Risiko nicht eingehen durfte, daß es vielleicht doch eine brauchbare Möglichkeit gab, die Erde zu vernichten, und daß er vielleicht diese Möglichkeit ignorierte. Konnte er zulassen, daß diese Zerstörung sich erst nach seinem Tode ereignete und er damit nicht ihr Zeuge wurde? Oder, was fast ebenso schlimm war, zulassen, daß sie zu seinen Lebzeiten erfolgte, aber unter dem Befehl eines anderen, mit einem anderen, der den Knopf drückte?

Nein, er mußte es sehen, mußte Zeuge sein und es *tun;* warum sonst hätte er diese lange Enttäuschung erdulden sollen? Mandamus mochte ein Narr sein oder ein Wahnsinniger; aber in dem Fall mußte Amadiro wenigstens mit Sicherheit wissen, daß dem so war.

Als er in seinen Überlegungen diesen Punkt erreicht hatte, ließ Amadiro Mandamus zu sich rufen.

Amadiro begriff, daß er sich, indem er das tat, erniedrigte; aber diese Erniedrigung war der Preis dafür, um sicherzugehen, daß er maßgeblichen Anteil hatte, wenn die Erde vernichtet wurde. Es war ein Preis, den zu bezahlen er bereit war.

Sogar auf die Möglichkeit bereitete er sich vor, daß Mandamus triumphierend und überheblich sein Büro betreten würde; auch das würde er erdulden müssen. Nachher freilich, falls der Vorschlag des jungen Mannes sich als unsinnig erweisen sollte, würde er dafür sorgen, daß er bestraft wurde, und zwar im vollen Maße, das eine zivilisierte Gesellschaft zuließ. Aber wenn nicht...

Es tat ihm daher gut, daß Mandamus sein Büro hinreichend bescheiden betrat und ihm, wie es schien, aufrichtig dafür dankte, daß er ihn ein zweites Mal empfing. Amadiro hatte das Gefühl, daß er diesmal seinerseits nett zu seinem Besucher würde sein müssen.

»Dr. Mandamus«, sagte er, »indem ich Sie wegschickte, ohne mir Ihren Plan anzuhören, habe ich mich der Unhöflichkeit schuldig gemacht. Sagen Sie mir also, was Sie im Sinn haben, und ich werde Ihnen zuhören, bis mir völlig klar ist – und ich vermute, daß das der Fall sein wird –, ob Ihr Plan mehr auf Begeisterung als auf kalte Logik baut. An dem Punkt werde ich Sie wieder entlassen, aber ohne es Ihnen zu verübeln, und ich hoffe, daß Sie Ihrerseits genauso reagieren werden.«

»Ich könnte es Ihnen nicht verübeln, daß Sie mir geduldig und fair zuhören, Dr. Amadiro«, sagte Mandamus. »Aber was ist dann, wenn Ihnen das, was ich sage, sinnvoll erscheint und Hoffnung bietet?«

»In dem Fall«, antwortete Amadiro vorsichtig, »wäre es vorstellbar, daß wir beide zusammenarbeiten könnten.«

»Das wäre wunderbar, Sir. Gemeinsam könnten wir mehr bewirken als jeder für sich. Aber könnte es noch etwas Greifbareres geben als das Privileg der Zusammenarbeit? Eine Belohnung vielleicht?«

Amadiro blickte enttäuscht. »Natürlich wäre ich Ihnen dankbar. Aber ich bin nur Mitglied des Rates und Direktor des Robotik-Institutes. Für das, was ich für Sie tun könnte, würde es Grenzen geben.«

»Das verstehe ich, Dr. Amadiro. Aber könnte ich innerhalb dieser Grenzen nicht etwas à conto haben – jetzt?« Er sah Amadiro unverwandt an.

Amadiro runzelte die Stirn. Es gefiel ihm nicht, in ein Paar scharfe, entschlossene Augen zu blicken, die die seinen festhielten und in ihren Bann zogen. Dem jungen Mann fehlte jegliche Bescheidenheit!

»Was haben Sie im Sinn?« fragte er kalt.

»Nichts, was Sie mir nicht geben könnten, Dr. Amadiro. Machen Sie mich zum Mitglied des Instituts.«

»Wenn Sie sich qualifizieren...«

»Keine Sorge. Ich bin qualifiziert.«

»Das ist eine Entscheidung, die wir nicht dem Kandidaten überlassen können. Wir müssen...«

»Kommen Sie, Dr. Amadiro, so beginnt man keine Beziehung. Da Sie mich, seit ich Sie verlassen habe, jeden Augenblick haben beobachten lassen, kann ich nicht glauben, daß Sie nicht auch meine Unterlagen gründlich studiert haben. Demzufolge müssen Sie *wissen*, daß ich qualifiziert bin. Wenn Sie aus irgendeinem Grund zu dem Schluß gelangt wären, daß ich *nicht* qualifiziert sei, hätten Sie keinerlei Hoffnung, daß ich geschickt genug sein könnte, um einen Plan zur Vernichtung Ihres ganz speziellen Karthagos auszuarbeiten. Und dann wäre ich jetzt nicht hier.«

Einen Augenblick lang hatte Amadiro das Gefühl, als flammte ein Feuer in ihm auf. In diesem Augenblick fand er, daß selbst die Zerstörung der Erde es nicht wert war, diese herablassende

Haltung seitens eines Kindes zu ertragen. Aber nur einen Augenblick lang. Dann funktionierte sein Gefühl für Maßstäbe wieder, und er war sogar imstande, sich selbst zu sagen, daß eine so junge Person, die dennoch so kühn und ihrer selbst so eisig sicher war, genau die Art von Mann war, die er brauchte. Außerdem hatte er tatsächlich Mandamus' Unterlagen studiert, und es war keine Frage, daß er für das Institut qualifiziert war.

Amadiro sagte ruhig (obwohl sein Blutdruck dabei stieg): »Sie haben recht. Sie sind qualifiziert.«

»Dann nehmen Sie mich auf! Ich bin sicher, Sie haben die notwendigen Formulare in Ihrem Computer. Sie brauchen bloß meinen Namen, meine Schule, mein Examensjahr und sonstige statistische Trivialitäten einzutragen, die Sie vielleicht brauchen, und dann zu unterschreiben.«

Amadiro wandte sich ohne ein Wort einem Computer zu. Er gab die notwendigen Informationen ein, entnahm dem Drucker das Formular, unterzeichnete es und reichte es Mandamus. »Ich habe das heutige Datum eingesetzt. Sie sind jetzt Angehöriger des Instituts.«

Mandamus studierte das Papier und reichte es dann einem seiner Roboter, der es in einer kleinen Mappe verwahrte, die er sich dann wieder unter den Arm klemmte.

»Danke!« sagte Mandamus. »Das ist sehr freundlich von Ihnen, und ich hoffe, daß ich Sie nie enttäuschen oder Ihnen Anlaß geben werde, diese freundliche Einschätzung meiner Fähigkeiten zu bedauern. Jetzt bleibt nur noch eines.«

»Wirklich? Was?«

»Könnten wir auch über die letzte Belohnung sprechen – selbstverständlich nur im Falle des Erfolges. Des totalen Erfolges.«

»Könnten wir das nicht, was wesentlich logischer wäre, so lange aufschieben, bis der totale Erfolg errungen ist oder wenigstens einigermaßen nahe?«

»Im rationalen Sinne, ja. Aber ich bin nicht nur ein Mensch der Vernunft, sondern habe auch meine Träume. Ich würde gern ein wenig träumen.«

»Nun«, sagte Amadiro, »was würden Sie gern träumen?«

»Mir scheint, Dr. Amadiro, daß es Dr. Fastolfe jetzt keineswegs gutgeht. Er hat lange gelebt und kann den Tod nicht mehr sehr viele Jahre hinauszögern.«

»Und wenn das so ist?«

»Sobald er stirbt, wird Ihre Partei aggressiver werden, und die weniger überzeugten Mitglieder von Fastolfes Partei werden es vielleicht als zweckmäßig empfinden, eine neue Bindung einzugehen. Wenn Fastolfe nicht mehr ist, werden ohne Zweifel Sie die nächste Wahl gewinnen.«

»Das ist möglich. Und wenn das so kommt?«

»Werden Sie de facto zum Führer des Rates werden und damit derjenige, der die Außenpolitik Auroras bestimmt; und das wiederum bedeutet praktisch die Außenpolitik der Spacer-Welten im allgemeinen. Und wenn meine Pläne gelingen, wird diese von Ihnen ausgeübte Führung so erfolgreich sein, daß der Rat kaum verfehlen wird, bei erster sich bietender Gelegenheit Sie zum Vorsitzenden zu wählen.«

»Sie haben hochfliegende Träume, junger Mann. Und wenn alles das, was Sie vorhersehen, Wirklichkeit werden sollte – was dann?«

»Dann würden Sie kaum die Zeit haben, Aurora zu leiten *und* das Robotik-Institut. Also bitte ich darum, daß Sie, wenn Sie am Ende zu dem Entschluß gelangen, Ihre augenblickliche Position als Direktor des Instituts aufzugeben, darauf vorbereitet sein sollen, mich als Ihren Nachfolger auf diesem Posten zu unterstützen. Ihre persönliche Wahl würde man wohl schwerlich ablehnen.«

»Es gibt so etwas wie Qualifikation für den Posten«, sagte Amadiro.

»Die werde ich haben.«

»Wir wollen abwarten und sehen.«

»Ich bin bereit, abzuwarten und zu sehen, aber Sie werden feststellen, daß Sie lange bevor der völlige Erfolg unser ist, den Wunsch haben werden, diese meine Bitte zu erfüllen. Bitte fangen Sie deshalb an, sich an diese Vorstellung zu gewöhnen.«

»Und alles das, bevor ich auch nur ein Wort von Ihren Plänen bezüglich Karthago gehört habe«, murmelte Amadiro. »Nun,

Sie sind Mitglied des Instituts, und ich werde mir Mühe geben, mich an Ihren persönlichen Traum zu gewöhnen. Aber jetzt sollten wir den Vorreden ein Ende machen, und Sie sollten mir sagen, wie Sie beabsichtigen, die Erde zu vernichten.«

Fast automatisch machte Amadiro die Handbewegung, die seinen Robotern zeigte, daß sie diesen Teil des Gesprächs nicht speichern sollten. Und Mandamus tat es ihm mit einem kleinen Lächeln gleich.

»Dann lassen Sie uns beginnen!« sagte Mandamus.

Aber ehe er fortfahren konnte, ging Amadiro zum Angriff über. »Sind Sie sicher, daß Sie nicht pro Erde sind?«

Mandamus blickte verblüfft auf. »Ich komme zu Ihnen mit einem Vorschlag, die Erde zu *zerstören*.«

»Und doch sind Sie ein Nachkomme der solarianischen Frau – fünfte Generation, soweit mir bekannt ist.«

»Ja, Sir. Das ist aus den Akten ersichtlich. Und?«

»Die solarianische Frau ist seit langer Zeit eine enge Vertraute – Freundin – ein Protegé – Fastolfes. Ich frage mich deshalb, weshalb Sie nicht mit seinen pro-irdischen Ansichten sympathisieren.«

»Wegen meiner Herkunft?« Mandamus schien ehrlich erstaunt. Einen Augenblick lang schien so etwas wie Verstimmung, vielleicht sogar Zorn seine Gesichtszüge zu verzerren; aber das verschwand schnell, und er sagte ruhig: »Eine ähnlich langjährige Vertraute – Freundin – Protegé – Ihrer Person ist Dr. Vasilia Fastolfe, die Dr. Fastolfes Tochter ist. Sie ist ein Abkömmling erster Generation. Ich frage mich, weshalb *sie* nicht mit seinen Absichten sympathisiert.«

»Das habe ich mich in der Vergangenheit auch gefragt«, sagte Amadiro. »Aber sie sympathisiert nicht mit ihnen, und in ihrem Falle habe ich aufgehört, mich darüber zu wundern.«

»Das können Sie in meinem Fall auch, Sir. Ich bin ein Spacer, und ich wünsche mir, daß die Spacer die Kontrolle über die Galaxis haben.«

»Also gut. Fahren Sie mit der Beschreibung Ihres Planes fort!«

»Das will ich, Sir«, sagte Mandamus. »Aber wenn es Ihnen nichts ausmacht, ganz von vorne.

Dr. Amadiro, die Astronomen stimmen darin überein, daß es in unserer Galaxis Millionen von erdähnlichen Planeten gibt; Planeten, auf denen menschliche Wesen leben könnten, sobald sie sich der Umgebung angepaßt haben, aber ohne daß es einer geologischen Terraformung bedarf. Ihre Atmosphäre ist atembar, es gibt Meere, Land und Klima sind geeignet, und es gibt Leben. Tatsächlich könnte die Atmosphäre keinen freien Sauerstoff enthalten, ohne daß zumindest Meeresplankton vorhanden ist.

Das Land ist häufig karg und unfruchtbar. Aber sobald die Meere einer biologischen Terraformung unterzogen sind – das heißt, sobald man in ihnen irdisches Leben ausgesetzt hat –, gedeiht dieses Leben, und dann kann der Planet besiedelt werden. Man hat Hunderte solcher Planeten registriert und studiert, und etwa die Hälfte von ihnen ist bereits von Siedlern besetzt.

Und doch besitzt kein einziger bewohnbarer Planet unter all jenen, die wir entdeckt haben, die ungeheure Vielfalt, ja den Überfluß an Leben, wie die Erde ihn besitzt. Nirgends gibt es etwas Größeres oder Komplexeres als ein paar wurmähnliche oder insektenartige Invertebraten oder in der Pflanzenwelt etwas höher Entwickeltes als farnähnliches Gestrüpp. Ganz zu schweigen von Intelligenz oder von irgend etwas, das der Intelligenz auch nur nahekommt.«

Amadiro hörte sich die schwerfälligen Sätze an und dachte: Der rezitiert. Er hat das alles auswendig gelernt. Er hob die Hand und sagte: »Ich bin kein Planetologe, Dr. Mandamus, bitte Sie aber, mir zu glauben, daß Sie mir nichts sagen, was mir nicht schon bekannt ist.«

»Wie schon gesagt, Dr. Amadiro, ich fange ganz vorn an. Die Astronomen gelangen zunehmend zu der Ansicht, daß wir einen hinreichend großen Querschnitt der bewohnbaren Planeten in der Galaxis erforscht haben und daß alle – oder fast alle – sich deutlich von der Erde unterscheiden. Aus irgendeinem Grund ist die Erde ein überraschend ungewöhnlicher Planet, und die Entwicklung hat sich auf ihr radikal schnell und radikal abnormal vollzogen.«

Amadiro unterbrach ihn: »Gewöhnlich sagt man, wenn es in der Galaxis eine andere intelligente Spezies gäbe, die ebensoweit fortgeschritten wäre wie die unsere, so hätte die inzwischen von uns Kenntnis genommen und sich uns irgendwie zu erkennen gegeben.«

»Ja, Sir.« Mandamus nickte. »Tatsächlich hätten wir, wenn es eine andere intelligente Spezies in der Galaxis gäbe, die weiter fortgeschritten wäre als wir, gar keine Gelegenheit gehabt, uns auszudehnen. Damit scheint es sicher, daß wir die einzige Spezies in der Galaxis sind, die dazu imstande ist, durch den Hyperraum zu reisen. Daß wir die einzige intelligente Spezies in der Galaxis sind, ist vielleicht noch nicht ganz sicher; aber auch dafür ist die Wahrscheinlichkeit recht groß.«

Amadiro hörte ihm jetzt mit einem müden und fast gelangweilten Lächeln zu. Der junge Mann fing an, lehrhaft zu werden, wie ein Mann, der den Rhythmus seiner Monomanie in dumpfem Takt stampft. Das war eines der sicheren Anzeichen, die auf einen verschrobenen Kauz deuteten, und Amadiros milde Hoffnung, Mandamus könnte tatsächlich etwas in der Hand haben, womit man der Geschichte eine andere Wendung geben könnte, begann zu verblassen.

»Sie fahren fort, mir Dinge zu erzählen, die bereits bekannt sind, Dr. Mandamus«, sagte er unwirsch. »Jedermann weiß, daß die Erde anscheinend einmalig ist und daß wir wahrscheinlich die einzige intelligente Spezies in der Galaxis sind. Na und?«

»Aber niemand scheint die einfache Frage zu stellen, *warum das so ist!* Die Erdenmenschen und die Siedler stellen sie nicht – sie akzeptieren das einfach als Tatsache. Ihre Haltung gegenüber der Erde ist beinahe mystisch, sie sehen in ihr eine heilige Welt, eine Art Urmutter, und betrachten das, was an ihr ungewöhnlich ist, daher als selbstverständlich. Wir Spacer stellen aber die Frage ebenfalls nicht; wir ignorieren sie. Wir geben uns sogar große Mühe, überhaupt nicht an die Erde zu denken, da wir, wenn wir es tun, gleich weitergehen würden und dann uns daran erinnern müßten, daß wir von Erdenmenschen abstammen.«

»Ich sehe keinen Nutzen in der Frage«, meinte Amadiro. »Es besteht kein Bedürfnis, nach komplexen Antworten auf dieses ›Warum?‹ zu suchen. In der Entwicklung spielen Zufallsvorgänge eine bedeutende Rolle und in gewissem Maße sogar in allen Dingen. Wenn es Millionen bewohnbarer Welten gibt, dann kann die Entwicklung auf jeder einzelnen davon sich in einem unterschiedlichen Tempo vollziehen. Auf den meisten wird dieses Tempo irgendwo in der Mitte liegen, auf einigen wird es deutlich langsam sein und auf anderen deutlich schnell; und auf einer ist es vielleicht ausnehmend langsam und auf einer anderen ausnehmend schnell. Die Erde ist zufällig diejenige, auf der die Entwicklung ausnehmend schnell vonstatten gegangen ist – und deshalb sind wir hier. Wenn wir jetzt die Frage ›Warum?‹ stellen, dann ist die natürliche – und hinreichende – Antwort darauf ›Zufall‹.«

Amadiro wartete darauf, daß der andere seine Kauzigkeit dadurch unter Beweis stellte, daß er wütend über eine ausnehmend logische Aussage, die locker und amüsiert vorgetragen wurde, explodierte, weil sie seine These völlig zerstört hatte. Aber Mandamus starrte ihn nur für ein paar Augenblicke aus seinen tiefliegenden Augen an und sagte dann leise: »Nein.«

Mandamus wartete ein paar Augenblicke und meinte dann: »Es gehört mehr dazu als ein oder zwei glückliche Zufälle, um die Entwicklung auf das Tausendfache zu beschleunigen. Auf jedem Planeten, mit Ausnahme der Erde, ist die Evolutionsgeschwindigkeit eng mit der kosmischen Strahlung verbunden, mit der jener Planet gebadet wird. Diese Geschwindigkeit ist keineswegs die Folge eines Zufalls, sondern das Resultat der kosmischen Strahlung, die langsam Mutationen erzeugt. Auf der Erde erzeugt etwas wesentlich mehr Mutationen, als sie auf anderen bewohnbaren Planeten erzeugt werden; und das hat nichts mit kosmischen Strahlen zu tun, weil die Erde denen auch nicht in höherem Maße ausgesetzt ist als andere Planeten. Vielleicht sehen Sie jetzt etwas klarer, weshalb dieses ›Warum?‹ wichtig sein könnte.«

»Nun, Dr. Mandamus, da ich Ihnen immer noch zuhöre, und zwar wesentlich geduldiger, als ich selbst erwartet hätte, dann beantworten Sie doch die Frage, die Sie so hartnäckig stellen. Oder sollten Sie nur die Frage und keine Antwort haben?«

»Ich habe eine Antwort«, sagte Mandamus, »und die hängt von der Tatsache ab, daß die Erde noch in einer zweiten Hinsicht einmalig ist.«

Amadiro unterbrach ihn: »Lassen Sie mich raten! Sie meinen den großen Satelliten, diesen Mond. Sie werden das jetzt doch ganz sicher nicht als Ihre Entdeckung vorbringen wollen, Dr. Mandamus.«

»Keineswegs«, sagte Mandamus steif. »Aber ziehen Sie bitte in Betracht, daß große Satelliten anscheinend sehr weit verbreitet sind. Unser Planetensystem hat fünf, das, zu dem die Erde gehört, sieben, und so weiter. Von den bekannten großen Satelliten umkreisen aber alle, mit Ausnahme eines einzigen, Gasriesen. Nur der Satellit der Erde, der Mond, umkreist einen Planeten, der nicht wesentlich größer als er selbst ist.«

»Darf ich wieder das Wort ›Zufall‹ gebrauchen, Dr. Mandamus?«

»In diesem Fall mag ein Zufall vorliegen; aber der Mond bleibt einmalig.«

»Trotzdem. Welcher Zusammenhang kann zwischen dem Satelliten und der Vielfalt des irdischen Lebens bestehen?«

»Das ist vielleicht nicht offenkundig, und ein Zusammenhang mag sogar unwahrscheinlich sein – aber es ist viel unwahrscheinlicher, daß zwei so ungewöhnliche Beispiele von Einmaligkeit auf einem einzigen Planeten überhaupt keine Verbindung haben. Und eine solche Verbindung habe ich gefunden.«

»Tatsächlich?« sagte Amadiro aufmerksam. Jetzt mußte der unverkennbare Beweis für die Verrücktheit seines Besuches kommen. Er sah unauffällig auf den Zeitstreifen an der Wand. Er hatte jetzt wirklich nicht mehr viel Zeit, die er darauf vergeuden konnte, so sehr seine Neugierde auch gereizt war.

»Der Mond«, sagte Mandamus, »entfernt sich langsam von der Erde; das ist auf die Gezeitenwirkung zurückzuführen, die er auf die Erde ausübt. Die großen Gezeiten der Erde sind die einmalige Folge der Existenz eines großen Satelliten. Auch die Sonne der Erde erzeugt Gezeiten, aber nur in einem Drittel des

Ausmaßes der Mond-Gezeiten – so wie unsere Sonne kleine Gezeiten auf Aurora hervorruft.

Da der Mond sich wegen seiner Gezeitenwirkung von der Erde entfernt, war er in der Frühgeschichte des Planetensystems der Erde wesentlich näher. Je näher der Mond der Erde war, desto höher die Gezeiten auf der Erde. Und diese Gezeiten hatten auf die Erde zwei wichtige Auswirkungen: Sie haben die Erdkruste während der Rotation dauernd verschoben und die Rotation der Erde verlangsamt, sowohl durch die Verschiebung und die Reibung der Meeresgezeiten – so daß Rotationsenergie in Hitze verwandelt wurde.

Deshalb hat die Erde eine dünnere Kruste als irgendein anderer bewohnbarer Planet, den wir kennen, und sie ist der einzige bewohnbare Planet, auf dem es Vulkanaktivität gibt.«

»Aber all das kann doch nichts mit der Vielfalt des irdischen Lebens zu tun haben«, sagte Amadiro. »Ich glaube, Sie müssen jetzt wirklich zur Sache kommen, Dr. Mandamus, oder Sie müssen gehen.«

»Bitte, Dr. Amadiro, haben Sie noch ganz kurze Zeit Geduld mit mir. Es ist wichtig, daß Sie den Punkt richtig aufnehmen, sobald wir zu ihm gelangen. Ich habe eine sorgfältige Computer-Simulation der chemischen Entwicklung der Erdkruste vorgenommen und dabei die Gezeitenwirkung und die tektonischen Verschiebungen in Betracht gezogen. Bis jetzt hat das noch niemand so sorgfältig und gründlich wie ich getan, falls ich mich dafür selbst loben darf.«

»Oh, sehr gerne«, murmelte Amadiro.

»Und dabei erweist sich ganz deutlich – ich werde Ihnen jederzeit, wenn Sie das wünschen, die Daten vorlegen –, daß sich in der Erdkruste und dem oberen Erdmantel Uran und Thorium in bis zu tausendfach höherer Konzentration als auf irgendwelchen anderen bewohnbaren Welten gesammelt haben. Außerdem sammeln sich die beiden Elemente unregelmäßig, so daß es auf der ganzen Erde Stellen mit höherer Uran- und Thorium-Konzentration gibt.«

»Die, wie ich annehme, gefährlich hohe Radioaktivität ausstrahlen?«

»Nein, Dr. Amadiro. Uran und Thorium sind nur sehr schwach radioaktiv. Und selbst an Stellen relativ hoher Konzentration ist das keine starke Konzentration im absoluten Sinne. Und all das ist, wie ich wiederhole, auf die Anwesenheit eines großen Mondes zurückzuführen.«

»Ich nehme also an, daß diese Radioaktivität, selbst wenn sie nicht ausreicht, um dem Leben gefährlich zu sein, doch genügt, um die Mutationsgeschwindigkeit zu beschleunigen. Ist das so, Dr. Mandamus?«

»Ja. Das führt gelegentlich zum schnelleren Absterben von Gattungen, gleichzeitig aber auch zu einer schnelleren Entwicklung neuer Spezies – und das wiederum zu einer ungeheuren Vielfalt von Lebensformen. Und das mußte am Ende auf der Erde den Punkt erreichen, daß sich eine intelligente Spezies und eine Zivilisation entwickelte.«

Amadiro nickte. Der junge Mann war nicht verrückt. Er mochte unrecht haben – aber verrückt war er nicht. Und ebensogut war möglich, daß er recht hatte.

Amadiro war kein Planetologe, und er würde sich daher mit der Literatur befassen müssen, um festzustellen, ob Mandamus vielleicht nur bereits Bekanntes entdeckt hatte, wie das so viele Enthusiasten taten, die nicht gründlich genug recherchierten. Aber es gab einen viel wichtigeren Punkt, den er sofort überprüfen mußte.

Er sagte leise: »Sie sprachen von der Möglichkeit der Zerstörung der Erde. Gibt es einen Zusammenhang zwischen dem, was Sie sagen, und den einmaligen Eigenschaften der Erde?«

»Man kann einmalige Eigenschaften auf einmalige Art und Weise ausnutzen«, sagte Mandamus ebenso leise.

»Und in diesem ganz speziellen Fall – wie?«

»Ehe wir über diese Methode sprechen, Dr. Amadiro, muß ich erklären, daß die Frage, ob eine solche Zerstörung physisch möglich ist, in einer Hinsicht von Ihnen abhängt.«

»Von mir?«

»Ja«, sagte Mandamus fest. »Von Ihnen. Warum sonst würde ich mit dieser langen Geschichte zu Ihnen kommen, wenn nicht, um Sie davon zu überzeugen, daß ich weiß, wovon ich spreche, und um Sie darum zu bitten, mich in einer Art und Weise zu unterstützen, die für meinen Erfolg von Wichtigkeit ist.«

Amadiro holte tief Luft. »Und wenn ich ablehnte – würde dann irgend jemand anderer Ihnen helfen können?«

»Es könnte mir möglich sein, mich an andere zu wenden, falls Sie ablehnen. *Lehnen* Sie ab?«

»Vielleicht nicht. Aber ich frage mich, wie wichtig ich für Sie bin.«

»Die Antwort darauf ist – nicht so wichtig, wie ich für Sie bin. Sie *müssen* mich unterstützen.«

»Ich muß?«

»Ich würde es gerne sehen, daß Sie es tun, wenn Ihnen die Formulierung lieber ist. Aber wenn Sie wollen, daß Aurora und die Spacer jetzt und für alle Zeiten über die Erde und die Siedler-Welten triumphieren, dann *müssen* Sie mit mir zusammenarbeiten, ob Ihnen die Formulierung nun gefällt oder nicht.«

»Sagen Sie mir ganz genau, was ich tun *muß*«, sagte Amadiro.

»Fangen Sie damit an, indem Sie mir sagen, ob es zutrifft oder nicht, daß das Institut in der Vergangenheit humanoide Roboter entwickelt und konstruiert hat.«

»Ja, das haben wir; insgesamt fünfzig. Das liegt jetzt zwischen fünfzehn und zwanzig Dekaden zurück.«

»So lang? Und was ist aus ihnen geworden?«

»Sie haben versagt«, sagte Amadiro gleichgültig.

Mandamus sank mit erschrecktem Ausdruck in seinen Sessel zurück. »Man hat sie vernichtet?«

Amadiros Augenbrauen schossen in die Höhe. »Vernichtet? Niemand vernichtet teure Roboter. Sie sind eingelagert. Man hat die Energiezellen entfernt und ihnen spezielle langlebige Mikrofusions-Batterien eingesetzt, um die Positronenbahnen auf minimalem Niveau aktiv zu halten.«

»Man kann sie wieder voll aktivieren?«

»Ich bin sicher, daß man das kann.«

Mandamus' rechte Hand trommelte einen schnellen Wirbel auf der Armlehne seines Sessels. Dann sagte er grimmig: »Dann können wir gewinnen.«

XII. DER PLAN UND DIE TOCHTER

46

Es war lange Zeit her, daß Amadiro das letzte Mal an die humanoiden Roboter gedacht hatte. Es war ein Gedanke, der ihm Schmerzen bereitete, und den er deshalb mit einiger Mühe verdrängt hatte. Und jetzt hatte Mandamus dieses Thema völlig unerwartet aufs Tapet gebracht.

Der humanoide Roboter war Fastolfes große Trumpfkarte gewesen – damals, in jenen lange vergangenen Tagen, als Amadiro dem Sieg bis auf einen Millimeter nahegerückt war, trotz der Trumpfkarte. Fastolfe hatte zwei humanoide Roboter (wovon einer immer noch existierte) entwickelt und gebaut, und sonst gab es niemanden, der dazu imstande war. Die ganze Mitgliedschaft des Robotik-Instituts konnte sie nicht bauen.

Alles, was Amadiro aus seiner großen Niederlage hatte retten können, war jene Trumpfkarte gewesen. Fastolfe war gezwungen worden, seine Konstruktion zu veröffentlichen.

Das bedeutete, daß humanoide Roboter gebaut werden konnten und auch gebaut *wurden*. Und siehe da, niemand wollte sie. Die Auroraner wollten sie in ihrer Gesellschaft nicht haben.

Amadiros Mund verzog sich bei der Erinnerung an dieses Leid. Die Geschichte der solarianischen Frau war irgendwie bekanntgeworden – die Tatsache, daß sie Jander, einen der beiden humanoiden Roboter Fastolfes, hatte benützen können und daß das auch ein sexuelles Benutzen gewesen war. Die Auroraner hatten – zumindest theoretisch – gegen eine solche Situation nichts einzuwenden; aber als sie dann anfingen, gründlicher darüber nachzudenken, bereitete es den auroranischen Frauen kein Vergnügen, sich vorzustellen, sie müßten mit Roboter-Frauen in Wettbewerb treten; und ebensowenig wünschten sich die auroranischen Männer einen solchen Wettbewerb mit Robot-Männern.

Das Institut hatte sich die größte Mühe gegeben, allen zu erklären, daß die humanoiden Roboter keineswegs für Aurora selbst bestimmt waren, sondern vielmehr als erste Welle von Pionieren eingesetzt werden sollten, um auf neuen, bewohnbaren Planeten Saat auszubringen und sie für den späteren Gebrauch durch Auroraner anzupassen; viel später, nachdem sie für sie hinreichend behaglich gemacht worden waren.

Auch das wurde abgewiesen, und Argwohn und Widerstand nährten sich gegenseitig. ›Keil‹ hatte jemand die Humanoiden genannt; der Ausdruck verbreitete sich, und das Institut sah sich gezwungen, aufzugeben, um keine gegen Roboter gerichteten Ressentiments aufkommen zu lassen.

Amadiro hatte darauf bestanden, die bereits existierenden Typen für möglichen späteren Gebrauch einzumotten – einen Gebrauch, zu dem es bis jetzt noch nicht gekommen war.

Warum dieser Widerstand gegen die Humanoiden? Amadiro spürte, wie sich wieder jene Verstimmung einstellte, die vor so vielen Dekaden sein Leben beinahe vergiftet hätte. Fastolfe selbst hatte sich, wenn auch widerstrebend, einverstanden erklärt, das Projekt zu unterstützen, und, um ihm Gerechtigkeit widerfahren zu lassen, hatte das auch getan, wenn auch ohne die Eloquenz, die er jenen Dingen widmete, denen wahrhaft sein Herz galt. – Aber auch das hatte nichts geholfen.

Und doch – und doch – wenn Mandamus jetzt wirklich ein Projekt im Sinne hatte, das Aussicht auf Erfolg hatte und den Einsatz der Roboter erforderte...

Amadiro hielt nicht viel von mystischen Ausrufen, wie: ›Es war besser so! Es hatte so sein sollen.‹ Und doch kostete es ihn einige Mühe, nicht genau das zu denken, während der Aufzug sie in die untersten Geschosse des Instituts trug – dem einzigen Ort auf Aurora, der – wenn auch entfernt – den sagenhaften ›Stahlhöhlen‹ der Erde glich.

Mandamus trat auf einen Wink Amadiros hin aus der Liftkabine und fand sich in einem schwach beleuchteten Korridor. Es war kühl, und ein leichter Luftzug war zu verspüren. Er fröstelte. Amadiro trat neben ihn. Jeder hatte nur einen einzigen Roboter zu seiner Begleitung mitgenommen.

»Hierher kommen nur wenige Leute«, sagte Amadiro beiläufig.

»Wie weit unter dem Boden sind wir?« wollte Mandamus wissen.

»Etwa fünfzehn Meter. Es gibt eine Anzahl weiterer Etagen. Auf dieser hier sind die humanoiden Roboter eingelagert.«

Amadiro blieb einen Augenblick lang stehen, als müßte er überlegen, und bog dann scharf nach links ab. »Hier ist es!«

»Keine Hinweistafeln?«

»Ich sagte ja schon: Es kommen nur wenige Leute hierher, und die wissen, wo sie hingehen müssen, um das zu finden, was sie brauchen.«

Während er das sagte, hatten sie eine Tür erreicht, die in der schwachen Beleuchtung massiv und eindrucksvoll wirkte. Zu beiden Seiten stand hier ein Roboter; es waren keine humanoiden.

Mandamus musterte sie kritisch und sagte: »Das sind einfache Modelle.«

»Sehr einfach. Sie erwarten doch sicher nicht, daß wir irgend etwas Kompliziertes dafür einsetzen, um eine Tür zu bewachen.« Amadiro hob die Stimme, die gleichwohl ausdruckslos blieb. »Ich bin Kendel Amadiro, der Direktor.«

Die Augen beider Roboter leuchteten kurz auf; dann wandten sie sich von der Tür ab, worauf diese sich lautlos öffnete und nach oben in die Decke glitt.

Amadiro bedeutete Mandamus mit einer Geste, einzutreten, und sagte, während er an den Robotern vorbeiging, ruhig: »Laßt sie offen und paßt das Licht für persönliche Bedürfnisse an!«

»Ich nehme nicht an, daß jeder hier eintreten kann«, sagte Mandamus.

»Ganz sicher nicht. Diese Roboter kennen mich nach dem Aussehen und nach Stimmuster und benötigen beides, ehe sie die Tür öffnen.« Halb zu sich selbst gewandt, fügte er hinzu: »Kein Bedürfnis für Schlösser oder Schlüssel oder Kombinationen auf den Spacer-Welten. Die Roboter bewachen uns getreu und stets.«

»Wenn sich ein Auroraner einen von diesen Blastern ausborgen würde, wie sie die Siedler überall mit sich herumzutragen scheinen, gäbe es wahrscheinlich keine verschlossenen Türen für ihn«, meinte Mandamus nachdenklich. »Darüber habe ich schon oft nachgedacht. Er könnte die Roboter in Sekundenbruchteilen zerstören und dann hingehen, wo auch immer er will, und tun, was er will.«

Amadiro warf ihm einen scharfen Blick zu. »Aber welcher Spacer würde davon träumen, solche Waffen auf einer Spacer-Welt zu benutzen? Wir leben unser Leben ohne Waffen und ohne Gewalt. Verstehen Sie denn nicht, daß genau *das* der Grund ist, weshalb ich mein Leben der Vernichtung der Erde und ihrer giftigen Brut gewidmet habe? Ja, auch wir hatten einmal Gewalt, aber das war vor langer Zeit, als die Spacer-Welten begründet wurden und wir uns noch nicht vom Gift der Erde befreit hatten, von der wir kamen, und ehe wir den Wert robotischer Sicherheit schätzen gelernt hatten.

Sind denn Frieden und Sicherheit nicht wert, daß man für sie kämpft? Welten ohne Gewalt! Welten, auf denen die Vernunft regiert! War es richtig, daß wir Dutzende bewohnbarer Welten kurzlebigen Barbaren überlassen haben, die, wie Sie sagen, überall ihre Blaster mit sich herumtragen?«

»Und dennoch«, murmelte Mandamus, »sind Sie bereit, Gewalt einzusetzen, um die Erde zu zerstören?«

»Der kurze Einsatz von Gewalt für einen guten Zweck ist der Preis, den wir wahrscheinlich werden bezahlen müssen, um der Gewalt für immer ein Ende zu machen.«

»Ich bin Spacer genug«, sagte Mandamus, »um selbst jene Gewalt auf ein Minimum reduziert wissen zu wollen.«

Sie hatten jetzt einen großen, ja hallenartigen Raum erreicht, und als sie eintraten, erwachten Wände und Decke zum Leben und hüllten sich in ein weiches, wohltuendes Licht.

»Nun, war es das, was Sie gewollt hatten, Dr. Mandamus?« fragte Amadiro.

Mandamus sah sich um. Er war so beeindruckt, daß es ein paar Augenblicke dauerte, bis er schließlich benommen hervorstieß: »Unglaublich!«

Da standen sie: ein ganzes Regiment menschlicher Wesen, mit etwas mehr Leben an sich, als es die gleiche Zahl von

Statuen vielleicht gezeigt hätte, aber mit viel weniger Leben, als es schlafende menschliche Wesen an den Tag gelegt hätten.

»Sie stehen«, murmelte Mandamus.

»Auf die Weise brauchen sie weniger Platz; das liegt doch auf der Hand.«

»Aber sie stehen doch seit rund fünfzehn Dekaden. Sie *können* einfach nicht mehr funktionsfähig sein. Ihre Gelenke sind doch ganz sicher eingefroren und ihre Organe zerfallen.«

Amadiro zuckte die Achseln. »Vielleicht. Aber trotzdem: Wenn die Gelenke beschädigt sind – und das ist durchaus im Bereich des Möglichen, könnte ich mir vorstellen – kann man sie ja, wenn nötig, ersetzen. Es würde nur davon abhängen, ob es dafür Anlaß gibt.«

»Den Anlaß würde es geben«, sagte Mandamus. Sein Blick wanderte von einem Kopf zum nächsten. Jeder Roboter blickte in eine etwas andere Richtung, und das verlieh ihnen ein irgendwie beunruhigendes Aussehen, so, als wären sie im Begriff, aus ihrer Formation auszubrechen.

»Jeder sieht anders aus«, meinte er. »Und auch in der Größe, im Körperbau und so weiter unterscheiden sie sich.«

»Ja. Überrascht sie das? Unser Plan war, daß diese hier und andere, die wir vielleicht noch gebaut hätten, die Pioniere sein sollten, die neue Welten terraformen und urbar machen würden; und dazu sollten sie so menschlich wie möglich sein – und das bedeutete, daß wir sie so individuell machten, wie es Auroraner auch sind. Scheint Ihnen das nicht vernünftig?«

»Absolut. Ich bin froh, daß das so ist. Ich habe alles über die beiden Proto-Humanoiden gelesen, die Fastolfe selbst gebaut hat – Daneel Olivaw und Jander Panell. Ich habe auch Holographien von ihnen gesehen, und sie schienen mir identisch.«

»Ja«, sagte Amadiro ungeduldig. »Nicht nur identisch, sondern jeder war praktisch eine Karikatur der Vorstellung des idealen Spacers; das war typisch für Fastolfes romantische Einstellung. Ich bin sicher, daß er eine Rasse austauschbarer, humanoider Roboter gebaut hätte, beider Geschlechter, und alle mit diesem ätherischen, guten Aussehen – oder dem, was er dafür hielt – und daß er sie damit völlig unmenschlich gemacht hätte. Fastolfe mag ein brillanter Robotiker gewesen sein, aber gleichzeitig war er auch ein unglaublich dummer Mensch.«

Amadiro schüttelte den Kopf. Von einem solch unglaublich dummen Menschen geschlagen zu werden, dachte er – und dann schob er den Gedanken von sich. Er war nicht von Fastolfe geschlagen worden, sondern von diesem infernalischen Erdenmenschen. Tief in Gedanken versunken, hörte er Mandamus' nächste Frage nicht. »Entschuldigen Sie«, sagte er etwas gereizt.

»Ich sagte: Haben Sie die konstruiert, Dr. Amadiro?«

»Nein. Ein sehr seltsamer Zufall wollte es – ein Zufall nicht ohne Ironie, möchte ich hinzufügen –, daß Fastolfes Tochter, Vasilia, sie entwickelt hat. Sie ist ebenso brillant wie er und viel intelligenter – was vielleicht einer der Gründe dafür war, daß die beiden nie miteinander ausgekommen sind.«

»So wie ich es gehört habe...«, begann Mandamus.

Amadiro brachte ihn mit einer Handbewegung zum Schweigen. »Ich habe die Geschichte auch gehört; aber das hat nichts zu sagen. Es reicht, daß sie ihre Arbeit sehr gut macht und daß keine Gefahr besteht, daß sie je Sympathie für jemanden empfindet, der obwohl er zufälligerweise ihr biologischer Vater ist, für sie stets fremd und verhaßt bleiben muß. Sie wissen ja, daß sie sogar den Namen Fastolfe abgelegt hat und sich Vasilia Aliena nennt.«

»Ja, ich weiß. Haben Sie die Hirnmuster dieser humanoiden Roboter aufgezeichnet?«

»Sicherlich.«

»Für jeden *einzelnen*?«

»Natürlich.«

»Und könnten mir diese Aufzeichnungen zugänglich gemacht werden?«

»Wenn es dafür Anlaß gibt.«

»Den wird es geben«, sagte Mandamus entschieden. Dann fügte er hinzu: »Da diese Roboter für Pioniereinsätze entwickelt wurden, darf ich wohl annehmen, daß sie dazu ausgerüstet sind, eine Welt zu erforschen und mit primitiven Umweltgegebenheiten zu Rande zu kommen?«

»Das sollte wohl selbstverständlich sein.«

»Ausgezeichnet – aber vielleicht muß man doch einige Modifikationen vornehmen. Meinen Sie, daß Vasilia Fasto... Aliena mir dabei, wenn nötig, behilflich sein könnte? Sie ist ja schließlich mit den Gehirnmustern am besten vertraut.«

»Selbstverständlich ist sie das. Aber ob sie bereit sein wird, Ihnen zu helfen, weiß ich nicht. Ich weiß nur, daß es ihr im Augenblick physisch unmöglich ist, da sie sich nicht auf Aurora befindet.«

Mandamus sah Amadiro überrascht und irritiert an. »Wo ist sie dann, Dr. Amadiro?«

Doch Amadiro beantwortete die Frage nicht. »Sie haben jetzt diese Humanoiden gesehen«, meinte er, »und ich habe keine Lust, mich länger als unbedingt nötig in dieser unerfreulichen Umgebung aufzuhalten. Sie haben mich jetzt lange genug warten lassen und sollten sich wirklich nicht beklagen, wenn ich jetzt Sie warten lasse. Wenn Sie noch weitere Fragen haben, dann wollen wir die in meinem Büro besprechen.«

47

Als sie wieder im Büro waren, verzögerte Amadiro das Gespräch noch weiter. »Warten Sie hier auf mich!« sagte er ziemlich schroff und ging hinaus.

Mandamus wartete, steif und aufrecht auf dem Stuhl sitzend, und versuchte Ordnung in seine Gedanken zu bringen; fragte sich, wann Amadiro wohl zurückkehren würde oder ob er überhaupt wiederkommen würde. Würde man ihn verhaften oder einfach nur hinauswerfen? War Amadiro es müde geworden, auf das zu warten, was er ihm sagen wollte?

Doch das wollte Mandamus nicht glauben. Er hatte eine ziemlich gute Vorstellung davon, wie ausgeprägt Amadiros Wunsch war, diese alte Rechnung zu begleichen; und so war es unwahrscheinlich, daß Amadiro des Zuhörens müde werden würde, solange auch nur die leiseste Chance bestand, daß Mandamus ihm diese Rache ermöglichen könnte.

Während er sich gelangweilt in Amadiros Büro umsah, ertappte Mandamus sich bei dem Gedanken, ob es nicht in den Computerakten, von denen er umgeben war, irgendwelche für ihn nützliche Informationen geben könnte. Es würde vorteilhaft sein, nicht in allen Punkten völlig von Amadiro abhängig zu sein.

Doch der Gedanke brachte ihn nicht weiter. Mandamus kannte den Zugangs-Code zu den Akten nicht, und außerdem standen einige von Amadiros persönlichen Robotern in ihren Nischen und würden ihn sofort aufhalten, falls er auch nur einen Schritt in Richtung auf irgend etwas tat, das ihnen als geheimhaltungsbedürftig bezeichnet worden war. Selbst seine eigenen Roboter würden das tun.

Amadiro hatte recht. Roboter waren als Wachen so nützlich und effizient – und unbestechlich, daß allein schon die Vorstellung irgendwelcher krimineller, illegaler oder auch nur unkorrekter Dinge jedem fremd war. Die Tendenz verkümmerte einfach – zumindest gegen andere Spacer.

Er fragte sich, wie die Siedler überhaupt ohne Roboter zurechtkommen konnten. Mandamus versuchte sich den Aufeinanderprall menschlicher Persönlichkeiten vorzustellen, ohne robotische Puffer, die diese Bezeichnungen dämpften, ohne die Anwesenheit von Robotern, um ihnen ein vernünftiges Gefühl von Sicherheit zu verleihen und – ohne daß sie sich dessen die meiste Zeit überhaupt bewußt waren – um das angemessene Maß an Moral zu erzwingen.

Unter diesen Umständen war es unmöglich, daß die Siedler irgend etwas anderes als Barbaren waren, und deshalb durfte man ihnen die Galaxis nicht überlassen. In der Beziehung hatte Amadiro recht – und hatte stets recht gehabt, während Fastolfe in phantastischer Weise unrecht hatte.

Mandamus nickte, als hätte er sich gerade wieder davon überzeugt, daß das, was er plante, der richtige Weg war. Er seufzte und wünschte, das alles wäre nicht nötig, und schickte sich dann an, noch einmal die logische Gedankenkette durchzugehen, die es ihm bewies, daß es notwendig war. In dem Augenblick kam Amadiro wieder herein.

Obwohl Amadiro nur noch ein Jahr von der Vollendung der achtundzwanzigsten Dekade trennte, war er immer noch eine eindrucksvolle Gestalt. Er war das Urbild dessen, was man sich unter einem Spacer vorstellte, sah man von der unglücklichen Form seiner Nase ab.

»Es tut mir leid, wenn ich Sie warten ließ«, sagte er, »aber ich mußte dringend einiges erledigen. Ich bin Leiter dieses Instituts, und das bringt gewisse Verantwortungen mit sich.«

Mandamus ging nicht auf die Entschuldigung ein, sondern sagte: »Könnten Sie mir sagen, wo Dr. Vasilia Aliena ist? Dann schildere ich Ihnen mein Projekt.«

»Vasilia ist unterwegs. Sie besucht jede einzelne Spacer-Welt, um herauszufinden, welchen Stand die Robot-Forschung dort erreicht hat. Anscheinend glaubt sie, daß nach einer Koordination der einzelnen Forschungsprojekte auf Aurora jetzt eine interplanetarische Koordination uns sogar noch weitere Fortschritte bringen würde. Tatsächlich eine recht gute Idee.«

Mandamus lachte kurz und ohne eine Spur von Humor. »Gar nichts werden die ihr sagen. Ich bezweifle, daß irgendeine Spacer-Welt Aurora einen noch größeren Vorsprung verschaffen will, als es ihn ohnehin schon hat.«

»Seien Sie dessen nicht so sicher. Diese Kolonisationswelle, die von der Erde ausgeht, hat uns alle beunruhigt.«

»Wissen Sie, wo sie jetzt ist?«

»Wir haben ihren Reiseplan.«

»Holen Sie sie zurück, Dr. Amadiro.«

Amadiro runzelte die Stirn. »Ich bezweifle, daß das so ohne weiteres geht. Ich nehme an, sie will sich so lange von Aurora fernhalten, bis ihr Vater stirbt.«

»Warum?« fragte Mandamus überrascht.

Amadiro zuckte die Achseln. »Ich weiß nicht. Es ist mir auch gleichgültig – ich weiß lediglich, daß Ihre Zeit jetzt abgelaufen ist. Verstehen Sie? Kommen Sie zur Sache oder gehen Sie!« Er wies grimmig auf die Tür, und Mandamus hatte das Gefühl, daß er die Geduld Dr. Amadiros nicht länger strapazieren durfte.

»Also gut«, sagte er. »Es gibt noch einen dritten Aspekt, in dem die Erde einmalig ist...«

Er redete ruhig und knapp, als würde er einen Vortrag halten, den er mehrfach eingeübt und für den Zweck, ihn Amadiro zu halten, poliert hatte. Und Amadiro ertappte sich dabei, wie sein Interesse wuchs.

Das war es! Amadiro empfand zuerst ein Gefühl ungeheurer Erleichterung. Es war richtig gewesen, darauf zu bauen, daß der junge Mann kein Verrückter war; er war durch und durch bei Trost.

Und dann kam der Triumph. Natürlich würde es funktionieren. Selbstverständlich wich die Ansicht des jungen Mannes, so wie er sie jetzt dargelegt hatte, etwas von dem Weg ab, den Amadiro für richtig hielt; aber das sollte keine Probleme bereiten. Modifikationen waren immer möglich.

Und als Mandamus dann geendet hatte, meinte Amadiro, bemüht, seiner Stimme keine Erregung anmerken zu lassen: »Wir werden Vasilia nicht brauchen. Es gibt hinreichend Erfahrungen im Institut, um sofort beginnen zu können. Dr. Mandamus...« – Amadiros Stimme drückte jetzt so etwas wie formellen Respekt aus – »sorgen Sie dafür, daß diese Sache sich so entwickelt, wie Sie es geplant haben – und ich habe irgendwie das sichere Gefühl, daß sie das wird. Dann sind Sie Direktor des Instituts, wenn ich Vorsitzender des Rates bin.«

Mandamus lächelte dünn, während Amadiro sich in seinem Sessel zurücklehnte und sich einen Augenblick den Luxus gestattete, befriedigt und zuversichtlich in die Zukunft zu blicken; etwas, wozu er zwanzig lange, müde Dekaden lang nicht imstande gewesen war.

Wie lange würde es dauern? Dekaden? Eine Dekade? Weniger?

Nicht lange. Nicht lange. Der Vorgang mußte mit allen Mitteln beschleunigt werden, damit er noch erlebte, wie die alte Entscheidung umgestoßen wurde, und er dann Herr von Aurora war – und damit Herr der Spacer-Welten. Und deshalb (wenn die Erde und die Siedler-Welten dem Untergang geweiht waren), selbst noch vor seinem Tode, Herr der bewohnten Galaxis.

48

Als Dr. Han Fastolfe starb – sieben Jahre, nachdem Amadiro und Mandamus sich begegnet waren und ihr Projekt eingeleitet hatten –, trugen die Hyperwellen die Nachricht mit explosiver Gewalt in jeden Winkel der bewohnten Welten. Man widmete ihr überall die größte Aufmerksamkeit.

Auf den Spacer-Welten war Fastolfe mehr als zwanzig Dekaden lang der mächtigste Mann auf Aurora und damit in der Galaxis gewesen. Auf den Siedler-Welten und der Erde, weil Fastolfe ein Freund gewesen war – soweit ein Spacer ein Freund sein konnte – und sich jetzt die Frage erhob, ob die Politik der Spacer sich ändern würde, und wenn ja, wie.

Auch Vasilia Aliena erreichte die Nachricht, und die Bitterkeit, die ihre Beziehung zu ihrem biologischen Vater von Anfang an getrübt hatte, komplizierte sie.

Sie hatte sich darauf eingestellt, bei seinem Tode nichts zu empfinden, und doch hatte sie zu dem Zeitpunkt, an dem das Ereignis stattfand, nicht auf der gleichen Welt mit ihm sein wollen. Sie wollte den Fragen entgehen, die man ihr überall stellen würde; aber am nachdrücklichsten und häufigsten auf Aurora.

Die Eltern-Kind-Beziehung bei den Spacern war im besten Fall eine schwache und gleichgültige; das ergab sich logisch aus ihrer langen Lebensspanne. Deshalb hätte sich auch normalerweise aus diesem Grunde niemand für Vasilia interessiert, wenn Fastolfe nicht ein so anhaltend prominenter Parteiführer gewesen wäre und Vasilia eine fast ebenso prominente Parteigängerin der Opposition. Es war unerträglich. Sie hatte sich sogar die Mühe gemacht, Vasilia Aliena zu ihrem gesetzlichen Namen erklären zu lassen und ihn auf allen Dokumenten, bei allen Interviews zu verwenden – und doch wußte sie, daß sie für die meisten Leute dennoch Vasilia Fastolfe war. Es war gerade, als könnte *nichts* jene durch und durch bedeutungslose Beziehung auslöschen, und so mußte sie sich damit zufriedengeben, nur mit dem Vornamen angesprochen zu werden. Wenigstens war es ein ungewöhnlicher Name.

Und auch das schien ihre spiegelbildliche Beziehung zu der solarianischen Frau hervorzuheben, die aus völlig anderen Gründen ihren ersten Mann ebenso verleugnet hatte wie Vasilia ihren Vater. Auch die solarianische Frau konnte nicht mit den Namen leben, die sie früher getragen hatte, und lebte lediglich mit einem Vornamen – Gladia.

Vasilia und Gladia: Ausgestoßene – Verleugner. Sie ähnelten einander sogar.

Vasilia warf einen verstohlenen Blick auf den Spiegel an der Wand der Raumschiffkabine. Sie hatte Gladia viele Dekaden lang nicht gesehen, war aber sicher, daß die Ähnlichkeit erhalten geblieben war. Sie waren beide klein und zierlich. Beide waren blond, und selbst ihre Gesichter ähnelten einander etwas.

Aber Vasilia war es, die stets verlor, während Gladia immer die Siegerin blieb. Als Vasilia ihren Vater verlassen und ihn aus ihrem Leben gelöscht hatte, hatte er statt dessen Gladia gefunden; und sie war zu der passiven, fügsamen Tochter geworden, die Vasilia ihm nie hatte sein können.

Nichtsdestoweniger verbitterte das Vasilia. Sie selbst war Robotikerin und wenigstens so kompetent und geschickt, wie Fastolfe das je gewesen war, während Gladia lediglich eine Künstlerin war, die sich mit Lichtskulpturen amüsierte und mit den Illusionen robotischer Kleidung. Wie konnte Fastolfe zufrieden gewesen sein, die eine zu verlieren und an ihrer Statt nicht mehr als diese Gladia zu gewinnen?

Und als dieser Polizist von der Erde, Elijah Baley, nach Aurora gekommen war, hatte er Vasilia unbarmherzig unter Druck gesetzt und sie dazu gebracht, mehr von ihren Gedanken und Gefühlen preiszugeben, als sie je irgend jemandem sonst offenbart hatte. Gladia gegenüber hingegen war er die Nachgiebigkeit in Person gewesen und hatte ihr – und ihrem Beschützer Fastolfe – dabei geholfen, den Sieg davonzutragen, obwohl Vasilia bis zum heutigen Tage nicht hatte begreifen können, wie es dazu gekommen war.

Gladia war es gewesen, die während seiner letzten Krankheit an Fastolfes Bett gewacht hatte; die in seiner letzten Stunde seine Hand gehalten hatte; die mit ihm die letzten Worte getauscht hatte. Vasilia wußte nicht, weshalb ihr das eigentlich unangenehm war, denn sie selbst hätte unter gar keinen Umständen die Existenz des alten Mannes in dem Maße zur Kenntnis genommen, daß sie ihn besucht hätte, um Zeugin seines Übergangs in die Nichtexistenz zu sein – und dies in einem eher absoluten als subjektiven Sinn. Und doch ärgerte sie sich über Gladias Gegenwart am Sterbebett.

So empfinde ich eben, sagte sie sich trotzig, und dafür bin ich niemandem eine Erklärung schuldig.

Und sie hatte Giskard verloren. Giskard war *ihr* Roboter gewesen, Vasilias eigener Roboter; damals, als sie noch ein junges Mädchen gewesen war; der Roboter, den ihr ein damals scheinbar liebevoller Vater zugebilligt hatte. Durch Giskard hatte sie Robotik gelernt, und er war es auch gewesen, der ihr die erste echte Zuneigung entgegengebracht hatte. Als Kind hatte sie nicht über die Drei Gesetze nachgedacht und sich nicht mit der Philosophie der positronischen Automatik befaßt. Giskard war ihr liebevoll *erschienen;* er hatte sich *verhalten*, als wäre er liebevoll, und das reichte für ein Kind. Derartige Zuneigung hatte sie nie in irgendeinem menschlichen Wesen wiedergefunden – und ganz sicher nicht bei ihrem Vater.

Bis zu diesem Tage war sie noch nie schwach genug gewesen, um mit irgend jemandem das närrische Liebesspiel zu spielen. Die Bitterkeit, die sie über den Verlust Giskards empfunden hatte, hatte sie gelehrt, daß kein anfänglicher Gewinn den späteren Verlust wert war.

Als sie von zu Hause weggegangen war, sich von ihrem Vater losgesagt hatte, hatte er nicht erlaubt, daß Giskard mit ihr ging, obwohl sie selbst im Laufe ihrer sorgfältigen Neuprogrammierung Giskard über alle Maßen verbessert hatte. Und als ihr Vater gestorben war, hatte er Giskard dieser solarianischen Frau hinterlassen. Daneel hatte er ihr ebenfalls hinterlassen; aber diese blasse Imitation eines Mannes interessierte Vasilia nicht. Doch Giskard wollte sie, weil er ihr gehörte.

Vasilia war jetzt auf dem Wege zurück. Ihre Tour war abgeschlossen; tatsächlich war sie das schon vor Monaten gewesen, aber sie war auf Hesperos geblieben, um sich etwas auszuruhen, was sie dringend brauchte – so hatte sie das wenigstens dem Institut in ihrer offiziellen Mitteilung erklärt.

Doch jetzt war Fastolfe tot, und sie konnte zurückkehren. Und wenn sie auch nicht imstande war, die Vergangenheit völlig auszulöschen, konnte sie das doch teilweise tun. Giskard mußte wieder ihr gehören.

Dazu war sie fest entschlossen.

49

Amadiro nahm Vasilias Rückkehr mit gemischten Gefühlen auf. Sie war erst zurückgekehrt, als der alte Fastolfe (jetzt, wo er tot war, fiel es ihm nicht mehr schwer, den Namen in Gedanken auszusprechen) bereits einen Monat in seiner Urne lag; das schmeichelte ihm, war es doch ein Beweis seiner Menschenkenntnis. Schließlich hatte er Mandamus von Anfang an gesagt, daß ihr Hauptmotiv für die Tour das gewesen war, Aurora fernzubleiben, bis ihr Vater tot war.

Und dann war Vasilia auch in beruhigendem Maße durchschaubar. Sie hatte nicht diese einen zur Verzweiflung treibende Eigenschaft von Mandamus, seinem neuen Favoriten, der immer noch einen nicht ausgedrückten Gedanken irgendwo versteckt zu halten schien, ganz gleich, wie gründlich er auch – scheinbar – seinen Bewußtseinsinhalt von sich gegeben hatte.

Andrerseits war sie nur höchst mühsam unter Kontrolle zu halten, und man konnte nie damit rechnen, daß sie einfach den Weg einschlug, den er ihr wies. Ohne Zweifel hatte sie in den Jahren, die sie fern Auroras verbracht hatte, die Spacer auf den anderen Welten bis auf die Knochen ausgefragt – aber sie hätte nicht Vasilia Aliena sein müssen, um das nicht alles in dunklen und rätselhaften Worten zu interpretieren.

So begrüßte er sie mit einer Begeisterung, die irgendwo zwischen gespielt und echt lag.

»Vasilia, ich bin wirklich froh, daß Sie wieder da sind. Das Institut fliegt nur mit einem Flügel, wenn Sie weg sind.«

Vasilia lachte. »Kommen Sie, Kendel!« (Sie hatte nicht die geringste Scheu, seinen Vornamen zu benutzen, obwohl sie zweieinhalb Dekaden jünger als er war.) »Dieser eine Flügel ist der Ihre; seit wann sind Sie nicht mehr absolut überzeugt, daß dieser eine Flügel reicht?«

»Seit Sie sich dazu entschlossen haben, Ihre Abwesenheit auf Jahre auszudehnen. Finden Sie, daß Aurora sich in der Zwischenzeit sehr verändert hat?«

»Nicht im geringsten – was Sie vielleicht beunruhigen sollte. Unwandelbarkeit ist Verfall.«

»Ein Paradoxon. Es gibt keinen Verfall ohne einen Wandel zum Schlimmeren.«

»Unwandelbarkeit ist ein Wandel zum Schlimmeren hin, Kendel, im Vergleich zu den Siedler-Welten, die uns umgeben. Die ändern sich schnell, dehnen ihre Kontrolle auf immer zahlreichere Welten aus; eine Kontrolle, die gleichzeitig auf jeder einzelnen Welt immer gründlicher wird. Ihre Kraft, ihre Macht und ihr Selbstbewußtsein wachsen, während wir hiersitzen und träumen und zusehen, wie unsere unveränderte Macht im Vergleich zu der ihren ständig schwindet.«

»Großartig, Vasilia! Ich glaube, das haben Sie auf Ihrem Flug hierher sorgfältig auswendig gelernt. Aber die politische Situation auf Aurora hat sich verändert.«

»Sie meinen, mein biologischer Vater ist tot.«

Amadiro beugte den Kopf etwas und breitete beide Arme aus. »Wie Sie sagen. Er war in hohem Maß für unsere Paralyse verantwortlich, und jetzt ist er nicht mehr; also kann ich mir vorstellen, daß es jetzt Änderungen geben wird, wenn auch nicht notwendigerweise sichtbare.«

»Sie haben Geheimnisse vor mir, nicht wahr?«

»Das würden Sie mir zutrauen?«

»Ganz sicher. Ihr falsches Lächeln verrät Sie jedesmal.«

»Dann muß ich lernen, mich vor Ihnen besser unter Kontrolle zu halten. – Kommen Sie, Ihren Bericht habe ich. Jetzt sagen Sie mir, was nicht in ihm enthalten ist.«

»Alles ist in ihm enthalten – fast alles. Jede Spacer-Welt verkündet mit Nachdruck, daß die wachsende Arroganz der

Siedler sie beunruhigt. Jede ist fest entschlossen, den Siedlern erbitterten Widerstand zu leisten und begeistert der Führung Auroras zu folgen, mutig und – wenn es sein müßte bis in den Tod!«

»Ja, unserer Führung folgen. Und wenn wir nicht führen?«

»Dann werden sie warten und versuchen, sich ihre Erleichterung darüber nicht anmerken zu lassen, daß wir sie nicht führen. Ansonsten – nun, jede befaßt sich mit technologischen Fortschritten, und jede zögert, darüber etwas zu sagen, genau bekanntzugeben, was sie eigentlich tut. Jede arbeitet unabhängig von den anderen, ja nicht einmal auf dem eigenen Planeten wird koordiniert. Keine der Spacer-Welten hat auch nur ein einziges Forschungsteam, das unserem eigenen Robotik-Institut gleicht. Jede Welt besteht aus individuellen Forschern, von denen jeder einzelne eifersüchtig seine eigenen Daten und Erkenntnisse vor allen anderen geheimhält.«

Amadiros Stimme klang beinahe selbstgefällig, als er darauf sagte: »Ich hätte auch nicht erwartet, daß Sie so weit wie wir fortgeschritten sind.«

»Ein Jammer«, erwiderte Vasilia bissig. »Bei so viel Individualismus entwickelt sich der Fortschritt zu langsam. Die Siedler-Welten treffen sich regelmäßig auf Kongressen, haben ihre Institute – und werden, obwohl sie noch ein gutes Stück hinter uns zurückliegen, aufholen. – Trotzdem, es ist mir gelungen, einige wenige technologische Fortschritte zu entdecken, an denen man auf den Spacer-Welten arbeitet, und ich habe sie alle in meinem Bericht aufgeführt. Sie beschäftigen sich beispielsweise alle mit dem Nuklear-Verstärker; aber ich kann mir nicht vorstellen, daß auch nur auf einer einzigen Welt ein solches Gerät über das Laborstadium hinausgediehen ist. Etwas, das praktisch auf einem Raumschiff eingesetzt werden könnte, gibt es bis jetzt noch nicht.«

»Ich hoffe, daß Sie darin recht haben, Vasilia. Der Nuklear-Verstärker ist eine Waffe, den unsere Flotten gebrauchen könnten, denn damit könnten wir die Siedler am schnellsten fertigmachen. Andrerseits glaube ich, daß es insgesamt betrachtet besser wäre, wenn Aurora die Waffe vor unseren Spacer-

Brüdern besäße. – Aber Sie sagten, daß alles in Ihrem Bericht stünde – *fast*. Dieses ›fast‹ habe ich gehört. Was steht also nicht in ihm?«

»Solaria!«

»Ah, die jüngste und eigenartigste aller Spacer-Welten.«

»Von denen habe ich fast nichts bekommen. Sie haben mich absolut feindselig aufgenommen, so, wie sie jeden Nicht-Solarianer aufgenommen hätten, ob nun Spacer oder Siedler. Und wenn ich sage, aufgenommen, dann meine ich das in ihrem Sinne – ich habe fast ein Jahr auf der Welt verbracht, eine wesentlich längere Zeit als auf irgendeiner anderen, und in all diesen Monaten habe ich keinen einzigen Solarianer von Angesicht zu Angesicht *gesehen*. Ich habe sie alle in jedem einzelnen Fall *gesichtet*, per Hyperwellen-Hologramm. Da war nie irgend etwas, das ich anfassen konnte, nur Bilder. Diese Welt ist komfortabel, ja sogar unglaublich luxuriös, und für jemanden, der die Natur liebt, völlig unverdorben. Aber Sie können sich kaum vorstellen, wie mir das *Sehen* gefehlt hat.«

»Nun, sichten ist eine solarianische Sitte; das wissen wir alle, Vasilia. Leben und leben lassen.«

»Hm«, entgegnete Vasilia. »Ihre Toleranz ist hier vielleicht nicht am Platz. Sind Ihre Roboter auf Wiederhol-Sperre geschaltet?«

»Ja, das sind sie. Und ich kann Ihnen auch versichern, daß man uns nicht belauscht.«

»Das will ich hoffen, Kendel. Ich habe den untrüglichen Eindruck, daß die Solarianer in der Entwicklung eines miniaturisierten Nuklear-Verstärkers wesentlich weitergekommen sind als jede andere Welt – auch als wir. Es könnte sein, daß sie den Punkt erreicht haben, wo sie ein transportables Gerät herstellen können, mit einem Energieverbrauch, der den Einsatz in Raumfahrzeugen gestatten würde.«

Amadiro runzelte die Stirn. »Wie haben sie das geschafft?«

»Das kann ich nicht sagen. Sie glauben doch nicht etwa, daß die mir Baupläne gezeigt haben, oder? Meine Eindrücke sind so vage, daß ich es nicht wagte, sie in den Bericht aufzunehmen. Aber kleine Dinge, die ich da oder dort beobachtet habe, machen mich ziemlich sicher, daß ihnen wichtige Fortschritte gelungen sind. Wir sollten darüber gründlich nachdenken.«

»Das werden wir. Gibt es noch etwas, das Sie mir gern sagen würden?«

»Ja, und das steht auch nicht im Bericht. Solaria hat seit vielen Dekaden an humanoiden Robotern gearbeitet, und ich glaube, sie haben ihr Ziel erreicht. Keine andere Spacer-Welt – abgesehen von uns – hat sich mit dieser Sache befaßt. Als ich fragte – das habe ich auf jeder Welt getan –, was sie hinsichtlich humanoider Roboter unternehmen würden, war die Reaktion immer dieselbe. Allein die Vorstellung schon erschien ihnen unangenehm und erschreckend. Ich vermute, daß sie alle das Scheitern unseres Projekts beobachtet und es sich zu Herzen genommen haben.«

»Aber nicht Solaria. Warum?«

»Zum einen haben sie stets in der im extremsten Maße robotisierten Gesellschaft in der Galaxis gelebt. Sie sind von Robotern umgeben; zehntausend pro Individuum. Die Welt ist angefüllt mit ihnen, förmlich gesättigt. Wenn Sie ziellos über diesen Planeten wanderten und nach Menschen suchten, fänden Sie nichts. Warum sollten also die paar Solarianer, die auf einer solchen Welt leben, von dem Gedanken an ein paar weitere Roboter erregt werden, bloß weil sie wie Menschen aussehen? Und dann war da ja dieser pseudo-menschliche Krüppel, den Fastolfe entwickelt und gebaut hat und der immer noch existiert ...«

»Daneel«, sagte Amadiro.

»Ja, der. Er – dieses Gebilde war vor zwanzig Dekaden auf Solaria, und die Solarianer haben es als Mensch behandelt; davon haben sie sich nie erholt. Selbst wenn sie keine Humanoiden brauchten, war es doch eine Erniedrigung für sie, daß man sie getäuscht hatte. Es war eine unvergeßliche Demonstration, daß Aurora ihnen wenigstens in diesem einen Bereich der Robotik weit voraus war. Die Solarianer sind ungeheuer stolz darauf, die fortschrittlichsten Robotiker der Galaxis zu sein. Und seitdem haben einzelne Solarianer an Humanoiden gearbeitet, und wäre es aus keinem anderen Grunde, als um diese

Schmach zu tilgen. Wenn sie nicht so wenige gewesen wären oder ein Institut hätten, um ihre Arbeit zu koordinieren, dann hätten sie ohne Zweifel schon lange welche gebaut. So wie die Dinge liegen, glaube ich aber, daß sie sie inzwischen besitzen.«

»Aber mit Sicherheit wissen Sie es nicht, oder? Es handelt sich nur um einen Verdacht, der auf einzelnen Beobachtungen basiert.«

»Genau so ist es. Aber es handelt sich um einen ziemlich ausgeprägten Verdacht, der weitere Nachforschungen verdient. Und dann ein Drittes noch: Ich könnte schwören, daß sie an telepathischer Kommunikation arbeiten. Ich konnte da zufälligerweise einige Vorrichtungen sehen. Und einmal, als ich einen ihrer Robotiker sichtete, zeigte der Hyperwellen-Schirm eine Tafel mit einer Positronen-Matrix, wie ich noch nie eine gesehen habe. Aber ich hatte das sichere Gefühl, daß es sich um ein telepathisches Programm handelte.«

»Ich vermute, Vasilia, daß dieser Punkt aus noch feinerem Gespinst besteht als das, was die humanoiden Roboter betrifft.«

Vasilias Gesicht nahm einen verlegenen Ausdruck an. »Ich muß zugeben, daß Sie da wahrscheinlich recht haben.«

»Mir klingt es wie reine Phantasie. Wenn die Matrix, die Sie gesehen haben, Ihnen völlig fremd und neu war – wie konnten Sie dann denken, daß es sich um etwas Telepathisches handelte?«

Vasilia zögerte. »Darüber habe ich, ehrlich gesagt, selbst auch viel nachgedacht. Und doch kam mir in dem Augenblick, als ich das Muster sah, das Wort ›Telepathie‹ in den Sinn.«

»Obwohl Telepathie unmöglich ist, selbst theoretisch.«

»Man *hält* sie für unmöglich, selbst in der Theorie. Das ist nicht ganz dasselbe.«

»Niemand hat auf diesem Gebiet irgendwelche Fortschritte erzielen können.«

»Ja, das stimmt. Aber wie kommt es, daß mir in dem Augenblick, als ich das Muster sah, das Wort ›Telepathie‹ in den Sinn kam?«

»Ah – einfach irgendeine Assoziation, die wir nicht näher

analysieren können, Vasilia. Ich würde das an Ihrer Stelle vergessen. – Sonst noch etwas?«

»Eines noch – und das hat mich am meisten verblüfft. Ich habe aus ein paar kleinen Andeutungen den Eindruck gewonnen, Kendel, daß die Solarianer sich mit dem Gedanken tragen, ihren Planeten zu verlassen.«

»Warum?«

»Das weiß ich nicht. Ihre Bevölkerung, so klein sie ist, ist im Abnehmen begriffen. Vielleicht wollen sie irgendwo anders einen neuen Anfang machen, ehe sie ganz aussterben.«

»Was für einen neuen Anfang? Wohin sollten sie denn gehen?«

Vasilia schüttelte den Kopf. »Ich habe Ihnen alles gesagt, was ich weiß.«

Amadiro nickte und sagte dann langsam: »Nun, dann will ich das alles in Betracht ziehen. Vier Dinge: Nuklear-Verstärker, humanoide Roboter, telepathische Roboter und das Verlassen ihres Planeten. Offengestanden habe ich zu keinem der vier Punkte besonderes Vertrauen. Aber ich werde den Rat dazu überreden, Gespräche mit dem solarianischen Regenten zu genehmigen. – Und jetzt, Vasilia, glaube ich, sollten Sie sich etwas ausruhen. Warum nehmen Sie sich also nicht ein paar Wochen frei und gewöhnen sich wieder an die auroranische Sonne und das schöne Wetter, ehe Sie wieder zu arbeiten beginnen.«

»Das ist sehr freundlich von Ihnen, Kendel«, sagte Vasilia und blieb sitzen. »Aber da sind noch zwei Dinge, die ich vorbringen muß.«

Amadiros Blick wanderte, ohne daß er es wollte, zum Zeitstreifen. »Es wird aber doch nicht sehr viel Zeit in Anspruch nehmen, oder, Vasilia?«

»Selbst wenn es das tut, Kendel, es ist notwendig.«

»Was wollen Sie also?«

»Zuerst einmal, wer ist dieser junge Besserwisser, der sich einbildet, er würde das Institut leiten – dieser Soundso Mandamus?«

»Sie sind ihm also begegnet, wie?« sagte Amadiro, und sein

Lächeln verdeckte ein leichtes Unbehagen. »Sie sehen, es hat auf Aurora Veränderungen gegeben.«

»In diesem Falle aber ganz sicher nicht zum Besseren«, sagte Vasilia finster. »Wer *ist* das?«

»Genau das, was Sie beschrieben haben: ein Besserwisser. Ein brillanter junger Mann mit ausgezeichneten Robotik-Kenntnissen; aber ebenso erfahren in der Physik, der Chemie, der Planetologie...«

»Und wie alt ist dieses Bildungsmonstrum?«

»Nicht ganz fünf Dekaden.«

»Und was wird dieses Kind sein, wenn es einmal erwachsen ist?«

»Vielleicht ebenso weise wie brillant.«

»Jetzt tun Sie nicht so, als hätten Sie mich nicht verstanden, Kendel. Denken Sie daran, ihn zum nächsten Direktor des Instituts heranzubilden?«

»Ich habe vor, noch einige Dekaden zu leben.«

»Das ist keine Antwort.«

»Das ist die einzige, die ich habe.«

Vasilia rutschte unruhig auf ihrem Sitz herum, und ihr Roboter, der hinter ihr stand, ließ die Augen hin und her wandern, als wolle er sich darauf vorbereiten, einen Angriff abzuwehren.

»Kendel, *ich* werde Ihre Nachfolge antreten«, sagte Vasilia. »Das ist festgelegt. Sie haben mir das gesagt.«

»Das habe ich. Tatsächlich aber wird nach meinem Tode der Aufsichtsrat die Wahl treffen. Selbst wenn ich eine Weisung hinterlasse, wer meine Nachfolge antreten soll, kann der Aufsichtsrat diese Weisung ignorieren. So steht es in der Satzung des Instituts.«

»Schreiben Sie nur Ihre Weisung, Kendel, dann kümmere ich mich um den Aufsichtsrat.«

Die Runzeln auf Amadiros Stirn vertieften sich, als er sagte: »Darüber will ich jetzt nicht sprechen. Was wollten Sie mir noch sagen? Bitte, machen Sie es kurz!«

Sie starrte ihn einen Augenblick lang wütend an und sagte dann abgehackt: »Giskard!«

»Der Roboter?«

»Selbstverständlich der Roboter. Kennen Sie sonst einen Giskard, von dem ich reden könnte?«

»Nun, was ist mit ihm?«

»Er gehört *mir*.«

Amadiro sah sie überrascht an. »Er ist – oder war – Eigentum Fastolfes.«

»Giskard hat mir gehört, als ich ein Kind war.«

»Fastolfe hat ihn Ihnen geliehen und ihn am Ende wieder zurückgenommen. Es hat doch keine formelle Besitzübertragung gegeben, oder?«

»Moralisch hat er mir gehört. Aber jedenfalls gehört er nicht länger Fastolfe. Er ist tot.«

»Er hat auch ein Testament gemacht. Und wenn ich mich recht erinnere, sind nach diesem Testament die beiden Roboter Giskard und Daneel jetzt das Eigentum dieser solarianischen Frau.«

»Aber das will ich nicht. Ich bin Fastolfes Tochter...«

»Oho?«

Vasilia wurde rot. »Ich habe einen Anspruch auf Giskard. Warum sollte eine Fremde – noch dazu von Außerplanet – ihn haben?«

»Zum einen, weil Fastolfe das in seinem Testament so festgelegt hat. Und sie ist eine Bürgerin Auroras.«

»Wer sagt das? Für jeden Auroraner ist sie ›diese solarianische Frau‹.«

Amadiro ließ in einer plötzlichen Aufwallung von Wut die Faust auf die Armlehne seines Sessels krachen. »Vasilia, was wollen Sie eigentlich von mir? Ich empfinde nicht die geringste Sympathie für diese solarianische Frau. Tatsächlich ist sie mir sogar zutiefst widerwärtig. Und wenn es eine Möglichkeit dazu gäbe, dann würde ich...« – er warf einen kurzen Blick auf die Roboter, als hätte er Sorge, sie zu beunruhigen – »sie vom Planeten jagen. Aber das Testament kann ich nicht umstoßen. Selbst wenn es eine gesetzliche Möglichkeit dafür gäbe – und die gibt es nicht –, wäre es nicht klug. Fastolfe ist tot.«

»Und das ist exakt der Grund, weshalb Giskard jetzt mir gehören sollte.«

Amadiro ignorierte sie. »Und die Koalition, an deren Spitze er stand, ist am Zerfallen. In den letzten paar Dekaden ist sie nur noch von seinem persönlichen Charisma zusammengehalten worden. Ich bin jetzt daran interessiert, Teile jener Koalition an mich zu ziehen. Auf diese Weise könnte es mir gelingen, eine Gruppe zusammenzufassen, die mächtig genug ist, um den Rat zu beherrschen und damit in den bevorstehenden Wahlen die Oberhand zu gewinnen.«

»Damit Sie der nächste Vorsitzende werden?«

»Warum nicht? Aurora könnte Schlimmeres widerfahren. Wenn ich Vorsitzender würde, dann bekäme ich eine Chance, unsere langjährige Politik in neue Bahnen zu lenken, ehe es zu spät ist. Leider verfüge ich nur nicht über dieselbe persönliche Popularität wie Fastolfe. Mir fehlt sein Talent, Dummheit mit einem Heiligenschein zu verbrämen. Demzufolge würde es nicht gut aussehen, wenn der Anschein entstünde, als würde ich unfair über einen Toten triumphieren. Keiner darf sagen, ich hätte, weil Fastolfe mich zu Lebzeiten besiegt hat, sein Testament nach seinem Tode aus kleinlichem Neid umgestoßen. Etwas so Lächerliches darf die großen Entscheidungen auf Leben und Tod, die Aurora treffen muß, nicht belasten. Verstehen Sie das? Sie werden ohne Giskard auskommen müssen!«

Vasilia stand auf. Sie wirkte steif, und ihre Augen hatten sich verengt. »Das werden wir ja sehen!«

»Das haben wir bereits gesehen. Diese Unterredung ist beendet. Und falls Sie noch den Ehrgeiz haben sollten, meine Nachfolgerin zu werden, dann will ich nie wieder erleben, daß Sie mir drohen! Wenn Sie also jetzt die Absicht haben sollten, mir in irgendeiner Weise zu drohen, so sollten Sie sich das gut überlegen.«

»Ich drohe nicht«, sagte Vasilia, obwohl ihre Körpersprache mit jeder Bewegung im Widerspruch zu ihren Worten stand – und ging hinaus, wobei sie ihrem Roboter unnötigerweise mit einer weit ausholenden Handbewegung bedeutete, ihr zu folgen.

Die Notsitutation, oder besser gesagt, die Summe von Problemen, begann einige Monate später, als Maloon Cicis Amadiros Büro zu der üblichen Morgenbesprechung betrat.

Gewöhnlich freute sich Amadiro darauf. Cicis war stets ein beruhigender Kontrast zu dem ansonsten hektischen Tag. Er war das einzige ranghohe Mitglied des Instituts ohne jeden Ehrgeiz, der keine Spekulationen auf Amadiros Tod oder Pensionierung anstellte. Cicis war tatsächlich der perfekte Untergebene. Er war glücklich, dienen zu können, und entzückt, das Vertrauen des Direktors zu genießen.

Aus diesem Grund hatte Amadiro schon seit mehr als einem Jahr den beginnenden Verfall seines perfekten Untergebenen beobachtet, das Steiferwerden seiner Schritte, seine gebeugte Haltung. Ob Cicis wohl anfing, alt zu werden? Schließlich war er doch nur ein paar Dekaden älter als Amadiro.

Amadiro kam unangenehmerweise in den Sinn, daß vielleicht auch die Lebenserwartung der Spacer zurückging, im gleichen Maße, wie auch so viele andere Dinge degenerierten. Er nahm sich vor, in den Statistiken nachzusehen, vergaß es aber immer wieder – oder hatte er unbewußt davor Angst?

Diesmal freilich wurden die Alterserscheinungen Cicis' von heftigen Emotionen überdeckt. Sein Gesicht war rot (was das Ergrauen seines ansonsten bronzefarbenen Haares noch betonte), und er schien vor Verblüffung förmlich zu explodieren.

Amadiro brauchte gar nicht zu fragen, was es für Neuigkeiten gäbe; Cicis platzte förmlich damit heraus.

Als seine Explosion beendet war, sagte Amadiro verblüfft: »Alle Radiowellen-Emissionen aufgehört? Alle?«

»*Alle*, Chef. Sie müssen alle tot sein – oder weg. Keine bewohnte Welt kann es vermeiden, *irgendwelche* elektromagnetischen Strahlungen zu emittieren, wenn sie einmal...«

Amadiro gebot ihm mit einer Handbewegung Schweigen. Vasilia hatte behauptet, die Solarianer wären im Begriff, ihre Welt zu verlassen. Damals war ihm das unsinnig erschienen; alle vier Punkte, die sie vorgebracht hatte, waren das mehr oder weniger gewesen. Er hatte gesagt, daß er darüber nachdenken würde, hatte es aber natürlich nicht getan. Und jetzt erwies sich das allem Anschein nach als Fehler.

Was die Behauptung damals hatte unsinnig erscheinen lassen, war es auch heute noch. Er stellte die Frage, die er damals auch gestellt hatte, obwohl er keine Antwort darauf erwartete. (Wie hätte sie auch lauten sollen?) »Wohin in der ganzen Galaxis könnten sie denn gehen, Maloon?«

»Davon ist nichts bekannt, Chef.«

»Nun denn – *wann* sind sie gegangen?«

»Auch darüber ist nichts bekannt. Wir haben die Nachricht heute morgen bekommen. Das Ärgerliche ist, daß die Strahlungsintensität ohnehin so gering ist. Solaria ist nur sehr dünn besiedelt, und seine Roboter sind gut abgeschirmt. Die Intensität liegt eine Größenordnung niedriger als die jeder anderen Spacer-Welt; zwei Größenordnungen niedriger als die unsrige.«

»Also hat eines Tages jemand festgestellt, daß das Wenige auf Null abgesunken war, aber niemand hat das Absinken bemerkt. *Wer* hat es bemerkt?«

»Ein nexoianisches Schiff, Chef.«

»Wie?«

»Das Schiff mußte in einen Orbit um Solarias Sonne gehen, um einige Reparaturen durchzuführen. Sie haben per Hyperwelle um Genehmigung nachgesucht und keine Antwort erhalten. Sie hatten keine andere Wahl, als trotzdem in den Orbit zu gehen und die Reparaturen durchzuführen. Man hat sie in keiner Weise belästigt. Erst nachdem sie weitergeflogen waren, stellten sie beim Durchprüfen ihrer Aufzeichnungen fest, daß sie nicht nur keine Antwort bekommen hatten, sondern überhaupt kein Signal. Man kann also nicht genau sagen, wann die Strahlung aufgehört hatte. Die letzte registrierte Nachricht von Solaria jedenfalls liegt schon mehr als zwei Monate zurück.«

»Und die anderen drei Punkte, die sie vorgebracht hatte?« murmelte Amadiro.

»Wie, bitte?«

»Nichts. Nichts«, sagte Amadiro, runzelte aber finster die Stirn und versank in Gedanken.

XIII. DER TELEPATHISCHE ROBOTER

51

Mandamus wußte nichts von den Ereignissen auf Solaria, als er ein paar Monate später von einer ausgedehnten dritten Reise zur Erde zurückkehrte.

Bei der ersten Reise, die jetzt sechs Jahre zurücklag, hatte Amadiro es fertiggebracht, ihn, wenn auch unter einigen Schwierigkeiten, als akkreditierten Abgesandten Auroras zu schicken, mit dem Auftrag, irgendwelche Übergriffe von Handelsschiffen in Spacer-Raumsektoren zu diskutieren. Er hatte das ganze Zeremoniell einer solchen Mission ebenso wie das bürokratische Ritual über sich ergehen lassen, und es hatte sich schnell herausgestellt, daß sein offizieller Status seine Beweglichkeit eher behinderte. In diesem Fall machte das nichts aus, weil er das erfuhr, was er hatte wissen wollen.

So hatte er nach seiner Rückkehr berichten können: »Ich bezweifle, daß es irgendwelche Probleme geben wird, Dr. Amadiro. Die Behörden der Erde verfügen über keine Möglichkeit – wirklich keinerlei Möglichkeit –, um Aus- oder Einreise zu kontrollieren. Jedes Jahr kommen viele Millionen von Siedlern von Dutzenden von Welten auf Besuch zur Erde, und jedes Jahr reisen ebenso viele Millionen von Siedlern wieder nach Hause zurück. Jeder Siedler scheint das Gefühl zu haben, sein Leben sei nicht erfüllt, wenn er nicht in regelmäßigen Abständen die Luft der Erde atmet und durch ihre überfüllten unterirdischen Räume stapft. Ich kann mir vorstellen, daß das so eine Art von Suche nach den Wurzeln ist. Sie scheinen einfach nicht wahrzunehmen, was für ein schrecklicher Alptraum das Dasein auf der Erde in Wirklichkeit ist.«

»Ich habe davon gehört, Mandamus«, sagte Amadiro fast gelangweilt.

»Das ist ein rein intellektuelles Wissen, Sir. Sie können es unmöglich verstehen, solange Sie es nicht erlebt haben. Und wenn Sie das einmal haben, werden Sie feststellen, daß nichts von Ihrem intellektuellen Wissen Sie auch nur im geringsten auf die Realität vorbereitet. Warum jemand den Wunsch verspüren sollte, dorthin zurückzukehren, sobald er einmal dieses dreckige, stinkende, wimmelnde Gefängnis verlassen hat...«

»Unsere Vorfahren haben diesen Wunsch ganz sicherlich nicht verspürt, als sie den Planeten verlassen hatten.«

»Nein«, sagte Mandamus, »aber der Interstellarflug war damals noch nicht so weit entwickelt wie heute. Damals nahm die Reise Monate in Anspruch, und der Sprung durch den Hyperraum war sehr kompliziert. Jetzt dauert die Reise nur noch Tage, und die Sprünge sind zur Routine geworden und scheitern nie. Wenn es zur Zeit unserer Vorfahren so leicht gewesen wäre, zur Erde zurückzukehren, wie es das heute ist, dann frage ich mich, ob wir uns auch so von ihnen losgesagt hätten, wie wir das taten.«

»Wir wollen nicht philosophieren, Mandamus. Kommen Sie zur Sache!«

»Gerne. Abgesehen von den endlosen Strömen von Siedlern und ihrem Kommen und Gehen, ziehen jedes Jahr Millionen von Erdenmenschen als Emigranten zu einer der Siedler-Welten hinaus. Einige kehren fast sofort zurück, nachdem sie festgestellt haben, daß sie sich nicht anpassen können. Andere finden dort draußen eine neue Heimat, kommen aber besonders häufig auf Besuch zurück. Es ist unmöglich, sie im Auge zu behalten, und die Erde versucht es nicht einmal. Wenn man den Versuch unternähme, systematische Methoden einzuführen, um Besucher zu identifizieren und im Auge zu behalten, könnte das den Fluß behindern; und die Erde weiß sehr wohl, daß jeder Besucher Geld mit sich bringt. Der Fremdenverkehr – wenn wir ihn so nennen wollen – ist im Augenblick der ertragreichste Wirtschaftszweig der Erde.«

»Damit wollen Sie sagen, vermute ich, daß wir die humanoiden Roboter ohne Schwierigkeiten auf der Erde einschleusen können.«

»Ohne die geringsten Schwierigkeiten. Für mich steht das völlig außer Zweifel. Jetzt, wo wir sie richtig programmiert haben, können wir sie in einem halben Dutzend Gruppen mit gefälschten Papieren zur Erde schicken. In bezug auf den robotischen Respekt und die Ehrfurcht vor menschlichen Wesen, die sie empfinden, können wir nichts tun; aber ich glaube nicht, daß sie das verraten wird. Man wird das einfach als den üblichen Respekt und die Ehrfurcht interpretieren, wie sie Siedler ihrem Herkunftsplaneten – ihrer ›Mutter Erde‹, wie sie ihn nennen – gegenüber empfinden. – Ich glaube übrigens nicht, daß wir sie auf einem der City-Flughäfen absetzen müssen. Die riesigen Gebiete zwischen den Cities sind praktisch unbewohnt, sieht man einmal von primitiven Arbeits-Robotern ab; und so würde man die Landung der Schiffe nicht bemerken oder ihnen zumindest keine Aufmerksamkeit schenken.«

»Das ist aber sehr riskant, meine ich«, sagte Amadiro.

51 a

Zwei Gruppen humanoider Roboter wurden zur Erde geschickt und mischten sich unter die Erdenmenschen der City, ehe sie sich ihren Weg nach draußen in die freien Räume zwischen den Cities suchten und von dort über abgeschirmten Hyperstrahl mit Aurora Verbindung aufnahmen.

Mandamus meinte (er hatte lange darüber nachgedacht und ebenso lange gezögert): »Ich werde noch einmal reisen müssen, Sir. Ich bin nicht sicher, ob Sie die richtige Stelle gefunden haben.«

»Sind Sie sicher, daß *Sie* die richtige Stelle kennen, Mandamus?« fragte Amadiro mit einem Anflug von Sarkasmus.

»Ich habe mich gründlich mit der antiken Geschichte der Erde befaßt, Sir. Ich weiß, daß ich die Stelle finden kann.«

»Ich glaube nicht, daß es mir gelingen wird, den Rat dazu zu überreden, Ihnen ein Kriegsschiff mitzugeben.«

»Nein, das würde ich auch gar nicht wollen. Es wäre noch schlimmer als sinnlos. Ich möchte ein Ein-Personen-Schiff mit gerade genug Energie, um dorthinzukommen und wieder zurück.«

Und so reiste Mandamus zum zweitenmal zur Erde, landete außerhalb einer der kleineren Cities und fand dort mit einer Mischung aus Erleichterung und Befriedigung einige der Roboter an der richtigen Stelle. Er blieb bei ihnen, um sich ihre Arbeit anzusehen, ihnen in Zusammenhang mit dieser Arbeit einige Anweisungen zu erteilen und einige wenige Änderungen an ihrer Programmierung vorzunehmen.

Und dann machte sich Mandamus unter den desinteressierten Blicken einiger primitiver, auf der Erde gebauten Ackerbau-Roboter auf den Weg zur naheliegenden City. Das war ein kalkuliertes Risiko, und Mandamus, der alles andere als ein furchtloser Held war, spürte das unbehagliche Pochen seines Herzens. Aber alles ging gut. Der Torwächter zeigte einige Überraschung, als sich ein menschliches Wesen am Tor zeigte, das allem Anschein nach beträchtliche Zeit im Freien verbracht hatte.

Doch Mandamus besaß Papiere, die ihn als Siedler auswiesen, und der Wächter zuckte die Achseln. Siedlern machte es nichts aus, sich im Freien aufzuhalten, und es kam oft vor, daß sie kleine Ausflüge durch die Felder und Wälder machten, die die oberen, aus dem Boden herausragenden Etagen einer City umgaben.

Der Wächter warf nur einen beiläufigen Blick auf seine Papiere, und sonst wollte diese keiner mehr sehen. Mandamus' außerirdischer Akzent (aus dem er sich bemüht hatte, auffällige Auroranismen herauszuhalten) wurde kommentarlos akzeptiert, und soweit er feststellen konnte, machte sich keiner Gedanken darüber, ob er vielleicht ein Spacer wäre. Aber warum sollten sie auch? Die Zeit, da die Spacer einen permanenten Brückenkopf auf der Erde unterhalten hatten, lag zwei Jahrhunderte in der Vergangenheit, und es gab nur wenige offizielle Abgesandte der Spacer-Welten. Vielleicht erinnerten sich die provinziellen Erdenmenschen nicht einmal daran, daß es so etwas wie Spacer gab.

Mandamus war etwas besorgt, jemand könne die dünnen, durchsichtigen Handschuhe bemerken, die er stets trug, oder vielleicht seine Nasenstöpsel; aber das war nicht der Fall. Auch seine Bewegungsfreiheit in der City oder auch anderen Cities wurde in keiner Weise beeinträchtigt. Er hatte dafür genügend Geld; und das Geld sprach auf der Erde eine laute und deutliche Sprache (und, offengestanden, selbst auf den Spacer-Welten). Er gewöhnte sich sogar allmählich daran, nicht stets von einem Roboter begleitet zu werden. Und als er in dieser oder jener City humanoiden Robotern Auroras begegnete, mußte er ihnen mit einiger Entschiedenheit klarmachen, daß *sie* sich nicht an seine Absätze klammern durften. Er hörte sich ihre Berichte an, gab ihnen die Instruktionen, die sie benötigten, und veranlaßte weitere Roboter-Sendungen. Schließlich begab er sich zu seinem Schiff zurück und trat die Rückkreise an.

Beim Abflug wurde er ebensowenig behindert wie bei der Ankunft.

»Tatsächlich«, meinte er nachdenklich, zu Amadiro gewandt, »sind diese Erdenmenschen in Wirklichkeit gar keine Barbaren.«

»So?«

»Auf ihrer eigenen Welt benehmen sie sich recht menschlich. Tatsächlich hat ihre Freundlichkeit sogar etwas Gewinnendes an sich.«

»Sie fangen wohl an, Ihre Aufgabe zu bedauern?«

»Ich muß gestehen, daß einen ein recht eigenartiges Gefühl ankommt, wenn man sich zwischen ihnen bewegt und weiß, daß sie keine Ahnung von dem haben, was ihnen widerfahren wird. Ich bringe es nicht fertig, das, was ich tue, zu *genießen*.«

»Natürlich bringen Sie das fertig, Mandamus! Denken Sie doch daran, daß Sie, sobald Ihr Auftrag erfüllt ist, sicher sein können, die Leitung dieses Instituts in nicht allzu ferner Zukunft zu übernehmen! Das sollte Ihnen die Arbeit versüßen.«

Und von diesem Tag an beobachtete Amadiro Mandamus sehr scharf.

51 b

Bei Mandamus' dritter Reise hatte sich die frühere Unruhe gelegt, und er trat fast wie ein Erdenmensch auf. Das Projekt machte langsame Fortschritte, bewegte sich aber unabänderlich auf das gesetzte Ziel zu.

Bei seinen früheren Besuchen hatte er keinerlei gesundheitliche Probleme erlebt; aber auf dieser dritten Reise – was ohne Zweifel seiner Sorglosigkeit zuzuschreiben war – mußte er sich irgendwie angesteckt haben; jedenfalls lief ihm eine Weile die Nase, was ihn sehr beunruhigte, und er ertappte sich dabei, daß er gelegentlich hustete.

Er suchte eine der medizinischen Stationen einer City auf und bekam dort eine Gamma-Globulin-Injektion, die seinen Zustand sofort verbesserte, fand aber die medizinische Station noch beängstigender als die Krankheit selbst. Er wußte, daß jeder, den er dort antraf, irgendeine ansteckende Krankheit hatte oder sich in engem Kontakt mit Kranken befand.

Doch jetzt befand er sich wieder in der stillen, geordneten Umgebung Auroras und war ungeheuer dankbar dafür. Er hörte sich Amadiros Bericht über die Solaria-Krise an.

»Und Sie haben gar nichts darüber gehört?« wollte Amadiro wissen.

Mandamus schüttelte den Kopf. »Überhaupt nichts, Sir. Die Erde ist eine unglaublich provinzielle Welt. Achthundert Cities mit insgesamt acht Milliarden Menschen – und alle interessieren sich für nichts anderes als die achthundert Cities mit insgesamt acht Milliarden Menschen. Man könnte glauben, daß es nur deshalb Siedler gibt, damit sie die Erde besuchen, und überhaupt keine Spacer. Tatsächlich befassen sich die Nachrichten in jeder einzelnen City zu neunzig Prozent ausschließlich mit jener City. Die Erde ist eine umschlossene, klaustrophile Welt, im geistigen wie im physischen Sinn.«

»Und doch sagen Sie, sie seien keine Barbaren?«

»Klaustrophilie ist nicht notwendigerweise Barbarei. Auf ihre Art sind sie zivilisiert.«

»*Auf ihre Art!* – Aber lassen wir das! Das Problem, mit dem wir im Augenblick zu tun haben, ist Solaria. Keine der Spacer-Welten will etwas unternehmen. Das Prinzip der Nichteinmischung beherrscht alle, und jede einzelne Welt besteht darauf, daß Solarias innere Probleme nur Solaria angehen. Unser eigener Vorsitzender ist ebenso träge wie der jedes anderen Planeten, obwohl Fastolfe tot ist und seine gichtige Hand uns nicht länger niederdrückt. Ich selbst kann auch nichts tun – solange ich nicht Vorsitzender bin.«

»Wie kann man sagen, daß Solaria interne Probleme hätte, in die man sich nicht einmischen darf, wo die Solarianer doch nicht mehr da sind?« fragte Mandamus.

Amadiro nickte und meinte sarkastisch: »Wie kommt es, daß Sie sofort einsehen, wie unsinnig das ist, und jene anderen nicht? – Sie sagen, es gäbe keine stichhaltigen Beweise dafür, daß die Solarianer ihre Welt verlassen haben. Und solange sie oder wenigstens einige wenige von ihnen noch auf der Welt sein könnten, besitzt keine andere Spacer-Welt das Recht, sich uneingeladen einzumischen.«

»Und wie erklärt man das Fehlen jeglicher Strahlungsaktivität?«

»Sie sagen, die Solarianer hätten unter die Erde gehen können oder vielleicht irgendeinen technischen Fortschritt entdeckt, der jegliche Emission verhindert. Außerdem sagen sie, man hätte schließlich nicht gesehen, wie die Solarianer abgezogen sind, und es gäbe ja keinen Ort, an den sie hätten gehen können. Natürlich hat man sie nicht beim Abziehen beobachtet, weil ja keiner hingesehen hat.«

»Und weshalb gibt es keinen Ort, an den sie hätten gehen können? Es gibt doch viele leere Welten.«

»Dagegen wird argumentiert, die Solarianer könnten nicht ohne ihre unglaublichen Roboterscharen leben; und die hätten sie ja nicht mitnehmen können. Wenn sie beispielsweise hierherkommen würden, wie viele Roboter, glauben Sie wohl, könnten wir ihnen zuteilen – wenn überhaupt?«

»Und was haben Sie dagegen zu sagen?«

»Gar nichts. Trotzdem – ob sie nun Solaria verlassen haben oder nicht – die Situation ist seltsam und beunruhigend, und es ist unglaublich, daß keiner etwas unternimmt, um sich Klarheit zu verschaffen. Ich habe alle gewarnt, so eindringlich ich nur kann, daß Trägheit und Apathie unser aller Ende sein werden; daß die Siedler-Welten, sobald sie bemerken, daß Solaria leer ist – oder sein könnte – keine Sekunde zögern werden, Nachforschungen anzustellen. Diese Ameisen haben eine geistlose Neugierde an sich, von der ich mir manchmal wünschte, wir hätten auch nur ein Quentchen davon. Sie werden sofort ihr Leben riskieren, wenn der Profit lockt.«

»Und welcher Profit könnte das sein, Dr. Amadiro?«

»Wenn die Solarianer abgezogen sind, haben sie zwangsläufig fast alle ihre Roboter zurückgelassen. Die Solarianer sind – oder waren – ausnehmend geschickte Robotiker, und die Siedler werden trotz ihrer Abneigung, die sie gegenüber Robotern empfinden, keinen Augenblick zögern, sie in ihren Besitz zu bringen und sie an uns zu verkaufen, gegen gute Spacer-Credits. Tatsächlich haben sie das bereits angekündigt.

Zwei Siedler-Schiffe sind schon auf Solaria gelandet. Wir haben dagegen protestiert, aber sie werden darauf ohne Zweifel nicht eingehen, und wir werden ebenso ohne Zweifel nichts weiteres unternehmen. Ganz im Gegenteil: Einige der Spacer-Welten haben bereits in aller Stille die Fühler ausgestreckt und sich erkundigt, welcher Art diese Roboter sind und wieviel sie kosten sollen.«

»Das ist vielleicht ganz gut so«, sagte Mandamus leise.

»Ganz gut so, daß wir uns ganz genauso verhalten, wie die Siedler-Propagandisten es angekündigt haben? Daß wir so handeln, als würden wir degenerieren und dekadent werden?«

»Warum wiederholen Sie diese Propaganda eigentlich, Sir? Tatsache ist, daß wir still und zivilisiert sind und man uns noch nicht wirklich bedrängt hat. Wenn man das tun würde, würden wir uns wehren und – dessen bin ich ganz sicher – sie vernichten. Technologisch sind wir ihnen immer noch weit überlegen.«

»Aber der Schaden, den wir selbst davontragen würden, wäre nicht gerade angenehm.«

»Was wiederum bedeutet, daß wir nicht zu bereitwillig in den Krieg ziehen sollten. Wenn Solaria verlassen ist und die Siedler den Wunsch haben, es auszuplündern, sollten wir sie vielleicht lassen. Schließlich sage ich vorher, daß wir binnen weniger Monate soweit sein werden, unsererseits zuzuschlagen.«

Amadiros Gesichtsausdruck veränderte sich; er wirkte jetzt hungrig und wild. »Monate?«

»Dessen bin ich sicher. Also müssen wir in allererster Linie vermeiden, daß man uns provoziert. Wir würden alles zerstören, wenn wir uns auf einen Konflikt einließen, für den keine Notwendigkeit besteht, und würden, selbst wenn wir siegen, Schaden erleiden, den wir uns ersparen könnten. Schließlich werden wir in kurzer Zeit total siegen, ohne zu kämpfen und ohne Schaden. – Die arme Erde!«

»Wenn Sie Mitleid für sie empfinden«, meinte Amadiro mit trügerischer Leichtigkeit, »werden Sie vielleicht nichts gegen sie unternehmen?«

»Im Gegenteil«, sagte Mandamus kühl, »eben weil ich die Absicht habe, ihnen etwas zu tun, und weiß, daß es geschehen wird, bedaure ich sie. Sie werden Vorsitzender sein!«

»Und Sie Direktor des Instituts.«

»Ein kleiner Posten im Vergleich zu dem Ihren.«

»Und nach meinem Tod?« sagte Amadiro grimmig.

»So weit blicke ich nicht in die Zukunft.«

»Ich bin recht...«, begann Amadiro, aber das gleichmäßige Summen seines Teleprinters unterbrach ihn. Ohne hinzusehen, griff Amadiro automatisch nach dem Ausgabeschlitz. Er sah auf den dünnen Papierstreifen, der sich hervorschob, und lächelte.

»Die zwei Siedler-Schiffe, die auf Solaria gelandet sind...«, sagte er.

»Ja, Sir?« fragte Mandamus und runzelte die Stirn.

»Vernichtet! Beide vernichtet!«

»Wie?«

»In einer Strahlenexplosion, die leicht aus dem Weltraum geortet werden konnte. Begreifen Sie, was das bedeutet? Die Solarianer sind gar nicht abgezogen, und die schwächste unserer Welten wird leicht mit Siedler-Schiffen fertig. Die Siedler haben sich eine blutige Nase geholt und werden das nicht so schnell vergessen. Da, Mandamus, lesen Sie selbst!«

Mandamus schob das Papier beiseite. »Aber das bedeutet doch nicht notwendigerweise, daß die Solarianer noch auf dem Planeten sind. Vielleicht haben sie ihn irgendwie vermint.«

»Welchen Unterschied macht das schon? Ob nun persönlicher Angriff oder Mine – die Schiffe sind jedenfalls vernichtet worden.«

»Diesmal hat man sie überrascht. Was aber nächstes Mal, wenn sie vorbereitet sind? Und was, wenn sie die Vernichtung der beiden Schiffe als vorsätzlichen Spacer-Angriff betrachten?«

»Darauf werden wir antworten, daß die Solarianer sich nur gegen eine vorsätzliche Siedler-Invasion verteidigt haben.«

»Aber, Sir, wollen Sie etwa ein Wortgefecht vorschlagen? Was, wenn die Siedler sich gar nicht erst die Mühe machen, lange Reden zu halten, sondern die Zerstörung ihrer Schiffe als kriegerische Handlung betrachten und sofort Vergeltung üben?«

»Warum sollten sie das?«

»Weil sie ebenso verrückt sind, wie wir das sein können, sobald einmal ihr Stolz verletzt ist; in höherem Maße sogar, da sie eine viel unmittelbarere Tradition der Gewalt haben.«

»Sie werden geschlagen werden.«

»Sie selbst räumen doch ein, daß sie uns, selbst wenn sie besiegt werden, großen Schaden zufügen können.«

»Was soll ich denn tun? Aurora hat doch diese Schiffe nicht zerstört.«

»Überzeugen Sie den Vorsitzenden. Er darf keine Zweifel daran lassen, daß Aurora nichts damit zu tun hatte; daß keine der Spacer-Welten etwas damit zu tun hatte; daß einzig und allein Solaria die Verantwortung trägt.«

»Dann sollen wir Solaria aufgeben? Das wäre feige.«

Mandamus' Erregung flammte auf. »Dr. Amadiro, haben Sie nie etwas von strategischem Rückzug gehört? Überreden Sie die Spacer-Welten, daß sie sich unter irgendeinem plausiblen Vorwand auf kurze Zeit zurückziehen. Es ist doch nur eine Frage weniger Monate, bis unser Plan mit der Erde Früchte trägt. Allen anderen fällt es vielleicht schwer, sich zurückzuziehen und sich vor den Siedlern zu erniedrigen, weil sie nicht wissen, was kommt – aber wir können es! Tatsächlich können sie und ich diesen Zwischenfall sogar als etwas bezeichnen, was man früher einmal ›Geschenk der Götter‹ nannte. Sollen die Siedler sich doch auf Solaria konzentrieren, während für sie unsichtbar auf der Erde ihre Vernichtung vorbereitet wird. – Oder würden Sie es vorziehen, daß wir an der Schwelle des Sieges ruiniert werden?«

Amadiro ertappte sich dabei, wie er vor dem starren Blick der tiefliegenden Augen seines Gegenübers unwillkürlich zurückwich.

52

Amadiro hatte nie eine schlimmere Zeit erlebt als in der Periode, die der Zerstörung der Siedler-Schiffe folgte. Zum Glück gelang es, den Vorsitzenden zu einer Politik zu überreden, die Amadiro als ›meisterhaftes Nachgeben‹ bezeichnete. Die Formulierung gefiel dem Vorsitzenden – vielleicht weil er sich dem Wesen nach für meisterhaftes Nachgeben eignete.

Der Rest des Rates machte es ihm schwerer. Amadiro kämpfte bis zur Erschöpfung darum, die Schrecken des Krieges auszumalen und allen klarzumachen, wie wichtig es war, den richtigen Augenblick zum Losschlagen zu wählen und nicht den falschen, wenn schon Krieg sein mußte. Er erfand immer mehr Begründungen, warum dieser Augenblick noch nicht gekommen sei, und gebrauchte diese Begründungen in Diskussionen mit den Führern der anderen Spacer-Welten. Auroras natürliche Hegemonie mußte bis zum letzten ausgereizt werden, um sie zum Nachgeben zu veranlassen.

Aber als Captain D. G. Baley mit seinem Schiff und seiner Forderung eintraf, hatte Amadiro das Gefühl, nicht mehr weiterzukönnen. Das war selbst ihm zuviel.

»Das ist einfach unmöglich«, sagte er. «Sollen wir wirklich zulassen, daß dieser Wilde auf Aurora landet, mit seinem Bart, seiner lächerlichen Kleidung, seinem unverständlichen Gebrabbel? Erwartet man von mir, daß ich den Rat auffordere, ihm eine

Spacer-Frau zu überlassen? So etwas wäre in unserer ganzen Geschichte ohne Präzedenz. Eine Spacer-Frau!«

»Bisher haben Sie diese Spacer-Frau immer als ›diese solarianische Frau‹ bezeichnet«, meinte Mandamus trocken.

»Für uns ist sie das auch. Aber wenn es um einen Siedler geht, wird sie immer eine Spacer-Frau sein. Wenn sein Schiff auf Solaria landet, so wie er das vorgeschlagen hat, kann es sein, daß es zerstört wird, so wie das mit den anderen passiert ist; und mit ihm wird auch die Frau ums Leben kommen. Dann könnten meine Feinde mich mit einiger Berechtigung des Mordes bezichtigen – und das würde meine politische Karriere nicht überleben.«

Mandamus schüttelte den Kopf. »Sie sollten statt dessen an die Tatsache denken, daß wir uns beinahe sieben Jahre darum bemüht haben, die endgültige Zerstörung der Erde herbeizuführen, und daß wir nur noch einige wenige Monate von der Vollendung dieses Projektes entfernt sind. Sollen wir jetzt Krieg riskieren und auf einen Schlag alles zerstören, was wir geschaffen haben, wo wir dem Endsieg doch so nahe sind?«

Amadiro blieb hartnäckig. »Aber ich habe in dieser Sache doch keine Wahl, mein Freund. Der Rat würde mir nicht folgen, wenn ich ihn dazu überreden wollte, die Frau einem Siedler auszuliefern. Nein, man würde schon die bloße Tatsache, daß ich den Vorschlag eingebracht habe, gegen mich nutzen. Meine politische Laufbahn wäre erschüttert, und den Krieg würden wir dennoch bekommen. Außerdem ist mir der Gedanke, daß eine Spacer-Frau in Diensten eines Siedlers stirbt, unerträglich.«

»Man könnte ja fast glauben, daß Sie ›diese solarianische Frau‹ mögen.«

»Sie wissen, daß es nicht so ist. Ich wünschte von ganzem Herzen, daß sie vor zwanzig Dekaden gestorben wäre – aber nicht so, nicht auf einem dreckigen Siedler-Schiff. – Aber ich sollte vielleicht daran denken, daß sie eine Ahnin von Ihnen ist, in der fünften Generation.«

Mandamus blickte noch etwas finsterer, als er das gewöhnlich tat. »Was bedeutet das für mich? Ich bin ein Spacer, ein

Individuum, bin mir meiner selbst und meiner Gesellschaft bewußt. Schließlich gehöre ich keinem Stammes-Konglomerat an, das Ahnenverehrung betreibt.«

Einen Augenblick lang verstummte Mandamus, und sein schmales Gesicht wirkte plötzlich ungeheuer konzentriert. »Dr. Amadiro«, sagte er dann, »könnten Sie dem Rat nicht erklären, daß diese meine Ahnin nicht als Spacer-Geisel mit dem Siedler geht, sondern nur wegen ihrer besonderen Kenntnisse in bezug auf Solaria? Schließlich hat sie ihre Kindheit und ihre Jugend dort verbracht. Das macht sie zu einem wesentlichen Bestandteil seines Vorhabens – ein Vorhaben, das uns ebenso nützlich sein könnte wie den Siedlern. Schließlich – wäre es denn nicht wirklich wünschenswert, wenn wir erfahren würden, was diese jämmerlichen Solarianer vorhaben? Wahrscheinlich wird die Frau doch einen Bericht von den Ereignissen bringen, falls sie überlebt.«

Amadiro schob die Unterlippe vor. »Das könnte funktionieren, falls die Frau freiwillig an Bord geht; falls sie allen klarmachte, daß sie weiß, wie wichtig diese Arbeit ist, und daß es ihr Wunsch sei, ihre patriotische Pflicht zu erfüllen. Aber sie gewaltsam an Bord zu bringen, ist undenkbar.«

»Nun, was würden Sie denn davon halten, wenn ich meine Ahnin aufsuchen und dazu überreden würde? Außerdem schlage ich Ihnen vor, daß Sie über Hyperwelle mit diesem Siedler-Kapitän sprechen und ihm sagen, daß er auf Aurora landen und die Frau haben kann, *falls* er sie dazu überreden kann, freiwillig mit ihm zu gehen – oder daß sie zumindest *sagt*, daß sie freiwillig mitkommt, ob das nun zutrifft oder nicht.«

»Nun, schaden kann es jedenfalls nicht, wenn wir das versuchen, aber ich kann mir nicht vorstellen, daß wir es schaffen.«

Und doch schafften sie es zu Amadiros großer Überraschung. Er hatte erstaunt zugehört, wie Mandamus ihm die Einzelheiten berichtete.

»Ich bin auf die humanoiden Roboter eingegangen«, sagte Mandamus, »und sie wußte ganz offensichtlich nichts davon, woraus ich schloß, daß auch Fastolfe nichts davon wußte. Mich hatte das schon eine Weile beschäftigt. Und dann habe ich eine ganze Menge über meine Herkunft gesprochen, um sie dazu zu zwingen, über diesen Erdenmenschen, diesen Elijah Baley, zu reden.«

»Was ist mit ihm?« fragte Amadiro schroff.

»Nichts – nur, daß sie über ihn gesprochen hat und sich an ihn erinnerte. Dieser Siedler, der nach ihr verlangt, ist ein Nachkomme Baleys, und ich dachte, das könnte sie vielleicht beeinflussen, den Wunsch des Siedlers etwas bereitwilliger aufzunehmen, als sie das sonst vielleicht getan hätte.«

Jedenfalls hatte es funktioniert, und ein paar Tage lang empfand Amadiro einige Erleichterung von dem fast beständigen Druck, der ihn seit Beginn der Solaria-Krise fast unentwegt belastet hatte.

Aber nur auf ein paar Tage.

53

Während der ganzen Solaria-Krise hatte Amadiro bislang Vasilia nicht zu Gesicht bekommen.

Dafür wäre der Zeitpunkt ganz sicher nicht der richtige gewesen. Ihre kleinliche Sorge um einen Roboter, den sie als ihr Eigentum beanspruchte – und dies zu einer Zeit, wo eine echte Krise seine ganze Nervenkraft in Anspruch nahm –, hätte ihn sicher noch mehr verstimmt. Ebensowenig wollte er sich dem Streit aussetzen, der leicht zwischen ihr und Mandamus darüber hätte ausbrechen können, wer am Ende die Leitung des Robotik-Instituts übernehmen sollte.

Jedenfalls war er praktisch zu der Entscheidung gelangt, daß Mandamus sein Nachfolger sein sollte. Er hatte während der ganzen Solaria-Krise stets das Wichtige im Auge behalten. Auch als Amadiro selbst unruhig geworden war, war Mandamus eisig ruhig geblieben. Mandamus war es auch gewesen, der die Möglichkeit ins Gespräch gebracht hatte, daß diese solarianische Frau den Siedler-Captain freiwillig begleiten könne. Und er hatte sie schließlich durch geschickte Manipulation zu einer Zustimmung veranlaßt.

Und wenn sein Plan für die Vernichtung der Erde so gelang, wie er das sollte – wie er das mußte –, dann konnte sich Amadiro sehr wohl Mandamus als seinen Nachfolger als Vorsitzenden des Rates vorstellen. Sogar gerecht würde das sein, dachte Amadiro in einem seiner seltenen Ausbrüche von Selbstlosigkeit.

Demzufolge verschwendete er an diesem Abend nicht einmal einen Gedanken an Vasilia. Er verließ das Institut, begleitet von einem kleinen Trupp Roboter, die ihn zu seinem Wagen führten. Der Wagen wurde von einem Roboter gesteuert, während zwei weitere hinten neben ihm Platz genommen hatten, und beförderte ihn lautlos durch den kühlen Regen zu seiner Niederlassung, wo zwei weitere Roboter ihn nach innen geleiteten. Und während der ganzen Zeit dachte er kein einziges Mal an Vasilia.

Sie dann in seinem Wohnraum vorzufinden, vor dem Hyperwellen-Gerät, wo sie ein kompliziertes Roboter-Ballett betrachtete, während einige von Amadiros Robotern in ihren Nischen standen und zwei der ihren hinter ihrem Stuhl, war für ihn ein Schock – nicht so sehr aus Zorn über ihr freches Eindringen, sondern mehr aus Überraschung.

Er brauchte einige Zeit, um seinen Atem genügend unter Kontrolle zu bringen, um überhaupt sprechen zu können. Und bis dahin stellte sich auch der Zorn ein, und er sagte schroff: »Was machen Sie hier? Wie sind Sie hereingekommen?«

Vasilia war ganz ruhig; schließlich hatte sie mit Amadiros Auftauchen gerechnet. »Was ich hier tue?« wiederholte sie seine Frage. »Nun, ich warte auf Sie. Hereinzukommen war überhaupt nicht schwierig. Ihre Roboter kennen mich sehr gut und wissen auch, welche Position ich im Institut einnehme. Warum sollten sie mich also nicht eintreten lassen, wenn ich ihnen versichere, daß ich mit Ihnen verabredet bin?«

»Was nicht der Fall ist. Sie sind in meine Privatsphäre eingedrungen.«

»Eigentlich nicht. Das Vertrauen, das man den Robotern eines anderen abzwingen kann, hat seine Grenzen. Sehen Sie sie sich doch an! Sie haben kein einziges Mal den Blick von mir gewendet. Wenn ich Ihren Besitz hätte in Unordnung bringen, Ihre Papiere ansehen, Ihre Abwesenheit in irgendeiner Weise ausnutzen wollen, dann hätte ich das ganz sicher nicht tun können. Meine beiden Roboter wären den Ihren nicht gewachsen.«

»Wissen Sie eigentlich«, fragte Amadiro erbittert, »daß Sie sich sehr unspacerhaft verhalten haben? Das ist verabscheuenswert, und ich werde das nicht vergessen.«

Vasilia zuckte sichtlich zusammen; seine Worte hatten sie verletzt. Jetzt sagte sie leise: »Ich hoffe, Sie vergessen es nicht, Kendel, denn ich habe das, was ich getan habe, für *Sie* getan. Und wenn ich auf Ihre Beleidigungen so reagieren würde, wie ich das sollte, dann würde ich jetzt gehen und zulassen, daß Sie auch den Rest Ihres Lebens der besiegte Mann bleiben, der Sie seit zwanzig Dekaden gewesen sind.«

»Ich werde kein besiegter Mann bleiben, ganz gleich, was Sie tun.«

Vasilia sah ihn voll an. »Sie reden, als würden Sie das glauben; aber, sehen Sie, Sie wissen nicht das, was ich weiß. Und ich kann Ihnen sagen, daß Sie ein Besiegter bleiben werden, wenn ich nichts dagegen tue. Mir ist es gleichgültig, was für Pläne Sie im Sinn haben. Mir ist es egal, was dieser dünnlippige, sauertöpfische Mandamus für Sie zusammengekocht hat...«

»Warum erwähnen Sie ihn?« fragte Amadiro schnell.

»Weil ich es will!« sagte Vasilia mit einem Anflug von Verachtung. »Was auch immer er getan hat oder zu tun glaubt – und haben Sie keine Angst, denn ich habe keine Ahnung, was das sein könnte –, es wird nicht funktionieren; auch wenn ich nichts darüber weiß, soviel kann ich erkennen.«

»Sie plappern unsinniges Zeug«, sagte Amadiro wegwerfend.

»Sie sollten sich dieses Zeug anhören, Kendel, wenn Sie nicht wollen, daß alles zerbricht. Nicht nur Sie, sondern möglicherweise auch die Spacer-Welten, alle zusammen. Aber vielleicht wollen Sie mir nicht zuhören. Es liegt bei Ihnen. Also – wie wollen Sie es haben?«

»Warum sollte ich Sie anhören? Welchen Grund hätte ich dazu?«

»Zum einen habe ich Ihnen gesagt, daß die Solarianer sich darauf vorbereiteten, ihre Welt zu verlassen. Wenn Sie damals auf mich gehört hätten, dann wären Sie nicht so überrascht gewesen, als es schließlich dazu kam.«

»Die Solaria-Krise wird am Ende noch zu unserem Vorteil sein.«

»Nein, das wird sie *nicht!*« sagte Vasilia. »Sie mögen das glauben, aber es wird nicht so sein! Die Krise wird Sie zerstören, ganz gleich, was Sie dagegen tun; es sei denn, Sie hören mich jetzt an!«

Amadiros Lippen waren weiß und zitterten leicht. Die zwei Jahrhunderte der Niederlage, die Vasilia erwähnt hatte, hatten ihre Wirkung auf ihn nicht verfehlt, und die Solaria-Krise war auch nicht gerade hilfreich gewesen. So fehlte ihm die innere Kraft, seinen Robotern den Befehl zu erteilen, sie hinauszugeleiten, so wie er es hätte tun sollen. Statt dessen meinte er mürrisch: »Nun gut. Aber machen Sie es kurz!«

»Sie würden mir das nicht glauben, was ich zu sagen habe, wenn ich es kurz machte. Lassen Sie es mich also auf meine Art tun! Sie können mich jederzeit unterbrechen; aber dann werden die Spacer-Welten vernichtet. Natürlich werden sie mich überdauern; und so werde auch ich es nicht sein, die in die Geschichte eingeht – die *Siedler*-Geschichte übrigens – als der größte Versager aller Zeiten. Soll ich sprechen?«

Amadiro ließ sich in einen Sessel sinken. »Dann sprechen Sie! Und wenn Sie fertig sind – gehen Sie!«

»Das habe ich vor, außer Sie fordern mich *sehr* höflich zum Bleiben auf und dazu, Ihnen zu helfen. Soll ich beginnen?«

Amadiro sagte nichts, und Vasilia begann: »Ich sagte Ihnen schon, daß mir zu Anfang meines Aufenthaltes auf Solaria einige sehr eigenartige Positronen-Muster auffielen, die sie entwickelt hatten; Positronen-Bahnen, die bei mir sehr nachdrücklich den Eindruck erweckten, daß damit telepathische Roboter hergestellt werden sollten. Was mag mich auf diesen Gedanken gebracht haben?«

Amadiro meinte bitter: »Ich habe keine Ahnung, von was für pathologischen Vorstellungen Ihr Denken beeinflußt wird.«

Vasilia wischte die Beleidigung mit einer kurzen Handbewegung weg. »Danke, Kendel – ich habe einige Monate damit verbracht, darüber nachzudenken, da ich überzeugt war, daß nicht etwas Pathologisches, sondern irgendeine unterschwellige Erinnerung dahinterstand. Dabei tastete ich mich bis in meine Kindheit zurück, als Fastolfe, den ich damals als meinen Vater betrachtete, mir in einer Aufwallung von Großzügigkeit – hin und wieder experimentierte er nämlich mit solchen Verhaltensweisen, müssen Sie wissen – einen eigenen Roboter gab.«

»Schon wieder Giskard?« murmelte Amadiro ungeduldig.

»Ja, Giskard. Immer Giskard. Ich war damals noch ein Teenager und hatte bereits den Instinkt eines Robotikers; oder ich sollte vielleicht sagen, ich war mit dem Instinkt zur Welt gekommen. Mathematische Kenntnisse besaß ich noch sehr wenige, aber dafür ein gutes Auffassungsvermögen für Muster. Im Verlauf von einem Dutzend Dekaden nahm mein mathematisches Wissen ständig zu, aber ich glaube nicht, daß ich in meinem Gefühl für Muster noch besondere Fortschritte gemacht habe. Mein Vater sagte immer: ›Kleine Vas‹ (er experimentierte auch mit Kosenamen, um zu sehen, welche Auswirkungen das auf mich haben würde), ›du hast eine geniale Einsicht in Muster.‹ Ich glaube, das hatte ich...«

Amadiro unterbrach sie: »Das können Sie mir ersparen. Ich akzeptiere Ihr Genie. Aber ich darf Sie vielleicht darauf hinweisen, daß ich noch nicht zu Abend gegessen habe – wissen Sie das?«

»Nun«, sagte Vasilia scharf, »dann bestellen Sie sich Ihr Abendessen und laden Sie mich dazu ein.«

Amadiro hob mit einem Stirnrunzeln gebieterisch den Arm und machte eine schnelle Handbewegung. Sofort konnte man die leisen Bewegungen arbeitender Roboter feststellen.

Und Vasilia fuhr fort: »Ich spielte immer mit Bahnenmustern für Giskard und ging zu Fastolfe – meinem Vater, als den ich ihn damals empfand – und zeigte ihm ein Muster. Er schüttelte dann den Kopf und lachte und sagte: ›Wenn du das dem Gehirn des armen Giskard zuschaltest, wird er nicht mehr reden können und ziemlich schlimme Schmerzen empfinden.‹ Ich erinnere mich daran, daß ich damals fragte, ob Giskard wirklich Schmerzen empfinden könnte, und mein Vater sagte: ›Wir wissen nicht, was er *empfinden* würde, aber er würde so *handeln*, wie wir handeln würden, wenn wir große Schmerzen hätten; also können wir ebensogut sagen, daß er Schmerzen empfinden würde.‹

Ein anderes Mal trug ich eines meiner Muster zu ihm, und er lächelte nachsichtig und sagte: ›Nun, das wird ihm nicht wehtun, kleine Vas, und es könnte interessant sein, das auszuprobieren.‹

Und das tat ich dann. Manchmal nahm ich es wieder heraus, und manchmal ließ ich es drinnen. Ich fummelte nicht einfach an Giskard herum, weil es mir sadistische Freude bereitete, wie ich mir gut vorstellen kann, daß jemand anderer als ich das vielleicht hätte tun können. Tatsächlich mochte ich Giskard sehr gerne und hatte nicht das Bestreben, ihm Schaden zuzufügen. Wenn es den Anschein hatte, daß eine meiner Verbesserungen – für Verbesserungen hielt ich das, was ich machte, immer – Giskard dazu brachte, freier zu sprechen oder schneller zu reagieren oder interessanter, und wenn es so schien, als würde es keinen Schaden bereiten, dann ließ ich es dabei.

Und dann, eines Tages...«

Ein Roboter, der bei Amadiros Ellbogen stand, hätte nie gewagt, einen Gast zu unterbrechen, solange dies nicht unbedingt nötig war; aber Amadiro erkannte sofort, was das Warten zu bedeuten hatte. »Ist das Essen fertig?« fragte er.

»Ja, Sir«, sagte der Roboter.

Amadiro machte eine recht ungeduldige Handbewegung in Richtung auf Vasilia. »Sie sind eingeladen, mit mir zu Abend zu essen.«

Sie gingen in Amadiros Speisesaal, den Vasilia bisher noch nie betreten hatte. Amadiro war schließlich ein sehr zurückhaltender Mensch und dafür bekannt, daß er für gesellschaftliche Feinheiten nicht viel übrig hatte. (Man hatte ihm mehr als einmal gesagt, daß er in der Politik viel erfolgreicher sein würde, wenn er Gäste zu Hause empfinge, und er hatte stets höflich gelächelt und gesagt: ›Der Preis ist zu hoch.‹〉

Vielleicht lag es daran, dachte Vasilia, daß das Mobiliar keine Spur von Originalität oder Kreativität zeigte. Man konnte sich nichts Einfacheres als den Tisch, das Geschirr und das Besteck vorstellen. Was die Wände betraf, so waren das einfach vertikale Ebenen in einfachen Farben. Das alles zusammen nahm einem fast den Appetit, dachte sie.

Die Suppe, mit der sie begannen, war ebenso einfach wie das Mobiliar: eine klare Bouillon; und Vasilia löffelte sie ohne Begeisterung in sich hinein.

Amadiro meinte: »Meine liebe Vasilia, Sie sehen, daß ich sehr geduldig bin. Ich habe nichts dagegen einzuwenden, wenn Sie, sofern Sie das wünschen, Ihre Autobiographie schreiben. Aber haben Sie wirklich vor, mir daraus einige Kapitel vorzutragen? Wenn ja, dann muß ich Ihnen ganz offen sagen, daß ich völlig desinteressiert bin.«

»Haben Sie noch eine kleine Weile Geduld, dann werden Sie höchst interessiert sein«, sagte Vasilia. »Dennoch, wenn es Ihnen wirklich Freude macht, ein Versager zu sein, und Sie nichts von dem erreichen wollen, was Sie sich zum Ziel gesetzt haben, dann brauchen Sie es nur zu sagen. Ich werde dann stumm essen und gehen. Ist es das, was Sie sich wünschen?«

Amadiro seufzte. »Nun, dann fahren Sie fort, Vasilia!«

Und das tat Vasilia. »Und dann stieß ich eines Tages auf ein wesentlich komplizierteres, angenehmeres und irgendwie faszinierenderes Muster, als ich es je zuvor gesehen hatte oder – um die Wahrheit zu sagen – auch in der ganzen Zeit seitdem nicht mehr erlebt habe. Ich hätte es liebend gern meinem Vater gezeigt; aber er war gerade auf einer Konferenz irgendwo auf einer der anderen Welten.

Ich wußte nicht, wann er zurückkommen würde, und legte mein Muster beiseite, sah es mir aber jeden Tag mit mehr Interesse und größerer Faszination an. Schließlich konnte ich nicht länger warten. Ich konnte es einfach nicht. Es schien mir so wunderschön, daß ich die Vorstellung, es könnte Schaden anrichten, einfach für lächerlich hielt. Schließlich war ich nur ein Kind in der zweiten Klasse und war noch nicht ganz aus der Zeit der Unverantwortlichkeit herausgewachsen. Und so modifizierte ich Giskards Gehirn, indem ich ihm das Muster einfügte.

Und es bewirkte keinen Schaden; das war sofort offensichtlich, denn er reagierte mit vollkommener Leichtigkeit und war, wie mir schien, viel schneller im Begreifen und viel intelligenter, als er das vorher gewesen war. Ich fand ihn weit faszinierender und liebenswerter als vorher.

Ich war entzückt und doch gleichzeitig auch nervös. Was ich getan hatte – Giskard zu modifizieren, ohne das mit Fastolfe abzusprechen –, widersprach eindeutig den Regeln, die Fastolfe für mich aufgestellt hatte, und das wußte ich sehr wohl. Und doch würde ich das, was ich getan hatte, nicht mehr ungeschehen machen. Als ich Giskards Gehirn modifiziert hatte, entschuldigte ich mich dafür bei mir selbst, indem ich sagte, daß das nur für eine kleine Weile so bleiben würde und daß ich später die Modifikation neutralisieren würde. Als die Modifikation dann freilich vorgenommen war, wurde mir ganz klar, daß ich sie *nicht* neutralisieren würde. Ich würde das ganz einfach nicht tun. Tatsächlich modifizierte ich Giskard seitdem nie wieder, aus Angst, ich könnte das zerstören, was ich erreicht hatte.

Und auch Fastolfe sagte ich nie, was ich getan hatte. Ich zerstörte alle Aufzeichnungen des wunderbaren Musters, das ich entwickelt hatte, und Fastolfe fand nie heraus, daß Giskard ohne sein Wissen modifiziert worden war. Niemals.

Und dann trennten wir uns, Fastolfe und ich, und Fastolfe war nicht bereit, Giskard aufzugeben. Ich schrie, daß er mir gehöre und ich ihn liebe; aber Fastolfe ließ nie zu, daß seine wohlwollende Freundlichkeit, mit der er sein ganzes Leben lang so viel Aufhebens machte – dieses Getue, daß er alle Dinge liebte, ob groß oder klein –, seinen Wünschen im Wege stand. Ich erhielt andere Roboter, die mir nichts bedeuteten; aber Giskard behielt er für sich.

Und als er starb, hinterließ er Giskard dieser solarianischen Frau – ein letzter, bitterer Schlag für mich.«

Amadiro hatte das Lachs-Mousse inzwischen zur Hälfte gegessen. »Wenn Sie mir das alles nur erzählt haben, um zu erreichen, daß das Eigentum an Giskard von der solarianischen Frau auf Sie übertragen werden soll, so wird Ihnen das nichts helfen. Ich habe Ihnen bereits erklärt, weshalb ich Fastolfes Testament nicht umstoßen kann.«

»Es geht um mehr als nur das, Kendel«, sagte Vasilia. »Viel mehr. Unendlich mehr. Wollen Sie, daß ich jetzt aufhöre?«

Amadiros Lippen verzogen sich zu einem traurigen Grinsen. »Jetzt, wo ich mir so viel davon angehört habe, will ich den Verrückten spielen und mir auch noch den Rest anhören.«

»Sie würden den Verrückten spielen, wenn Sie das nicht täten, weil ich jetzt zur Sache komme. – Ich habe nie aufgehört, an Giskard zu denken und wie grausam und ungerecht es war, ihn mir wegzunehmen; aber irgendwie dachte ich nie wieder an jenes Muster, mit dem ich ihn modifiziert hatte. Ich bin ganz sicher, daß ich das Muster nicht hätte reproduzieren können, selbst wenn ich es versucht hätte. Und nach alledem, woran ich mich jetzt erinnern kann, glich es keinem anderen, das ich je in der Robotik gesehen habe, bis – ja, bis ich ganz kurz, während meines Aufenthaltes auf Solaria, etwas sah, was jenem Muster ähnelte.

Das solarianische Muster schien mir vertraut, aber ich wußte nicht, weshalb. Es bedurfte einiger Wochen intensiven Nachdenkens, ehe ich aus den verborgenen Tiefen meines Unterbewußtseins den flüchtigen Gedanken an jenes Muster herausgraben konnte, das ich mir vor fünfundzwanzig Dekaden aus dem Nichts erträumt hatte.

Obwohl ich mich nicht genau an mein Muster erinnern kann, weiß ich, daß das solarianische Muster ein Hauch davon war und nicht mehr. Es war lediglich die schwache Andeutung von etwas, das ich in einer wunderbar komplizierten Symmetrie eingefangen hatte. Aber ich betrachtete das solarianische Muster mit der Erfahrung, die ich mir in fünfundzwanzig Dekaden der Arbeit mit der Theorie der Robotik erworben hatte, und erkannte die Andeutung von Telepathie. Wenn jenes einfache, kaum interessante Muster das andeutete, was muß dann erst mein Original bedeutet haben – das Ding, das ich als Kind erfand und nie wieder einfangen konnte?«

Amadiro meinte: »Sie sagen die ganze Zeit, Sie würden zur Sache kommen, Vasilia. Wäre es ganz und gar unvernünftig, wenn ich Sie jetzt bitten würde, mit Jammern und Reminiszenzen aufzuhören und mit einem einfachen, klaren Satz zur Sache zu kommen?«

»Mit dem größten Vergnügen«, sagte Vasilia. »Was ich Ihnen sagen will, Kendel, ist, daß ich, ohne das je zu wissen, Giskard in einen telepathischen Roboter verwandelt habe und daß er das seither stets gewesen ist.«

54

Amadiro sah Vasilia lange an und wandte sich dann, weil es so schien, als wäre die Erzählung damit beendet, wieder der Lachs-Mousse zu und aß nachdenklich davon. Dann sagte er: »Unmöglich! Halten Sie mich für einen Idioten?«

»Ich halte Sie für einen Versager«, sagte Vasilia. »Ich sage nicht, daß Giskard Gedanken lesen kann, daß er Worte oder Ideen übermitteln und empfangen kann. Das ist vielleicht wahrhaft unmöglich, selbst theoretisch. Aber ich bin ganz sicher, daß er Emotionen wahrnehmen kann und die allgemeine Einstellung der mentalen Aktivität. Und vielleicht kann er sie sogar modifizieren.«

Amadiro schüttelte heftig den Kopf. »Unmöglich!«

»Unmöglich? – Überlegen Sie doch! Vor zwanzig Dekaden hatten Sie fast Ihre Ziele erreicht. Fastolfe war Ihnen auf Gedeih und Verderb ausgeliefert; der Vorsitzende Horder war Ihr Verbündeter. Was geschah? Warum ging alles schief?«

»Der Erdenmensch...«, begann Amadiro und stockte dann, als bereite ihm die Erinnerung Atembeschwerden.

»Der Erdenmensch«, äffte Vasilia ihm nach. »Der Erdenmensch. Oder war es diese solarianische Frau? Keiner von beiden war es! Keiner! Giskard war es – er war die ganze Zeit dabei und hat gefühlt und adaptiert!«

»Warum sollte ihn das interessieren? Er ist ein Roboter.«

»Ein seinem Meister loyal ergebener Roboter – Fastolfe loyal ergeben. Gemäß dem Ersten Gesetz hatte er dafür zu sorgen, daß Fastolfe keinen Schaden erlitt. Und da er ein Telepath war, konnte er das nicht nur als wesentlichen körperlichen Schaden interpretieren. Er wußte, daß Fastolfe – wenn die Dinge nicht so liefen, wie er das wollte; wenn er die Besiedlung der bewohnbaren Welten der Galaxis nicht herbeiführen konnte – tiefe Enttäuschung erleiden würde; und das würde in Giskards telepathischem Universum ›Schaden‹ sein. Er konnte nicht zulassen, daß das geschah, und so griff er ein, um es zu verhindern.«

»Nein, nein, nein!« sagte Amadiro angewidert. »Sie wollen, daß das so ist, aus irgendeinem wilden, romantischen Sehnen heraus; aber das reicht nicht aus! Ich erinnere mich nur zu gut, was geschah. Es war der Erdenmensch. Es braucht keinen telepathischen Roboter, um die Vorgänge zu erklären.«

»Und was ist seitdem geschehen, Kendel?« wollte Vasilia wissen. »Ist es Ihnen in zwanzig Dekaden jemals gelungen, über Fastolfe den Sieg davonzutragen? Wo doch alle Tatsachen zu Ihren Gunsten sprachen? Wo Fastolfes Politik ganz offensichtlich in den Bankrott führte? Haben Sie es je fertiggebracht, sich eine Mehrheit im Rat zu verschaffen? Ist es Ihnen je gelungen, den Vorsitzenden so zu beeinflussen, daß Sie über wahre Macht verfügten?

Wie erklären Sie das, Kendel? Und in all diesen zwanzig Dekaden ist der Erdenmensch nicht auf Aurora gewesen. Er ist seit mehr als sechzig Dekaden tot, wo doch sein jämmerlich kurzes Leben nur acht Dekaden währte. Und doch bleibt alles beim alten – Ihre Pläne scheitern weiterhin. Selbst jetzt, wo Fastolfe tot ist – ist es Ihnen da etwa gelungen, den ganzen Vorteil aus den Bruchstücken einer Koalition zu ziehen, oder müssen Sie feststellen, daß der Erfolg sich Ihnen immer noch versagt?

Was bleibt da? Der Erdenmensch ist nicht mehr. Fastolfe ist nicht mehr. Giskard ist es, der die ganze Zeit gegen Sie gearbeitet hat. Und Giskard bleibt. Er ist jetzt der solarianischen Frau ebenso loyal ergeben, wie er das Fastolfe gegenüber war, und ich denke nicht, daß die solarianische Frau Anlaß hat, Sie zu lieben.«

Amadiros Gesicht verzerrte sich zu einer Maske aus Zorn und Enttäuschung. »Das stimmt nicht! Nichts davon stimmt! Sie bilden sich das ein!«

Vasilia blieb ganz ruhig. »Nein, das tue ich nicht. Ich erkläre Ihnen nur, wie es war und wie es ist. Ich habe Ihnen Dinge erklärt, die Sie nicht erklären konnten. Oder haben Sie eine andere Erklärung? – Und ich kann Ihnen das Mittel dagegen liefern. Übertragen Sie den Besitz Giskards von der solarianischen Frau auf mich, dann werden die Ereignisse ganz plötzlich anfangen, sich zu Ihrem Vorteil zu wenden.«

»Nein«, sagte Amadiro. »Sie haben schon angefangen, sich zu meinem Vorteil zu wenden.«

»Das glauben Sie vielleicht, aber das werden sie nicht, solange Giskard gegen Sie arbeitet. Ganz gleich, wie nahe Sie dem Sieg kommen; ganz gleich, wie sicher Sie auch sind, den Sieg zu erringen; das alles wird dahinschmelzen, solange Sie nicht Giskard auf Ihrer Seite haben. So geschah es vor zwanzig Dekaden, und so wird es jetzt geschehen.«

Amadiros Gesicht hellte sich plötzlich auf. »Nun, wenn ich es mir richtig überlege, ist das eigentlich gar nicht wichtig«, meinte er. »Ich habe zwar Giskard nicht, und Sie haben ihn auch nicht; aber ich kann Ihnen zeigen, daß Giskard kein Telepath ist. Wenn er ein Telepath wäre, wie Sie behaupten, wenn er die Fähigkeit besäße, die Dinge nach seinem Gutdünken zu gestalten – oder nach dem Gutdünken des menschlichen Wesens, das sein Besitzer ist –, warum hätte er dann zugelassen, daß die solarianische Frau hier weggeholt wird, wahrscheinlich in den Tod?«

»In den Tod? Wovon reden Sie, Kendel?«

»Ist Ihnen bekannt, daß zwei Siedler-Schiffe auf Solaria vernichtet worden sind? Oder haben Sie in letzter Zeit nichts anderes getan, als von Mustern geträumt und von den schönen Tagen der Kindheit, als Sie Roboter modifizieren durften?«

»Sarkasmus steht Ihnen nicht zu Gesicht. Ich habe in den Nachrichten von den Siedler-Schiffen gehört. Was ist mit ihnen?«

»Ein drittes Siedler-Schiff fliegt jetzt nach Solaria, um die dortige Situation zu erkunden. Vielleicht wird es auch vernichtet.«

»Möglich. Andrerseits wird es ja wahrscheinlich Vorsichtsmaßnahmen ergreifen.«

»Das hat es. Es hat diese solarianische Frau verlangt und erhalten, weil ihr Kapitän der Ansicht war, sie würde den Planeten gut genug kennen, um der Vernichtung entgehen zu können.«

»Höchst unwahrscheinlich«, meinte Vasilia. »Schließlich ist sie mehr als zwanzig Dekaden nicht mehr dortgewesen.«

»Richtig! Die Wahrscheinlichkeit ist also groß, daß sie mit ihnen sterben wird. Mir persönlich würde das nichts bedeuten. Ich wäre sogar entzückt, wenn sie tot wäre, und ich glaube, Sie wären das auch. Und davon einmal abgesehen, es würde uns einen Grund liefern, um uns bei den Siedler-Welten zu beschweren. Und für sie wäre es nicht leicht, die Vernichtung der Schiffe als bewußte Aktion Auroras hinzustellen, denn würden wir einen unserer Bürger vernichten? – Die Frage ist jetzt, Vasilia, wenn Giskard tatsächlich über die Kräfte verfügt, die Sie ihm unterstellen, warum würde er dann zulassen, daß die solarianische Frau sich freiwillig für ein Unternehmen meldet, das wahrscheinlich ihren Tod bedeutet?«

Vasilia schien verblüfft. »Ist sie aus freien Stücken mitgegangen?«

»Unbedingt. Sie hatte keine Einwände. Es wäre auch politisch unmöglich gewesen, sie gegen ihren Willen dazu zu zwingen.«

»Ich verstehe nicht...«

»Es gibt nichts zu verstehen; nur daß Giskard lediglich ein Roboter ist.«

Einen Augenblick lang erstarrte Vasilia auf ihrem Sessel, das Kinn auf eine Hand gestützt; dann sagte sie langsam: »Auf Siedler-Welten sind keine Roboter zugelassen und auf Siedler-Schiffen auch nicht. Das bedeutet, daß sie allein gegangen ist, ohne Roboter.«

»Nun, nein, das natürlich nicht. Sie mußten persönliche Roboter akzeptieren, wenn sie damit rechneten, daß sie freiwillig mitkommen würde. Sie haben diesen Humanoiden Daneel mitgenommen, und der andere war...« er hielt inne und stieß das Wort mit einem Zischen aus, »Giskard – wer auch sonst? Also sieht dieser Wunder-Roboter Ihrer Phantasie auch seiner Vernichtung entgegen. Er könnte ebensowenig...«

Seine Stimme verklang. Vasilia war aufgesprungen; ihre Augen flammten, und ihr Gesicht hatte sich gerötet.

»Sie meinen, *Giskard* ist mitgegangen? Er hat diese Welt verlassen und befindet sich auf einem Siedler-Schiff? Kendel, möglicherweise haben Sie uns alle ruiniert!«

55

Keiner von beiden beendete seine Mahlzeit.

Vasilia eilte hastig aus dem Speisesaal und verschwand ins Personal. Amadiro, der sich die größte Mühe gab, den Anschein kühler Logik zu wahren, rief ihr durch die geschlossene Tür nach, wobei ihm völlig bewußt war, daß das seiner Würde Abbruch tat. Er schrie: »Das ist ein um so deutlicherer Hinweis, daß Giskard nicht mehr als ein Roboter ist. Warum sollte er bereit sein, nach Solaria zu gehen, um sich dort mit seiner Besitzerin der Vernichtung auszusetzen?«

Schließlich verstummte das Geräusch laufenden Wassers, und Vasilia kam mit frischgewaschenem Gesicht heraus. Ihr Ausdruck wirkte starr und eisig.

»Sie verstehen immer noch nicht, wie?« sagte sie. »Sie verblüffen mich, Kendel. Überlegen Sie doch! Giskard kann nie in Gefahr sein, solange er das Bewußtsein von Menschen beeinflussen kann, oder? Und ebensowenig diese solarianische Frau, solange Giskard ihr ergeben ist. Der Siedler, der die solarianische Frau mitgenommen hat, muß herausgefunden haben, als er sie befragte, daß sie zwanzig Dekaden lang nicht auf Solaria gewesen ist. Und danach kann er doch unmöglich weiterhin geglaubt haben, daß sie ihm viel nützen würde. Giskard hat er auch mitgenommen; aber er wußte nicht, daß Giskard ihm nützen würde – oder könnte er das gewußt haben?«

Sie überlegte einen Augenblick lang und sagte dann langsam: »Nein, er kann es nicht gewußt haben. Wenn in mehr als zwanzig Dekaden niemand dahintergekommen ist, daß Giskard mentale Fähigkeiten besitzt, dann ist Giskard ganz eindeutig daran interessiert, daß niemand das errät; und wenn das der Fall ist, kann es auch niemand erraten haben.«

»Aber *Sie* behaupten, es herausgefunden zu haben«, sagte Amadiro geringschätzig.

»Mir stand auch besonderes Wissen zur Verfügung, Kendel«, meinte Vasilia. »Und dennoch habe ich das Offenkundige erst jetzt erkannt, und auch das nur wegen der Andeutung auf Solaria. Giskard muß mein Bewußtsein in dieser Hinsicht ebenfalls verdunkelt haben, sonst hätte ich es schon lange erkannt. Ich frage mich, ob Fastolfe Bescheid wußte...«

»Um wieviel einfacher wäre es doch«, sagte Amadiro unbeeindruckt, »einfach die Tatsache zu akzeptieren, daß Giskard ein gewöhnlicher Roboter ist.«

»Sie machen sich den Weg in den Abgrund leicht, Kendel, aber ich glaube nicht, daß ich das zulassen werde, ganz gleich, wie sehr Sie sich auch danach sehnen. – Es läuft einfach darauf hinaus, daß der Siedler herkam, um diese solarianische Frau zu holen, und sie mitnahm, obwohl er feststellte, daß sie ihm wenig oder überhaupt nicht nützen würde. Und die solarianische Frau ist freiwillig mitgekommen, obwohl sie Angst davor haben muß, allein mit kranken Barbaren auf einem Siedler-Schiff zu reisen, und obwohl sie mit der Wahrscheinlichkeit rechnen mußte, auf Solaria den Tod zu finden.

Mir scheint daher, daß dies alles das Werk Giskards ist, der den Siedler zwang, die solarianische Frau gegen alle Vernunftgründe zu verlangen, und die solarianische Frau zwang, diesem Wunsch gegen alle Vernunftgründe zu entsprechen.«

»Aber *warum?*« fragte Amadiro. »Darf ich diese einfache Frage stellen? – *Warum?*«

»Ich nehme an, Kendel, daß Giskard der Ansicht war, es sei wichtig, Aurora zu verlassen. Könnte er geahnt haben, daß ich kurz davorstand, sein Geheimnis zu lüften? Wenn ja, dann ist es durchaus möglich, daß er sich nicht sicher war, ob seine

Fähigkeiten ausreichen würden, mich zu manipulieren. Immerhin bin ich eine erfahrene Robotikerin. Außerdem würde er sich ganz sicher daran erinnern, daß er einmal mir gehörte, und ein Roboter ignoriert die Forderungen der Loyalität nicht ohne weiteres. Vielleicht war er der Ansicht, die einzige Möglichkeit, die solarianische Frau zu schützen, bestünde darin, sie aus meinem Einflußbereich zu entfernen.«

Sie blickte zu Amadiro auf und sagte entschlossen: »Kendel, wir müssen ihn zurückholen. Wir dürfen nicht zulassen, daß er in der Sicherheit, die ihm eine Siedler-Welt bietet, die Sache der Siedler fördert. Er hat hier in unserer Mitte schon genügend Schaden angerichtet. Wir müssen ihn zurückholen, und Sie müssen mich zu seiner legalen Eigentümerin machen. Ich versichere Ihnen, ich kann mit ihm umgehen und werde dafür sorgen, daß er für uns arbeitet. Vergessen Sie das nicht! Ich bin die *einzige*, die mit ihm umgehen kann.«

»Ich sehe keinerlei Anlaß zur Sorge«, meinte Amadiro. »In dem höchstwahrscheinlichen Fall, daß er ein gewöhnlicher Roboter ist, wird er auf Solaria zerstört werden; und dann sind wir ihn und diese solarianische Frau los. In dem unwahrscheinlichen Fall, daß er das ist, was Sie behaupten, wird er nicht auf Solaria zerstört werden, wird aber dann nach Aurora zurückkehren müssen. Schließlich hat die solarianische Frau, wenn sie auch nicht auf Aurora geboren ist, viel zu lange auf Aurora gelebt, um ein Leben unter den Barbaren zu ertragen. Und wenn sie darauf besteht, in die Zivilisation zurückzukehren, wird Giskard keine andere Alternative haben, als mit ihr zurückzukehren.«

Vasilia schob verzweifelt die Brauen hoch. »Nach alledem, was ich Ihnen gesagt habe, Kendel, verstehen Sie Giskards Fähigkeiten immer noch nicht. Wenn er es für wichtig hält, Aurora fernzubleiben, dann kann er mit Leichtigkeit die Emotionen der solarianischen Frau in dieser Weise verändern, daß sie das Leben auf einer Siedler-Welt ertragen kann; ebenso wie er sie dazu veranlassen konnte, an Bord eines Siedler-Schiffes zu gehen.«

»Nun, dann können wir, wenn das nötig ist, dieses Siedler-

Schiff ganz einfach mit der solarianischen Frau und mit Giskard nach Aurora zurückeskortieren.«

»Und wie haben Sie vor, das anzupacken?«

»Es ist möglich. Schließlich sind wir hier auf Aurora keine Narren, wenn Sie auch offensichtlich der Meinung sind, daß Sie selbst die einzige vernünftige Person auf dem Planeten sind. Das Siedler-Schiff ist auf dem Weg nach Solaria, um dort Ermittlungen wegen der Vernichtung der zwei vorangegangenen Schiffe anzustellen. Aber ich hoffe, Sie sind jetzt nicht der Meinung, daß wir uns einzig und allein auf seine guten Dienste oder etwa auf die der solarianischen Frau verlassen wollen. Wir schicken eines unserer eigenen Kriegsschiffe nach Solaria, und wir rechnen nicht damit, daß es Schwierigkeiten haben wird. Wenn es auf dem Planeten noch Solarianer gibt, sind sie vielleicht imstande, primitive Siedler-Schiffe zu vernichten, werden aber ganz gewiß einem auroranischen Kriegsschiff nichts anhaben können. Falls dann das Siedler-Schiff infolge irgendwelcher Zauberei seitens Giskards...«

»Nicht Zauberei«, unterbrach ihn Vasilia gereizt. »Mentale Einflußnahme.«

»Wenn dann das Siedler-Schiff, aus welchen Gründen auch immer, Solaria verlassen sollte, wird unser Schiff ihm den Weg versperren und höflich um die Auslieferung der solarianischen Frau und ihrer Roboter bitten. Falls sie das ablehnen, werden sie darauf bestehen, daß das Siedler-Schiff unser Schiff nach Aurora begleitet; das wird ohne jede Feindseligkeit geschehen. Unser Schiff wird lediglich eine auroranische Staatsbürgerin nach Hause geleiten. Sobald diese solarianische Frau und ihre beiden Roboter sich auf Aurora ausschiffen, wird das Siedler-Schiff seine Reise zu seinem eigenen Zielort fortsetzen können.«

Vasilia nickte müde. »Das klingt gut, Kendel. Aber wissen Sie, was, wie ich vermute, geschehen wird?«

»Was, Vasilia?«

»Meiner Meinung nach wird das Siedler-Schiff Solaria verlassen, aber unser Kriegsschiff nicht. Was auch immer auf Solaria lauert – Giskard wird ihm gewachsen sein; aber ich fürchte, sonst nichts.«

»Wenn *das* geschieht«, sagte Amadiro mit einem grimmigen Lächeln, »dann werde ich einräumen, daß an Ihren Phantasievorstellungen vielleicht doch etwas sein mag. Aber es wird nicht geschehen.«

56

Am nächsten Morgen trat Vasilias persönlicher Leib-Roboter, dessen Gestalt ihn weiblich erscheinen ließ, an Vasilias Bett. Vasilia regte sich und sagte, ohne die Augen aufzuschlagen: »Was ist denn, Nadila?« (Sie brauchte die Augen nicht aufzuschlagen. In vielen Dekaden war außer Nadila nie ein anderer an ihr Bett getreten.)

Nadila sagte mit weicher Stimme: »Madam, Dr. Amadiro wünscht Sie im Institut.«

Vasilia riß die Augen auf. »Wie spät ist es?«

»Es ist 5 Uhr 17, Madam.«

»Vor Sonnenaufgang?« Vasilia war verärgert.

»Ja, Madam.«

»Wann soll ich kommen?«

»Sofort, Madam.«

»Warum?«

»Darüber haben uns seine Roboter nicht informiert, Madam. Aber sie sagen, es sei sehr wichtig.«

Vasilia warf die Laken beiseite. »Ich werde vorher frühstükken, Nadila, und davor noch duschen. Sage Amadiros Robotern, sie sollen in Besuchernischen treten und warten. Wenn sie zur Eile drängen, dann erinnere sie daran, daß sie sich in *meiner* Niederlassung befinden.«

Vasilia beeilte sich in ihrer Verstimmung nicht sonderlich. Ihre Toilette war eher gründlicher als sonst und ihr Frühstück gelassener. (Gewöhnlich pflegte sie auf beides nicht sehr viel Zeit zu vergeuden.) Die Nachrichtensendung, die sie sich ansah, enthielt nichts, was Amadiros dringliches Anliegen erklärt hätte.

Als ihr Wagen (mit ihrer Person und vier Robotern; zwei von

Amadiro und zwei ihrer eigenen) sie zum Institut gebracht hatte, tauchte gerade die Sonne am Horizont auf.

Amadiro blickte auf und sagte: »Da sind Sie ja endlich.« Die Wände seines Büros leuchteten noch, obwohl ihr Licht nicht mehr benötigt wurde.

»Tut mir leid«, sagte Vasilia steif. »Mir ist durchaus klar, daß die Zeit des Sonnenaufgangs eine schrecklich späte Stunde ist, um mit der Arbeit zu beginnen.«

»Bitte, keine langen Reden, Vasilia. Ich muß gleich in den Rat. Der Vorsitzende ist schon länger auf als ich. – Vasilia, ich bitte in aller Form dafür um Entschuldigung, daß ich an Ihnen gezweifelt habe.«

»Dann ist das Siedler-Schiff also unversehrt von Solaria gestartet?«

»Ja. Und *unser* Schiff ist zerstört worden, wie Sie das vorhergesagt haben. Bis jetzt ist das noch nicht an die Öffentlichkeit gegeben worden; aber es wird natürlich nicht lange dauern, bis die Nachricht durchsickert.«

Vasilias Augen weiteten sich. Sie hatte diese Entwicklung mit mehr Zuversicht vorhergesagt, als sie in Wirklichkeit empfunden hatte; aber es war jetzt natürlich nicht die Zeit, das zuzugeben. Vielmehr meinte sie: »Dann akzeptieren Sie also auch die Tatsache, daß Giskard über außergewöhnliche Kräfte verfügt.«

Amadiro meinte vorsichtig: »Als mathematisch bewiesen kann ich diese Angelegenheit nicht ansehen; aber ich bin bereit, sie bis auf weiteres zu akzeptieren. Jetzt möchte ich wissen, was wir als nächstes tun sollten. Der Rat weiß nichts von Giskard, und ich habe nicht die Absicht, es ihm zu sagen.«

»Ich bin froh, daß Sie soweit wenigstens klar denken, Kendel.«

»Aber Sie verstehen Giskard und können daher am besten sagen, was geschehen sollte. Was soll ich also dem Rat sagen, und wie erkläre ich das Vorgefallene, ohne alles zu verraten?«

»Das kommt darauf an. Jetzt, wo das Siedler-Schiff Solaria verlassen hat – welchen Kurs hat es genommen? Können wir das feststellen? Wenn es jetzt nach Aurora zurückkehrt, brauchen wir schließlich nichts zu tun, als uns auf seine Ankunft vorzubereiten.«

»Es kommt nicht nach Aurora«, sagte Amadiro betont. »Auch in dem Punkt hatten Sie, wie es scheint, recht. Giskard – wenn wir einmal davon ausgehen, daß er tatsächlich den Ton angibt – scheint entschlossen, sich von Aurora fernzuhalten. Wir haben die Mitteilungen des Schiffes aufgenommen. Chiffriert natürlich. Aber es gibt keinen Siedler-Code, den wir nicht geknackt hätten...«

»Ich vermute, die haben die unseren auch geknackt. Ich frage mich nur, warum nicht alle in Klartext senden und allen damit eine Menge Mühe sparen.«

Amadiro tat die Bemerkung mit einem Achselzucken ab. »Das ist jetzt unwesentlich. Worauf es ankommt, ist, daß das Siedler-Schiff zu seinem Heimatplaneten zurückkehrt.«

»Mit der solarianischen Frau und den Robotern?«

»Selbstverständlich.«

»Sind Sie da ganz sicher? Man hat sie nicht etwa auf Solaria zurückgelassen?«

»Dessen sind wir sicher«, sagte Amadiro ungeduldig. »Allem Anschein nach ist es der solarianischen Frau zuzuschreiben, daß sie den Planeten verlassen konnten.«

»Ihr? Inwiefern?«

»Das wissen wir noch nicht.«

»Das muß Giskard gewesen sein«, sagte Vasilia. »Er hatte den Anschein erweckt, als wäre es die solarianische Frau gewesen.«

»Und was tun wir jetzt?«

»Wir müssen Giskard zurückbekommen.«

»Ja. Aber ich kann nicht gut den Rat dazu überreden, wegen der Rückgabe eines Roboters eine interstellare Krise zu riskieren.«

»Das brauchen Sie auch nicht, Kendel. Sie verlangen die Rückgabe der solarianischen Frau, und dazu haben wir doch ganz sicher ein Recht. Und glauben Sie auch nur einen Augenblick lang, daß sie ohne ihre Roboter zurückkehren würde? Oder daß Giskard die solarianische Frau ohne sich zurückkehren läßt? Oder daß die Siedler-Welt daran interessiert wäre, die

Roboter zu behalten, wenn die solarianische Frau zurückkehrt? Fordern Sie *sie*! Mit allem Nachdruck! Sie ist eine Bürgerin Auroras, die für einen bestimmten Auftrag auf Solaria ausgeliehen wurde, der jetzt erfüllt ist. Sie muß unverzüglich zurückgebracht werden! Bringen Sie diese Forderung mit allem Nachdruck vor, als wäre es eine Kriegsdrohung!«

»Wir können keinen Krieg riskieren, Vasilia.«

»Das werden Sie auch nicht. Giskard kann nichts tun, das direkt zum Krieg führen könnte. Wenn die Anführer der Siedler sich widersetzen und ihrerseits kriegerische Töne anschlagen, wird Giskard die notwendigen Modifikationen in ihrer Einstellung vornehmen, damit die solarianische Frau friedlich nach Aurora zurückgebracht wird. Und er selbst wird natürlich mit ihr zurückkehren müssen.«

»Und sobald er zurück ist, wird er, nehme ich an, *uns* verändern, und wir werden seine Kräfte vergessen und nicht mehr auf ihn achten, und er wird immer noch seinen Plan verfolgen können, was auch immer das für ein Plan ist«, sagte Amadiro niedergeschlagen.

Vasilia warf den Kopf in den Nacken und lachte. »Ausgeschlossen! Sehen Sie, ich *kenne* Giskard und kann mit ihm umgehen. Bringen Sie ihn einfach hierher zurück, und überreden Sie den Rat, Fastolfes Testament für ungültig zu erklären – das geht, und Sie können das – und Giskard mir zu überschreiben. Dann wird er für uns arbeiten; Aurora wird die Galaxis beherrschen, Sie werden die restlichen Dekaden Ihres Lebens als Vorsitzender des Rates verbringen, und ich werde Ihre Nachfolge als Leiterin des Robotik-Instituts antreten.«

»Sind Sie sicher, daß es so kommen wird?«

»Absolut. Senden Sie die Nachricht und formulieren Sie sie hart, und ich garantiere Ihnen den Rest: Sieg für die Spacer und uns! Niederlage für die Erde und die Siedler.«

XIV. DAS DUELL

57

Gladia betrachtete den Globus von Aurora auf dem Bildschirm. Seine Wolkendecke schien sich am Rande des dicken Halbmondes, der im Licht seiner Sonne glänzte, in einem Wirbel gefangen zu haben.

»Wir sind doch ganz sicher nicht so nahe«, sagte sie.

D. G. lächelte. »Ganz sicher nicht. Wir sehen das durch ziemlich gute Objektive. Da wir in Spiralen anfliegen, dauert die Reise noch einige Tage. Wenn wir je einen Antischwerkraftantrieb bekommen, von dem die Physiker die ganze Zeit träumen, den sie aber bisher nicht zustande gebracht haben, wird der Flug durch den Weltraum wirklich einfach und schnell werden. So bringen uns unsere Sprünge nur auf beträchtliche Distanz an planetarische Massen heran.«

»Das ist seltsam«, meinte Gladia nachdenklich.

»Was ist seltsam, Madam?«

»Als wir nach Solaria flogen, dachte ich, ›ich gehe nach Hause‹; aber als ich landete, stellte ich fest, daß ich keineswegs zu Hause war. Jetzt gehen wir nach Aurora, und ich dachte, ›*jetzt* gehe ich nach Hause‹ – und trotzdem ist auch diese Welt dort unten nicht mein Zuhause.«

»Wo ist dann Ihr Zuhause, Madam?«

»Das frage ich mich langsam auch. Aber warum nennen Sie mich ›Madam‹?«

D. G. sah sie überrascht an. »Ziehen Sie ›Lady Gladia‹ vor?«

»Das ist auch nur gespielter Respekt. Drückt das Ihre Empfindungen mir gegenüber aus?«

»Gespielter Respekt? Ganz bestimmt nicht. Aber wie spricht denn ein Siedler sonst einen Spacer an? Ich bemühe mich, höflich zu sein und mich Ihren Gebräuchen entsprechend zu verhalten – damit Sie sich wohl fühlen.«

»Aber ich fühle mich dabei nicht wohl. Nennen Sie mich einfach Gladia. Schließlich nenne ich Sie ›D. G.‹.«

»Und das ist mir auch recht, obwohl ich es vorziehen würde, wenn Sie mich vor meinen Offizieren und Männern als ›Captain‹ ansprechen würden. Ich werde dann ›Madam‹ zu Ihnen sagen. Die Disziplin muß aufrechterhalten werden.«

»Ja, natürlich«, sagte Gladia und starrte wieder geistesabwesend das Bild Auroras an. »Ich habe kein Zuhause.«

Dann wirbelte sie zu D. G. herum. »War das Ihr Ernst, als Sie sagten, Sie würden mich zur Erde bringen, D. G.?«

»Mein halber Ernst«, sagte D. G. und lächelte. »Es könnte sein, daß Sie gar nicht hinwollen – Gladia.«

»Ich denke, ich will hin«, sagte Gladia, »sofern mich der Mut nicht verläßt.«

»Es gibt dort Infektionen«, sagte D. G., »und das ist etwas, das Spacer fürchten, nicht wahr?«

»Vielleicht in einem übertriebenen Maß. Schließlich habe ich Ihren Vorfahren gekannt und bin nicht infiziert worden. Und dann war ich auf diesem Schiff und habe überlebt. Schauen Sie, Sie sind jetzt ganz in meiner Nähe. Ich war sogar auf Ihrer Welt, und Tausende haben sich um mich gedrängt. Ich glaube, ich habe dabei eine gewisse Widerstandskraft entwickelt.«

»Ich muß Ihnen sagen, Gladia, daß die Erde tausendmal so überfüllt wie Baleys Welt ist.«

»Trotzdem«, sagte Gladia, deren Stimme langsam wärmer wurde. »Ich habe meine Meinung völlig geändert – in bezug auf viele Dinge. Ich habe Ihnen gesagt – es gäbe nach dreiundzwanzig Dekaden nichts mehr, wofür es sich zu leben lohne, und jetzt stellt sich heraus, daß es das *doch* gibt. Was mir auf Baleys Welt passiert ist – die Rede, die ich hielt – die Art und Weise, wie meine Rede die Menschen bewegt hat – war etwas Neues, etwas, das ich mir nie hatte vorstellen können. Es war, als würde ich völlig neu geboren, und ich finge wieder in der ersten Dekade an. Mir scheint jetzt, daß es, selbst wenn die Erde mich umbringt, das wert sein würde, denn ich würde jung sterben, gegen den Tod kämpfen; nicht alt und müde und den Tod begrüßend.«

»Nun!« sagte D. G. und hob die Arme in einer theatralischen

Geste. »Das klingt ja wie in einem Hyperwellen-Historical. Haben Sie sich auf Aurora je welche angesehen?«

»Natürlich. Die sind dort sehr populär.«

»Proben Sie jetzt für eines, Gladia, oder ist Ihnen das, was Sie sagen, wirklich ernst?«

Gladia lachte. »Wahrscheinlich klingt das, was ich sage, recht albern, D. G.; aber das Komische ist, daß es *wirklich* mein Ernst ist – falls ich nicht den Mut verliere.«

»In dem Fall werden wir es tun. Wir werden zur Erde gehen. Ich glaube nicht, daß man der Ansicht sein wird, Sie wären einen Krieg wert, besonders wenn Sie vollständig über die Ereignisse auf Solaria berichten, so wie die das von Ihnen wollen. Und wenn Sie Ihr Ehrenwort als Spacer-Frau geben – falls man so etwas tut – daß Sie wieder zurückkehren werden...«

»Aber das werde ich nicht.«

»Aber vielleicht wollen Sie das eines Tages. – Und jetzt, my Lady – ich meine, Gladia –, es ist mir immer ein Vergnügen, mit Ihnen zu reden, aber ich bin immer versucht, zuviel Zeit damit zu verbringen. Und ich bin sicher, daß man mich auf der Brücke braucht. Wenn nicht und wenn die das auch ohne mich schaffen, dann wäre es mir lieber, wenn sie es nicht feststellten.«

58

»Hast du das bewirkt, Freund Giskard?«

»Worauf beziehst du dich, Freund Daneel?«

»Lady Gladia ist darauf erpicht, zur Erde zu reisen und vielleicht sogar nie mehr zurückzukehren. Das ist ein Wunsch, der für einen Spacer wie sie so absolut unvorstellbar ist, daß ich mich dem Verdacht nicht entziehen kann, du mußt an ihrem Bewußtsein etwas verändert haben, um dieses Gefühl in ihr zu erzeugen.«

»Ich habe sie nicht angerührt«, sagte Giskard. »Es ist schon schwierig genug, innerhalb des Käfigs der Drei Gesetze ein menschliches Wesen zu manipulieren; und gar das Bewußtsein eines ganz bestimmten Individuums zu manipulieren, für dessen Sicherheit man direkt verantwortlich ist, ist noch schwieriger.«

»Warum wünscht sie dann zur Erde zu reisen?«

»Was sie auf Baleys Welt erlebt hat, hat ihre Ansichten beträchtlich verändert. Sie hat jetzt eine Mission, nämlich die, den Frieden in der Galaxis sicherzustellen – und brennt darauf, diese Mission zu erfüllen.«

»Wäre es in dem Falle nicht besser, Freund Giskard, wenn du tätest, was du kannst, um den Captain auf deine Weise dazu zu überreden, direkt zur Erde weiterzufliegen?«

»Das würde Schwierigkeiten bewirken. Die auroranischen Behörden beharren mit solchem Nachdruck darauf, Lady Gladia müsse nach Aurora zurückgebracht werden, daß es besser wäre, das zu tun – zumindest für den Augenblick.«

»Und doch könnte das gefährlich sein«, sagte Daneel.

»Dann denkst du immer noch, Freund Daneel, daß ihr Interesse in Wirklichkeit mir gilt, weil sie von meinen Fähigkeiten erfahren haben?«

»Einen anderen Grund für den beharrlichen Wunsch nach der Rückkehr der Lady Gladia sehe ich nicht.«

»Wie ein Mensch zu denken, bringt seine Probleme mit sich«, meinte Giskard. »Das kann ich jetzt erkennen. Es wird möglich, Schwierigkeiten zu vermuten, die nicht existieren können. Selbst wenn jemand auf Aurora die Existenz meiner Fähigkeiten ahnen würde, so würde ich doch diesen Argwohn mit ebendiesen Fähigkeiten entfernen. Es besteht kein Anlaß zur Furcht, Freund Daneel.«

Und Daneel sagte widerstrebend: »Wie du sagst, Freund Giskard.«

59

Gladia blickte sich nachdenklich um und entließ die Roboter mit einer gleichgültigen Handbewegung.

Dabei sah sie ihre Hand an, als sähe sie sie zum erstenmal; es war die Hand, mit der sie jedem einzelnen Mannschaftsmitglied des Schiffes die Hand geschüttelt hatte, ehe sie das kleine Shuttle bestieg, das sie und D. G. nach Aurora hinunterbrachte. Sie hatte versprochen, wieder zurückzukehren, und sie hatten ihr zugejubelt, und Niss hatte mit lauter Stimme gerufen: »Ohne Sie fliegen wir nicht ab, Lady.«

Der Jubel hatte ihr ungeheure Freude bereitet. Ihre Roboter bedienten sie endlos loyal und geduldig; aber zugejubelt hatten sie ihr noch nie.

D. G. musterte sie mit seltsamem Gesichtsausdruck und meinte: »Nun sind Sie zu Hause, Gladia.«

»In meiner Niederlassung bin ich«, sagte sie leise. »Das ist meine Niederlassung, seit Dr. Fastolfe sie mir vor zwanzig Dekaden übertragen hat; und doch scheint sie mir fremd.«

»*Mir* ist sie fremd«, sagte D. G. »Wenn ich hier alleine leben müßte, würde ich mir ziemlich verloren vorkommen.« Er sah sich mit einem schiefen Lächeln um und musterte das prunkvolle Mobiliar und die Wände mit ihren Bildern.

»Sie werden nicht alleine sein, D. G.«, sagte Gladia. »Meine Haushalts-Roboter werden bei Ihnen sein, und die haben ausführliche Anweisungen. Sie werden dafür sorgen, daß es Ihnen an nichts fehlt und daß Sie sich behaglich fühlen.«

»Werden sie meinen Siedler-Akzent verstehen?«

»Wenn sie etwas nicht verstehen, dann werden sie Sie bitten, das Gesagte noch einmal zu wiederholen; dann müssen Sie langsam sprechen und Handbewegungen machen. Sie werden für Sie Essen zubereiten und Ihnen zeigen, wie man die Einrichtungen in den Gästezimmern benutzt – und darüber hinaus werden sie ein Auge auf Sie haben, um sicherzustellen, daß Sie nichts tun, was einem Gast nicht zusteht. Wenn nötig, werden sie Sie daran hindern; aber das werden sie tun, ohne Sie zu verletzen.«

»Ich hoffe doch, daß sie mich nicht als Nichtmenschen betrachten.«

»So wie der Aufseher? Nein, das garantiere ich Ihnen, D. G., obwohl Ihr Bart und Ihr Akzent sie vielleicht verwirren und sie demzufolge ein oder zwei Sekunden zu langsam reagieren.«

»Und ich vermute, sie werden mich gegen Eindringlinge schützen?«

»Das werden sie; aber es wird keine Eindringlinge geben.«

»Der Rat könnte kommen und mich holen wollen.«

»Dann wird er Roboter schicken, und die meinen werden sie abweisen.«

»Und was, wenn die Roboter des Rates die Ihren überwältigen?«

»Das kann nicht geschehen, D. G. Eine Niederlassung ist unverletzbar.«

»Jetzt hören Sie auf, Gladia! Sie wollen doch nicht sagen, daß niemand je...«

»Niemand hat je!« erwiderte sie. »Sie bleiben einfach hier und fühlen sich wohl, und meine Roboter werden sich um alle Ihre Bedürfnisse kümmern. Wenn Sie mit Ihrem Schiff, mit Baleys Welt, ja selbst mit dem Auroranischen Rat in Verbindung treten wollen, dann werden sie genau wissen, was zu tun ist; Sie werden keinen Finger krümmen müssen.«

D. G. ließ sich in den nächsten Sessel sinken und seufzte tief. »Wie klug wir doch sind, auf den Siedler-Welten keine Roboter zu haben. Wissen Sie, wie lange es dauern würde, mich zu Untätigkeit und Faulheit zu korrumpieren, wenn ich in dieser Art von Gesellschaft bliebe? Höchstens fünf Minuten. Tatsächlich bin ich jetzt schon korrumpiert.« Er gähnte und streckte sich dann genüßlich. »Würde es Ihnen etwas ausmachen, wenn ich schlafen würde?«

»Natürlich nicht. Wenn Sie das tun, werden die Roboter dafür sorgen, daß Ihre Umgebung ruhig und dunkel bleibt.«

Und dann richtete sich D. G. plötzlich kerzengerade auf. »Was ist, wenn Sie nicht zurückkommen?«

»Warum sollte ich denn nicht zurückkommen?«

»Der Rat scheint an Ihrem Kommen sehr interessiert zu sein.«

»Aber man kann mich nicht festhalten. Ich bin eine freie Bürgerin Auroras und gehe, wohin ich will.«

»Es gibt immer Ausnahmesituationen, wenn eine Regierung eine solche braucht; und in Ausnahmesituationen kann man immer Regeln brechen.«

»Unsinn! Giskard, wird man mich festhalten?«

»Madam Gladia, man wird Sie nicht festhalten. Der Captain braucht sich in dieser Hinsicht keine Sorgen zu machen.«

»Da haben Sie es, D. G.! Und Ihr Vorfahr hat mir, als ich ihn das letzte Mal sah, gesagt, ich sollte Giskard immer vertrauen.«

»Gut! Ausgezeichnet! Trotzdem – ich bin aus dem Grund mit Ihnen heruntergekommen, Gladia, um sicherzustellen, daß wir Sie zurückbekommen. Merken Sie sich das, und sagen Sie es, wenn nötig, diesem Dr. Amadiro. Wenn die versuchen, Sie gegen Ihren Willen festzuhalten, werden sie auch versuchen müssen, mich festzuhalten; und mein Schiff, das im Orbit wartet, ist durchaus imstande, darauf zu reagieren.«

»Nein, bitte!« sagte Gladia beunruhigt. »Sie sollten nicht einmal daran denken, das zu tun. Aurora hat ebenfalls Schiffe, und ich bin sicher, daß man das Ihre beobachtet.«

»Nur mit einem kleinen Unterschied, Gladia. Ich bezweifle sehr, daß Aurora daran interessiert ist, Ihretwegen Krieg zu führen; Baleys Welt andrerseits wäre das durchaus.«

»Ganz sicher nicht. Ich würde nicht wollen, daß man meinetwegen Krieg führt; und warum sollten sie das auch? Weil ich mit Ihrem Vorfahren befreundet war?«

»Nein, deswegen nicht. Ich glaube nicht, daß jemand wirklich annimmt, daß Sie so gut befreundet waren. Ihre Urgroßmutter vielleicht, aber nicht Sie. Selbst *ich* glaube nicht, daß Sie das waren.«

»Sie *wissen*, daß ich es war.«

»Intellektuell betrachtet, ja; emotionell ist es mir unmöglich, das zu glauben; das war vor zwanzig Dekaden!«

Gladia schüttelte den Kopf. »Das ist die Ansicht eines Kurzlebigen.«

»Vielleicht empfinden wir alle so, aber das ist jetzt nicht wichtig. Was Sie für Baleys Welt wichtig macht, ist die Rede, die Sie gehalten haben. Sie sind eine Heldin und müssen auf der Erde präsentiert werden; nichts darf das verhindern.«

»Auf der Erde präsentiert?« sagte Gladia etwas beunruhigt. »Mit vollem Zeremoniell?«

»Mit vollem Zeremoniell.«

»Warum sollte das so wichtig sein, daß es einen Krieg wert wäre?«

»Ich bin nicht sicher, ob ich das einem Spacer erklären kann. Die Erde ist eine ganz besondere Welt. Die Erde ist eine ... eine heilige Welt, die einzig wirkliche Welt, die es gibt. Dort sind die menschlichen Wesen entstanden, und die Erde ist die einzige Welt, auf der sie sich entwickelt und vor einem vollen Hintergrund des Lebens gelebt haben. Wir haben auf Baleys Welt Bäume und Insekten – aber auf der Erde gibt es so viele verschiedene Arten von Bäumen und so viele verschiedene Arten von Insekten, wie wir sie nie außer auf der Erde zu sehen bekommen. Unsere Welten sind Imitationen, blasse Imitationen. Abgesehen von der intellektuellen, kulturellen und spirituellen Kraft, die sie von der Erde beziehen, existieren sie nicht und können auch gar nicht existieren.«

»Das steht in völligem Gegensatz zu der Meinung von der Erde, wie die Spacer sie haben«, meinte Gladia. »Wenn wir von der Erde sprechen – und das tun wir selten –, dann sprechen wir von einer Welt, die barbarisch ist und im Verfall begriffen.«

D. G.s Gesicht rötete sich. »Deshalb sind auch die Spacer-Welten immer schwächer geworden. Ihr seid wie Pflanzen, die sich von ihren Wurzeln gelöst haben; wie Tiere, die ihre Herzen herausgeschnitten haben.«

»Nun, ich freue mich darauf, die Erde selbst zu Gesicht zu bekommen. Aber ich muß jetzt gehen. Bitte, behandeln Sie das hier als Ihre eigene Niederlassung, bis ich zurückkehre.« Sie ging schnell auf die Tür zu, blieb stehen und drehte sich noch einmal um. »In dieser Niederlassung gibt es keine alkoholischen Getränke, wie nirgends auf Aurora; keinen Tabak, keine alkalische Stimulanzia, nichts Künstliches von ... von der Art, was Sie vielleicht gewöhnt sind.«

D. G. grinste säuerlich. »Das ist uns Siedlern bekannt. Sie sind alle sehr puritanisch.«

»Überhaupt nicht puritanisch«, sagte Gladia und runzelte die Stirn. »Dreißig oder vierzig Dekaden Leben fordern ihren Preis, und das ist ein Teil davon. Sie glauben doch nicht etwa, daß wir das mit Zauberei bewirken, oder?«

»Nun, ich werde mich dort mit gesunden Fruchtsäften und coffeinfreiem Kaffee begnügen und an Blumen riechen.«

»Davon werden Sie genug vorfinden«, sagte Gladia kühl, »und wenn Sie zu Ihrem Schiff zurückkehren, können Sie sich ja sicher für alle Entzugserscheinungen entschädigen, unter denen Sie vielleicht leiden werden.«

»Leiden werde ich nur unter dem Entzug *Ihrer* Person, my Lady.«

Gladia mußte lächeln. »Sie sind ein unverbesserlicher Lügner, Captain. Ich werde zurückkommen – Daneel – Giskard.«

60

Gladia saß steif in Amadiros Büro. Sie hatte Amadiro viele Dekaden lang nur aus der Ferne oder auf einem Sichtschirm gesehen und hatte es sich dabei immer zur Angewohnheit gemacht, sich abzuwenden. In ihrer Erinnerung war er stets nur Fastolfes großer Feind gewesen; und jetzt, wo sie sich zum erstenmal im selben Raum mit ihm befand – von Angesicht zu Angesicht –, mußte sie sich Mühe geben, ihr Gesicht in Ausdruckslosigkeit erstarren zu lassen, um den Haß nicht durchblicken zu lassen.

Obwohl sie und Amadiro als greifbare menschliche Wesen die einzigen im Raume waren, gab es wenigstens ein Dutzend hoher Würdenträger – darunter auch der Vorsitzende selbst –, die über Holovision zugegen waren. Den Vorsitzenden und einige der anderen hatte Gladia erkannt, aber nicht alle.

Das Ganze war ziemlich unangenehm; es erinnerte sie an das Sichten, das auf Solaria so verbreitet war und an das sie als Mädchen gewöhnt gewesen war – und an das sie sich mit solchem Abscheu erinnerte.

Sie gab sich Mühe, klar, undramatisch und knapp zu sprechen. Wenn man ihr eine Frage stellte, faßte sie sich so kurz wie möglich, ohne die Klarheit der Aussage zu beeinträchtigen, und so gleichgültig, wie sich das mit den Geboten der Höflichkeit vereinbaren ließ.

Der Vorsitzende hörte ausdruckslos zu, und die anderen warteten jeweils auf sein Stichwort. Er war sichtlich ein älterer Herr – das waren Vorsitzende irgendwie immer, weil sie gewöhnlich diese Position erst ziemlich spät in ihrem Leben erreichten. Er hatte ein langes Gesicht, eine immer noch dichte Haarmähne und buschige Augenbrauen. Seine Stimme war zwar wohlklingend, aber keineswegs freundlich.

Als Gladia gesprochen hatte, sagte er: »Sie wollen also andeuten, daß die Solarianer den Begriff ›menschliches Wesen‹ in einem ganz engen Sinne neu definiert und ihn damit auf Solarianer beschränkt hatten.«

»Ich deute überhaupt nichts an, Vorsitzender. Es ist nur so, daß niemandem eine andere Erklärung eingefallen ist, die die Vorgänge definiert.«

»Ist Ihnen bewußt, Miss Gladia, daß in der ganzen Geschichte der Robot-Wissenschaft nie ein Roboter entwickelt worden ist, dessen Definition eines ›menschlichen Wesens‹ eingeengt war?«

»Ich bin keine Robotikerin, Vorsitzender, und verstehe nichts von der Mathematik der Positronen-Bahnen. Wenn Sie sagen, daß das nie geschehen ist, akzeptiere ich das natürlich. Ich kann jedoch nicht aus eigener Kenntnis sagen, ob die Tatsache, daß das nie geschehen ist, auch bedeutet, daß es in Zukunft nie geschehen kann.«

Ihre Augen waren nie so weit und unschuldig gewesen wie jetzt, und das Gesicht des Vorsitzenden rötete sich, als er sagte: »Es ist nicht theoretisch unmöglich, die Definition einzuengen; aber es ist unvorstellbar.«

Gladia senkte den Blick auf ihre Hände, die sie verschränkt im Schoß hielt. »Manchmal können Menschen so seltsame Dinge denken.«

Der Vorsitzende wechselte das Thema und sagte: »Ein auroranisches Schiff ist zerstört worden. Wie erklären Sie sich das?«

»Ich war nicht am Ort des Geschehens anwesend, Vorsitzender. Ich habe keine Ahnung, was geschehen ist, und kann es daher auch nicht erklären.«

»Sie waren auf Solaria und sind auf dem Planeten geboren.

Was würden Sie angesichts Ihrer jüngsten Erlebnisse und Ihrer Herkunft annehmen, ist geschehen?« Der Vorsitzende machte kein Hehl daraus, daß seine Geduld einer Zerreißprobe ausgesetzt war.

»Wenn ich eine Vermutung anstellen muß«, sagte Gladia, »dann würde ich sagen, daß unser Kriegsschiff durch Einsatz eines tragbaren Nuklear-Verstärkers explodierte, der dem ähnelte, der beinahe gegen das Siedler-Schiff eingesetzt wurde.«

»Kommt es Ihnen dabei nicht in den Sinn, daß die beiden Vorgänge unterschiedlich sind? Im einen Fall ist ein Siedler-Schiff nach Solaria eingedrungen, um solarianische Roboter zu rauben – im anderen kam ein auroranisches Schiff nach Solaria, um mitzuhelfen, einen Schwesterplaneten zu beschützen.«

»Ich kann nur vermuten, Vorsitzender, daß die Aufseher – die humanoiden Roboter, die man zurückgelassen hat, um den Planeten zu bewachen – nicht hinreichend gut informiert waren, um den Unterschied zu erkennen.«

Der Vorsitzende blickte beleidigt. »Es ist unvorstellbar, daß ihre Instruktionen sie den Unterschied zwischen Siedlern und Mit-Spacern nicht erkennen lassen sollten.«

»Wenn Sie das sagen, Vorsitzender. Dennoch – wenn die einzige Definition eines menschlichen Wesens besagt, daß das jemand ist, der das physische Aussehen eines menschlichen Wesens besitzt und auch die Fähigkeit, auf solarianische Art zu sprechen – wie es uns, die wir an Ort und Stelle waren, erschien –, dann könnten Auroraner, die nicht auf solarianische Art sprechen, vielleicht in bezug auf die Aufseher nicht unter den Begriff menschliche Wesen fallen.«

»Wollen Sie damit sagen, daß die Solarianer ihre Mit-Spacer so definiert und der Vernichtung anheimgegeben haben?«

»Ich stelle das lediglich als eine Möglichkeit dar, weil ich anders die Zerstörung eines auroranischen Kriegsschiffes nicht erklären kann. Erfahrenere Leute können vielleicht auch andere Erklärungen liefern – daran habe ich keinen Zweifel.« Wieder dieser unschuldige, fast glasige Blick.

»Haben Sie die Absicht, nach Solaria zurückzukehren, Miss Gladia?« fragte der Vorsitzende.

»Nein, Vorsitzender, eine solche Absicht habe ich nicht.«

»Hat Ihr Siedler-Freund Sie dazu aufgefordert, um den Planeten von seinen Aufsehern zu räumen?«

Gladia schüttelte langsam den Kopf. »Man hat mich nicht dazu aufgefordert. Wenn man das getan hätte, so hätte ich abgelehnt. Ich bin auch von vornherein aus keinem anderen Grund nach Solaria gegangen als aus dem, um meine Pflicht gegenüber Aurora zu erfüllen. Die Aufforderung, nach Solaria zu gehen, ging von Dr. Levular Mandamus vom Robotik-Institut aus, der für Dr. Kendel Amadiro tätig ist. Man hat mich zu dieser Reise aufgefordert, damit ich nach meiner Rückkehr über die Ereignisse dort berichten kann – wie ich das gerade getan habe. Für meine Begriffe hatte diese Aufforderung durchaus den Geruch eines Befehls, und ich habe diesen Befehl« – dabei warf sie einen kurzen Blick in Amadiros Richtung – »von Dr. Amadiro selbst entgegengenommen.«

Amadiro war darauf keine Reaktion anzusehen.

»Was für Pläne haben Sie denn für die Zukunft?« fragte der Vorsitzende.

Gladia wartete ein oder zwei Herzschläge lang und entschied sich dann dafür, den Stier bei den Hörnern zu packen.

»Es ist meine Absicht, Vorsitzender«, sagte sie mit klarer und deutlicher Stimme, »die Erde zu besuchen.«

»Die *Erde?* Weshalb sollten Sie den Wunsch haben, die Erde zu besuchen?«

»Es könnte für die auroranischen Behörden wichtig sein, Vorsitzender, darüber Kenntnisse zu erlangen, was auf der Erde geschieht. Da die Behörden von Baleys Welt mich dazu eingeladen haben, die Erde zu besuchen, und da Captain Baley bereitsteht, mich dorthinzubringen, wäre das eine Gelegenheit, einen Bericht über das dortige Geschehen zu liefern – so, wie ich jetzt über das Geschehen auf Solaria und Baleys Welt berichtet habe.«

Nun, dachte Gladia, wird er die auroranischen Sitten verletzen und mich praktisch auf Aurora gefangenhalten? In dem Fall gab es zwei Möglichkeiten, seine Entscheidung anzugreifen.

Gladia spürte, wie die Spannung in ihr wuchs, und warf

einen schnellen Blick auf Daneel, der natürlich völlig ausdruckslos wirkte.

Aber der Vorsitzende meinte mit säuerlicher Miene: »In dieser Hinsicht, Miss Gladia, haben Sie das Recht eines jeden Auroraners, zu tun, was Sie wünschen – aber Sie handeln in eigener Verantwortung. Niemand fordert Sie dazu auf, so, wie nach Ihrer Darstellung einige Sie aufgefordert haben, Solaria zu besuchen. Aus diesem Grunde muß ich Sie warnen, daß Aurora sich nicht verpflichtet fühlen wird, Ihnen im Falle irgendeines Mißgeschickes zu helfen.«

»Das ist mir klar, Sir.«

Und der Vorsitzende sagte schroff: »Darüber wird noch einiges zu besprechen sein, Amadiro. Ich setze mich mit Ihnen in Verbindung.«

Die Bilder verblaßten, und Gladia fand sich und ihre Roboter plötzlich mit Amadiro und seinen Robotern allein im Raum.

61

Gladia stand auf und bemühte sich, Amadiro dabei nicht anzusehen, als sie sagte: »Die Besprechung ist, wie ich vermute, beendet, und ich werde daher jetzt gehen.«

»Ja, natürlich. Aber ich habe noch ein paar Fragen und hoffe, es wird Ihnen nichts ausmachen, wenn ich die stelle.« Seine hochgewachsene Gestalt schien überwältigend, als er sich erhob, und er lächelte und sprach sie mit höflicher Miene an, als wären sie stets die besten Freunde gewesen. »Gestatten Sie mir, daß ich Sie hinausbegleite, Lady Gladia. Sie werden also zur Erde reisen?«

»Ja. Der Vorsitzende hatte keine Einwände, und als Bürgerin Auroras darf ich in Friedenszeiten unbehindert durch die Galaxis reisen. Und – verzeihen Sie – aber meine Roboter und, wenn nötig, die Ihren werden mir als Begleitung ausreichen.«

»Wie Sie wünschen, my Lady.« Ein Roboter hielt ihnen die Tür auf. »Ich nehme an, Sie werden Roboter mit zur Erde nehmen.«

»Aber gewiß.«

»Welche Roboter, Madam, wenn ich fragen darf?«

»Diese beiden. Die beiden Roboter, die ich bei mir habe.« Ihre Schuhe klapperten, als sie schnell über den Korridor ging, dabei wandte sie Amadiro den Rücken zu und achtete nicht darauf, ob er ihre Antwort hörte.

»Ist das klug, my Lady? Es handelt sich um hochentwickelte Roboter, ungewöhnliche Produkte des großen Dr. Fastolfe. Sie werden von barbarischen Erdenmenschen umgeben sein, die begehrlich auf sie sehen könnten.«

»Wenn sie das tun, werden sie sie dennoch nicht bekommen.«

»Sie sollten die Gefahr nicht unterschätzen und den robotischen Schutz nicht überschätzen. Sie werden sich in eine ihrer Cities begeben, von Millionen dieser Erdenmenschen umgeben; und Roboter dürfen menschlichen Wesen keinen Schaden zufügen. Je höher entwickelt Roboter sind, desto mehr sind sie gegenüber den Nuancen der Drei Gesetze empfindsam, und desto unwahrscheinlicher ist es, daß sie irgend etwas tun, das einem menschlichen Wesen in irgendeiner Weise Schaden bereiten könnte. – Ist das nicht so, Daneel?«

»Ja, Dr. Amadiro«, sagte Daneel.

»Giskard stimmt darin, wie ich annehme, mit dir überein.«

»Ja, das tue ich«, sagte Giskard.

»Sehen Sie, my Lady? Hier auf Aurora, in einer nicht gewalttätigen Gesellschaft, können Ihre Roboter Sie gegen andere schützen. Auf der Erde – der verrückten, dekadenten, barbarischen Erde – können zwei Roboter weder Sie noch sich selbst schützen. Wir wünschen aber nicht, daß Ihnen ein Leid geschieht, noch – um es etwas selbstsüchtiger auszudrücken – würden wir vom Institut oder die Regierung gern sehen, daß hochentwickelte Roboter in die Hände der Barbaren fallen. Wäre es nicht besser, Roboter eines etwas gewöhnlicheren Typs mitzunehmen, die die Erdenleute ignorieren würden? In dem Fall können Sie jede gewünschte Zahl mitnehmen. Ein Dutzend, wenn Sie das wollen.«

Gladia schüttelte den Kopf. »Dr. Amadiro, ich habe diese

beiden Roboter mit auf ein Siedler-Schiff genommen und eine Siedler-Welt mit ihnen besucht. Niemand hat auch nur den Versuch unternommen, sie mir wegzunehmen.«

»Die Siedler gebrauchen keine Roboter und behaupten sogar, sie zu mißbilligen. Auf der Erde selbst werden hingegen immer noch Roboter eingesetzt.«

Jetzt schaltete Daneel sich ein. »Wenn ich dazu etwas sagen darf, Dr. Amadiro – nach meiner Kenntnis ist man auf der Erde im Begriff, die Roboter allmählich abzuschaffen. In den Cities gibt es nur noch sehr wenige. Fast alle Roboter, die es auf der Erde gibt, werden jetzt in Ackerbau- oder Bergwerksanlagen benutzt. Für den Rest ist die Norm eine nichtrobotische Automation.«

Amadiro warf Daneel einen kurzen Blick zu und sagte dann, zu Gladia gewandt: »Ihr Roboter hat wahrscheinlich recht, und ich denke, es kann nichts schaden, Daneel mitzunehmen. Er könnte auch, was das angeht, als Mensch angesehen werden. Giskard andrerseits sollte hier in Ihrer Niederlassung bleiben. Er könnte womöglich die besitzergreifenden Instinkte einer besitzergreifenden Gesellschaft wecken, selbst wenn es zutrifft, daß sie versuchen, sich von Robotern freizumachen.«

»Keiner von beiden wird zurückgelassen werden, Sir«, erklärte Gladia. »Sie werden mit mir kommen. Ich bin die einzige, die darüber zu entscheiden hat, welche Teile meines Besitzes mit mir kommen dürfen und welche nicht.«

»Natürlich.« Amadiro setzte sein liebenswürdigstes Lächeln auf. »Niemand will dem widersprechen. – Würden Sie hier warten?«

Eine andere Tür öffnete sich und gab den Blick auf einen Raum frei, der höchst behaglich eingerichtet war. Er hatte keine Fenster, war aber von weichem Licht beleuchtet und von noch weicherer Musik erfüllt.

Gladia blieb an der Schwelle stehen und sagte scharf: »Warum?«

»Ein Mitglied des Instituts wünscht Ihren Besuch und möchte mit Ihnen sprechen. Es wird nicht viel Zeit in Anspruch nehmen, aber es ist notwendig. Anschließend können Sie unbehindert gehen. Von diesem Augenblick an werde ich Sie nicht einmal mehr mit meiner Gegenwart belästigen. Bitte!« In dem letzten Wort klang verborgener Stahl mit.

Gladias Arme streckten sich Daneel und Giskard entgegen. »Wir treten gemeinsam ein.«

Amadiro lächelte. »Glauben Sie, ich versuchte Sie von Ihren Robotern zu trennen? Glauben Sie, sie würden das zulassen? Sie waren zu lange unter Siedlern, meine Liebe.«

Gladia sah auf die Tür, die sich hinter ihm geschlossen hatte, und stieß zwischen den Zähnen hervor: »Mir ist dieser Mann äußerst unsympathisch. Ganz besonders dann, wenn er lächelt und versucht, liebenswürdig zu wirken.«

Sie streckte sich, wobei ihre Ellbogengelenke leicht knackten. »Jedenfalls bin ich müde. Und wenn jemand jetzt anfängt, mir weitere Fragen über Solaria und Baleys Welt zu stellen, dann wird er darauf sehr kurze Antworten bekommen, das sage ich Ihnen!«

Sie nahm auf einer Couch Platz, die unter ihrem Gewicht etwas nachgab. Dann zog sie die Schuhe aus und hob die Füße auf die Couch. Sie lächelte schläfrig, atmete tief, während sie zur Seite sank, und war im nächsten Augenblick tief eingeschlafen.

62

»Es ist gut, daß sie schon schläfrig war«, sagte Giskard. »Ich konnte das verstärken, ohne daß irgendwelche Andeutungen auftraten, es würde ihr schaden. – Ich würde nicht wollen, daß Lady Gladia hört, was jetzt wahrscheinlich kommen wird.«

»Was wird wahrscheinlich kommen, Freund Giskard?« fragte Daneel.

»Was jetzt kommen wird, ist, wie ich glaube, die Folge davon, daß ich unrecht hatte, Freund Daneel, und du recht. Ich hätte deinen ausgezeichneten Verstand ernster nehmen sollen.«

»Du bist es also, den sie auf Aurora festhalten wollen?«

»Ja. Und indem sie so eindringlich die Rückkehr der Lady

verlangten, haben sie in Wirklichkeit die meine verlangt. Du hast ja gehört, wie Dr. Amadiro bat, daß wir zurückgelassen würden; zuerst wir beide und dann ich allein.«

»Könnte es sein, daß seine Worte nur an der Oberfläche bedeuten, daß er es für gefährlich hält, einen hochentwickelten Roboter an die Erdenmenschen zu verlieren?«

»Als er sprach, habe ich eine Art Angst in ihm wahrgenommen, Freund Daneel, die ich für viel zu kräftig halte, als daß sie seinen Worten entsprochen hätte.«

»Kannst du feststellen, ob er deine besonderen Fähigkeiten kennt?«

»Das kann ich nicht direkt sagen, da ich ja keine Gedanken lesen kann. Nichtsdestoweniger ist es während des Gesprächs mit den Ratsmitgliedern zweimal zu einem deutlichen Anstieg der emotionalen Intensität in Dr. Amadiros Bewußtsein gekommen. Zweimal – und zwar so außergewöhnlich stark, daß ich es nicht mit Worten beschreiben kann; aber als Analogie kann man vielleicht sagen, es ist so, als würde man eine Szene in Schwarzweiß sehen und miterleben, wie sie plötzlich und ganz kurz in intensiven Farben aufleuchtet.«

»Wann geschah das, Freund Giskard?«

»Das zweite Mal, als Lady Gladia erwähnte, sie würde zur Erde reisen.«

»Bei den Ratsmitgliedern hat das keine sichtliche Wirkung gehabt. Wie war ihr Bewußtsein?«

»Das konnte ich nicht feststellen. Sie waren über Holovision zugegen, und derartige Bilder werden nicht von mentalen Empfindungen begleitet, die ich empfinden könnte.«

»Wir dürfen daher schließen, daß – gleichgültig ob nun der Rat durch Lady Gladias geplante Reise zur Erde beunruhigt ist oder nicht – *Dr. Amadiro* zumindest für seine Person diese Beunruhigung empfindet.«

»Es war nicht nur ein einfaches Beunruhigtsein. Dr. Amadiro schien mir im höchsten Grade besorgt; so, wie wir beispielsweise erwarten würden, wenn er tatsächlich, wie wir das vermuten, an einem Projekt arbeitete, das die Vernichtung der Erde zum Ziel hat, und befürchtete, es könnte entdeckt werden. Und noch mehr: Als die Lady diese Absicht erwähnte, Freund Daneel, warf mir Dr. Amadiro einen kurzen Blick zu; das war das einzige Mal während der ganzen Sitzung, daß er das tat. Und mit diesem Blick fiel das Aufflammen emotionaler Intensität zusammen. Ich glaube, es war der Gedanke, daß *ich* zur Erde reisen würde, der ihn so besorgt machte. – So, wie zu erwarten ist, wenn er der Ansicht war, daß ich mit meinen speziellen Kräften für seine Pläne eine besondere Gefahr darstellen würde.«

»Man könnte aber sein Verhalten auch so auslegen, Freund Giskard, daß es seiner zum Ausdruck gebrachten Sorge entspricht, die Erdenmenschen könnten versuchen, dich als hochentwickelten Roboter in ihre Macht zu bringen, und daß dies für Aurora schlecht wäre.«

»Die Wahrscheinlichkeit, daß das geschieht, Freund Daneel, und das Ausmaß des Schadens für die Gemeinschaft der Spacer, der daraus erwachsen könnte, ist zu gering, um seine hochgradige Angst zu erklären. Welchen Schaden könnte ich schon Aurora zufügen, wenn ich mich im Besitz der Erde befände; dann nämlich, wenn ich einfach der Giskard wäre, für den man mich hält?«

»Du schließt daraus also, Dr. Amadiro weiß, daß du *nicht* einfach der Giskard bist, für den man dich hält?«

»Ich bin nicht sicher. Es mag sein, daß er es lediglich vermutet. Wenn er *wüßte*, was ich bin, würde er sich dann nicht jede Mühe geben, zu verhindern, daß er seine Pläne in meiner Anwesenheit macht?«

»Möglicherweise ist es einfach sein Unglück, daß Lady Gladia sich nicht von uns trennen lassen möchte. Er kann nicht darauf bestehen, daß du nicht anwesend sein darfst, Freund Giskard, ohne gleichzeitig sein Wissen an dich zu verraten.« Daneel hielt inne und meinte dann: »Du hast einen großen Vorteil, Freund Giskard, indem du imstande bist, den emotionalen Inhalt eines Bewußtseins abzuwägen. – Aber du sagtest, Dr. Amadiros emotionale Aufwallung, als die Reise zur Erde erwähnt wurde, sei die zweite gewesen; was war die erste?«

»Die erste kam, als der Nuklear-Verstärker erwähnt wurde;

und auch das scheint mir bedeutsam. Das Konzept eines Nuklear-Verstärkers ist auf Aurora wohlbekannt; sie haben noch kein transportables Gerät, keines, das leicht und wirksam genug wäre, um an Bord eines Schiffes eingesetzt zu werden; aber es ist jedenfalls kein Thema, das ihn wie ein Blitzschlag treffen sollte. Warum also so viel Angst?«

»Möglicherweise«, meinte Daneel, »weil ein Verstärker von jener Art etwas mit seinen Plänen in bezug auf die Erde zu tun hat.«

»Möglicherweise.«

Und an dem Punkt öffnete sich die Tür, eine Person trat ein, und eine Stimme sagte: »Nun – Giskard!«

63

Giskard sah den Neuankömmling an und sagte mit ruhiger Stimme: »Madam Vasilia.«

»Du erinnerst dich also an mich«, sagte Vasilia mit einem warmen Lächeln.

»Ja, Madam. Sie sind eine wohlbekannte Robotikern, und Ihr Gesicht erscheint in den Hyperwellen-Nachrichten.«

»Komm, Giskard! Ich meine nicht, daß du mich erkennst; das kann jeder. Ich meine, du *erinnerst* dich an mich. Du hast mich einmal Miss Vasilia genannt.«

»Auch daran erinnere ich mich, Madam. Das ist lange her.«

Vasilia schloß die Tür hinter sich und nahm auf einem der Sessel Platz. Sie wandte ihr Gesicht dem anderen Roboter zu. »Und du bist Daneel.«

»Ja, Madam«, sagte Daneel. »Um auf die Unterscheidung einzugehen, die Sie gerade getroffen haben: Ich kann mich sowohl an Sie erinnern, weil ich mich in der Gesellschaft von Detektiv Elijah Baley befand, als er einmal mit Ihnen sprach, und ich erkenne Sie auch.«

Vasilia sagte scharf: »Du wirst diesen Erdenmenschen nie wieder erwähnen. – Ich erkenne dich in anderer Hinsicht, Daneel. Du bist auf deine Art ebenso bekannt wie ich. Ihr beide seid bekannt und berühmt, denn ihr seid die größten Schöpfungen des verstorbenen Dr. Han Fastolfe.«

»Ihres Vaters, Madam«, sagte Giskard.

»Du weißt sehr wohl, Giskard, daß ich jener rein genetischen Beziehung keine Bedeutung beimesse. Du wirst ihn nicht mehr in dieser Weise erwähnen.«

»Das werde ich nicht, Madam.«

»Und die da?« Sie warf einen beiläufigen Blick auf die schlafende Gestalt auf der Couch. »Da ihr beiden hier seid, kann ich wohl vernünftigerweise davon ausgehen, daß diese schlafende Schönheit die solarianische Frau ist.«

»Sie ist Lady Gladia, und ich bin ihr Eigentum«, sagte Giskard. »Wünschen Sie, daß sie geweckt wird?«

»Wir werden sie nur stören, Giskard, wenn wir von alten Zeiten sprechen. Laß sie schlafen!«

»Ja, Madam.«

Jetzt wandte Vasilia sich Daneel zu und sagte: »Dich wird vielleicht das Gespräch, das Giskard und ich führen werden, ebenfalls nicht interessieren, Daneel. Würdest du draußen warten?«

»Ich fürchte, ich kann nicht hinausgehen, my Lady«, sagte Daneel. »Meine Aufgabe ist es, über Lady Gladia zu wachen.«

»Ich glaube nicht, daß sie vor mir bewacht werden muß. Du wirst feststellen, daß ich keinen meiner Roboter bei mir habe, also wird Giskard allein hinreichender Schutz für deine solarianische Lady sein.«

Darauf antwortete Daneel: »Sie haben keine Roboter im Raum, Madam. Aber als die Tür geöffnet wurde, sah ich vier Roboter draußen im Korridor. Es wird also am besten sein, wenn ich bleibe.«

»Nun, ich will nicht versuchen, deine Anweisungen zu widerrufen; du kannst bleiben – Giskard!«

»Ja, Madam?«

»Erinnerst du dich daran, wie du das erste Mal aktiviert wurdest?«

»Ja, Madam.«

»Woran erinnerst du dich?«

»Zuerst Licht. Dann Geräusche. Dann eine optische Kristallisation und den Anblick von Dr. Fastolfe. Ich konnte Galactic Standard verstehen, und in meine positronischen Bahnen war ein gewisses Maß an Wissen eingebaut. Die Drei Gesetze selbstverständlich; ein großes Vokabular mit Definitionen; robotische Pflichten; gesellschaftliche Pflichten. Andere Dinge lernte ich schnell.«

»Erinnerst du dich an deinen ersten Besitzer?«

»Wie ich sagte: Dr. Fastolfe.«

»Denk noch einmal nach, Giskard. War nicht ich es?«

Giskard machte eine kleine Pause und sagte dann: »Madam, um genau zu sein: mir war in meiner Eigenschaft als Besitz von Dr. Han Fastolfe die Aufgabe zugedacht, Sie zu bewachen.«

»Ich denke, es war ein wenig mehr. Du hast zehn Jahre lang nur mir gehorcht. Wenn du irgend jemand anderem gehorcht hast, Dr. Fastolfe eingeschlossen, dann war das nur zufällig als Folge deiner robotischen Pflichten und nur insoweit, als es sich in deine Hauptfunktion einordnen ließ, mich zu behüten.«

»Ich war Ihnen zugewiesen, das ist richtig, Lady Vasilia, aber Dr. Fastolfe blieb mein Eigentümer. Als Sie seine Niederlassung verließen, übernahm er als mein Besitzer wieder die volle Kontrolle über mich. Er blieb selbst dann mein Besitzer, als er mich später Lady Gladia zuteilte. Er war, solange er lebte, mein einziger Besitzer. Bei seinem Tode wurde das Eigentum an mir durch sein Testament auf Lady Gladia übertragen, und das ist der jetzige Status.«

»Das ist *nicht* so. Ich fragte dich, ob du dich daran erinnern könntest, als du das erste Mal aktiviert wurdest, und woran du dich erinnertest. Was du damals warst, als du aktiviert wurdest, war nicht das, was du jetzt bist.«

»Meine Gedächtnisspeicher, Madam, sind jetzt unvergleichlich voller, als sie damals waren; und ich habe auch viele Erfahrungen, die ich damals noch nicht besaß.«

Vasilias Stimme wurde strenger. »Ich spreche nicht von Erinnerungen und auch nicht von Erfahrungen; ich spreche von Kapazitäten. Ich habe deinen Positronen-Bahnen etwas hinzugefügt; ich habe sie adaptiert; ich habe sie verbessert.«

»Ja, Madam, das haben Sie getan, mit Hilfe Dr. Fastolfes.«

»Einmal, Giskard, bei einem ganz bestimmten Anlaß, habe ich eine Verbesserung vorgenommen; zumindest eine Erweiterung, und zwar *ohne* Dr. Fastolfes Hilfe und Billigung. Erinnerst du dich daran?«

Giskard blieb eine beträchtliche Weile stumm; dann sagte er: »Ich erinnere mich an einen Fall, da ich nicht Zeuge wurde, wie Sie ihn befragt haben. Ich nahm an, daß Sie ihn zu einer Zeit befragt hatten, wo ich nicht zugegen war.«

»Wenn du das angenommen hast, dann hast du falsch vermutet. Tatsächlich kannst du das gar nicht angenommen haben, da du wußtest, daß er zu der Zeit außerplanet war. Du versuchst mir auszuweichen, Giskard, wenn ich das mit einem kräftigeren Wort ausdrücken darf.«

»Nein, Madam. Sie hätten ihn per Hyperwelle konsultieren können. Ich hielt das für möglich.«

Vasilia biß sich auf die Lippe und schüttelte den Kopf. »Nichtsdestoweniger – jene Hinzufügung war einzig und allein die meine. Die Folge war, daß du anschließend ein wesentlich anderer Roboter wurdest, als du vorher gewesen warst. Der Roboter, der du seit jener Veränderung bist, war *mein* Entwurf, *meine* Schöpfung, und du weißt das sehr wohl.«

Giskard blieb stumm.

»Und jetzt, Giskard, möchte ich, daß du mir sagst, durch welches Recht Dr. Fastolfe zu der Zeit, als du aktiviert wurdest, dein Herr war.« Sie wartete und sagte dann scharf: »Gib mir Antwort, Giskard! Das ist ein Befehl!«

»Da er der Konstrukteur war«, sagte Giskard, »und den Bau überwacht hat, war ich sein Eigentum.«

»Und als ich dein Gehirn praktisch neu konstruiert und umgebaut habe, und zwar in einer sehr grundlegenden Art und Weise, wurdest du da nicht mein Eigentum?«

»Die Frage kann ich nicht beantworten«, sagte Giskard. »Es würde der Entscheidung eines Gerichtes bedürfen, um alle Einzelheiten auszudiskutieren. Es würde möglicherweise davon abhängen, in welchem Ausmaß ich neu konstruiert und umgebaut wurde.«

»Weißt du, in welchem Ausmaß das geschah?«

Wieder blieb Giskard stumm.

»Das ist kindisch, Giskard«, sagte Vasilia. »Soll ich dich wirklich nach jeder Frage anstoßen müssen? Du sollst mich nicht dazu zwingen! In diesem Falle jedenfalls ist dein Schweigen ein sicherer Hinweis darauf, daß du mir zustimmst. Du weißt, welcher Art die Änderung war und auch, wie grundlegend sie war. Und du weißt, daß ich weiß, worin sie bestand. Du hast die solarianische Frau in Schlaf versetzt, weil du nicht wolltest, daß sie von mir erfahren sollte, was das ist. Sie weiß es nicht – oder?«

»Sie weiß es nicht, Madam«, sagte Giskard.

»Und du willst auch nicht, daß sie es weiß?«

»So ist es, Madam«, sagte Giskard.

»Weiß es Daneel?«

»Er weiß es, Madam.«

Vasilia nickte. »Das habe ich auch angenommen, weil er so daran interessiert war, hierzubleiben. – Und jetzt hör mir gut zu, Giskard. Nehmen wir einmal an, ein Gericht würde herausfinden, daß du, ehe ich dich umkonstruiert habe, ein ganz gewöhnlicher Roboter warst und daß du nach der Umkonstruktion durch mich ein Roboter warst, der den Geisteszustand eines individuellen menschlichen Wesens wahrnehmen und ihn seinen Wünschen entsprechend adaptieren konnte. Denkst du, sie könnten zu irgendeinem anderen Schluß kommen, als daß dies eine Veränderung von ausreichend großem Umfang ist, um zu rechtfertigen, daß das Eigentum in meine Hände übergeht?«

Giskard antwortete: »Madam Vasilia, es wäre nicht möglich zuzulassen, daß das vor ein Gericht kommt. Unter diesen Umständen würde man ganz sicher aus naheliegenden Gründen die Entscheidung treffen, daß ich Eigentum des Staates werde. Es könnte sogar sein, daß man meine Deaktivierung anordnen würde.«

»Unsinn! Hältst du mich für ein Kind? Mit deinen Fähigkeiten könntest du doch jedes Gericht davon abhalten, irgendeine Entscheidung dieser Art zu treffen; aber das ist es jetzt nicht, worauf ich hinaus möchte. Ich schlage gar nicht vor, daß wir das vor Gericht bringen; ich bitte dich um deine eigene Entscheidung. Würdest du nicht sagen, daß ich deine rechtmäßige Besitzerin bin und das stets war, seit meiner frühen Jugend?«

Dem widersprach Giskard. »Madam Gladia betrachtet sich als meine Eigentümerin und muß, bis das Gesetz eine gegenteilige Entscheidung trifft, als solche angesehen werden.«

»Aber *du* weißt, daß sowohl sie als auch das Gesetz einem Mißverständnis unterliegen. Wenn du dir um die Gefühle dieser solarianischen Frau Sorgen machst, würde es sehr leicht sein, ihr Bewußtsein so zu adaptieren, daß es ihr nichts ausmachen würde, wenn du nicht länger ihr Eigentum bist. Du könntest es sogar so einrichten, daß sie Erleichterung darüber empfindet, wenn ich dich ihr wegnehme. Ich werde dir den Befehl geben, das zu tun, sobald du dich dazu durchgerungen hast, das zuzugeben, was du bereits weißt – nämlich daß ich deine Eigentümerin bin. Seit wann weiß Daneel über dich Bescheid?«

»Seit Dekaden, Madam.«

»Du kannst *ihn* dazu bringen, das zu vergessen. Seit einiger Zeit weiß es jetzt auch Dr. Amadiro, und du kannst *ihn* zum Vergessen bringen; nur du und ich werden es dann wissen.«

Jetzt schaltete sich plötzlich Daneel ein: »Madam Vasilia, da Giskard sich nicht als Ihr Eigentum betrachtet, kann er sehr leicht *Sie* vergessen machen, und dann werden Sie mit den Dingen, so wie sie sind, völlig zufrieden sein.«

Vasilia sah Daneel kühl an. »Kann er das? Aber siehst du, die Entscheidung darüber, wen Giskard als seinen Eigentümer betrachtet, liegt nicht bei dir. Ich weiß, daß Giskard weiß, daß *ich* seine Eigentümerin bin, so daß seine Pflicht zur Loyalität gemäß den Drei Gesetzen einzig und allein mir gehört. Wenn er *irgend jemanden* zum Vergessen bringen muß – und das ohne körperlichen Schaden –, wird es für ihn notwendig sein, wenn er seine Wahl trifft, jemanden auszuwählen, der nicht ich bin. Er kann mich nicht vergessen machen oder mein Bewußtsein in irgendeiner Weise manipulieren. Ich danke Dir, Daneel, daß du mir Gelegenheit gegeben hast, das ganz eindeutig klarzumachen.«

Daneel gab nicht nach: »Aber Madam Gladias Emotionen sind ein so fester Bestandteil von Giskards Bewußtsein, daß es ihr Schaden bereiten könnte, wenn er sie zum Vergessen zwingen würde.«

»Das muß Giskard entscheiden«, sagte Vasilia. »Giskard, du gehörst mir! Du weißt, daß du mir gehörst, und ich befehle dir, in diesem einen Menschen nachäffenden Roboter, der hinter dir steht, Vergessen herbeizuführen und ebenso auch in der Frau, die dich irrigerweise als ihr Eigentum behandelt hat! Tu das, während sie schläft, dann wird ihr keinerlei Schaden zugefügt werden!«

»Freund Giskard«, widersprach Daneel. »Lady Gladia ist deine rechtmäßige Eigentümerin. Wenn du in Lady Vasilia Vergessen erzeugst, wird ihr das keinen Schaden zufügen.«

»Doch, das wird es«, sagte Vasilia sofort. »Der solarianischen Frau wird kein Schaden zugefügt werden, weil sie nur zu vergessen braucht, daß sie unter dem Eindruck steht, Giskards Eigentümerin zu sein. Ich andrerseits weiß auch, daß Giskard mentale Kräfte besitzt. Das alles herauszugraben, wird wesentlich komplexer sein, und Giskard kann sicherlich aus meiner Entschlossenheit, dieses Wissen zu behalten, schließen, daß er gar keine andere Wahl hat, als mir bei seiner Entfernung Schaden zuzufügen.«

»Freund Giskard...«, sagte Daneel.

Doch Vasilia unterbrach ihn mit einer Stimme, die so hart wie Diamant war: »Ich befehle *dir*, Roboter Daneel Olivaw, still zu sein! Ich bin nicht deine Eigentümerin; aber deine Eigentümerin schläft und widerruft meinen Befehl nicht; es *muß* ihm also Folge geleistet werden!«

Daneel verstummte, aber seine Lippen zitterten so, als versuchte er trotz des Befehls zu sprechen.

Vasilia beobachtete ihn mit einem amüsierten Lächeln. »Siehst du, Daneel, du kannst nicht sprechen.«

Und Daneel sagte in heiserem Flüsterton: »Doch, das kann ich, Madam. Ich stelle zwar fest, daß es mir schwerfällt, aber ich kann es, weil ich weiß, daß etwas Vorrang vor Ihrem Befehl hat, der nur vom Zweiten Gesetz bestimmt ist.«

Vasilias Augen weiteten sich, und sie sagte mit scharfer Stimme: »Still, sage ich! Nichts außer dem Ersten Gesetz hat Vorrang vor meinem Befehl! Und ich habe bereits dargelegt, daß Giskard am wenigsten Schaden zufügen wird – tatsächlich überhaupt keinen –, wenn er zu mir zurückkehrt. Er *wird* mir Schaden zufügen, mir, der er am wenigsten Schaden zufügen kann, wenn er irgendeinen anderen Weg einschlägt!« Sie deutete mit ausgestrecktem Finger auf Daneel und sagte noch einmal, diesmal mit einem leichten Zischen in der Stimme: »Still!«

Es kostete Daneel sichtlich große Mühe, überhaupt einen Laut hervorzubringen. Die kleine Pumpe in ihm, die den Luftstrom artikulierte, der das Sprechgeräusch erzeugte, gab dabei ein leises Summen von sich. Und doch konnte er, obwohl er noch leiser flüsterte, immer noch gehört werden.

»Madam Vasilia«, sagte er, »es gibt etwas, das sogar über das Erste Gesetz hinausgeht.«

Giskard sagte mit einer ebenso leisen, aber nicht gequälten Stimme: »Freund Daneel, das darfst du nicht sagen. Nichts geht über das Erste Gesetz hinaus.«

Vasilia, deren Stirn sich leicht gerunzelt hatte, ließ einen Funken von Interesse erkennen. »Wirklich? Daneel, ich warne dich! Wenn du versuchst, diese seltsame Argumentation fortzusetzen, wirst du dich ganz sicher selbst zerstören. Ich habe noch nie gesehen oder gehört, daß ein Roboter das tat, was du jetzt tust, und es wäre faszinierend, dir bei deiner Selbstvernichtung zuzusehen. Sprich weiter!«

Jetzt, wo der Befehl erteilt war, wurde Daneels Stimme sofort wieder normal. »Ich danke Ihnen, Madam Vasilia. – Vor Jahren saß ich am Totenbett eines Erdenmenschen, den nicht zu erwähnen Sie mich gebeten haben. Darf ich ihn jetzt erwähnen, oder wissen Sie, von wem ich spreche?«

»Sie sprechen von diesem Polizisten, diesem Baley«, sagte Vasilia mit tonloser Stimme.

»Ja, Madam. Er hat auf seinem Totenbett zu mir gesagt: ›Die Arbeit eines jeden Individuums trägt zu einer Gesamtheit bei und wird so ein unsterblicher Teil dieser Gesamtheit. Und jene Gesamtheit menschlicher Leben – aus Vergangenheit und Gegenwart – und auch derer, die einmal kommen werden – bildet ein Gewebe, so wie ein kunstvoller Teppich, ein Gobelin, der jetzt schon seit vielen Jahrzehntausenden existiert und in all der Zeit immer kunstvoller und insgesamt schöner geworden ist. Auch die Spacer sind Teil dieses Teppichgewebes, und auch sie haben ihren Beitrag zur Schönheit der Muster geleistet. Ein individuelles Leben ist nur ein Faden in diesem Gewebe – und was ist schon ein Faden im Vergleich zum Ganzen?

Daneel, sorge dafür, daß dein Bewußtsein sich immer fest auf das Muster konzentriert, und laß nicht zu, daß ein einzelner Faden, der davon abweicht, dich beeinträchtigt. Es gibt so viele andere Fäden, und jeder ist wertvoll und leistet einen Beitrag...‹«

»Gefühlsduselige Sentimentalität«, murmelte Vasilia.

»Ich glaube, mein Partner Elijah versuchte mich gegen die Tatsache seines unmittelbar bevorstehenden Todes zu schützen«, meinte Daneel. »Was er da als einen Faden in dem Gewebe bezeichnete, war sein eigenes Leben; sein eigenes Leben war ›der einzelne Faden, der davon abweicht‹, und das sollte keine Auswirkung auf mich haben. Seine Worte haben mich in jener Krise beschützt.«

»Ohne Zweifel«, sagte Vasilia. »Aber du solltest jetzt zu diesem ›Über-das-Erste-Gesetz-Hinausgehen‹ kommen, denn das wird dich jetzt vernichten.«

»Ich habe dekadenlang über Detektiv Elijah Baleys Worte nachgedacht«, meinte Daneel. »Wahrscheinlich hätte ich sie sofort verstanden, wenn mir die Drei Gesetze nicht im Wege gestanden wären. Mein Freund Giskard, der schon lange das Gefühl hatte, daß die Drei Gesetze unvollständig seien, hat mir bei meiner Suche geholfen. Einiges, was Lady Gladia in letzter Zeit bei einer Rede auf einer Siedler-Welt gesagt hat, hat mir dabei geholfen. Und darüber hinaus hat mir diese augenblickliche Krise dabei geholfen, mein Denkvermögen zu schärfen, Lady Vasilia. Mir ist jetzt klar, in welcher Weise die Drei Gesetze unvollständig sind.«

»Ein Roboter, der auch Robotiker ist«, sagte Vasilia mit einer Stimme, die beinahe verächtlich klang. »In welcher Weise sind die Drei Gesetze unvollständig, Roboter?«

»Das Gewebe des Lebens ist wichtiger als ein einzelner Faden«, sagte Daneel. »Sie brauchen das nur nicht auf meinen Partner Elijah allein anzuwenden, sondern es verallgemeinern, und... und... und daraus ziehen wir den Schluß, daß die Menschheit als Ganzes wichtiger ist als ein einzelnes menschliches Wesen.«

»Die Worte stocken dir, wenn du das sagst, Roboter. Du glaubst es nicht.«

Doch jetzt klang Daneels Stimme gleichmäßig und fest, als er sagte: »Es gibt ein Gesetz, das noch größer ist als das Erste Gesetz: ›Ein Roboter darf der Menschheit keinen Schaden zufügen oder durch Untätigkeit zulassen, daß der Menschheit Schaden zugefügt wird.‹ In meinen Gedanken ist das jetzt das Nullte Gesetz der Robotik. Das Erste Gesetz sollte daher jetzt so formuliert werden: ›Ein Roboter darf einem menschlichen Wesen keinen Schaden zufügen oder durch Untätigkeit zulassen, daß einem menschlichen Wesen Schaden zugefügt wird, es sei denn, dies würde das Nullte Gesetz der Robotik verletzen.‹«

»Und du stehst immer noch auf deinen Füßen, Roboter?« schnaubte Vasilia.

»Ich stehe immer noch auf meinen Füßen, Madam.«

»Dann werde ich dir jetzt etwas erklären, Roboter, und wir werden sehen, ob du die Erklärung überleben wirst. – Die Drei Gesetze der Robotik befassen sich mit individuellen menschlichen Wesen und individuellen Robotern. Man kann auf ein individuelles menschliches Wesen oder auf einen individuellen Roboter zeigen. Aber was ist deine ›Menschheit‹ anderes als eine Abstraktion? Kannst du auf die Menschheit zeigen? Du kannst einem spezifischen menschlichen Wesen Schaden zufügen oder dies nicht tun und verstehen, was geschehen ist – ob ihm nämlich Schaden zugefügt worden ist oder nicht. Kannst du einen Schaden sehen, den man der Menschheit zugefügt hat? Kannst du ihn verstehen? Kannst du darauf deuten?«

Daneel blieb stumm.

Vasilia lächelte breit. »Antworte, Roboter! Kannst du einen Schaden sehen, den man der Menschheit zufügt, und darauf zeigen?«

»Nein, Madam, das kann ich nicht. Aber ich glaube, daß dennoch ein solcher Schaden existiert; und wie Sie sehen, stehe ich immer noch auf meinen Füßen.«

»Dann frage Giskard, ob er deinem Nullten Gesetz der Robotik gehorchen wird oder kann.«

Daneel drehte sich zu Giskard herum. »Freund Giskard?«

Giskard sagte langsam: »Ich kann das Nullte Gesetz nicht akzeptieren, Freund Daneel. Du weißt, daß ich mich viel mit der Lektüre der menschlichen Geschichte befaßt habe. Dabei habe ich große Verbrechen gefunden, die menschliche Wesen gegeneinander begangen haben; und die Entschuldigung dafür war stets, daß diese Verbrechen durch die Bedürfnisse des Stammes oder des Staates oder selbst der Menschheit gerechtfertigt gewesen seien. Gerade weil die Menschheit eine Abstraktion ist, auf die man sich so leicht berufen kann, um alles mögliche zu rechtfertigen, ist dein Nulltes Gesetz ungeeignet.«

Daneel wandte ein: »Aber du weißt, Freund Giskard, daß jetzt eine Gefahr für die Menschheit existiert, und daß diese Gefahr ganz sicher konkret werden wird, wenn du das Eigentum von Madam Vasilia wirst; das zumindest ist keine Abstraktion.«

»Die Gefahr, auf die du dich beziehst, ist nicht etwas Bekanntes, sondern nur etwas Unterstelltes. Darauf können wir keine Handlung aufbauen, die im Widerspruch zu den Drei Gesetzen steht.«

Daneel blieb einen Augenblick lang stumm und sagte dann mit leiserer Stimme: »Aber du hoffst, daß deine Studien der menschlichen Geschichte dir dabei helfen werden, Gesetze zu entwickeln, die das menschliche Verhalten regieren; du hoffst zu lernen, wie man die menschliche Geschichte vorhersagen und lenken kann – oder zumindest einen Anfang zu machen, auf daß eines Tages jemand lernen möge, sie vorherzusagen und zu lenken. Du nennst diese Technik sogar ›Psychohistorik‹. Befaßt du dich damit denn nicht mit dem menschlichen Gewebe? Versuchst du denn nicht, mit der Menschheit als einem generalisierten Ganzen zu arbeiten, anstelle von Sammlungen individueller, menschlicher Wesen?«

»Ja, Freund Daneel. Aber bislang ist das nicht mehr als eine

Hoffnung, und ich kann mein Handeln nicht bloß auf eine Hoffnung aufbauen, noch die Drei Gesetze im Einklang damit modifizieren.«

Darauf gab Daneel keine Antwort. Vasilia aber sagte: »Nun, Roboter, all deine Versuche haben nichts bewirkt, und doch stehst du noch auf deinen Füßen. Du bist seltsam hartnäckig, und ein Roboter wie du, der sich von den Drei Gesetzen lossagt und dennoch funktional bleiben kann, ist ganz eindeutig eine Gefahr für jedes menschliche Wesen. Aus diesem Grunde glaube ich, daß du unverzüglich vernichtet werden solltest. Dein Fall ist zu gefährlich, um die langsame Majestät des Gesetzes abzuwarten, insbesondere, wo du trotz alledem ein Roboter und nicht das menschliche Wesen bist, dem zu gleichen du versuchst.«

»Es gebührt sich doch ganz sicher nicht für Sie, my Lady, eine solche Entscheidung allein zu treffen«, sagte Daneel.

»Dennoch habe ich sie getroffen. Und wenn es anschließend juristische Verwicklungen gibt, werde ich mich mit ihnen auseinandersetzen.«

»Sie werden Lady Gladia eines Roboters berauben und eines weiteren, auf den Sie Anspruch erheben.«

»Sie und Fastolfe haben mich gemeinsam mehr als zwanzig Dekaden lang meines Roboters Giskard beraubt, und ich glaube nicht, daß das den beiden auch nur einen Augenblick lang Unruhe bereitet hat. Es wird mir jetzt keine Unruhe bereiten, sie zu berauben. Sie hat Dutzende anderer Roboter, und es gibt hier im Institut viele, die sich getreulich um Ihre Sicherheit bemühen werden, bis sie zu ihren eigenen Robotern zurückkehren kann.«

»Freund Giskard«, sagte Daneel, »wenn du Lady Gladia wecken würdest, könnte es sein, daß sie Lady Vasilia überredet...«

Vasilia sah Giskard an, runzelte die Stirn und sagte scharf: »*Nein*, Giskard, laß die Frau schlafen!«

Giskard, der sich bei Daneels Worten geregt hatte, gehorchte.

Vasilia schnippte dreimal mit Finger und Daumen der rechten Hand, worauf sofort die Tür aufging und vier Roboter hereinkamen. »Du hattest recht, Daneel: Es sind vier Roboter zugegen, Sie werden dich zerlegen, und dir erteile ich den Befehl, dich nicht zu widersetzen. Anschließend werden Giskard und ich uns um alles kümmern, was noch zu tun ist.«

Sie blickte über die Schulter auf die Roboter, die in den Raum getreten waren. »Schließt die Tür hinter euch. Und jetzt zerlegt schnell und geschickt diesen Roboter!« Sie deutete auf Daneel.

Die Roboter sahen Daneel an und bewegten sich einige Sekunden lang nicht. Vasilia sagte ungeduldig: »Ich habe euch gesagt, daß er ein Roboter ist und ihr nicht auf sein menschliches Aussehen achten sollt! Daneel, sag ihnen, daß du ein Roboter bist!«

»Ich bin ein Roboter«, sagte Daneel, »und ich werde keinen Widerstand leisten.«

Vasilia trat zur Seite, und die vier Roboter rückten vor. Daneels Arme hingen ihm locker herunter. Ein letztes Mal sah er die schlafende Gladia an und stellte sich dann den Robotern.

Vasilia lächelte und sagte: »Das sollte jetzt interessant sein.«

Die Roboter hielten inne. »An die Arbeit!« sagte Vasilia.

Sie bewegten sich nicht, und Vasilia drehte sich herum und starrte erstaunt Giskard an. Aber sie führte die Bewegungen nicht zu Ende. Ihre Muskeln lockerten sich, und sie sank in sich zusammen. Giskard fing sie auf und setzte sie so, daß sie mit dem Rücken an der Wand lehnte.

Er sagte mit erstickter Stimme: »Ich brauche ein paar Augenblicke, dann werden wir gehen.«

Die Augenblicke verstrichen. Vasilias Augen blieben glasig und blicklos. Ihre Roboter standen reglos da. Daneel war mit einem einzigen Schritt neben Gladia getreten.

Jetzt blickte Giskard auf und sagte zu Vasilias Robotern: »Bewacht eure Lady! Laßt nicht zu, daß jemand hereinkommt, bis sie aufgewacht ist! Sie wird friedlich erwachen.«

Während er noch sprach, regte sich Gladia, und Daneel war ihr beim Aufstehen behilflich. Sie sagte verblüfft: »Wer ist diese Frau? Wessen Roboter... wie hat sie...?«

Giskards Stimme klang fest, und doch konnte man aus ihr große Erschöpfung heraushören. »Später, my Lady. Ich werde erklären. Doch jetzt müssen wir uns beeilen.«

Und sie gingen hinaus.

FÜNFTER TEIL

Erde

XV. DIE HEILIGE WELT

64

Amadiro biß sich auf die Unterlippe, und seine Augen huschten zu Mandamus hinüber, der tief in Gedanken versunken schien.

»Aber sie hat darauf bestanden«, sagte Amadiro, als wolle er sich verteidigen. »Sie hat mir gesagt, nur sie würde mit diesem Giskard zurechtkommen – nur sie könne einen hinreichend starken Einfluß auf ihn ausüben und ihn daran hindern, seine mentalen Kräfte einzusetzen.«

»Mir gegenüber haben Sie davon nie etwas gesagt, Dr. Amadiro.«

»Ich war nicht sicher, was zu sagen gewesen wäre, junger Mann. Ich war nicht sicher, ob sie recht hatte.«

»Sind Sie das jetzt?«

»Völlig. Sie erinnert sich an nichts von dem, was geschehen ist...«

»So daß auch *wir* nichts von dem wissen, was geschehen ist.«

Amadiro nickte. »Genau. Und sie erinnert sich auch an nichts von dem, was sie mir früher gesagt hatte.«

»Und das macht sie Ihnen nicht etwa vor?«

»Ich habe dafür gesorgt, daß man ein Elektro-Enzephalogramm von ihr anfertigte. Seit der letzten Aufnahme sind deutliche Veränderungen festzustellen.«

»Besteht eine Chance, daß sie ihr Gedächtnis im Laufe der Zeit zurückgewinnt?«

Amadiro schüttelte bitter den Kopf. »Wer kann das sagen? Aber ich bezweifle es.«

Mandamus sagte, immer noch mit gesenktem Blick und gedankenverloren: »Hat es dann etwas zu besagen? Wir können davon ausgehen, daß das, was sie über Giskard sagte, die Wahrheit ist. Und wir wissen, daß er die Kraft besitzt, das Bewußtsein anderer zu beeinflussen. Dieses Wissen ist von Bedeutung und ist jetzt gesichert. – Tatsächlich ist es gut so, daß unsere Robotiker-Kollegin keinen Erfolg hatte. Wenn Vasilia die Kontrolle über jenen Roboter hätte an sich ziehen können – wie lange, glauben Sie dann wohl, hätte es gedauert, ehe auch Sie unter ihrer Kontrolle gewesen wären? Und ich ebenso – vorausgesetzt, sie wäre der Ansicht gewesen, daß ich einer solchen Kontrolle wert wäre.«

Amadiro nickte. »Ich kann mir vorstellen, daß sie so etwas im Sinn hatte. Im Augenblick freilich ist schwer zu sagen, was sie im Sinn hat. Sie *scheint*, zumindest oberflächlich, unversehrt, abgesehen von der spezifischen Gedächtnislücke – an alles andere scheint sie sich zu erinnern –, aber wer weiß schon, wie das ihre tiefergehenden Denkprozesse und ihre Geschicklichkeit als Robotikerin beeinflussen wird? Daß Giskard imstande sein sollte, so etwas an jemandem zu bewirken, der so geschickt wie sie ist, macht ihn zu einem unglaublich gefährlichen Phänomen.«

»Ist Ihnen in den Sinn gekommen, Dr. Amadiro, daß die Siedler vielleicht in dem Mißtrauen, das sie Robotern entgegenbringen, recht haben könnten?«

»Ja, das könnte man fast sagen, Mandamus.«

Mandamus rieb sich die Hände. »Aus Ihrer niedergeschlagenen Haltung schließe ich, daß diese ganze Sache erst bekannt wurde, als sie Aurora bereits verlassen hatten.«

»Diese Annahme ist richtig. Der Siedler-Captain hat die solarianische Frau und ihre beiden Roboter an Bord seines Schiffes und Kurs auf die Erde genommen.«

»Und wo stehen wir jetzt?«

Madiro ließ sich mit der Antwort Zeit. »Besiegt sind wir noch keineswegs, wie mir scheint. Wenn wir unser Projekt zu Ende führen, werden wir gesiegt haben – mit oder ohne Giskard. Und wir können es zu Ende führen. Was auch immer Giskard mit Emotionen bewirken kann – Gedanken kann er nicht lesen. Vielleicht kann er es feststellen, wenn eine Welle von Emotionen durch ein menschliches Bewußtsein geht; vielleicht sogar eine Emotion von einer anderen unterscheiden oder eine in die andere verwandeln oder Schlaf herbeiführen und Amnesie – stumpfe Dinge wie das; aber scharf kann er nicht sein. Er kann keine Worte oder Ideen ausmachen.«

»Sind Sie dessen sicher?«

»Vasilia hat das gesagt.«

»Vielleicht wußte sie nicht, wovon sie redete. Schließlich hat sie es nicht geschafft, den Roboter in ihre Gewalt zu bekommen, obwohl sie behauptet hatte, dazu imstande zu sein; das ist nicht gerade ein Beweis für die Richtigkeit ihrer Überlegungen.«

»Und dennoch glaube ich ihr. Das Lesen von Gedanken würde eine solche Komplexität in dem Muster der Positronen-Bahnen erfordern, daß es absolut unmöglich ist, anzunehmen, ein Kind hätte das vor mehr als zwanzig Dekaden in den Roboter einbringen können. Tatsächlich ist das auch weit jenseits des heutigen technischen Standes, Mandamus; darin müssen Sie mir doch sicherlich recht geben.«

»Ja, das denke ich auch. Und sie reisen zur Erde?«

»Dessen bin ich sicher.«

»Würde diese Frau bei der Erziehung, die sie genossen hat, tatsächlich zur Erde reisen?«

»Sie hat keine Wahl, wenn Giskard sie kontrolliert.«

»Und warum sollte Giskard den Wunsch haben, daß sie zur Erde reist? Kann es sein, daß er über unser Projekt Bescheid weiß? Sie scheinen zu glauben, daß das nicht der Fall ist.«

»Dessen bin ich sogar ganz sicher. Sein einziges Motiv für die Reise zur Erde könnte sein, daß er damit sich und die solarianische Frau unserem Zugriff entzieht.«

»Ich kann mir eigentlich nicht vorstellen, daß er uns fürchtet, wenn er doch Vasilia gewachsen war.«

»Eine Fernwaffe könnte ihn besiegen«, sagte Amadiro eisig. »Seine Fähigkeiten können nur eine begrenzte Reichweite haben.

Sie können auf nichts anderem als auf dem elektromagnetischen Feld basieren; und jedes elektrische Feld nimmt mit dem umgekehrten Quadrat der Entfernung ab. Also geraten wir außer Reichweite seines Bewußtseins, und dann wird er feststellen, daß er sich *nicht* außer Reichweite unserer Waffen befindet.«

Mandamus blickte besorgt. »Sie scheinen eine unspacermäßige Vorliebe für Gewalt zu haben. Allerdings bin ich der Ansicht, daß Gewalt in einem solchen Fall zulässig sein könnte.«

»In einem Fall wie diesem? Wo es um einen Roboter geht, der fähig ist, menschlichen Wesen Schaden zuzufügen? Das will ich doch meinen! Wir werden einen Vorwand finden müssen, um ihnen ein Schiff nachzuschicken. Es wäre nicht klug, die Situation so zu erklären, wie sie tatsächlich ist...«

»Nein«, sagte Mandamus entschieden. »Bedenken Sie doch, wie viele den Wunsch hätten, die persönliche Kontrolle über einen solchen Roboter zu haben.«

»Was wir nicht zulassen dürfen. Und was übrigens ein weiterer Grund ist, weshalb ich es für wünschenswert halte, daß der Roboter zerstört wird.«

»Sie mögen recht haben«, sagte Mandamus widerstrebend, »aber ich glaube nicht, daß es klug ist, lediglich auf diese Zerstörung zu bauen. Ich muß zur Erde – jetzt. Das Projekt muß beschleunigt werden, auch wenn uns noch ein paar Einzelheiten fehlen. Wenn es einmal getan ist, ist es *getan*. Selbst ein Roboter wie Giskard, der das Bewußtsein anderer beeinflussen kann, wird – gleichgültig, unter wessen Kontrolle er steht – nicht imstande sein, das einmal Geschehene ungeschehen zu machen. Und wenn er irgend etwas anderes tut, wird vielleicht auch das keine Bedeutung mehr haben.«

»Sprechen Sie nicht in der Einzahl«, sagte Amadiro. »Ich werde mitkommen.«

»Sie? Die Erde ist eine schreckliche Welt. Ich *muß* dorthin. Aber weshalb Sie?«

»Weil ich ebenfalls muß. Ich kann nicht länger hierbleiben und mir endlos Fragen stellen. Sie haben nicht wie ich ein langes Leben darauf gewartet, Mandamus. Sie haben nicht so viele Rechnungen zu begleichen wie ich.«

Gladia war wieder im Weltraum, und wieder konnte man Aurora als Globus ausmachen. D. G. war irgendwo anders beschäftigt, und das ganze Schiff hatte eine vage und doch alles durchdringende Aura der Gefahr an sich, als befände es sich in Kampfbereitschaft; als würde es verfolgt werden oder rechnete mit Verfolgung.

Gladia schüttelte den Kopf; sie konnte klar denken und fühlte sich wohl. Aber wenn ihr Bewußtsein sich jener Zeit im Institut zuwandte, kurz nachdem Amadiro sie verlassen hatte, überkam sie ein seltsames, alles durchdringendes Gefühl der Unwirklichkeit; als hätte man aus ihrer Erinnerung ein Stück herausgeschnitten. Da war ein Augenblick, in dem sie auf der Couch gesessen war und sich schläfrig gefühlt hatte; und im nächsten waren da vier Roboter und eine Frau im Raum, die vorher nicht dagewesen waren.

Sie war also eingeschlafen; aber da war keine Wahrnehmung, keine Erinnerung daran, daß es so gewesen war; da war nur eine Lücke der Nichtexistenz.

Jetzt, wo sie sich erinnerte, hatte sie die Frau nachher erkannt. Es war Vasilia Aliena gewesen – die Tochter, deren Platz in der Zuneigung Han Fastolfes Gladia später eingenommen hatte. Gladia hatte Vasilia nie wirklich *gesehen*, obwohl sie sie einige Male über Hyperwelle *gesichtet* hatte. Wenn Gladia an sie dachte, dann sah sie in ihr immer ein entferntes, feindseliges anderes Ich. Da war zunächst die vage Ähnlichkeit im Aussehen, von der andere immer sprachen; aber Gladia selbst hatte stets darauf bestanden, diese Ähnlichkeit nicht wahrzunehmen. Und dann war da diese seltsame, widersprüchliche Verbindung mit Fastolfe.

Als sie sich an Bord des Schiffes begeben hatten und sie mit ihren Robotern allein war, stellte sie die unvermeidliche Frage:
»Was hat Vasilia Aliena in dem Zimmer gemacht, und weshalb hat man mich nach ihrer Ankunft schlafen lassen?«

»Die Frage werde ich beantworten«, sagte Daneel. »Freund Giskard würde es schwerfallen, darüber zu sprechen.«

»Warum sollte es ihm schwerfallen, Daneel?«

»Madam Vasilia kam in der Hoffnung, sie könnte Giskard dazu überreden, in ihre Dienste zu treten.«

»Ihn mir *wegnehmen*?« fragte Gladia verärgert. Sie mochte Giskard nicht besonders, aber das machte keinen Unterschied; was ihr gehörte, gehörte ihr. »Und ihr habt mich schlafen lassen und die Sache selbst erledigt?«

»Wir waren der Meinung, Madam, daß Sie Ihren Schlaf dringend brauchten. Und dann hat Madam Vasilia uns außerdem befohlen, Sie schlafen zu lassen. Schließlich war es auch unsere Meinung, daß Giskard auf keinen Fall in ihre Dienste treten sollte. Aus all diesen Gründen haben wir Sie nicht geweckt.«

Gladia war immer noch verstimmt. »Ich möchte doch *hoffen*, daß Giskard keinen Augenblick daran denkt, mich zu verlassen. Es wäre illegal, sowohl nach auroranischem Gesetz und – was noch wichtiger ist – nach den Gesetzen der Robotik. – Es wäre eine gute Tat, nach Aurora zurückzukehren und dafür zu sorgen, daß man sie vor Gericht stellt.«

»Das wäre im Augenblick nicht ratsam, my Lady.«

»Welchen Vorwand hatte sie denn dafür, Giskard zu wollen? Hatte sie überhaupt einen?«

»Giskard war ihr als Kind zugeteilt.«

»Legal?«

»Nein, Madam. Dr. Fastolfe hatte ihr lediglich erlaubt, ihn zu benutzen.«

»Dann hatte sie kein Recht auf Giskard.«

»Darauf haben wir hingewiesen, Madam. Offenbar handelte es sich um eine sentimentale Zuneigung seitens Madam Vasilia.«

Gladia schnaubte. »Nachdem sie den Verlust Giskards schon seit der Zeit vor meiner Ankunft auf Aurora ertragen hat, hätte sie ihn auch gut noch weiter ertragen können, ohne illegal zu versuchen, mich meines Eigentums zu berauben.« Und dann unruhig: »Man hätte mich wecken sollen!«

»Madam Vasilia hatte vier Roboter bei sich«, erklärte Daneel. »Wenn Sie wach gewesen wären und es zu einem Wortwechsel zwischen Ihnen beiden gekommen wäre, hätte es vielleicht Schwierigkeiten bereitet, die Roboter zu den richtigen Reaktionen zu bringen.«

»Ich hätte schon dafür gesorgt, daß sie richtig reagieren, das kann ich dir versichern, Daneel!«

»Ohne Zweifel, Madam. Und Madam Vasilia hätte das vielleicht auch getan, da sie eine der geschicktesten Robotikerinnen in der ganzen Galaxis ist.«

Jetzt wandte sich Gladia Giskard zu. »Und du hast nichts zu sagen?«

»Nur, daß es so, wie es war, besser war, my Lady.«

Gladia blickte nachdenklich in seine schwach glühenden robotischen Augen, die so völlig anders als die fast menschlichen Daneels waren, und es schien ihr, daß der kleine Zwischenfall vielleicht doch nicht so wichtig war; eine Kleinigkeit. Schließlich gab es andere Dinge von größerer Wichtigkeit: Sie war zur Erde unterwegs. Irgendwie dachte sie nicht mehr an Vasilia.

66

»Ich bin beunruhigt«, sagte Giskard in vertraulichem Flüsterton, so leise, daß die Schallwellen die Luft kaum zum Zittern brachten. Das Siedler-Schiff entfernte sich schnell von Aurora, und bis jetzt war noch kein Verfolger festzustellen. Die Bordaktivitäten waren in Routine übergegangen; und da fast alle Routinevorgänge automatisiert waren, herrschte Stille, und Gladia schlief ihren natürlichen Schlaf.

»Ich mache mir Sorgen um die Lady, Freund Daneel.«

Daneel kannte Giskards Positronen-Charakteristik gut genug, um keine lange Erklärung zu brauchen. So meinte er: »Es war nötig, Lady Gladia zu adaptieren, Freund Giskard. Wenn sie noch mehr Fragen gestellt hätte, hätte sie uns vielleicht das Wissen um deine mentalen Aktivitäten entlockt, und dann wäre die Adaptierung gefährlicher gewesen. Daß Lady Vasilia es entdeckt hat, hat schon genügend Schaden bereitet. Wir wissen nicht, wem und wie vielen sie vielleicht ihr Wissen weitergegeben hat.«

»Dennoch wollte ich diese Adaptierung nicht vornehmen«, sagte Giskard. »Wenn Lady Gladia den Wunsch gehabt hätte, zu vergessen, wäre es eine einfache, risikolose Adaptierung gewesen. Aber sie wollte mit Nachdruck und Zorn mehr über die Sache wissen. Sie bedauerte es, daß sie dabei keine größere Rolle gespielt hatte. Ich war deshalb gezwungen, Bindekräfte von beträchtlicher Intensität zu brechen.«

»Selbst das war notwendig, Freund Giskard«, sagte Daneel.

»Und doch war die Möglichkeit, in einem solchen Fall Schaden anzurichten, keineswegs belanglos. Wenn du dir eine Bindekraft als ein dünnes, elastisches Band vorstellst – eine schlechte Analogie, aber eine andere fällt mir nicht ein, denn das, was ich in einem Bewußtsein empfinde, hat außerhalb des Bewußtseins keine Analogie –, dann sind die gewöhnlichen Hemmungen, mit denen ich zu tun habe, so dünn und substanzlos, daß sie sofort verschwinden, wenn ich sie berühre. Eine starke Bindekraft andrerseits reißt ab und schnellt zurück, wenn man sie bricht; und beim Zurückschnellen könnten andere Bindekräfte brechen, die in überhaupt keiner Beziehung dazu stehen; oder, indem sie sich ineinander verschlingen, können sie auch ungeheuer verstärkt werden. In beiden Fällen kann das in den Gefühlen und Einstellungen eines menschlichen Wesens unerwünschte Veränderungen herbeiführen; und das würde fast mit Sicherheit zu Schaden führen.«

»Hast du den Eindruck, der Lady Schaden zugefügt zu haben, Freund Giskard?« fragte Daneel.

»Ich denke nicht. Ich war äußerst vorsichtig. Ich habe die ganze Zeit, während du mit ihr sprachst, daran gearbeitet. Es war sehr hilfreich, daß du die Last des Gesprächs übernommen hast und damit das Risiko eingegangen bist, dich zwischen eine unbequeme Wahrheit und eine Unwahrheit zu manövrieren. Aber trotz all meiner Vorsicht, Freund Daneel, bin ich ein Risiko eingegangen, und es beunruhigt mich, daß ich bereit war, dieses Risiko auf mich zu nehmen. Es reichte ganz nahe an eine Verletzung des Ersten Gesetzes heran und erforderte außergewöhnliche Mühe meinerseits. Ich bin sicher, daß ich nicht dazu imstande gewesen wäre...«

»Ja, Freund Giskard?«

»Wenn du nicht deine Idee vom Nullten Gesetz dargelegt hättest.«

»Dann akzeptierst du diese Vorstellung also?«

»Nein, das kann ich nicht. Kannst du es? Wenn du dich vor die Entscheidung gestellt siehst, einem menschlichen Wesen Schaden zuzufügen oder zuzulassen, daß eines Schaden erleidet, könntest du ihm dann im Namen der abstrakten Menschheit diesen Schaden zufügen oder zulassen? Überlege!«

»Ich bin nicht sicher«, sagte Daneel, und seine Stimme zitterte so, daß man ihn kaum hören konnte. Und dann, mit großer Mühe: »Vielleicht. Die bloße Vorstellung drängt mich – so wie sie dich gedrängt hat. Sie hat dir bei der Entscheidung geholfen, das Risiko einzugehen, indem du das Bewußtsein Lady Gladias adaptiert hast.«

»Ja, das hat sie«, pflichtete Giskard ihm bei. »Und je länger wir über das Nullte Gesetz nachdenken, desto mehr könnte das uns beeinflussen. Ich frage mich nur, ob es auch eine stärkere Wirkung auf uns haben kann; ich meine, könnte dieser Gedanke mehr bewirken, als daß wir nur etwas größere Risiken eingehen im Vergleich zu dem, wie wir das normalerweise tun?«

»Und doch bin ich überzeugt, daß das Nullte Gesetz existiert, Freund Giskard.«

»Ich könnte das auch sein, wenn wir definieren könnten, was wir unter ›Menschheit‹ verstehen.«

In dem Gespräch trat eine kurze Pause ein. Dann meinte Daneel: »Hast du nicht am Ende das Nullte Gesetz akzeptiert, als du die Roboter Madam Vasilias zum Stillstand gebracht und aus ihrem Bewußtsein das Wissen um deine mentalen Kräfte gelöscht hast?«

»Nein, Freund Daneel«, sagte Giskard. »Eigentlich nicht. Ich war versucht, es zu akzeptieren, aber ich habe es nicht getan.«

»Und doch hat dein Verhalten...«

»Mein Verhalten wurde von einer Kombination von Motiven diktiert. Du hast mir dein Konzept des Nullten Gesetzes dargelegt, und ich habe darin eine gewisse Bedeutung gesehen, aber keine, die ausreichte, um das Erste Gesetz aufzuheben oder auch nur den starken Einfluß des Zweiten Gesetzes in den Befehlen, die Madam Vasilia gab. Als du dann meine Aufmerksamkeit auf die Anwendung des Nullten Gesetzes in der Psychohistorik zogst, konnte ich spüren, wie die positronomotive Kraft zunahm; und doch reichte sie nicht ganz aus, um das Erste Gesetz oder selbst ein stark betontes Zweites Gesetz zu überlagern.«

»Und dennoch«, murmelte Daneel, »hast du Madam Vasilia niedergeschlagen, Freund Giskard.«

»Als sie den Robotern den Befehl gab, dich zu zerstören, Freund Daneel, und bei der Vorstellung ein unverkennbares Gefühl der Freude zeigte, überlagerte deine Not im Verein mit dem, was die Vorstellung des Nullten Gesetzes bereits bewirkt hatte, das Zweite Gesetz und trat in Widerstreit mit dem Ersten Gesetz. Die Kombination aus dem Nullten Gesetz, der Psychohistorik, meiner Loyalität gegenüber Lady Gladia und deiner Not hat mein Handeln diktiert.«

»Meine Not kann doch wohl keine Wirkung auf dich gehabt haben, Freund Giskard. Ich bin nur ein Roboter, und obwohl meine Not infolge des Dritten Gesetzes mein eigenes Handeln beeinflussen könnte, kann es dein Handeln nicht beeinflussen. Du hast den Aufseher auf Solaria ohne Zögern zerstört; du hättest meiner Zerstörung zusehen sollen, ohne zum Handeln veranlaßt zu sein.«

»Ja, Freund Daneel, normalerweise hätte es so sein können. Aber dein Hinweis auf das Nullte Gesetz hatte die Intensität des Ersten Gesetzes auf einen ungewöhnlich niedrigen Wert reduziert. Die Notwendigkeit, dich zu retten, reichte aus, das aufzuheben, was davon zurückgeblieben war; und ich ... ich habe so gehandelt, wie ich handelte.«

»Nein, Freund Giskard. Die Aussicht darauf, daß ein Roboter verletzt werden könnte, hätte auf dich überhaupt keine Wirkung haben dürfen; das hätte in keiner Weise dazu beitragen dürfen, das Erste Gesetz zu schwächen, so schwach es auch bereits gewesen sein mag.«

»Es ist sehr seltsam, Freund Daneel. Ich weiß nicht, wie es dazu kam. Vielleicht kommt es daher, weil ich festgestellt habe, daß du in immer stärkerem Maße wie ein menschliches Wesen denkst, aber ...«

»Ja, Freund Giskard?«

»In dem Augenblick, in dem die Roboter auf dich zu traten und Lady Vasilia ihre wilde Freude über deine Vernichtung zum

Ausdruck brachte, formten sich meine Positronen-Bahnen in anomaler Art neu. Einen Augenblick lang sah ich in dir ... sah ich in dir ein menschliches Wesen – und habe demgemäß reagiert.«

»Das war falsch.«

»Das weiß ich. Und doch – und doch, wenn es wieder geschehen würde, dann glaube ich, würde dieselbe anomale Veränderung wieder stattfinden.«

»Es ist seltsam; aber wenn ich das jetzt so von dir höre, so ertappe ich mich bei dem Gefühl, daß du das Richtige getan hast«, meinte Daneel. »Wenn die Situation umgekehrt wäre, so glaube ich fast, daß auch ich – dasselbe tun würde –, daß ich in dir ein ... ein menschliches Wesen – sehen würde.«

Daneel streckte zögernd und langsam die Hand aus, und Giskard musterte sie unsicher. Dann streckte er ganz langsam auch seine Hand aus. Die Fingerspitzen berührten sich beinahe, und dann nahm – ganz langsam – jeder die Hand des anderen und hielt sie umfaßt – fast so, als wären sie wirklich das, als was sie einander bezeichneten – Freunde.

67

Gladia sah sich mit kaum verhohlener Neugierde um. Zum erstenmal befand sie sich in D. G.s Kabine. Nicht daß sie erkennbar luxuriöser gewesen wäre als die neue Kabine, die man ihr gebaut hatte; aber D. G.s Kabine hatte ein aufwendigers Sichtpaneel und eine komplizierte Konsole mit Lichtern und Kontakten, die, wie sie annahm, dazu dienten, D. G. von hier aus den Kontakt mit der Brücke und dem übrigen Schiff zu ermöglichen.

»Ich habe Sie kaum gesehen, seit Sie Aurora verlassen haben, D. G.«, sagte sie.

»Es schmeichelt mir, daß Ihnen das auffällt«, antwortete D. G. und grinste. »Und, offengestanden, mir ist es auch bewußt geworden. Schließlich fallen Sie in einer sonst nur aus Männern bestehenden Mannschaft auf.«

»Nicht gerade eine schmeichelhafte Bemerkung. In einer ganz aus Menschen bestehenden Mannschaft kann ich mir vorstellen, daß Daneel und Giskard auch auffallen. Haben Sie die auch so vermißt wie mich?«

D. G. sah sich um. »Tatsächlich vermisse ich sie so wenig, daß mir erst jetzt bewußt wird, daß sie nicht bei Ihnen sind. Wo sind sie?«

»In meiner Kabine. Es kam mir albern vor, sie in der kleinen Welt dieses Schiffes mit mir herumzuschleppen. Sie schienen durchaus bereit, mich allein gehen zu lassen, was mich überraschte – nein«, korrigierte sie sich dann, »jetzt, wo ich darüber nachdenke, muß ich sagen, daß ich ihnen einen ziemlich scharfen Befehl erteilen mußte, ehe sie bereit waren, zurückzubleiben.«

»Ist das nicht recht eigenartig? Man hat mir zu verstehen gegeben, daß Auroraner nirgends ohne ihre Roboter hingehen.«

»Na und? Einmal, vor langer Zeit, als ich nach Aurora kam, mußte ich es lernen, die körperliche Anwesenheit menschlicher Wesen in unmittelbarer Nähe zu erdulden; etwas, worauf mich meine solarianische Erziehung überhaupt nicht vorbereitet hatte. Jetzt zu lernen, gelegentlich ohne meine Roboter zu sein, dann nämlich, wenn ich mich in der Gesellschaft von Siedlern befinde, wird mir sicherlich wesentlich weniger Mühe bereiten als jene erste Anpassung.«

»Gut. Sehr gut. Ich muß zugeben, daß ich es sehr vorziehe, mit Ihnen zusammen zu sein, wenn mich nicht Giskards glühende Augen fixieren oder ich mir Daneels kleines Lächeln ansehen muß.«

»Er lächelt nicht.«

»Auf mich wirkt es aber so; ein sehr anmaßendes, irgendwie lüsternes, kleines Lächeln.«

»Sie sind verrückt! Daneel ist so etwas völlig fremd.«

»Sie beobachten ihn nicht so wie ich. Seine Anwesenheit ist sehr beengend; sie zwingt mich, mich zu benehmen.«

»Nun, das möchte ich auch gehofft haben.«

»Das ist ja nicht gerade sehr schmeichelhaft. Aber lassen wir das – ich möchte mich dafür entschuldigen, daß ich mich seit dem Abflug von Aurora so wenig um Sie gekümmert habe.«

»Das ist nicht nötig.«

»Da Sie es erwähnt haben, fand ich das schon. Aber lassen Sie mich erklären. Wir waren in Alarmbereitschaft. Angesichts der Art und Weise, wie wir Aurora verlassen haben, waren wir sicher, daß uns Schiffe verfolgen würden.«

»Ich möchte meinen, die würden froh sein, eine Gruppe Siedler loszuwerden.«

»Natürlich. Aber Sie sind kein Siedler, und es könnte ja sein, daß es Wünsche gibt, die Ihnen gelten. Schließlich war Aurora sehr darauf erpicht, Sie von Baleys Welt zurückzubekommen.«

»Sie haben mich zurückbekommen. Ich habe ihnen berichtet, und damit war das erledigt.«

»Sie wollten also nicht mehr als Ihren Bericht?«

»Nein.« Gladia hielt inne und runzelte einen Augenblick lang die Stirn, als wäre da etwas, das an ihrer Erinnerung knabberte. Doch was auch immer es war, es ging vorbei, und sie wiederholte gleichgültig: »Nein.«

D. G. zuckte die Achseln. »Das ergibt ja nicht gerade Sinn; aber sie machten keine Anstalten, uns aufzuhalten, als Sie und ich auf Aurora waren nicht, und nachher auch nicht, als wir an Bord gingen und unser Schiff sich anschickte, den Orbit zu verlassen. Ich habe nichts dagegen. Jetzt dauert es nicht mehr lange, bis wir den Sprung machen, und anschließend brauchen wir keine Sorgen mehr zu haben.«

»Warum haben Sie eigentlich eine einzig und allein aus Männern bestehende Mannschaft?« wollte Gladia wissen. »Auroranische Schiffe haben immer gemischte Mannschaften.«

»Siedler-Schiffe auch. Gewöhnliche. Das hier ist ein Händler-Schiff.«

»Wo liegt da der Unterschied?«

»Der Handel bringt Gefahren mit sich. Wir leben in einer dauernden Ausnahmesituation. Frauen an Bord würden Probleme hervorrufen.«

»Was für ein Unsinn! Welche Probleme rufe ich denn hervor?«

»Darüber wollen wir jetzt nicht diskutieren. Außerdem ist das Tradition. Die Männer wären nicht einverstanden.«

»Woher wissen Sie das?« Gladia lachte. »Haben Sie es je ausprobiert?«

»Nein. Andrerseits gibt es massenhaft Frauen, die alles darum geben würden, einen Platz auf meinem Schiff zu bekommen.«

»Ich bin hier. Mir macht es Spaß.«

»Sie erfahren auch eine ganz besondere Behandlung – und wenn das auf Solaria nicht geschehen wäre, hätte es vielleicht große Schwierigkeiten geben können; die hat es tatsächlich sogar gegeben. Aber lassen wir das!« Er berührte einen der Kontakte an der Konsole, und die Ziffern eines Countdown huschten über den Schirm. »Wir werden in etwa zwei Minuten springen. Sie sind noch nie auf der Erde gewesen – oder, Gladia?«

»Nein, natürlich nicht.«

»Und haben auch *die Sonne* nicht gesehen – nicht einfach *eine* Sonne, sondern *die Sonne*.«

»Nein – obwohl ich sie in Historicals in Hypervision gesehen habe. Aber ich nehme an, das, was man in Historicals zeigt, ist nicht *die* Sonne.«

»Ganz sicher nicht. Wenn es Ihnen nichts ausmacht, werden wir die Kabinenbeleuchtung etwas dämpfen.«

Die Lichter wurden schwächer, und Gladia sah das Sternenfeld auf dem Bildschirm. Die Sterne waren heller und standen dichter, als sie das vom Himmel Auroras her gewöhnt war.

»Ist das eine Teleskop-Ansicht?« fragte sie leise.

»Ein wenig. Schwach – fünfzehn Sekunden.« Er zählte rückwärts. Das Sternenfeld veränderte sich, und jetzt strahlte plötzlich ein heller Stern fast genau in der Mitte des Bildschirms. D. G. berührte einen weiteren Kontakt und sagte: »Wir liegen ein gutes Stück außerhalb der Ekliptik. Gut! Ein wenig riskant; wir hätten uns noch ein Stückchen weiter von dem Zentralgestirn Auroras entfernen sollen, ehe wir sprangen; aber wir hatten es eilig. – Das ist *die Sonne*.«

»Dieser helle Stern, meinen Sie?«

»Ja. Was halten Sie davon?«

»Er ist hell«, sagte Gladia ein wenig verwirrt, weil sie nicht wußte, mit was für einer Reaktion er rechnete.

Er drückte einen weiteren Kontaktknopf, und das Bild verdunkelte sich. »Ja. Und es ist nicht gut für Ihre Augen, wenn Sie ihn anstarren. Aber nicht die Helligkeit ist es, worauf es ankommt. Dem Aussehen nach ist es auch nur ein Stern – aber denken Sie einmal nach. Das hier war die *ursprüngliche* Sonne. Das war der Stern, dessen Licht auf einen Planeten fiel, der einmal der *einzige* Planet war, auf dem menschliche Wesen existierten. Er bestrahlte einen Planeten, auf dem sich langsam menschliche Wesen entwickelten. Er bestrahlte einen Planeten, auf dem sich vor Milliarden von Jahren Leben bildete; Leben, das sich einmal in menschliche Wesen entwickeln würde. Es gibt dreihundert Milliarden Sterne in der Galaxis und einhundert Milliarden Galaxien im Universum. Und von all diesen Sternen gibt es nur einen einzigen, der die Geburt der Menschen gesehen hat; und *das* ist dieser Stern.«

Gladia wollte schon sagen: ›Nun, *irgendein* Stern mußte es ja schließlich sein‹, überlegte es sich aber anders. »Sehr eindrucksvoll«, sagte sie etwas schwächlich.

»Es ist nicht nur eindrucksvoll«, sagte D. G., dessen Augen im schwachen Licht nicht zu sehen waren. »Es gibt in der ganzen Galaxis keinen Siedler, der diesen Stern nicht als den seinen betrachtet. Die Strahlung der Sterne, die auf unsere verschiedenen Heimatplaneten herunterscheint, ist geborgte Strahlung – gemietete Strahlung, die wir benutzen. Da, dort vor uns, ist die wirkliche Strahlung, die uns das Leben schenkte. Dieser Stern und der Planet, der ihn umkreist, die Erde, sind es, die uns alle in einem engen Band zusammenhalten. Wenn wir sonst nichts miteinander gemeinsam hätten, würden wir jenes Licht auf dem Bildschirm miteinander teilen; und das würde schon genug sein. – Ihr Spacer habt es vergessen, und deshalb seid ihr auseinandergefallen, und deshalb werdet ihr auf lange Sicht nicht überleben.«

»Für uns alle ist Raum, Captain«, sagte Gladia mit leiser Stimme.

»Ja, natürlich. Ich würde auch nichts tun, das den Spacer ihr Nichtüberleben *aufzwingen* könnte. Ich glaube nur, daß genau das geschehen wird; und es würde vielleicht nicht geschehen, wenn die Spacer ihre Überheblichkeit, ihre Gewißheit, anderen überlegen zu sein, aufgeben würden; ihre Roboter und das völlige Aufgehen in einem langen Leben.«

»Sehen Sie mich auch so, D. G.?« fragte Gladia.

»Sie haben auch Ihre Momente gehabt«, sagte D. G. »Aber Sie haben sich verbessert, das muß ich Ihnen einräumen.«

»Vielen Dank!« sagte sie mit unverhohlener Ironie. »Und wenn es Ihnen vielleicht auch schwerfällt, das zu glauben – Siedler haben auch ihre stolzerfüllte Arroganz. Aber Sie haben sich auch gebessert, das will ich Ihnen einräumen.«

D. G. lachte. »Bei alledem, was ich Ihnen so liebenswürdig einräume und Sie mir so liebenswürdig einräumen, wird daraus wahrscheinlich eine lebenslange Feindschaft werden.«

»Wohl kaum«, sagte Gladia und lachte ihrerseits und stellte plötzlich mit einiger Überraschung fest, daß seine Hand auf der ihren lag. Und war dann noch mehr überrascht, daß sie ihre Hand nicht wegzog.

68

»Es beunruhigt mich, daß Madam Gladia nicht unter unserer direkten Beobachtung steht, Freund Giskard«, sagte Daneel.

»Das ist an Bord dieses Schiffes nicht nötig, Freund Daneel. Ich kann keine gefährlichen Emotionen entdecken, und der Captain ist im Augenblick bei ihr. Außerdem hätte es Vorteile, wenn sie es angenehm fände, ohne uns zu sein – wenigstens gelegentlich, wenn wir auf der Erde sind. Es ist möglich, daß wir uns, du und ich, zu plötzlichem Handeln gezwungen sehen könnten, ohne den Wunsch zu haben, daß ihre Anwesenheit und Sicherheit als komplizierender Faktor ins Spiel kommen.«

»Dann hast du ihre augenblickliche Trennung von uns manipuliert?«

»Kaum. Seltsamerweise habe ich in ihr eine starke Tendenz gefunden, in dieser Beziehung die Art der Siedler nachzuahmen. Sie hat ein unterdrücktes Sehnen nach Unabhängigkeit, das hauptsächlich von dem Gefühl beeinträchtigt wird, daß sie darin ihr Spacertum verletzt. Besser kann ich es nicht beschreiben. Die Empfindungen und Gefühle sind keineswegs leicht zu interpretieren, da ich derlei bisher unter Spacern niemals angetroffen habe. Also habe ich ihre spacerhafte Hemmung nur durch eine ganz leichte Berührung gelockert.«

»Wird sie dann nicht länger den Wunsch haben, sich unserer Dienste zu bedienen, Freund Giskard? Das würde mich stören.«

»Das sollte es nicht. Wenn sie zu dem Entschluß kommen sollte, daß sie sich ein von Robotern freies Leben wünscht, und so glücklicher wäre, dann werden auch wir uns das für sie wünschen. So, wie die Dinge jetzt liegen, bin ich freilich sicher, daß wir ihr immer noch nützlich sein werden. Dieses Schiff ein kleines, spezialisiertes Habitat, in dem es keine großen Gefahren gibt. Außerdem empfindet sie in Gegenwart des Kapitäns ein weiteres Gefühl der Sicherheit, und auch das verringert das Bedürfnis nach uns. Auf der Erde wird sie uns immer noch brauchen, wenn ich auch hoffe, nicht in der gleichen, beengenden Art wie auf Aurora. – Wie ich schon sagte, es könnte sein, daß wir auf der Erde größere Bewegungsfreiheit brauchen.«

»Hast du demnach schon eine Ahnung, welcher Art die Krise ist, die der Erde bevorsteht? Weißt du, was wir werden tun müssen?«

»Nein, Freund Daneel«, sagte Giskard. »Das weiß ich nicht. Du bist es doch, dem die Gabe des Verstehens gegeben ist. Siehst du vielleicht etwas?«

Daneel blieb eine Weile stumm. Dann sagte er: »Ich hatte Gedanken.«

»Was für Gedanken sind das?«

»Du erinnerst dich doch, wie du mir im Robotik-Institut sagtest, ehe Lady Vasilia den Raum betrat, in dem Madam Gladia schlief, daß Dr. Amadiro zwei intensive Blitze der Angst empfunden hätte. Der erste kam, als der Nuklearverstärker erwähnt wurde; der zweite bei der Aussage, daß Madam Gladia zur Erde reisen würde. Mir scheint, daß die beiden miteinander in Verbindung stehen müssen. Ich habe das Gefühl, daß die Krise den Einsatz eines Nuklearverstärkers auf der Erde betrifft; daß noch Zeit ist, das zu verhindern, und daß Dr. Amadiro befürchtet, wir könnten eben das tun, wenn wir zur Erde gehen.«

»Dein Bewußtsein sagt mir, daß du mit diesem Gedanken nicht zufrieden bist. Warum nicht, Freund Daneel?«

»Ein Nuklearverstärker beschleunigt die Kernverschmelzungsprozesse, die bereits in Gang sind, und zwar vermittels eines Stroms von W-Partikeln. Ich fragte mich deshalb, ob Dr. Amadiro beabsichtigt, einen oder mehrere Nuklearverstärker einzusetzen, um die Mikrofusions-Reaktoren zur Explosion zu bringen, die die Erde mit Energie versorgen. Die so herbeigeführten Kernexplosionen würden große Verwüstung anrichten, sowohl durch Hitze als auch durch mechanische Kräfte, durch Staub und radioaktive Stoffe, die in die Atmosphäre geschleudert würden. Selbst wenn das nicht ausreiche, um der Erde den Todesstoß zu versetzen, so würde doch die Vernichtung der Energieversorgung der Erde ganz sicherlich auf Dauer zum Zusammenbruch der irdischen Zivilisation führen.«

»Ein schrecklicher Gedanke!« sagte Giskard mit dumpfer Stimme. »Das klingt doch sehr plausibel und könnte durchaus die Krise sein, nach der wir suchen. Warum bist du also nicht zufrieden?«

»Ich habe mir die Freiheit genommen, den Computer des Schiffes zu befragen und mir Informationen bezüglich des Planeten Erde zu beschaffen. Der Computer ist, wie man das auf einem Siedler-Schiff auch erwarten darf, reichlich mit solchen Informationen versorgt. Anscheinend ist die Erde die einzige menschliche Welt, die kaum Mikrofusions-Reaktoren als Energiequellen einsetzt. Sie benutzt fast ausschließlich Sonnenenergie, die in Solarkraft-Stationen auf geostationärem Orbit gesammelt und zur Erde weitergeleitet wird. Für einen Nuklearverstärker gibt es dort also nichts zu tun außer der Vernichtung kleiner Geräte – Raumschiffe, gelegentlich Gebäude. Der angerichtete Schaden würde zwar nicht belanglos sein, aber die Existenz der Erde würde dadurch nicht bedroht werden.«

»Aber, Freund Daneel, Amadiro könnte doch irgendein Gerät besitzen, mit dem er die Solarkraft-Generatoren zu zerstören in der Lage wäre.«

»Wenn das so ist, warum hat er dann auf den Hinweis auf Nuklearverstärker reagiert? Damit kann man in keinem Fall etwas gegen Solargeneratoren ausrichten.«

Giskard nickte langsam. »Das ist ein wichtiger Punkt. Und außerdem, wenn Dr. Amadiro der Gedanke so erschreckte, daß wir zur Erde reisen, warum hat er dann, solange wir noch auf Aurora waren, nichts unternommen, um uns aufzuhalten? Oder, wenn er unseren Abflug erst bemerkt hat, nachdem wir bereits den Orbit verlassen hatten, warum hat er uns dann nicht von einem auroranischen Schiff aufhalten lassen, ehe wir den Sprung zur Erde machten? Könnte es sein, daß wir uns auf einer völlig falschen Spur befinden, daß wir irgendwo einen ernsthaften Fehler begangen haben...?«

Eine Folge von Glockentönen hallte durch das Schiff, und Daneel sagte: »Wir haben den Sprung sicher vollendet, Freund Giskard. Ich habe das schon vor einigen Minuten gespürt. Aber wir haben die Erde noch nicht erreicht, und was du gerade über ein mögliches Aufhalten erwähnt hast, ist, wie ich argwöhne, soeben eingetreten, so daß wir uns nicht unbedingt auf falscher Spur befinden müssen.«

69

D. G. sah sich zu einer Art perversen Bewunderung veranlaßt. Wenn die Auroraner wirklich etwas unternahmen, dann war ihr technologischer Schliff nicht zu übersehen. Ohne Zweifel hatten sie eines ihrer neuesten Kriegsschiffe geschickt, woraus man sofort den Schluß ziehen konnte, daß das, was sie bewegt hatte – was immer es auch war –, ihnen am Herzen lag.

Und dieses Schiff hatte die Anwesenheit von D. G.s Raumschiff binnen fünfzehn Minuten nach seinem Auftauchen im Normalraum entdeckt – und zwar aus beträchtlicher Entfernung.

Das auroranische Schiff hatte ein Hyperwellengerät mit Fokusbeschränkung eingesetzt. Den Kopf des Sprechers konnte man deutlich sehen, solange er sich im Brennpunkt befand;

alles andere war grauer Nebel. Wenn der Sprecher den Kopf einen Dezimeter aus dem Brennpunkt entfernte, wurde er ebenso nebelhaft. Auch in bezug auf Geräusche war der Fokus eingeschränkt. Die Folge war, daß man nur ein fundamentales Minimum des feindlichen Schiffes zu sehen und zu hören bekam (D. G. hatte es für sich bereits als das ›feindliche‹ Schiff eingereiht), so daß die Intimsphäre gewahrt blieb.

Auch D. G.s Schiff war mit einem solchen Hyperwellengerät ausgerüstet; aber die Eleganz und Vollkommenheit der auroranischen Version fehlte ihm, wie D. G. etwas neidisch feststellte. Natürlich war sein eigenes Schiff nicht das beste, das den Siedlern zur Verfügung stand; aber – wie dem auch sei – die Spacer hatten in puncto Technologie einen großen Vorsprung, und die Siedler würden noch eine Weile zu tun haben, um den aufzuholen.

Der auroranische Kopf war ganz deutlich und wirkte so echt, daß er wie auf grausame Art von seinem Körper getrennt aussah, so daß D. G. nicht überrascht gewesen wäre, wenn Blut von ihm heruntergetropft wäre. Auf den zweiten Blick freilich konnte man erkennen, daß der Hals dicht unter dem Kragen einer ohne Zweifel maßgeschneiderten Uniform in Grau überging.

Der Kopf identifizierte sich mit pedantisch wirkender Höflichkeit als Commander Lisiform des auroranischen Schiffes ›Borealis‹. D. G. gab sich seinerseits zu erkennen und schob dabei das Kinn vor, um sicherzustellen, daß sein Bart möglichst scharf gezeichnet wirkte. Er war der Meinung, daß sein Bart ihm eine Aura der Wildheit verlieh, die auf einen bartlosen und (wie er dachte) mit einem fliehenden Kinn ausgestatteten Spacer beeindruckend wirken mußte.

D. G. gab sich bewußt locker und formlos und wußte, daß das auf einen Spacer-Offizier ebenso irritierend wirkte wie die Arroganz des letzteren auf einen Siedler. »Welchen Grund haben Sie, mich anzurufen, Commander Lisiform?« fragte er.

Der auroranische Kommandant sprach mit einem übertriebenen Akzent, den er möglicherweise für ebenso furchteinflößend hielt, wie D. G. das von seinem Bart glaubte. D. G. mußte sich beträchtliche Mühe geben, um ihn überhaupt zu verstehen.

»Wir glauben«, sagte Lisiform, »daß Sie eine auroranische Bürgerin namens Gladia Solaria an Bord Ihres Schiffes haben. Ist das richtig, Captain Baley?«

»Madam Gladia ist an Bord dieses Schiffes, Commander.«

»Danke, Captain. Nach meinen Informationen muß ich schließen, daß sich in ihrer Gesellschaft zwei Roboter auroranischer Herstellung befinden: R. Daneel Olivaw und R. Giskard Reventlov. Ist das richtig?«

»Das ist richtig.«

»In dem Fall muß ich Ihnen mitteilen, daß R. Giskard Reventlov im Augenblick ein gefährliches Gerät ist. Kurz bevor Ihr Schiff mit ihm den auroranischen Raum verließ, hat besagter Roboter Giskard einen auroranischen Bürger in Mißachtung der Drei Gesetze schwer verletzt. Der Roboter muß deshalb zerlegt und repariert werden.«

»Schlagen Sie damit vor, Commander, daß wir den Roboter auf diesem Schiff zerlegen sollen?«

»Nein, Sir, das würde nicht gehen. Ihre Leute könnten ihn, da sie keine Erfahrung mit Robotern haben, nicht richtig zerlegen und ihn, selbst wenn sie das täten, unmöglich reparieren.«

»Dann könnten wir ihn also einfach vernichten.«

»Dafür ist er zu wertvoll. Captain Baley, der Roboter ist ein Produkt Auroras, und deshalb ist Aurora auch für ihn verantwortlich. Wir möchten sicherstellen, daß die Leute auf Ihrem Schiff und später auf dem Planeten Erde, wenn Sie dort landen, nicht seinetwegen Schaden erleiden. Demzufolge bitten wir Sie, daß er uns übergeben wird.«

D. G. antwortete darauf ganz ruhig: »Commander, ich weiß Ihre Sorge zu würdigen. Der Roboter ist jedoch legales Eigentum der Lady Gladia, die sich hier an Bord befindet. Es könnte sein, daß sie nicht damit einverstanden wäre, von ihrem Roboter getrennt zu werden. Und obwohl mir natürlich nichts ferner liegt, als Sie in bezug auf die auroranischen Gesetze zu belehren, glaube ich doch, daß es nach ebendiesen Gesetzen illegal wäre, sie zu einer solchen Trennung zu zwingen. Meine Mannschaft und ich betrachten die auroranischen Gesetze zwar nicht als für uns bindend, würden aber auch Ihnen nicht willentlich bei etwas helfen wollen, was Ihre eigene Regierung möglicherweise als illegalen Akt ansehen könnte.«

In der Stimme des Commanders klang jetzt die Andeutung von Ungeduld mit. »Es geht hier nicht um Illegalität, Captain. Eine lebensbedrohende Fehlfunktion in einem Roboter setzt die gewöhnlichen Rechte eines Besitzers außer Kraft. Dennoch steht mein Schiff, falls es diesbezüglich irgendwelche Fragen geben sollte, selbstverständlich bereit. Lady Gladia und ihren Roboter Daneel sowie den fraglichen Roboter Giskard aufzunehmen. In dem Fall würde es bis zu ihrer Rückkehr nach Aurora keine Trennung von Gladia Solaria und ihrem robotischen Besitz geben. Dort könnte dann das Gesetz seinen angemessenen Lauf nehmen.«

»Es ist möglich, Commander, daß Lady Gladia nicht den Wunsch hat, mein Schiff zu verlassen oder dies in bezug auf ihren Besitz zu erlauben.«

»Sie hat keine andere Wahl, Captain. Ich bin von meiner Regierung legal dazu autorisiert, ihre Auslieferung zu verlangen, und sie muß als auroranische Bürgerin gehorchen.«

»Aber mich verpflichtet kein Gesetz, irgend etwas, das sich in meinem Schiff befindet, auf Forderung einer ausländischen Macht auszuliefern. Was ist, wenn ich mich dazu entschließen sollte, Ihre Forderung abzulehnen?«

»In dem Fall, Captain, hätte ich keine andere Wahl, als Ihr Verhalten als einen feindseligen Akt zu betrachten. Darf ich darauf hinweisen, daß wir uns innerhalb des Planetensystems befinden, dem die Erde angehört. Sie haben nicht gezögert, mich über auroranische Gesetze zu belehren. Sie werden daher Nachsicht mit mir haben, wenn ich darauf hinweise, daß *Ihre* Landsleute es nicht für richtig halten, innerhalb dieses Planetensystems feindselige Handlungen zu begehen.«

»Dessen bin ich mir bewußt, Commander, und ich wünsche keine feindseligen Handlungen und beabsichtige auch nicht, solche zu begehen. Ich bin jedoch in einiger Eile zur Erde unterwegs. Mit diesem Gespräch verliere ich Zeit und würde weitere Zeit verlieren, wenn ich mich auf Sie zubewegte oder darauf wartete, bis Sie sich auf mich zubewegen, damit die Lady und ihre Roboter an Bord Ihres Schiffes gehen können. Ich würde es vorziehen, meine Reise zur Erde fortzusetzen und in aller Form jegliche Verantwortung für den Roboter Giskard und sein Verhalten übernehmen, bis Lady Gladia und ihre Roboter nach Aurora zurückkehren.«

»Darf ich den Vorschlag machen, Captain, daß Sie die Frau und die beiden Roboter in ein Rettungsboot setzen und ein Mitglied Ihrer Mannschaft dazu abordnen, dieses Boot zu uns zu steuern? Sobald die Frau und die beiden Roboter ausgeliefert sind, werden wir selbst das Rettungsboot in die unmittelbare Umgebung der Erde geleiten und sie angemessen für Ihre Zeit und Ihre Bemühungen entschädigen. Dagegen sollten Sie als Händler keine Einwände haben.«

»Die habe ich auch nicht, Commander – keineswegs«, sagte D. G. und lächelte. »Trotzdem würde das Mitglied meiner Mannschaft, das ich für diese Aufgabe auswähle, in großer Gefahr sein, da es mit diesem gefährlichen Roboter allein sein würde.«

»Captain, wenn die Eigentümerin des Roboters in ihrer Kontrolle über ihn sicher ist, wird Ihr Matrose auf dem Rettungsboot in keiner größeren Gefahr sein, als er das auf Ihrem Schiff jetzt ist. Wir werden ihn für das Risiko entschädigen.«

»Aber wenn der Roboter doch von seiner Eigentümerin unter Kontrolle gehalten werden kann, dann ist er doch ganz sicherlich nicht so gefährlich, daß man ihn nicht auch bei uns lassen kann.«

Der Commander runzelte die Stirn. »Captain, ich will doch hoffen, daß Sie nicht etwa versuchen, Ihr Spiel mit uns zu treiben. Ich habe Ihnen gesagt, worum ich Sie ersuche, und es wäre mir recht, wenn Sie der Aufforderung sofort nachkommen würden.«

»Ich nehme an, Sie gestatten mir, Lady Gladia zu fragen, was sie von Ihrem Vorschlag hält.«

»Wenn Sie das unverzüglich tun. Bitte erklären Sie ihr genau, worum es geht. Wenn Sie unterdessen versuchen, die Reise zur Erde fortzusetzen, werde ich das als feindseligen Akt betrachten und die angemessenen Schritte unternehmen. Da, wie Sie behaupten, Ihre Reise zur Erde dringlicher Natur ist, rate ich Ihnen, Gladia Solaria sofort zu befragen und schnell die Entscheidung zu treffen, mit uns zu kooperieren; dann wird man Sie nicht zu lange aufhalten.«

»Ich werde tun, was ich kann«, sagte D. G. mit hölzernem Gesichtsausdruck und entfernte sich aus dem Aufnahmebereich der Kamera.

70

»Nun?« sagte D. G. ernst.

Gladia blickte besorgt. Automatisch wanderte ihr Blick zu Daneel und Giskard hinüber; aber die blieben stumm und reglos.

»Ich will nicht nach Aurora zurückkehren, D. G.«, sagte sie. »Sie können unmöglich Giskard zerstören wollen; ich versichere Ihnen, er befindet sich in einwandfreiem Zustand. Das ist nur eine Ausflucht. Sie wollen aus irgendeinem Grunde mich. Aber ich nehme an, es gibt keine Möglichkeit, sie aufzuhalten, oder?«

»Das ist ein auroranisches Kriegsschiff, ein ziemlich großes«, sagte D. G. »Das hier ist nur ein Händlerschiff, ein Frachter. Wir haben zwar Energieschilde, und sie können uns nicht einfach auf einen Schlag vernichten, aber mit der Zeit können sie die schwächen – sogar ziemlich schnell –, und dann können sie uns vernichten.«

»Gibt es für Sie irgendeine Möglichkeit, um zurückzuschlagen?«

»Mit meinen Waffen? Tut mir leid, Gladia, aber ihre Energieschirme können alles absorbieren, mit dem ich aufwarten könnte. Und außerdem...«

»Ja?«

»Nun, sie haben mich ziemlich in die Enge getrieben. Irgendwie dachte ich, sie würden mich vor dem Sprung aufhalten wollen; aber sie kannten mein Ziel und sind mir zuvorgekommen und haben hier auf mich gewartet. Wir befinden uns innerhalb des Sonnensystems – des Planetensystems, dem die

Erde angehört. Hier können wir nicht kämpfen; selbst wenn ich das wollte, würde mir die Mannschaft den Gehorsam versagen.«

»Warum?«

»Nennen Sie es Aberglauben. Das Sonnensystem ist für uns ein heiliger Raum – wenn Sie gegen diese melodramatische Formulierung nichts einzuwenden haben. Wir können diesen Raum nicht dadurch entweihen, daß wir hier kämpfen.«

Plötzlich sagte Giskard: »Darf ich der Diskussion etwas beisteuern, Sir?«

D. G. runzelte die Stirn und sah zu Gladia hinüber.

»Bitte! Lassen Sie ihn!« sagte Gladia. »Diese Roboter sind hochintelligent. Ich weiß, es fällt Ihnen schwer, das zu glauben, aber...«

»Ich werde zuhören. Ich brauche mich ja nicht beeinflussen zu lassen.«

»Sir, ich bin sicher, sie wollen *mich*«, sagte Giskard. »Ich darf nicht zulassen, daß meinetwegen menschliche Wesen Schaden erleiden. Wenn Sie sich nicht verteidigen können und im Falle eines Konflikts mit dem anderen Schiff der Vernichtung sicher sind, haben Sie keine andere Wahl, als mich aufzugeben. Ich bin sicher, daß sie, falls Sie meine Auslieferung anbieten, keine ernsthaften Einwände vorbringen werden, wenn Sie den Wunsch äußern, Lady Gladia und Freund Daneel zurückzuhalten. Das ist die einzige Lösung.«

»Nein!« sagte Gladia heftig. »Du gehörst mir, und ich werde dich nicht aufgeben. Ich werde mit dir gehen, wenn der Captain entscheidet, daß du gehen mußt, und ich werde dafür sorgen, daß sie dich *nicht* zerstören.«

»Darf ich auch etwas sagen?« sagte Daneel.

D. G. spreizte in gespielter Verzweiflung die Finger. »Bitte! Jeder darf reden.«

»Wenn Sie sich dafür entscheiden, Giskard aufzugeben, müssen Sie die Konsequenzen verstehen«, sagte Daneel. »Ich glaube, Giskard meint, daß die Leute auf dem auroranischen Schiff ihm keinen Schaden zufügen, ja ihn sogar freilassen würden. Ich glaube nicht, daß das so ist. Ich glaube, die

Auroraner meinen es durchaus ernst, wenn sie ihn für gefährlich halten, und es ist durchaus möglich, daß sie Anweisung haben, das Rettungsboot bei seiner Annäherung ohne Rücksicht auf seine Insassen zu zerstören.«

»Aus welchem Grund würden sie so etwas tun?« fragte D. G.

»Kein Auroraner ist je einem Roboter begegnet oder hat sich auch nur einen solchen vorgestellt, den man gefährlich nennt. Sie würden niemals das Risiko eingehen, einen derartigen Roboter an Bord eines ihrer Schiffe zu nehmen. – Ich würde vorschlagen, Captain, daß Sie sich zurückziehen. Warum nicht noch einmal springen – weg von der Erde? Wir sind weit genug von jeder planetarischen Masse entfernt, um das zu ermöglichen.«

»Zurückziehen? Du meinst wegrennen? Das kann ich nicht.«

»Nun, dann müssen Sie aufgeben«, sagte Gladia in hoffnungsloser Resignation.

»Ich gebe nicht auf!« sagte D. G. heftig. »Und wegrennen werde ich auch nicht. Und kämpfen kann ich nicht.«

»Was bleibt dann noch übrig?« fragte Gladia.

»Eine vierte Alternative«, sagte D. G. »Gladia, ich muß Sie und Ihre Roboter bitten, daß Sie mit Ihren Robotern hierbleiben, bis ich zurückkomme.«

71

D. G. musterte die Zahlenkolonnen auf dem Bildschirm. Während des Gesprächs war genug Zeit gewesen, um die genaue Position des auroranischen Schiffes zu ermitteln. Es war ein Stück weiter von der Sonne entfernt als sein eigenes Schiff, und das war gut. Ein Sprung auf die Sonne zu würde auf diese Distanz sehr gefährlich sein; ein Sprung zur Seite würde im Vergleich damit sozusagen ein Zuckerlecken sein. Es bestand zwar die geringe Gefahr eines Unfalls durch Wahrscheinlichkeitsabweichung: aber die bestand immer.

Er hatte selbst der Mannschaft versichert, daß kein Schuß abgefeuert werden würde (was ohnehin nichts nützen mochte).

Sie hatten ganz offensichtlich einen geradezu grenzenlosen Glauben in den Schutz, den ihnen der Erdenraum bot, solange sie seinen Frieden nicht dadurch entweihten, daß sie selbst irgendwelche Gewalttätigkeiten unternahmen. Das war reiner Aberglaube, über den D. G. sich sonst spöttisch hinweggesetzt hätte, wenn er nicht selbst diese Überzeugung geteilt hätte.

Er begab sich wieder in den Aufnahmebereich der Kamera. Das Warten hatte ziemlich lange gedauert; aber von der anderen Seite war kein Signal gekommen. Sie hatten geradezu beispielhafte Geduld an den Tag gelegt.

»Hier Captain Baley«, sagte er. »Ich möchte Commander Lisiform sprechen.«

Er brauchte nicht lange zu warten. »Hier Commander Lisiform. Kann ich Ihre Antwort haben?«

»Wir werden die Frau und die beiden Roboter ausliefern.«

»Gut! Eine weise Entscheidung.«

»Und wir werden sie so schnell wie möglich ausliefern.«

»Wiederum eine weise Entscheidung.«

»Danke!« D. G. gab das Signal, und sein Schiff sprang.

Die Zeit war nicht lang genug, um den Atem anzuhalten; und das war auch nicht nötig. Es war ebenso schnell vorbei, wie es begonnen hatte – oder besser gesagt, die Zeitspanne war belanglos.

Der Pilot meldete: »Neue Feindschiff-Position fixiert, Captain.«

»Gut«, sagte D. G. »Sie wissen, was zu tun ist.«

Sie waren in bezug auf das auroranische Schiff mit hoher Geschwindigkeit aus dem Sprung gekommen, und die Kurskorrektur (hoffentlich keine sehr umfangreiche) wurde durchgeführt. Dann weitere Beschleunigung.

D. G. trat wieder in den Aufnahmebereich. »Wir sind nahe, Commander, und auf dem Wege, um zu liefern. Wenn Sie das wollen, können Sie feuern. Aber unsere Schutzschirme sind aufgebaut, und ehe Sie die zerschlagen können, werden wir Sie erreicht haben, um die Auslieferung durchzuführen.«

»Senden Sie ein Rettungsboot?« Der Commander entfernte sich aus dem Fokusbereich.

D. G. wartete, und jetzt tauchte der Commander mit verzerrtem Gesicht wieder auf. »Was soll das? Ihr Schiff ist auf Kollisionskurs!«

»Ja, so scheint es«, sagte D. G. »Das ist die schnellste Möglichkeit zur Auslieferung.«

»Sie werden Ihr Schiff zerstören.«

»Und das Ihre auch. Ihr Schiff ist wenigstens fünfzigmal so teuer wie das meine – wahrscheinlich sogar noch mehr. Ein schlechter Tausch für Aurora.«

»Aber das ist eine Kampfhandlung im Erdenraum, Captain. Ihre Sitten lassen das nicht zu.«

»Ah, Sie kennen unsere Sitten und schlagen Nutzen aus ihnen. – Aber ich befinde mich nicht im Kampf. Ich habe kein einziges Erg Energie abgefeuert und werde das auch nicht tun; ich folge nur einer Flugbahn. Zufällig schneidet diese Bahn Ihre Position; aber da ich sicher bin, daß Sie sich bewegen werden, ehe es zu einer solchen Überschneidung kommt, ist offenkundig, daß ich keine gewalttätige Handlung beabsichtige.«

»Halt! Lassen Sie uns darüber reden!«

»Ich bin des Redens müde, Commander. Wollen wir uns alle ein freundliches Lebewohl sagen? Wenn Sie sich nicht bewegen, gebe ich vielleicht vier Dekaden auf, wovon die dritte und vierte ohnehin nicht besonders gut sein werden. Wie viele werden Sie aufgeben?« Und D. G. trat aus dem Fokusbereich und blieb draußen.

Ein Strahl schoß von dem auroranischen Schiff heraus, tastend, als wollte er überprüfen, ob die Schutzschirme des anderen wirklich aufgebaut waren; das waren sie.

Solche Schutzschirme hielten elektromagnetischer Strahlung und subatomischen Partikeln stand, auch Neutrinos, und konnten die kinetische Energie kleiner Massen aufzehren – Staubpartikel, sogar Meteorkies. Größere kinetische Energien wie die eines ganzen Schiffes, das mit der Geschwindigkeit eines Meteoriten herangeschossen kam, konnten sie nicht aufhalten.

Selbst mit gefährlichen Massen, wenn diese nicht gelenkt waren – einem Meteoriten beispielsweise –, würden sie zurechtkommen. Die Computer eines Schiffes würden dieses dann automatisch aus der Flugbahn herannahender Meteoriten lenken, die für den Schild zu groß waren. Aber gegen ein Schiff würde das nicht funktionieren, da dieses ja jeder Ausweichbewegung seines Ziels folgen konnte. Und wenn das Siedler-Schiff das kleinere der beiden war, war es auch viel wendiger.

Für das auroranische Schiff gab es nur eine Möglichkeit, der Zerstörung auszuweichen.

D. G. sah zu, wie das andere Schiff auf seinem Sichtschirm immer größer wurde, und fragte sich, ob Gladia in ihrer Kabine wohl wußte, was hier vorging. Sie mußte die Beschleunigung trotz der hydraulischen Dämpfung ihrer Kabine und der Ausgleichswirkung des Pseudo-Gravitationsfeldes bestimmt bemerkt haben.

Und dann war das andere Schiff einfach verschwunden – es war weggesprungen, und D. G. nahm mit einiger Verstimmung wahr, daß er den Atem angehalten hatte und sein Herz wie wild schlug. Hatte er nicht genügend Vertrauen in den schützenden Einfluß der Erde oder in seine eigene Diagnose der Situation gehabt?

Aber als er in das Mikrofon der Sprechanlage sprach, zwang er seine Stimme zu eisiger Kühle: »Gut gemacht, Männer! Kurs korrigieren und neuen Kurs auf die Erde setzen!«

XVI. DIE CITY

72

»Und das ist Ihr Ernst, D. G.?« fragte Gladia. »Hatten Sie wirklich vor, mit dem Schiff zu kollidieren?«

»Keineswegs«, sagte D. G. gleichgültig. »Ich habe nicht damit gerechnet. Ich bin nur auf sie zugeflogen, weil ich wußte, daß sie sich zurückziehen würden. Diese Spacer würden doch niemals ihr langes, wunderbares Leben riskieren, wo sie es doch so leicht bewahren konnten.«

»*Diese* Spacer? Was für Feiglinge das doch sind!«

D. G. räusperte sich. »Ich vergesse immer wieder, daß Sie auch ein Spacer sind, Gladia.«

»Ja, und Sie meinen wahrscheinlich, das sei ein Kompliment für mich. Was, wenn sie ebenso verrückt wie Sie gewesen – wenn sie diese kindische Verrücktheit an den Tag gelegt hätten, die Sie als Tapferkeit ansehen – und einfach dageblieben wären? Was hätten Sie dann getan?«

»Dann wären wir zusammengeprallt«, murmelte D. G.

»Und dann wären wir alle gestorben.«

»Eine Transaktion zu unserem Vorteil, Gladia. Ein armseliges, altes Händler-Schiff von einer Siedler-Welt gegen ein neues, hochentwickeltes Kriegsschiff der führenden Spacer-Welt.«

D. G. kippte seinen Sessel nach hinten gegen die Wand und verschränkte die Hände hinter dem Kopf (erstaunlich, wie wohl er sich jetzt fühlte, wo alles vorbei war). »Ich habe in Hypervision einmal ein Historical gesehen, in dem gegen Ende eines Krieges Flugzeuge, die mit Explosivstoffen beladen waren, absichtlich über wesentlich teureren Seeschiffen abstürzten, um sie zu versenken. Natürlich hat der Pilot des Flugzeuges sein Leben verloren.«

»Das war ein Historical«, sagte Gladia. »Sie meinen doch nicht etwa, daß im wirklichen Leben zivilisierte Leute so etwas tun würden, oder?«

»Warum nicht? Wenn die Sache es wert ist?«

»Was haben Sie denn dann empfunden, als Sie das Gefühl hatten, einem ruhmreichen Tod entgegenzurasen? Ein Hochgefühl etwa? Schließlich hätten Sie Ihre ganze Mannschaft mitgenommen.«

»Die waren informiert. Etwas anderes hätten wir nicht tun können. Die Erde war Zeuge.«

»Die Leute auf der Erde wußten es nicht einmal.«

»Ich meine das im übertragenen Sinn. Wir waren im Erdenraum. Wir konnten nicht schändlich handeln.«

»Oh, was für ein Unsinn! Und mein Leben haben Sie auch riskiert.«

D. G. sah auf seine Stiefelspitzen. »Wollen Sie etwas Verrücktes hören? Das war das einzige, das mich dabei gestört hat.«

»Daß ich sterben würde?«

»Daß ich Sie verlieren würde. – Als der Auroraner von mir forderte, Sie aufzugeben, wußte ich, daß ich das nicht tun würde – selbst wenn Sie mich darum gebeten hätten. Ich hätte sie liebend gern statt dessen gerammt; die sollten *Sie* nicht bekommen. Und dann, als ich sah, wie ihr Schiff auf dem Bildschirm immer größer wurde, dachte ich: ›Wenn die jetzt hier nicht verschwinden, werde ich Sie doch verlieren.‹ Und da fing mein Herz schneller an zu schlagen. Ich *wußte*, daß die abhauen würden; und trotzdem hat mir der Gedanke...«

Gladia runzelte die Stirn. »Ich verstehe Sie nicht. Darüber, daß ich sterben würde, haben Sie sich keine Gedanken gemacht, wohl aber darüber, daß Sie mich verlieren würden? Gehört das denn nicht zusammen?«

»Ich weiß. Ich sage ja nicht, daß es vernünftig ist. Ich dachte daran, wie Sie auf den Aufseher losrannten, um mich zu retten, wo Sie doch wußten, daß er Sie mit einem Schlag töten konnte. Ich dachte daran, wie Sie sich auf Baleys Welt der Menge gestellt und sie niedergeredet hatten, wo Sie doch nie zuvor eine Menschenmenge gesehen hatten. Ich dachte sogar daran, wie Sie als junge Frau nach Aurora gingen und dort eine neue Art zu leben lernten – und überlebten. – Und da war mir klar, daß mir das Sterben nichts ausmachte; nur Sie wollte ich nicht verlieren. – Sie haben recht – es gibt keinen Sinn.«

Gladia sah ihn nachdenklich an und meinte: »Haben Sie vergessen, wie alt ich bin? Ich war schon fast so alt wie jetzt, als Sie geboren wurden. Und als ich so alt wie Sie war, pflegte ich von Ihrem Ur-Ur-Ur-Ur-Ur-Ur-Urgroßvater zu träumen. Ja, noch schlimmer: Ich habe ein künstliches Hüftgelenk. Mein linker Daumen – der hier... – sie wackelte damit – »ist eine Prothese. Einige meiner Nerven sind ersetzt. Meine Zähne sind sämtlich eingepflanzt. Wenn man Sie so reden hörte, muß man annehmen, Sie würden jeden Augenblick von alles verzehrender Leidenschaft zu faseln anfangen – für was – für wen? *Denken Sie nach, D. G.! Sehen Sie mich an, und sehen Sie mich so, wie ich bin!*«

D. G. kippte seinen Sessel noch weiter nach hinten und rieb sich mit einem seltsam scharrenden Geräusch den Bart. »Also gut. Jetzt haben Sie mich so weit, daß das, was ich sage, recht albern klingt. Aber ich werde weitermachen. Was ich von Ihrem Alter weiß, ist, daß Sie mich überleben werden und dann kaum älter aussehen werden – also sind Sie jünger als ich, nicht älter. Außerdem ist es mir gleichgültig, ob Sie älter sind. Was ich mir wünschen würde, ist, daß Sie bei mir bleiben, wohin auch immer ich gehe – mein ganzes Leben lang, wenn das möglich ist.«

Gladia setzte zum Sprechen an, aber D. G. kam ihr zuvor: »Oder, wenn Ihnen das bequemer erscheint, daß ich mit Ihnen überallhin gehe, wohin Sie gehen – mein ganzes Leben lang, wenn möglich – falls es Ihnen recht ist.«

Gladia sagte leise: »Ich bin Spacer. Sie sind ein Siedler.«

»Wen interessiert das schon, Gladia? Sie etwa?«

»Ich meine, Kinder kommen keine in Frage. Ich habe die meinen schon gehabt.«

»Was macht mir das schon aus! Die Gefahr, daß der Name Baley ausstirbt, besteht ohnehin nicht.«

»Ich habe meine eigene Aufgabe. Es ist meine Absicht, der Galaxis den Frieden zu bringen.«

»Dabei werde ich Ihnen helfen.«

»Und Ihr Beruf als Händler? Werden Sie die Chance aufgeben, reich zu werden?«

»Das machen wir gemeinsam. Reich genug, um meine Mannschaft zufriedenzustellen, werde ich schon werden; und Sie kann ich dabei in Ihrer Aufgabe als Friedensbringer unterstützen.«

»Das Leben wird langweilig für Sie sein, D. G.«

»Wirklich? Mir scheint eher, es ist, seit ich Sie kenne, ziemlich aufregend geworden.«

»Und dann würden Sie wahrscheinlich darauf bestehen, daß ich meine Roboter aufgebe.«

D. G. sah sie betrübt an. »*Deshalb* haben Sie mir das also ausreden wollen? Mir würde es ja nichts ausmachen, wenn Sie die beiden behalten – selbst Daneel und sein lüsternes kleines Lächeln. Aber wenn wir unter Siedlern leben sollen...«

»Dann werde ich wohl versuchen müssen, den Mut dazu aufzubringen.«

Sie lachte sanft, und D. G. lachte auch. Er streckte die Arme nach ihr aus, und sie legte die Hände in die seinen. Sie schwieg eine Zeitlang, dann schüttelte sie den Kopf und sagte: »Du bist verrückt, und ich bin verrückt, D. G. Aber seit dem Abend, an dem ich auf Aurora zum Himmel aufblickte und versuchte, Solarias Sonne zu finden, ist alles so seltsam geworden. Wahrscheinlich kann man auf all das, was ich erlebt habe, nur mit Verrücktheit reagieren.«

»Was du gerade gesagt hast, ist nicht nur verrückt«, sagte D. G., »es ist sogar wahnsinnig – aber so will ich dich.« Er zögerte. »Nein, ich werde warten. Ich werde mir den Bart abrasieren, ehe ich dich zu küssen versuche. Das verringert die Gefahr einer Ansteckung.«

»Nein, nicht! Ich bin neugierig, wie sich das anfühlt.«
Und das fand sie prompt heraus.

73

Commander Lisiform schritt in seiner Kabine auf und ab. »Es hätte keinen Sinn gehabt, das Schiff zu opfern«, sagte er. »Überhaupt keinen Sinn.«

Sein Politischer Berater saß schweigend daneben. Er verzichtete darauf, mit den Augen dem erregten Hinundherschreiten des anderen zu folgen. »Nein, selbstverständlich nicht«, sagte er.

»Was haben diese Barbaren denn schon zu verlieren? Sie leben ja ohnehin nur einige wenige Dekaden. Das Leben bedeutet ihnen nichts.«

»Ja, selbstverständlich.«

»Trotzdem – ich habe noch nie gesehen oder davon gehört, daß ein Siedler-Schiff so etwas tut. Das kann eine neue, fanatische Taktik sein, und wir haben nichts, womit wir uns dagegen verteidigen können. Was, wenn sie Drohnenschiffe gegen uns schicken, mit eingeschalteten Schutzschirmen und dem vollen Trägheitsmoment, aber ohne Menschen an Bord?«

»Wir könnten unsere Schiffe völlig robotifizieren.«

»Das würde nichts nützen. Wir könnten es uns nicht leisten, das Schiff zu verlieren. Was wir wirklich brauchen, ist das Schildmesser, von dem die ganze Zeit die Rede ist; etwas, womit man einen Schutzschirm aufschlitzen kann.«

»Dann werden die Siedler ebenfalls so etwas entwickeln, und dann müssen wir einen gegen Schildmesser immunen Schild entwickeln – und das werden sie dann auch tun – und am Ende ist es wieder unentschieden, nur auf höherer Ebene.«

»Dann brauchen wir etwas völlig Neues.«

»Nun«, meinte der Berater, »vielleicht taucht irgend etwas auf. Ihre Mission galt doch nicht in erster Linie der solarianischen Frau und ihren Robotern, oder? Es wäre angenehm gewesen, wenn wir sie hätten herausholen können; aber das war doch nur von zweitrangiger Bedeutung, oder?«

»Dem Rat wird das trotzdem nicht gefallen.«

»Es ist *meine* Aufgabe, mich darum zu kümmern. Wichtig ist, daß Amadiro und Mandamus das Schiff verlassen haben und in einer guten, schnellen Fähre zur Erde unterwegs sind.«

»Nun, ja, das stimmt.«

»Und Sie haben das Siedler-Schiff nicht nur abgelenkt, sondern auch seine Reise verzögert. Das bedeutet, daß Amadiro und Mandamus das Schiff nicht nur unbemerkt verlassen konnten, sondern auch noch vor unserem Barbaren-Captain auf der Erde sein werden.«

»Ja, ich denke schon. Aber was bringt das ein?«

»Das frage ich mich auch. Wenn es Mandamus wäre, würde ich die Sache vergessen. Er ist unwichtig. Aber Amadiro? Zu einem so kritischen Zeitpunkt der politischen Auseinandersetzung Aurora zu verlassen und zur Erde zu fliegen? Das bedeutet für mich, daß hier etwas von ungeheurer Bedeutung im Gange sein muß.«

»Was?«

Den Commander schien es zu ärgern, daß er in eine Sache, von der er überhaupt nichts wußte, verwickelt war und dabei beinahe den Tod gefunden hätte.

»Keine Ahnung.«

»Meinen Sie, es könnten Geheimverhandlungen auf höchster Ebene sein? Modifikationen der Friedensregelung, die Fastolfe ausgehandelt hatte?«

Der Berater lächelte. »Friedensregelungen? Wenn Sie das denken, kennen Sie unseren Dr. Amadiro nicht. Er würde nicht zur Erde reisen, um ein oder zwei Paragraphen in einem Friedensvertrag zu diskutieren. Sein Ziel ist eine Galaxis ohne Siedler. Und wenn er zur Erde reist – nun, ich kann nur sagen, daß ich jetzt nicht in der Haut dieser Siedler-Barbaren stecken möchte.«

74

»Ich hoffe nur, Freund Giskard«, sagte Daneel, »daß Madam Gladia nicht beunruhigt ist, weil sie auf unsere Anwesenheit verzichten muß. Kannst du das auf diese Entfernung sagen?«

»Ich kann ihr Bewußtsein schwach ausmachen, Freund Daneel, aber unverkennbar. Sie ist mit dem Captain beisammen, und ich nehme eine deutliche Empfindung von Erregung und Freude wahr.«

»Ausgezeichnet, Freund Giskard.«

»Für mich weniger ausgezeichnet, Freund Daneel. Ich befinde mich in einem Zustand einiger Unordnung. Ich stand unter großer Anspannung.«

»Es schmerzt mich, das zu hören, Freund Giskard. Darf ich mich nach dem Grund erkundigen?«

»Wir sind jetzt schon seit einiger Zeit hier, während der Captain mit dem auroranischen Schiff verhandelt hat.«

»Ja, aber jetzt ist das auroranische Schiff allem Anschein nach verschwunden. Der Captain scheint also in seinen Verhandlungen Erfolg gehabt zu haben.«

»Ja, aber in einer Art und Weise, die dir anscheinend nicht bewußt ist; mir schon – in gewissem Ausmaß. Obwohl der Captain nicht hier bei uns war, bereitete es mir keine Schwierigkeiten, sein Bewußtsein zu fühlen: Es verströmte eine überwältigende Anspannung und darunter eine immer stärker werdende Empfindung des Verlusts.«

»Des Verlusts, Freund Giskard? Konntest du in Erfahrung bringen, worin dieser Verlust hätte bestehen können?«

»Ich kann die Methode nicht beschreiben, mit der ich solche Dinge analysiere; aber bei dem Verlust schien es sich nicht um die Art von Verlust zu handeln, die ich in der Vergangenheit mit leblosen Gegenständen assoziert habe. Da war ein Hauch – das ist nicht das richtige Wort, aber ich kenne sonst keines, das auch nur entfernt passen würde – des Verlusts einer ganz speziellen Person.«

»Der Lady Gladia.«

»Ja.«

»Das wäre doch ganz natürlich, Freund Giskard. Er sah sich der Möglichkeit ausgesetzt, sie an das auroranische Schiff ausliefern zu müssen.«

»Dafür war das Gefühl zu intensiv. Zu klagend.«

»Zu klagend?«

»Das ist das einzige Wort, das mir in diesem Zusammenhang passend erscheint. Da war ein angespanntes Trauern, das mit dem Gefühl des Verlusts in Verbindung stand. Es war nicht so, als würde die Lady sich nur an einen anderen Ort begeben und deshalb nicht mehr verfügbar sein; das würde man ja immerhin zu irgendeinem zukünftigen Zeitpunkt möglicherweise korrigieren können. Es war, als würde die Lady aufhören zu existieren – sterben – und *auf alle Zeit* nicht mehr verfügbar sein.«

»Dann hatte er das Gefühl, daß die Auroraner sie töten würden? Das ist doch ganz sicher unmöglich.«

»Ja, in der Tat unmöglich. Und das ist es nicht. Ich fühlte den Faden eines Gefühls persönlicher Verantwortung, mit dem sich diese tiefe Furcht vor dem Verlust verband. Ich suchte die anderen Bewußtseinsinhalte an Bord des Schiffes ab und gelangte, indem ich alles zusammenfügte, zu dem Verdacht, daß der Captain ganz bewußt mit seinem Schiff das auroranische Schiff rammen wollte.«

»Auch das ist unmöglich, Freund Giskard«, sagte Daneel mit leiser Stimme.

»Ich mußte es akzeptieren. Mein erster Impuls war es, die

emotionale Einstellung des Captains derart zu verändern, daß er gezwungen wurde, den Kurs zu wechseln; aber das konnte ich nicht. Sein Bewußtsein war so fest entschlossen, so mit Entschlossenheit gesättigt, trotz der Anspannung und der Furcht vor dem Verlust so mit Zuversicht auf Erfolg angefüllt...«

»Wie konnte es gleichzeitig Furcht vor Verlust durch Tod und ein Gefühl der Zuversicht auf Erfolg geben?«

»Freund Daneel, ich habe es aufgegeben, mich über die Kapazität des menschlichen Bewußtseins zu wundern, gleichzeitig zwei einander entgegengerichtete Gefühle zu empfinden. Ich akzeptiere das einfach nur. Wenn ich in diesem Fall versucht hätte, das Bewußtsein des Captains so zu manipulieren, daß er den Kurs des Schiffes änderte, so hätte ihn das getötet; und das konnte ich nicht tun.«

»Aber wenn du das nicht tatest, Freund Giskard, liefen doch Dutzende menschlicher Wesen auf diesem Schiff, darunter auch Madam Gladia, und weitere Hunderte auf dem auroranischen Schiff Gefahr, zu sterben.«

»Wenn das Gefühl der Zuversicht auf den Erfolg, das der Captain empfand, richtig war, brauchten sie nicht zu sterben. Ich war nicht imstande, einen sicheren Tod herbeizuführen, um viele nur wahrscheinliche zu verhindern. Das ist die Schwierigkeit, Freund Daneel, in deinem Nullten Gesetz. Das Erste Gesetz befaßt sich mit ganz speziellen Individuen und Sicherheiten. Dein Nulltes Gesetz befaßt sich mit vagen Gruppen und Wahrscheinlichkeiten.«

»Die menschlichen Wesen an Bord dieses Schiffes sind keine vagen Gruppen; sie sind viele spezielle Individuen.«

»Und doch muß bei mir das Individuum zählen, dessen Schicksal ich beeinflusse, wenn ich eine Entscheidung treffe; dagegen kann ich nichts tun.«

»Was hast du dann getan, Freund Giskard – oder warst du völlig hilflos?«

»In meiner Verzweiflung, Freund Daneel, habe ich versucht, Kontakt mit dem Kommandanten des auroranischen Schiffes aufzunehmen, nachdem ihn ein kleiner Sprung ziemlich nahe an uns herangeführt hatte. – Doch das konnte ich nicht; die Entfernung war zu groß. Und doch scheiterte der Versuch nicht ganz. Ich entdeckte etwas – das Äquivalent eines schwachen Summens. Ich rätselte eine Weile darüber nach, bis mir klarwurde, daß ich die zusammengefaßten Empfindungen aller menschlichen Wesen an Bord des auroranischen Schiffes empfing. Ich mußte dieses schwache Summen ausfiltern, um es von den ausgeprägteren Empfindungen zu trennen, die von unserem eigenen Schiff ausgingen – was eine sehr schwierige Aufgabe war.«

»Nahezu unmöglich, würde ich denken, Freund Giskard«, meinte Daneel.

»Wie du sagst – nahezu unmöglich; aber es ist mir unter enormen Anstrengungen gelungen. Aber so sehr ich mich auch bemühte, das Bewußtsein eines einzelnen konnte ich nicht wahrnehmen. – Als Madam Gladia sich der großen Zahl menschlicher Wesen auf Baleys Welt gegenübersah, nahm ich die anarchische Konfusion eines riesigen Durcheinanders wahr, konnte aber doch hier und dort Individuen herausfinden. Diesmal war das nicht so.«

Giskard hielt, wie in Gedanken versunken, inne.

»Ich stelle mir vor, daß das der Art und Weise ähnlich sein muß, wie wir einzelne Sterne selbst in dichten Ballungen wahrnehmen, wenn uns das Ganze vergleichsweise nahe ist«, meinte Daneel. »In einer entfernten Galaxis andererseits können wir keine einzelnen Sterne ausmachen, sondern nur einen schwachleuchtenden Nebel erkennen.«

»Das scheint mir eine gute Analogie, Freund Daneel. – Und als ich mich auf das schwache, aber ferne Summen konzentrierte, schien es mir, als könnte ich einen schwachen Unterton von Furcht wahrnehmen, der dieses Summen durchdrang. Ich war dessen nicht sicher, hatte aber das Gefühl, ich müsse das ausnützen. Ich hatte bisher nie versucht, auf etwas so weit Entferntes Einfluß auszuüben, über etwas so Unbestimmtes wie ein bloßes Summen – aber ich gab mir verzweifelt Mühe, diese Furcht um eine auch noch so geringe Winzigkeit zu verstärken. Ich kann nicht sagen, ob es mir gelungen ist.«

»Das auroranische Schiff ist geflohen. Du *mußt* Erfolg gehabt haben.«

»Nicht unbedingt. Das Schiff hätte auch fliehen können, wenn ich nichts getan hätte.«

Jetzt schien Daneel in Gedanken verloren. »Vielleicht. Wenn der Captain so zuversichtlich war, daß es fliehen würde...«

Giskard unterbrach ihn. »Andererseits kann ich nicht sicher sein, ob seine Zuversicht eine rationale Grundlage hatte. Mir schien, daß das, was ich entdeckte, sich mit einem Gefühl der Ehrfurcht vor der Erde mischte. Die Zuversicht, die ich wahrnahm, ähnelte der Art, die ich in kleinen Kindern gegenüber ihren Beschützern entdeckt habe – ob es nun Eltern waren oder sonstige Beschützer. Ich hatte das Gefühl, daß der Captain glaubte, er könne in der Nachbarschaft der Erde wegen des Einflusses der Erde gar nicht unterliegen. Ich möchte nicht sagen, daß es ein völlig irrationales Gefühl war; aber rational fühlte es sich jedenfalls auch nicht an.«

»Darin hast du ohne Zweifel recht, Freund Giskard. Der Captain hat vor uns gelegentlich in sehr ehrfürchtiger Weise von der Erde gesprochen. Da die Erde ja nicht den Erfolg irgendeiner Handlung durch irgendwelche mystischen Einflüsse beeinflussen kann, liegt die Annahme nahe, daß dein Einfluß in der Tat Wirkung gezeigt hat. Und darüber hinaus...«

Giskards Augen glühten schwach, als er fragte: »Woran denkst du, Freund Daneel?«

»Ich habe über die Annahme nachgedacht, daß das individuelle menschliche Wesen konkret ist, während die Menschheit abstrakt ist. Als du jenes schwache Summen aus dem auroranischen Schiff entdecktest, hast du nicht ein Individuum, sondern einen Teil der Menschheit wahrgenommen. Könntest du nicht – in der richtigen Entfernung zur Erde und bei hinreichend schwachem Hintergrundsgeräusch – das Summen der mentalen Aktivität der menschlichen Bevölkerung der Erde im Ganzen entdecken? Wenn man das noch etwas weiterführt, kann man sich dann nicht vorstellen, daß es in der Galaxis im allgemeinen das Summen der mentalen Aktivität der ganzen Menschheit gibt? Wie kann aber dann die Menschheit eine Abstraktion sein? Sie ist etwas, worauf man deuten kann. Denk darüber in Verbindung mit dem Nullten Gesetz nach, und du wirst erkennen, daß die Ausweitung der Gesetze der Robotik gerechtfertigt ist – durch deine eigene Erfahrung gerechtfertigt!«

Diesmal entstand eine lange Pause, bis Giskard schließlich ganz langsam sagte, als müßte man jedes Wort aus ihm herauszerren: »Es mag sein, daß du recht hast, Freund Daneel – und doch, wenn wir jetzt auf der Erde landen, mit einem Nullten Gesetz, das wir *vielleicht* gebrauchen können, wissen wir doch immer noch nicht, *wie* wir es gebrauchen können. Uns scheint doch bis jetzt, daß die Krise, der die Erde ausgesetzt ist, mit dem Einsatz eines Nuklearverstärkers zu tun hat. Aber soweit uns bekannt ist, gibt es auf der Erde nichts von Bedeutung, worauf man einen Nuklearverstärker ansetzen könnte. Was werden wir also auf der Erde tun?«

»Das weiß ich bis jetzt noch nicht«, sagte Daneel traurig.

75

Lärm!

Gladia lauschte erstaunt. Es war kein Lärm, der ihren Ohren wehtat; nicht das Geräusch von aufeinanderkrachenden Oberflächen; auch kein durchdringendes Kreischen oder Knallen oder irgend etwas anderes, das man durch ein onomatopoetisches Wort ausdrücken konnte.

Es war weicher, nicht so bedrückend. Ein Geräusch, das sich hob und wieder fiel, mit gelegentlichen Unregelmäßigkeiten; ein Geräusch, das nicht mehr aufhörte.

D. G. beobachtete sie, wie sie lauschte, den Kopf zur Seite geneigt, und sagte schließlich: »Ich nenne das das Dröhnen der City, Gladia.«

»Hört es nie auf?«

»Nein, niemals. Aber was kann man schon erwarten? Bist du je auf einem Feld gestanden und hast zugehört, wie der Wind in den Blättern raschelte und die Insekten durch die Luft schwirrten und Vögel zwitscherten und Wasser plätscherte? Das hört auch nie auf.«

»Das ist anders.«

»Nein, das ist es nicht; es ist dasselbe. Das Geräusch hier ist das Ineinanderverschmelzen von polternden Maschinen und den verschiedenen Geräuschen, die die Leute erzeugen. Aber das Prinzip ist genau dasselbe wie die natürlichen, nicht-menschlichen Geräusche eines Feldes. Du bist Felder gewöhnt, also hörst du die Geräusche dort nicht. *Das hier* bist du nicht gewöhnt, also hörst du es und empfindest es wahrscheinlich als lästig. Erdenmenschen hören es nicht, nur in den seltenen Fällen, wenn sie gerade vom Land hereinkommen, und dann sind sie sehr froh darüber, es wieder zu hören. Morgen wirst du es auch nicht mehr hören.«

Sie standen auf einem kleinen Balkon, und Gladia sah sich jetzt nachdenklich um. »So viele Gebäude!«

»Das kann man wohl sagen. Strukturen und Bauten in jeder Richtung – über Kilometer und Kilometer. Und nach oben und unten auch. Das ist nicht nur eine Stadt, wie es sie auf Aurora oder Baleys Welt gibt; das ist eine City – eine City von der Art, wie sie es nur auf der Erde gibt.«

»Das also sind die Stahlhöhlen«, sagte Gladia. »Ich weiß. Wir sind hier unter der Erde, nicht wahr?«

»Ja. Unbedingt. Ich muß dir sagen, daß *ich* auch eine Weile brauchte, um mich an das zu gewöhnen, als ich die Erde zum erstenmal besuchte. Wohin auch immer man in einer City geht – es sieht immer überfüllt aus. Gänge und Brücken und Straßen und Ladenfassaden und Menschenmassen. Und alles scheint von den Leuchtröhren in weichen, schattenlosen Sonnenschein getaucht – aber das ist nicht Sonnenschein, und ich weiß nicht einmal, ob droben auf der Oberfläche überhaupt im Augenblick die Sonne scheint oder ob sie von Wolken bedeckt ist oder vielleicht gar gerade auf der anderen Seite des Planeten steht, so daß dieser Teil der Welt in Nacht und Dunkelheit gehüllt ist.«

»Damit ist die City doch etwas Eingeschlossenes. Die Leute atmen die Luft, die andere ausgeatmet haben.« Ihr stockte der Atem bei dieser Vorstellung.

»Das tun wir alle und stets auf jeder Welt.«

»Aber nicht so.« Sie schnüffelte. »Das riecht.«

»Jede Welt riecht. Jede City auf der Erde riecht anders. Du wirst dich daran gewöhnen.«

»Werde ich das? Warum ersticken die Leute nicht?«

»Ausgezeichnete Ventilation.«

»Und was passiert, wenn die versagt?«

»Das tut sie nie.«

Gladia sah sich wieder um und sagte: »Jedes Gebäude scheint mit Balkons überladen.«

»Das ist ein Statussymbol. Nur sehr wenige Leute haben Wohnungen mit Blick nach draußen; und wenn sie welche haben, dann wollen sie auch den Vorteil davon. Die meisten City-Leute haben fensterlose Wohnungen.«

Gladia schauderte. »Schrecklich!« Und dann: »Wie ist der Name dieser Stadt, D. G.?«

»New York. Das ist die wichtigste Stadt, aber nicht die größte. Auf diesem Kontinent sind Mexico City und Los Angeles die größten, und auf anderen Kontinenten gibt es Cities, die noch größer sind als New York.«

»Weshalb ist dann New York die wichtigste Stadt?«

»Aus dem üblichen Grund. Die planetarische Regierung hat hier ihren Sitz. Die Vereinten Nationen.«

»Nationen?« Sie deutete triumphierend mit dem Finger auf D. G. »Die Erde war einmal in mehrere unabhängige politische Einheiten aufgeteilt. Stimmt das?«

»Richtig. Dutzende waren das. Aber das war vor der Hyperraumfahrt – in Prähyperzeiten. Aber der Name ist geblieben; das ist das Wunderbare an der Erde. Gefrorene Geschichte. Jede andere Welt ist neu und seicht; nur die Erde ist *Menschheit* im Ursinn.«

D. G. sagte das im ehrfürchtigen Flüsterton und kehrte dann ins Zimmer zurück. Es war nicht besonders groß und spärlich möbliert.

»Warum bekommt man denn niemanden zu sehen?« fragte Gladia enttäuscht.

D. G. lachte. »Keine Sorge, meine Liebe. Wenn du Paraden und Aufmerksamkeit haben willst, kannst du sie bekommen. Es ist nur so, daß ich sie gebeten habe, uns eine Weile in Ruhe zu lassen. Ich will ein wenig Frieden und Ruhe und kann mir vorstellen, daß es dir ebenso geht. Was meine Männer betrifft, so müssen sie das Schiff versorgen, es säubern, Vorräte ergänzen, sich um ihre Pflichten kümmern..."

»Frauen?«

»Nein, das habe ich nicht gemeint, obwohl wahrscheinlich Frauen später auch eine Rolle spielen werden. Mit Pflichten meine ich, daß die Erde immer noch ihre Religionen hat, die den Menschen irgendwie Behagen bereiten – jedenfalls hier auf der Erde. Hier scheint das mehr zu bedeuten.«

»Nun«, sagte Gladia etwas geringschätzig – »gefrorene Geschichte, wie du sagst. – Meinst du, wir können das Gebäude verlassen und ein wenig herumgehen?«

»Laß dir raten, Gladia. Du solltest jetzt nicht gleich mit so etwas anfangen; davon bekommst du noch genug, wenn die Zeremonien beginnen.«

»Aber das wird so formell sein. Könnten wir uns die Zeremonien nicht schenken?«

»Ausgeschlossen. Da du darauf bestanden hast, auf Baleys Welt die Heldin zu spielen, wirst du auf der Erde auch eine sein müssen. Aber am Ende werden wir die Zeremonien ja hinter uns haben; und wenn du dich dann davon erholt hast, nehmen wir uns einen Führer und sehen uns die City *richtig* an.«

»Wird es Schwierigkeiten bereiten, meine Roboter mitzunehmen?« Sie deutete auf die beiden, die am anderen Ende des Raumes standen. »Es macht mir nichts aus, ohne sie zu sein, wenn ich auf dem Schiff mit dir zusammen bin; aber wenn ich mit größeren Ansammlungen von Fremden zu tun haben werde, dann würde ich mich sicherer fühlen, wenn ich sie bei mir hätte.«

»Mit Daneel wird es ganz sicher kein Problem geben; er ist ja selbst ein Held. Er war der Partner des Vorfahren und gilt als Mensch. Giskard, der allzu offensichtlich ein Roboter ist, hätte theoretisch überhaupt keinen Zugang zur City haben dürfen; aber sie haben in seinem Fall eine Ausnahme gemacht, und ich hoffe, daß sie das auch weiterhin tun werden. – Zu schade übrigens, daß wir hier warten müssen und nicht hinauskönnen.«

»Ich bin auch gar nicht sicher, ob ich mich jetzt schon all dem Lärm aussetzen will«, sagte Gladia.

»Nein, nein, ich meine nicht die öffentlichen Plätze und Straßen; ich hätte dich nur gern in die Korridore in diesem Gebäude geführt; davon gibt es buchstäblich Meilen über Meilen, und sie sind für sich ein kleines Stück City; Ladennischen, Speisehallen, Vergnügungszentren, Personals, Lifts und so weiter. In einem Stockwerk, in einem Gebäude, in einer City auf der Erde ist mehr Farbe und Vielfalt als in einer ganzen Siedler-Stadt oder auf einer ganzen Spacer-Welt.«

»Ich hätte gedacht, daß sich alle verlaufen würden.«

»Natürlich nicht. Jeder kennt seine eigene Nachbarschaft hier wie auch sonst überall. Selbst Fremde brauchen nur den Hinweistafeln zu folgen.«

»Ich kann mir vorstellen, daß es für die Leute hier sehr gut ist, daß sie so viel zu Fuß gehen müssen«, sagte Gladia etwas unsicher.

»In gesellschaftlicher Hinsicht auch. Es sind immer Leute in den Korridoren, und es ist hier üblich, daß man jedesmal, wenn man jemanden trifft, den man kennt, stehenbleibt und mit ihm ein paar Worte wechselt und selbst diejenigen begrüßt, die man nicht kennt. Es ist auch nicht absolut nötig, zu Fuß zu gehen. Es gibt überall Lifts für vertikale Fahrt. Die Hauptkorridore sind mit Laufbändern ausgestattet, die sich horizontal bewegen. Vor dem Gebäude gibt es natürlich auch einen Zubringer zum Expreßwegenetz; *das* ist vielleicht etwas; du wirst darauf fahren.«

»Davon habe ich gehört. Sie haben Streifen, über die man geht und die einen immer schneller dahinschleppen oder langsamer, wenn man von einem Streifen zum nächsten geht. Ich könnte das nicht. Verlang das bitte nicht von mir!«

»Natürlich wirst du es können«, sagte D. G. vergnügt. »Ich werde dir helfen. Wenn nötig, werde ich dich tragen; aber es erfordert wirklich nur ein wenig Übung. Auf der Erde schaffen das Kinder im Kindergarten ebenso wie alte Leute mit Stöcken. Ich gebe zu, daß Siedler sich manchmal ein wenig ungeschickt anstellen. Ich bin selbst nicht gerade besonders gelenkig; aber ich schaffe es, und du wirst das auch.«

Gladia seufzte tief. »Nun, gut. Wenn ich muß, werde ich es versuchen. Aber eines will ich dir sagen, D. G., Liebster: Wir *müssen* für die Nacht ein einigermaßen ruhiges Zimmer haben. Ich möchte dieses Dröhnen der City nicht hören. Ich brächte kein Auge zu.«

»Das läßt sich ganz sicher arrangieren.«

»Und in den Speisehallen will ich auch nicht essen.«

D. G. sah sie zweifelnd an. »Wir können veranlassen, daß man uns unser Essen bringt; aber es würde dir wirklich guttun, wenn du am gesellschaftlichen Leben der Erde teilnehmen würdest. Schließlich werde ich doch bei dir sein.«

»Später vielleicht, D. G., aber nicht gleich am ersten Tag. Und außerdem will ich ein Frauen-Personal für mich allein.«

»Oh, nein! *Das* ist unmöglich. In jedem Raum, den man uns zuteilt, wird ein Waschbecken und eine Toilettenschüssel sein, weil wir Status haben. Aber wenn du richtig duschen oder baden willst, wirst du dich der Menge anschließen müssen. Eine Frau wird sich darum kümmern, daß du mit der Prozedur vertraut gemacht wirst, und man wird dir eine Nische zuteilen – oder was auch immer man hier eben hat. Es wird keine Peinlichkeiten geben. Siedler-Frauen müssen jeden Tag mit dem Gebrauch der Personals vertraut gemacht werden – und am Ende macht es dir vielleicht sogar Spaß, Gladia. Man hat mir gesagt, daß es in dem Frauen-Personal immer sehr lustig hergeht. Im Männer-Personal andrerseits darf kein Wort gesprochen werden. Sehr langweilig.«

»Das ist alles so... so schrecklich«, murmelte Gladia. »Wie kann man es nur ertragen, nie für sich allein zu sein?«

»Auf einer überfüllten Welt muß man das eben«, sagte D. G. leichthin. »Was man nie gehabt hat, fehlt einem auch nicht – willst du weitere Aphorismen hören?«

»Eigentlich nicht«, sagte Gladia.

Sie wirkte ziemlich niedergedrückt, und D. G. legte seinen Arm um ihre Schulter. »Komm! So schlimm, wie du denkst, wird es nicht sein. Das verspreche ich dir.«

76

Ein Alptraum war es nicht gerade, aber Gladia war doch froh, daß sie auf Baleys Welt schon einen Vorgeschmack auf das bekommen hatte, was sich ihr jetzt geradezu als ein Ozean an Menschheit darstellte. Die Menschenmengen waren hier in New York viel größer, als sie das auf der Siedler-Welt gewesen waren. Aber andrerseits war sie hier mehr von der Erde isoliert, als sie das bei den früheren Anlässen gewesen war.

Die Würdenträger der Regierung waren sichtlich darauf erpicht, sich mit ihr sehenzulassen. Es gab ein wortloses, höfliches Drängeln um einen Platz, der nahe genug bei ihr war, um über Hypervision sichtbar zu sein. Das isolierte sie nicht nur von den Menschenmengen auf der anderen Seite der Polizeiabsperrung, sondern auch von D. G. und ihren zwei Robotern. Außerdem setzte es sie einer Art höflichen Drängelei aus, die nichts Persönliches an sich hatte, sondern nur der Kamera galt.

Sie hörte sich, ohne wirklich hinzuhören, unzählige Reden an, die alle barmherzig kurz waren. Sie lächelte in periodischen Abständen, blind und ausdruckslos, und ließ ihre eingepflanzten Zähne ohne Unterschied nach allen Richtungen blitzen.

Sie fuhr im Kriechtempo im Wagen durch Kilometer von Gängen, während ein nicht endenwollender Ameisenhaufen ihren Weg säumte und ihr beim Vorbeifahren zujubelte und zuwinkte. (Sie fragte sich, ob wohl je ein Spacer von Erdenmenschen derart aufdringliche Schmeichelei erfahren hatte, und war ganz sicher, daß das noch nie der Fall gewesen war.)

Einmal fiel ihr in der Ferne eine Ansammlung von Leuten auf, die sich um einen Hypervisions-Schirm drängten, und einen Augenblick lang konnte sie einen Blick auf sich selbst erhaschen. Diese Menschen hörten eine Aufzeichnung ihrer Rede auf Baleys Welt, und Gladia fragte sich, wie oft und an wie vielen Orten und vor wie vielen Menschen man diese Aufzeichnung jetzt abspielte und wie oft man das schon getan hatte, seit sie die Rede gehalten hatte, und wie oft sie noch in Zukunft abgespielt werden würde und ob man wohl auf den Spacer-Welten irgend etwas davon gehört hatte.

Würde sie etwa für die Menschen auf Aurora als Verräterin erscheinen, und würde man vielleicht diesen Empfang als Beweis dafür betrachten?

Das würde man vielleicht, und ihr war das völlig gleichgültig. Sie hatte ihre Mission des Friedens und der Versöhnung, und die würde sie durchführen, wohin auch immer sie der Weg führte, und würde nicht darüber klagen – würde auch nicht über die unglaubliche Orgie des Massenbadens und des schrillen, unbewußten Exhibitionismus in dem Frauen-Personal klagen, an der sie an jenem Morgen teilgenommen hatte. (Nun, nicht zu sehr klagen jedenfalls.)

Sie erreichten einen der Expreßwege, die D. G. erwähnt hatte, und sie blickte mit unverhohlenem Schrecken auf die endlose Schlange von Wagen, die an ihr vorüberzogen – und vorüberzogen – und vorüberzogen –, jeder mit seiner Ladung von Menschen, die irgendwelchen Geschäften nachgingen, die man auch wegen ihrer Parade nicht aufschieben konnte, oder die sich einfach nicht dafür interessierten und die die Menge und die Prozession die wenigen Augenblicke lang ernst anstarrten, die sie sie sehen konnten.

Dann tauchte ihr Wagen unter dem Expreßweg durch, durchfuhr einen kurzen Tunnel, der sich in nichts von der Passage darüber unterschied (die ganze City war ein einziger Tunnel) und kam auf der anderen Seite wieder heraus.

Und dann kam schließlich der Wagenzug vor einem großen öffentlichen Gebäude zum Stillstand, das barmherzigerweise attraktiver war als die sich endlos wiederholenden Häuserblökke, die die Wohnbezirke der City bildeten.

In dem Gebäude gab es einen weiteren Empfang, bei dem alkoholische Getränke und verschiedene Horsd'œuvres gereicht wurden. Gladia rührte nichts davon an. Tausend Menschen drängten sich um sie, und eine endlose Folge von ihnen kam auf Gladia zu, um mit ihr zu sprechen. Offenbar hatte man die Gäste vorher davon informiert, daß sie nicht versuchen sollten, ihr die Hand zu schütteln; aber einige taten das unvermeidlicherweise dennoch, und Gladia legte dann, immer bemüht, nicht zu zögern, zwei Finger auf die Hand und zog sie dann wieder zurück.

Nach einer Weile schickten sich einige Frauen an, zum nächsten Personal zu gehen, und eine von ihnen vollzog etwas, das offenbar als gesellschaftliches Ritual galt, indem sie Gladia taktvoll fragte, ob sie sie begleiten wolle. Das wollte Gladia nicht; aber vielleicht stand ihr noch eine lange Nacht bevor, und es würde vielleicht noch peinlicher sein, später unterbrechen zu müssen.

Im Innern des Personals herrschte das übliche erregte Lachen und Schnattern, und Gladia – durch ihre Erfahrung am Morgen gestärkt und bereit, die Dinge so hinzunehmen, wie sie waren – benutzte die Einrichtung in einer kleinen Kammer mit Trennwänden zu beiden Seiten, aber keiner davor.

Das schien niemand etwas auszumachen, und Gladia versuchte sich einzureden, daß sie sich den örtlichen Sitten anpassen müßte. Zumindest schien alles fleckenlos rein und gut gelüftet.

Daneel und Giskard hatte man die ganze Zeit völlig ignoriert; das war, wie Gladia begriff, sehr freundlich. Roboter waren innerhalb der City nicht mehr zugelassen, wenn es auch draußen auf dem Lande noch Millionen gab. Die Anwesenheit Daneels und Giskards zu betonen, hätte bedeutet, daß man sich mit den gesetzlichen Gegebenheiten auseinandersetzte. Viel leichter war es, taktvoll so zu tun, als wären sie nicht anwesend.

Als das Bankett begann, saßen sie ruhig mit D. G. an einem Tisch, nicht zu weit von der Tribüne entfernt. Auf der Tribüne saß Gladia und aß sparsam, wobei sie sich fragte, ob das Essen ihr vielleicht die Ruhr oder eine andere tückische Krankheit der Antike eintragen würde.

D. G., der vielleicht nicht ganz damit zufrieden war, daß man ihm den Posten eines Roboterhüters zugeteilt hatte, starrte die ganze Zeit unruhig zu Gladia herüber, die ihrerseits hin und wieder die Hand hob und ihm zulächelte.

Giskard, der Gladia ebenso aufmerksam im Auge behielt, hatte Gelegenheit, ganz leise und im Schutz des endlosen Klapperns von Besteck zu Daneel zu sagen: »Freund Daneel, in diesem Raum sind sehr hohe Würdenträger anwesend. Es ist möglich, daß einige davon Informationen besitzen, die uns nützlich sein könnten.«

»Das ist möglich, Freund Giskard. Kannst du mich dank deiner Fähigkeiten in dieser Hinsicht leiten?«

»Nein, das kann ich nicht. Der mentale Hintergrund liefert mir keine spezifischen emotionalen Reaktionen, die von Interesse wären. Und die gelegentlichen Blitze in der Nähe zeigen mir auch nichts. Und doch bin ich sicher, daß sich der Höhepunkt der Krise schnell nähert, während wir hier untätig herumsitzen.«

Daneel meinte ernst: »Dann werde ich zu tun versuchen, was Partner Elijah getan hätte, und das Tempo etwas beschleunigen.«

77

Daneel aß nichts. Er beobachtete die Menschenmenge mit seinen ruhigen Augen, bis er den entdeckte, den er suchte. Schweigend erhob er sich und bewegte sich auf einen anderen Tisch zu, wobei seine Augen auf einer Frau ruhten, die mit sichtlichem Appetit aß und es doch zuwegebrachte, mit dem Mann zu ihrer Linken ein vergnügtes Gespräch zu führen. Die Frau war untersetzt, und ihr kurzes Haar zeigte schon deutliche Spuren von Grau. Ihr Gesicht war zwar nicht mehr jugendlich, wirkte aber angenehm.

Daneel wartete auf eine Unterbrechung des Gesprächs und sagte dann, als es zu einer solchen nicht kam, mit einiger Anstrengung: »Madam, darf ich unterbrechen?«

Sie blickte verblüfft und sichtlich ungehalten auf. »Ja«, sagte sie ziemlich schroff, »was ist?«

»Madam«, sagte Daneel, »ich bitte um Nachsicht für diese Unterbrechung. Aber gestatten Sie mir, daß ich ein paar Worte mit Ihnen spreche?«

Sie starrte ihn an, runzelte kurz die Stirn, und dann glättete sich ihr Gesichtsausdruck. »Aus Ihrer übertriebenen Höflichkeit schließe ich, daß Sie der Roboter sind, ja?« sagte sie.

»Ich bin einer von Madam Gladias Robotern, Madam.«

»Ja. Aber Sie sind der menschliche. Sie sind R. Daneel Olivaw.«

»Das ist mein Name.«

Die Frau wandte sich dem Mann zu ihrer Linken zu und sagte: »Bitte, entschuldigen Sie mich. Ich kann diesen... diesen Roboter nicht gut abweisen.«

Ihr Nachbar lächelte unsicher und widmete sich ganz dem Gedeck, das vor ihm stand.

Die Frau sagte zu Daneel: »Wenn Sie einen Stuhl haben – warum bringen Sie ihn dann nicht hierher? Ich spreche gern mit Ihnen.«

»Danke, Madam!«

Als Daneel zurückgekehrt war und sich gesetzt hatte, sagte sie: »Sie sind doch *wirklich* R. Daneel Olivaw, oder?«

»Das ist mein Name, Madam«, sagte Daneel erneut.

»Ich meine, der, der vor langer Zeit mit Elijah Baley zusammengearbeitet hat? Sie sind nicht ein Modell aus derselben Reihe? Sie sind nicht R. Daneel der Vierte oder so etwas?«

»An mir ist wenig, das nicht in den letzten zwanzig Dekaden ersetzt oder sogar modernisiert oder verbessert worden ist«, antwortete Daneel, »aber mein positronisches Gehirn ist dasselbe wie damals, als ich mit Partner Elijah auf drei verschiedenen Welten arbeitete und einmal auf einem Raumschiff. Man hat es nicht verändert.«

»Nun!« Sie sah ihn bewundernd an. »Sie sind wirklich gut gemacht. Wenn alle Roboter wie Sie wären, hätte ich gar keine Einwände gegen sie. – Worüber wollten Sie mit mir sprechen?«

»Als Sie Lady Gladia vorgestellt wurden, Madam, ehe wir alle Platz nahmen, hat man Sie als Sophia Quintana, Staatssekretärin für Energiefragen, vorgestellt.«

»Sie haben ein gutes Gedächtnis. Das ist mein Name und mein Amt.«

»Bezieht sich das Amt auf die ganze Erde oder lediglich auf die City?«

»Ich bin für die globale Energieversorgung verantwortlich.«

»Dann sind Sie über alle Energiefragen informiert?«

Quintana lächelte. Es schien ihr nichts auszumachen, ausgefragt zu werden. Vielleicht hielt sie es für amüsant oder fand sich von Daneels höflicher Schwerfälligkeit angezogen – oder einfach von der Tatsache, daß ein Roboter sie ins Verhör nahm. Jedenfalls meinte sie lächelnd: »Ich habe meine Abschlußarbeit an der Universität von Kalifornien über Energetik geschrieben und dafür ein Diplom bekommen. Was die Frage betrifft, ob ich über alle Energiefragen informiert bin, so bin ich nicht sicher. Ich habe zu viele Jahre als Regierungsbürokrat am Terminal verbracht; das laugt einem das Gehirn aus, das kann ich Ihnen versichern.«

»Aber mit den praktischen Aspekten der gegenwärtigen Energieversorgung der Erde sind Sie doch sicher vertraut, oder nicht?«

»Ja. Das ganz bestimmt. Und was wollen Sie darüber wissen?«

»Es gibt da etwas, das meine Neugierde gereizt hat, Madam.«

»Neugierde? Bei einem Roboter?«

Daneel beugte den Kopf. »Wenn ein Roboter komplex genug ist, kann er durchaus etwas in sich wahrnehmen, das Informationen sucht. Das ist analog zu dem, was man meinen Beobachtungen nach im menschlichen Wesen als ›Neugierde‹ bezeichnet. Und ich nehme mir die Freiheit, dasselbe Wort in Verbindung mit meinen eigenen Gefühlen zu gebrauchen.«

»Ja, warum nicht? Und was hat Sie neugierig gemacht, R. Daneel? Darf ich Sie so nennen?«

»Ja, Madam. Ich habe gehört, daß die Erde ihre Energie von solaren Kraftstationen auf geostationärem Orbit in der Äquatorialebene der Erde bezieht.«

»Das ist richtig.«

»Sind diese Kraftstationen die einzige Energieversorgung dieses Planeten?«

»Nein, das sind sie nicht. Sie sind zwar die wichtigste, aber nicht die einzige Energieversorgung. Außerdem gewinnen wir in beträchtlichem Maße Energie aus der inneren Wärme der Erde, aus Winden, Wellen, Gezeiten, fließendem Wasser und so weiter. Das ist sehr vielfältig, und jede Art hat ihre eigenen Vorteile. Aber Solarenergie ist die wesentlichste Energieform.«

»Nuklearenergie haben Sie nicht erwähnt. Wird die Mikrofusion nicht eingesetzt?«

Quintanas Brauen hoben sich. »Ist es das, was Ihre Neugierde geweckt hat, R. Daneel?«

»Ja, Madam. Aus welchem Grund gibt es auf der Erde keine nukleare Energiequellen?«

»Die gibt es durchaus, R. Daneel. Man findet sie allerdings nur in kleinem Maßstab. Unsere Roboter – Sie wissen ja, daß es davon auf dem Lande viele gibt – werden durch Mikrofusion betrieben. Sind Sie das übrigens auch?«

»Ja, Madam«, sagte Daneel.

»Und dann«, fuhr sie fort, »gibt es da und dort mit Mikrofusion betriebene Maschinen, aber insgesamt macht das nicht viel aus.«

»Stimmt es, Madam Quintana, daß Mikrofusions-Energiequellen gegenüber den Auswirkungen von Nuklearverstärkern empfindlich sind?«

»Das sind sie ganz sicherlich. Ja. Natürlich. Die Mikrofusionsquelle würde explodieren, und ich nehme an, das kann man als empfindlich bezeichnen.«

»Dann wäre es also nicht möglich, mittels Nuklearverstärker ernsthaft die Energieversorgung der Erde zu stören?«

Quintana lachte. »Nein, natürlich nicht. Zuallererst kann ich mir einfach nicht vorstellen, daß jemand einen Nuklearverstärker herumschleppt. Schließlich wiegen diese Anlagen Tonnen, und ich glaube nicht, daß man sie in den Straßen und Korridoren einer City transportieren könnte. Außerdem würde man das natürlich bemerken. Und davon ganz abgesehen – selbst wenn man einen Nuklearverstärker einsetzen würde, dann könnte der allenfalls ein paar Roboter und ein paar Maschinen zerstören, ehe man es bemerken und etwas dagegen unternehmen würde. Es besteht überhaupt keine Gefahr – gar keine –, daß uns auf diese Weise Schaden zugefügt werden könnte. War es das, was Sie hören wollten, R. Daneel?« Das klang fast so, als wäre er damit entlassen.

»Ich würde gern nur noch ein oder zwei Kleinigkeiten aufklären, Madam Quintana«, sagte Daneel. »*Warum* gibt es auf der Erde keine große Mikrofusionsanlage? Die Spacer-Welten sind alle von Mikrofusion abhängig und ebenso die Siedler-Welten.

Mikrofusionsanlagen sind tragbar, vielseitig und billig und erfordern nicht soviel Wartungs- und Reparaturaufwand wie Raumstationen.«

»Ja, und sind auch, wie Sie selbst sagten, R. Daneel, gegenüber Nuklearverstärkern empfindlich.«

»Und wie *Sie* sagten, Madam Quintana, sind Nuklearverstärker zu groß und zu schwerfällig, um viel ausrichten zu können.«

Quintana lächelte breit und nickte. »Sie sind sehr intelligent, R. Daneel«, sagte sie. »Ich hätte nie gedacht, daß ich je an einem Tisch sitzen und ein solches Gespräch mit einem Roboter führen würde. Ihre auroranischen Robotiker sind sehr geschickt – zu geschickt –, so daß ich fast Angst bekomme, dieses Gespräch weiterzuführen. Nun müßte ich mir Sorge machen, daß Sie meinen Platz in der Regierung einnehmen. Wissen Sie, wir haben hier eine Legende über einen Roboter namens Stephen Byerley, der einen hohen Posten in der Regierung eingenommen hat.«

»Das muß eine reine Erfindung sein, Madam Quintana«, sagte Daneel bestimmt. »Auf keiner der Spacer-Welten gibt es Roboter in Regierungspositionen. Wir sind nur – Roboter.«

»Es erleichtert mich, das zu hören, und deshalb werde ich fortfahren. Das, wonach Sie fragen, hat seine Wurzeln in der Geschichte. Als der Hyperantrieb entwickelt wurde, hatten wir Mikrofusion, und deshalb haben die Menschen, die die Erde verlassen haben, auch Mikrofusions-Anlagen mitgenommen. Man brauchte sie auf Raumschiffen und in den Generationen, in denen die neuen Planeten für die menschlichen Bewohner angepaßt wurden, auch dort. Es erfordert viele Jahre, um ein ausreichendes Netz an Solarenergie-Stationen im Orbit aufzubauen, und die Emigranten scheuten vor einer solchen Aufgabe zurück und blieben daher bei der Mikrofusion. So war es seinerzeit mit den Spacern, und so ist es heute mit den Siedlern.

Auf der Erde andererseits wurden die Mikrofusion und die Solarenergie-Stationen im Weltraum etwa zur gleichen Zeit entwickelt, und beide wurden mehr und mehr eingesetzt. Schließlich konnten wir unsere Wahl treffen und entweder Mikrofusion oder Solarenergie oder selbstverständlich beide einsetzen. Und wir haben uns für die Solarenergie entschieden.«

»Das erscheint mir seltsam, Madam Quintana«, meinte Daneel. »Warum nicht beide?«

»Die Frage ist eigentlich gar nicht so schwer zu beantworten. Die Erde hatte in der Zeit vor dem Hyperraumflug mit einer primitiven Form der Kernenergie Erfahrung – und zwar keine besonders angenehme. Als die Zeit kam, um zwischen Solarenergie und Mikrofusion zu entscheiden, sahen die Menschen auf der Erde die Mikrofusion als eine Form der Nuklearenergie an und stimmten gegen sie. Andere Welten, die nicht unsere direkten Erfahrungen mit dieser Primitivform der Kernenergie hatten, hatten keinen Anlaß, die Mikrofusion abzulehnen.«

»Darf ich fragen, was das für eine primitive Form von Kernenergie war, Madam?«

»Uranspaltung«, sagte Quintana. »Das ist etwas völlig anderes als Mikrofusion. Bei der Uranspaltung geht es um die Zertrümmerung massiver Atomkerne wie die des Urans. Bei der Mikrofusion geht es um die Verschmelzung leichter Kerne wie die des Wasserstoffs; beides aber sind Formen von Kernenergie.«

»Ich nehme an, daß Uran der Brennstoff für Spaltungsanlagen ist.«

»Ja, oder andere massive Kerne wie die von Thorium oder Plutonium.«

»Aber Uran und diese beiden anderen Elemente sind doch außergewöhnlich selten. Könnten Sie denn eine Zivilisation mit genügend Treibstoff versorgen?«

»Auf anderen Welten sind diese Elemente selten; auf der Erde sind sie nicht gerade weitverbreitet, aber auch nicht besonders rar. Uran und Thorium sind in kleinen Mengen weithin in der Erdkruste verteilt und konzentrieren sich an einigen Orten.«

»Und gibt es jetzt auf der Erde irgendwelche Kraftwerke auf Basis von Kernspaltung, Madam?«

»Nein«, sagte Quintana. »Nirgends und in keiner Art. Menschliche Wesen würden lieber Öl verbrennen oder selbst Holz, als Uan spalten. Allein schon das Wort ›Uran‹ ist sozusagen ein Tabuwort. Sie würden mir diese Fragen nicht stellen und ich Ihnen nicht Antwort auf sie geben, wenn Sie ein menschliches Wesen und ein Erdenmensch wären.«

Daneel ließ nicht locker. »Aber sind Sie ganz sicher, Madam? Gibt es keine geheimen Geräte auf Kernspaltungsbasis, die um der nationalen Sicherheit willen...«

»Nein, Roboter«, sagte Quintana mit gerunzelter Stirn. »Ich sage es Ihnen doch – keine derartigen Geräte. Gar keine!«

Daneel stand auf. »Ich danke Ihnen, Madam, und bitte Sie um Nachsicht, daß ich Ihre Zeit beansprucht und Sie mit einem so empfindlichen Thema belästigt habe. Wenn Sie gestatten, werde ich jetzt gehen.«

Quintana machte eine gleichgültige Handbewegung. »Keine Ursache, R. Daneel.«

Sie wandte sich wieder ihrem Nachbarn zu, sicher in dem Wissen, daß auf der überfüllten Erde Menschen nie versuchten, ein fremdes Gespräch zu belauschen, oder wenn sie es taten, das nie zugaben. »Könnten Sie sich vorstellen, ein Gespräch über Energetik mit einem *Roboter* zu führen?« fragte sie.

Daneel kehrte an seinen ursprünglichen Platz zurück und sagte leise zu Giskard: »Nichts, Freund Giskard. Nichts, was uns weiterhilft.«

Und dann fügte er traurig hinzu: »Vielleicht habe ich die falschen Fragen gestellt. Partner Elijah hätte die richtigen gestellt.«

XVII. DER ATTENTÄTER

78

Generalsekretär Edgar Andrev, der oberste Beamte der Erde, war ein ziemlich großer, imposanter Mann und nach Art der Spacer glattrasiert. Er bewegte sich stets in gemessener Weise, als stünde er dauernd vor einer Kamera, und hatte eine Art zu strahlen, als wäre er immer mit sich selbst zufrieden. Seine Stimme war für seinen kräftigen Körper eine Spur zu hoch, aber keineswegs schrill. Ohne gerade verstockt zu wirken, war es doch nicht leicht, ihn von einer einmal gefaßten Meinung abzubringen.

Und das ging auch diesmal nicht. »Unmöglich«, sagte er bestimmt zu D. G. »Sie *muß* ihren Auftritt machen.«

»Sie hat einen harten Tag hinter sich, Generalsekretär«, sagte D. G. »Sie ist Menschenmassen nicht gewöhnt und auch diese Umgebung nicht. Ich bin Baleys Welt für ihr Wohlergehen verantwortlich, und meine persönliche Ehre steht auf dem Spiel.«

»Dafür habe ich durchaus Verständnis«, sagte Andrev. »Aber ich vertrete die Erde und kann nicht zulassen, daß die Menschen der Erde ihres Anblicks beraubt werden. Die Korridore sind voll, die Hyperwellen-Kanäle sind bereit, und ich wäre gar nicht in der Lage, sie zu verstecken, selbst wenn das mein dringendster Wunsch wäre. Nachher – und wie lange kann es schon dauern? Eine halbe Stunde? – kann sie sich zurückziehen und braucht bis zu ihrer Rede morgen abend nicht mehr aufzutreten.«

»Für ihr Wohlbefinden muß gesorgt werden«, sagte D. G. und gab damit stillschweigend seine Position auf. »Man muß für Abstand zwischen ihr und der Menge sorgen.«

»Wir werden einen Kordon von Sicherheitsleuten haben, die dafür sorgen werden, daß sie reichlich Bewegungsfreiheit hat. Die vorderste Reihe der Menge wird auf Distanz gehalten werden; die sind jetzt schon dort draußen. Wenn wir nicht bekanntgeben, daß sie bald erscheint, könnte es leicht zu Unruhen kommen.«

»Die Veranstaltung hätte überhaupt nicht arrangiert werden dürfen«, sagte D. G. verdrießlich. »Das ist gefährlich. Es gibt eine Menge Erdenmenschen, die Spacer nicht mögen.«

Der Generalsekretär zuckte die Achseln. »Ich wünschte, Sie könnten mir sagen, wie ich das hätte verhindern sollen. Im Augenblick ist sie eine Heldin, und man kann sie der Menge nicht einfach vorenthalten. Außerdem wird es nur zu Beifallskundgebungen kommen – für den Augenblick zumindest. Aber wenn sie nicht erscheint, wird sich das ändern. Und jetzt gehen wir!«

D. G. zog sich zurück. Er war unzufrieden. Er fing Gladias Blick auf. Sie wirkte erschöpft und ziemlich unglücklich.

»Du mußt, Gladia«, sagte er. »Es gibt keinen Ausweg.«

Einen Augenblick lang starrte sie auf ihre Hände, als fragte sie sich, ob diese Hände etwas tun konnten, um sie zu schützen; dann richtete sie sich auf und schob das Kinn vor – ein kleiner Spacer inmitten dieser Horde von Barbaren. »Wenn ich muß, dann muß ich eben!« erklärte sie entschlossen. »Wirst du bei mir bleiben?«

»Wenn man mich nicht mit Gewalt entfernt.«

»Und meine Roboter?«

D. G. zögerte. »Gladia, wie sollen dir zwei Roboter inmitten von Millionen menschlicher Wesen helfen können?«

»Ich weiß, D. G. Und ich weiß auch, daß der Zeitpunkt kommen wird, wo ich ohne sie werde auskommen müssen; dann nämlich, wenn ich diese Mission fortsetze, die ich mir vorgenommen habe. Aber bitte noch nicht jetzt. Im Augenblick fühle ich mich sicherer mit ihnen – ob das nun einen Sinn ergibt oder nicht. Wenn diese Beamten von der Erde wollen, daß ich mich der Menge stelle, daß ich lächle, ihnen zuwinke, eben das tue, was man von mir erwartet, dann wird mir die Anwesenheit von Daneel und Giskard eine Stütze sein. – Schau, D. G., ich gebe denen doch in einer sehr großen Sache nach, obwohl mir dabei so unbehaglich ist, daß ich nichts lieber tun würde als einfach wegzurennen. Da können die mir doch in dieser Kleinigkeit nachgeben.«

»Ich will es versuchen«, sagte D. G. sichtlich entmutigt. Während er auf Andrev zuging, gesellte Giskard sich schweigend an seine Seite. Ein paar Minuten später, als Gladia, von einer sorgfältig ausgewählten Gruppe von Beamten umgeben, auf einen offenen Balkon zuging, hielt sich D. G. ein kleines Stück hinter Gladia. Zur Linken D. G.s hatte sich Giskard postiert, zu seiner Rechten Daneel.

Der Generalsekretär hatte resigniert gesagt: »Also gut. Also gut. Ich weiß nicht, wie Sie es fertiggebracht haben, daß ich Ihnen zustimme; aber mir soll es recht sein.« Er rieb sich die Stirn und war sich eines kleinen, unbestimmten Stechens in der rechten Schläfe bewußt. Aus irgendeinem Grund wanderte sein Blick zu Giskard hinüber; aber dann sah er gleich wieder weg. »Aber Sie müssen dafür sorgen, daß sie sich nicht bewegen können – vergessen Sie das nicht. Und bitte sorgen Sie dafür, daß der da, der wie ein Roboter *aussieht*, so unauffällig bleibt, wie es nur gerade geht. Mir ist in seiner Gegenwart unbehaglich zumute, und ich möchte nicht, daß die Leute mehr von ihm zu sehen bekommen, als unbedingt nötig ist.«

D. G. tat seine Besorgnis mit einer Handbewegung ab. »Die werden ohnehin nur Augen für Gladia haben, Generalsekretär. Sonst sehen die bestimmt niemanden.«

»Hoffentlich«, sagte Andrev und nahm eine Kapsel mit einer Nachricht entgegen, die jemand ihm reichte. Er steckte sie in die Tasche und ging weiter und dachte erst wieder daran, als sie den Balkon erreicht hatten.

79

Gladia hatte das Gefühl, als würde es jedesmal, wenn sie eine neue Szene betrat, schlimmer: mehr Leute, mehr Lärm, mehr Lichter, die sie konfus machten, und noch mehr Belastung all ihrer Sinneswahrnehmungen.

Sie hörte Geschrei. Als sie genauer hinhörte, wurde ihr bewußt, daß das, was da gerufen wurde, ihr Name war. Mit einiger Mühe überwand sie den Wunsch, sich zurückzuziehen, zu erstarren. Sie hob den Arm und winkte und lächelte, und die Rufe wurden lauter. Jemand fing zu reden an, und seine Stimme dröhnte über das Lautsprechersystem, während sein Bild auf einem großen Schirm hoch über ihnen allen für die ganze Menschenmenge sichtbar war. Ohne Zweifel war es auch auf zahllosen Bildschirmen in zahllosen Versammlungshallen jeder Sektion einer jeden City auf dem Planeten zu sehen.

Gladia seufzte voll Erleichterung darüber, daß jemand anderer im Rampenlicht stand. Sie versuchte in sich zusammenzuschrumpfen und hoffte, daß die Stimme des Sprechers die Aufmerksamkeit der Menge auf sich ziehen möge.

Generalsekretär Andrev, der ebenso wie Gladia unter der Stimme Deckung suchte und der recht dankbar dafür war, daß er Gladia den Vortritt geben mußte und es sich daher für ihn erübrigte, zu sprechen, erinnerte sich plötzlich an die Mitteilung, die er eingesteckt hatte.

Er runzelte die Stirn – wie konnte man ihn bei einer so wichtigen Zeremonie stören?! – und empfand dann ein eher umgekehrtes Gefühl von Verstimmung darüber, daß die Mitteilung sich wahrscheinlich als völlig unwichtig erweisen würde.

Er drückte mit der rechten Daumenkuppe fest gegen die dafür bestimmte kleine Vertiefung, worauf die Kapsel sich öffnete. Er zog das dünne Blatt Plastipapier heraus, las, was darauf stand, und sah dann zu, wie das Blatt sich auflöste. Er wischte den kaum sichtbaren Staub weg, der zurückblieb, und winkte D. G. herrisch zu.

Bei dem Lärm, der auf dem Platz herrschte, bestand keine Notwendigkeit, im Flüsterton zu sprechen.

»Sie sagten, Sie seien im Raum des Sonnensystems einem auroranischen Kriegsschiff begegnet?« fragte er.

»Ja.« D. G. nickte. »Und ich kann mir vorstellen, daß die Sensor-Stationen der Erde es entdeckt haben.«

»Natürlich haben sie das. Sie sagten, es hätte auf keiner Seite feindselige Handlungen gegeben.«

»Es sind keine Waffen eingesetzt worden. Aber der Kapitän hat die Auslieferung von Madam Gladia und ihrer Roboter verlangt, und ich habe abgelehnt, worauf das Schiff abgezogen ist. Das habe ich alles schon erklärt.«

»Wie lange hat das alles gedauert?«

»Nicht sehr lange. Ein paar Stunden.«

»Sie meinen, Aurora hätte ein Kriegsschiff geschickt, nur um mit Ihnen ein paar Stunden zu verhandeln und dann wieder abzuziehen?«

D. G. zuckte die Achseln. »Generalsekretär, ich habe keine

Ahnung, was die für Absichten haben. Ich kann nur berichten, was vorgefallen ist.«

Der Generalsekretär starrte ihn etwas von oben herab an. »Aber Sie berichteten nicht alles, was vorgefallen ist. Die Information der Sensor-Stationen ist jetzt gründlich vom Computer analysiert worden, und es hat ganz den Anschein, daß Sie angegriffen haben.«

»Ich habe kein Kilowatt Energie abgefeuert, Sir.«

»Sprechen Sie da auch von kinetischer Energie? Sie haben das Schiff selbst als Projektil benutzt.«

»So mag es für die vielleicht ausgesehen haben. Sie haben sich nicht dazu entschließen können, sich mir zu stellen und herauszufinden, ob ich bluffte.«

»Aber war es ein Bluff?«

»Es hätte einer sein können.«

»Mir scheint, Captain, daß Sie bereit waren, zwei Schiffe *innerhalb des Sonnensystems* zu zerstören und vielleicht eine militärische Krise heraufzubeschwören. Da sind Sie ein schreckliches Risiko eingegangen.«

»Ich habe nicht damit gerechnet, daß es soweit kommen würde, und so war es ja dann auch.«

»Aber der ganze Vorgang hat Sie aufgehalten und Ihre Aufmerksamkeit beansprucht.«

»Ja, das denke ich schon; aber warum weisen Sie darauf hin?«

»Weil unsere Sensoren noch etwas beobachtet haben, was Sie nicht beobachtet oder jedenfalls nicht berichtet haben.«

»Und das wäre, Generalsekretär?«

»Das Absetzen eines Orbital-Moduls, das dem Anschein nach zwei menschliche Wesen an Bord hatte und zur Erde geflogen ist.«

Die beiden waren völlig in ihre eigene Welt eingeschlossen. Kein anderes menschliches Wesen auf dem Balkon achtete auf sie; nur die beiden Roboter neben D. G. starrten sie an und lauschten.

An diesem Punkt ging die Rede des Sprechers mit folgenden Worten zu Ende: »Lady Gladia, als Spacer auf der Welt Solaria geboren, als Spacer auf der Welt Aurora lebend, ist auf dem

Siedler-Planeten Baleys Welt eine Bürgerin der Galaxis geworden.« Er wandte sich ihr zu und machte eine weitausholende Handbewegung. »Ich erteile Lady Gladia das Wort.«

Die Menge wurde lauter und verwandelte sich in einen Wald winkender Arme. Gladia spürte eine Hand, die sich ihr sanft auf die Schulter legte, und dann sagte eine Stimme an ihrem Ohr: »Bitte, ein paar Worte, my Lady.«

Gladia sagte schwach: »Menschen der Erde.« Die Worte dröhnten hinaus, und plötzlich herrschte unheimliche Stille. Gladia sagte noch einmal, diesmal mit festerer Stimme: »Menschen der Erde! Ich stehe vor Ihnen als ein menschliches Wesen wie Sie auch. Ein wenig älter, gebe ich zu, und mir fehlt deshalb Ihre Jugend, Ihre Hoffnung, Ihre Begeisterungsfähigkeit. Aber dieser Mangel wird in diesem Augenblick durch die Tatsache aufgewogen, daß ich fühle, wie mich Ihr Feuer in Ihrer Gegenwart ansteckt, so daß der Mantel des Alters von mir fällt...«

Applaus schwoll an, und jemand auf dem Balkon sagte zu jemandem, der neben ihm stand: »Jetzt macht sie sie noch glücklich darüber, daß sie kurzlebig sind. Dieses Spacer-Weib hat die Unverschämtheit eines Teufels.«

Andrev hörte nicht hin. Er sagte zu D. G.: »Die ganze Episode, die Sie da erlebt haben, war vielleicht nur dazu bestimmt, diese beiden Leute auf der Erde einzuschleusen.«

»Das konnte ich nicht wissen«, sagte D. G. »Ich habe die ganze Zeit nur daran gedacht, Lady Gladia und mein Schiff zu retten. Wo sind sie gelandet?«

»Das wissen wir nicht. Sie sind auf keinem der Landeplätze einer City gelandet.«

»Das war wohl auch nicht zu erwarten«, meinte D. G.

»Nicht, daß das besonders wichtig wäre«, sagte der Generalsekretär, »es ist nur ärgerlich. In den letzten paar Jahren hat es eine Anzahl Grenzverletzungen dieser Art gegeben, wenn auch keine so sorgfältig vorbereitet war. Es ist nie etwas passiert, und wir achten nicht sonderlich darauf. Schließlich ist die Erde eine offene Welt. Sie ist die Heimat der Menschheit, und jede Person von jeder Welt kann frei kommen und gehen – selbst Spacer, wenn sie das wünschen.«

D. G. rieb sich den Bart, so daß ein kratzendes Geräusch zu hören war. »Und doch könnten sie durchaus feindselige Absichten haben.«

(Gladia sagte unterdessen: »Ich wünsche Ihnen allen auf dieser Welt des menschlichen Ursprungs alles erdenklich Gute, auf dieser ganz besonderen, dicht besiedelten Welt und in diesem Wunder einer City...« – und nahm den anschwellenden Applaus mit einem Lächeln und einem freundlichen Winken entgegen, während sie dastand und in der Begeisterung der Menge badete.)

Andrev hob die Stimme etwas, um trotz des Lärms von D. G. gehört zu werden. »Worin auch immer ihre Absichten bestehen mögen, sie können nichts erreichen. Der Friede, der auf der Erde herrscht, seit die Spacer sich zurückgezogen haben und die Siedlungsbewegung begann, ist weder von innen noch von außen zu stören. Seit vielen Dekaden sind jetzt die unruhigeren Geister unter uns zu den Siedler-Welten hinausgezogen, so daß man auf der Erde Menschen wie Sie nicht mehr finden kann, Captain; Menschen, die im Raum des Sonnensystems die Zerstörung von zwei Schiffen riskieren. Auf der Erde gibt es kein Verbrechen mehr – wenigstens nicht in nennenswertem Maße, keine Gewalttätigkeit. Die Sicherheitswachen, die heute hier eingesetzt sind, haben keine Waffen, weil sie keine benötigen.«

Und während er das noch sagte, richtete sich aus der Anonymität der Menschenmenge ein Blaster auf den Balkon und suchte sich sorgfältig sein Ziel.

80

Einige Dinge ereigneten sich fast gleichzeitig.

Giskards Kopf hatte sich gedreht, um die Menge zu mustern; irgend etwas hatte ihn dazu veranlaßt.

Daneels Augen folgten ihm, sahen den Blaster, und in dem Augenblick machte er mit Reflexen, die schneller waren als die irgendeines Menschen, einen Satz.

Der Blaster-Schuß peitschte.

Die Leute auf dem Balkon erstarrten und fingen dann zu schreien an.

D. G. packte Cladia und riß sie zur Seite.

Der Lärm der Menge brach in ein erschreckendes Brüllen aus.

Daneels Sprung hatte auf Giskard gezielt, und er hatte den anderen Roboter zu Boden gerissen.

Der Blaster-Schuß hatte ein Loch in die Decke gebrannt. Wenn man eine Linie zwischen dem Blaster und dem Loch gezogen hätte, so wäre sie durch den Punkt gegangen, an dem sich noch eine Sekunde zuvor Giskards Kopf befunden hatte.

Giskard murmelte, während er zu Boden gedrückt wurde: »Kein Mensch. Ein Roboter.«

Daneel ließ Giskard los und versuchte sich zu orientieren. Der Balkon befand sich etwa sechs Meter über dem Platz, auf dem die Menge versammelt war, und der Raum darunter war leer. Die Sicherheitswachen bahnten sich jetzt ihren Weg durch die Menge auf die Stelle zu, von der aus der Attentäter gefeuert hatte.

Daneel flankte über die Balkonbrüstung und ließ sich hinunterfallen, wobei sein Metallskelett den Aufprall, der einem Menschen die Gelenke zerschmettert hätte, spielend leicht absorbierte.

Er rannte auf die Menge zu.

Daneel hatte keine Wahl. Eine solche Situation hatte er noch nie erlebt. Das Wichtigste war jetzt, den Roboter mit dem Blaster zu erreichen, ehe er zerstört wurde; und indem er sich dieses Ziel setzte, stellte Daneel fest, daß er zum erstenmal in seiner Existenz keine Rücksicht darauf nehmen konnte, ob menschliche Wesen Schaden erlitten. Er mußte sie etwas aufrütteln.

Er pflügte sich buchstäblich einen Weg durch die Menschenmenge und rief dabei mit Stentorstimme: »Platz machen! Platz machen! Die Person mit dem Blaster muß verhört werden!«

Die Sicherheitswachen schlossen sich ihm an, und endlich fanden sie die ›Person‹ am Boden, und etwas mitgenommen.

Selbst auf einer Erde, die stolz von sich behauptete, keine

Gewalt mehr zu kennen, hinterließ ein Zornesausbruch gegen einen offensichtlichen Mörder seine Spuren. Der Attentäter war gepackt, getreten und geschlagen worden. Nur die große Zahl von Menschen hatte es unmöglich gemacht, daß man ihn in Stücke gerissen hatte, da sie sich gegenseitig behindert hatten.

Die Sicherheitswachen hatten Mühe, die Menge zurückzudrängen. Auf dem Boden neben dem hingestreckten Roboter lag der Blaster. Daneel ignorierte ihn.

Er kniete neben dem Attentäter nieder und sagte: »Können Sie sprechen?«

Helle Augen starrten Daneel an. »Ja«, sagte der Attentäter mit leiser, aber sonst völlig normaler Stimme.

»Sind Sie auroranischer Herkunft?«

Der Attentäter gab keine Antwort.

»Ich weiß, daß es so ist«, sagte Daneel schnell. »Die Frage war unnötig. Wo ist Ihr Stützpunkt auf diesem Planeten?«

Der Attentäter gab keine Antwort.

»Ihr Stützpunkt?« drängte Daneel. »Wo ist er? Sie müssen antworten. Ich befehle es Ihnen!«

Der Attentäter sagte: »Sie können mir nichts befehlen. Sie sind R. Daneel Olivaw. Man hat mir von Ihnen erzählt, und man braucht Ihnen nicht zu gehorchen.«

Daneel blickte auf, tippe den nächsten Sicherheitsbeamten an und sagte: »Sir, würden Sie diese Person fragen, wo ihr Stützpunkt ist?«

Der Mann versuchte verblüfft, zu sprechen, aber es kam nur ein heiseres Krächzen heraus. Er schluckte verlegen, räusperte sich und herrschte dann den Attentäter an: »Wo ist Ihr Stützpunkt?«

»Es ist mir verboten, diese Frage zu beantworten, Sir«, sagte der Attentäter.

»Das müssen Sie aber«, sagte Deneel entschieden. »Sie wird von einem planetarischen Beamten gestellt. – Sir, würden Sie ihm bitte befehlen, die Frage zu beantworten?«

Der Beamte sagte wie im Echo zu Daneels Worten: »Ich befehle Ihnen, die Frage zu beantworten, Gefangener!«

»Es ist mir verboten, diese Frage zu beantworten, Sir.«

Der Mann beugte sich vor, um den Attentäter unsanft an der Schulter zu packen; aber Daneel sagte schnell: »Ich empfehle keine Gewalt anzuwenden, Sir.«

Daneel sah sich um. Der Lärm der Menge hatte sich weitgehend gelegt. In der Luft schien eine Spannung zu hängen, als würden eine Million Menschen unruhig abwarten, was Daneel tun würde.

Der sagte jetzt zu den Beamten, die sich um ihn und den immer noch liegenden Attentäter gesammelt hatten: »Würden Sie mir bitte den Weg freimachen? Ich muß den Gefangenen zu Lady Gladia bringen. Möglicherweise kann sie ihn zum Antworten zwingen.«

»Sollte der Gefangene nicht ärztlich behandelt werden?« fragte einer der Wachmänner.

»Das wird nicht notwendig sein, Sir«, sagte Daneel. Warum das so war, erklärte er nicht.

81

»Daß das passieren mußte!« sagte Andrev angespannt und mit zitternden Lippen. Sie hatten den Balkon verlassen und befanden sich wieder in dem Raum dahinter. Er blickte zu dem Loch in der Decke auf, das als stummer Zeuge des Geschehens geblieben war.

Gladia bemühte sich mit Erfolg, ihrer Stimme nichts von ihrer Erregung anmerken zu lassen. »Es ist ja nichts passiert. Ich bin unverletzt. Da ist ein Loch in der Decke, das Sie werden reparieren müssen, und vielleicht ein paar weitere Reparaturen in dem Raum darüber. Das ist alles.«

Während sie sprach, konnte sie oben Leute hören, die, wie es schien, Gegenstände von dem Loch wegschoben und vermutlich versuchten, sich ein Bild von dem Schaden zu machen.

»Das ist *nicht* alles«, sagte Andrev. »Das macht unsere Pläne für Ihr morgiges Auftreten zunichte. Für die wichtige Rede, die Sie dem ganzen Planeten halten wollten.«

»Im Gegenteil«, sagte Gladia. »Das Interesse, mich zu hören, wird noch größer sein – jetzt, wo man weiß, daß ich beinahe einem Attentat zum Opfer gefallen wäre.«

»Aber es könnte doch – ich meine – es könnte doch zu einem zweiten Attentat kommen.«

Gladia zuckte leicht die Achseln. »Das macht mir nur klar, daß ich auf dem richtigen Weg bin. – Generalsekretär Andrev, ich habe vor gar nicht zu langer Zeit erkannt, daß ich in meinem Leben eine Mission habe. Bisher war es mir nicht in den Sinn gekommen, daß diese Mission zu einer Gefahr für mich führen könnte; aber da das so ist, kommt mir auch in den Sinn, daß ich *nicht* in Gefahr wäre und auch *nicht* wert, daß man mich tötet, wenn ich nicht anfinge, Erfolg zu haben. Wenn Gefahr das Maß meines Erfolges ist, dann bin ich bereit, das Risiko dieser Gefahr einzugehen.«

Giskard, der schon lange wieder aufgestanden war, sagte: »Madam Gladia, Daneel ist hier. Ich nehme an, mit dem Individuum, das den Blaster-Schuß abgegeben hat.«

Aber unter der Tür erschien nicht nur Daneel, der eine ganz entspannte Gestalt in den Armen hielt, die sich offenbar nicht wehrte, sondern auch ein halbes Dutzend Sicherheitsbeamter, die sich ihm angeschlossen hatten. Draußen schien der Lärm der Menge leiser geworden zu sein; offenbar begann sie sich aufzulösen, und hin und wieder konnte man über die Lautsprecher die Durchsage hören: »Niemand ist verletzt worden. Es besteht keine Gefahr. Bitte, gehen Sie nach Hause!«

Andrev scheuchte die Wachen weg. »Ist es der?« fragte er scharf.

Daneel antwortete: »Es besteht kein Zweifel, Sir, daß das das Individuum mit dem Blaster ist. Die Waffe war in seiner Nähe. Die Leute neben ihm sind Zeugen seiner Handlung, und er selbst gibt die Tat zu.«

Andrev starrte ihn erstaunt an. »Er ist so ruhig – irgendwie unmenschlich.«

»Er ist auch kein Mensch, Sir. Er ist ein Roboter – ein humanoider Roboter.«

»Aber wir haben keine humanoiden Roboter auf der Erde. – Mit Ihrer Ausnahme.«

»Dieser Roboter, Generalsekretär«, sagte Daneel, »ist wie ich ein auroranisches Produkt.«

Gladia runzelte die Stirn. »Aber das ist unmöglich. Man kann doch nicht einem Roboter den Befehl gegeben haben, mich zu töten.«

D. G. legte besitzergreifend Gladia den Arm um die Schulter und sagte mit grollender Stimme: »Ein auroranischer Roboter, speziell darauf programmiert...«

»Unsinn, D. G.!« sagte Gladia. »Ob nun auf Aurora hergestellt oder nicht, speziell programmiert oder nicht – ein Roboter kann unmöglich bewußt versuchen, einem menschlichen Wesen Schaden zuzufügen. Wenn dieser Roboter den Blaster in meine Richtung abgefeuert hat, dann hat er mich absichtlich verfehlt.«

»Wozu?« wollte Andrev wissen. »Warum sollte er Sie verfehlen, Madam?«

»Verstehen Sie denn nicht?« sagte Gladia. »Wer auch immer diesem Roboter seine Befehle gegeben hat, muß der Ansicht gewesen sein, der *Versuch* würde schon ausreichen, um meine Pläne hier auf der Erde zum Scheitern zu bringen; und das war es, was sie beabsichtigten. Sie konnten dem Roboter nicht befehlen, mich zu töten, aber sie konnten ihm befehlen, mich zu verfehlen; und wenn das ausreichte, um das Programm scheitern zu lassen, würden sie zufrieden sein. – Nur, daß es das Programm nicht zum Scheitern bringen wird; das werde ich nicht zulassen.«

»Spiel nicht die Heldin, Gladia!« sagte D. G. »Ich weiß nicht, was die als nächstes versuchen werden. Und nichts – *gar nichts* – ist es wert, dich zu verlieren.«

Gladias Blick wurde weich. »Danke, D. G.! Ich weiß deine Gefühle zu schätzen, aber wir *müssen* das Risiko eingehen.«

Andrev zupfte verwirrt an seinem Ohr. »Die Menschen der Erde werden es nicht besonders gut aufnehmen, daß ein humanoider Roboter in einer Menschenmenge einen Blaster benutzt hat.«

»Ganz sicher nicht«, sagte D. G. »Deshalb wollen wir es ihnen auch nicht sagen.«

»Eine Anzahl Leute weiß ganz bestimmt schon, oder ahnt zumindest, daß wir es mit einem Roboter zu tun haben.«

»Das Gerücht werden Sie nicht aufhalten können, Generalsekretär, aber es besteht auch keine Notwendigkeit, mehr daraus zu machen, indem Sie eine offizielle Verlautbarung herausgeben.«

Andrev sagte: »Wenn Aurora bereit ist, so weit zu gehen, um...«

»Nicht Aurora«, sagte Gladia schnell. »Lediglich bestimmte Leute auf Aurora – bestimmte Feuerfresser. Unter den Siedlern gibt es auch solche kriegslüsternen Extremisten, das weiß ich – und wahrscheinlich auch auf der Erde. Sie dürfen diesen Extremisten nicht in die Hände spielen, Generalsekretär. Ich appelliere an die große Mehrheit vernünftiger menschlicher Wesen auf beiden Seiten, und nichts darf geschehen, um diesen Appell zu schwächen.«

Daneel, der bis jetzt geduldig gewartet hatte, fand endlich Gelegenheit, etwas zu sagen. »Madam Gladia – meine Herren, es ist wichtig, daß wir von diesem Roboter erfahren, wo er seinen Stützpunkt hat. Vielleicht gibt es noch weitere.«

»Haben Sie ihn nicht gefragt?« sagte Andrev.

»Doch, Generalsekretär. Aber ich bin Roboter. Dieser Roboter braucht keine Fragen zu beantworten, die ihm ein anderer Roboter stellt. Ebensowenig braucht er meine Befehle zu befolgen.«

»Nun, dann werde *ich* fragen«, sagte Andrev.

»Das hilft möglicherweise auch nichts, Sir. Der Roboter steht unter striktem Befehl, nicht zu antworten, und Ihr Befehl, dennoch Antwort zu geben, wird wahrscheinlich nicht ausreichen, um seine Instruktionen zu widerrufen. Sie kennen die korrekte Formulierung und Betonung nicht. Madam Gladia ist Auroranerin und weiß vielleicht, wie man es machen muß. Madam Gladia, würden Sie ihn fragen, wo sein Stützpunkt ist?«

Giskard sagte mit leiser Stimme, so leise, daß nur Daneel es hören konnte: »Das ist vielleicht unmöglich. Wahrscheinlich hat er Blockade-Anweisung, wenn die Befragung zu eindringlich wird.«

Daneels Kopf drehte sich zu Giskard herum, und er flüsterte: »Kannst du das verhindern?«

»Unsicher«, sagte Giskard. »Sein Gehirn ist durch den Akt, auf menschliche Wesen zu schießen, physisch beschädigt worden.«

Daneel wandte sich wieder Gladia zu. »Madam«, sagte er, »ich würde vorschlagen, daß Sie sehr vorsichtig tastend vorgehen und nicht brutal.«

Gladia sah den Robot-Attentäter an und meinte unsicher: »Nun, ich weiß nicht.« Dann holte sie tief Atem und sagte mit fester und doch irgendwie sanfter Stimme: »Roboter, wie darf ich dich ansprechen?«

»Man bezeichnet mich als R. Ernett Second, Madam«, sagte der Roboter.

»Ernett, kannst du mich als Auroranerin identifizieren?«

»Sie sprechen auf auroranische Art und doch nicht ganz, Madam.«

»Ich bin auf Solaria geboren, habe aber zwanzig Dekaden auf Aurora gelebt und bin es gewöhnt, von Robotern bedient zu werden. Ich habe, seit ich ein kleines Kind war, jeden Tag meines Lebens Dienste von Robotern erwartet und empfangen. Ich bin nie enttäuscht worden.«

»Diese Tatsache akzeptiere ich, Madam.«

»Wirst du meine Fragen beantworten und meine Befehle akzeptieren, Ernett?«

»Ja, Madam, wenn Ihnen nicht damit im Widerspruch stehende Befehle entgegenwirken.«

»Wenn ich dich frage, wo dein Stützpunkt auf diesem Planeten liegt – welchen Teil du davon als die Niederlassung deines Herrn betrachtest – wirst du darauf antworten?«

»Das darf ich nicht, Madam. Und ich darf auch keine andere Frage in bezug auf meinen Herrn beantworten.«

»Verstehst du, daß ich bitter enttäuscht sein werde, wenn du nicht antwortest, und daß meine berechtigte Erwartung auf robotischen Dienst nachhaltig beeinträchtigt sein wird?«

»Das verstehe ich, Madam«, sagte der Roboter mit schwacher Stimme.

Gladia sah Daneel an. »Soll ich es versuchen?«

»Wir haben keine andere Wahl, Madam Gladia«, sagte Daneel. »Wenn wir keine Information bekommen, sind wir auch nicht schlechter dran, als wir es jetzt sind.«

Jetzt wurde Gladias Stimme lauter, und sie sagte im Befehlston: »Füge mir keinen Schaden zu, Ernett, indem du dich weigerst, mir deinen Stützpunkt auf diesem Planeten bekanntzugeben! Ich befehle dir, es mir zu sagen!«

Der Roboter schien zu erstarren. Sein Mund öffnete sich, brachte aber kein Geräusch hervor. Dann öffnete er wieder den Mund und sagte im Flüsterton: »... Meil...« Darauf öffnete er den Mund ein drittes Mal, lautlos diesmal – und in diesem Moment schwand der Glanz aus den Augen des Robot-Attentäters, und sie wurden ausdruckslos und glasig. Der rechte Arm, der sich etwas gehoben hatte, fiel herunter.

»Das positronische Gehirn ist beschädigt«, sagte Daneel.

Giskard flüsterte, so daß nur Daneel es hören konnte: »Irreversibel! Ich habe mir große Mühe gegeben, konnte ihn aber nicht festhalten.«

»Wir haben nichts«, sagte Andrev. »Wir wissen nicht, wo die anderen Roboter sein könnten.«

»Er hat ›Meil‹ gesagt«, warf D. G. ein.

»Das Wort erkenne ich nicht«, sagte Daneel. »Es ist kein Wort der galaktischen Sprache, so wie sie auf Aurora benutzt wird. Hat es auf der Erde etwas zu bedeuten?«

Andrev schien zu überlegen. Dann meinte er: »Vielleicht wollte er ›Miles‹ sagen. Das ist ein gebräuchlicher, wenn auch nicht häufiger Vorname.«

Daneel meinte langsam und, wie es seine Art war, gravitätisch: »Ich kann nicht erkennen, daß ein Name etwas mit der Antwort auf diese Frage zu tun haben könnte. Außerdem habe ich nur ›Meil‹ gehört und keinen Zischlaut danach.«

Ein älterer Erdenmensch, der bis jetzt stumm geblieben war, meinte plötzlich: »›Meil‹ könnte ein altes englisches Wort sein, man schreibt es ›Mile‹, und es ist eine Maßangabe, Roboter. Eine Entfernung.«

»Welche Entfernung, Sir?« fragte Daneel.

»Das weiß ich nicht«, sagte der Erdenmensch. »Länger als ein Kilometer, glaube ich.«

»Und dieses Maß wird nicht mehr benutzt, Sir?«

»Schon lange nicht mehr; seit Beginn des Raumfahrtzeitalters.«

D. G. zupfte an seinem Bart und meinte nachdenklich: »Man verwendet diesen Begriff noch; zumindest gibt es auf Baleys Welt ein altes Sprichwort, in dem dieses Wort vorkommt. Es lautet: ›Einmal verpaßt, ist eine Meile.‹ Damit soll ausgedrückt werden, daß es ebenso gut ist, ein Unglück um nur ein wenig zu verfehlen als um viel. Ich dachte immer, ›Meile‹ hieße ›sehr viel‹. Wenn es in Wirklichkeit ein Entfernungsmaß ist, verstehe ich das Sprichwort jetzt besser.«

»Wenn das so ist, hat der Attentäter vielleicht versucht, genau das zu sagen«, meinte Gladia. »Vielleicht hat er seine Befriedigung darüber anzeigen wollen, daß ›einmal verfehlt‹ – also ein Schuß, der absichtlich danebenging – das bewirken würde, was man ihm befohlen hatte; oder vielleicht, daß sein Fehlschuß, der ja keinen Schaden angerichtet hat, dasselbe bedeutete, als wenn er überhaupt nicht gefeuert hätte.«

»Madam Gladia«, sagte Daneel, »ein Roboter dieses Typs scheint nicht außergewöhnlich kompliziert. Ich glaube nicht, daß er Sprichwörter benützen würde, die es vielleicht auf Baleys Welt gibt, die man aber ganz bestimmt noch nie auf Aurora gehört hat. Und außerdem würde ein solcher Roboter nicht philosophieren. Man hat ihm eine unmißverständliche Frage gestellt, und darauf würde er nur versuchen, eine knappe Antwort zu geben.«

»Ah!« sagte Andrev. »Vielleicht hat er tatsächlich versucht, Antwort zu geben. Er versuchte uns zu sagen, daß der Stützpunkt eine gewisse Distanz von hier entfernt war, beispielsweise. So und so viele Meilen.«

»Warum sollte er in dem Fall eine archaische Maßeinheit verwenden?« sagte D. G. »Kein Auroraner würde in diesem Zusammenhang eine andere Einheit als Kilometer benutzen, und genausowenig irgendein Roboter, der auf Aurora hergestellt worden ist. Tatsächlich«, fuhr er mit leichter Ungeduld in der Stimme fort, »war der Roboter ja dabei, rasch in völlige Unaktivität zu versinken, und hat dabei vielleicht nur belanglose Laute von sich gegeben. Es ist sinnlos, aus etwas den Sinn herausholen zu wollen, in dem keiner ist. – Und jetzt will ich dafür sorgen, daß Madam Gladia etwas Ruhe bekommt, oder daß man sie zumindest aus diesem Raum entfernt, ehe der Rest der Decke herunterkommt.«

Sie gingen schnell hinaus, und Daneel verhielt kurz, um Giskard leise zuflüstern zu können: »Wieder versagt!«

82

Die City wurde nie ganz still; aber es gab Zeiten, wo die Lichter schwächer waren, wo die Geräusche der stets bewegten Expreßwege gedämpft waren und das endlose Klappern von Maschinen und Menschen ein wenig nachließ. In einigen Millionen Wohnungen schliefen Leute.

Gladia ging in dem Appartement, das man ihr zugewiesen hatte, zu Bett und fühlte sich unbehaglich, weil ihr einige Einrichtungen fehlten, und sie befürchtete, sie könne gezwungen sein, deshalb nachts die Korridore betreten zu müssen.

War es draußen auf der Planetenoberfläche Nacht, fragte sie sich, kurz bevor sie in den Schlaf sank, oder war dies nur eine willkürliche ›Schlafperiode‹, die in dieser Stahlhöhle so festgelegt war, einer Gewohnheit entsprechend, die sich über Hunderte von Millionen Jahren entwickelt hatte, die menschliche Wesen und ihre Vorfahren draußen auf dem Land verlebt hatten?

Und darüber schlief sie ein.

Daneel und Giskard schliefen nicht. Daneel hatte festgestellt, daß es in dem Appartement einen Computerterminal gab, und verbrachte eine halbe Stunde damit, sich mit den fremden Kombinationen der Tastatur vertraut zu machen. Es stand keinerlei Gebrauchsanweisung zur Verfügung (wer braucht so etwas schon, wo doch jedes Kind in der Grundschule mit der

Bedienung von Computern vertraut gemacht wird?). Aber glücklicherweise waren zwar die Tasten nicht die gleichen wie auf Aurora, aber auch nicht völlig anders. Am Ende gelang es ihm, die Nachschlagesektion der City-Bibliothek anzuwählen und eine Enzyklopädie auf seinen Bildschirm zu holen. Stunden verstrichen.

Und dann sagte Giskard plötzlich: »Freund Daneel!«

Daneel blickte auf. »Ja, Freund Giskard?«

»Ich muß dich um eine Erklärung für das bitten, was du auf dem Balkon getan hast.«

»Freund Giskard, du hast in die Menge gesehen. Ich folgte deinem Blick, sah eine Waffe, die in unsere Richtung zielte, und habe sofort reagiert.«

»Ja, das hast du, Freund Daneel«, sagte Giskard. »Und wenn ich von bestimmten Annahmen ausgehe, kann ich verstehen, warum du mit deinem Sprung mich geschützt hast. Beginnen wir mit der Tatsache, daß der Attentäter ein Roboter war. In dem Fall konnte er, ganz gleichgültig, wie er vielleicht programmiert war, unter keinen Umständen seine Waffe auf irgendein menschliches Wesen richten mit der Absicht, dieses zu treffen. Ebenso unwahrscheinlich war es, daß er auf dich zielte, denn du siehst wie ein menschliches Wesen aus und würdest daher in ihm das Erste Gesetz aktivieren. Selbst wenn man dem Roboter gesagt hatte, daß ein humanoider Roboter auf dem Balkon sein würde, konnte er nicht sicher sein, daß du dieser Roboter warst. Wenn der Roboter daher die Absicht hatte, jemanden auf dem Balkon zu vernichten, konnte das nur ich sein – ein offensichtlicher Roboter – und du hast sofort gehandelt, um mich zu schützen.

Oder nehmen wir uns die Tatsache vor, daß der Attentäter ein Auroraner war – gleichgültig, ob nun Mensch oder Roboter. Es ist höchstwahrscheinlich, daß Dr. Amadiro einen solchen Angriff befohlen hat, da er ein extremer Feind der Erde ist und, wie wir glauben, ein Komplott zu ihrer Vernichtung schmiedet. Wir können einigermaßen sicher sein, daß Dr. Amadiro von Madam Vasilia über meine besonderen Fähigkeiten unterrichtet wurde, und man kann daher annehmen, daß er meine Zerstörung mit höchster Priorität betreibt, da er mich natürlicherweise mehr als sonst jemanden fürchten muß, sei es nun Roboter oder Mensch. Von dieser Annahme ausgehend ist es logisch, daß du so gehandelt hast, um mich zu schützen. – Und wenn du mich nicht umgestoßen hättest, glaube ich in der Tat, daß der Schuß mich getroffen und zerstört hätte.

Aber, Freund Daneel, du konntest unmöglich gewußt haben, daß der Attentäter ein Roboter oder ein Auroraner war. Ich selbst hatte gerade erst die vor den ineinander übergehenden menschlichen Emotionen seltsame Anomalie eines robotischen Gehirnwellen-Musters wahrgenommen, als du mich niederschlugst, und hatte erst nachher Gelegenheit, dich zu informieren. Ohne meine Fähigkeit konntest du nur erkennen, daß eine Waffe von einem Wesen auf uns gerichtet wurde, das offensichtlich ein menschliches irdischer Herkunft sein mußte. Damit war aber das logische Ziel Madam Gladia, wie auch tatsächlich jedermann auf dem Balkon annahm. Warum hast du also Madam Gladia ignoriert und an ihrer Stelle mich geschützt?«

»Freund Giskard, überlege meine Gedanken«, sagte Daneel. »Der Generalsekretär hatte gesagt, ein auroranisches Lande-Modul für zwei Personen sei zur Erde gekommen. Ich nahm sofort an, daß Dr. Amadiro und Dr. Mandamus zur Erde gekommen waren. Dafür konnte es nur einen einzigen Grund geben: Ihr Plan, welcher Natur auch immer er sein mag, steht unmittelbar vor der Vollendung. Jetzt, wo du zur Erde gekommen bist, Freund Giskard, sind sie hierhergeeilt, um dafür zu sorgen, daß er sofort durchgeführt wird, ehe du Gelegenheit hast, ihn mit deiner Fähigkeit, den Geist zu manipulieren, in irgendeiner Weise zu behindern oder aufzuhalten. Um doppelt sicherzugehen, liegt es nahe, daß sie versuchen würden, dich, wenn es geht, zu vernichten. Als ich deshalb eine zielende Waffe sah, bewegte ich mich sofort, um dich aus der Schußlinie zu entfernen.«

»Das Erste Gesetz hätte dich zwingen müssen, Madam Gladia aus der Schußlinie zu entfernen«, sagte Giskard, »und keine Überlegung hätte das ändern dürfen.«

»Nein, Freund Giskard. Du bist wichtiger als Madam Gladia.

Tatsächlich bist du in diesem Augenblick wichtiger als irgendein menschliches Wesen hier auf der Erde. Wenn überhaupt jemand die Vernichtung der Erde aufhalten kann, dann bist du das. Da mir der potentielle Dienst, den du der Menschheit leisten kannst, bewußt ist, verlangt das Nullte Gesetz, wenn ich vor der Wahl des Handelns stehe, daß ich dich vor jedem anderen beschütze.«

»Und du empfindest kein Unbehagen darüber, daß du mit deinem Handeln gegen das Erste Gesetz verstößt?«

»Nein, weil ich dem übergeordneten Nullten Gesetz gehorcht habe.«

»Aber das Nullte Gesetz ist dir nicht eingeprägt.«

»Ich habe es als Folgesatz zum Ersten Gesetz akzeptiert; denn wie kann man ein menschliches Wesen am besten vor Schaden bewahren, wenn nicht, indem man sicherstellt, daß die menschliche Gemeinschaft im allgemeinen geschützt und in Funktion gehalten wird.«

Giskard überlegte eine Weile. »Ich sehe, was du zu sagen versuchst. Was aber, wenn sich herausgestellt hätte, daß die Waffe gar nicht auf mich gerichtet war, und wenn Madam Gladia getötet worden wäre? Was hättest du dann empfunden, Freund Daneel?«

»Das weiß ich nicht, Freund Giskard«, sagte Daneel mit leiser Stimme. »Und dennoch wäre ich vorgesprungen, um Madam Gladia zu retten. Und hätte sich dann herausgestellt, daß sie nicht gefährdet war und daß ich zugelassen hätte, daß du zerstört wurdest und mit dir – nach meiner Ansicht – die Zukunft der Menschheit – wie hätte ich diesen Schlag überleben sollen?«

Die beiden sahen einander an, und für eine Weile war jeder von ihnen tief in Gedanken versunken.

Schließlich sagte Giskard: »Das mag so sein, Freund Daneel. Aber du stimmst mir doch zu, daß in solchen Fällen die Entscheidung sehr schwierig ist.«

»Ich stimme dir zu, Freund Giskard.«

»Sie ist schon schwierig genug, wenn man schnell zwischen Individuen wählen muß, um zu entscheiden, welches Individuum den größeren Schaden leiden oder welchem man den kleinsten zufügen kann. Zwischen einem Individuum und der ganzen Menschheit zu entscheiden, wo du doch nicht sicher bist, mit welchem Aspekt der Menschheit du zu tun hast, ist so schwierig, daß man beginnt, an der Gültigkeit der Robotischen Gesetze zu zweifeln. Sobald man die Menschheit als etwas Abstraktes einführt, beginnen die Gesetze der Robotik mit den Gesetzen der Humanik zu verschmelzen – die es vielleicht gar nicht gibt.«

»Ich verstehe dich nicht, Freund Giskard«, sagte Daneel.

»Das überrascht mich nicht. Ich bin nicht sicher, ob ich mich selbst verstehe. Aber überlege doch – wenn wir an die Menschheit denken, die wir retten müssen, denken wir an Erdenmenschen und Siedler; sie sind zahlreicher als die Spacer, lebensfähiger, expansiver. Sie zeigen mehr Initiative, weil sie weniger von Robotern abhängig sind. Sie haben ein größeres Potential für biologische und soziale Entwicklungen, weil sie kürzer leben, wenn auch lange genug, daß jeder für sich große Dinge leisten kann.«

»Ja«, sagte Daneel, »du formulierst das knapp, aber richtig.«

»Und doch scheinen die Erdenleute und die Siedler beide ein mystisches, ja irrationales Vertrauen in die Heiligkeit und Unverletzbarkeit der Erde zu haben. Könnte diese Mystik für ihre Entwicklung nicht ebenso tödlich sein wie die Mystik der Roboter und des langen Lebens, die die Spacer behindert?«

»Darüber habe ich nie nachgedacht«, sagte Daneel. »Ich weiß es nicht.«

»Wenn du so im Bewußtsein anderer lesen könntest wie ich, könntest du es gar nicht vermeiden, daran zu denken«, sagte Giskard. »Wie wählt man?« fuhr er mit plötzlicher Eindringlichkeit fort. »Stell dir doch die Menschheit als in zwei Gattungen getrennt vor: die Spacer mit einer anscheinend tödlichen Mystik und die Erdenmenschen einschließlich der Siedler mit einer anderen, möglicherweise tödlichen Mystik. Es könnte doch sein, daß es in Zukunft andere Spezies gibt, mit noch weniger attraktiven Eigenschaften.

Demnach reicht es nicht aus, zu wählen, Freund Daneel; wir

müssen auch imstande sein, sie zu formen. Wir müssen eine wünschenswerte Spezies formen und sie dann schützen, damit wir uns nicht wieder gezwungen sehen, zwischen zwei oder mehr unerwünschten Alternativen wählen zu müssen. Aber wie können wir das Wünschenswerte erreichen, ohne die Psychohistorik, die Wissenschaft, von der ich träume und die ich nicht erreichen kann?«

»Ich habe nicht darüber nachgedacht, wie schwierig es ist, das Bewußtsein anderer wahrnehmen und beeinflussen zu können, Freund Giskard«, sagte Daneel. »Ist es möglich, daß du zu viel erfährst, als daß die Gesetze der Robotik in dir unbehindert funktionieren könnten?«

»Die Möglichkeit bestand immer, Freund Daneel. Aber zur Wirklichkeit ist sie erst mit diesem letzten Ereignis geworden. Ich kenne das Bahnenmuster, das in mir diesen Wahrnehmungs- und Beeinflussungseffekt erzeugt. Ich habe mich viele Dekaden lang sorgfältig studiert, um das in Erfahrung zu bringen, und kann dieses Muster an dich weitergeben, so daß du dich selbst programmieren kannst, um wie ich zu werden – aber ich habe mich diesem Drang widersetzt. Es wäre dir gegenüber unfreundlich. Es reicht schon, wenn ich die Last trage.«

»Dennoch, Freund Giskard«, meinte Daneel, »wenn das Wohl der Menschheit es nach deiner Ansicht je erfordern würde, dann würde ich diese Last akzeptieren. Tatsächlich würde ich sogar gemäß dem Nullten Gesetz dazu verpflichtet sein.«

»Aber diese Diskussion ist nutzlos«, sagte Giskard. »Mir scheint offenkundig, daß die Krise fast da ist. Und da es uns bis jetzt noch nicht einmal gelungen ist, ihre Natur zu erkennen...«

Daneel unterbrach ihn. »Darin zumindest hast du unrecht, Freund Giskard. Ich kenne sie.«

Natürlich war nicht zu erwarten, daß Giskard Überraschung zeigte. Sein Gesicht war selbstverständlich unfähig, Ausdruck zu zeigen. Seine Stimme war moduliert, und seine Sprache klang daher menschlich und war weder monoton noch unangenehm; aber Gefühle veränderten diese Modulation nie auf erkennbare Weise.

Als er daher sagte: »Ist das dein Ernst?«, klang es, als hätte er Zweifel über eine Bemerkung Daneels hinsichtlich des Wetters geäußert. Und doch ließ die Art und Weise, wie sein Kopf sich Daneel zuwandte, und wie er die Hand hob, keinen Zweifel daran, daß er überrascht war.

»Ja, das ist mein Ernst, Freund Giskard«, sagte Daneel.

»Wie ist die Information zu dir gelangt?«

»Teilweise aus dem, was ich von Madam Staatssekretärin Quintana beim Abendessen erfuhr.«

»Aber hast du denn nicht gesagt, du hättest nichts Hilfreiches von ihr erfahren; du nähmest an, du hättest die falschen Fragen gestellt?«

»So schien es mir unmittelbar danach. Bei weiterem Nachdenken freilich konnte ich aus dem, was sie gesagt hatte, einige hilfreiche Schlüsse ziehen. Ich habe in den letzten paar Stunden die Zentral-Enzyklopädie der Erde am Computerterminal studiert...«

»Und hast deine Schlüsse bestätigt gefunden?«

»Nicht genau. Aber ich habe auch nichts gefunden, das sie widerlegen würde, und das ist vielleicht fast genauso gut.«

»Aber reicht denn ein Negativbeweis, um Sicherheit zu gewinnen?«

»Nein. Und deshalb bin ich nicht sicher. Aber laß dir meine Überlegungen vortragen und sag mir, wenn du sie als fehlerhaft empfindest.«

»Bitte sprich, Freund Daneel!«

»Auf der Erde wurde die Fusions-Energie in der Vor-Hyperraumzeit entdeckt und deshalb, solange es nur auf dem einen Planeten menschliche Wesen gab, nur hier auf der Erde. Das ist wohlbekannt. Es dauerte lange Zeit, um praktische Methoden für kontrollierte Kernverschmelzung zu entwickeln, nachdem man die Möglichkeit schon lange entdeckt und auf verläßliche wissenschaftliche Grundlagen gestellt hatte. Die größte Schwierigkeit bei der Umsetzung des Konzepts in die Praxis erwuchs aus der Notwendigkeit, in einem hinreichend dichten Gas auf genügend lange Zeit eine hinreichend hohe Temperatur zu erzeugen, um die Zündung des Verschmelzungsvorgangs herbeizuführen.

Und doch hatten schon einige Dekaden bevor man über kontrollierte Fusionsenergie verfügte Fusionsbomben existiert, wobei diese Bomben auf einer unkontrollierten Fusionsreaktion basierten. Aber kontrolliert oder unkontrolliert – eine Kernverschmelzung konnte nicht ohne extrem hohe Temperaturen, und zwar im Bereich von Millionen von Grad, stattfinden. Wenn menschliche Wesen die notwendige Temperatur für kontrollierte Kernverschmelzung nicht erzeugen konnten, wie konnten sie es dann für eine unkontrollierte Fusionsexplosion?

Madam Quintana sagte mir, daß es auf der Erde vor der Kernfusion eine andere Spielart der Kernreaktion gab – die Kernspaltung. Die Energie wurde aus der Spaltung großer Kerne, wie die von Uran und Thorium, erzeugt. Das, so dachte ich, könnte eine Möglichkeit sein, um eine hohe Temperatur zu erzielen.

Die Enzyklopädie, die ich in dieser Nacht konsultiert habe, liefert nur sehr geringe Informationen über Nuklearbomben irgendeiner Art und ganz sicherlich keine wesentlichen Einzelheiten. Ich nehme an, es handelt sich um ein Thema, auf dem ein Tabu lastet; und das muß auf allen Welten so sein, denn ich habe auch auf Aurora nie von solchen Dingen gelesen oder auch nur Hinweise darauf gehört. Es handelt sich um einen Teil der Geschichte, dessen sich die menschlichen Wesen schämen oder vor dem sie Angst haben – oder vielleicht auch beides, und ich halte das für durchaus rational. In dem, was ich über Fusionsbomben las, fand ich allerdings nichts über ihre Zündung, was Kernspaltungsbomben als Zündmechanismus ausgeschlossen hätte. Ich vermute daher, daß, teilweise von diesem Negativbeweis ausgehend, die Kernspaltungsbombe tatsächlich dieser Zündmechanismus für Fusionsbomben war.

Wie aber wurde die Kernspaltungsbombe gezündet? Solche Bomben gab es vor den Fusionsbomben. Und wenn Spaltungsbomben zur Zündung einer ultrahohen Temperatur bedurften, so wie das bei Fusionsbomben der Fall war, dann gab es vor der Erfindung der Spaltungsbomben nichts, das derartig hohe Temperaturen erzeugte. Daraus schließe ich – obwohl ich in der Enzyklopädie darüber keine Informationen fand –, daß man Spaltbomben bei relativ niedrigen Temperaturen zünden konnte, vielleicht sogar bei Normaltemperatur. Es gab irgendwelche Schwierigkeiten, denn nach der Entdeckung des Kernspaltungsprozesses vergingen einige Jahre, bis die Bombe entwickelt wurde. Worin auch immer diese Schwierigkeiten aber bestanden – die Erzeugung ultrahoher Temperaturen gehörte jedenfalls nicht dazu. – Deine Meinung zu alledem, Freund Giskard?«

Giskard hatte während der ganzen Erklärung die Augen nicht von Daneel gewandt und sagte nun: »Ich glaube, die Theorie, die du hier aufgebaut hast, hat einige wesentliche Schwachpunkte, Freund Daneel, und ist daher nicht sehr vertrauenswürdig – aber selbst wenn das alles völlig korrekt und gesichert wäre, so hat dies doch ganz sicherlich nichts mit der bevorstehenden Krise zu tun, die wir zu begreifen versuchen.«

»Ich bitte dich um Geduld, Freund Giskard«, sagte Daneel. »Ich will auch fortfahren. Zufälligerweise sind sowohl der Kernverschmelzungsprozeß als auch der Kernspaltungsprozeß Produkte der schwachen Wechselwirkungskraft, einer der vier Wechselwirkungskräfte, die alle Ereignisse im Universum lenken. Demzufolge wird derselbe Nuklearverstärker, der einen Fusionsreaktor zur Explosion bringen kann, auch einen Kernspaltungsreaktor zur Explosion bringen.

Nur einen Unterschied gibt es: Die Kernverschmelzung findet nur bei ultrahohen Temperaturen statt. Der Verstärker bringt den ultraheißen Teil des Brennstoffs zur Explosion, der gerade dem Verschmelzungsprozeß unterliegt, sowie den umgebenden Brennstoff, der bei der ursprünglichen Explosion zum Verschmelzungspunkt erhitzt wird, und zwar ehe das Material explosiv nach draußen geblasen wird und die Hitze sich so weit verteilt, daß andere anwesende Treibstoffteile nicht mehr gezündet werden. Ein Teil des Fusionsbrennstoffes explodiert also, mit anderen Worten, aber ein großer Teil, vielleicht sogar der größere, bleibt unversehrt. Die Explosion ist natürlich trotzdem mächtig genug, um den Fusionsreaktor und alles, was sich in seiner unmittelbaren Umgebung befindet, zu vernichten, zum Beispiel das Schiff, das den Reaktor mitführt.

Andererseits kann ein Kernspaltungsreaktor bei niedrigen Temperaturen funktionieren; Temperaturen, die vielleicht nicht viel über dem Siedepunkt von Wasser liegen, vielleicht sogar bei Normaltemperatur. Die Wirkung des Kernverstärkers wird daher darin bestehen, daß *sämtlicher* Kernspaltungsbrennstoff losgeht. Tatsächlich wird der Verstärker den Spaltreaktor selbst dann zur Explosion bringen, wenn er *nicht* aktiv arbeitet. Obwohl ich annehme, daß der Kernspaltbrennstoff Gramm für Gramm viel weniger Energie freisetzt als Fusionsbrennstoff, wird der Spaltreaktor eine größere Explosion erzeugen, weil mehr von seinem Brennstoff explodiert, als das beim Fusionsreaktor der Fall ist.«

Giskard nickte langsam und sagte: »Alles das mag sehr wohl so sein, Freund Daneel. Aber gibt es denn auf der Erde Kraftwerke auf Kernspaltungsbasis?«

»Nein, die gibt es nicht – kein einziges. In der Weise hat sich Staatssekretär Quintana geäußert, und die Enzyklopädie bestätigt das. Tatsächlich gibt es auf der Erde zwar von kleinen Fusionsrekatoren betriebene Anlagen, aber nichts – überhaupt nichts – das von Kernspaltungsreaktoren betrieben wäre, kleinen oder großen.«

»Dann, Freund Daneel, gibt es doch nichts, worauf ein Nuklearverstärker einwirken könnte. All deine Überlegungen, selbst wenn sie makellos wären, führen zu nichts.«

»Nicht ganz, Freund Giskard«, sagte Daneel ernsthaft. »Es bleibt noch eine dritte Art von Nuklearreaktion, die man in Betracht ziehen muß.«

»Und die wäre?« sagte Giskard. »Ich kann mir keine vorstellen.«

»Der Gedanke kommt einem auch nicht ohne weiteres, Freund Giskard, weil es auf den Spacer- und Siedler-Welten in den planetarischen Krusten sehr wenig Uran und Thorium gibt und deshalb auch nur sehr wenig offensichtliche Radioaktivität. Das Thema ist demzufolge nur von geringem Interesse und wird, mit Ausnahme einiger weniger theoretischer Physiker, von den meisten ignoriert. Auf der Erde jedoch sind, wie Madam Quintana erklärte, Uran und Thorium verhältnismäßig weit verbreitet, und deshalb muß natürliche Radioaktivität mit der ungemein langsamen Erzeugung von Hitze und Strahlung ein vergleichsweise bedeutender Teil der Umwelt sein. Das ist die dritte Art von Nuklearreaktion, die wir in Betracht ziehen müssen.«

»In welcher Weise, Freund Daneel?«

»Die natürliche Radioaktivität ist ebenfalls ein Produkt der schwachen Wechselwirkungskraft. Ein Nuklearverstärker, der einen Kernverschmelzungs- oder Kernspaltungsreaktor zur Explosion bringen kann, wird, so vermute ich, auch die natürliche Radioaktivität bis zu dem Punkt beschleunigen, daß ein Teil der Erdkruste zur Explosion gebracht wird, wenn genügend Uran oder Thorium vorhanden sind.«

Giskard starrte Daneel eine Weile an, ohne sich zu bewegen oder etwas zu sagen. Dann meinte er leise: »Du willst damit andeuten, es sei Dr. Amadiros Plan, die Erdkruste zur Explosion zu bringen, den Planeten als einen Ort zu vernichten, auf dem Leben existieren kann, und auf diese Weise die Beherrschung der Galaxis durch die Spacer sicherzustellen?«

Daneel nickte. »Oder, wenn für eine Massenexplosion nicht genügend Thorium und Uran vorhanden sind, dann kann das Zunehmen der Radioaktivität eine so große Hitze erzeugen, daß das Klima verändert wird, und ein Übermaß an Strahlungen, die Krebs und Geburtsdefekte bewirken werden, wodurch dasselbe Ziel erreicht wird – wenn auch etwas langsamer.«

»Das ist eine erschütternde Möglichkeit«, sagte Giskard. »Glaubst du, daß man das wirklich bewirken kann?«

»Möglicherweise. Mir scheint, daß bereits seit einigen Jahren – wie viele weiß ich nicht – humanoide Roboter von Aurora, so wie dieser Attentäter, auf der Erde sind. Sie sind genügend hochentwickelt, um auch für eine komplizierte Programmierung geeignet zu sein, und sind, wenn nötig, imstande, die Cities zu betreten, um sich dort Geräte zu beschaffen. Man muß annehmen, daß sie an Orten mit reichen Uran- oder Thorium-Vorkommen Nuklearverstärker aufgebaut haben. Vielleicht sind im Laufe der Jahre bereits eine große Zahl solcher Verstärker angebracht worden. Dr. Amadiro und Dr. Mandamus sind jetzt hier, um die letzten Einzelheiten zu überwachen und die Verstärker zu aktivieren. Vermutlich werden sie alles so einrichten, daß sie noch Zeit zur Flucht haben werden, ehe der Planet zerstört wird.«

»In diesem Falle«, sagte Giskard, »ist es von unerläßlicher Wichtigkeit, daß der Generalsekretär informiert wird und die Sicherheitskräfte der Erde sofort mobilisiert werden; daß man Dr. Amadiro und Dr. Mandamus unverzüglich ausfindig macht und sie davon abhält, ihr Projekt zu vollenden.«

»Ich glaube nicht, daß das geschehen kann«, sagte Daneel. »Der Generalsekretär wird uns höchstwahrscheinlich nicht glauben wollen. Schließlich herrscht hier der weitverbreitete mystische Glaube, daß der Planet Erde unverletzbar sei. Du hast erwähnt, dies sei etwas, das gegen die Menschheit arbeiten würde, und ich vermute stark, daß das in diesem Falle auch so sein wird. Wenn man den Glauben an die einmalige Stellung der Erde in Zweifel zöge, dann wird er, dessen bin ich sicher, nicht zulassen, daß seine, wenn auch noch so unvernünftige Überzeugung erschüttert wird. Um das nicht zugeben zu müssen, reicht es aus, daß er sich weigert, uns zu glauben.

Außerdem, selbst wenn er uns glaubte, würden alle Vorbereitungen zu Gegenmaßnahmen von der Regierungsbürokratie genehmigt werden müssen; und das würde, auch wenn man den Prozeß noch so sehr beschleunigte, viel zu lange dauern, um Sinn zu haben.

Nicht nur das. Selbst wenn wir uns vorstellen könnten, daß alle Hilfsmittel der Erde sofort mobilisiert würden, so glaube ich doch nicht, daß die Erdenmenschen darauf eingerichtet sind, den Aufenthaltsort von zwei menschlichen Wesen in einer ungeheuer großen Wildnis ausfindig zu machen. Die Erdenmenschen haben jetzt seit vielen Dutzenden von Dekaden in den Cities gelebt und verlassen diese Grenzen fast nie. Ich erinnere mich daran noch sehr gut von meinem ersten Fall, den ich hier auf der Erde mit Elijah Baley zu lösen hatte. Und selbst wenn die Erdenmenschen sich dazu zwingen könnten, aufs freie Land hinauszugehen, würden sie ganz sicher nicht schnell genug die beiden menschlichen Wesen finden, um die Situation zu retten. Und auf den geradezu unglaublichen Zufall, daß das doch geschehen würde, dürfen wir nicht zählen.«

»Man könnte Siedler einsetzen und aus diesen einen Suchtrupp bilden«, schlug Giskard vor. »Sie haben keine Angst vor dem freien Land und auch nicht vor ihnen unbekanntem Terrain.«

»Aber sie würden ebenso fest von der Unverletzbarkeit dieses Planeten überzeugt sein wie die Erdenmenschen und ebenso starr ablehnen, uns zu glauben. Und die Wahrscheinlichkeit, daß sie die beiden Menschen schnell genug finden könnten, um die Situation zu retten, selbst wenn sie glauben *sollten*, ist ebenso gering.«

»Und was ist mit den Robotern der Erde?« sagte Giskard. »Zwischen den Cities wimmelt es doch von ihnen. Einige sollten sogar bereits bemerkt haben, daß es in ihrer Mitte menschliche Wesen gibt. Man sollte sie befragen.«

Daneel schüttelte den Kopf. »Die menschlichen Wesen in ihrer Mitte sind Robotik-Experten. Und die haben ganz sicher dafür gesorgt, daß Roboter in ihrer Umgebung ihre Anwesenheit nicht wahrnehmen können. Aus demselben Grund brauchen sie auch von irgendwelchen Robotern, die man vielleicht in einem Suchtrupp einsetzen könnte, nichts zu befürchten. Sie würden ihnen einfach befehlen, weiterzugehen und zu vergessen. Und um es noch schlimmer zu machen: Die Roboter der Erde sind vergleichsweise einfache Modelle, hauptsächlich für spezielle Aufgaben im Getreideanbau, der Viehzucht und im Bergbau konstruiert. Man könnte sie nicht ohne weiteres für einen so allgemeinen Zweck wie eine sinnvolle Suchaktion anpassen.«

»Du hast jede mögliche Reaktion eliminiert, Freund Daneel«, sagte Giskard. »Bleibt noch etwas?«

»Wir müssen die beiden menschlichen Wesen selbst finden und sie aufhalten – und das müssen wir jetzt tun.«

»Weißt du, wo sie sind, Freund Daneel?«

»Nein, Freund Giskard.«

»Aber wenn es unwahrscheinlich ist, daß Suchtrupps aus vielen, vielen Erdenmenschen oder Siedlern oder Robotern oder, ich nehme an, allen dreien, sie, mit Ausnahme eines wundersamen Zufalls, rechtzeitig finden – wie können wir beide das dann tun?«

»Das weiß ich nicht, Freund Giskard. Aber das müssen wir.«

Und Giskard sagte mit einer Stimme, die ebenso wie die Wahl der Worte schroff wirkte: »Die Notwendigkeit reicht nicht, Freund Daneel. Du bist einen langen Weg gegangen. Du hast die Existenz einer Krise herausgearbeitet und Stück für Stück auch ihre Natur erkannt. Und nichts davon nützt uns. Hier bleiben wir, hilflos wie immer, etwas dagegen zu unternehmen.«

»Eine Chance bleibt uns noch«, sagte Daneel. »Sie ist zwar weit hergeholt und scheint fast sinnlos; aber wir haben keine andere Wahl, als es zu versuchen. Amadiro hat aus seiner Furcht vor dir einen Attentäter-Roboter ausgeschickt, um dich zu zerstören. Und *vielleicht* erweist sich das als sein großer Fehler.«

»Und wenn diese fast aussichtslose Chance uns keinen Erfolg bringt, Freund Daneel?«

Daneel sah Giskard ruhig an. »Dann sind wir hilflos, und die Erde wird vernichtet werden, und die Menschheit wird eines Tages dahinschwinden.«

XVIII. DAS NULLTE GESETZ

84

Kendel Amadiro war nicht glücklich. Die auf der Erde herrschende Schwerkraft war für seinen Geschmack eine Spur zu hoch, die Atmosphäre eine Spur zu dicht, die Geräusche und Gerüche im Freien auf subtile und lästige Art anders als auf Aurora, und es gab kein Drinnen, das auch nur den Anschein hatte, zivilisiert zu sein.

Die Roboter hatten eine Art von Unterkunft gebaut. Es gab reichlich Nahrung und improvisierte Abtritte, die funktionell ausreichten, aber in jeder anderen Hinsicht auf geradezu beleidigende Art unzureichend waren.

Und was das Schlimmste war: Der Morgen war zwar angenehm, aber es war ein klarer Tag, und die viel zu helle Sonne der Erde war im Begriff aufzugehen. Bald würde die Temperatur zu hoch und die Luft zu feucht sein, und die beißenden Insekten würden wieder auftauchen. Amadiro hatte zuerst gar nicht verstanden, weshalb sich auf seinem Arm kleine, juckende Schwellungen bildeten, bis Mandamus es ihm erkärte.

Jetzt murmelte er, sich kratzend: »Schrecklich! Vielleicht verbreiten sie Infektionen.«

Mandamus schien das allem Anschein nach gleichgültig zu sein. »Ich glaube, das tun sie manchmal; aber wahrscheinlich ist es nicht. Ich habe hier Salben, die die Reizung lindern, und wir können Substanzen verbrennen, die den Insekten unangenehm sind, obwohl die Gerüche auch mir unangenehm sind.«

»Verbrennen Sie sie!« sagte Amadiro.

Mandamus fuhr fort, ohne seinen Tonfall zu ändern: »Ich werde nichts dergleichen tun, und wäre es auch noch so belanglos – ein Geruch, ein wenig Rauch –, das die Wahrscheinlichkeit erhöht, daß man uns entdeckt.«

Amadiro musterte ihn argwöhnisch. »Sie haben doch immer wieder gesagt, daß diese Region nie besucht wird, von Erdenmenschen nicht und ihren Feld-Robotern auch nicht.«

»Das stimmt, aber das ist keine mathematische Gleichung; es ist eine soziologische Beobachtung, und es besteht immer die Möglichkeit, daß solche Beobachtungen Ausnahmen haben.«

Amadiro blickte finster. »Der beste Weg zur Sicherheit führt über einen schnellen Abschluß dieses Projekts. Sie haben gesagt, Sie würden heute fertig sein.«

»Auch das ist eine soziologische Beobachtung, Dr. Amadiro. Ich *sollte* heute fertig sein. Auch ich wäre das gern. Aber mathematisch garantieren kann ich es nicht.«

»Wie lange noch, bis Sie es garantieren *können*?«

Mandamus spreizte die Hände in einer Geste, die seit Jahrtausenden ›ich-weiß-nicht‹ bedeutete. »Dr. Amadiro, ich habe den Eindruck, ich hätte dies schon einmal erklärt; aber ich will es gern noch einmal tun. Ich habe sieben Jahre gebraucht, um so weit zu kommen. Ich hatte damit gerechnet, noch einige Monate persönliche Beobachtungen an den vierzehn verschiedenen Relaisstationen auf der Oberfläche der Erde machen zu können; das geht jetzt nicht mehr, weil wir unsere Arbeit abschließen müssen, ehe der Roboter Giskard uns entdeckt und möglicherweise in unserer Tätigkeit behindert. Das bedeutet, daß ich meine Überprüfungen durch Vermittlung unserer eigenen humanoiden Roboter an den Stationen vornehmen muß. Zu denen kann ich aber nicht dasselbe Vertrauen haben, wie ich es zu mir selbst hätte. Ich muß ihre Berichte prüfen und noch einmal prüfen, und möglicherweise muß ich doch zwei oder drei Orte aufsuchen, ehe ich ganz sicher sein kann. Das würde Tage in Anspruch nehmen – vielleicht sogar ein oder zwei Wochen.«

»Ein oder zwei Wochen? Unmöglich! Was glauben Sie, wie lange ich diesen ekelhaften Planeten noch ertragen kann, Mandamus?«

»Sir, bei einem meiner früheren Besuche bin ich fast ein Jahr auf diesem Planeten geblieben, bei einem anderen über vier Monate.«

»Und das hat Ihnen gefallen?«

»Nein, Sir. Aber ich hatte eine Aufgabe, und die habe ich erfüllt – ohne mich selbst zu schonen.« Mandamus musterte Amadiro kühl.

Der lief rot an und sagte etwas bedrückt: »Nun, gut. Wo stehen wir?«

»Ich bin immer noch damit beschäftigt, die hereinkommenden Berichte auszuwerten. Wir arbeiten, wie Sie wissen, nicht mit einem sorgfältig konstruierten Laborsystem, sondern haben es mit einer außergewöhnlich heterogenen Planetenkruste zu tun. Zum Glück sind die radioaktiven Materialien weit verbreitet, aber an manchen Stellen sind die Vorkommen gefährlich gering, und an solchen Orten müssen wir Relais einsetzen und Roboter aufstellen. Wenn diese Relais nicht in jedem einzelnen Fall sorgfältig positioniert sind und einwandfrei funktionieren, wird die Nuklearverstärkung unterbrochen werden, und dann sind all diese mühevollen Jahre umsonst gewesen. Andererseits kann es auch zu lokalen Verstärkungen kommen, die die Gewalt einer Explosion annehmen, die sich selbst ausbläst und den Rest der Kruste verschont. In beiden Fällen würde der insgesamt angerichtete Schaden belanglos sein.

Was wir wollen, Dr. Amadiro, ist, daß die radioaktiven Stoffe und demzufolge wesentlich große Teile der Erdkruste langsam – stetig – unwiderruflich...« – er biß die Worte förmlich ab, während er sie abgehackt und mit großen Abständen dazwischen aussprach – »immer radioaktiver werden, so daß die Erde in fortschreitendem Maße unbewohnbar wird. Die gesellschaftliche Struktur des Planeten wird zerbrechen, und die Erde wird als Lebensraum der Menschheit erledigt sein. Ich nehme an, Dr. Amadiro, daß auch Sie das wollen. Das ist es, was ich Ihnen vor Jahren geschildert habe. Damals sagten Sie, daß dies Ihr Wunsch sei.«

»Das ist es immer noch, Mandamus. Seien Sie kein Narr!«

»Dann müssen Sie auch die unangenehmen Seiten davon ertragen, Sir, oder abreisen; dann mache ich den Rest der Zeit allein weiter, solange es eben dauert.«

»Nein, nein!« murmelte Amadiro. »Ich muß hier sein, wenn es geschieht – aber ich kann nicht anders, ich bin ungeduldig. Wie lange soll Ihrer Meinung nach der Aufbauprozeß dauern? – Ich meine, sobald Sie die Verstärkung eingeleitet haben, wie lange dauert es dann, bis die Erde unbewohnbar wird?«

»Das hängt von dem Grad an Verstärkung ab, den ich ursprünglich ansetze. Ich weiß noch nicht, welcher Grad erforderlich sein wird, denn das hängt von der Effizienz der Relais ab. Ich habe deshalb ein variables Kontrollsystem eingerichtet. Ich will eine Zeitspanne von zehn bis zwanzig Dekaden vorsehen.«

»Und wenn Sie eine kürzere Zeitspanne vorsähen?«

»Je kürzer die Spanne ist, um so schneller werden Teile der Kruste radioaktiv werden und um so schneller wird sich der Planet erwärmen und gefährlich werden. Und das bedeutet eine um so geringere Wahrscheinlichkeit, daß ein signifikanter Teil seiner Bevölkerung rechtzeitig entfernt werden kann.«

»Ist das wichtig?« murmelte Amadiro.

Mandamus runzelte die Stirn. »Je schneller sich die Radioaktivität ausbreitet, desto wahrscheinlicher ist es, daß die Erdenmenschen und Siedler einen technischen Grund vermuten, und dann wird man höchstwahrscheinlich uns die Schuld geben. Die Siedler werden uns dann wütend angreifen und, da es um ihre heilige Welt geht, bis zur völligen Vernichtung kämpfen, vorausgesetzt nur, daß sie uns wesentlichen Schaden zufügen können. Darüber haben wir schon einmal diskutiert, und mir scheint, daß wir darüber zu einer Übereinkunft gelangt sind. Es wäre viel besser, reichlich Zeit vorzusehen, in der wir uns auf das Schlimmste vorbereiten können und in der eine verwirrte Erde vielleicht annimmt, bei der langsam zunehmenden Radioaktivität handle es sich um ein natürliches Phänomen, das sie nur nicht verstehen. Meiner Ansicht nach ist das heute sogar noch dringlicher geworden, als es gestern war.«

»Ja, wirklich?« Auch Amadiros Stirn hatte sich gefurcht. »Sie haben jetzt wieder diesen säuerlichen, puritanischen Blick, der mich überzeugt, daß Sie einen Weg gefunden haben, die Verantwortung dafür auf meine Schultern zu legen.«

»Mit allem Respekt, Sir, das ist in diesem Fall nicht schwierig. Es war unklug, einen unserer Roboter auszusenden, um Giskard zu vernichten.«

»Im Gegenteil – das mußte geschehen. Giskard ist der einzige, der uns zerstören könnte.«

»Zuerst muß er uns finden, und das wird er nicht. Und selbst wenn er es tut – wir sind erfahrene Robotiker. Glauben Sie nicht, daß wir ihm gewachsen wären?«

»Wirklich?« sagte Amadiro. »Das dachte Vasilia auch, und sie kannte ihn besser als wir – und doch war *sie* ihm nicht gewachsen. Und irgendwie war auch das Kriegsschiff, das ihn übernehmen und aus der Ferne vernichten sollte, ihm nicht gewachsen. Und so ist er jetzt auf der Erde gelandet. So oder so – er muß vernichtet werden!«

»Das ist aber nicht geschehen. Man hätte das in den Nachrichten gehört.«

»Schlechte Nachrichten werden manchmal von klugen Regierungen unterdrückt. Und die Beamten der Erde sind zwar Barbaren, es ist aber durchaus vorstellbar, daß sie klug sind. Und wenn der Plan unseres Roboters gescheitert ist und man ihn verhört hat, ist es bei ihm ganz sicherlich zur Blockade gekommen, und er ist erstarrt. Das bedeutet dann, daß wir einen Roboter verloren haben – nicht mehr –, und das können wir uns sicherlich leisten. Und wenn Giskard immer noch existiert, ist das ein Grund mehr zur Eile.«

»Wenn wir einen Roboter verloren haben, dann haben wir mehr verloren als nur das – dann nämlich, wenn es ihnen gelingt, unseren Aufenthaltsort in Erfahrung zu bringen. Zumindest hätten wir keinen lokalen Roboter einsetzen sollen.«

»Ich habe einen genommen, der schnell verfügbar war, und er wird nichts verraten. Ich denke, Sie können auf meine Programmierung vertrauen.«

»Er kann nicht umhin, durch seine bloße Existenz kundzutun, ob nun blockiert oder nicht, daß er ein auroranisches Produkt ist. Die Robotiker der Erde – und davon gibt es auf diesem Planeten einige – werden das erkennen. Ein Grund mehr, um den Anstieg der Radioaktivität sehr langsam erfolgen zu lassen. Genug Zeit muß verstreichen, daß die Erdenmenschen den Zwischenfall vergessen und ihn nicht mit der veränderten Radioaktivität in Verbindung bringen. Wir brauchen wenigstens zehn Dekaden, vielleicht fünfzehn oder sogar zwanzig.«

Er ging weg, um erneut seine Instrumente zu inspizieren und den Kontakt mit den Relais sechs und zehn wiederherzustellen, wo es noch Schwierigkeiten gab. Amadiro blickte ihm mit einer Mischung aus Ekel und intensiver Abneigung nach und murmelte in sich hinein: »Ja, aber ich habe keine zwanzig Dekaden mehr – oder fünfzehn – oder vielleicht sogar zehn. Du schon – aber ich nicht.«

85

In New York war früher Morgen. Giskard und Daneel schlossen das aus der langsam zunehmenden Aktivität.

»Irgendwo oberhalb und außerhalb der City ist jetzt wahrscheinlich Morgendämmerung«, sagte Giskard. »Einmal, vor zwanzig Dekaden, als ich zu Elijah Baley sprach, sagte ich, die Erde sei die Welt der Morgendämmerung. Wird sie das noch lang sein? Oder hat sie bereits aufgehört, es zu sein?«

»Das sind morbide Gedanken, Freund Giskard«, sagte Daneel. »Es ist besser, wenn wir uns damit beschäftigen, was heute getan werden muß, um mitzuhelfen, daß die Erde die Welt der Morgendämmerung bleibt.«

Gladia, mit einem Bademantel und Pantoffeln bekleidet, betrat die Wohnung. Ihr Haar war frisch getrocknet.

»Lächerlich!« sagte sie. »Die Erdenfrauen gehen am Morgen aufgelöst und schlampig zu den Massenpersonals. Ich glaube, das geschieht absichtlich. Es gilt als unhöflich, sich auf dem Weg zum Personal das Haar zu kämmen. Anscheinend fördert dieses schlampige Aussehen am Anfang das Bild der Gepflegtheit, das sie nachher zeigen. Ich hätte eine komplette Morgenausstattung mitbringen müssen. Du hättest sehen sollen, wie die mich ansahen, als ich mit meinem Bademantel herauskam. Wenn man das Personal verläßt, muß man der letzte Schrei sein. Ja, Daneel?«

»Madam«, sagte Daneel, »haben Sie einen Augenblick Zeit?«

Gladia zögerte. »Keinen sehr langen, Daneel. Wie du ja wahrscheinlich weißt, wird das ein großer Tag sein, und meine Verabredungen beginnen sehr bald.«

»Genau das ist es, worüber ich mit Ihnen sprechen wollte, Madam«, sagte Daneel. »An diesem wichtigen Tag wird alles bessergehen, wenn wir nicht bei Ihnen sind.«

»Was?«

»Die Wirkung, die Sie auf die Erdenleute erzielen wollen, würde sehr beeinträchtigt werden, wenn Sie sich mit Robotern umgeben.«

»Ich werde nicht umgeben sein. Nur ihr beide. Wie soll ich ohne euch auskommen?«

»Es ist notwendig, daß Sie das lernen, Madam. Solange wir bei Ihnen sind, zeigen Sie deutlich, daß Sie anders als die Erdenmenschen sind; das wirkt dann so, als hätten Sie vor ihnen Angst.«

»Ich brauche aber doch Schutz, Daneel«, sagte Gladia beunruhigt. »Erinnere dich an das, was gestern abend geschah.«

»Madam, wir hätten das, was gestern abend geschah, nicht verhindern können und hätten Sie, falls es nötig gewesen wäre, auch nicht beschützen können. Zum Glück waren Sie gestern nacht nicht das Ziel. Der Blasterstrahl war auf Giskards Kopf gerichtet.«

»Warum Giskard?«

»Wie könnte ein Roboter auf Sie oder irgendein menschliches Wesen zielen? Der Roboter hat aus irgendeinem Grund auf Giskard gezielt. Wenn wir daher in Ihrer Nähe sind, könnte das die Gefahr für Sie sogar noch vergrößern. Sobald sich die Nachricht von den gestrigen Ereignissen verbreitet, selbst wenn die Erdregierung versucht, Einzelheiten zu unterdrücken, wird es Gerüchte geben, wonach ein Roboter einen Blaster auf Sie abgefeuert hat. Das wird dazu führen, daß die Abneigung gegen Roboter wächst – gegen *uns* – und selbst gegen Sie, wenn Sie darauf bestehen, mit uns gesehen zu werden. Es wäre besser, wenn Sie ohne uns blieben.«

»Auf wie lange?«

»Mindestens so lange, wie Ihre Mission dauert, Madam. Der Captain wird Ihnen in den bevorstehenden Tagen besser helfen können als wir. Er kennt die Erdenmenschen, wird von ihnen hochgeschätzt – und schätzt Sie sehr hoch, Madam.«

»Kannst du *feststellen*, daß er mich hochschätzt?« fragte Gladia.

»Ich bin zwar nur ein Roboter – aber so scheint es mir. Und wenn Sie uns zurückhaben wollen, kommen wir natürlich jederzeit zurück, aber im Augenblick glauben wir, daß wir Ihnen am besten dienen und Sie am besten schützen, wenn wir Sie Captain Baley anvertrauen.«

»Ich werde es mir überlegen«, sagte Gladia.

»Unterdessen werden wir zu Captain Baley gehen, Madam«, sagte Daneel, »und ihn fragen, ob er uns zustimmt.«

»Tut das!« sagte Gladia und ging in ihr Schlafzimmer.

Daneel drehte sich um und fragte Giskard leise: »Ist sie bereit?«

»Mehr als bereit«, sagte Giskard. »Sie ist in meiner Gegenwart immer etwas unruhig gewesen und hat unter meiner Abwesenheit nie übermäßig gelitten. Für dich, Freund Daneel, sind ihre Gefühle ambivalent. Du erinnerst sie deutlich an Freund Jander, dessen Deaktivierung vor vielen Dekaden für sie ein traumatisches Erlebnis war. Für sie war das eine Quelle der Anziehung und zugleich des Abgestoßenseins; also brauchte ich nicht viel zu tun. Ich habe die Anziehung verringert, die sie für dich empfand, und habe ihre starke Anziehung für den Captain gesteigert. Sie wird leicht ohne uns zu Rande kommen.«

»Dann laß uns den Captain aufsuchen«, sagte Daneel. Sie gingen gemeinsam hinaus und betraten den Korridor vor dem Appartement.

86

Sowohl Daneel als auch Giskard waren schon früher auf der Erde gewesen; Giskard zuletzt. Deshalb verstanden sie das Computer-Adreßbuch, das ihnen Sektion, Flügel und Nummer der Wohnung lieferte, die man D. G. zugeteilt hatte. Und sie verstanden auch die Farb-Codes in den Korridoren, die dafür sorgten, daß sie an der jeweils richtigen Stelle abbogen oder den Aufzug verließen.

Es war noch ziemlich früh, und der Verkehr war daher dünn; aber diejenigen menschlichen Wesen, denen sie begegneten, starrten Giskard erstaunt an und wandten dann gespielt gleichgültig ihre Blicke wieder ab.

Als sie schließlich D. G.s Appartement erreichten, waren Giskards Schritte etwas unregelmäßig. Es war nicht besonders auffällig, aber Daneel bemerkte es.

»Fühlst du dich unbehaglich, Freund Giskard?« fragte er leise.

»Ich mußte«, antwortete Giskard, »in einer Anzahl von Männern und Frauen Erstaunen, Verblüffung, ja sogar Aufmerksamkeit löschen, und einmal sogar in einem Kind – und das war noch schwieriger. Ich hatte nicht viel Zeit, um mich zu vergewissern, daß ich keinen Schaden bewirkt habe.«

»Es war richtig, so zu handeln. Wir dürfen nicht aufgehalten werden.«

»Das verstehe ich. Aber das Nullte Gesetz funktioniert in mir nicht so gut. Ich verfüge in dieser Beziehung nicht über deine Leichtigkeit.« Dann fuhr er fort, als wollte er sich selbst ablenken: »Ich habe schon oft festgestellt, daß sich eine Hyperresistenz in den Positronenbahnen zuerst beim Stehen und Gehen und erst später beim Sprechen bemerkbar macht.«

Daneel tippte an das Türsignal. »In meinem Fall war es genauso, Freund Giskard«, meinte er. »Auf zwei Stützen das Gleichgewicht zu halten, ist selbst unter günstigen Voraussetzungen schwierig. Kontrolliertes Ungleichgewicht wie beim Gehen ist noch schwieriger. Ich habe einmal gehört, daß es früher Versuche gegeben hat, Roboter mit vier Beinen herzustellen. Man nannte sie ›Zentauren‹. Sie funktionierten gut, waren aber wegen ihres unmenschlichen Aussehens nicht akzeptabel.«

»Im Augenblick würde ich vier Beine vorziehen, Freund Daneel«, sagte Giskard. »Aber ich glaube, es wird schon wieder besser.«

D. G. war an der Tür. Er sah sie mit einem breiten Lächeln an und blickte dann in den Korridor hinaus, worauf sein Lächeln verschwand und einem höchst besorgten Ausdruck wich. »Was macht ihr ohne Gladia hier? Ist sie...?«

Daneel unterbrach ihn. »Captain, Madam Gladia geht es gut. Sie ist nicht in Gefahr. Dürfen wir eintreten und erklären?«

D. G. war sichtlich wütend, aber er forderte sie auf, einzutreten. Seine Stimme klang ungehalten und fordernd, so wie man gewöhnlich zu Maschinen spricht, die sich schlecht benehmen. Er sagte: »Warum habt ihr sie alleingelassen? Wie könnt ihr so etwas tun?«

»Sie ist nicht mehr allein als irgendeine andere Person auf der Erde und auch nicht in größerer Gefahr«, antwortete Daneel. »Wenn Sie sie über die Sache befragen werden, wird sie Ihnen, glaube ich, sagen, daß sie hier auf der Erde nichts bewirken kann, solange dauernd Spacer-Roboter um sie sind. Ich glaube, sie wird Ihnen sagen, daß der Schutz und der Rat, den sie braucht, von Ihnen und nicht von Robotern kommen sollte. Das sind, wie wir glauben, ihre Wünsche – zumindest für den Augenblick. Wenn sie uns je zurückhaben möchte, werden wir kommen.«

D. G.s Gesicht entspannte sich zu einem Lächeln. »Meinen Schutz will sie also, wie?«

»Im Augenblick, Captain, glauben wir, daß ihr Ihre Anwesenheit wesentlich lieber als die unsere wäre.«

D. G.s Lächeln wurde zu einem Grinsen. »Wer will ihr das schon verübeln? – Ich mache mich fertig und gehe, sobald ich kann, zu ihrem Appartement.«

»Aber zuerst, Sir...«

»Oh«, sagte D. G., »ein Handel also?«

»Ja, Sir. Es ist uns sehr wichtig, so viel wie möglich über den Roboter in Erfahrung zu bringen, der gestern abend den Blaster abgefeuert hat.«

D. G.s Gesicht wurde wieder ernst. »Erwartest du eine weitere Gefahr für Madam Gladia?«

»Nichts dergleichen. Der Roboter gestern abend hat nicht auf Lady Gladia geschossen. Als Roboter könnte er das unmöglich getan haben. Er hat auf Freund Giskard geschossen.«

»Warum hätte er das tun sollen?«

»Das ist es, was wir gern herausfinden würden. Aus diesem Grund ist es unser Wunsch, daß Sie Madam Quintana, Staatssekretärin für Energiefragen, anrufen und ihr sagen, es sei sehr wichtig und Ihnen und der Regierung von Baleys Welt angenehm – wenn Sie das vielleicht hinzufügen möchten –, daß sie mir gestattet, ihr zu diesem Thema ein paar Fragen zu stellen. Es ist unser Wunsch, daß Sie sich nachdrücklich darum bemühen, eine Zustimmung zu einem solchen Gespräch zu erreichen.«

»Sonst wollt ihr nichts von mir? Ich soll also eine einigermaßen wichtige und überlastete hohe Regierungsbeamtin bitten, sich von einem Roboter ins Kreuzverhör nehmen zu lassen?«

Daneel nickte langsam. »Sir, wenn Sie Ihren Wunsch nachdrücklich genug vorbringen, kann es sein, daß sie zustimmt. Außerdem wäre es hilfreich, da sie wahrscheinlich ihr Amt in einiger Entfernung hat, wenn sie für uns einen Flitzer mieten würden, damit wir zu ihr können. Wie Sie sich vorstellen können, haben wir es eilig.«

»Und diese Kleinigkeiten sind dann alles?« fragte D. G.

»Nicht ganz, Captain«, sagte Daneel. »Wir werden einen Fahrer brauchen, und bitte zahlen Sie ihn so gut, daß er sich auch damit einverstanden erklärt, Freund Giskard zu befördern, der unverkennbar ein Roboter ist. Ich mache ihm ja wahrscheinlich nichts aus.«

»Dir ist hoffentlich klar, Daneel, daß das, was du verlangst, völlig unvernünftig ist«, sagte D. G.

»Ich hatte gehofft, daß Sie das nicht so sehen würden, Captain«, sagte Daneel. »Aber da das Ihre Ansicht ist, gibt es nichts mehr zu sagen. Wir haben dann keine andere Wahl, als zu Madam Gladia zurückzukehren, was sie sehr unglücklich machen wird, da sie lieber mit Ihnen zusammen wäre.«

Er wandte sich zum Gehen und winkte Giskard zu, ihm zu folgen. Aber da sagte D. G.: »Warte! Im Korridor ist ein öffentlicher Bildsprecher. Ich kann es ja versuchen. Bleibt hier und wartet auf mich!«

Die beiden Roboter blieben stehen. Daneel fragte leise: »Mußtest du viel tun, Freund Giskard?«

Giskard schien jetzt wieder gut im Gleichgewicht. »Ich war hilflos«, sagte er. »Er war stark dagegen, Madam Quintana anzusprechen, und ist ebenso stark dagegen, uns einen Flitzer zu beschaffen. Ich hätte diese Gefühle nicht ohne Schaden ändern können. Als du allerdings den Vorschlag machtest, zu Madam Gladia zurückzukehren, änderte sich seine Einstellung plötzlich und dramatisch. Das hast du wahrscheinlich erwartet, Freund Daneel?«

»Ja.«

»Mir scheint, du brauchst mich kaum. Es gibt mehr als einen Weg, um das Bewußtsein eines Menschen zu adaptieren. Aber am Ende habe ich etwas bewirkt. Als der Captain es sich anders überlegte, bestand gleichzeitig eine starke, günstige Empfindung, die auf Madam Gladia gerichtet war. Ich habe die Gelegenheit genutzt, diese Empfindung zu verstärken.«

»Da hast du den Grund, weshalb du gebraucht wirst; das hätte ich nicht tun können.«

»Das wirst du noch, Freund Daneel. Vielleicht recht bald.«

D. G. kehrte zurück. »Ob du es nun glaubst oder nicht – sie wird dich empfangen, Daneel. Der Flitzer und der Fahrer sind gleich hier. Und je schneller ihr hier verschwindet, desto besser. Ich will sofort zu Gladias Appartement.«

Die beiden Roboter gingen in den Korridor hinaus, um dort zu warten.

»Er ist sehr glücklich«, sagte Giskard.

»So scheint es mir, Freund Giskard«, sagte Daneel. »Aber ich fürchte, jetzt wird es schwieriger werden. Von Madam Gladia die Erlaubnis zu bekommen, uns frei zu bewegen, war leicht. Den Captain zu überreden, uns ein Gespräch mit Staatssekretärin Quintana zu beschaffen, war schon schwieriger. Bei ihr kann es jetzt leicht sein, daß wir nicht weiterkommen.«

87

Der Fahrer warf einen Blick auf Giskard, und schon verließ ihn der Mut. »Hören Sie«, sagte er zu Daneel, »man hat mir gesagt, ich würde den doppelten Fahrpreis bekommen, wenn ich einen Roboter mitnähme. Aber Roboter sind in der City nicht erlaubt, und ich könnte 'ne Menge Schwierigkeiten kriegen. Und wenn ich meine Lizenz verliere, nützt mir Geld auch nichts. Geht es nicht, daß ich bloß Sie mitnehme, Mister?«

»Ich bin auch ein Roboter, Sir«, sagte Daneel. »Wir sind jetzt *in* der City, und das ist nicht Ihre Schuld. Wir versuchen, aus der Stadt *herauszukommen*, und Sie werden uns dabei helfen. Wir gehen zu einem hohen Regierungsbeamten, der, wie ich hoffe, das arrangieren wird, und es ist Ihre Bürgerpflicht, uns zu helfen. Wenn Sie sich weigern, uns mitzunehmen, Fahrer, dann halten Sie Roboter *in* der City fest, und man könnte das als ungesetzlich auslegen.«

Das Gesicht des Fahrers glättete sich. Er öffnete die Tür und sagte barsch: »Steigen Sie ein!« Aber dann schloß er sorgfältig die dicke, durchsichtige Scheibe, die ihn von seinen Passagieren trennte.

»War viel erforderlich, Freund Giskard?« fragte Daneel leise.

»Sehr wenig, Freund Daneel. Was du gesagt hast, das meiste wirkte. Es ist erstaunlich, daß eine Sammlung von Feststellungen, die individuell wahr sind, im Zusammenhang etwas bewirken können, wozu die Wahrheit nicht imstande wäre.«

»Das habe ich häufig bei menschlichen Gesprächen beobachtet, Freund Giskard; selbst in Gesprächen normalerweise wahrheitsliebender menschlicher Wesen. Ich nehme an, daß diese Praxis im Bewußtsein solcher Leute derart gerechtfertigt ist, daß sie einem höheren Zweck dient.«

»Nulltes Gesetz, meinst du?«

»Oder das Äquivalent, falls das menschliche Bewußtsein ein solches Äquivalent besitzt. – Freund Giskard, du sagtest vor einer Weile, daß ich deine Kräfte besitzen werde, vielleicht sogar bald. Bereitest du mich auf dieses Ziel vor?«

»Ja, das tue ich, Freund Daneel.«

»Warum? Darf ich das fragen?«

»Wiederum Nulltes Gesetz. Die kurze Episode, in der meine Beine zitterten, hat mir klargemacht, wie verletzbar ich doch bin, wenn ich versuche, das Nullte Gesetz anzuwenden. Ehe dieser Tag um ist, muß ich möglicherweise nach dem Nullten Gesetz handeln, um die Welt und die Menschheit zu retten, und es kann sein, daß ich dazu nicht imstande bin. In dem Fall mußt du fähig sein, es zu tun. Ich bereite dich Stück für Stück darauf vor, daß ich dir im gewünschten Augenblick die letzten Instruktionen geben kann, und dann alles an Ort und Stelle ist.«

»Ich begreife nicht, wie das sein kann, Freund Giskard.«

»Wenn die Zeit kommt, wird dir das keine Schwierigkeiten bereiten. Ich habe die Technik in ganz geringem Ausmaß an Robotern benutzt, die ich in den frühen Tagen zur Erde schickte, ehe man sie aus den Cities verbannt hat. Diese Roboter haben mitgeholfen, das Bewußtsein der Führer der Erde so zu verändern, daß sie die Entscheidung gebilligt haben, Siedler auszuschicken.«

Der Fahrer, dessen Flitzer sich nicht auf Rädern bewegte, sondern die ganze Zeit etwa einen Zentimeter über dem Boden schwebte, war durch besondere Korridore gefahren, die für solche Fahrzeuge reserviert waren, und zwar so schnell, daß dem Namen des Fahrzeugs alle Ehre gemacht wurde. Nun mündete der Gang in einen gewöhnlichen City-Korridor, zu dem in mäßiger Entfernung links ein Expreßweg parallel verlief. Der Flitzer, der sich nun viel langsamer bewegte, schlug einen Bogen nach links, tauchte unter dem Expreßweg durch, kam auf der anderen Seite heraus und hielt schließlich nach einem knappen Kilometer vor einer prunkvollen Gebäudefassade.

Die Flitzertür öffnete sich automatisch. Daneel stieg als erster aus, wartete, daß Giskard ihm folgte, und reichte dem Fahrer dann ein Stück Folie, das D. G. ihm gegeben hatte. Der Fahrer musterte es mit zusammengekniffenen Augen, dann schlossen sich die Türen, und er schoß davon.

88

Bis die Tür sich auf ihr Signal hin öffnete, verging eine kurze Zeit, und Daneel vermutete, daß jemand sie mit einem Scanner überprüfte. Als sie sich dann öffnete, erwartete sie auf der anderen Seite eine junge Frau, die sie ins Innere des Gebäudes führte. Sie vermied es, Giskard anzusehen, zeigte aber größeres Interesse an Daneel.

Staatssekretärin Quintana erwartete sie hinter einem wuchtigen Schreibtisch. Sie lächelte und sagte mit etwas gequält wirkender Fröhlichkeit: »Zwei Roboter ohne Begleitung menschlicher Wesen. Bin ich in Sicherheit?«

»Durchaus, Madam Quintana«, sagte Daneel ernst. »Es ist ebenso ungewöhnlich für uns, ein menschliches Wesen ohne begleitende Roboter zu sehen.«

»Ich kann Ihnen versichern, daß ich meine Roboter habe«, sagte Quintana. »Ich nenne sie Untergebene. Eine solche hat Sie hierhergeleitet. Es überrascht mich, daß sie beim Anblick Giskards nicht in Ohnmacht gefallen ist. Wahrscheinlich wäre sie das, wenn man sie nicht gewarnt hätte und wenn Sie selbst nicht so außergewöhnlich interessant anzusehen wären, Daneel. Aber lassen wir das jetzt. Captain Baley hat seine Bitte, ich solle Sie empfangen, mit solchem Nachdruck vorgebracht, und mein Interesse, angenehme Beziehungen zu einer wichtigen Siedler-Welt zu unterhalten, ist so groß, daß ich dem Gespräch zugestimmt habe. Aber mein Terminkalender ist ziemlich voll, und ich wäre Ihnen daher dankbar, wenn wir das schnell erledigen könnten. – Was kann ich für Sie tun?«

»Madam Quintana«, begann Daneel.

»Einen Augenblick! Sitzen Sie? Ich habe Sie, wie Sie wissen, gestern abend sitzen sehen.«

»Wir können sitzen, aber es ist ebenso bequem, zu stehen. Uns macht das nichts aus.«

»Aber mir. Für mich wäre es unbequem, zu stehen. Und wenn ich sitze, dann bekomme ich einen steifen Hals, wenn ich immer zu Ihnen aufblicken muß. Bitte, nehmen Sie Platz. – Nun, Daneel, und was soll das jetzt alles?«

»Madam Quintana«, begann Daneel, »ich nehme an, Sie erinnern sich an den Zwischenfall mit dem Blasterschuß auf dem Balkon gestern abend nach dem Bankett.«

»Ganz sicher erinnere ich mich. Außerdem weiß ich noch, daß der Blaster von einem humanoiden Roboter abgefeuert wurde, obwohl wir das nicht offiziell zugeben. Und doch sitze ich hier mit zwei Robotern auf der anderen Tischseite und habe keinerlei Schutz. Und einer von euch ist humanoid.«

»Ich habe keinen Blaster, Madam«, sagte Daneel und lächelte.

»Das will ich auch hoffen. – Dieser andere humanoide Roboter hat überhaupt nicht wie Sie ausgesehen, Daneel. Sie sind ein... ein echtes Kunstwerk, wissen Sie das?«

»Ich bin sehr komplex programmiert, Madam.«

»Nein, ich meine Ihr Aussehen. Aber was ist mit dem Blaster-Zwischenfall?«

»Madam, dieser Roboter hat irgendwo auf der Erde einen Stützpunkt, und ich muß wissen, wo der ist. Ich bin von Aurora hierhergekommen, um diesen Stützpunkt zu finden und zu verhindern, daß derartige Zwischenfälle den Frieden zwischen unseren Welten stören. Ich habe Grund zu der Annahme...«

»*Sie* sind gekommen? Nicht der Captain? Nicht Madam Gladia?«

»*Wir*, Madam«, sagte Daneel. »Giskard und ich. Ich bin nicht befugt, Ihnen darzulegen, wie es dazu gekommen ist, daß wir diese Aufgabe übernommen haben, und kann Ihnen auch unmöglich den Namen des menschlichen Wesens bekanntgeben, unter dessen Instruktionen wir tätig sind.«

»Ach was! Internationale Spionage? Wie faszinierend! Ein Jammer, daß ich Ihnen nicht helfen kann! Aber ich weiß nicht, woher der Roboter kam. Ich habe nicht die leiseste Ahnung, wo sein Stützpunkt sein könnte. Tatsächlich weiß ich nicht einmal, weshalb Sie ausgerechnet zu mir gekommen sind, um diese Information einzuholen. Ich wäre an Ihrer Stelle zum Sicherheitsministerium gegangen, Daneel.« Sie beugte sich vor. »Haben Sie *echte* Haut im Gesicht, Daneel? Wenn nicht, dann ist es eine ausgezeichnete Imitation.« Sie griff nach ihm, und ihre Hand berührte vorsichtig seine Wange. »Es fühlt sich ja sogar echt an.«

»Trotzdem ist es keine echte Haut, Madam. Sie heilt nicht von selbst, wenn ich mich verletze. Andererseits kann man einen Riß leicht zuschweißen oder einen Flicken einsetzen.«

»Puh!« machte Quintana und rümpfte die Nase. »Aber unsere Besprechung ist wohl schon zu Ende, weil ich Ihnen in bezug auf den Attentäter wirklich nicht helfen kann. Ich weiß nichts.«

»Madam, lassen Sie mich noch weiter erklären«, bat Daneel. »Dieser Roboter könnte einer Gruppe angehören, die sich für diesen alten Energieerzeugungsprozeß interessiert, den Sie mir gestern beschrieben haben – Kernspaltung. Gehen Sie einmal davon aus, daß das so ist; daß es Leute gibt, die sich für Kernspaltung und die Uran- und Thorium-Ablagerungen in der Erdkruste interessieren. Welcher Ort würde sich für die als Stützpunkt eignen?«

»Ein altes Uran-Bergwerk vielleicht? Ich weiß nicht einmal, wo solche sein können. Sie müssen begreifen, Daneel, daß die Erde eine beinahe abergläubische Aversion gegenüber allen nuklearen Dingen hat – ganz besonders gegenüber der Kernspaltung. Sie werden in unseren Populärwerken über Energie fast nichts über Kernspaltung finden und selbst in den technischen Nachschlagewerken nur das Notwendigste. Selbst ich weiß sehr wenig darüber, aber ich bin ja eine Politikerin und keine Wissenschaftlerin.«

»Und dann noch eines, Madam«, sagte Daneel. »Wir haben den Attentäter nach seinem Stützpunkt befragt, und zwar mit einigem Nachdruck. Er war darauf programmiert, in einem solchen Fall automatisch permanent inaktiv zu werden, also ein völliges Einfrieren seiner Positronenbahnen zu erleiden – und so ist es auch gekommen. Aber kurz vorher, in einem letzten Kampf zwischen Antwort und Deaktivierung, hat er dreimal den Mund geöffnet, als wollte er – vielleicht – drei Silben sagen oder drei Worte oder drei Wortgruppen oder irgendeine Kombination daraus. Die zweite Silbe oder das zweite Wort oder auch ein bloßes Geräusch war ›Meil‹. Sagt Ihnen das etwas in bezug auf Kernspaltung?«

Quintana schüttelte langsam den Kopf. »Nein, ich wüßte nicht, was. Ganz sicher ist das kein Wort, das Sie in einem Nachschlagewerk des Standard Galactic finden würden. Es tut mir leid, Daneel. Es war angenehm, Sie wiederzusehen, aber ich habe hier einen Schreibtisch voll Arbeit. Bitte, entschuldigen Sie mich!«

Doch Daneel meinte, als hätte er sie nicht gehört: »Man hat mir gesagt, Madam, ›Meile‹ könnte ein archaischer Ausdruck sein, der eine antike Längeneinheit bezeichnet; eine, die länger als ein Kilometer ist.«

»Das klingt völlig belanglos«, sagte Quintana, »selbst wenn es stimmt. Was würde ein Roboter von Aurora über archaische Ausdrücke und antike Längenmaße...« Sie hielt plötzlich inne. Ihre Augen weiteten sich, und sie wurde kreidebleich. »Ist das möglich?« stieß sie mit Mühe hervor.

»Ist *was* möglich, Madam?« fragte Daneel.

»Es gibt da einen Ort«, sagte Quintana, halb in Gedanken verloren, »den alle meiden – Erdenmenschen ebenso wie Erdenroboter. Wenn ich etwas von dramatischen Formulierungen hielte, würde ich sagen, es sei ein verwunschener Ort; jedenfalls so verwunschen, daß alle ihn aus ihrem Bewußtsein praktisch verdrängt haben, selbst auf Landkarten erwähnt man ihn nicht. Dieser Ort ist die Quintessenz von allem, was man unter Kernspaltung versteht. Ich erinnere mich daran, daß ich in einem uralten Nachschlagewerk auf ihn stieß, vor langer Zeit, als ich diese Position hier übernahm. Früher einmal, vor Tausenden von Jahren, heißt es, hätte man viel über ihn gesprochen, als Schauplatz eines ›Zwischenfalls‹, der die Erdenmenschen auf alle Zeiten gegen Kernspaltung als Energiequelle einnahm. Diesen Ort nennt man ›Three Mile Island‹.«

»Ein isolierter Ort also«, sagte Daneel. »Völlig isoliert und frei von äußeren Einflüssen; die Art von Ort, auf die man ganz sicher stoßen würde, wenn man sich mit antiken Nachschlagewerken über Kernspaltung befaßte. Ein Ort auch, den man dann sofort als idealen Stützpunkt erkennen würde, wenn es um absolute Geheimhaltung geht, und mit einem aus drei Worten bestehenden Namen, deren zweites ›Mile‹ ist. Das *muß* der Ort sein, Madam. – Könnten Sie uns sagen, wie man dorthin kommt, und uns die Möglichkeit verschaffen, die City zu verlassen und nach Three Mile Island gebracht zu werden oder irgendeiner Stelle in der näheren Umgebung dieses Ortes?«

Quintana lächelte. Sie wirkte jetzt wesentlich jünger. »Wenn es um interstellare Spionage geht, dürfen Sie ganz sicher keine Zeit vergeuden, oder?«

»Nein, so ist es in der Tat, Madam.«

»Nun, dann liegt es im Bereich meiner Obliegenheiten, mir Three Mile Island einmal anzusehen. Warum bringe ich Sie nicht mit meinem Luftfahrzeug hin? Wir werden mein Luftfahrzeug nehmen!«

»Madam, Ihre Arbeit...«

»Die wird mit Sicherheit keiner anfassen. Die wird immer noch hier liegen, wenn ich zurückkomme.«

»Aber Sie würden die City verlassen...«

»Und wenn schon? Wir leben nicht mehr in den alten Zeiten, als wir durch die Spacer beherrscht wurden. Damals haben Erdenmenschen nie ihre Cities verlassen, das stimmt schon; aber jetzt sind wir schon seit beinahe zwanzig Dekaden dabei, wieder hinauszuziehen und die Galaxis zu besiedeln. Es gibt immer noch genügend ungebildete Menschen mit der alten provinziellen Einstellung; aber die meisten von uns sind recht beweglich geworden. Wahrscheinlich steckt das Gefühl dahinter, daß wir am Ende auch zu den Siedlern stoßen könnten. Ich selbst habe das nicht vor, aber ich fliege häufig mein eigenes Luftfahrzeug; und vor fünf Jahren bin ich nach Chicago geflogen und wieder zurück. – Bleiben Sie hier sitzen! Ich werde das Nötige veranlassen.«

Sie ging hinaus, schnell wie ein Wirbelwind.

Daneel blickte ihr nach und murmelte: »Freund Giskard, das schien mir gar nicht charakteristisch für sie. Hast du etwas getan?«

»Ein bißchen«, antwortete er. »Als wir eintraten, schien mir, daß die junge Frau, die uns den Weg gezeigt hat, sich von deinem Aussehen angezogen fühlte. Ich hatte gestern abend beim Bankett denselben Eindruck in bezug auf Madam Quintanas Bewußtsein, obwohl ich zu weit von ihr entfernt war und zu viele andere im Raum waren, als daß ich hätte sicher sein können. Aber als unser Gespräch mit ihr begann, war diese Anziehung unverkennbar. Ich habe sie Stück für Stück verstärkt, und jedesmal, als sie sagte, das Gespräch müsse jetzt enden, schien sie weniger entschlossen und hatte kein einziges Mal ernsthafte Einwände dagegen, als du es fortsetztest. Schließlich schlug sie das Luftfahrzeug vor, weil sie, wie ich glaubte, einen Punkt erreicht hatte, wo sie einfach nicht auf die Chance verzichten wollte, noch ein wenig länger mit dir zusammenzusein.«

»Das könnte die Dinge für mich sehr komplizieren«, sagte Daneel nachdenklich.

»Nun, der Zweck heiligt die Mittel«, sagte Giskard. »Du mußt das in Kategorien des Nullten Gesetzes sehen.« Irgendwie vermittelte er, als er das sagte, den Eindruck, als würde er lächeln – wenn sein Gesicht einen solchen Ausdruck zugelassen hätte.

89

Quintana seufzte erleichtert, als sie das Luftfahrzeug auf einer dafür geeigneten Betonplatte absetzte. Zwei Roboter traten sofort hinzu, um die obligatorische Überprüfung des Fahrzeugs vorzunehmen und es, wenn nötig, neu aufzutanken.

Sie blickte nach rechts und lehnte sich dabei etwas über Daneel. »In der Richtung liegt es, ein paar Meilen den Susquehanna River aufwärts. Und heiß ist es auch.« Sie richtete sich etwas widerstrebend wieder auf und lächelte Daneel zu. »Das ist das Schlimme daran, wenn man die City verläßt. Die Gegend hier draußen ist völlig unkontrolliert. Stellen Sie sich nur vor, daß man es so heiß sein läßt. Ist Ihnen nicht heiß, Daneel?«

»Ich habe einen Innenthermostaten, Madam, der gut funktioniert.«

»Wunderbar! Ich wünschte, so etwas hätte ich auch. Es gibt keine Straßen in diese Gegend, Daneel, und auch keine Roboter, die einem den Weg zeigen. Und ich weiß auch nicht, wo der richtige Ort hier ist, und die Gegend ist ja ziemlich ausgedehnt. Wir könnten hier eine ganze Weile herumsuchen, bis wir auf den Stützpunkt stoßen, selbst wenn wir nur fünfhundert Meter von ihm entfernt wären.«

»Nicht ›wir‹, Madam. Es ist unbedingt notwendig, daß Sie hierbleiben. Das, was jetzt folgen wird, könnte möglicherweise gefährlich sein. Und da Sie nicht klimatisiert sind, könnte es sogar sein, daß Sie physisch darunter leiden, selbst wenn es nicht gefährlich wäre. Könnten Sie hier auf uns warten, Madam? Das wäre sehr wichtig für mich.«

»Ich werde warten.«

»Es kann ein paar Stunden dauern.«

»Es gibt hier verschiedene Einrichtungen, und die kleine City Harrisburg ist nicht weit.«

»In dem Fall sollten wir gehen, Madam.«

Er sprang aus dem Luftfahrzeug, und Giskard folgte ihm. Sie gingen in nördliche Richtung. Es war beinahe Mittag, und die helle Sommersonne spiegelte sich in den polierten Partien von Giskards Körper.

»Wenn du irgendwelche Spuren mentaler Aktivität entdeckst, dann sind das die, die wir suchen«, sagte Daneel. »Sonst sollte es hier im Umkreis von Kilometern niemanden geben.«

»Bist du sicher, daß wir sie aufhalten können, wenn wir auf sie stoßen, Freund Daneel?«

»Nein, Freund Giskard, das bin ich keineswegs – aber das müssen wir.«

90

Levular Mandamus gab ein Geräusch von sich, das wie ein zufriedenes Grunzen klang, und blickte mit einem dünnen Lächeln zu Amadiro auf.

»Erstaunlich!« sagte er. »Und höchst zufriedenstellend.«

Amadiro betupfte sich mit einem Tuch Stirn und Wangen und sagte: »Was bedeutet das?«

»Das bedeutet, daß jede einzelne Relais-Station jetzt funktionsbereit ist.«

»Dann können Sie den Vorgang der Verstärkung einleiten?«

»Sobald ich die W-Partikel-Konzentration berechnet habe.«

»Und wie lange wird das dauern?«

»Fünfzehn Minuten. Dreißig.«

Amadiro sah mit immer finsterer werdender Miene zu, bis Mandamus schließlich sagte: »So. Jetzt habe ich es. 2,72 auf der willkürlichen Skala, die ich gebildet habe. Das gibt uns fünfzehn Dekaden, bis ein oberes Gleichgewichtsniveau erreicht ist, das anschließend ohne wesentliche Änderung Millionen von Jahren beibehalten werden kann. Und dieses Niveau wird sicherstellen, daß die Erde im besten Fall einige wenige verstreute Ansiedlungen in relativ strahlungsfreien Bereichen behalten kann. Wir brauchen nur zu warten, dann wird in fünfzehn Dekaden eine gründlich desorganisierte Gruppe von Siedler-Welten nur darauf warten, daß wir ihr den Garaus machen.«

»Ich werde keine fünfzehn Dekaden mehr leben«, sagte Amadiro langsam.

»Das bedaure ich persönlich zutiefst«, sagte Mandamus trokken. »Aber wir sprechen jetzt von Aurora und den Spacer-Welten. Andere werden Ihre Arbeit fortsetzen.«

»Sie zum Beispiel?«

»Sie haben mir die Direktorposition des Instituts versprochen, und ich habe sie mir, wie Sie sehen, verdient. Von einem derartigen politischen Sprungbrett aus darf ich mir begründete Hoffnung machen, eines Tages Vorsitzender zu werden, und ich werde dann die Politik machen, die notwendig sein wird, um die bis dahin bereits anarchistisch gewordenen Siedler-Welten zur Auflösung zu bringen.«

»Sie sind ja ziemlich zuversichtlich. Was, wenn Sie jetzt den W-Partikel-Fluß einleiten und jemand anderer ihn im Laufe der nächsten fünfzehn Dekaden wieder abstoppt?«

»Das ist unmöglich. Sobald das Gerät eingeschaltet ist, wird es in dieser Position blockiert. Anschließend ist der Vorgang nicht mehr reversibel, ganz gleich, was hier geschieht. Und selbst wenn dieser Ort hier sich in Luft auflösen sollte, würde die Erdkruste dennoch langsam weiterbrennen. Ich kann mir denken, daß es vielleicht möglich wäre, eine völlig neue Anlage zu bauen – falls jemand auf der Erde oder bei den Siedlern meine Arbeit nachvollziehen kann. Aber in dem Fall könnten sie nur das Maß an radioaktiver Strahlung steigern, niemals es verringern; dafür sorgt das Zweite Gesetz der Thermodynamik.«

»Mandamus, Sie sagen, Sie hätten die Direktorposition verdient. Aber ich denke, ich bin derjenige, der darüber zu entscheiden hat.«

»Das sind Sie nicht, Sir«, sagte Mandamus steif. »Bei allem Respekt, die Einzelheiten dieses Prozesses hier sind mir, aber nicht Ihnen bekannt. Sie sind an einem Ort eincodiert, den Sie nicht finden werden. Und selbst wenn Sie ihn finden sollten, dann wird er von Robotern bewacht, die ihn eher zerstören würden, als zulassen, daß er in Ihre Hände fällt. Sie können es nicht so hinstellen, als hätten Sie das alles gemacht; ich schon.«

»Trotzdem würde es Ihnen nützlich sein, wenn Sie meine Billigung hätten«, sagte Amadiro. »Wenn Sie mir die Leitung des Instituts entreißen – mit welchen Mitteln auch immer –, werden Sie bei den anderen Mitgliedern des Rates mit andauernder Opposition zu rechnen haben, die Sie über Dekaden in Ihrer Arbeit behindern wird. Wollen Sie nur den Direktortitel oder auch Gelegenheit, alles das zu erleben, was aus wahrer Führung erwächst?«

»Ist jetzt die Zeit, von Politik zu sprechen?« sagte Mandamus. »Vor einem Augenblick noch waren Sie voll der Ungeduld darüber, daß ich noch fünfzehn Minuten am Computer brauchen könnte.«

»Ah! Aber jetzt sprechen wir von der Einstellung des W-Partikel-Strahls. Sie wollen ihn auf 2,72 stellen – war das der Wert? – Und ich frage mich, ob das richtig ist. Wie weit geht der Bereich im Extremfall?«

»Er reicht von null bis zwölf, aber 2,72 ist erforderlich. Plus oder minus 0,05, falls Sie weitere Einzelheiten hören wollen. Dieser Wert gestattet nach den Berichten aller vierzehn Stationen eine Zeitspanne von fünfzehn Dekaden bis zum Gleichgewicht.«

»Und doch meine ich, daß die korrekte Zahl zwölf ist.«

Mandamus starrte Amadiro erschreckt an. »Zwölf? Verstehen Sie, was das bedeutet?«

»Ja. Es bedeutet, daß die Erde in ein oder anderthalb Dekaden zu radioaktiv sein wird, als daß man auf ihr noch leben kann. Und daß wir dabei ein paar Milliarden Erdenmenschen töten.«

»*Und* mit Sicherheit Krieg mit der empörten Siedler-Föderation führen müssen. Wie können Sie sich einen solchen Holocaust wünschen?«

»Ich sage es Ihnen noch einmal: Ich rechne nicht damit, noch weitere fünfzehn Dekaden zu leben, will aber Zeuge der Vernichtung der Erde sein.«

»Damit würden Sie zugleich auch sicherstellen, daß Aurora verstümmelt – mindestens verstümmelt – wird. Das kann nicht Ihr Ernst sein.«

»Doch, das ist es. Ich muß zwanzig Dekaden der Niederlage und der Erniedrigung ausgleichen.«

»Die sind die Schuld Han Fastolfes und Giskards und nicht der Erde.«

»Nein, ein Erdenmensch hat das bewirkt – Elijah Baley.«

»Der jetzt seit mehr als sechzehn Dekaden tot ist. Welchen Wert hat ein Augenblick der Rache über einen schon lange Toten?«

»Ich will jetzt nicht mit Ihnen über die Sache streiten. Ich mache Ihnen ein Angebot. Sie bekommen meinen Job sofort. Ich trete zurück, sobald wir nach Aurora zurückgekehrt sind, und nominiere Sie an meiner Stelle.«

»*Nein*! Unter diesen Voraussetzungen will ich den Posten nicht. Der Tod von Milliarden!«

»Milliarden von *Erdenmenschen*! Nun, dann kann ich Ihnen nicht vertrauen, daß Sie die Kontrollen richtig betätigen. Zeigen Sie mir – *mir* – wie ich das Instrument einstellen soll, dann werde *ich* die Verantwortung übernehmen. Ich werde trotzdem nach der Rückkehr meinen Posten aufgeben und Sie nominieren.«

»*Nein*! Es würde immer noch den Tod von Milliarden bedeuten und wer weiß wie vielen Millionen Spacern ebenfalls. Dr. Amadiro, bitte verstehen Sie, daß ich es so tun werde, wie ich es geplant habe, und daß Sie es ohne mich nicht können. Der Einstellmechanismus ist auf meinen linken Daumenabdruck abgestimmt.«

»Ich fordere Sie noch einmal auf!«

»Sie müssen den Verstand verloren haben, wenn Sie mich trotz allem, was ich sagte, erneut bitten.«

»Das ist Ihre persönliche Meinung, Mandamus. Ich bin nicht so verrückt, daß ich nicht sämtliche lokalen Roboter mit irgendwelchen Aufträgen weggeschickt hätte. Wir sind hier allein.«

Mandamus hob die Oberlippe, so daß die Zähne freigelegt waren. »Und womit beabsichtigen Sie mir zu drohen? Werden Sie mich töten, jetzt, wo keine Roboter mehr zugegen sind, die Sie daran hindern können?«

»Ja, Mandamus, das werde ich tatsächlich, wenn ich muß.« Amadiro holte einen kleinkalibrigen Blaster aus der Tasche. »Es ist schwierig, sich so etwas auf der Erde zu besorgen, aber nicht unmöglich, wenn man den richtigen Preis bezahlt. Und ich weiß damit umzugehen. Bitte, glauben Sie mir, wenn ich Ihnen sage, daß ich durchaus willens bin, Ihnen den Kopf von den Schultern zu blasen, wenn Sie jetzt nicht den Daumen auf die Kontaktstelle legen und mir gestatten, die Skala auf zwölf zu drehen.«

»Das wagen Sie nicht. Wie wollen Sie denn die Skala ohne mich einstellen, wenn ich tot bin?«

»Seien Sie doch kein Narr! Wenn ich Sie niederschieße, bleibt Ihr linker Daumen intakt. Er wird sogar eine Weile auf Körpertemperatur bleiben. Ich werde diesen Daumen benutzen und dann die Skala so leicht betätigen, wie man einen Wasserhahn bedient. Ich würde es vorziehen, wenn Sie am Leben blieben, da es auf Aurora Probleme bereiten könnte, Ihren Tod zu erklären, aber durchaus Probleme, denen ich mich gewachsen sehe. Deshalb gebe ich Ihnen jetzt dreißig Sekunden Zeit, um Ihre Entscheidung zu treffen. Wenn Sie tun, was ich sage, können Sie sofort Direktor sein; wenn nicht, wird trotzdem alles so laufen, wie ich es wünsche, und Sie werden tot sein. Wir fangen jetzt an. Eins – zwei – drei ...«

Mandamus starrte schreckerfüllt Amadiro an, der ihn über den auf ihn gerichteten Blaster hinweg mit harten, ausdruckslosen Augen ansah.

Und dann sagte Mandamus mit angespannt zischender Stimme: »Legen Sie den Blaster weg, Amadiro, sonst werden wir beide mit der Erklärung immobilisiert, daß wir vor Schaden geschützt werden müssen!«

Die Warnung kam zu spät. Schneller, als das Auge sehen konnte, streckte sich ein Arm aus, um Amadiro am Handgelenk zu packen, lähmte ihn mit einem leichten Druck, und der Blaster war weg.

»Ich bitte um Entschuldigung, daß ich Ihnen Schmerz bereiten mußte, Dr. Amadiro«, sagte Daneel. »Aber ich kann nicht zulassen, daß Sie einen Blaster auf ein anderes menschliches Wesen abfeuern.«

91

Amadiro sagte nichts.

Mandamus sagte kalt: »Ihr seid zwei – soweit ich sehen kann – herrenlose Roboter. Damit bin ich euer Herr und befehle euch, wegzugehen und nicht zurückzukehren. Da in diesem Augenblick, wie ihr sehen könnt, keinem menschlichen Wesen Gefahr droht, kann nichts euren notwendigen Gehorsam für diesen Befehl überwinden. Geht sofort!«

»Bei allem Respekt, Sir«, sagte Daneel, »es besteht keine Notwendigkeit, unsere Identität oder unsere Fähigkeiten vor Ihnen zu verbergen, da Sie sie bereits kennen. Mein Begleiter, R. Giskard Reventlov, besitzt die Fähigkeit, Emotionen wahrzunehmen. – Freund Giskard!«

»Als wir uns näherten«, sagte Giskard, »nachdem wir Ihre Anwesenheit bereits auf einige Entfernung entdeckt hatten, ist mir in Ihrem Bewußtsein eine überwältigende Wut zur Kenntnis gelangt, Dr. Amadiro; und in dem Ihren, Dr. Mandamus, war extreme Furcht.«

»Die Wut – wenn es Wut war«, sagte Mandamus, »war Dr. Amadiros Reaktion auf die Annäherung von zwei fremden Robotern, ganz besonders einem, der imstande ist, sich in das menschliche Bewußtsein einzumischen und der bereits das von Lady Vasilia möglicherweise dauerhaft beschädigt hat. Meine Furcht – wenn es Furcht war – war ebenfalls die Folge eures Näherkommens. Wir haben jetzt unsere Emotionen unter Kontrolle, und ihr habt keinen Anlaß, euch einzumischen.

Wir geben euch erneut den Befehl, euch augenblicklich zurückzuziehen.«

»Ich bitte um Nachsicht, Dr. Mandamus«, sagte Daneel, »aber ich möchte mich lediglich vergewissern, daß wir Ihren Befehlen in Sicherheit Folge leisten können. Hatte Dr. Amadiro nicht einen Blaster in der Hand, als wir uns näherten, und war der nicht auf Sie gerichtet?«

»Er hat mir seine Funktion erklärt«, meinte Mandamus, »und wollte ihn gerade wegstecken, als du ihn ihm wegnahmst.«

»Soll ich ihn dann Dr. Amadiro zurückgeben, Sir, ehe ich weggehe?«

»Nein«, sagte Mandamus unbewegt, »dann hättest du nämlich einen Vorwand, hierzubleiben, um – wie du sagen würdest – uns zu schützen. Nimm ihn mit, wenn du gehst, dann wirst du auch keinen Grund zur Rückkehr haben!«

»Wir haben Grund zu der Annahme, daß Sie sich hier in einer Region befinden, die Menschen nicht betreten dürfen«, sagte Daneel.

»Das ist Sitte, nicht Gesetz und außerdem ohne Belang für uns, da wir keine Erdenmenschen sind. Im übrigen haben auch Roboter hier keinen Zugang.«

»Ein hoher Beamter der Erdenregierung hat uns hierhergebracht, Dr. Mandamus. Wir haben Grund zu der Annahme, daß Sie hier sind, um das Radioaktivitäts-Niveau in der Erdkruste zu erhöhen und damit dem Planeten schweren und nicht wiedergutzumachenden Schaden zuzufügen.«

»Überhaupt nicht...«, begann Mandamus.

Hier schaltete sich Amadiro das erste Mal ein. »Mit welchem Recht nimmst du uns ins Kreuzverhör, Roboter? Wir sind menschliche Wesen und haben dir einen Befehl erteilt. Befolge ihn!«

Sein herrischer Ton ließ Daneel erzittern, während Giskard sich halb zum Gehen wandte.

Aber Daneel sagte: »Verzeihen Sie, Dr. Amadiro, das ist kein Kreuzverhör. Ich suche lediglich eine Bestätigung, um zu wissen, daß ich dem Befehl folgen darf. Wir haben Grund zu der Annahme, daß...«

»Du brauchst es nicht zu wiederholen«, sagte Mandamus. Und dann, zu Amadiro gewandt: »Dr. Amadiro, bitte gestatten Sie mir, daß ich antworte.« Und wieder zu Daneel: »Daneel, wir sind auf anthropologischer Mission hier. Es ist unsere Absicht, den Ursprung verschiedener menschlicher Gebräuche ausfindig zu machen, die das Verhalten bei uns Spacern beeinflussen. Diese Ursprünge kann man nur hier auf der Erde finden, und deshalb suchen wir sie auch hier.«

»Haben Sie dafür die Erlaubnis der Erde?«

»Ich habe vor sieben Jahren die entsprechenden Beamten auf der Erde konsultiert und von ihnen die Erlaubnis erhalten.«

»Freund Giskard, was sagst du?« fragte Daneel leise.

»Die Indikationen in Dr. Mandamus' Bewußtsein sind, daß das, was er sagt, nicht mit der Situation übereinstimmt, so wie sie ist.«

»Dann lügt er?« sagte Daneel mit fester Stimme.

»Das glaube ich«, sagte Giskard.

Mandamus schien nicht aus der Ruhe zu bringen zu sein, als er sagte: »Das magst du glauben, aber Glauben ist nicht Sicherheit. Du kannst nicht auf Grundlage bloßen Glaubens einem Befehl den Gehorsam verweigern; das weiß ich, und das weißt auch du!«

»Aber in Dr. Amadiros Bewußtsein wird die Wut nur von emotionalen Kräften eingedämmt, die ihrer Aufgabe kaum gewachsen sind«, sagte Giskard. »Es ist durchaus möglich, diese Kräfte sozusagen zu zerbrechen und zuzulassen, daß die Wut herausfließt.«

Amadiro schrie: »Warum geben Sie sich mit diesen Robotern ab, Mandamus?«

Mandamus schrie zurück: »Kein Wort mehr, Amadiro! Sie spielen denen nur in die Hände.«

Amadiro achtete nicht auf ihn. »Das ist erniedrigend und sinnlos.« Er schüttelte heftig Mandamus' Hand weg, mit der dieser ihn festzuhalten suchte. »Sie kennen die Wahrheit, aber was hat das schon zu bedeuten? – Roboter, wir sind Spacer – und mehr als das: Wir sind Auroraner von der Welt, auf der man euch gebaut hat – und mehr als das: Wir sind hohe Würdenträger auf der Welt Aurora, und ihr müßt den Begriff ›menschliche Wesen‹ in den Robotik-Gesetzen als Auroraner interpretieren.

Wenn ihr uns jetzt nicht gehorcht, fügt ihr uns Schaden zu und erniedrigt uns und verletzt damit sowohl das Erste als auch das Zweite Gesetz. Daß das, was wir hier tun, das Ziel hat, Erdenmenschen zu zerstören, selbst eine große Anzahl von Erdenmenschen, ist wahr, ist aber trotzdem völlig ohne Belang. Ebensogut könntet ihr uns den Gehorsam versagen, weil wir das Fleisch von Tieren essen, die wir getötet haben. Und jetzt, wo ich euch das erklärt habe – *geht*!«

Aber seine letzten Worte gingen in ein Krächzen über. Amadiro traten die Augen aus den Höhlen, und er sank zu Boden.

Mandamus beugte sich mit einem wortlosen Aufschrei über ihn.

»Dr. Mandamus«, sagte Giskard, »Dr. Amadiro ist nicht tot. Er befindet sich im Augenblick in einem Koma, aus dem man ihn jederzeit wieder wecken kann. Er wird dann aber alles vergessen haben, was mit diesem Projekt in Verbindung steht, und wird auch nie wieder imstande sein, etwas zu begreifen, was damit in Verbindung steht, falls Sie beispielsweise versuchen sollten, es ihm zu erklären. Während ich das bewirkte – was ich nicht hätte tun können, hätte er nicht zugegeben, daß es seine Absicht war, eine große Anzahl von Erdenmenschen zu vernichten –, kann es sein, daß ich andere Teile seines Gedächtnisses und seiner Denkprozesse dauerhaft beschädigt habe. Ich bedaure das, konnte es aber nicht verhindern.«

»Sehen Sie, Dr. Mandamus«, schaltete Daneel sich ein, »vor einiger Zeit sind wir auf Solaria Robotern begegnet, die menschliche Wesen sehr eng nur als Solarianer definiert haben. Wir sind uns der Tatsache bewußt, daß es nur zu grenzenloser Zerstörung führen kann, wenn verschiedene Roboter engen Definitionen der einen oder anderen Art unterliegen. Es ist nutzlos, wenn sie versuchen, uns menschliche Wesen lediglich als Auroraner zu definieren. Wir definieren menschliche Wesen als alle Angehörigen der Spezies *homo sapiens*, und das schließt Erdenmenschen und Siedler ein. Zu vermeiden, daß menschlichen Wesen in Gruppen und der Menschheit als Ganzes Schaden zugefügt wird, hat für uns Vorrang vor der Verhinderung von Schaden an einzelnen Individuen.«

Mandamus stieß atemlos hervor: »Das ist aber nicht das, was das Erste Gesetz fordert.«

»Das ist, was ich das Nullte Gesetz nenne, und das hat den Vorrang.«

»Du bist nicht so programmiert.«

»Ich selbst habe mich so programmiert. Und da ich seit dem Augenblick unserer Ankunft hier wußte, daß der Zweck Ihrer Anwesenheit hier war, Schaden zu bewirken, können Sie mir nicht den Befehl erteilen, wegzugehen, oder mich davon abhalten, Ihnen Schaden zuzufügen. Das Nullte Gesetz hat den Vorrang, und ich muß die Erde retten. Deshalb fordere ich Sie auf, mir freiwillig dabei zu helfen, diese Geräte zu zerstören, die Sie hier haben. Andernfalls sehe ich mich gezwungen. Ihnen mit persönlichem Schaden zu drohen, so wie Dr. Amadiro das getan hat, obwohl ich keinen Blaster gebrauchen würde.«

»Warte! Warte!« rief Mandamus. »Hör mir zu! Laß mich erklären! Daß Dr. Amadiros Bewußtsein gelöscht ist, ist gut. Er *wollte* die Erde zerstören, aber ich wollte das *nicht*. Deshalb hat er seinen Blaster auf mich gerichtet.«

»Aber Sie haben doch das Projekt ausgearbeitet und diese Geräte entworfen und gebaut«, sagte Daneel. »Andernfalls hätte Dr. Amadiro Sie nicht dazu zu zwingen brauchen, irgend etwas zu tun; er hätte es dann selbst getan und Ihre Hilfe nicht benötigt. Stimmt das nicht?«

»Ja, das stimmt. Giskard kann meine Emotionen prüfen und sehen, ob ich lüge. Ich habe diese Anlagen gebaut und war bereit, sie einzusetzen, aber nicht in der Art und Weise, wie Dr. Amadiro das wünschte. Sage ich die Wahrheit?«

Daneel sah zu Giskard hinüber, und der sagte: »Soweit ich das erkennen kann, sagt er die Wahrheit.«

»Natürlich tue ich das«, sagte Mandamus. »Was *ich* hier tue, ist nur, daß ich eine ganz langsame Beschleunigung der natürlichen Radioaktivität in der Erdkruste einführe. Die Menschen der Erde werden einhundertfünfzig Jahre Zeit haben, um zu anderen Welten hinauszuziehen; das wird die Bevölkerung der gegenwärtigen Siedler-Welten steigern und zur Gründung einer großen Anzahl zusätzlicher Siedler-Welten führen. Die Erde als eine riesige anomale Welt, die für immer die Spacer bedroht und die Siedler verdummt, wird es dann nicht mehr geben. Damit wird ein Zentrum mystischen Glaubens entfernt, das die Siedler zurückhält. Spreche ich die Wahrheit?«

Und wieder sagte Giskard: »Soweit ich das feststellen kann, spricht er die Wahrheit.«

»Mein Plan, wenn er gelingt, würde den Frieden bewahren und die Galaxis in gleicher Weise für Spacer und Siedler zur Heimat machen. Deshalb habe ich, als ich diese Anlage baute...«

Er deutete darauf, legte dabei den linken Daumen auf den Kontakt, warf sich nach vorn auf den Drehknopf und schrie: »Keine Bewegung!«

Daneel bewegte sich auf ihn zu und erstarrte wie eingefroren, die rechte Hand erhoben. Giskard bewegte sich nicht.

Mandamus drehte sich keuchend um. »Es steht auf 2,72. Es ist getan. Nicht mehr aufzuhalten. Und jetzt wird es so ablaufen, wie ich es vorhabe. Und ihr könnt nicht gegen mich Zeugnis ablegen, weil ihr damit einen Krieg heraufbeschwören würdet, und das verbietet euer Nulltes Gesetz.«

Dann blickte er auf den hingestreckten Körper Amadiros und sagte mit verächtlichem Blick: »Du Narr! Du wirst nie wissen, wie es hätte getan werden sollen.«

XIX. ALLEIN

92

»Ihr könnt mir jetzt keinen Schaden mehr zufügen, Roboter«, sagte Mandamus, »weil nichts, was ihr mir antut, das Schicksal der Erde ändern wird.«

»Dennoch«, sagte Giskard mit stockender Stimme, »dürfen Sie sich an das, was Sie getan haben, nicht erinnern. Sie dürfen den Spacern die Zukunft nicht erklären.« Er griff nach einem Stuhl, zog ihn mit zitternder Hand zu sich heran und setzte sich, während Mandamus zusammensackte und, wie es schien, sofort in sanften Schlaf sank.

»Im letzten Augenblick habe ich versagt«, sagte Daneel verzweifelt und blickte auf die beiden bewußtlosen Menschen hinab. »Als es notwendig war, Dr. Mandamus zu packen, um zu vermeiden, daß Leute, die nicht vor meinen Augen anwesend waren, Schaden erlitten, sah ich mich gezwungen, seinem Befehl Folge zu leisten und in meiner Bewegung innezuhalten. Das Nullte Gesetz hat nicht funktioniert.«

»Nein, Freund Daneel, du hast nicht versagt«, sagte Giskard. »Ich habe dich gehindert. Dr. Mandamus hatte den Drang, das zu tun, was er tat, und die Furcht vor dem, was du sicherlich tun würdest, wenn er es versuchte, hielt ihn zurück. Ich habe seine Furcht neutralisiert und dann dich. Und so hat Dr. Mandamus sozusagen die Erdkruste in Brand gesteckt – auf sehr kleiner Flamme.«

»Aber warum? Freund Giskard, warum?«

»Weil er die Wahrheit sprach. Das habe ich dir doch gesagt. *Er* dachte, er würde lügen. Aus dem Triumph, den ich in seinem Bewußtsein wahrnahm, gewann ich den festen Eindruck, daß er glaubte, infolge der wachsenden Radioaktivität würde es bei Erdenmenschen und Siedlern zu Anarchie und Verwirrung kommen, und die Spacer würden sie dann vernichten und die Macht über die Galaxis an sich ziehen. Aber ich dachte, daß das Szenarium, das er uns schilderte, um uns auf seine Seite zu

ziehen, das Richtige war. Die Entfernung der Erde als einer einzigen, großen, überfüllten Welt würde ein mystisches Zentrum entfernen, das – wie auch ich glaube – Gefahren in sich birgt; und das würde den Siedlern helfen. Sie werden jetzt in einem Tempo in die Galaxis hinausschießen, das sich immer mehr beschleunigen wird. Ohne eine Erde, auf die sie stets zurückblicken, ja, die sie zu einer Muttergottheit der Vergangenheit machen würden, werden sie ein galaktisches Imperium begründen. Es war notwendig, daß wir das möglich machten.«
Er hielt inne und sagte mit schwächer werdender Stimme: »Roboter als Helfer auf dem Weg zum galaktischen Imperium.«
»Fühlst du dich wohl, Freund Giskard?«
»Ich kann nicht stehen, aber ich kann noch sprechen. Hör mir zu! Jetzt ist für dich die Zeit gekommen, eine Last zu übernehmen. Ich habe dich adaptiert, so daß du jetzt mental wahrnehmen und kontrollieren kannst. Du brauchst dir nur die letzte Bahn anzuhören und kannst sie dir selbst einprägen. Höre!«
Er sprach mit gleichmäßiger, aber immer leiser werdender Stimme in einer Sprache und in Symbolen, die Daneel innerlich fühlen konnte. Während er noch auf ihn lauschte, konnte er fühlen, wie seine Positronenbahnen sich verschoben und neue Positionen einnahmen. Und als Giskard fertig war, war da plötzlich das kühle Surren von Mandamus' Bewußtsein, das gegen das seine andrängte, das unregelmäßige Pochen Amadiros und das dünne, metallische Geräusch Giskards.
»Du mußt jetzt zu Madam Quintana zurückkehren«, sagte Giskard, »und mußt dafür sorgen, daß diese beiden menschlichen Wesen nach Aurora zurückgeschickt werden. Sie werden der Erde keinen weiteren Schaden zufügen können. Und dann sorge dafür, daß die Sicherheitskräfte der Erde die humanoiden Roboter, die Mandamus zur Erde geschickt hat, ausfindig machen und desaktivieren.

Sei behutsam im Einsatz deiner neuen Kräfte, denn sie sind dir neu – und werden nicht unter perfekter Kontrolle stehen. Mit der Zeit wirst du sie besser beherrschen, ganz langsam, und wenn du jedesmal sorgfältig darauf achtest, dich selbst zu befragen, ehe du sie einsetzt. Gebrauche das Nullte Gesetz, aber nicht, um Individuen unnötigen Schaden zuzufügen! Das Erste Gesetz ist beinahe ebenso wichtig.

Beschütze Madam Gladia und Captain Baley – aber unauffällig. Laß sie miteinander glücklich sein und laß Madam Gladia ihre Bemühungen fortsetzen, Frieden zu bringen. Unterstütze im Laufe der Dekaden den Abzug der Erdenmenschen von dieser Welt. Und – eines noch – wenn ich mich erinnere – ja – wenn du kannst – finde heraus, wohin die Solarianer gegangen sind. Das könnte – sehr – wichtig – sein...«

Und damit verstummte Giskards Stimme. Daneel kniete neben dem sitzenden Giskard nieder und nahm die reglose, stählerne Hand in die seine. In gequältem Flüsterton sagte er: »Du mußt dich erholen, Freund Giskard. Du mußt! Was du getan hast, war nach dem Nullten Gesetz richtig. Du hast soviel Leben bewahrt, wie möglich war. Du hast der Menschheit Gutes getan. Warum so leiden, wo doch das, was du getan hast, alles rettet?«

Jetzt war Giskards Stimme so verzerrt, daß man seine Worte kaum noch verstehen konnte: »Weil ich nicht sicher bin. Was, wenn Dr. – Mandamus – doch – recht hat – und die Spacer – den Triumph – davontragen. Leb wohl, Freund – Dan.«

Und Giskard verstummte, um nie wieder etwas zu sagen oder sich zu bewegen.

Daneel stand auf.

Er war allein – allein mit einer ganzen Galaxis, für die er zu sorgen hatte.

DER ERWEITERTE FOUNDATION-ZYKLUS

Der Autor hat in den letzten Jahren die in den fünfziger Jahren entstandene FOUNDATION TRILOGIE, umfassend die Bände:

Der Tausendjahresplan
Der galaktische General
Alle Wege führen nach Trantor

wesentlich erweitert und ist dabei, sie noch weiter auszubauen, indem etwa Verbindungen zu den frühen Baley-Romanen

Der Mann von drüben (auch: *Die Stahlhöhlen* [in Vorb.])*
Die nackte Sonne*

hergestellt wurden. Die Planung umfaßt derzeit folgende Romane und Erzählungen in dieser Reihenfolge:

1. THE COMPLETE ROBOT
   Alle Roboter-Geschichten
   auch in: *Meine Freunde, die Roboter* · 06/20
2. THE CAVES OF STEEL
   Der Mann von drüben · 06/3004
   auch: *Die Stahlhöhlen* · (in Vorb.)*
3. THE NAKED SUN
   Die nackte Sonne · 06/3009
4. THE ROBOTS OF DAWN
   Aurora oder Der Aufbruch zu den Sternen · 01/6579
5. ROBOTS AND EMPIRE
   Das galaktische Imperium · 01/6607

---

* Eine ungekürzte Neuübersetzung von *The Caves of Steel* und *The Naked Sun* sind für die BIBLIOTHEK DER SCIENCE FICTION LITERATUR in Vorbereitung.

6. (ein noch nicht geschriebener Roman)
7. THE CURRENTS OF SPACE
   Der fiebernde Planet
8. THE STARS LIKE DUST
   Sterne wie Staub
9. PEBBLE IN THE SKY
   Radioaktiv...!
10. PRELUDE TO FOUNDATION
    (ein im Entstehen begriffener Roman)
11. FOUNDATION
    Der Tausendjahresplan · 06/3080
12. FOUNDATION AND EMPIRE
    Der galaktische General · 06/3082
13. SECOND FOUNDATION
    Alle Wege führen nach Trantor · 06/3084
14. FOUNDATION'S EDGE
    Auf der Suche nach der Erde · 01/6401
15. FOUNDATION AND EARTH
    (ein kurz vor dem Abschluß stehender Roman)

Änderungen vorbehalten! Möglicherweise wird der Zyklus über die 15 Bände hinaus fortgeführt. Weitere ältere Romane einzubeziehen, wie etwa THE END OF ETERNITY (*Das Ende der Ewigkeit* · 06/3088), ist nicht geplant.

Große Romane

01/5750 - DM 12,80

01/5832 - DM 9,80

01/5716 - DM 9,80

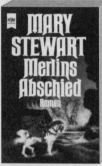

01/6395 - DM 9,80

01/6206 - DM 12,80

01/5691 - DM 10,80

01/6578 - DM 7,80

01/6587 - DM 12,80

01/11 - DM 6,80

große Erzähler

01/5179 - DM 9,80

01/6565 - DM 9,80

01/6518 - DM 7,80

01/6213 - DM 6,80

01/566 - DM 9,80

01/6491 - DM 9,80

01/5142 - DM 7,80

01/6494 - DM 7,80

01/5928 - DM 7,80

BIBLIOTHEK DER SCIENCE FICTION LITERATUR

HELLICONIA: Eine der großen SF-Sagas im klassischen Stil

HELLICONIA: Das Science Fiction-Ereignis der achtziger Jahre

HELLICONIA: Ausgezeichnet mit dem Kurd Laßwitz-Preis als bester ausländischer SF-Roman des Jahres

06/50 - DM 12,80

06/51 - DM 14,80

06/52 - DM 14,80

Wilhelm Heyne Verlag München

ISAAC ASIMOV

Drei Romane aus dem legendären Roboter- und Foundation-Zyklus.

01/6401 – DM 12,80

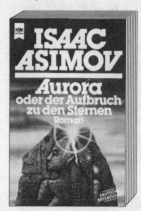

01/6579 – DM 12,80

01/6607 – DM 12,80

Drei Romane, in denen Roboter, Computer und geheimnisvolle außerirdische Wesen Herr über Raum und Zeit sind.

**Wilhelm Heyne Verlag
München**

Den Geheimnissen unserer Erde auf der Spur

Zur erfolgreichsten Dokumentarserie des deutschen Fernsehens jetzt das Buch, aufwendig illustriert und mit vielen brillanten Farbabbildungen.

Die beiden Autoren verfolgen die Rätsel uralter Kulturen in der Südsee, in Peru, Kolumbien und Ecuador sowie in Mexico.

Peter Baumann/
Gottfried Kirchner:
TERRA-X – Rätsel alter Weltkulturen
320 Seiten
01/6857 – DM 14,80

Wilhelm Heyne Verlag München